Robert Dugoni
Dem Tod auf den Fersen

Das Buch

Eine junge Joggerin verschwindet spurlos. Freunde und Familie fürchten das Schlimmste. Die Suche führt Detective Tracy Crosswhite und ihren Kollegen Kinsington Rowe in eine angesehene Wohngegend im Norden Seattles, mit freundlichen Nachbarn – und dunklen Geheimnissen hinter fest verschlossenen Türen.

Aber auch ein Cold Case beschäftigt Tracy intensiv. Gerade erst Mutter geworden, kümmert sie sich um den Fall eines vermissten kleinen Mädchens. Sie will den Eltern endlich Gewissheit geben, was wirklich geschah. Die Lebenden müssen gefunden werden. Aber auch die Toten verlangen Gerechtigkeit …

Der Autor

Robert Dugoni ist der New-York-Times-Bestsellerautor der Tracy-Crosswhite-Reihe, von der mehr als zwei Millionen Exemplare verkauft wurden und die es auf Platz 1 des Wall Street Journal und auf Platz 1 bei Amazon geschafft hat. »Das Grab meiner Schwester« wird derzeit für eine TV-Serie adaptiert. Dugoni ist auch Autor der David-Sloane-Reihe und der Romane »The 7th Canon« und »The Cynide Canary«, das von der Washington Post zum besten Buch des Jahres gewählt wurde.

Er war mehrfach Finalist für den International Thriller Writers Award sowie für den Mystery Writers of America Award in der Kategorie Bester Roman. Seine David-Sloane-Reihe wurde zweimal für den Harper Lee Award nominiert. Dugonis Bücher sind in über 20 Sprachen übersetzt worden. Mehr über Robert Dugoni können Sie auf seiner Website unter www.robertdugoni.com oder unter www.facebook.com/AuthorRobertDugoni erfahren.

ROBERT DUGONI

DEM TOD AUF DEN FERSEN

THRILLER

Aus dem Amerikanischen von Dorothee Danzmann

Die amerikanische Ausgabe erschien 2021 unter dem Titel
»In Her Tracks« bei Thomas & Mercer, Seattle.

Deutsche Erstveröffentlichung bei
Edition M, Amazon Media EU S.à r.l.
38, avenue John F. Kennedy, L-1855 Luxembourg
Oktober 2021
Copyright © der Originalausgabe 2021
By LaMesa Fiction, LLC
All rights reserved.
Copyright © der deutschsprachigen Ausgabe 2021
By Dorothee Danzmann

Die Übersetzung dieses Buches wurde durch Amazon Crossing ermöglicht.

Umschlaggestaltung: semper smile, München, www.sempersmile.de
Umschlagmotiv: © Benjamin Harte / ArcAngel;
© Lev Kropotov / Shutterstock;
© Ihnatovich Maryia / Shutterstock; © Lucky immortal / Shutterstock;
© oksana.perkins / Shutterstock
Lektorat: Rainer Schöttle
Korrektorat: Manuela Tiller/DRSVS
Gedruckt durch:
Amazon Distribution GmbH, Amazonstraße 1, 04347 Leipzig /
Canon Deutschland Business Services GmbH, Ferdinand-Jühlke-Straße 7, 99095 Erfurt /
CPI Books GmbH, Birkstraße 10, 25917 Leck

ISBN: 978-2-49670-763-2

www.edition-m-verlag.de

Für alle, die ihr Leben oder das geliebter Menschen an Covid-19 verloren haben. Mögen wir uns an jeden Einzelnen erinnern, damit wir nicht dazu verdammt sind, eine Wiederholung der Geschichte zu erleben.

Prolog

Seattle, 30. Oktober vor fünf Jahren

Bobby Chin, Polizist in Seattle, war spät dran, und dafür würde er jetzt teuer bezahlen müssen.

Immer noch in Uniform sprang er aus dem Auto und lief die Stufen zu dem Haus hinauf, das einmal sein Zuhause gewesen war. In der Einfahrt, die früher seine gewesen war, stand jetzt der Range Rover des Liebhabers, brandneu, mit allen Schikanen. Als hätte es jemand darauf angelegt, Salz in Chins Wunden zu reiben, bloß konnte man sich so einen Neunzigtausend-Dollar-Schlitten als Personal Trainer doch gar nicht leisten. Das war völlig unmöglich, wahrscheinlich dealte der Typ nebenbei. Mit Steroiden, wenn man nach der aufgepumpten Gesamterscheinung des Kerls gehen wollte. Womöglich trug sogar Chin selbst mit seinen monatlichen Unterhaltszahlungen und dem Kindergeld zur Finanzierung dieses Luxusgefährts bei. Eins stand jedenfalls fest: Jewel, seine zukünftige Ex-Frau, setzte sich in kein Auto, das nicht ihrem auf Hochpreisiges ausgerichteten Geschmack entsprach.

Chin hatte eben erst die Hand nach dem Türklopfer in Form eines Löwenkopfes gelangt, als Jewel die Haustür auch schon aufriss. Wahrscheinlich, um gleich über ihn herzufallen.

»Du kommst zu spät.« Ihre Körperhaltung passte zu dem Ton, den sie angeschlagen hatte: die Hand in die Hüfte gestemmt, den Kopf anklagend zur Seite geneigt. Sie hatte sich die Nägel machen lassen, diesmal in Königsblau. Goldkettchen und Armbänder lugten unter ihrem weißen Kaschmirpullover hervor, der trotz des kühlen Herbstwetters kaum bis zum Bund der weißen Jeans reichte. Jewel trug immer Weiß, wenn Chin Elle abholen kam. Weiß bildete den perfekten Kontrast zu ihren lackierten Nägeln und der Haut. Irgendwann einmal hatte Chin ihr gesagt, wie schön er sie fand, wenn sie Weiß trug, wie sexy sie dann aussah.

Eine Aussage, die er inzwischen zutiefst bereute.

»Ich habe angerufen«, verteidigte er sich. »Du bist wieder mal nicht ans Telefon gegangen. Und auf meine SMS hast du genauso wenig reagiert.«

»Du kommst immer zu spät.«

»Wie ich bereits sagte …«

»Ich habe echt keine Zeit, deine SMS zu entziffern! Ich habe was vor, ich habe ein Leben! Solltest du auch mal versuchen.«

Chin biss sich auf die Zunge. Ihm war klar, was Jewel da tat, und hatte nicht vor, auf ihre Provokationen einzugehen. Nicht schon wieder. Noch eine Anzeige wegen häuslicher Gewalt konnte er sich nicht leisten. Sein Anwalt hatte ihn gewarnt, er würde damit seine Aussichten beim Sorgerechtsverfahren verschlechtern und höchstwahrscheinlich im Knast landen, was den Verlust seines Arbeitsplatzes bedeutete.

»Außerdem war ich beschäftigt!«, fuhr Jewel fort und riss die Tür ganz auf, damit Chin den muskelbepackten Liebhaber sehen konnte, diesen eingebildeten Knackarsch – wie immer er heißen mochte. Chin konnte sich den Namen einfach nicht merken und er war ihm auch egal. Der Typ war Anfang zwanzig und sah ständig so aus, als hätte er gerade eine Runde Gewichte gestemmt. An den Oberarmen und im Nacken traten ihm die Adern vor und die Brustmuskeln drohten, das ohnehin einen

Tick zu kleine T-Shirt zu sprengen. Eindeutig auf Steroiden, der Schwachkopf. Himmel!

»Hi, Bobby!« Der Schwachkopf grinste und seine blütenweißen, gebleichten Zähne passten haargenau zu Jewels Outfit. »Willst du hier jemanden verhaften?«

»Hallo, Greg«, riet Chin auf gut Glück.

»Graham.« Der Schwachkopf stellte das Grinsen ein.

Greg, Graham, wie auch immer.

Chin wandte sich an Jewel. »Ist Elle fertig?«

»Sie war vor einer halben Stunde fertig, da hättest du sie abholen sollen. Laut Gerichtsbeschluss musst du dich genau an die Vereinbarungen halten. Ich führe Buch.«

»Ich weiß.«

»Hi, Daddy!« Hinter einer Drachenstatue am Fuß der Treppe tauchte Elle auf. Die Statue stand mit dem Gesicht zum Inneren des Hauses gekehrt und sollte Reichtum und Wohlstand bringen.

Angeblich war das Feng-Shui.

Feng-Scheiße traf es wohl eher. An Geld floss hier ausschließlich das, was Chin Jewel zahlte.

Chin kauerte sich hin. »Hallo, Sonnenschein! Was bist du denn heute? Nein, nicht verraten! Du bist der schönste Schmetterling der Welt!«

»Ja!«, rief Elle begeistert. »Du hast es erraten!« Sie drehte sich so, dass ihre Schmetterlingsflügel ordentlich zitterten und glitzerten. Sie trug rosa Leggins und rosa Plastikschuhe.

»Meinst du, du könntest andere Schuhe anziehen?« Chin wollte mit seiner Tochter zu einem als Labyrinth gestalteten Maisfeld, wo der Boden nach dem Regen der letzten Zeit wahrscheinlich der reine Schlamm sein würde.

»Das sind Schmetterlingsschuhe!«

»Okay!« Chin nickte. *Halten Sie sich beim Abholen nicht weiter auf,* hatte ihm sein Anwalt geraten. *Sie holen sie ab und gehen sofort.* »Bist du fertig? Können wir los?«

»Nächste Woche ist die Hypothekenzahlung fällig«, sagte Jewel. »Und du hast sie am Wochenende von Thanksgiving. Das steht im richterlichen Beschluss. Sorg also dafür, dass du dann frei hast.« Bei ihr klang das so, als wäre Elle eine Belastung.

»Hol deine Jacke, Süße. Wir wollen los.«

Chins Tochter holte sich ihren Mantel, der über dem Treppengeländer hing, nahm ihren Rucksack und lief auf Chin zu. Da streckte Graham den Arm aus und hielt sie auf. Chin war schon einen Schritt vorgetreten, konnte sich dann aber zusammenreißen. Jewel und ihrem Liebhaber war seine Reaktion nicht entgangen.

»Moment, Prinzessin!«, sagte Graham grinsend.

»Schmetterling!«, protestierte Elle.

»Gib deiner Mutter und mir ein Küsschen.«

Elle wirkte bestürzt und Chin musste sich wirklich zusammenreißen, um dem Typen nicht diesen albern aufgeblasenen Arm zu brechen. Elle hauchte Graham hastig einen flüchtigen Kuss auf die Wange und schoss aus der Tür. Chin warf dem Schwachkopf einen warnenden Blick zu, bevor er sich zum Gehen wandte.

»Bist du sicher, dass deine Karre noch anspringt?«, rief ihm der Affe hinterher. »Kauf dir doch mal ein neues Auto!«

Chin drehte sich um. »Weißt du was, Greg …?«

»Graham.«

»Ich habe für den Notfall immer Adrenalin im Wagen. Hilft vielleicht gegen deine Schwellungen.«

Graham starrte ihn verdattert an. Schwachkopf!

Chin lächelte.

»Er schwillt nur an genau den richtigen Stellen an«, konterte Jewel rasch und knallte die Tür zu.

* * *

Chin musste ein paarmal tief durchatmen, bevor er seinen Wagen anließ und die toxische Atmosphäre hinter sich ließ, die seine Ex-Frau schuf und die einem die Luft zum Atmen raubte. Jewel wollte provozieren und da war ihr jedes Mittel recht. Hauptsache, es ging ihm unter die Haut und sie konnte für sich in Bezug auf die Sorgerechtsregelungen einen taktischen Vorteil verbuchen. Sie setzte Elle als Druckmittel ein. Na, bald würde sich der Schwachkopf mit ihr herumschlagen müssen, wenigstens eine Weile. Wenn Chin daran dachte, konnte er sich eine klammheimliche Freude nicht verkneifen. Seine Ex würde weiterhin für eine toxische Atmosphäre sorgen, den Schwachkopf ersticken, bis sie genug von ihm hatte, um ihn dann kleinzumachen, herunterzuputzen und irgendwann wegzuwerfen.

So war sie.

So handelte sie.

Er schüttelte den Gedanken ab und warf Elle im Rückspiegel einen Blick zu. Dieser Abend gehörte seiner Tochter. »Wie geht's dir da hinten, Engelchen?«

»Schmetterling, Daddy! Das habe ich dir doch gesagt!«

Elles rosa Plastikschuhe hingen über dem Autositz. Sie wuchs ständig – und sie bekam immer mehr mit. Ihre Lehrerin an der Montessori-Schule meinte, Elle reagiere sehr negativ auf die Scheidung, und hatte vorgeschlagen, Jewel und Bobby sollten sich nicht mehr im Beisein ihrer Tochter streiten.

Leichter gesagt als getan.

»Entschuldigung! Ich wollte natürlich fragen, wie es meinem Schmetterling da hinten geht.«

»Gehst du mit mir um die Häuser? Süßes, sonst gibt's Saures?«

»An dem Abend hat Mommy dich, Schmetterling. Aber ich habe dich an Thanksgiving das ganze Wochenende.«

»Ich will aber mit dir um die Häuser gehen!«

»Ich glaube nicht, dass Mommy das recht wäre, Liebes.«

»Mommy mag dich nicht, Daddy.«

»Nein?« Wieder warf er einen Blick in den Rückspiegel. Welche Rabenmutter erzählte ihrer Tochter denn so was?

»Sie sagt, Graham wird mein neuer Daddy, und wenn ich böse bin, dann geht er auch, und dann habe ich gar keinen Daddy mehr.«

Mit genau solcher manipulativer Scheiße hatte er leben müssen! Und er würde weiterhin mit ihr leben müssen, noch lange nach der Scheidung. Eine Sache, die er weder seinem Anwalt noch dem gerichtlich bestellten Verfahrenspfleger hatte vermitteln können. Wenn er sich jetzt darüber beklagte, würde Jewel den Spieß umdrehen, leugnen, so etwas je gesagt zu haben, und es gegen ihn wenden. Sie würde behaupten, Chin hätte die Geschichte erfunden, um sich in der Sorgerechtsdebatte einen Vorteil zu verschaffen, und die rhetorische Frage hinterherschieben, wie krank ein Mann im Kopf sein musste, um seine Tochter derart zu missbrauchen.

Und der Verfahrenspfleger würde ihr beipflichten.

Das war Bobbys neue Realität.

»Ich gehe nicht fort, Schmetterling. Und ich werde auch nicht zulassen, dass Mommy dich mir wegnimmt.«

»Was ist die Überraschung?«, fragte Elle. Offenbar war das Thema für sie abgeschlossen.

Chin hatte seiner Tochter beim letzten Telefonat für den heutigen Abend eine Überraschung versprochen. »Hab noch ein paar Minuten Geduld.«

»Ich muss aufs Klo.«

»Kann das nicht warten? Wir sind fast da.«

Chin sah nicht weit vor sich eine ganze Reihe Autos, von denen die meisten gerade einen mit Heuballen und Kürbissen gekennzeichneten Parkplatz verließen. Unter bunten Lichterketten standen ein leuchtend orangeroter Traktor und ein paar Vogelscheuchen. »Wir sind da, Schatz! Ist das nicht wunderschön?«

Ein junger Mann, der sich als Darth Vader verkleidet hatte, dirigierte Chin zu einem Parkplatz. Chin half seiner Tochter aus dem Wagen und nahm sich dabei einen Moment Zeit, ihre Flügel neu zu befestigen.

»Mach die nicht kaputt!«, sagte Elle besorgt. »Daddy! Tu meinen Flügeln nicht weh!«

»Natürlich nicht, Schmetterling, versprochen.« Chin versuchte, Elle den Mantel überzuziehen, erntete aber nur heftige Proteste, da die Kleine fürchtete, ihre Flügel könnten zerquetscht werden. Also trug er sie kurzerhand über die nach den letzten Regenfällen verbliebenen Pfützen ins Zelt. »Wir gehen auf eine große Halloween-Party! Freust du dich?«

»Ich muss aufs Klo!«

»Richtig! Komm, wir suchen eine Toilette.«

Hinweisschilder führten die beiden zu einer Reihe portabler Klohäuschen. Chin begleitete seine Tochter in eins davon, das sehr nach Desinfektionsmitteln roch. Das Schmetterlingskostüm war ein Einteiler und musste ganz ausgezogen werden, wobei Chin sich vorkam wie Chris Farley in dem Film *Tommy Boy – Durch dick und dünn* beim Kleiderwechsel in der Bordtoilette eines Flugzeugs. Als Elle fertig war, war die ganze Prozedur in umgekehrter Reihenfolge fällig und es dauerte ein bisschen, bis Chin seine Tochter wieder in ihr Kostüm gesteckt hatte. Sie reinigten sich die Hände mit Desinfektionsmittel und verließen um fünf Minuten nach halb zehn das Klo.

»Okay!«, rief Chin. »Und nun – bist du bereit für das Labyrinth?«

»Ich habe Hunger.«

Chin unterdrückte nur mit Mühe einen Aufschrei. An den Abenden, an denen er Elle hatte, weigerte sich Jewel, der Kleinen etwas zu essen zu geben.

Im Zelt konnte man Popcorn kaufen, Karamellmais, Kekse, Limo und Wasser. Chin wollte schon aufgeben und Elle auf später vertrösten, wenn sie bei ihm zu Hause waren, als sein Blick auf eine Stelltafel fiel, auf der Hamburger, Pommes, Corndogs und Sandwichs mit Hühnchen angepriesen wurden. Perfekt.

»Zwei Hamburger und Fritten«, sagte er zum Teenager hinter dem Tresen.

Der schüttelte den Kopf. »Wir haben schon geschlossen. Ich glaube, alles, was wir noch haben, sind die Corndogs.«

Nicht umwerfend, aber besser als alles andere. »Prima. Zwei Corndogs.«

Der Junge ließ sich das Geld geben. »Ich muss sie in der Mikrowelle aufwärmen«, sagte er dann.

»Wie lange dauert das?«

»Nur ein paar Minuten. Es sei denn, Sie würden sie lieber kalt essen.«

Chin hätte nicht sagen können, ob der Typ ein Klugscheißer sein wollte oder einfach nur dumm war. »Wir warten.«

Der Junge zuckte die Achseln.

»Lass uns ein Foto machen«, schlug Chin vor, um Elle abzulenken. Er setzte seine Tochter auf einen Heuballen. »Und jetzt breite deine Flügel aus.«

Elle hob stolz die bunten Flügel. Chin schoss ein Foto von ihr und ließ sich dann auf ein Knie fallen, um ein Selfie von ihnen beiden zu machen. Als das bestellte Essen danach immer noch nicht aufgetaucht war, ging er zurück zum Tresen. Dort war der Teenager inzwischen verschwunden und eine Frau machte sauber. »Wir haben geschlossen«, sagte sie.

»Ich habe vor knapp fünf Minuten bei einem Jungen, der hier am Tresen gearbeitet hat, zwei Corndogs bestellt und auch bezahlt. Er wollte sie nur noch warm machen.«

Die Frau öffnete die Mikrowelle. Richtig, da lagen die beiden Corndogs. »Das tut mir leid!«, sagte sie. »Jimmy wird es vergessen haben. Ich habe ihn ins Labyrinth geschickt.«

Was für ein Trottel!

Chin trug die Corndogs hinüber zu Elle und sah ihr beim Essen zu, achtete darauf, dass sie jeden Bissen gründlich kaute, damit sie sich nicht verschluckte und womöglich noch erstickte. Er sah auf die Uhr: einundzwanzig Uhr zweiundvierzig.

Nachdem Elle einen halben Corndog verspeist hatte, verkündete sie: »Ich bin satt.«

Chin warf ihre Essensreste in den Mülleimer, hob seine Tochter hoch und eilte mit ihr zum Ticketschalter des Labyrinths, wo er Jimmy wiedertraf, der jetzt die Kasse bewachte.

»Sie sind eben einfach abgehauen!«, sagte Chin.

Der Junge zuckte die Achseln. »Die haben mich hierher versetzt.«

»Zwei Karten.«

Jimmy schüttelte den Kopf. »Kann ich Ihnen nicht geben. Wir schließen um zehn.«

»Es ist Viertel vor.«

Jimmy erklärte, dass man für den Weg durch das Labyrinth vierzig Minuten brauchte – wenn Chin alle Hinweise las und sämtliche Aufgaben löste. Jimmy hatte Anweisung, später als zwanzig nach neun keine Karten mehr zu verkaufen.

Chin ignorierte die Argumente. »Sie ist fünf, Jimmy. Hinweise und Aufgaben interessieren uns nicht. Wir wollen einfach nur durchlaufen. Ich habe die Kleine nur einen Abend die Woche und ich habe ihr ein Maislabyrinth versprochen.«

»Okay.« Jimmy seufzte. »Ganz wie Sie wollen.« Er verkaufte Chin die beiden Karten zum vollen Preis. »Aber um zehn müssen Sie durch sein. Dann machen wir das Licht aus.«

Chin nahm seine Tochter bei der Hand und die beiden betraten das Labyrinth aus schmalen Gängen zwischen den

Maispflanzen mit ihren fast zwei Meter aufragenden Stängeln. Chin ging so schnell, wie Elles kleine Beine es zuließen. Er wollte sie nicht drängeln, aber auch nicht noch im Labyrinth sein, wenn die Lichter ausgingen.

»Ziemlich cool, was, Schmetterling?«

Elle starrte die Maisstängel an. »Lass uns Verstecken spielen, Daddy!«

»Dafür haben wir keine Zeit, Elle. Lass uns einfach nur durchgehen.«

»Bitte, Daddy!«

»Es tut mir leid, Schatz. Zu Hause können wir ja vielleicht noch spielen.«

Elle fing an zu weinen. Und dann setzte sie sich auf den Boden.

»Elle! Steh auf, Liebling. Dein Kostüm wird doch schmutzig.«

»Nein.«

»Schatz, du musst aufstehen.«

»Ich will spielen. Bei Mommy darf ich spielen.«

Der Therapeut, bei dem Chin gewesen war, nachdem ihm vom Gericht ein Anti-Aggressionstraining verordnet worden war, hatte ihm erklärt, dass Kinder bei einer nicht einvernehmlich verlaufenden Scheidung der Eltern oft aufsässig wurden und Vater und Mutter gegeneinander ausspielten.

»Elle, du musst jetzt aufstehen.«

»Nein. Graham spielt mit mir.«

Chin fühlte sich, als würde sein Herz in Stücke gerissen. »In Ordnung. Ein Spiel. Aber es muss schnell gehen. Okay?«

Elle sprang auf. »Ja!«

»Und wenn ich sage, du sollst rauskommen, dann kommst du raus. Okay?«

»Du zählst, Daddy. Du musst dir die Augen zuhalten.«

»Okay, aber wenn ich sage, du sollst rauskommen, dann kommst du raus. Okay?«

»Und du musst dich umdrehen beim Zählen.«

Chin drehte sich um und zählte. Allzu schwer dürfte es ja nicht werden, Elles bunte Flügel im grünen Mais zu entdecken. »Eins Mississippi, zwei Mississippi ...«

Bei sechs schummelte er und drehte sich um. Er konnte Elles Flügel nirgendwo entdecken. »Ich komme!« Er suchte den Gang ab, sah unter den hängenden Blättern der Maispflanzen nach. Nichts. Er bog um die Ecke in den nächsten Gang. Dann in einen dritten und vierten. Er warf einen Blick auf die Uhr, spürte langsam Panik in sich aufsteigen.

»Okay!«, rief er. »Elle? Ich gebe auf. Komm raus.« Er drehte sich im Kreis, hörte den Wind in den Stängeln rascheln. »Bitte, lass jetzt nicht die Lichter ausgehen!«, flehte er leise. »Elle? Du musst rauskommen. Das Spiel ist zu Ende.«

Sein Herz raste wie verrückt.

Er fing an zu laufen, wandte sich nach rechts und nach links. Lief eine Reihe nach der anderen hinunter, schrie ihren Namen. »Elle! Rauskommen! Elle? Elle!«

Wieder bog er um eine Ecke. Langsam kam ihm die Orientierung abhanden.

Noch eine Ecke.

Elles Schmetterlingsflügel. Sie lagen vor ihm auf dem Boden.

»Elle!«

Dann ging das Licht aus.

Kapitel 1

Seattle, heute, Mittwoch, 30. Oktober

Tracy Crosswhite holte tief Luft und atmete ganz langsam wieder aus. Das war eine Entspannungstechnik, die sie während der Therapie gelernt hatte und mit deren Hilfe sie ihren Kopf zur Ruhe bringen konnte. Nach den traumatischen Ereignissen in Cedar Grove im vergangenen Winter hatte sie Albträume gehabt und schlecht schlafen können. Und sie war mitten am Tag von Flashbacks überfallen worden. Ein Arzt hatte eine situationsbedingte posttraumatische Belastungsstörung diagnostiziert und ihr zu einer Therapie sowie einer langen Auszeit von ihren Pflichten als Detective in der Abteilung für Gewaltverbrechen bei der Polizeibehörde von Seattle geraten.

Tracy, ohnehin gerade in Elternzeit, war dem Rat gefolgt, hatte die zusätzlichen Krankentage genommen und erleben dürfen, wie es ihr langsam immer besser ging. Dank Therese, der Nanny, die bereits bei Tracy und Dan im Haus wohnte, um auf Daniella aufzupassen, konnte Tracy täglich Sport treiben und sie ernährte sich besser als früher. Beides trug sehr dazu bei, ihr einen klaren Kopf zu verschaffen und sie wieder gut schlafen zu lassen. Inzwischen war sie körperlich sogar in einer besseren Verfassung als vor Daniellas Geburt. Zwar war der Waschbrettbauch endgültig Geschichte, der Bauch war aber immerhin wieder flach. Außerdem hatte sie viel Zeit auf dem Schießstand der Polizei verbracht und ihre letzten Ergebnisse dort übertrafen die sämtlicher Mitarbeiter der Abteilung für Gewaltverbrechen im ganzen Jahr.

Nun wurde es langsam Zeit, die Arbeit wieder aufzunehmen.

Daniella würde ihr fehlen. Lisa Walsh, ihre Therapeutin und selbst Mutter von drei Kindern, hatte sie gewarnt: Der erste Arbeitstag würde schwer werden. Therese im Haus zu haben half, aber Tracy hatte an diesem Morgen feststellen müssen, dass sie ständig den Tränen nah und Dan gegenüber kurz angebunden war. Die verlängerte Auszeit hatte ihr die Rückkehr zur Arbeit nicht einfacher gemacht, im Gegenteil.

Beim Justizzentrum in der Fifth Avenue in Seattles Innenstadt parkte Tracy ihren Subaru auf dem gesicherten Parkplatz für Mitarbeiter und stieg aus. In den höheren Etagen wurde das Justizzentrum inzwischen Polizeipräsidium genannt, aber Tracy und die anderen Veteranen waren allesamt alte Hasen, denen man so leicht keine neuen Tricks mehr beibrachte und denen es schwerfiel, Veränderungen zu akzeptieren. Bei diesem Gedanken musste Tracy lächeln. Ihre Kollegen aus dem A-Team der Abteilung, Kinsington Rowe, Vic Fazzio und Delmo Castigliano, hatten ihr gefehlt. Sie waren als Viererteam seit mehr als zehn Jahren zusammen und inzwischen zu so etwas wie einer Familie zusammengewachsen. Faz und seine Frau Vera waren Daniellas Paten.

Tracy nahm den Fahrstuhl hoch in den sechsten Stock, wo sie sich sofort wieder zu Hause fühlte. Sie nickte den Detectives zu, die gerade telefonierten, und antwortete auf die Willkommensgrüße, die andere ihr zuriefen. Dann war sie beim Arbeitsbereich ihres Teams angekommen, einem von vier solchen Bereichen für die insgesamt sechzehn Detectives der Abteilung.

Auf ihrem Schreibtisch standen gerahmte Fotos von Leuten, die sie nicht kannte. Kins hatte sie schon telefonisch vorgewarnt und berichtet, dass Nolasco eine Kollegin mit dem Namen Maria Fernandez eingestellt hatte, nachdem Faz und Tracy beide ausgefallen waren. Faz, der bei der Verfolgung eines Drogenhändlers schwer verletzt worden war, war lange krankgeschrieben gewesen und hatte sich anschließend noch beurlauben lassen. Er war erst seit etwa einem Monat wieder im Dienst. Kins und Del waren so mit Arbeit zugeschüttet gewesen, dass sie ihren Captain Johnny Nolasco um Hilfe gebeten hatten. Nolasco hatte die Stelle Henry Johnson angeboten, dem zusätzlichen Detective des A-Teams, auch als fünftes Rad bekannt, aber Johnson hatte abgelehnt. Als Vater von vier Kindern, alle unter acht, brauchte er die Flexibilität, die die Stelle des fünften Rades mit sich brachte.

»Hallo, der Professor ist ja früh dran! Wer ist denn gestorben?« Vic Fazzio schlenderte heran, einen Becher Kaffee in der Hand und auf den Lippen eine vertraute Begrüßung – ein alter Witz in Mordermittlerkreisen, der noch blumiger klang, wenn Faz ihn mit seiner rauen Stimme im echten Akzent von New Jersey vortrug. Sie nannten Tracy den Professor, weil sie früher einmal Chemielehrerin gewesen war.

»Hallo, Faz!«

»Schön, dass du wieder da bist.« Als Nächstes ließ Faz den Titelsong der Sitcom *Welcome Back, Kotter!* ertönen, die in den Siebzigerjahren sehr beliebt gewesen war, mit Gabe Kaplan und John Travolta in den Hauptrollen und einem Lied über Träume, die das Ticket in die Zukunft sind. »Aber der Traum ist tot!«, schmetterte Faz und reckte die Faust in die Luft.

Er stellte den Kaffeebecher auf seinem Schreibtisch ab, lockerte seinen Windsorknoten und knöpfte den Hemdkragen auf. Del und er waren durch und durch Old School und trugen Jacketts und Stoffhosen, obwohl man sich in der Abteilung schon seit Langem eher leger kleidete. Die beiden wurden oft als »italienische Gangster« bezeichnet, wobei sie selbst sich lieber »italienische Hengste« nannten. Das mit den Hengsten kam jedoch nur hin, wenn man sich Kaltblüter vorstellte. Der Zweimetermann Del überragte seinen Partner gerade mal um zwei Zentimeter und hatte früher auch mehr gewogen als Faz, der immerhin 117 Kilo auf die Waage brachte. Del dagegen war unter dem Einfluss einer jüngeren Freundin, einer besseren Ernährung und von ein wenig Eitelkeit in den letzten Monaten 25 Kilo leichter geworden und bezeichnete sich inzwischen als »Del 2.0«. Faz fand »halber Del« angebrachter.

Faz warf einen Blick auf den Schreibtisch, der einmal Tracy gehört hatte. »Das mit Fernandez weißt du, oder?«

»Ja, Kins hat mir Bescheid gesagt.«

»Sie ist bei Gericht. Ein alter Fall, noch aus ihrer Zeit bei den Sexualstraftaten. Auch sie hat den Sex gegen den Tod eingetauscht. Peng! Knall!« Und wieder reckte er die geballte Faust.

Anschließend blies er beide Backen auf und lieferte eine noch nicht mal schlechte Imitation eines übergroßen Marlon Brando in *Der Pate:* »Und? Wie geht es meiner Patentochter?«

»Die wächst wie Unkraut. Weiß jemand, was aus Fernandez wird? Jetzt, wo ich wieder da bin?«

»Keine Ahnung.«

»Fehlt bei irgendeinem anderen Team ein Detective?«

»Nicht, dass ich wüsste.«

Neben Tracys Schreibtisch tauchte eine Verwaltungsassistentin auf. »Schön, dass Sie wieder da sind, Tracy. Captain Nolasco möchte Sie sehen.«

Tracy warf einen Blick auf ihre Uhr. Für Nolascos Verhältnisse war es noch reichlich früh. »Okay. Sagen Sie ihm, ich bin unterwegs.« Sie warf Faz einen fragenden Blick zu, aber der zuckte nur die Achseln.

Tracy und Captain Johnny Nolasco verband keine einfache Beziehung. Ihre gegenseitige Animosität stammte noch aus Tracys Zeit auf der Polizeiakademie, wo Nolasco einer ihrer Ausbilder gewesen war. Sie hatte ihm bei einer Trainingseinheit, bei der er ihr an den Busen gefasst hatte, die Nase gebrochen und hätte ihn um ein Haar kastriert. Dann war sie hingegangen und hatte Nolascos jahrzehntealten Rekord auf dem Schießstand gebrochen und damit seinem Ego einen ebenso schmerzhaften Schlag versetzt wie vorher Nase und Schritt. Sie tolerierten einander, weil er ihr Captain war und sie als Mordermittlerin schlicht zu gut, um sie einfach abservieren zu können – immerhin hatte sie als Einzige zweimal die höchste Medaille verliehen bekommen, die die Abteilung zu vergeben hatte.

Tracy machte sich auf den Weg durch den inneren Flur, vorbei an Glaswänden, durch die man den blauen Oktoberhimmel bewundern konnte. Sie liebte das kühle Herbstwetter mit der klaren Luft. Der graue, trübe November mit den hartnäckigen Regenfällen würde noch früh genug zuschlagen. Bei Nolascos Büro angekommen klopfte sie an die geschlossene Tür.

»Herein.«

Als sie eintrat, sah Nolasco auf, als hätte er sie nicht erwartet – was nicht stimmen konnte, immerhin hatte er sie ja rufen lassen. Er kam selten, um nicht zu sagen nie, so früh schon ins Büro. Er war zweimal geschieden und hatte sich mit der bitteren Erkenntnis, dass er wohl Single bleiben würde, schon lange abgefunden, was ihn allerdings nicht davon abhielt, morgens routinemäßig ein paar Runden zu trainieren, um sich für eventuelle Dates fit zu halten. Außerdem unterstellte man ihm eine Schönheitsbehandlung seiner Augen, die dazu geführt hatte, dass er jetzt ununterbrochen erstaunt in die Welt sah.

»Tracy! Schön, dass Sie wieder da sind«, begrüßte er sie mit einem Lächeln, das Tracy ihm nicht eine Sekunde lang abnahm.

»Sie wollten mich sprechen?«

Er deutete auf die beiden Stühle auf der anderen Seite seines Schreibtischs. »Setzen Sie sich.«

Sie kam dieser Aufforderung nur ungern nach. Je weniger Zeit sie in diesem Büro verbrachte, desto besser.

»Wie war die Elternzeit?«

Sie hatte keine Lust, das richtigzustellen. »Prima. Ich freue mich darauf, wieder arbeiten zu können.«.

Nolascos Stuhl knarrte, als er sich zurücklehnte. »Sie waren ziemlich lange fort.«

»Das lag an den Ereignissen in Cedar Grove, und die Abteilung hat meiner Abwesenheit zugestimmt.«

»Zweifellos, aber …«

»Gibt es ein Problem?«

Nolasco kniff die Augen zusammen, als spüre er schlimme Kopfschmerzen aufziehen. Auch das war eine seiner Angewohnheiten. »Wir haben Fernandez befördert.«

»Das hörte ich.«

»Mir blieb keine andere Wahl, wo Faz und Sie gleichzeitig ausfielen. Wir hatten einfach nicht genügend Leute, und dem Rest der Abteilung ging es genauso.«

Tracy und mit ihr so ziemlich jeder in der Abteilung wusste, dass bei der Polizei von Seattle ungefähr neunzig Polizisten und Detectives fehlten, und dies trotz einer drei Jahre andauernden konzertierten Aktion mit dem Ziel, zweihundert neue Leute anzuwerben. Tracys Kollegen flüchteten aus dem King County in andere Polizeidienststellen ungefähr in dem Tempo, in dem die Obdachlosen in den Staat strömten. Die Polizeibehörde hatte sich zum Prügelknaben des Stadtrats entwickelt, worauf viele Beamte einfach keine Lust mehr hatten. Der Rat kümmerte sich wenig um Drogen- und Alkoholabhängigkeit oder psychische Erkrankungen und klammerte sich stattdessen fest an das Mantra, demzufolge Obdachlosigkeit kein Verbrechen war und von daher auch nicht als solches behandelt werden sollte. Inzwischen nahmen die Eigentumsdelikte in Seattle schneller zu als in New York und Los Angeles und zum ersten Mal seit Jahren würde die Zahl der Mordopfer mehr als dreißig betragen.

»Faz kam als Erster zurück, also musste ich ihn wieder ins A-Team eingliedern.«

»Das hörte ich auch schon.«

»Ich habe Johnson eine vorübergehende Stelle angeboten, aber der konnte bei seinen vier Kindern keine zusätzliche Verantwortung übernehmen.«

Nolasco redete um den heißen Brei herum und Tracy spürte mit jeder Minute, die sie hier im Büro sitzen musste, ein stärkeres Kribbeln auf der Haut. »Wo liegt das Problem?«

»Fernandez konnte ich keine vorübergehende Stelle bei uns geben. Die Abteilung für Sexualdelikte war zu einer gegenseitigen Absprache nicht bereit und wollte ihre Stelle nicht offenhalten.«

Noch mehr Lügen, noch mehr Herumreden um den heißen Brei. Kins gegenüber hatte er nichts davon erwähnt und Tracy musste sich inzwischen sehr zusammenreißen, damit man ihr die Verärgerung nicht ansah. Nolasco zierte sich, aber trotzdem kristallisierte sich langsam ein Bild heraus. Eigentlich wusste man bei ihm ja immer, woran man war. Er hatte die Nummer auch schon einmal abgezogen – eine Frau auf Tracys Stelle gesetzt, damit Tracy ihm keine Diskriminierung vorwerfen oder behaupten konnte, er wolle sie aus der Abteilung verdrängen. Wobei das natürlich sein eigentliches Ziel blieb.

»Geben Sie ihr eine andere Stelle in einem anderen Team.«

»Im Moment sind keine offen, auf die sie passen würde.«

»Das dürfte auch selten der Fall sein.«

»Es sei denn, jemand ist in Elternzeit.«

»Krankgeschrieben«, stellte Tracy richtig.

»Dadurch waren mir die Hände gebunden.«

Was wollte der Mann? Sollte sie sich dafür entschuldigen, dass sie ein Kind hatte? Eine Vagina besaß und einen Uterus?

»Geben Sie ihr eine Stelle als fünftes Rad.«

»Sind alle besetzt.«

»Was schlagen Sie also vor?« Tracy wusste, sie hatte ein Recht auf ihre Stelle – wenn die denn zur Verfügung stand. Sie kannte und mochte Fernandez und wollte ihr auf keinen Fall Knüppel zwischen die Beine werfen. Fernandez und sie hatten Ermittlungen koordiniert, bei denen es um Sexualstraftaten und Mord gegangen war, und Tracy hatte die Kollegin als klug und sehr genau erlebt. Die Abteilung für Gewaltverbrechen war und blieb nun aber mal die Krönung der Karriere eines Polizeibeamten und einem makabren Spruch zufolge verließ ein Mordermittler seine Abteilung nur in einem Leichensack. Tracy war gespannt darauf, welchen Schwachsinn sich Nolasco diesmal hatte einfallen lassen, um sie loszuwerden.

»Nunzio geht in Rente. Er hat vor zwei Wochen seinen Antrag eingereicht.«

Rein theoretisch arbeitete Art Nunzio in der Abteilung für Gewaltverbrechen, hatte sich aber in den vergangenen Jahren als Detective um die Cold Cases der Abteilung gekümmert.

»Sie wollen, dass ich die Cold Cases übernehme?«

»Es ist eine vergleichbare Stellung.«

»Nur was die Bezahlung betrifft.«

»Ich biete Ihnen eine Stelle in Ihrer alten Abteilung an, mit derselben Bezahlung und denselben Zusatzleistungen.«

Mit anderen Worten: Wenn Tracy sich an die Gewerkschaft wandte und Beschwerde einlegte, würde sie es schwer haben, damit durchzukommen. Sie biss sich auf die Zunge. Der Fall in Cedar Grove war ein Cold Case gewesen. Er hatte sich in einen Albtraum verwandelt, in dessen Verlauf sie fast ums Leben gekommen wäre. Der einzige andere Cold Case, an dem sie je gearbeitet hatte, war der ihrer verschwundenen Schwester Sarah, und der hatte sich zu einer Obsession entwickelt und dazu geführt, dass Tracy fast zwanzig Jahre lang ihr Privatleben auf Eis gelegt hatte. Um dem ein Ende zu bereiten und weiterleben zu können, hatte sie Sarahs Akten in einen Schrank in ihrer Wohnung sperren und ihre Erinnerungen in einem mentalen Safe verschließen müssen.

»Bis wann brauchen Sie meine Entscheidung?«

»Art hat zum Ende des nächsten Monats gekündigt, aber nachdem er noch Resturlaub hat, ist heute sein letzter Arbeitstag.«

Dieser Mistkerl ... »Sie wollen meine Antwort bis heute Abend?«

»Ich brauche jemanden auf dieser Stelle, damit Art seine Akten übergeben kann.« Man sah Nolasco an, dass er sich ein Grinsen nur mühsam verkniff.

Am liebsten hätte Tracy ihm gesagt, wohin er sich diese Akten stecken konnte.

Kapitel 2

Tracy näherte sich nur zögernd der offenen Tür von Art Nunzios vollgestelltem, fensterlosem Büro. Sie würde diese Stelle nicht annehmen. Sie würde Nolasco sagen, er könnte sich sein Angebot in den Arsch stecken, und dann würde sie aus dem Polizeidienst ausscheiden, in Rente gehen. Dan und sie waren nicht auf ihr Gehalt angewiesen, Dan verdiente als Anwalt genug, Tracy könnte zu Hause bleiben und Daniella großziehen, ihr Schießen beibringen, wie ihr Vater es ihr und Sarah beigebracht hatte. Sie würde mit Daniella zu Schießwettbewerben fahren. Das war ein gutes Leben gewesen – bis das Verschwinden ihrer Schwester ihre Familie zerstört hatte.

Seitdem war Tracy von Tod umgeben gewesen.

Vielleicht war es an der Zeit, sich mit den Lebenden zu umgeben.

Vielleicht …

Nur war die Arbeit bei der Polizei für sie nie nur ein Job gewesen.

Die Dienststelle und ihre Kollegen hatten ihr durch die dunklen Jahre geholfen, hatten ihrem Leben einen Sinn gegeben und ihr selbst das Gefühl, etwas wert zu sein. Und mit dem A-Team hatte sie auch wieder eine Familie gefunden.

Es hatte ihr das Leben gerettet.

Sie hatte nicht vor, sich das von Nolasco oder sonst jemandem nehmen zu lassen. Sie wollte sich auch nicht zu Entscheidungen zwingen lassen, die bei ihr gar nicht anstanden.

Sie würde sich verdammt noch mal zur Ruhe setzen, wenn sie das wollte und wenn sie dazu bereit war.

Sie trat ein. Nunzio hielt den Kopf gesenkt, was einen Blick auf die kahle Stelle inmitten dessen bot, was einmal ein dichter roter Haarschopf gewesen war. Die Lesebrille saß ihm auf dem Kopf wie die Schwimmbrille eines Sportschwimmers, während er Papiere durchging, von denen er etliche in einen fast schon vollen Papierkorb zu seinen Füßen warf. Nunzio war achtundfünfzig Jahre alt und Tracy konnte sich einfach ausrechnen, dass er fünfundzwanzig Jahre nach seinem Eintritt in die Abteilung für Gewaltverbrechen in Rente ging, wahrscheinlich fast auf den Tag genau. Nunzio hatte zum C-Team gehört, bis ein langer und emotional herausfordernder Mordprozess ihm drei Jahre seines Lebens und zweifellos einen großen Teil seiner Seele geraubt hatte.

Bei den Cold Cases musste ein Detective nicht rund um die Uhr zur Verfügung stehen und es wurde nicht von ihm verlangt, dass er sein Leben und das seiner Familie auf Eis legte, um sich für jemanden einzusetzen, den er nie getroffen hatte und auch nie treffen würde, den er jedoch genau und intim kennenlernen würde wie die eigene Familie.

Wie er da in seinem Stuhl saß, sah Art aus, als sei das Büro um ihn herumgewachsen – der beengte Raum zwischen den zerkratzten Wänden kaum breit genug, um einem Schreibtisch Platz zu bieten. Auf den hohen Metallregalen türmten sich schwarze Aktenordner, jeder auf dem Rücken sauber gekennzeichnet mit einem weißen Aufkleber, auf dem der Name des Opfers, der Todeszeitpunkt und das Aktenzeichen des Cold Cases standen.

Sie sahen aus wie Grabsteine.

Und das waren nur die Fälle, an denen Nunzio arbeitete. Der Rest der Cold-Cases-Akten, im Ganzen waren es etwa dreihundert, lagerte in einem Kellerraum.

Auf Nunzios Tisch stand ein einzelner Pappkarton voller Bilderrahmen, wahrscheinlich seine Belobigungen und andere Erinnerungsstücke seines beruflichen Werdegangs, die vorher an der Wand hinter ihm gehangen hatten. Jetzt waren dort nur noch die goldenen Aufhänger verblieben. Nunzio hatte wohl nicht vor, seine Karriere bei sich zu Hause an der Wand auszustellen.

Er ließ den Tod hinter sich.

Tracy klopfte an die Tür. »Hallo, Art.«

Als Nunzio aufsah, rutschte ihm die Brille auf den Nasenrücken. Er nahm sie rasch ab. »Hallo, Tracy.«

»Ich habe gehört, du gehst in Rente.« Sie machte einen Schritt ins Büro hinein.

»Und ich habe gehört, du übernimmst meine Stelle.« Nunzio stand auf. »Ich war mir nicht sicher, ob wir noch Gelegenheit haben würden, uns zu unterhalten.«

Tracy lächelte. »Wer hat dir gesagt, dass ich deine Stelle übernehme?«

»Nolasco.«

Natürlich! Das Arschloch hatte seinen Plan schon lange vor Tracys Rückkehr ausgeheckt! »Ich bin mir noch nicht sicher, ob ich die Stelle will, und dachte, ich nutze die Chance und stelle dir ein paar Fragen. Hast du ein bisschen Zeit?«

»Ich setze mich zur Ruhe.« Nunzio strahlte sie an. »Ab Morgen ist jeder Tag Samstag. Das erzählen mir zumindest meine Kumpel auf dem Golfplatz.«

»Klingt himmlisch.«

»Jetzt, wo ich ganz offiziell meinen letzten Fallbericht geschrieben habe, fühle ich mich ein bisschen wie ein Boxer nach fünfzehn Runden im Ring: etwas wackelig auf den Beinen.

Ich würde es gern halten wie Rocky Balboa und noch stehen, wenn das letzte Mal der Gong ertönt.« Sein Blick ging zur Uhr an der Wand. Der Mann zählte die Minuten.

Tracy hatte keine Zeit gehabt, intelligente Fragen zu formulieren. Im Grunde wusste sie nur wenig über die lediglich aus einem Detective bestehende Abteilung Cold Cases. Ein Mord- oder Vermisstenfall, so weit kannte sie sich aus, galt erst dann als ungeklärt, wenn die Detectives, denen man den Fall übergeben hatte, wirklich jedem Hinweis nachgegangen waren und alle bekannten Beweismittel untersucht hatten, ohne einen Erfolg verbuchen zu können, und der zuständige Ermittler in Rente ging oder die Abteilung verließ, was aufgrund der jüngsten Entwicklungen mit beispielloser Geschwindigkeit geschah.

»Ich bin mir nicht sicher, ob das hier das Richtige für mich ist, Art«, gestand Tracy ein.

»War ich mir anfangs auch nicht. Sie haben mir die Stelle mithilfe der geregelten Arbeitszeiten und freien Wochenenden schmackhaft gemacht. Das kam mir damals gelegen.«

»Und hat es denn auch gestimmt?«

»In der Regel schon. Du weißt doch, wie es ist, wenn man einer Spur nachgeht.«

Ja, das wusste Tracy. Sie sah hinüber zu den unheimlichen schwarzen Aktenordnern. »Ich stelle es mir als sehr belastend vor, nur selten einen Fall wirklich aufklären zu können.«

Nunzio deutete mit dem Kinn auf den Aktenstapel auf dem einzigen anderen Stuhl in seinem Büro. Tracy legte die Ordner auf den Schreibtisch und setzte sich.

»Das ändert sich gerade sehr«, erklärte Nunzio. »Die DNA-Analysen sind viel besser geworden und die Forensik hat auch in anderen Punkten große Fortschritte gemacht. Ich konnte im letzten Jahr zwanzig Fälle aufklären, das ist mehr als alles, was meine Vorgänger je geschafft haben.«

»Ja, das habe ich gelesen. Gratuliere.« Blieben also nur noch zweihundertachtzig Fälle …

»Aber ich will dir nichts vormachen«, fuhr Nunzio fort. »Man muss das hier schon verkraften und trotzdem die Perspektive behalten können, das schafft nicht jeder. Man kann nicht endlos bei Opferfamilien anrufen und ihnen Hoffnung auf weitere Nachforschungen machen, ohne sich irgendwann wie ein Lügner vorzukommen.«

»Hörst du deswegen auf?«

»Ich höre auf, weil ich meine Zeit abgedient habe.« Nunzio zuckte die Achseln. »Nun ist der Moment gekommen, dass jemand Neues hier anfängt, jemand mit Energie.«

»Und Optimismus?«, fragte Tracy.

Nunzio lächelte, aber das Lächeln hatte etwas Trauriges. »Dieser Job raubt einem Jahre des Lebens, das weißt du ebenso wie ich. Ich bin genauso alt wie meine Freunde und sehe zehn Jahre älter aus. Ich bin müde und ich bin bereit für etwas Neues. Bis ich das gefunden habe, gibt es Angeln und Golf.«

Tracy warf einen Blick auf die durchhängenden Bücherregale. »Wo fängt man an?«

»Ich habe nach Fällen gesucht, die mich interessierten, und jeden davon behandelt wie einen aktiven Fall, als wäre der Mord gerade erst passiert.«

Tracy musterte die Ordner. Sie konnte sich nicht vorstellen, wo sie da anfangen sollte.

»Ich wollte es für meinen Nachfolger oder meine Nachfolgerin ein bisschen einfacher machen«, fuhr Nunzio fort, »und habe einen Spickzettel mit einer Übersicht der von mir bearbeiteten Fälle zusammengestellt und jeweils die mir bekannte Beweislage zusammengefasst. Unsere Chefs wollten, dass ich den Fällen den Vorrang gebe, bei denen die höchste Aussicht auf Erfolg besteht, also bin ich vor allem Mordfällen in Zusammenhang mit sexueller Gewalt nachgegangen, bei denen

DNA sichergestellt worden war, also Blutproben, Sperma oder Speichel, und habe die ganz oben auf meine Liste gesetzt.«

DNA-Spuren konnten inzwischen analysiert und mit den bei CODIS, dem Index-System des FBI für die DNA verurteilter Straftäter, hinterlegten DNA-Profilen abgeglichen werden.

»Und jetzt verrate ich dir meinen Trick«, erklärte Nunzio weiter. »Wenn man immer alle dreihundert und mehr ungeklärten Fälle vor Augen hat, dreht man durch. Nimm dir einen Fall nach dem anderen vor, und zwar mit demselben Ziel wie auch bei aktiven Fällen: Gerechtigkeit für die Opfer und deren Familien. Ich sage nicht, dass es einfach war …« Nunzio hatte wohl noch mehr sagen wollen, brach dann aber mitten im Satz ab.

Tracy wartete geduldig, während er sich im Büro umsah. »Hier rufen regelmäßig Familien an, Tracy, und das kann hart sein, aber wir haben ein wunderbares Team für die Opferbetreuung, das mit den Erwartungen der Betroffenen umgehen kann. Trotzdem muss ich dir sagen, dass hier durch diese Tür zu gehen und diese ungelösten Fälle zurückzulassen das Schwerste und gleichzeitig das Leichteste sein wird, was ich je getan habe.«

»Warum das Schwerste?«

Sein Blick wanderte von den Ordnern zu Tracy. »Weil ich immer glaube, ich bin einen Anruf, einen DNA-Treffer davon entfernt, einen weiteren Fall zu lösen.«

»Und warum das Einfachste?«

»Weil ich es satthabe, mich selbst zu belügen.«

Kapitel 3

Stephanie Cole hatte sich verfahren. Ihr Navi sagte ihr immer wieder, sie solle rechts abbiegen, aber sobald sie das tat, landete sie unweigerlich in einer Einfahrt. Sie kannte sich nicht aus in dieser Gegend. Sie kannte sich in Seattle nirgendwo aus, sie war erst vor einem Monat aus Los Angeles hierhergezogen. Die Straßen hießen alle irgendetwas mit NE oder NW und es war verdammt schwer, sich damit zurechtzufinden. Außerdem hatte sie nicht gewusst, dass es irgendwo schon am gottverdammten Nachmittag dunkel werden kann.

Sie wurde zunehmend frustrierter, vor allem, weil es bald zu dunkel sein würde. Als sie auf dem Bürgersteig einen Mann mittleren Alters entdeckte, lenkte sie ihren Wagen kurz entschlossen an den Straßenrand und hielt an. Sie ließ das Fenster an der Beifahrerseite herunter, wobei prompt ziemlich kalte Herbstluft ins Auto drang. Auch daran würde sie sich gewöhnen müssen. In L. A. waren die Winter überwiegend mild gewesen.

»Entschuldigen Sie!«, rief sie dem Mann zu. »Entschuldigen Sie bitte!«

Der Mann blieb stehen. Er wirkte überrascht.

»Können Sie mir helfen?«, fragte Stephanie mit einem freundlichen Lächeln. »Ich suche nach dem Eingang zum Park. Mein Navi schickt mich immer im Kreis herum.«

Der Mann näherte sich dem Fenster so vorsichtig, als fürchte er, Stephanie könnte ihn beißen. Als er den Mund aufmachte, roch Stephanie Zigarettenrauch und zog hastig den Kopf zurück.

»Tut mir leid.« Er warf die Zigarettenkippe auf die Straße. »Es gibt eigentlich keinen richtigen Eingang. Nur einen Pfad, aber der ist nicht besonders breit. Wollen Sie spazieren gehen?«

»Laufen«, erklärte Stephanie mit einem Blick auf ihre Uhr. »Nur eine schnelle Runde. Ich kann es nicht fassen, wie früh es hier oben dunkel wird.«

Der Mann deutete nach vorn. »Sie fahren bis zu dem Schild, auf dem steht, man soll keinen Müll abladen.«

»Danke.«

»Sind Sie gerade erst hergezogen?«, wollte der Mann wissen.

»Vor einem Monat. Aus Los Angeles.«

»Da ist Disneyland.«

»Genau.« Irgendetwas war seltsam an dem Mann, dachte Stephanie. Als sei er etwas zurückgeblieben oder hätte einen Schlaganfall gehabt – wobei er dafür eigentlich zu jung schien. Sie wollte wirklich nicht unhöflich sein, aber wenn sie vor dem Dunkelwerden noch eine Runde laufen wollte …

»Ist Ihre ganze Familie hierhergezogen?«, wollte der Mann jetzt wissen.

»Um Gottes willen, bloß das nicht! Wegen meiner Familie bin ich ja aus Los Angeles weg.« Sie sah auf die Uhr an ihrem Fitbit. 16:34. »Ich sollte wohl lieber los. Vielen Dank.«

Sie ließ das Fenster wieder hoch und fuhr bis zu einem kleinen Hinweisschild, hinter dem, dem Himmel sei Dank, wirklich ein Weg anfing, keine zwei Meter breit und voller Laub von den umstehenden Bäumen, die gerade ihre Blätter verloren. Einen Parkplatz schien es nicht zu geben, also stellte sie ihr Auto einfach am Straßenrand ab und stieg aus, froh, die Leggins und das langärmlige Hemd angezogen zu haben. Sie sah sich kurz nach dem Mann um, der ihr den Weg gezeigt hatte, aber der war verschwunden.

Als sie den Anfang des Pfades erreichte, war das Tageslicht noch schwächer geworden, weswegen sie sich auf ein paar Dehnübungen unter den Bäumen beschränkte. Ein Blick auf ihr Fitbit verriet, dass sie an diesem Tag gerade einmal eintausenddreihundert Schritte gegangen war. Natürlich war es kein prickelnder Job, auf dem Hintern zu hocken und Anrufe entgegenzunehmen, aber sie brauchte das Geld. Und sie brauchte auf jeden Fall diese Laufrunde! Sie war einen Meter siebenundsechzig groß und wog dreiundsechzig Kilo, war also nicht dick, aber wenn sie zunahm, dann unweigerlich am Gesäß und an den Beinen, den denkbar ungünstigsten Stellen also. Wenn sie sich jedes Mal wie Oompa Loompa fühlte, wenn sie auf eine Party ging, würde sie nicht gerade viele Männer kennenlernen. Sie setzte sich ihre Strickmütze auf, steckte sich Stöpsel in die Ohren und stellte ihre Musiksammlung ein. Als Erstes kam *I Don't Care* von Justin Bieber und Ed Sheeran.

Er ist auf einer Party, wo er gar nicht sein will.

Stephanie hoffte sehr, dass es ihr später am Abend nicht auch so gehen würde. Die Halloween-Party sollte ihre erste in der Stadt sein, eine Arbeitskollegin hatte sie eingeladen. Hoffentlich würde ihr der Abend helfen, ein paar Freunde zu finden.

Sie hielt Ausschau nach einer Karte, die ihr den Verlauf des Pfades anzeigte, fand aber lediglich ein Hinweisschild mit der Aufforderung, im Park keinen Müll wegzuwerfen. Ironischerweise hing dieses Schild genau über einer hölzernen Box mit Hundekacktüten. Die Kombination war unbezahlbar. Sie schoss ein Foto, um es später auf Instagram zu posten.

Sie fing an zu laufen, anfangs langsam. Der Pfad war von üppigem grünem Farn und hohen Bäumen gesäumt und führte relativ steil bergab, was sie sofort in den Knien spürte. Zehn Minuten lang lief sie tapfer weiter und wartete, dass es irgendwo flacher würde oder der Pfad abbog, aber das war nicht der Fall. Nach einer Weile erreichte sie eine Reihe hölzerner Paletten, die eine Fußgängerbrücke über einen kleinen Bach bildeten. Auf der anderen Seite war ein älterer Mann mit einem kleinen Hund stehen geblieben und winkte ihr aufmunternd zu, sie solle sich ruhig hinüberwagen. Sie dachte kurz daran, anzuhalten und ihn nach dem weiteren Verlauf des Pfades zu befragen, wollte dann aber lieber weiterlaufen, weil ihre Zeit so knapp bemessen war. Der Mann lächelte ihr zu, als sie an ihm vorbeijoggte.

Hinter der Brücke wurde der Zustand des Pfades immer schlechter. Umgestürzte Bäume versperrten den Weg und Stephanie musste sich vorsehen, wenn sie darüber hinwegkletterte, weil das Moos an den Stämmen sehr glatt war. Der Zustand der Strecke und die Tatsache, dass außer ihr keine Jogger unterwegs zu sein schienen, deuteten darauf hin, dass der Weg nicht oft benutzt wurde. Stephanie fühlte sich nicht wohl, so ganz allein auf einer Strecke, die sie nicht kannte und wo das Tageslicht – also das, was davon überhaupt noch übrig war – rapide abnahm.

Der Pfad machte eine kleine Biegung und nun ging es bergauf. Stephanie folgte ihm weiterhin und hoffte, er würde sie aus der kleinen Schlucht hinausführen. Stattdessen kam sie ohne Vorwarnung am Ende einer Sackgasse an. Vor ihr ging es einen Hügel hinauf, aber der Weg dort hoch war mit einer metallenen Barriere und einem roten Stoppschild versperrt. Noch dazu wies ein gelbes Schild darauf hin, dass hier Privatbesitz begann, zu dem der Zutritt verboten war.

»Das kann doch nicht wahr sein!«, stöhnte Stephanie.

Sie befand sich am Grund einer Schlucht und es gab nur einen Weg: den Pfad zurück, den sie gekommen war. Sie ärgerte sich über sich selbst. Es war eine ganz schlechte Idee gewesen, hierherzukommen. In ihrer Eile hatte sie alles falsch gemacht.

»Verdammt!« Hoffentlich würde es nicht noch schlimmer werden.

Kapitel 4

Tracy fuhr nach Hause, ohne Nolasco eine Antwort gegeben zu haben. Nunzio hatte versprochen, eine Liste seiner »aktiven« Cold Cases auf seinem Schreibtisch zu hinterlassen, für wen auch immer.

Kies knirschte unter den Rädern ihres Subaru, als Tracy den Wagen um die kreisförmige Einfahrt ihres Heims herumfuhr, in deren Mitte der japanische Ahorn gerade in den Farben eines herbstlichen Sonnenuntergangs erstrahlte. Sie parkte neben Dans Chevy Tahoe und kletterte rasch aus dem Auto, weil sie es kaum erwarten konnte, Daniella wiederzusehen und jeden Gedanken an die Arbeit aus ihrem Kopf zu verbannen. Ebenso rasch eilte sie die Stufen zu ihrem frisch renovierten Haus hinauf, wobei man das »renoviert« nicht wörtlich nehmen durfte. Im Grunde hatten sie das alte Haus mit den vier Zimmern bis auf die Grundmauern eingerissen und an dessen Stelle ein zweihundertdreißig Quadratmeter großes Heim mit drei Schlafzimmern, drei Bädern und einem Anbau für Therese, die Nanny, errichtet.

Rex und Sherlock, ihr beiden Rhodesian-Mastiff-Mischlinge, begrüßten Tracy an der Haustür, interessierten sich aber nicht weiter für sie, sondern schossen an ihr vorbei, um im Garten miteinander zu spielen. Dass Dan zum Laufen angezogen im Eingangsflur wartete, erklärte, warum die beiden so aufgeregt waren.

»Hallo!« Dan begrüßte seine Frau mit einem Kuss. »Sie waren heute noch gar nicht draußen.«

»Das sehe ich. War Therese denn nicht mit ihnen los?«

»Therese war mit Daniella im Zoo. Jetzt stecken sie im Stau auf der I-5 und versuchen, auf die Brücke fünfhundertzwanzig zu kommen.«

»Das kann dauern, in der Gegend ist immer der Teufel los und um diese Uhrzeit besonders. Was hat sie gesagt, wann ist sie ungefähr hier?«

»Eigentlich wollte sie um fünf zu Hause sein, aber daraus wird nun wohl eher sechs werden. Kommst du mit laufen, bevor es dunkel wird?«

Was Tracy wirklich wollte, war Daniella. »Mist!«, sagte sie.

»Du zeigst den Enthusiasmus eines Soldaten vor dem Todesmarsch von Bataan.«

»Noch weniger.« Tracy seufzte. »Ich hatte einen anstrengenden Tag bei der Arbeit.«

»Alles nur Ausreden. Erfinde ich Ausreden, wenn ich mitten in einem Prozess stecke und du mich beim Laufen in Grund und Boden stampfst?«

»Da hast du dir deine Frage gerade selbst beantwortet.«

»Wir sind doch selten genug mal allein. Also heißt das Sex oder Laufen und ich weiß, wofür Rex und Sherlock stimmen.«

»Dann steht es drei zu eins.« Tracy lief die Treppe hinauf, um sich umzuziehen.

»Aber deine Stimme wird nachher auch noch Gehör finden!«, rief Dan ihr lachend hinterher.

Sie liefen die Strecke hinter ihrem Haus, wo sich das braune, verbrannte Sommergras gerade nach dem Herbstregen wieder erholte. Das letzte Tageslicht hüllte Pfad und Gras in einen goldenen Schein. Wie üblich rasten Rex und Sherlock völlig außer Rand und Band los und stürmten den Hügel hinauf. Nicht lange, und sie würden ruhiger werden, keuchend und außer Atem.

Tracy brauchte zehn Minuten, bis sie ihren Rhythmus gefunden hatte und genügend Luft bekam, um sich mit Dan unterhalten zu können, der vom ersten Schritt an ununterbrochen geplappert hatte.

»Und?«, wollte er nun wissen. »Kannst du jetzt reden, ohne gleich umzukippen?«

»Ich höre dich aber auch ganz schön husten und keuchen, Kip Keino.«

»Kip Keino? Der mit der Goldmedaille bei den Olympischen Spielen? Wow! Da weiß man doch gleich, wie alt du bist!«

»Ich kenne den Namen, weil meine Eltern sich über den Mann unterhalten haben. Was ist deine Entschuldigung?«

»Ich bin alt.«

»Es gibt Tage, da fühle ich mich alt.«

»Okay!«, meinte Dan, »jetzt haben wir uns genug selbst gegeißelt. Erzähl mir von deinem Tag.«

Sie erzählte ihm von Maria Fernandez und Nolascos Angebot, die Cold Cases zu übernehmen.

»Was hast du ihm gesagt?« Dan war seine Besorgtheit anzuhören.

»Noch gar nichts, aber er hat mir nicht gerade viele Optionen gelassen.«

»Du könntest mit Unterstützung der Gewerkschaft eine Beschwerde einlegen. Du hast ein Recht auf deinen alten Job.«

»Könnte ich und dann würde ich dastehen wie eine jammernde Alte. Als Wesen mit zwei Brüsten ist mir dieser Luxus verwehrt.«

»Gib um Himmels willen diese Brüste nicht auf!«

Sie lachte.

»Im Ernst«, sagte Dan. »Deine Kollegen wüssten doch, dass deine Beschwerde berechtigt ist.«

»Nur würde ich mit der Beschwerde nicht durchkommen. Als Faz krankgeschrieben war, fehlten Nolasco gleich zwei Detectives, und Del und Kins haben ihn um Hilfe gebeten. Diskriminierung kann ich nicht ins Feld führen, weil Fernandez auch Brüste hat und noch dazu einer Minderheit angehört und in der Abteilung dringend mehr Angehörige von Minderheiten bei Beförderungen berücksichtigt werden sollen. Außerdem bietet mir Nolasco streng genommen ja auch eine Stelle in der Abteilung für Gewaltverbrechen an.«

»Aber nicht deinen alten Job.«

»Ich will Maria nicht vor den Kopf stoßen. Sie hat nichts falsch gemacht und verdient eine Stelle. Nur nicht gerade meine.«

»Wann musst du Nolasco Bescheid geben?«

Tracy wich Rex aus, der aus dem Gras geschossen kam und ihr in den Weg lief. »Bis heute Abend.«

Dan blieb stehen. »Das ist nicht dein Ernst!«

Tracy rannte an ihm vorbei und wurde dann langsamer. »Nolasco wollte eine Antwort. Er hat keine gekriegt.«

Dan holte wieder zu ihr auf. »Er hätte anrufen können, dir Zeit geben, über die Sache nachzudenken.«

»Du hältst ihn immer noch für einen Menschen, obwohl ich dir oft genug gesagt habe, dass er ein Reptil ist.«

Der Pfad wurde schmaler, bot gerade mal einer Person Raum. »Das ist doch Schwachsinn!«, meinte Dan. »Du brauchst das nicht. Bleib zu Hause bei Daniella.«

»Ich denke darüber nach.« Sie warf ihm über die rechte Schulter hinweg einen Blick zu. »Die ganze Zeit schon. Aber ich möchte nichts überstürzen. Die Stelle bietet Vorteile, die man berücksichtigen muss.«

»Als da wären?«

Der Pfad wurde breiter und sie konnten wieder nebeneinander laufen. »Bei den Cold Cases bin ich ein Ein-Personen-Team. Nunzio hat durchblicken lassen, dass er mehr oder weniger gemacht hat, was er wollte. Arbeitszeiten von neun bis fünf, Montag bis Freitag, es sei denn, man verfolgt eine heiße Spur. Das wäre auf jeden Fall für uns und Daniella von Vorteil. Wir könnten die Wochenenden zusammen verbringen, wenn du keinen Prozess hast.«

Dan sagte nichts.

»Was ist los? Hat dir die Katze die Zunge geklaut?«

Er blieb stehen. Rex und Sherlock liefen weiter, zertrampelten mit Begeisterung das hohe Gras und blieben von Zeit zu Zeit stehen, um auf einem Grashalm herumzukauen. Tracy lief an Dan vorbei, hielt jedoch nach ein paar Schritten an, um auf der Stelle zu laufen, bis klar war, dass er nicht nur eine kleine Pause einlegen wollte. Da ging sie zu ihm zurück, und obwohl sie ziemlich genau wusste, was ihm gerade durch den Kopf ging, fragte sie nach. »Was?«

»Ich mache mir Sorgen um dich.«

»Ich glaube, du hast mal gesagt, das gehöre dazu, wenn man jemanden liebt.«

»Das war nicht ich, das war Faz.«

»Ziemlich poetisch für einen übergewichtigen Gangster.«

»Ich meine das ernst, Tracy. Ich mache mir Sorgen darum, wie es dir geht, wenn du alte Fälle untersuchst. Der in Cedar Grove …«

»Ich weiß! Aber das waren ungewöhnliche Umstände.«

»Vielleicht. Hör zu. Ich behaupte ja nicht, die große Ahnung zu haben, aber ich weiß durchaus, dass es bei der Mehrzahl von Mordfällen um Gewalt gegen Frauen geht, junge Frauen. Richtig?«

»Die meisten Gewaltverbrechen richten sich gegen junge Frauen oder Bandenmitglieder und in jüngster Zeit auch gegen Wohnungslose.«

»Und eine Akte geht zu den Cold Cases, weil niemand in der Lage war, den Fall aufzuklären, oder nicht?«

»Und jetzt hast du Angst, ich könnte wegen dem, was Sarah zugestoßen ist, meine Gefühle für sie nicht von den Fällen trennen, an denen ich arbeite, und dann kommen die Albträume und so weiter wieder.«

»Und? Wirst du deine Gefühle von den Fällen trennen können?«

»Ich war bei den aktiven Fällen ziemlich gut in der Lage, meine Gefühle rauszuhalten.«

»Ja, aber da ging es oft um das, was du Grounder nennst, die einfachen Sachen. Wo von Anfang an feststeht, wer der Mörder war, und du sofort ein Geständnis kriegst. Oder eben um Morde im Bandenmilieu.«

»Mir war gar nicht klar, dass mein Job so einfach ist.« Tracy grinste.

»Du weißt genau, wie ich das meine. Was, wenn du Tag für Tag nach Hause kommst, ohne Fortschritte gemacht zu haben?«

»Danke für dein Vertrauen in mich.«

Dan ignorierte den Kommentar. »Was macht das dann mit dir, emotional? Du hast fast zwei Jahrzehnte lang am Fall deiner Schwester gearbeitet. Du bist nie ausgegangen, hattest null soziales Leben. Du hattest Kater Roger.«

»Ich werde meine Erwartungen neu überdenken müssen, wenn ich die Stelle übernehme. Nunzio und ich haben darüber gesprochen.«

»Und kannst du das?«

»Ich weiß es nicht.« Sie wusste es wirklich nicht.

»Also? Nimmst du die Stelle?«

»Ich denke darüber nach.«

»Wenn du schon dabei bist, denk auch gleich noch über Folgendes nach: Nolasco mag ein Reptil sein, ein kompletter Vollidiot ist er nicht.«

»Du überschätzt ihn. Er *ist* ein kompletter Vollidiot.«

»Ich meine es ernst. Denk nicht mal eine Sekunde, Nolasco hätte all das, was wir gerade besprechen, nicht auch bedacht. Er kennt deine Geschichte mit deiner Schwester und er weiß, wie du arbeitest, wie sehr du davon besessen bist, dass der Gerechtigkeit Genüge getan wird. Besonders, wenn das Opfer eine junge Frau ist. Er weiß, was du in Cedar Grove durchgemacht hast und dass du gerade erst eine Weile beurlaubt warst. Glaub bloß nicht, dass er nicht hofft, die Arbeit bei den Cold Cases könnte bei dir zu einem emotionalen Burn-out führen und der wiederum dazu, dass du aufhörst.«

»Das ist mir schon klar.«

»Und?«

»Und wenn es passiert, dann passiert es.«

»Ja, aber um welchen Preis, Tracy?«

»Ich werde nicht in den Sack hauen und ihn gewinnen lassen.«

»Siehst du, und genau diese Einstellung macht mir Sorgen. Du gibst nie nach und du gibst nie auf. Ich habe Angst, dass dich das innerlich zerreißt und du wieder auf dieser finsteren Straße landest, auf der du mal ganz allein gegangen bist.«

»Ich möchte nicht mehr auf dieser Straße gehen und ich bin nicht mehr allein.«

»Etwas zu wollen oder nicht zu wollen sorgt nicht dafür, dass es auch so wird, wie man will.«

»Jetzt klingst du wie ein Philosoph.«

»Sprich wenigstens mit deiner Therapeutin darüber.«

»Ich muss Nolasco morgen meine Entscheidung mitteilen, wobei ich das rein theoretisch heute hätte tun müssen.«

»Du weißt, dass sie dir kurzfristig einen Termin gibt, wenn du sie anrufst.«

Tracy warf einen Blick auf ihre Uhr. »Du hast uns beiden gerade grandios das Tempo versaut.«

»Wir haben Zeit. Therese braucht bestimmt noch eine Stunde.«

Sie stellte sich vor ihn, als wollte sie ihn küssen, und als er sich vorbeugte, schoss sie an ihm vorbei und sprintete los. »Wenn du schneller als ich beim Haus bist«, rief sie ihm über die Schulter hinweg zu, »haben wir immer noch Zeit für Sex, bevor Daniella und Therese wieder da sind.«

»Dass du auch immer gewinnen musst!« Dan jagte ihr nach.

»Diesmal gewinnen wir ja vielleicht beide!«

Kapitel 5

Franklin Sprague drückte auf den Knopf, der an der Sonnenblende seines Vans befestigt war, und wartete darauf, dass sich das Garagentor rumpelnd und quietschend öffnete. Irgendwie wurde das Ding immer lauter. Entweder gab der Motor langsam den Geist auf, oder die Rollen, auf denen das Tor lief, waren nach all den Jahrzehnten ausgeleiert. Alt und ausgeleiert – im Grunde traf das auf fast alles in diesem Haus zu. Franklin hatte weder die Zeit noch das Geld noch irgendein Interesse daran, hier etwas zu reparieren, obwohl er schon manchmal daran dachte, sich um das Garagentor zu kümmern, weil das inzwischen praktisch als Alarmanlage fungierte. Er würde seine zwei faulen Brüder nur zu gern wenigstens einmal kalt beim Herumhocken vor der Glotze erwischen.

Er fuhr den Van in die Garage des dreistöckigen Hauses im Stadtteil North Park, das früher einmal seinen Eltern gehört hatte. Rechts an der Garagenwand, eine gesamte Seite einnehmend, türmten sich gebrauchte Haushaltsgeräte, Zeitungen und Zeitschriften, Kisten voller Videos und anderer Krempel, den sein Vater gehortet hatte. Franklin hatte den ganzen Scheiß zusammenschieben müssen, um überhaupt Platz für den Van zu haben. Erneut drückte er auf die Fernbedienung und wartete ab, bis sich das Tor dröhnend geschlossen hatte. Er hatte es nicht gern, wenn ihm neugierige Nachbarn zusahen.

Als das Tor ganz unten war, stieg er aus, öffnete die Seitentür des Vans, nahm zwei Tüten mit Lebensmitteln heraus und trug sie ins Haus. Auch im Flur türmte sich Krempel, Aktenschränke voll mit allem möglichem Kram, an denen Franklin sich vorbeidrücken musste. Sowohl sein Vater als auch seine Mutter hatten nichts wegwerfen können. Franklin hatte einmal im Fernsehen einen Bericht über solche Leute gesehen. Konnten nichts wegschmeißen und merkten nicht, wie der Plunder nach und nach von ihrem Leben Besitz ergriff.

Er ging in die Küche, wo Carrol mit einem Glas in der Hand herumstand, vor sich auf dem Küchentresen eine Flasche Wild Turkey. In der Spüle und auf dem Herd türmten sich schmutzige Teller, Gläser, Besteck, Töpfe und Pfannen. Genug Scheiß für ein Dutzend Leute, nicht nur für drei.

»Stell das Glas hin, Carrol, und hilf mir gefälligst mal. Im Auto sind noch mehr Tüten.«

Carrol rührte sich nicht. Er schien wie erstarrt.

Franklin stellte seine Tüten auf den Boden, auf den Arbeitsflächen war einfach kein Platz. »Bist du taub? Hilf mir gefälligst. Ich war schon einkaufen, dann muss ich das Zeug nicht auch noch reinschleppen. Und ich räume es auch auf keinen Fall ein. Wo steckt Evan? Ich habe ihm heute Morgen gesagt, er soll die verdammte Küche sauber machen.« Evan hatte das Gedächtnis eines Alzheimerpatienten.

Carol rührte sich immer noch nicht und Franklin spürte … nein, er wusste, dass etwas nicht stimmte. Carrol wagte es nicht, ihm nicht zu gehorchen, dafür hatte Franklin gesorgt. Auch Evan spurte. Franklin erledigte hier im Haus die meiste Arbeit und er verdiente das meiste Geld. Sie schuldeten ihm Respekt und nicht nur, weil er mit seinen neunundvierzig Jahren der Älteste war. Carrol war zwei Jahre jünger und Evan, den ihr Vater gern »Der Fehler« genannt hatte, war gerade vierzig geworden. Obwohl sie vom Alter her gar nicht so weit auseinander waren, trennten Franklin Lichtjahre von seinen Brüdern, was Intellekt und gesunden Menschenverstand betraf. Evan konnte nichts dafür. Bei seiner Geburt hatte es Komplikationen gegeben, irgendetwas mit Sauerstoffmangel. Ein Spasti war er aber nicht. »Der Fahrstuhl schafft es schon bis ganz nach oben«, hatte ihr Daddy immer gesagt, »er braucht nur ein bisschen länger.«

Carrol hatte diesen Blick, diese weit aufgerissenen Augen, als wäre er gerade bei etwas erwischt worden. Der Blödmann hatte noch nie lügen können. Hatte einfach nicht die Nerven dafür. »Was ist denn mit dir los, zum Teufel noch mal?«, fuhr Franklin ihn an. »Was ist passiert? Hast du was Dummes angestellt?«

Carrol schüttelte den Kopf. Er stotterte, wenn er nervös war, und zog es oft vor, gar nichts zu sagen.

»Was zum Teufel liegt an, Carrol?«

»Ev… Ev… Evan hat etwas gemacht«, brach es aus Carrol heraus. »Da… da… das wird dir nicht gefallen, Franklin.« Himmel, der Typ plapperte wieder mal wie diese verdammten alten Weiber in dem Altenheim, in dem Franklin als Hausmeister arbeitete! »Ich … ich … ich habe ihm gesagt, wahrscheinlich bringst du ihn um.«

Franklin wollte sich an seinem Bruder vorbeizwängen. »Wo steckt der Trottel?«

Carrols Stottern wurde schlimmer. »Du … du … du musst versprechen, dass du ihn nicht umbringst, Franklin! Er … er … er ist dein Bruder.«

Franklin baute sich ganz dicht vor Carrol auf. »Wenn dieser Vollidiot etwas Dämliches angestellt hat, versohle ich ihm den Arsch, da kannst du Gift drauf nehmen!« Mit seinen ein Meter zweiundneunzig war Franklin sechs Zentimeter größer als Carrol. Sie wogen beide hundertdrei Kilo, aber Franklin war kein Fettsack, Carrol schon. War immer einer gewesen, würde immer einer sein. »Sagst du mir jetzt, was der Blödmann angestellt hat?« Aber noch während er seine Frage wiederholte, beschlich Franklin der Verdacht, dass er wusste, was sein jüngster Bruder getan hatte. Evan war inzwischen ganz besessen von Frauen. Franklin atmete tief ein, atmete durch die Nase wieder aus, knirschte mit den Zähnen. »Wo ist er?«

Carrol packte ihn beim Arm. »Du musst versprechen …«

Franklin riss sich los. »Ich muss gar nichts, Carrol. Wo steckt er?«

Carrol deutete auf die Speisekammer.

»Scheiße! Evan!«

Erneut griff Carrol nach Franklins Arm. »B… b… bring ihn nicht um, Franklin!«

Franklin riss sich los. Er packte Carrol am Genick, schubste ihn gegen die Küchenschränke, dann gegen den Tisch. Papierstapel gingen zu Boden. »Fass mich noch einmal an und ich schwöre, ich bringe *dich* um.«

Kapitel 6

Tracy, die auf einem der Stühle im Empfangsbereich gesessen hatte, stand auf, als Lisa Walsh sie abholen kam, und die beiden Frauen plauderten miteinander, während Lisa Tracy den Flur hinunter zu ihrem Büro im Redmond Gebäude führte, einem Haus, das sie sich mit diversen anderen Heilberuflern teilte.

»Hätten Sie gern eine Tasse Tee oder Kaffee?«, erkundigte sich Walsh, als sie an der gemeinschaftlich genutzten Küche vorbeikamen.

Tracy lehnte dankend ab. Sie war schon früh wach geworden und ihre Gedanken hatten sich gedreht wie ein Hamster im Laufrad, immer wieder um die eine Frage: Sollte sie die Stelle bei den Cold Cases übernehmen oder nicht? Dabei hatte sie zwei Tassen Kaffee getrunken, eine mehr als sonst, und fühlte sich bereits ziemlich zittrig.

»Ein Glas Wasser wäre schön«, sagte sie.

»Das kriege ich hin.« Walsh holte ein Glas aus dem Küchenschrank.

Walsh war nicht das gewesen, was Tracy erwartet hatte, als sie nach dem Fall in Cedar Grove mit Beratungsgesprächen angefangen hatte. Irgendwie hatte sie mit einer nicht besonders eleganten Frau gerechnet, die von ihr in einer Tour mit sanfter Stimme würde wissen wollen, wie sie sich bei irgendetwas fühlte. Walsh war alles andere als unelegant. Tracy schätzte sie auf Anfang vierzig und ihre Mutter hätte sie zu den »schwarzen Iren« gezählt, mit ihren kurzen dunklen Haaren und den dunklen Augen bei sehr heller Haut. Sie hatte die schlanke Figur einer Langstreckenläuferin und trug an diesem Tag Jeans und einen hellblauen Pullover.

Sie hatte ihre Praxis mit einem bunten Teppich, insgesamt hellen Farben und weichem Licht ausgestattet. Auf den Regalen standen einige Bücher über Erziehung, Ehe, schwierige Teenager, Angstzustände und Beziehungen. Tracy setzte sich auf das braune Ledersofa, mit dem Rücken zum Fenster, das einen Blick auf die Redmond Library und andere eher niedrige Bürogebäude im roten Backsteinstil bot. Walsh nahm auf der anderen Seite des Couchtisches zwischen den Kissen auf einem Ledersessel Platz. Sie setzte sich, nahm Papier und Kuli zur Hand und schlug die Beine übereinander.

»Danke, dass Sie so kurzfristig einen Termin für mich hatten«, sagte Tracy.

»Kein Problem.« Walsh lächelte. »Wie geht es Ihnen? Haben Sie noch Albträume?«

»Nein.« Tracy schüttelte den Kopf. »Nichts dergleichen.«

»Und wie war die Rückkehr zur Arbeit?«

»Hart, genau wie Sie gesagt haben. Aber ich habe es geschafft.«

»Hatten Sie Schuldgefühle, Daniella zurückzulassen?«

Tracy schwieg kurz, ehe sie antwortete. »Nein, eigentlich nicht. Aber ich habe schon Angst davor, Daniella könnte etwas Schlimmes zustoßen. Ich mach mir Sorgen darum, dass ich dann nicht da sein könnte, um sie zu beschützen.«

»Warum sollte Daniella etwas Schlimmes zustoßen?«

Tracy lächelte. »Ich habe so oft Familien von Opfern sagen hören, sie hätten sich nicht vorstellen können, dass es ihnen passiert. Meine Familie hätte auch nie geglaubt, dass es uns passieren könnte. Nicht in einer kleinen Stadt wie Cedar Grove.«

Walsh legte ihren Notizblock zur Seite. »Psychopathen machen vier Prozent der Bevölkerung aus.«

»Vier bis acht Prozent.« Tracy verzog das Gesicht zu einem Lächeln, in dem keine Spur von Humor lag.

»Vier bis acht Prozent. Aber wie stehen die Chancen, dass das, was Ihrer Schwester und der Familie Ihrer Kindheit zugestoßen ist, auch Ihrer Tochter zustößt? Wie stehen die Chancen, dass ein von beiden Eltern geliebtes und behütetes Mädchen verschwindet?«

»Es ist einmal passiert«, sagte Tracy und merkte selbst, wie sie sich auf diesen Gedanken versteifte.

»Ja, ist es. Aber wie stehen die Chancen?«

»Sehr gering, das weiß ich, aber darum geht es mir heute nicht, deswegen wollte ich mich nicht mit Ihnen treffen. Auf der Arbeit hat sich etwas Unerwartetes ergeben und mein Mann findet, ich sollte mich mit Ihnen unterhalten, bevor ich Entscheidungen treffe.«

Tracy erzählte von ihrer Unterhaltung mit Johnny Nolasco.

»Können Sie den Rechtsweg einschlagen?«

»Sie hören sich an wie Dan. Nein. Im Grunde nicht, sollte ich lieber sagen.«

»Aber Sie glauben, er hat diese Frau absichtlich eingestellt, um Sie zu vertreiben?«

»Ja, aber das werde ich ihm kaum nachweisen können. Beschwerden wegen Diskriminierung machen nur alle nervös und kommen bei den Männern echt nicht gut an. Das will ich nicht. Ich will einfach nur meinen Job machen können und als Detective anerkannt und entsprechend behandelt werden.«

»Was haben Sie nun also vor?«

»Ich habe mich noch nicht entschieden.«

Walsh warf einen Blick auf die Uhr. »Viel Zeit haben Sie sich nicht gelassen.«

»Ich glaube, genauso hat mein Captain es geplant. Er würde mich zu gern loswerden, was in meinen Augen stark dafürspricht, die Cold Cases zu übernehmen.«

»Nur um ihn zu ärgern?«

Tracy lächelte. »Wir haben eine komplizierte Beziehung.«

»Das habe ich schon verstanden. Lassen wir Ihren Captain kurz mal außer Acht. Was wollen Sie selbst?«

Tracy seufzte. »Ich weiß es nicht. Anfangs war ich total dagegen, die Stelle anzunehmen …«

»Weil Sie das Gefühl haben, Sie wird Ihnen aufgedrängt, oder weil Sie sich nicht wegschieben lassen wollen?«

»Beides. Aber nachdem ich mich mit dem Detective unterhalten habe, der in Rente geht, ist mir klar geworden, dass die Stelle auch ein paar Vorteile hat.«

»Als da wären?«

Tracy fasste zusammen, was Nunzio gesagt hatte.

»Das spricht also für die Cold Cases. Was spricht dagegen?«

Tracy zögerte, unsicher, wie sie diese Frage beantworten sollte. »Sie meinen, abgesehen davon, dass ich vor meinem Captain kapituliere, wenn ich sie annehme?«

»Lassen wir ihn weiterhin außen vor. Sie haben gerade einen sehr guten Grund genannt, die Stelle zu übernehmen. Was sind die Gründe, die Sie zögern lassen? Oder geht es wirklich nur darum, dass Ihr Captain mit seinem Plan nicht durchkommen soll?«

»Das ist das Problem. Er kriegt sowieso, was er will, egal, wie ich mich entscheide.«

»Geht es darum? Sie wollen Ihren Captain einfach nicht gewinnen lassen?«

Tracy nippte an ihrem Wasser. »Nein«, sagte sie schließlich. »Dan macht sich Sorgen, die Stelle könnte emotional zu herausfordernd für mich sein, weil es sich bei den ungelösten Fällen in der Mehrheit um nicht aufgeklärte Morde handelt oder um sexuelle Gewalt gegen junge Frauen oder um Frauen, die verschwunden sind. Er macht sich Sorgen darum, wie es mir geht, wenn ich einen Cold Case nicht aufklären kann.«

»Entschuldigen Sie, wenn ich da nachhake«, sagte Walsh, »aber sind Cold Cases nicht genau deswegen cold, weil sie nicht aufgeklärt werden konnten?«

»Ein bisschen komplizierter ist es schon, aber im Grunde ja.«

Walsh dachte kurz nach. »Verstehe«, sagte sie schließlich. »Nächste Frage: Warum sind Sie Mordermittlerin geworden?«

»Warum?«

»Ich glaube, Sie haben einmal gesagt, weil Sie Ihre Schwester finden wollten.«

»Teilweise.«

»Um Ihre Familie zu retten?«

»Möglicherweise.«

»Haben Sie Ihre Schwester gerettet?«

Tracy schüttelte den Kopf.

»Haben Sie Ihre Familie gerettet?«

»Nein.« Tracy sprach so leise, dass man sie kaum noch hören konnte.

»Macht Ihnen das zu schaffen?«

»Ich habe gelernt, damit zu leben.«

»Haben Sie das wirklich?«

»Wie meinen Sie das?«

»Haben Sie sich richtig damit auseinandergesetzt? Oder haben Sie das alles einfach beiseitegeschoben, um weiterleben zu können, immer einen Tag nach dem anderen?«

»Ich weiß nicht. Vielleicht von beidem ein bisschen.« Sie erzählte Walsh nichts von dem mentalen Safe, in dem sie das Verschwinden und den Tod ihrer Schwester verstaut hatte.

»Macht es Ihnen zu schaffen, dass Sie Ihre Schwester und Ihre Familie nicht retten konnten?«

»Natürlich macht mir das zu schaffen! Das war mein Job – sie zu retten. Ich habe versagt.«

»Warum glauben Sie, das wäre Ihr Job gewesen und Sie hätten versagt?«

»Weil sie gestorben ist. Weil er sie umgebracht hat.«

»Jahre bevor Sie Mordermittlerin wurden.«

»Ja.«

»Sie waren eine junge Frau, gerade einmal zweiundzwanzig Jahre alt. Sie waren eben erst ins Leben hinausgetreten. Sie waren kein Detective, keine Mordermittlerin.«

»Was?«

»Es war nicht Ihre Aufgabe, Ihre Schwester zu retten, Tracy.«

»Ich war älter als sie. Ich hätte sie nicht allein lassen dürfen.«

»Aber Sie hätten sie nicht retten können.«

»Mein Vater hat geglaubt, ich hätte es gekonnt. Er hat mir nie verziehen, sie alleingelassen zu haben.«

»Warum sagen Sie das?«

»Weil er sich umgebracht hat. Er hat mich nie wieder so angesehen wie vorher, nachdem Sarah verschwunden war. Er hat mich nie wieder behandelt wie vorher.«

»Hat er je gesagt, dass er Ihnen Vorwürfe macht oder dass es Ihr Fehler war?«

»Nicht so direkt, aber ...«

»Könnte es sein, dass er sie anders behandelt hat, weil er um den Verlust seines Kindes trauerte?«

Tracy dachte einen Moment lang nach. »Vielleicht.«

»Nicht alle können gerettet werden, Tracy.«

»Das weiß ich.«

»Und Sie können nicht alle retten.«

»Das weiß ich.«

»Sie können verstehen, warum Dan sich sorgt, nicht wahr? Warum er die Auswirkungen auf Sie fürchtet, die es haben könnte, wenn Sie Fälle nicht lösen können, ohne dass es eigentlich Ihre Schuld ist.«

»Ja.«

»Machen Sie selbst sich auch Sorgen?«

Sie dachte eine Zeit lang nach. »Ich weiß es nicht.«

»Ich glaube, das ist die Frage, die Sie sich beantworten müssen. Und wenn Sie darüber nachdenken, vergessen Sie nicht: Sie sind ein Mensch, Tracy. Und das bedeutet, Sie sind nicht perfekt. Sie werden manches nicht schaffen, ohne dass Sie dafür irgendeine Schuld trifft. Das gehört zum Menschsein dazu, nicht perfekt zu sein. Die Frage ist: Können Sie damit leben, nicht perfekt zu sein? Können Sie mit Niederlagen und Versagen leben?«

Kapitel 7

Tracy war sehr nachdenklich, als sie die Praxis von Lisa Walsh verließ. Irgendwie steckte sie zwischen Baum und Borke, wie ihr Vater gesagt hätte. Sie wollte die Stelle bei den Cold Cases nicht annehmen, um Nolasco in die Suppe zu spucken, aber sie wollte sie auch nicht ablehnen, ohne außer der Kündigung einen Plan B zu haben, denn damit hätte sie ihm genau in die Hände gespielt. Was immer sie tat, es sollte nicht dazu dienen, jemand anderen außer sich selbst zufriedenzustellen.

Sie musste eine intelligente Entscheidung treffen und dazu brauchte sie einen ruhigen Ort zum Nachdenken. Sich an ihren alten Schreibtisch zu setzen kam ihr nicht richtig vor, selbst wenn Maria Fernandez zurzeit in einem Gerichtssaal des King County neben dem Staatsanwalt saß. Überhaupt wäre es seltsam, wenn sie sich in den Arbeitsbereich des A-Teams hockte, und für Kins, Del und Faz wäre es bestimmt auch ungemütlich. Ihre Kollegen fühlten sich sowieso nicht wohl bei dem, was gerade lief, auch wenn sie gar nichts dafürkonnten. Da sollten sie sich nicht noch schlechter fühlen, weil sie an ihrem alten Schreibtisch saß wie ein Kaugummi, das man nicht von der Schuhsohle bekommt.

Die Tür zum Büro von Art Nunzio war zu, aber nicht abgeschlossen. Kurz entschlossen trat Tracy ein und zog sie hinter sich zu. Ohne Nunzio hinter dem Schreibtisch wirkte der Raum womöglich noch kleiner und die dicken, schwarzen Ordner in den hohen Regalen, die so viele ungelöste Fälle verkörperten, hatten etwas noch Deprimierenderes.

Nunzio hatte gründlich sauber gemacht, wohl als Abschiedsgeschenk an denjenigen, der seine Stelle übernahm. Tracy strich mit dem Finger über die Schreibtischplatte und fand nicht ein Staubkörnchen. Der Monitor des Computers war dunkel, Maus und Tastatur warteten darauf, wieder in Gebrauch genommen zu werden. Ein einzelner Schlüssel lag zwischen der Schreibunterlage und einem Stapel zusammengehefteter Papiere, die Liste der Fälle, an denen Nunzio gerade gearbeitet und die er wie versprochen für seine Nachfolgerin oder seinen Nachfolger zusammengefasst hatte.

Auf einem einzelnen, nicht mit den anderen zusammengehefteten Blatt Papier entdeckte Tracy ihren Namen. Nunzio hatte ihr eine Nachricht hinterlassen.

> *Tracy,*
> *wenn du dies hier liest, bin ich offiziell in Rente. Du bist die Erste, zu der ich das sage, und ich habe noch keine Ahnung, wie es sich anfühlen wird. So ganz habe ich es wohl selbst noch nicht begriffen.*
>
> *Wenn du das hier nicht liest, bin ich zwar trotzdem in Rente, komme mir aber vor wie ein Trottel.*

Tracy schmunzelte.

> *Ich will ehrlich sein: Ich tippe diese Nachricht, weil mir der Abschied dann leichter fällt. Ich möchte in dem Gefühl gehen, dass ich diese Ordner in gute Hände gebe. Kompetente Hände. Deine Hände.*

Ich weiß, deine Aufklärungsrate in der Abteilung liegt bei einhundert Prozent, was eine Menge über dich und deine Hingabe an deine Fälle, die Opfer und deren Familien aussagt. Meiner bescheidenen Meinung nach unterscheidet diese Hingabe gute Detectives wie dich, und früher auch mich, von denen, die einfach nur ihrer Arbeit nachgehen. Dich lassen die Fälle nicht unberührt. Dafür spricht einiges. Natürlich kann die Arbeit schmerzhaft werden, wenn uns am Ende unserer Ermittlungen nichts anderes übrig bleibt, als einer Familie mitzuteilen, dass sich ihre schlimmsten Albträume bestätigt haben, doch auch das macht uns menschlich. Wir sind mit dem Herzen bei der Arbeit, uns liegt etwas an den Menschen. Das ist einer der Gründe für meinen Entschluss aufzuhören. Mir liegt nicht mehr so viel daran wie früher.

Du siehst also, ich will dir auf keinen Fall Druck machen. Ha, ha!

Im Ernst: Du wirst schon wissen, was am besten für dich ist. In deiner Haut steckst nur du allein. Ich weiß jetzt, das Leben ist zu kurz, um weniger zu tun, als man eigentlich tun könnte.

Also dann – auf mich wartet eine Runde Golf.

Ab heute siebzehn Uhr ist jeder Tag Samstag.

Ich hoffe bloß, ich werde diesen Schritt nicht noch bedauern. Wie sagt man doch so schön? Mit Niederlagen lebt es sich einfacher als mit einem Gefühl von Reue.

Art

PS: Probier wenigstens mal den Stuhl aus. Der soll ergonomisch sein und verhindern, dass einem der Hintern einschläft. Den Schlüssel wirf einfach beim Captain ein, wenn du die Stelle ablehnst.

Tracy musste lachen. Statt sich mit Lisa Walsh zu treffen, hätte sie einfach nur zur Arbeit kommen und Nunzios Nachricht lesen müssen.

Mit Niederlagen lebt es sich einfacher als mit einem Gefühl von Reue.

Ihr Blick wanderte hoch zu den Ordnern, die schon gar nicht mehr so einschüchternd wirkten wie noch wenige Augenblicke zuvor. Sie zog den Schreibtischstuhl unter dem Tisch hervor und setzte sich, versuchte, ein Gefühl für den Raum zu bekommen. Es war schön, so allein zu sein.

Vielleicht konnte sie nicht alle retten.

Vielleicht konnte sie nicht allen Opfern und deren Familien Gerechtigkeit zuteilwerden lassen.

Aber vielleicht gelang es ihr bei einem Opfer. Und war das nicht besser, als es gar nicht erst zu versuchen?

Mit Misserfolgen konnte sie leben. Mit einem Gefühl von Reue nicht.

Fang mit einem Fall an, hörte sie Nunzios Stimme im Kopf. *Fang einfach mit einem Fall an.*

Sie drehte das Blatt um, auf dem Nunzios Nachricht stand, und nahm sich seine Zusammenstellung von Fällen vor. Sie wusste nicht, wonach sie eigentlich suchte, aber vielleicht würde ihr irgendetwas ins Auge springen. In einer Schreibtischschublade fand sie farbige Marker. Dann folgte sie Nunzios Rat und suchte nach Fällen mit sexueller Gewalt, Fälle, bei denen es DNA-Spuren geben könnte, mit denen sich arbeiten ließe. Die kennzeichnete sie mit einem gelben Marker.

Fälle, die noch nicht allzu lange zurücklagen, markierte sie blau. Sie zog die Ordner von Fällen aus dem Regal, die beim Durchlesen von Nunzios Zusammenfassung ihr Interesse erregt hatten, und ging ein halbes Dutzend davon durch. Dabei hatte vor allem ein Fall ihr spontanes Interesse geweckt, die Entführung eines fünfjährigen Mädchens, Elle Chin, aus einem Maislabyrinth am Vorabend von Halloween. Das Ereignis lag fast auf den Tag genau fünf Jahre zurück, was ihr schon beinahe prophetisch vorkam. Sie erinnerte sich an den Fall, auch wenn sie selbst nicht daran gearbeitet hatte. Ein Beamter aus Seattles nördlichem Polizeibezirk, dem North Precinct, war darin verwickelt gewesen.

Sie las sich durch, was Nunzio in seiner Zusammenfassung dazu geschrieben hatte.

Der Vater des Mädchens, Bobby Chin, achtundzwanzig Jahre alt und Polizist in Seattle, durchlebte damals eine schlimme, in Teilen gewalttätige Scheidung und hatte an dem Abend nach dem Dienst seine fünfjährige Tochter abgeholt, um mit ihr zu einem Maislabyrinth und Kürbisfeld zu fahren. Während seines Verhörs hatte Chin vehement darauf bestanden, dass niemand außer seiner Ex-Frau und deren Freund Elle entführt haben konnte und dass beide vorhatten, ihm die Tat in die Schuhe zu schieben, um ihn ins Gefängnis zu bringen. Laut Chin war seine Ex-Frau verrückt und rachsüchtig. Die Polizei war in der Vergangenheit mehrfach ins Haus der beiden gerufen worden, aber nicht der Ehefrau wegen. Chin hatte eine Anzeige wegen häuslicher Gewalt erhalten und sich schuldig bekannt.

Tracy lehnte sich zurück. Chin klang ganz wie ein Mann, der das eigene schlechte Benehmen zu rechtfertigen versuchte, indem er seiner Frau die Schuld dafür gab. Alles schien möglich. Wichtig war, dass man das kleine Mädchen nie gefunden hatte und sich im Ordner keine neueren Erkenntnisse befanden. Tracy mochte sich kaum vorstellen, wie schrecklich das für die Eltern sein musste. Wenn so etwas mit Daniella geschähe … Beim bloßen Gedanken wurde ihr ganz übel.

Sie las Nunzios Zusammenfassung des Falles ganz durch, stand auf, fand den entsprechenden Ordner schnell, da Nunzio die Fälle alphabetisch sortiert hatte, und zog ihn heraus.

Er enthielt den schlimmsten Albtraum aller Eltern und damit auch Tracys schlimmsten Albtraum. Sie notierte sich wichtige Daten und Einzelheiten. Der Fall lag nicht so weit zurück wie einige andere, war aber hier gelandet, nachdem einer der an den Ermittlungen beteiligten Detectives in Rente gegangen war und der andere sich in ein anderes County hatte versetzen lassen.

Tracy legte den Ordner erst einmal beiseite, um nach anderen relativ aktuellen Fallzusammenfassungen zu suchen. Zwei fielen ihr spontan ins Auge, zwei Prostituierte, die im Abstand von neun Monaten vom Aurora Strip verschwunden waren. Wie auch bei der Akte Chin konnte keiner der Fälle als wirklich alt gelten, sie waren hier gelandet, weil die beiden ermittelnden Detectives nicht mehr für die Abteilung arbeiteten. Viel zu früh, fand Tracy, die monatelang einen Serienmörder verfolgt hatte, dem man den Spitznamen »Cowboy« verpasste und der in den Hotels und Motels derselben Gegend gearbeitet hatte, aus der die beiden Prostituierten verschwunden waren. Ein rascher Blick in die Zusammenfassungen verrieten ihr einen weiteren Grund dafür, dass man die Ermittlung in beiden Fällen hatte kalt werden lassen: Es gab keine DNA-Spuren, keine Zeugen, keine Hinweise irgendeiner Art. Die Frauen waren einfach verschwunden. Sie zog die dazugehörigen Ordner aus dem Regal und legte sie zum Fall Elle Chin.

Draußen auf dem Flur hörte man ein Schlüsselbund klappern und als Tracy aufsah, stand Nolasco in der Tür. »Crosswhite! Wie sind Sie denn hier reingekommen?«

»Die Tür war nicht abgeschlossen.«

»Die Tür soll immer abgeschlossen sein.«

Wortlos hielt Tracy Nunzios Schlüssel hoch, der im Zusammenhang mit der Nachricht an sie persönlich den Verdacht nahelegte, dass die Tür absichtlich unverschlossen geblieben war, weil Nunzio gewusst hatte, dass Tracy zurückkommen würde. Bei dem Gedanken musste sie lächeln. *Du bist mit dem Herzen dabei.*

»Sie können Nunzio ja rausschmeißen«, sagte sie.

Nolascos Blick glitt über die Ordner auf dem Schreibtisch und die zusammengehefteten Blätter. »Was machen Sie da?«

Tracy sah hoch zur Wanduhr. Es war fast vierzehn Uhr. »Ich gehe Ordner durch.«

»Die Cold Cases sind nicht dazu da, dass man sie mal eben so nebenbei durchsieht.«

»Nunzio hat mir eine Zusammenfassung hinterlassen.«

»Er hat Ihnen … dann haben Sie … haben Sie sich mit Nunzio getroffen?«

»Gestern. Einen anderen Termin hatte er nicht. Gestern war sein letzter Arbeitstag.«

Nolasco ignorierte die Spitze. »Warum haben Sie mir gestern nicht gesagt, dass Sie die Stelle übernehmen wollen?«

»Weil ich mich gestern noch nicht entschieden hatte.«

»Und was machen Sie dann jetzt hier?«

Tracy sah sich im Büro um. »Ich versuche, mich zu entscheiden.«

»Was soll das nun wieder heißen?«

»Das heißt, ich nehme die Stelle.«

Nolasco gab sich alle Mühe, die Fassung zu wahren, aber man konnte ihm die Überraschung schon anhören. »Sie nehmen sie?«

»Unter einer Bedingung. Sobald im A-Team ein Platz frei wird, bieten Sie den zuerst mir an.«

»Das kann ich nicht versprechen.«

Tracy lächelte. »Und ob Sie das können.«

Nolasco sah aus, als müsse er sich auf die Zunge beißen. »Es gibt da noch ein paar Formalitäten …«

»Ich kümmere mich drum.«

Nolasco nickte. Inzwischen wirkte er eher verunsichert. »Gibt es sonst noch etwas, Captain?«

Er schüttelte den Kopf und verließ das Büro.

KAPITEL 8

Später am Tag fuhr Tracy auf den Parkplatz eines einstöckigen Lagerkomplexes in Kirkland und suchte das Lager von Amazon auf. Sie hatte den ganzen Nachmittag damit verbracht, die Akte zum Fall Chin durchzugehen, hatte die Vermisstenanzeige gelesen, die Polizeiberichte, die Zeugenaussagen. Aussagen von Angehörigen und Freunden. Sie hatte sich teilweise mit der massiven Polizeiermittlung vertraut gemacht, bei der mehr als zweitausend bei einer extra eingerichteten Telefonleitung eingegangenen Hinweisen aus der Bevölkerung nachgegangen worden war. Chin war Polizeibeamter gewesen, einer von ihnen, und seine Kollegen hatten keine Mühen gescheut, um seine Tochter zu finden. Aber trotz all ihrer sorgfältigen Arbeit, trotz des Einsatzes von Spürhunden, trotz der Durchsuchung der Wohnungen und Autos von Chin, seiner Ex-Frau und deren Freund wurde das kleine Mädchen nie gefunden.

Der Fall hatte in der Presse eine beträchtliche Menge Staub aufgewirbelt, allein schon der pikanten Umstände wegen. Chin war Polizist und seine Frau warf ihm körperliche und verbale Gewalt vor, was in der Vergangenheit zu einer Verhaftung, einer einstweiligen Verfügung und einer Anhörung vor dem Familiengericht geführt hatte. Das Gericht hatte den Kontakt von Chin zu Ex-Frau und Tochter bis zur Absolvierung eines

Anti-Aggressionstrainings beschränkt und ihn zu Sozialstunden verurteilt. Jewel Chin war nach dem Verschwinden ihrer Tochter vielfach in den Medien gewesen und hatte die Aufmerksamkeit genutzt, um den Verdacht auf ihren Mann als Hauptverdächtigen zu lenken und sich selbst als Opfer darzustellen.

Beides war keine neue Taktik. Tracy wusste, dass die Eltern unter Umständen wie diesen immer die ersten Verdächtigen waren. Die mit dem Fall befassten Detectives hatten sowohl mit Bobby als auch mit Jewel Chin gesprochen und darüber Berichte abgefasst. Beide gaben an, die Eltern hätten sehr erregt reagiert, als zur Sprache kam, sie könnten für das Verschwinden ihrer Tochter verantwortlich sein. Tracy würde aufpassen und sich eine Strategie zurechtlegen müssen, wenn sie mit ihnen sprach, denn unter Umständen würde sie nur einmal Gelegenheit dazu erhalten. Falls die beiden überhaupt zu einem Gespräch bereit waren. Zunächst jedoch hatte sie Fragen an andere Personen und hoffte, sich ein vollständigeres Bild machen zu können, bevor sie sich an Jewel und Bobby Chin wandte.

Und deswegen war sie jetzt hier und parkte ihren Wagen unter dem Herbstlaub, das sich immer noch an die mageren Zweige kleiner Bäume in den Pflanzkübeln des Parkplatzes klammerte. Tracy liebte den Herbst in Seattle – zum Teil wenigstens. Sie liebte vor allem die Farben, die sie an ihre Kindheit in Cedar Grove erinnerten. Allerdings schien die Herbstzeit immer kürzer zu werden. Die Farben verblassten rascher und die dunklen Wintertage senkten sich schneller über die Stadt. Momentan ging die Sonne nachmittags um halb fünf unter und erst um halb acht wieder auf, wenn sie denn überhaupt aufgehen mochte. Bleigraue Wolken hingen über der Stadt und bildeten viel zu oft einen alles erdrückenden Vorhang. An Halloween würden die Kinder im Dunkeln ihre Runde um die Häuser gehen müssen, wenn auch hoffentlich nicht im Regen. Tracy und Dan hatten überlegt, mit Daniella an ihrem ersten Halloween in das nächstgelegene Wohngebiet zu gehen. Natürlich war es lächerlich, mit einem zehn Monate alten Kind um die Häuser zu ziehen und Süßigkeiten zu erbetteln, aber Tracy wollte gern, dass ihre Tochter die Feiertage so erlebte, wie sie selbst sie erlebt hatte.

Als sie sich dem einstöckigen Büropark näherte, ging eine Glastür auf und ein junger Mann in Arbeitskleidung kam heraus. Er trug ein schwarzes Hemd, eine blaue Hose und passende Jacke. »Sind Sie Detective Crosswhite?«

Tracy streckte ihm die Hand hin. »Und Sie sind dann wohl James Ingram?«

»Ja.« Ingram wirkte nervös, auch wenn er sich Mühe gab, sich dies nicht anmerken zu lassen. Vor fünf Jahren war er siebzehn gewesen und hatte einen Saisonjob im Maislabyrinth gehabt. Inzwischen hatte er ein Associate Degree vom Bellevue College und arbeitete bei Amazon im Lagerhaus. »Ich dachte, wir gehen nach nebenan, da ist ein Coffeeshop.«

»Gern«, meinte Tracy. »Gehen Sie voran.«

Im Coffeeshop setzte sich Ingram an einen Tisch in Fensternähe. *Java House* war eindeutig auf die Bedürfnisse der Mitarbeiter der umliegenden Büros ausgerichtet und hatte es nicht nötig, im Fenster für sich zu werben. Außer Tee und Kaffee konnte man Säfte bekommen und in einer Glasvitrine waren Muffins, Kekse und in Plastik verpackte Sandwichs ausgestellt.

»Kann ich Ihnen irgendetwas bestellen?«, wollte Tracy wissen.

Ingram schüttelte den Kopf. »Wir haben nebenan im Lager Kaffee und so.«

Tracy, die seit einem Proteinshake am Morgen nichts mehr zu sich genommen hatte, holte sich einen Tee und einen Vollkornweizentoast und brachte beides an den Tisch. Der wackelte, sobald sie ihren Becher abstellte, aber Ingram, der sicher nicht zum ersten Mal hier war, hatte schnell eine Serviette zusammengefaltet und sie unter eins der vier Tischbeine geschoben.

»Vielen Dank, dass Sie bereit sind, mit mir zu reden«, sagte Tracy. »Haben wir ein Zeitlimit?«

Ingram schüttelte den Kopf. »Ich habe um fünf Uhr Feierabend.«

Tracy hatte ihm schon am Telefon erklärt, worum es ging, aber beim eigentlichen Gespräch sah sie Zeugen lieber in die Augen und achtete darauf, in welcher Stimmlage sie sprachen. Sie hatte einen Notizblock voller Fragen dabei, allerdings waren nicht alle für Ingram gedacht.

»Sie haben das kleine Mädchen und ihren Vater an dem Abend gesehen, richtig?«

»Das stimmt.«

»Erzählen Sie mir, woran Sie sich erinnern.«

»Gibt es denn einen Durchbruch in dem Fall? Irgendwelche neuen Erkenntnisse?« Ingram lächelte ein bisschen dümmlich. »Ich habe den anderen beiden Detectives alles erzählt, was ich von dem Abend noch wusste. Ich bin mehrmals befragt worden.«

»Das weiß ich. Aber die beiden Detectives sind nicht mehr im Dienst und von daher gehört der Fall nun mir.«

»Das ist jetzt fünf Jahre her. Ich glaube kaum, dass ich mich noch an irgendwelche weiteren Einzelheiten erinnere.«

»Ich werfe einfach einen neuen Blick auf die Beweislage«, erklärte Tracy. »Und versuche festzustellen, ob eventuell etwas übersehen wurde.«

»Okay.« Ingram zuckte die Achseln. Er klang weder überzeugt noch begeistert. »Ich glaube, das erste Mal sah ich die beiden, als ich im Verpflegungszelt arbeitete. Sie kamen ziemlich spät, wir fingen gerade an zusammenzuräumen.«

Ingram erzählte, wie Bobby Chin Corn Dogs bestellt und wie er ihn später am Eingang zum Labyrinth wiedergetroffen hatte. »Ich habe den beiden gesagt, dass sie zu spät dran sind, dass wir um zwanzig nach neun mit dem Kartenverkauf aufhören, weil man ungefähr vierzig Minuten braucht, das ganze Labyrinth zu durchlaufen.«

»Aber dann haben Sie dem Vater die Karten trotzdem verkauft?«

»Ich habe gesagt: ›Nein, das geht nicht‹, aber er drückte ziemlich auf die Tränendrüse: ›Hey, ich habe meine Tochter nur einen Abend die Woche und ich habe ihr versprochen, mit ihr ins Maislabyrinth zu gehen.‹ Er war ziemlich hartnäckig, also sagte ich, okay, aber um zehn müssen Sie durch sein, denn dann gehen die Lichter aus.«

»Er wusste, dass die Lichter um zehn ausgehen?«

Ingram zuckte die Achseln. »Ich habe es ihm gesagt.«

Das hatte Tracy beim Lesen der Akte schon interessant gefunden. Das und Chins Aussage, er habe seine Tochter aus den Augen verloren, als er sich von ihr weggedreht hatte, weil sie Verstecken spielten. Das mit den Lichtern, hatte sie gedacht, war für eine Entführung ziemlich praktisch gewesen, und ein Vater, der sich unter diesen Umständen bereit erklärte, mit seiner fünfjährigen Tochter Verstecken zu spielen, handelte einfach verantwortungslos.

»Welchen Eindruck hatten Sie vom Vater?«

Wieder zuckte Ingram die Achseln. »Er kam mir vor, als hätte er es eilig. Und er wollte wirklich unbedingt ins Labyrinth.«

»Warum sagen Sie das?«

»Weil es mir einfach so vorkam, als würde er unter Spannung stehen.«

»Wirkte er nervös? Besorgt?«

»Nein. So würde ich das nicht sagen. Mehr so, als wäre es wirklich eine große Sache, dass er mit seiner Tochter in dieses Labyrinth ging.«

Hatte Chin gewusst, dass im Labyrinth jemand auf ihn und Elle wartete? Tracy fragte sich, ob er vielleicht deswegen so angespannt gewesen war.

»Ich weiß nicht«, fuhr Ingram fort, »ich meine, ich habe keine Kinder oder so, aber die Kleine war ungefähr vier. Wie wichtig kann es für sie schon gewesen sein? Stehen Kinder in dem Alter nicht eigentlich mehr auf Süßigkeiten und so? Ich glaube, für ihn war das wichtiger als für sie.«

Interessant. »Sie dachten, er hätte vielleicht eine andere Agenda?«

»Eine was?«

»Einen anderen Grund, ins Labyrinth zu wollen?«

»Darüber habe ich nachgedacht. So im Laufe der Zeit, nicht gleich an dem Abend. Aber schon, als man mir dann all die Fragen gestellt hat. Ich dachte, wenn er das alles arrangiert hat, vielleicht wollte er deswegen so dringend da rein. Und vielleicht hat er es deswegen so eingerichtet, dass er erst gegen Ende des Abends kam.«

Genau das war Tracy auch schon durch den Kopf gegangen.

»Hatten Sie vor dem Vater mit seiner Tochter noch jemandem Karten verkauft?«

»Nein. Ich war gerade erst hingeschickt worden, um die Kasse zu schließen.«

»Wissen Sie, ob noch andere Leute im Labyrinth waren?«

»Gut möglich, es standen ja noch ein paar Autos auf dem Parkplatz. Sicher kann ich das nicht sagen.«

»Kam man ins Labyrinth, auch ohne durch den Eingang beim Kartenhäuschen zu gehen?«

»Klar.« Ingram unterdrückte ein Grinsen. »Das war doch bloß ein riesiges Maisfeld.«

Tracy lächelte. »Erzählen Sie mir, wann Sie den Vater oder die Tochter das nächste Mal gesehen haben.«

»Sie wollen wissen, wann ich das Mädchen und die Frau gesehen habe?«

»Erzählen Sie, was Sie gesehen haben.«

»Wie ich den anderen Detectives schon sagte, das war nur ein paar Sekunden lang. Ich habe draußen Müll aufgesammelt und in den Müllcontainer gestopft. Da dachte ich, ich hätte das Mädchen gesehen, wie sie mit einer Frau und einem Mann wegging. Wobei sie mehr mit der Frau ging als mit dem Mann. Ich meine, er ging ein wenig vor den beiden.«

»Woran erinnern Sie sich sonst noch?«

»Sie ging bei der Frau an der Hand.«

»Das Mädchen hielt die Hand der Frau fest?«

»Ja. Und dann – peng! – gingen die Lichter aus.«

»In Ihrer Aussage steht, die Kleine hätte die Schmetterlingsflügel nicht mehr angehabt?«

»Meiner Erinnerung nach hatte sie einen dunklen Mantel an.«

»Und die Frau?«

»Trug auch einen dunklen Mantel.«

»Konnten Sie die Gesichter der beiden sehen?«

Ingram schüttelte den Kopf. »Nein.«

»Wie wollen Sie denn dann wissen, dass es das kleine Mädchen war, das Sie vorher mit ihrem Vater zusammen gesehen hatten?«

Ingram setzte zur Antwort an, schwieg dann aber. Diese entscheidende Frage hatten ihm die anderen Detectives nicht gestellt. »Wie meinen Sie das?«, meinte er nach kurzem Nachdenken.

»Sie haben ihre Flügel nicht gesehen und auch ihr Gesicht nicht. Woher wussten Sie, dass es nicht irgendein anderes Mädchen war?«

Ingram dachte angestrengt nach. »Ich weiß nicht«, sagte er nach einer Weile zögernd. »Ich nehme an ... ich nehme mal an, das lag an der Uhrzeit. Ich erinnere mich an kein anderes Mädchen um diese Zeit. Jedenfalls an keins in dem Alter.«

»Sie waren aber gerade erst an die Kasse versetzt worden.«

Wieder wirkte Ingram ein wenig ratlos. »Es könnte wohl auch jemand anderes gewesen sein. Eine andere Familie. Aber daran habe ich eigentlich nie gedacht.« Er zuckte die Achseln. »Eigentlich weiß ich es wohl gar nicht.«

»Sie erinnern sich daran, dass die Kleine die Hand der Frau hielt, zumindest in dem kurzen Moment, in dem Sie die beiden sahen. Für Sie schien es so, als ginge sie freiwillig mit der Frau mit?«

»Freiwillig?«

»Sah das Mädchen so aus, als würde es sich wehren? Kämpfen? Versuchen, wegzukommen?«

»Nein. Sie gingen einfach nebeneinanderher.«

»Und Sie haben das Mädchen auch nicht rufen oder schreien hören?«

Ein weiteres Achselzucken. »Nein, nichts in der Art.«

Und genau deswegen hatte Tracy, als sie Ingrams Aussage in der Akte las, als Erstes gedacht, er hätte sich in seinen Schlussfolgerungen, bei dem kleinen Mädchen habe es sich um Elle Chin gehandelt, von den ihn befragenden Detectives leiten lassen. Fest stand, dass Ingram das Gesicht der Kleinen nicht gesehen hatte, dass sie die bunten Schmetterlingsflügel nicht trug, die Elle Chin getragen hatte, und dass sie ohne Widerstand zu leisten an der Hand der Frau gegangen war. Bobby Chin hatte bei seiner Aussage erzählt, wie stolz Elle auf ihre Flügel gewesen war und wie gern sie sie allen gezeigt hatte. So sehr, dass sie ihm nicht einmal erlaubt hatte, ihr einen Mantel anzuziehen. Und seiner Aussage nach war sie wütend geworden, als er sich anfangs geweigert hatte, mit ihr Verstecken zu spielen. Sie hatte sich auf den Boden gesetzt und geweint. Das kleine Mädchen war also durchaus in der Lage gewesen, aufzubegehren und sich zu wehren. Oder Bobby Chin log.

So oder so, Tracy setzte kein besonders großes Vertrauen in das, was Ingram behauptete gesehen zu haben.

»Können Sie die Frau beschreiben?«

»Eigentlich nicht. Sie trug eine Baseballkappe.«

»Was ist mit dem Mann?«

»Den habe ich auch nicht richtig gesehen. Aber ich glaube, er trug auch eine Baseballkappe.«

»Sein Gesicht haben Sie nicht gesehen?«

»Nein.«

»Und was geschah Ihrer Erinnerung nach als Nächstes?«

»Nachdem die Lichter ausgingen? Ich hörte einen Mann rufen. Sie wissen schon: ›Elle! Elle! Komm raus!‹ So was in der Art. Der Vater kam aus dem Labyrinth gerannt, als würde es brennen. Er war voll am Durchdrehen! Hat mir befohlen, das Licht wieder anzumachen und den Parkplatz abzuriegeln, aber das konnten wir wirklich nicht machen.«

»Warum nicht?«

»Das mit dem Licht regelte eine Zeitschaltuhr und es war eine Farm. Klar gab es einen Parkplatz, aber da konnte einfach jeder rein- und wieder rausfahren. Jedenfalls kamen alle möglichen Leute angerannt und der Vater hat uns gesagt, wohin wir gehen und was wir tun sollen. Er hat allen beschrieben, wie groß seine Tochter ist, was sie anhat. Und dann war da jede Menge Polizei. Die waren wirklich überall und sie hatten Hunde dabei. Sie haben uns fast die ganze Nacht dabehalten und Fragen gestellt.«

»Haben Sie das Auto gesehen, in das das Mädchen eingestiegen ist?«

»Nein. Wie ich schon sagte, es wurde ja alles dunkel.«

Tracy bedankte sich bei Ingram und stand auf, überzeugter denn je, dass er Elle Chin nicht gesehen hatte. Kidnapper hätten

Elle hochgehoben oder sie mit einem Mantel oder einer Decke zugedeckt. Und Elle, gerade mal fünf, wäre vor Angst außer sich gewesen. Sie hätte geschrien, um sich getreten, irgendetwas in der Art. Tracy wollte noch eine weitere Frage stellen, als ihr etwas einfiel: Ja, Elle wäre vor Angst außer sich gewesen – es sei denn, sie hätte den Mann und die Frau gekannt.

»Nur um das ganz klarzustellen: Es hatte nicht den Anschein, als würde die Kleine sich wehren?«

»Nein«, sagte Ingram. »Sie ging einfach mit.«

KAPITEL 9

Als Tracy am Morgen nach Halloween aus dem Fahrstuhl stieg, wandte sie sich erst einmal ohne nachzudenken dem Arbeitsbereich des A-Teams zu. »Ja, ja, alte Hunde und neue Tricks«, murmelte sie vor sich hin, als ihr das klar wurde und sie kehrtmachen musste, um das Büro der Cold Cases anzusteuern.

Sie war nach ihrem Gespräch mit Jimmy Ingram nach Hause gefahren, um anschließend mit Dan zusammen Daniella im Buggy durch ein paar Straßen in Redmond zu schieben. Überrascht hatte sie festgestellt, dass hier ganze Familien unterwegs waren, alle in passenden Kostümen. Sie hatten Charaktere aus den Filmen *Die Unglaublichen* und *Die Eiskönigin – völlig unverfroren* gesehen, sogar aus *Der Zauberer von Oz*. Tracy war gar nicht auf die Idee gekommen, sich zu verkleiden. Dan schon. Er hatte eine Frankenstein-Maske getragen, dazu eine Elvis-Perücke und eine lächerlich bunte Jacke. Das musste man ihm lassen: Die Leute hatten den Frankenstein-Elvis zum Schreien komisch gefunden.

Daniella war als Hummel verkleidet gewesen und wurde allgemein als ganz entzückend bewundert. Die Kleine hatte eine Stunde lang durchgehalten, bevor sie in ihrer Karre eingeschlafen war. Zu Hause hatten sie dann ein ziemliches Chaos vorgefunden, da Sherlock und Rex die Schokoriegel gefressen hatten, die Dan für Halloween gekauft und auf dem Küchentresen vergessen hatte. Die Hunde hatten sich sofort übergeben und insofern Glück gehabt. Dan weniger. Weil das mit der Schokolade seine Idee gewesen war – für den unwahrscheinlichen Fall, dass sich ein Kind bis zu ihrem einsam gelegenen Haus gewagt hätte –, hatte Tracy es ihrem Frankenstein-Elvis überlassen, die Schweinerei zu beseitigen und beim Tierarzt anzufragen, ob er mit den Hunden vorbeikommen müsse. Der Tierarzt hatte sich beschreiben lassen, wie viel Schokolade und Trockenfutter Sherlock und Rex von sich gegeben hatten, und befunden, er brauche sich die beiden nicht anzusehen.

Den Rest des Abends hatte Tracy damit verbracht, die Akte Elle Chin durchzugehen, womit sie am nächsten Tag im Büro fortfuhr. Sie suchte nach irgendeinem Hinweis in den Fotos und Zeugenaussagen, der den beiden ursprünglichen Ermittlern entgangen war und ihr verraten könnte, was mit dem kleinen Mädchen passiert war. Die Erfahrung hatte sie gelehrt, dass man während einer Ermittlung manchmal den Hinweisen zu nahe kam, sie nicht richtig wahrnahm und somit etwas an sich vorbeirauschen ließ.

Bei Tracy war das immer der Punkt, an dem sie einen ungetrübten Blick suchte, eine frische, neue Sicht auf die Dinge. Einen neuen Anfang sozusagen. Im Fall Elle Chin ging sie so vor, als stünde sie gerade am Beginn der Ermittlungen.

Die Scheidung der Chins war bitter und hässlich verlaufen, teilweise sogar gewalttätig, zumindest Jewel Chins Aussage zufolge. Die ermittelnden Detectives hatten Bobby Chin ganz genau unter die Lupe genommen, jedoch keinerlei Hinweise darauf gefunden, dass er früher schon einmal Frauen gegenüber körperlich oder verbal gewalttätig geworden war. Seine Frau bildete da eine deutliche Ausnahme. Hatte sie sich mit ihren Anschuldigungen einfach nur eine bessere Position verschaffen wollen? Nein, das glaubte Tracy eigentlich nicht. Ein Tiger legt seine Streifen nicht ab, hatte ihre Mutter immer gesagt. Einmal Betrüger, immer Betrüger – einmal gewalttätig, immer gewalttätig.

Sie beschloss herauszufinden, ob Bobby Chin ein Tiger war. Konnte er seine Ex-Frau so glühend gehasst haben, dass er seiner Tochter etwas angetan hatte? Obwohl Tracy sich das nicht vorstellen mochte, wusste sie, dass solche Dinge leider viel zu oft passierten. Bei der Polizei von Seattle schien Chin einen Vertrauensvorschuss genossen zu haben, schließlich war er einer der ihren. Tracy würde ihm den nicht geben.

Chin hatte an der University of Washington studiert und seinen Abschluss gemacht, wo er der Studentenverbindung Phi Delta Phi angehört hatte. Die ermittelnden Beamten hatten in den Unterlagen der Polizei keine Hinweise darauf gefunden, dass er Frauen gegenüber gewalttätig geworden war, aber das schloss noch lange nicht aus, dass es derartige Vorfälle gegeben hatte. Viele Studentinnen entschieden sich, solche Angriffe nicht zu melden. Sie hatten kein Vertrauen in das System und fürchteten, ihre Jahre auf dem College als Aussätzige verbringen zu müssen. Chin hatte sich einmal aufgrund einer Anzeige der häuslichen Gewalt schuldig bekannt und es gab Unterlagen darüber, dass die Polizei darüber hinaus noch zweimal bei ihm zu Hause erschienen war. Das deutete auf eine Neigung zur Gewalt hin und Chins einzige »Entschuldigung« war jedes Mal gewesen, seine Frau habe ihn provoziert, sie zu schlagen, was nicht gerade von Reue oder Bedauern zeugte.

Tracy notierte sich, dass sie nach Freunden von Chin aus der Studentenverbindung suchen und sie befragen würde.

Die Akte enthielt keinerlei Hinweise darauf, dass Jewel Chin unter einer psychischen Störung litt oder von irgendetwas abhängig war, wie Bobby Chin behauptet hatte. Allerdings ging man ja auch nicht freiwillig zu einem Psychologen und bekannte sich zu solchen Störungen. Jewel konnte durchaus psychische Probleme gehabt haben, ohne dass diese je diagnostiziert worden waren. Der Bericht des Verfahrenspflegers erwähnte nichts in dieser Richtung, wobei Tracy hier davon ausging, dass sowohl Jewel als auch Bobby sich bei den Treffen mit der Person, die über ihre Rechte als Eltern entschied, immer sehr zusammengerissen hatten.

Was den Verdacht betraf, Jewel könnte für das Verschwinden ihrer Tochter verantwortlich sein, so enthielt die Akte mehrere Aussagen sowohl von Jewel Chin als auch von ihrem Freund, Graham Jacobson, die sich gegenseitig für den fraglichen Abend ein Alibi gaben. Sie behaupteten, den ganzen Abend über zu Hause gewesen zu sein, mit Ausnahme von ungefähr fünfzehn Minuten, in denen Graham unterwegs gewesen war, um das bei einem chinesischen Restaurant in der Nähe bestellte Essen abzuholen. Das Restaurant hatte sowohl die Bestellung als auch die Abholung bestätigt und die Detectives hatten sich die betreffenden Quittungen geben lassen. Bobby Chin hatte das alles als arrangiertes Alibi abgetan, und auf sein Drängen hin hatten die Detectives eine Zeitschiene vorgelegt und festgestellt, dass der Freund und Jewel Chin, oder jemand anderes, trotz der Fahrt zum Restaurant genügend Zeit gehabt hätten, zum Labyrinth zu fahren, sich das Mädchen zu schnappen und wieder zu Hause zu sein, bevor dort die Hölle losbrach. Wenn das kleine Mädchen, das Jimmy Ingram an jenem Abend gesehen hatte, Elle Chin gewesen war – was Tracy allerdings für unwahrscheinlich hielt –, erklärte die Zeitschiene vielleicht, warum die Kleine sich offenbar nicht gewehrt hatte. Sie war mit ihrer Mutter gegangen.

Über ein solches Szenario hatten auch die Detectives, die den Fall untersucht hatten, nachgedacht. Sie hatten jedoch keine weiteren Beweismittel gefunden, um diese Theorie zu untermauern. Bobby Chin konnte seine Frau als durchgeknallt bezeichnen, so viel er wollte. Er warf seine Steine aus einem Glashaus heraus.

Bill Miller, der an dem Abend von Elle Chins Verschwinden als erster Polizeibeamter im Haus der Chins eingetroffen war, hatte einen Bericht abgeliefert, der, gelinde gesagt, seltsam anmutete. Tracy fragte sich, ob Miller den Bericht der Detectives gelesen hatte, bevor er seinen eigenen formulierte, und ob er sich für seinen Kollegen hatte ins Zeug legen wollen. Miller und Chin arbeiteten damals beide vom North Precinct aus. Miller stand ebenfalls auf der Liste der Leute, mit denen Tracy sich unterhalten wollte.

Bei der Lektüre der Akte ging Tracy mehr als einmal ein Zitat aus dem Film *Eine Wahnsinnsfamilie* durch den Kopf, den Dan und sie kurz vor Daniellas Geburt gesehen hatten. Keanu Reeves spielte darin den Schwiegersohn und sagte an einer Stelle in etwa, man brauche einen Führerschein, um Auto zu fahren, und eine Lizenz, um einen Hund zu kaufen, ja selbst zum Angeln brauche man einen Angelschein, aber jedes Arschloch könne einfach so Vater werden. Oder Mutter, um genau zu sein.

Nur zu wahr.

»Klopf, klopf.«

Tracy sah auf. In der Tür stand Kinsington Rowe, ihr ehemaliger Partner im A-Team, und warf ihr ein vorsichtiges Lächeln zu. »Ich war vorhin schon mal hier, um zu fragen, ob wir zusammen einen Kaffee trinken gehen.«

Tracy wusste, worum es Kins ging, auch wenn er es nicht sagte. Er wollte über Fernandez reden.

»Lass dir mal keine grauen Haare wachsen, Kins.« Als Kins ihr damals am Telefon versichert hatte, Nolasco hätte Fernandez die Stelle nur vorübergehend gegeben, hatte sie bereits ihre Zweifel gehabt und das auch so gesagt. Sie wollte ihren alten Kollegen jetzt nicht vor den Kopf stoßen, indem sie darauf beharrte, es ja gleich gewusst zu haben.

Kins kam in ihr Büro, in der Hand ein zusammengefaltetes Blatt Papier. Er trug einen dunkelbraunen Pullover mit V-Ausschnitt, darunter ein Hemd mit Kragen, dazu Jeans und Tennisschuhe. Sofort glitt sein Blick über die furchteinflößenden Regale voller Aktenordner. »Dann übernimmst du die Stelle hier?«

»Mir bleibt kaum eine andere Wahl.« So ganz konnte sie den bitteren Unterton in ihrer Stimme nicht kaschieren.

Kins zuckte zusammen. »Hör mal, Tracy …«

»Vergiss es, Kins. Ehrlich! Vielleicht bin ich ja so flexibler und kann öfter zu Hause sein.« Noch beim Sprechen schoss ihr ein anderer Gedanke durch den Kopf. »Woher wusstest du, dass ich die Stelle übernommen habe?«

»Na ja, du sitzt hier am Schreibtisch und …« Kins reichte ihr das zusammengefaltete Blatt Papier.

»Was ist das?«

»Das tauchte vor einer Stunde auf unserer Webseite auf und wurde, nehme ich mal an, auch an die Medien weitergegeben.«

Tracy spürte, wie ihr Puls sich beschleunigte, während sie las:

Meldung der Presseabteilung vom 1. November, 11.22 Uhr

Mehrfach ausgezeichnete Beamtin übernimmt die Abteilung Cold Cases

1. November 2019: Detective Tracy Crosswhite, mehrfach ausgezeichnete Mitarbeiterin der Abteilung für Gewaltverbrechen bei der Polizeibehörde von Seattle, übernimmt ab sofort die Unterabteilung für ungelöste Fälle. Damit wird erneut die Entschiedenheit der Abteilung unter Beweis gestellt, auch länger zurückliegende

Verbrechen aufzuklären und den Opfern sowie deren Familien zu Gerechtigkeit zu verhelfen.
»Die Bestellung von Detective Crosswhite unterstreicht das Engagement der Abteilung in allen Fällen, egal, wie alt sie sein mögen. Es gilt, Verbrechen aufzuklären und die Verbrecher hinter Gitter zu bringen«, erklärte die neue Polizeichefin Marcella Weber. Detective Crosswhite wurde für ihre Arbeit als Mordermittlerin zweimal mit der Tapferkeitsmedaille ausgezeichnet, die höchste Ehrung, die die Polizei von Seattle zu vergeben hat. Im vergangenen Jahr konnte die Abteilung für ungelöste Fälle zwanzig dieser Cold Cases aufklären, gab Weber noch bekannt, die dieses erfreuliche Ergebnis den Fortschritten im Bereich Forensik ebenso zuschrieb wie der hingebungsvollen investigativen Tätigkeit des vorherigen Leiters der Abteilung, Arthur Nunzio.

Die Pressemitteilung trug eindeutig Nolascos Handschrift. Er hatte Nunzios Erfolgsrate öffentlich genannt, um eine Messlatte zu haben, anhand derer er Tracys Leistungen beurteilen konnte, was er ganz gewiss auch tun würde. Natürlich war das unangemessen. Nunzio hatte die meisten seiner Fälle aufgrund rasanter Verbesserungen bei den DNA-Analysen aufklären können und es war keineswegs gesagt, dass weitere Fortschritte auf diesem Gebiet auch Tracy neue Werkzeuge an die Hand geben würden, um andere ungelöste Fälle aufzuklären.

Tracy war das sehr bewusst, ebenso wie die Tatsache, dass keiner der anderen Detectives sie gern über ihre missliche Lage würde klagen hören. Sie saß wieder einmal zwischen Baum und Borke. »Mein Bett«, sagte sie achselzuckend, nachdem sie die

Presseerklärung durchgelesen hatte. »Ich werde schon gut drin liegen.«

»Mach es dir nicht zu bequem. Ich könnte Hilfe gebrauchen.«

»Wobei?«

»Katie Pryor hat angerufen.« Pryor war eine ehemalige Streifenpolizistin, die Tracy als Mentorin betreut und der sie zu einer Anstellung bei der Vermisstenstelle verholfen hatte, damit sie die Zeit mit ihrer Familie besser planen konnte. »Eine junge Frau ist verschwunden. Die Mutter hat eine Vermisstenanzeige aufgegeben und …«

»Warum kümmert sich nicht Katie darum, wenn es eine Vermisstensache ist?«

»Sie sagt, sie hätte angesichts verschiedener Umstände das Gefühl, die Sache könnte nicht gut ausgehen.«

Katie lag mit ihren Einschätzungen meistens richtig. »Warum? Was wissen wir?«

»Ich habe heute Morgen mit der Mutter telefoniert. Der Mitbewohner hatte bei ihr angerufen und angegeben, die junge Frau …« Er warf einen Blick auf seine Notizen. »Stephanie Cole sei seit zwei Tagen nicht nach Hause gekommen, was ihr nicht ähnlichsähe. Anscheinend ist Cole gerade erst von L. A. hierhergezogen. Fernandez ist bei Gericht und Faz und Del haben mit der Kneipenschießerei am Pioneer Square alle Hände voll zu tun. Ich hatte gehofft, du hast ein bisschen Zeit und kannst mir zur Hand gehen.« Kins warf ihr das charmante Lächeln zu, mit dem er wahrscheinlich damals auf dem College sämtliche Mädchen bezirzt hatte.

»Hast du das mit Nolasco abgesprochen?«

»Nee. Aber Billy weiß davon.« Billy Williams war der Detective Sergeant der Abteilung für Gewaltverbrechen.

»Und Billy fand es okay?«

»Billy hat gesagt, da wir nun einmal unterbesetzt sind, wäre es weise, dich hinzuzuziehen.« Kins grinste erneut. Billy und Tracy verstanden sich gut. Als Schwarzer kannte sich der Sergeant sowohl mit verdeckter als auch mit offener Diskriminierung bestens aus.

»Ist das so ein Mitleidsding, Kins?«

»Weiß ich nicht. Hast du denn Mitleid mit mir? Schließlich bist du hier die zweifach ausgezeichnete Beamtin. Es wäre wirklich eine Ehre, mit dir zusammen an einem Fall zu arbeiten.«

»Du bist ein Armleuchter!«, sagte sie und schnappte sich ihre Handtasche.

Kapitel 10

Während Kins den Wagen der Fahrbereitschaft vom gesicherten Parkplatz des Justizgebäudes fuhr, lieferte er Tracy eine verkürzte Zusammenfassung des Falles.

»Hohes Risiko?«, fragte Tracy, die auf der Suche nach der Aussage der Mutter durch Kins Notizen blätterte. Sie wollte wissen, ob Stephanie Cole Prostituierte war, drogenabhängig oder einfach nur eine der Obdachlosen, die es angeblich nach Seattle zog oder die mit Bussen aus anderen Bundesstaaten herangekarrt wurden, um die hier für Obdachlose geschaffenen Möglichkeiten zu nutzen.

»Danach sieht es nicht aus. Sie ist neunzehn, gerade aus L. A. hierhergekommen und arbeitet am Empfang in einer Spedition in Fremont, wobei sie dort gestern und heute nicht aufgetaucht ist, was ich mir vom Arbeitgeber habe bestätigen lassen. Das stimmt mit dem überein, was der Mitbewohner ihrer Mutter erzählt hat.«

»Der Mitbewohner, ist das Scott Barnes?«

»Genau.«

»Mitbewohner oder Freund?«, fragte Tracy.

»Nur Mitbewohner, wobei ich noch nicht mit ihm gesprochen habe.«

»Wie alt ist er?«

»Barnes ist zwanzig.«

»Hast du seine Daten durch das System gejagt?«

»Sauber. Kein einziger Kratzer. Er studiert an der Universität von Washington Bothell, arbeitet als Barista bei einem Starbucks und führt Hunde spazieren.«

»Eigentlich ist es immer der Freund, nicht?«, bemerkte Tracy.

»Das könnte man so sagen.«

Barnes hatte vorgeschlagen, sich am östlichen Parkplatz des Green Lake zu treffen, damit er seinem Nachmittagsjob nachgehen konnte, der darin bestand, zwei Hunde auszuführen. Der Green Lake, um den ein drei Meilen langer Wanderweg führte, hatte dem umliegenden Stadtteil zu seinem Namen verholfen.

»Da ist er«, meldete Tracy, als sie auf den relativ vollen Parkplatz fuhren und neben einer Reihe auf der Seite gelagerten Paddelbooten einen jungen Mann mit einem älteren Golden Retriever und einem recht munter wirkenden Rat Terrier warten sahen.

Kins parkte den Wagen und sie gingen hinüber zu dem jungen Mann, wo Kins die Führung übernahm, indem er Tracy und sich vorstellte.

»Hätten Sie etwas dagegen, wenn wir ein Stück gehen?«, bat Barnes. »Die Hunde brauchen Auslauf, sonst treiben sie ihre Besitzer den Rest des Tages in den Wahnsinn.«

»Kein Problem«, meinte Kins.

Tracy war froh, in Bewegung bleiben zu können und nicht in der Kälte herumstehen zu müssen. Es war inzwischen so kalt, dass sie beim Gehen ihren Atem vor dem Gesicht sehen konnte. Die Hunde trabten vor ihnen her, wobei beide einen relativ wohlerzogenen Eindruck machten und jedes Mal gehorchten, wenn Barnes sie zurückrief. Tracy zog den Reißverschluss ihrer Jacke hoch und zog Handschuhe über, um keine kalten Finger zu bekommen.

Kins, der in diesem Fall die Ermittlung leitete, stellte die Fragen. »Erklären Sie mir, warum Sie Stephanie Coles Mutter angerufen haben.«

»Heute Morgen, als ich aufstand, war Stephanie nicht zu Hause«, sagte Barnes. »Den zweiten Tag hintereinander schon nicht. Ich dachte, sie ist vielleicht nach Hause gefahren, nach L. A. Ich wusste wirklich nicht, wen ich sonst hätte anrufen sollen. Ich wollte ihre Mutter nicht beunruhigen, aber … na ja, sie hat sich trotzdem aufgeregt.«

»In welcher Beziehung stehen Sie zu Stephanie?«

»Wir wohnen zusammen, mehr nicht.« Sie mussten beiseitetreten, um zwei Frauen vorbeizulassen. Jede Menge Jogger, Radfahrer, Mütter mit Kinderwagen und Spaziergänger aller Altersgruppen nutzten das gute Wetter und freuten sich am blauen Himmel. »Sie ist vor gut einem Monat aus dem San Gabriel Valley hierhergezogen. Ich suchte nach einem Mitbewohner oder einer Mitbewohnerin, egal … damit wir die Miete durch zwei teilen können.«

»Sie teilen sich aber nicht das Zimmer?«, hakte Kins nach.

»Mit Stephanie? Nein, die Wohnung hat zwei Schlafzimmer. Wir sind kein Paar, falls Sie das wissen wollen.«

»Hätte Stephanie nach Hause gekommen und wieder gegangen sein können, bevor Sie aufgestanden sind?«

»Ich glaube nicht.«

»Warum nicht?«

»Zum einen hat ihre Zimmertür jeden Morgen denselben Spaltbreit offen gestanden. Und außerdem habe ich sie weder gestern noch heute aufstehen hören. Und ihre Sachen lagen nicht auf dem Schlafzimmerboden oder im Badezimmer.«

»Haben Sie immer gehört, wenn sie aufgestanden ist?«

»Dienstags und donnerstags schon. Da muss ich nicht vor zehn zur Uni und versuche, länger zu schlafen, aber Stephanie macht ziemlich viel Lärm. Sie schaltet im Bad das Radio ein. Ich kann die Musik hören und die Dusche und den Föhn. Ich hätte sie gestern auf jeden Fall gehört, wenn sie da gewesen wäre.«

»Und sie ist auch gestern Abend nicht nach Hause gekommen?«, fragte Kins.

»Ich bin heute Morgen aufgestanden und sie war nicht da.«

»Sie sagten etwas von Kleidern auf dem Boden?«

»Sie joggt, wenn sie von der Arbeit nach Hause kommt. Das ist so gegen Viertel nach vier. Wenn sie sich umzieht, lässt sie alles in ihrem Zimmer auf dem Boden liegen oder im Badezimmer.«

»Wann haben Sie sie zum letzten Mal gesehen?«

»Mittwochmorgen, bevor sie zur Arbeit ging.«

»Hatte sie für Mittwochabend etwas vor?«, fragte Tracy, die hinter den beiden Männern ging, um Platz für entgegenkommende Jogger und Spaziergänger zu lassen. Sie bewegte die Finger, die trotz der Handschuhe steif zu werden drohten, und packte den Kuli fester, mit dem sie sich Notizen machte.

»Sie sagte, sie wäre auf eine Party eingeladen.« Barnes hatte den Kopf gewandt und sprach über die Schulter. »Für Mittwochabend. Jemand auf der Arbeit hatte sie eingeladen. Sie hatte sich noch nicht endgültig entschieden, ob sie hingehen sollte.«

»Wissen Sie, ob sie letztendlich dort war?«

»Ich weiß es nicht genau, aber ich glaube nicht.«

»Warum nicht?«, wollte Kins wissen.

»Sie war dabei, sich ein Kostüm zu basteln. Sie hatte sich in einem Billigladen einen Rock und ein Hemd gekauft und zurechtgeschnitten, damit sie etwas hat, falls sie beschließt, auf die Party zu gehen. Sie hatte zurzeit nicht viel Geld, nachdem sie zwei Anteile Monatsmiete als Kaution hinterlegen musste.«

»Ich kann nicht ganz folgen«, sagte Kins. »Wieso glauben Sie nicht, dass sie zur Party ging?«

»Weil der Rock und das Hemd noch auf ihrem Bett lagen. Kam mir komisch vor, wo sie sich doch solche Mühe gegeben hatte.«

Das ist wirklich seltsam, dachte Tracy.

»Ach, und sie ist gestern und heute nicht zur Arbeit gegangen.«

»Woher wissen Sie das?«

»Ihre Mutter hat bei der Spedition angerufen, bei der sie arbeitet.«

»Und das sah ihr nicht ähnlich, die Arbeit zu schwänzen?«, wollte Tracy wissen.

»Das kann ich schlecht beurteilen, ich kenne sie ja erst seit ein paar Wochen. Sie hatte mir aber erzählt, dass sie auf das Geld angewiesen ist. Ihre Mutter und sie verstanden sich wohl nicht so gut und Stephanie kam für sich selbst auf. Sie hatte den ersten Job angenommen, den sie finden konnte.« Auch diese Information stand in Katie Pryors Bericht und war einer der Gründe für Pryors Anruf bei der Abteilung für Gewaltverbrechen gewesen. »Und jetzt fliegt sie da wohl raus, glaube ich. Hörte sich ganz so an.«

»Kennen Sie den Namen des oder der Angestellten, bei dem die Party Mittwochabend stattfinden sollte?«, fragte Kins weiter.

»Nein. Keine Ahnung.«

»Was haben Sie Mittwochabend gemacht?«

»Ich? Ich war aus, mit Freunden, im University District.«

Wieder notierte Tracy die Einzelheiten, die Namen der Freunde, mit denen Barnes unterwegs gewesen war, und deren Telefonnummern. »Wann sind Sie nach Hause gekommen?«

»So gegen eins. Wir haben ein Uber genommen.«

»Haben Sie das Uber gerufen?«

»Ja.«

»Die Quittung über die Fahrt ist auf Ihrem Handy?«
Barnes bejahte und Kins nannte ihm seine E-Mail-Adresse bei der Polizei, damit Barnes ihm die Quittung zuschicken konnte. »Was haben Sie gemacht, nachdem Sie nach Hause gekommen waren?«, fragte er weiter.

»Mittwoch? Ich bin zu Bett gegangen.«

»Hatten Sie getrunken?«

»Ein bisschen.«

»Drogen?«

»Nein.«

»Hat einer von Ihren Freunden bei Ihnen übernachtet?«

»Nein. Wir alle hatten am Donnerstag Vorlesungen.«

»Wann sind Sie Donnerstag aufgestanden?«

»So gegen neun. Ich musste um zehn an der Uni sein.«

Barnes zählte die Veranstaltungen an der Uni auf, die er an dem Tag besucht hatte, und nannte die Leute, mit denen er in die Mensa gegangen war.

»Wann sind Sie nach Hause gekommen?«

»Ich habe an dem Nachmittag bei Starbucks gearbeitet, also nicht vor halb sieben.«

Wieder notierte sich Tracy die Einzelheiten.

»Sind Sie gestern Abend wegen Halloween ausgegangen?«, wollte Kins wissen.

Barnes schüttelte den Kopf, »Nein.«

»Keine Partys?«, hakte Tracy nach.

»Die Partys an der Uni waren Mittwoch. Das hält einem die Kids von den Highschools vom Leib. Auf die aufzupassen ist zu viel Verantwortung für die Studentenverbindungen.«

»Sie sagten, dass Stephanie nach der Arbeit laufen geht?«

»Das nimmt sie ziemlich ernst, ja.«

»Wo läuft sie?«

»Meistens hier, am Green Lake oder im Woodland Park.« Er deutete über den See auf die Baumwipfel des angrenzenden Parks.

»Hat sie Freunde, mit denen sie läuft oder ausgeht?«

»Nicht, dass ich das mitbekommen hätte. Normalerweise kommt sie nach Hause, läuft allein, isst einen Salat, sieht fern und geht zu Bett.«

»Was haben Sie gestern Abend gemacht?«

»Gelernt, in meiner Wohnung.«

»Den ganzen Abend?«

»Bis ungefähr elf. Dann habe ich eine Episode Jack Ryan gesehen und bin zu Bett gegangen.«

»Wieso hatten Sie die Telefonnummer von Stephanies Mutter?«

»Die hatte Stephanie als Kontakt für den Notfall auf ihrer Bewerbung für die Wohnung angegeben. Ich habe die Hausverwaltung angerufen.«

Kins fragte nach und Barnes nannte ihm den Namen und die Telefonnummer des Hausverwalters. »Hat Stephanie vielleicht psychische Probleme?«

»Nicht, dass ich wüsste.«

»Sie haben nie irgendwelche Medikamente im Badezimmer gesehen? In den Schubladen oder auf der Ablage?«

Er zuckte die Achseln. »Nein.«

»Drogen?«

»Keine Ahnung.«

»Sie hat nie angedeutet, dass sie sich selbst verletzen will?«

Er schüttelte den Kopf. »Nicht mir gegenüber.«

Sie erklärten Barnes, dass sie in der Wohnung vorbeikommen würden, um sich Stephanies Sachen anzusehen. Er meinte, er wäre an diesem Nachmittag so gegen fünf zu Hause.

Tracy und Kins ließen den jungen Mann seinen Hundespaziergang machen und gingen zurück zu ihrem Wagen.

»Hast du eine Anfrage zu Coles Auto durchgegeben?«, wollte Tracy wissen.

Kins nickte. »Laut ihrer Mom und der Kraftfahrzeugzulassungsstelle von Kalifornien fährt sie einen Prius, Baujahr 2010, mit kalifornischen Nummernschildern. Ich habe mir ein Bild schicken lassen.«

»Der dürfte nicht schwer zu finden sein. Barnes sagt, sie läuft jeden Nachmittag am Green Lake oder im Woodland Park. Der Parkplatz hier hat Kameras oben auf den Laternen. Ich besorge mir die Aufzeichnungen und wir können sie durchgehen, um festzustellen, ob Cole Mittwoch- oder Donnerstagnachmittag hier war.«

»Was hältst du von Barnes?« Kins trat beiseite, um eine Joggerin mit einer Babykarre vorbeizulassen.

»Zuerst kam es mir seltsam vor, dass er die Mutter angerufen hat. Die meisten Typen in seinem Alter hätten sich die Mühe nicht gemacht. Inzwischen glaube ich, er ist einfach nur verantwortungsbewusst«, sagte Tracy. »Er studiert und hat zwei Jobs.«

»Wesentlich verantwortungsbewusster als meine Söhne«, meinte Kins.

»Vielleicht sorgt er sich wirklich darum, wie es ihr geht.«

»Oder er will, dass es so aussieht.«

»Ich dachte, ich soll hier die Skeptikerin sein«, sagte Tracy.

»Das hat wohl auf mich abgefärbt.« Kins öffnete die Autotür und stieg ein.

»Lass uns zum Woodland Park fahren, wo wir schon mal in der Nähe sind, und nachsehen, ob der Parkplatz dort auch Kameras hat«, schlug Tracy vor.

Woodland Park umfasste an die vierzig Hektar an Wegen zum Joggen, dazu Picknicktische, Gärten und offenes Gelände. Außerdem war hier der Woodland Park Zoo beheimatet.

»Als die Jungs klein waren, hatten wir eine Dauerkarte für den Zoo«, sagte Kins. »Ich glaube, das hat Shannah den Verstand gerettet.« Da sie auf dem Parkplatz hier keine Kameras entdecken konnten, beschlossen sie, einen Teil der im Zickzack durch die gepflegte Grasfläche verlaufenden Laufstrecke abzugehen. Die Laubbäume zeigten sich in voller Herbstfärbung. Einige von ihnen hatten auch schon angefangen, das Laub abzuwerfen, das jetzt den Weg bedeckte. »Meine Jungs haben hier an Querfeldeinrennen teilgenommen«, sagte Kins. »Der Pfad ist gut ausgebaut und bei Joggern und Spaziergängern sehr beliebt. Ich glaube nicht, dass jemand so dreist wäre, hier eine Joggerin zu entführen.«

Da ihnen bis zur Verabredung mit Barnes in dessen Wohnung noch Zeit blieb, fuhren sie zu der Spedition in Fremont, bei der Stephanie Cole angestellt war, und sprachen mit der Personalchefin. Sie bestätigte ihnen, dass Cole von montags bis freitags von zehn vor acht bis zehn vor vier am Empfang arbeiten sollte, am Mittwoch auch wie gewohnt aufgetaucht war, nicht aber am Donnerstag oder am heutigen Tag. Sie fragten die Frau nach der Party am Mittwochabend. Sie selbst wusste nur, dass eine Party stattgefunden hatte, und bat eine Kollegin aus dem Dispatch dazu.

Diese Kollegin, Ame Diaz, sagte aus, sie hätte Cole zu ihrer Party eingeladen, Cole sei jedoch nicht gekommen. Diaz war Mitte zwanzig, klein und eher stämmig gebaut. Trotz des hispanischen Nachnamens sah sie eher wie eine Filipina aus. Sie sagte, sie sei in der Firma für die Koordinierung von Fahrstrecken verantwortlich und kümmere sich um Anrufe von Kunden, die eine Lieferung erwarteten.

»Hat Stephanie zu Ihnen gesagt, sie wolle vor der Party noch joggen?«

»Ich erinnere mich nicht daran, dass sie das erwähnt hat. Vielleicht hat sie, aber ich kann es nicht mit Sicherheit sagen. Soviel ich weiß, läuft sie so ziemlich jeden Tag.«

»Wussten andere Leute hier auf der Arbeit, dass sie Joggerin ist?«

Diaz zuckte die Achseln. »Möglicherweise.«

»Kennen Sie irgendjemanden, der gewusst haben könnte, dass Stephanie am Mittwochnachmittag laufen wollte?«

Diaz schüttelte den Kopf. »Da fällt mir niemand ein.«

»War Stephanie mit irgendwem hier auf der Arbeit näher befreundet? Hat sie mit jemandem von hier ihre Freizeit verbracht?«

»Das kann ich Ihnen wirklich nicht sagen.«

»Stephanie hatte erst vor ein paar Wochen hier angefangen«, warf die Managerin ein. »Die meisten unserer Angestellten sind älter und verheiratet.«

»Sie hat mit uns zusammen im Aufenthaltsraum gegessen«, sagte Diaz. »Aber ich wüsste nicht, dass sie mit jemandem näher befreundet wäre. Wir essen einfach alle zusammen.«

»Wissen Sie, ob sie sich mit jemandem getroffen hat?«

»Ob sie mit jemandem ausging? Hier von der Arbeit?« Das klang nicht so, als wäre es wahrscheinlich.

»Hat sie je jemanden erwähnt?«

»Nicht mir gegenüber. Sie hat mal ihren Mitbewohner erwähnt, aber das war nichts Besonderes.«

»Was genau hat sie gesagt?«

»Ich glaube, ich habe einfach nur gefragt, wo sie wohnt, und sie sagte, sie hat ein Zimmer in einer Wohnung mit einem Typen gemietet. Ich glaube, er war Student.«

»Sie hat nicht zum Ausdruck gebracht, dass sie ihn nett findet? Interesse an ihm hat?«

»Nicht mir gegenüber. Ich bin mir ziemlich sicher, dass sie L. A. allein verlassen hat und auch allein hierhergekommen ist.

Also würde ich sagen, sie war mit niemandem zusammen, aber sicher weiß ich das nicht.«

»Sie hat nie Interesse an jemandem geäußert?«

Diaz lächelte, aber wohl mehr aus Nervosität. »Nicht mir gegenüber.«

»Hat jemand Interesse an ihr gezeigt oder geäußert?«

»Auch nicht.«

Tracy sah Kins an, der den Kopf schüttelte. Auch er hatte keine weiteren Fragen. Sie bedankten sich bei Diaz und die Managerin bat die Frau, wieder an ihre Arbeit zu gehen.

»Hatte Stephanie Kontakte zu Lagerarbeitern oder Fahrern, von denen Sie wissen?«, erkundigte sich Tracy anschließend bei der Managerin.

»Nein, aber dazu hätte sie auch kaum Gelegenheit gehabt. Sie war keine Dispatcherin, sie saß am Empfang.«

»Und Ihnen ist nie jemand aufgefallen, der beim Empfang herumlungerte und sich mit ihr unterhielt?«

»Das ist hier nicht erlaubt.«

»Erlaubt oder nicht, ist es Ihnen aufgefallen?«

»Nein.« Die Managerin schüttelte den Kopf. »Ich habe niemanden dort gesehen.«

Kins beugte sich vor. »Tragen Ihre Lagerarbeiter oder Fahrer Uniform?«

»Es gibt ein Firmenhemd.«

»Wie sieht das aus?«

»Es ist hellgrau mit schwarzen Streifen und dem Firmenlogo auf der Brusttasche.«

»Was ist mit einer Uniformhose oder Schuhen?«

Kins dachte voraus für den Fall, dass Schuhabdrücke entdeckt wurden oder sie einen Zeugen fanden, der Cole mit jemandem zusammen gesehen hatte.

»Sie sollen schwarze Hosen tragen. Bestimmte Schuhe sind nicht vorgeschrieben.«

»Haben Sie Überwachungskameras auf dem Parkplatz?« Viele Speditionen installierten Kameras, um Diebe abzuschrecken.

»Auf dem Parkplatz und bei den Verladerampen.«

»Wir brauchen die Aufzeichnungen von Mittwochnachmittag, so von fünfzehn Uhr dreißig bis sechzehn Uhr dreißig. Schicken Sie die bitte an mich?« Er reichte der Frau eine Visitenkarte mit seiner E-Mail-Adresse bei der Polizei und der Nummer seines Diensthandys. Tracy und Kins würden sich die Aufzeichnungen ansehen und sie dann an die Experten am Airport Way schicken, wo sich im Haus Park 90/5 die Kriminaltechnik, die Abteilung für Fingerabdrücke, andere forensische Bereiche des Seattle Police Departments SPD und die Spezialeinheit SWAT befanden.

Tracy und Kins bedankten sich bei der Managerin und fuhren, da es inzwischen fast fünf Uhr geworden war, zu dem zweistöckigen Apartmentkomplex, in dem Cole und Barnes lebten. Auf dem Weg dorthin rief Tracy beim Hausverwalter an, dessen Nummer Barnes ihr gegeben hatte, und verabredete ein Treffen auf dem Parkplatz des Hauses. Tracy wollte ihn nach Videokameras fragen.

Er empfing sie in einem langen Daunenmantel, Strickmütze und Handschuhen.

»Gab es je Ärger mit einem der beiden Mieter? Hat sich mal jemand beschwert?«, fragte Tracy.

»Früher gab es schon mal Beschwerden über Barnes und seinen vorherigen Mitbewohner wegen zu lauter Musik. Aber nichts mehr, seit Cole dort eingezogen ist.«

Tracy hatte auf dem Parkplatz bereits einige Kameras entdeckt, aber der Hausverwalter erklärte, die dienten im Wesentlichen der Abschreckung. »Sie funktionieren seit über einem Jahr nicht mehr.« Er zeigte ihnen den Stellplatz, der Cole zugewiesen worden war und auf dem jetzt kein Wagen stand, und bestätigte, dass Cole auf ihrem Mietantrag einen Prius mit kalifornischem Kennzeichen angegeben hatte.

Nach dem Gespräch mit dem Verwalter gingen Tracy und Kins hoch in den ersten Stock. Barnes war noch nicht wieder zu Hause, also klopften sie erst einmal an die Tür der Nachbarwohnung. Es öffnete eine Frau Mitte dreißig, die Barnes und Cole nur vom Vorübergehen aus dem Treppenhaus kannte. Sie sagte, Cole habe auf sie einen ruhigen, zurückgezogenen Eindruck gemacht.

»Haben Sie nebenan je Streit gehört? Laute Stimmen, Schreie?«

Sie schüttelte den Kopf. »Nein.«

»Irgendwelche Hinweise darauf, dass die beiden mehr als Mitbewohner waren?«, wollte Kins wissen.

»Sie meinen, ob sie eine Beziehung hatten?« Die Frau zuckte die Achseln. »Den Eindruck hatte ich nicht. Aber ich war nie bei ihnen in der Wohnung, kann es also wirklich nicht sagen.«

»Sie haben nie mitbekommen, dass die beiden Händchen hielten oder sich küssten?«, hakte Kins nach. »Irgendetwas in der Art?«

»Nein.« Sie schüttelte den Kopf. »Aber wissen Sie, diese Generation ist anders als Ihre. Junge Leute finden es heute völlig normal, sich mit jemandem vom anderen Geschlecht einfach so, als Mitbewohner, eine Wohnung zu teilen.«

Tracy und Kins tauschten Blicke. Bisher hatte sich Tracy nicht alt gefühlt, jetzt schon. Sie bedankten sich bei der Frau und gingen wieder zu ihrem Wagen, um dort auf Barnes zu warten.

»Das hat dich getroffen, was? Diese letzte Bemerkung über unsere Generation?«, fragte Kins.

»Was meinst du – für wie alt hält die uns?«

»Für alt genug. Gewöhn dich dran, jetzt, wo du ein Kind hast.«

Wenn Tracy ehrlich sein wollte, dann hatte sie sich schon daran gewöhnen müssen: In ihrem Kurs für Mütter und ihre Neugeborenen war sie sich vorgekommen wie ein Dinosaurier.

Als Barnes kam, führte er Tracy und Kins hoch in die Wohnung, in der es genauso aussah, wie er es den beiden Beamten beschrieben hatte. Die Tür zu Coles Schlafzimmer stand ein Stück weit offen. Auf dem Boden lag eine Matratze unter einer dickeren Federkernmatratze, über beidem ein hellblauer Quilt. Auf dem Quilt fanden sich das zurechtgeschnittene weiße T-Shirt und der rote Rock, von denen Barnes gesprochen hatte, und eine Netzstrumpfhose in einer noch nicht geöffneten Verpackung.

»Sieht so aus, als hätte sie vorgehabt, auf diese Party zu gehen«, meinte Tracy.

»Wie Barnes schon erwähnte, hat sie sich zu viel Mühe gegeben, um die Einladung dann einfach sausen zu lassen.«

Tracy entdeckte Coles Laptop, ein MacBook, ebenfalls auf dem Bett, und machte sich eine Notiz. Wenn es so weit kam, dass sie die Spurensicherung brauchten, dann sollten die Kollegen den Laptop für die Experten der Technik- und IT-Einheit mitnehmen, damit die sich Coles E-Mails ansehen und herausfinden konnten, ob Cole im Internet nach etwas Bestimmtem gesucht hatte.

Die Tür von Coles Schrank stand auch offen. Drin herrschte das totale Chaos, aber Beunruhigendes konnten sie nicht entdecken. Tracy fand mehrere Paar Laufschuhe, alle von der Marke New Balance. Sie überprüften das Bad, das Cole und Barnes sich teilten, fanden jedoch keine verschreibungspflichtigen Medikamente und auch sonst nichts besonders Interessantes. Sie suchten nach Blutspuren in den Fugen zwischen den Kacheln und auch auf dem Teppich, konnten jedoch mit bloßem Auge nichts entdecken und es roch auch nicht nach Bleichmittel. Sie fotografierten Coles Schlafzimmer und das

Bad, dann schlossen sie die Schlafzimmertür und versiegelten sie mit schwarz-gelbem Tatortband.

»Warum machen Sie das?«, wollte Barnes wissen, der inzwischen ziemlich besorgt aussah und sich auch so anhörte.

»Wir besorgen uns einen Gerichtsbeschluss und veranlassen, dass später ein Team der Kriminaltechnik herkommt und sich alles genau ansieht. Ist das für Sie in Ordnung?«

»Natürlich.« Er nickte. »Ich bin hier.«

Auf dem Weg zurück zu ihrem Auto sagte Kins zu Tracy: »Für jemanden, der schuldig ist, ist er viel zu ruhig und offen.«

»Warten wir ab, was die Kollegen in der Wohnung entdecken, bevor wir ihn freisprechen.«

»Wir müssen ihr Auto finden.«

»Katie soll eine Pressemitteilung mit Fotos von Cole und ihrem Wagen herausgeben. Heute sind wir für die Achtzehn-Uhr-Nachrichten zu spät dran, aber vielleicht kommt es noch in denen um zweiundzwanzig Uhr und dann generell in den Nachrichten morgen. Vielleicht hat ja jemand sie oder ihr Auto gesehen.«

Es wurde dunkel und sie kehrten auf einen Parkplatz zurück, auf dem die Laternen bereits kleine Inseln des Lichts schufen. Tracy fiel ein, dass auch Bobby Chin und seine Ex-Frau hier in Green Lake gewohnt hatten, und weil es immer gut ist, eine Gelegenheit beim Schopf zu ergreifen, nutzte sie die Zeit, in der Kins telefonierte, und rief die alte Adresse der Chins auf. Die Straßenkarte ihres Handys verriet ihr, dass sie nur neun Minuten von diesem Haus entfernt waren.

Kapitel 11

Wenig später hielt Tracy auf der gegenüberliegenden Straßenseite des ehemaligen Zuhauses von Bobby Chin in der Latona Avenue, unweit der Northeast Sixty-Second Street. Es war ein einstöckiges Haus mit grüner Holzverkleidung, Tracys Schätzung nach nicht mehr als neunzig Quadratmeter groß. Ein weißer Lattenzaun mit einem Rankgerüst, an dem sich eine verwachsene, schlafende Glyzinie entlangzog, umschloss den Vorgarten. Das Grundstück war so klein, dass der Abstand zu den angrenzenden Nachbarn nicht mehr als fünf Meter betrug.

Kins blieb im Auto, während Tracy zu dem Haus rechts von den Chins hinüberging. Dort öffnete ihr ein Mann, der angab, seine Familie habe das Haus erst vor zwei Jahren gekauft und er kenne die Chins nicht. Sie versuchte es beim linken Nachbarhaus, hellblau verputzt, mit einer bogenförmigen Tür, zu der drei gemauerte Stufen führten. Die Rollladen an den beiden Fenstern nach vorn waren heruntergelassen, aber auf der Veranda brannte eine helle Lampe. Auf Tracys Klopfen hin kam eine Frau Mitte bis Ende siebzig an die Tür und musterte sie zurückhaltend. Im Hintergrund lief ein Fernseher. Es hörte sich an, als kämen gerade Nachrichten.

Tracy zeigte ihren Ausweis und erklärte den Grund für ihren Besuch.

Die Frau zog die Brauen hoch und verdrehte ein wenig die Augen. »Dachte ich mir schon, dass es mit denen zu tun hat. Haben sie sich endlich gegenseitig umgebracht?«

Die Frage traf Tracy unvorbereitet. »Wie kommen Sie denn darauf?«

»Weil Sie hier stehen und nach ihnen fragen.«

»Ich wollte über das Verschwinden der kleinen Tochter reden.«

»Oh. Tut mir leid. Das dürfte jetzt fünf Jahre her sein, oder?«

»Genau fünf Jahre.«

»Gibt es denn neue Entwicklungen?«

»Ich sehe mir die Akte noch einmal an«, erklärte Tracy.

Die Frau stellte sich als Evelyn Robertson vor. Sie und ihr Mann hatten das Haus gemeinsam erworben und zwei Kinder darin großgezogen, bevor er verstorben war.

»Nach Ihrer Reaktion eben nehme ich an, dass es bei den Chins hoch herging?«, fragte Tracy.

»So kann man es auch formulieren, wenn man höflich sein will. Anfangs habe ich mich gefreut, einen Polizisten nebenan wohnen zu haben. Hatte ja keine Ahnung, dass bald die ganze Abteilung hier auftaucht. Mehr als einmal.«

»Wussten Sie, warum?«

»Ja, das wusste ich. Einmal hat Bobby das Haus in Handschellen verlassen. Später kam er vorbei und hat sich entschuldigt. Es täte ihm leid und sei ihm sehr peinlich.«

»Wie gut kannten Sie ihn?«

»Nicht besonders gut. Wir haben uns meist nur im Vorübergehen gesehen. Er war kein schlechter Mensch. Dachte ich jedenfalls, wenn wir uns mal unterhalten haben.«

»Und die Frau? Haben Sie sich mit der öfter einmal ausgetauscht?«

Sie schüttelte den Kopf. »Nein.«

»Das klingt fast, als wären Sie mit ihr aneinandergeraten.«

Robertson schürzte die Lippen. »Ich weiß nicht genau, was sie gemacht hat, bevor das Baby kam. Danach ist sie meistens zu Hause geblieben. Ich habe sie immer in Laufkleidung mit der Babykarre herumziehen sehen, und ein ziemlich großer Typ war oft bei ihr im Haus.«

»Wissen Sie, wer das war?«

»Ich habe sie mal danach gefragt und sie meinte, das wäre ihr Trainer und ich solle mich um meinen eigenen Kram kümmern. Einfach so: ›Das ist mein Trainer und kümmern Sie sich um Ihre eigenen Angelegenheiten.‹« Robertson verzog das Gesicht. Für sie war dieser Trainer eindeutig mehr als ein Trainer gewesen.

»Können Sie ihn beschreiben?«

»Könnte ich, aber jetzt gibt es dafür keinen Grund mehr. Er hat sich erschossen.«

Tracy horchte auf. Das war in der Akte Elle Chin nicht erwähnt worden und die Information ließ diverse rote Warnlampen aufleuchten. »Wann war das denn?«

»Nachdem das kleine Mädchen verschwunden war. Ungefähr ein Jahr danach, wenn ich mich richtig erinnere. Und das tue ich immer.«

»Er hat sich erschossen, sagen Sie?«

»Es stand in der Zeitung. Ich habe es nicht gehört oder gesehen oder so … nein, das stimmt nicht. An dem Abend war ein Krankenwagen hier und jede Menge Polizei. Man kann wohl sagen, die Nachwirkungen habe ich durchaus mitbekommen.«

»Er hat sich hier im Haus erschossen?«

»Jawohl.«

»Hat die Polizei Sie befragt?«

»Sie wollten nur wissen, ob ich etwas gesehen oder gehört hätte, und das hatte ich nicht. Das heißt, bis die Polizei auftauchte.«

Tracy fragte sich, ob der Tod wirklich ein Selbstmord gewesen war. Sie konnte sich lebhaft vorstellen, warum sowohl

Bobby als auch Jewel Chin Jewels Liebhaber gern tot gesehen hätten. »War sein Vorname Graham?« Sie blätterte in ihren Notizen. »Graham Jacobson?«

»Das weiß ich nicht. Wie gesagt, die Frau hatte gesagt, ich soll mich um meine eigenen Angelegenheiten kümmern. Das habe ich getan. Ich war froh, als sie das Haus verkauft haben. Wie viele Tragödien es da nebenan gab! Erst verschwindet das Mädchen, dann erschießt sich der Trainer.«

»Ist der Trainer auch schon vor der Scheidung der Chins aufgetaucht?«

»Vorher, hinterher.« Sie zuckte die Achseln. »Mir kam es so vor, als wäre er immer hier gewesen.«

»Glauben Sie, dass Jewel Chin eine Affäre hatte?«

»Weiß ich nicht, hab nicht gefragt. War mir auch egal.« Aber gedacht hatte sie es schon.

»Das klingt so, als wäre Ihnen Jewel Chin nicht sehr sympathisch gewesen.«

»Sie war nicht gerade freundlich, und nachdem ich ein paar Sachen von nebenan mitbekommen hatte, habe ich beschlossen, ihr lieber nicht zu nahe zu kommen.«

Tracy wollte später nachhaken, was genau Robertson gehört hatte, aber erst einmal stand eine andere Frage an: »Abgesehen davon, dass Sie sich mit Bobby Chin unterhalten haben, wenn Sie sich über den Weg gelaufen sind: Was können Sie mir sonst noch über den Mann sagen?«

»Er arbeitete viel und er hatte seltsame Arbeitszeiten. Ich hörte ihn früh gehen und spät nach Hause kommen.«

Das hatte wohl mit den Arbeitsschichten auf Chins Polizeiwache zu tun. »Sie leben allein?«

»Seit mein Mann von uns gegangen ist, und das sind jetzt bald zehn Jahre. Aber ich habe drei Söhne, die oft vorbeikommen und sich gut um mich kümmern.«

»Sie sagten, Sie hätten manchmal mitbekommen, was sich nebenan abspielte. Was ist Ihnen denn da aufgefallen?«

»Auseinandersetzungen, Streit … und die Sprache! Ich konnte nicht fassen, welche Ausdrücke sie benutzte, wo doch das kleine Mädchen im Haus war.«

»Sie, die Frau?«

»Sie hatte ein wirklich schmutziges Mundwerk.«

»Und Bobby?«

»Ein Engel war der auch nicht, aber ich habe ihn nie fluchen hören. Jedenfalls nicht so wie die Frau. Manchmal ist er einfach nur gegangen, hat das Haus verlassen. Ich saß vorm Fernseher und konnte sehen, wie er ins Auto stieg und wegfuhr. Ich habe immer nachgesehen, ob er die Kleine dabeihatte. Hatte er nicht. Leider.«

»Warum sagen Sie das?«

»Weil die Frau getrunken hat. Ich glaube, das war eines ihrer Probleme.«

»Woher wussten Sie, dass sie trank?«

»Weil sie abends schlimmer war als tagsüber. Manchmal habe ich sie morgens getroffen und sie war ganz liebenswürdig. Gegen Abend wurde sie wütend. Mein Vater hat auch abends getrunken, ich weiß, wie ein Trinker aussieht, und sie war eine Trinkerin. Bobby verließ das Haus und sie stand kreischend in der Tür und fluchte hinter ihm her. Eines Abends war es so schlimm, dass ich beim Kinderschutz anrief.«

»Beim Jugendamt?«

»Das war kein Ort für ein kleines Mädchen, dieses Haus da. Sie haben sich beide denken können, dass ich es war, die sie angezeigt hat, und das ist bei keinem von ihnen gut angekommen. Obwohl ich Bobby zugutehalten muss, dass er anschließend gesagt hat, er würde verstehen, warum ich das getan hatte. Die Frau nicht. Wenn ich sie danach traf, haben ihre Augen mit Pfeilen nach mir geschossen.«

»Sind die Streits der Chins je gewalttätig geworden?«

»Ich hörte, wie mit Sachen geworfen wurde. Mein Küchenfenster liegt auf der Seite, wo ihr Haus steht. Und, wie ich schon sagte, die Polizei ist ein paarmal aufgetaucht. Beim letzten Mal haben sie Bobby dann in Handschellen mitgenommen. Mir hat die Kleine leidgetan. Sie stand zwischen den beiden und musste mitansehen, wie sich ihre Eltern auf diese Art stritten. Musste zusehen, wie die Polizei ihren Vater in Handschellen abführte.«

»Haben Sie Elle oft gesehen?«

»Von Zeit zu Zeit. Wenn sie hinten im Garten war, sah ich sie über den Zaun. Oder wenn sie mit ihrem Vater spazieren ging und ich war gerade dabei, den Rasen zu sprengen, dann sind sie immer kurz stehen geblieben. Ein süßes kleines Mädchen. Und ihm schien auch wirklich viel an ihr zu liegen.«

»Waren Sie an dem Abend zu Hause, an dem Elle verschwand?«

Robertson nickte. »Und ob ich zu Hause war. Ich habe ferngesehen. Und plötzlich war drüben alles voller Streifenwagen und im und ums Haus herum wimmelte es vor Polizisten. Ich dachte, einer von denen hätte endlich den anderen umgebracht, so viele Polizisten waren das. Und dann wurden Leute mit Masken und Gummihandschuhen ins Haus geschickt.«

»Die Kriminaltechnik.«

»Nennen die sich so? Das Verschwinden des Mädchens ging dann ja auch dick durch die Presse.«

»Haben Sie den Freund und die Frau nach Elles Verschwinden gesehen?«

»Ich habe beide gesehen, bevor sie verschwand. Er war bei ihr im Haus. Auch noch, als dort die Polizei auftauchte. Wie ich schon sagte, er war die ganze Zeit da. Und eigentlich ging alles weiter wie gehabt, bloß mit anderer Besetzung.«

»Weiter wie gehabt?«

»Das Brüllen, Kreischen und Fluchen. Ein anderer Mann, aber dieselben Streitereien. Nur er hat zurückgeflucht.«

»Haben Sie je die Polizei gerufen?«

»Nein!«, erklärte Robertson mit Nachdruck. »Ich wollte damit nichts zu tun haben.«

»An dem Abend, als Elle verschwand, haben Sie da die Frau oder den Freund das Haus verlassen sehen?«

»Nein«, sagte Robertson. »Aber ich habe auch nicht darauf geachtet. Ich glaube, ich habe ferngesehen. Normalerweise lasse ich um diese Jahreszeit abends die Rollläden herunter, um die Wärme im Haus zu halten. Ich erinnere mich wohl daran, dass später die Polizei kam. Es ist so traurig, dass sie das kleine Mädchen nie gefunden haben, wobei …«

Tracy wartete. »Wobei?«

Robertson schüttelte den Kopf. »Nichts«, sagte sie. »Es ist einfach nur traurig.«

Kapitel 12

Hinter Franklin lag eine Spätschicht bei der Arbeit, als er seinen Teller und eine Flasche Budweiser auf dem kleinen Klapptisch abstellte und sich setzte, um sich auf dem altmodischen 26-Zoll-Fernseher die Zehn-Uhr-Nachrichten anzusehen. Im Zimmer türmten sich Zeitungsstapel, Zeitschriften, Videokassetten und alles mögliche andere Zeug, das seine Mutter gesammelt hatte. Die drei Brüder hatten gelernt, ihr Leben um diese Stapel herum zu führen. Franklin brachte es nicht über sich, den Kram wegzuwerfen, auch wenn er mehr als einmal daran gedacht hatte, einfach einen Container kommen zu lassen und sich von allem zu trennen. Nur war es nie wirklich so weit gekommen und es bestand ja auch eigentlich kein Anlass dazu. Keiner von ihnen musste mit unerwartetem Besuch rechnen.

Er nahm die Fernbedienung und schaltete vom gerade laufenden College-Footballspiel zu den Nachrichten um. »Evan? Bring Salz und Pfeffer mit! Und auch was von der Steaksoße, wenn du schon mal dabei bist.«

Evan humpelte, als er mit seinem eigenen Teller ins Zimmer kam und Franklin Salz und Pfeffer reichte. Seine Oberlippe war geschwollen und die blauen Flecken an beiden Armen zeigten inzwischen einen kränklichen Gelbton.

»Hast du mich Steaksoße sagen hören?«

Evan warf ihm einen verwirrten Blick zu.

»Geh und hol die verdammte Steaksoße.«

Evan ging und holte die Soße, die Franklin dann großzügig auf seinem Steak und der gebackenen Kartoffel verteilte. Inzwischen hatte Evan für sich einen Platz auf dem Sofa freigeräumt, indem er den Krempel dort einfach auf eine Seite schob, und stellte seinen Teller auf einen Bücherstapel auf dem Couchtisch. Franklin schüttelte den Kopf. Wenn sich bei irgendeiner Arbeit eine Abkürzung anbot, dann fand Evan die ganz bestimmt. Er war nicht nur dumm, sondern auch noch faul. Eine ungünstige Mischung.

»Räum die verdammten Bücher weg, sonst schmeißt du sie noch um«, knurrte Franklin. »Und hatte ich dich nicht gebeten, hier sauber zu machen?«

»Ich mag den Bücherstapel. So ist mein Mund dichter beim Teller.«

»Räum die Bücher weg und mach dich an diesen Saustall hier, sobald du mit deinem Essen fertig bist.«

Evan schnitt sich ein Stück von seinem Steak ab und fragte beim Kauen: »Was ist denn mit dem Footballspiel passiert?«

»Ist vorbei. Ich möchte die Nachrichten sehen.«

Evan runzelte die Stirn. »Die Nachrichten sind immer gleich. Ich mag Fußball. Man weiß nie, wer gewinnt. Ich mag die Seahawks.«

»Halt die Klappe. Ich sehe mir die Nachrichten an, weil ich wissen will, ob sie irgendetwas zu dem Mädchen im Park bringen. Schließlich muss ich hier im Haus alles machen und für drei denken. Also halt mal fünf Minuten lang die Klappe.« Franklin zielte mit der Fernbedienung Richtung Fernseher und versuchte, den Ton lauter zu stellen. »Hast du hier die Batterien ausgewechselt?«

Evan starrte ihn verständnislos an.

»Los, beweg deinen Arsch und hol mir zwei AA-Batterien. Ich habe neulich erst eine Packung gekauft. Sie liegen in der Schublade rechts neben dem Herd.«

Evan legte Messer und Gabel hin und humpelte in die Küche.

»Und stell den Fernseher per Hand lauter, wo du schon mal stehst.« Evan gehorchte. »Und bring mir auch gleich noch ein Bier mit!«, rief Franklin ihm über die Schulter hinweg nach.

Während Franklin sein Steak verzehrte, das er an beiden Seiten hatte schwarz werden lassen, während es innen noch blutig war, verfolgte er die Nachrichten. Er hörte Evan in der Küche herumkramen und wusste schon, was gleich kommen würde.

»Ich kann die Batterien nicht finden.«

»Rechts vom Herd. Rechts ist die Hand, mit der du den Baseball wirfst.«

»Ich weiß, mit …«

Das Wühlen hörte auf, um gleich wieder anzufangen. Der Blödmann hatte in der falschen Schublade gesucht.

»Hier sind sie.«

Franklin stöhnte. Sich um Evan zu kümmern, und übrigens auch um Carrol, war harte Arbeit, aber er hatte es seinem Daddy versprochen. Wobei sein Daddy selbst in dieser Richtung zu Lebzeiten nicht gerade viel geleistet hatte. Wenn er nicht bei der Arbeit gewesen war, dann unten im Keller oder oben in der Hütte. Franklin hatte im Übrigen gar keine Wahl gehabt, nachdem er entdeckt hatte, was sich im Keller befand. Es war ja nun nicht so, als könnte er hier einfach so alles verkaufen und weiterziehen.

»Willst du ein Bud«, rief Evan aus der Küche, »oder ein Bud Light?«

»Habe ich was von ›Light‹ gesagt? Das ist Carrolls Labberpisse. Ich trink den Scheiß nicht. Bring mir einfach ein Bud.«

»Die sind nicht kalt.«

Franklin war kurz davor zu explodieren. »Ich habe zwei in die Gefriertruhe getan, damit sie …« Er verschluckte den Rest des Satzes, als auf dem Bildschirm das Foto der jungen Frau auftauchte.

Evan kam ins Zimmer zurück. »Das zweite habe ich auch rausgenommen, damit es nicht explodiert und …«

»Klappe!« Franklin starrte auf den Fernseher. »Mach das lauter!«

»Ich habe die Batterien.«

»Halt die verdammte Klappe und mach das lauter!« Unter dem Foto tauchte ein Name auf. Stephanie Cole. »Scheiße«, sagte Franklin leise. Er legte Messer und Gabel hin.

Der Bericht in den Nachrichten lieferte nicht besonders viele Informationen oder Einzelheiten, was aber auch gar nicht nötig war. Eins stand fest: Die Polizei suchte nach Cole. Der Nachrichtensprecher erklärte, sie sei das letzte Mal am Mittwochnachmittag gesehen worden, als sie die Firma in Fremont verließ, bei der sie arbeitete, und dass sie normalerweise jeden Tag am Green Lake oder im Woodland Park joggte. North Park wurde nicht erwähnt, was gut war, dafür Coles Auto, ein blauer Prius mit kalifornischen Nummernschildern. Als das Kennzeichen auf dem Bildschirm gezeigt wurde, lief darunter in Dauerschleife die von der Polizei eingerichtete Telefonnummer, unter der sachdienliche Hinweise entgegengenommen wurden. Der Bericht endete mit dem Appell des Sprechers, jeder, der über Informationen verfüge, möge sich bei dieser Nummer melden.

Franklin schloss die Augen und fuhr sich mit den Fingern durchs Haar. Er spürte, wie sich sein Magen verkrampfte und sein Magengeschwür brannte. Der Arzt meinte, das Geschwür käme vom Stress. Ach nee! Der Typ konnte gern mal versuchen, hier zu wohnen und keinen Stress zu haben. »Hast du nicht gesagt, nach der Frau sucht niemand? Hast du das nicht gesagt, kleiner Bruder?«

Evan wurde blass. »Das habe ich nicht gewusst, Franklin.«

Franklin sprang auf, wobei er gegen seinen Klapptisch stieß und sein Teller auf den Boden flog. »Niemand wird nach ihr suchen, hast du gesagt. Hast du das nicht gesagt?«

»Aber …«

»Kein Aber, Evan. Ich hab dir gesagt, du sollst das nicht machen. Du hast uns gerade allesamt in die Scheiße geritten. Die ganze Arbeit, die ich da reingesteckt habe, ist voll im Eimer.«

»Sie haben nicht gesagt, dass sie was wissen.«

»Sie werden uns ganz bestimmt nicht über das Fernsehen Details ihrer Ermittlungen auftischen! Die Polizei sagt nie, was sie weiß und was sie nicht weiß. Worum es geht, ist: Sie suchen total nach ihr und jetzt machen das alle anderen auch. Was glaubst du? Wie schwer ist es, ein Auto mit kalifornischen Nummernschildern zu finden?«

Franklin fuhr sich mit der Hand über die Stoppeln an seinem Kinn. Er dachte nach. Was war jetzt zu tun? Er hatte Carrol losgeschickt, sich um das Auto zu kümmern, aber wer wusste denn, wie dieser faule Sack den Job erledigt hatte? Vielleicht beruhigte sich ja auch alles wieder und niemand redete mehr davon, wie bei den anderen. Vielleicht war auch dieses Mädchen nicht wert, gerettet zu werden. Vielleicht startete die Polizei einen Versuch und gab dann auf. Nur glaubte Franklin das nicht. Die hier war anders. Die hier war keine Prostituierte. Die hier war eine verdammte Cheerleaderin! Sie würden weiter nach ihr suchen. Und das hieß, Franklin musste jetzt etwas unternehmen.

Er warf einen Blick auf seine über den Fußboden verteilte Mahlzeit und griff nach Evans Teller. »Das da ist deins!«, sagte er und deutete auf den Teppich.

Evan protestierte nicht, sondern hielt ihm die Bierflasche hin. »Willst du das Bier noch?«

Franklin streckte die Hand nach der Flasche aus und als Evan einen Schritt vortrat, um sie ihm zu geben, versetzte ihm Franklin einen so harten Schlag ins Gesicht, dass er zu Boden ging.

Kapitel 13

Tracy hatte einen ruhigen Abend zu Hause verbracht, in Gesellschaft von Dan und Daniella. Es hatte in Strömen geregnet, sie hatten im Wohnzimmerkamin ein Feuer angezündet und gelesen, bis die Arbeitswoche Tracy eingeholt hatte und sie auf der Couch eingeschlafen war. Allerdings nicht lange, denn während einer Ermittlung arbeitete ihr Unterbewusstsein auch beim Einschlafen noch weiter und dann sofort wieder, wenn sie morgens aufwachte. An diesem Morgen hatten die Gedanken sie daran gehindert, wieder einzuschlafen, nachdem sie Daniella gestillt hatte.

Jetzt schloss sie die Tür ihres neuen Büros auf und eilte an den Schreibtisch. Sie hatte die Stelle bei den Cold Cases in der Hoffnung angetreten, die der Arbeit gewidmeten Wochenenden lägen nun hinter ihr, und trotzdem saß sie schon wieder hier und war für später am Morgen mit Kins verabredet.

Sie nahm sich die Auflistung der Fälle vor, die Nunzio für sie zusammengestellt hatte, weil er gerade daran gearbeitet hatte. Beim Aufwachen hatte sie nämlich an Stephanie Cole denken müssen, und dabei war ihr unweigerlich der »Cowboy« in den Kopf gekommen, der Serienmörder, der in North Seattle in den Motels entlang der Aurora Avenue weibliche Prostituierte gefesselt und ermordet hatte. Tracy hatte dafür gesorgt, dass der Mann im Gefängnis landete, aber die Erinnerung an ihn hatte sie an Passagen aus Nunzios Fallzusammenstellung denken lassen.

Sie fuhr mit dem Zeigefinger die Zeilen entlang, drehte das erste Blatt um, nahm sich das nächste vor, stoppte und fing an zu lesen. Angel Jackson, zweiunddreißig Jahre alt, war von der Aurora Avenue verschwunden, wo bekanntermaßen viele Prostituierte arbeiteten. Tracy überflog kurz weitere Zusammenfassungen, bis ihr Blick erneut hängen blieb. Drei Monate nach Jacksons Verschwinden wurde in derselben Gegend die neunundzwanzigjährige Donna Jones vermisst. Von ihr war bekannt, dass sie Heroin nahm, und sie war mehrfach wegen Prostitution und Drogenbesitz verhaftet worden, bei einer Gelegenheit auch deswegen, weil sie einem Freier mit einem Messer ins Bein gestochen hatte.

Dieselben Detectives, die den Fall Elle Chin bearbeitet hatten, waren auch für die Ermittlungen um das Verschwinden der beiden Prostituierten zuständig gewesen und ihre Akten waren nach ihrem Ausscheiden aus der Abteilung bei den Cold Cases gelandet.

Tracy verließ ihr Büro und ging zu der Treppe, die zu dem Raum direkt unter dem Treppenabsatz des sechsten Stocks führte, der jetzt als Lagerraum genutzt wurde, damals jedoch die Task Force Cowboy beheimatet hatte. Ihre Schritte hallten auf der Metalltreppe wider. Unten zog sie die Tür auf und schaltete das Licht ein. Hier ruhten inzwischen auf dicht gedrängten, beweglichen Metallregalen mehrere Reihen tief unendlich viele Aktenordner. Tracy suchte sich einen Weg durch sie hindurch bis zum anderen Ende des Raums und holte sich die Karte von der Wand, auf der sie und ihr Team die Orte vermerkt hatten, an denen der Cowboy gemordet hatte. Sie eilte zurück in ihr Büro, nahm Nunzios leeres Korkbrett von der Wand und hängte stattdessen die Karte auf.

Sie schrieb »AJ« auf einen Klebezettel und heftete ihn auf die Karte, dorthin, wo Angel Jackson zum letzten Mal gesehen worden war. Den nächsten Zettel beschriftete sie mit den Buchstaben »DJ« für Donna Jones und befestigte ihn auf der Karte dort, wo man sie zum letzten Mal gesehen hatte. Beide Punkte befanden sich nur einen Block voneinander entfernt auf der Aurora Avenue North – oder State Route 99 –, die von Norden nach Süden verlief und eine direkte Verbindung zum Green Lake und Woodland Park darstellte, den beiden Orten, an denen Stephanie Cole regelmäßig joggte. Sie heftete eine dritte Klebenotiz mit den Buchstaben »SC« irgendwo in die Gegend des Sees und des Parks, weil sie ja noch nicht wussten, wo genau Cole verschwunden war.

Die Fakten der beiden Cold Cases unterschieden sich in etlichen Punkten von dem, was Tracy und Kins bisher über das Verschwinden von Stephanie Cole hatten zusammentragen können. Wobei das nicht viel war. Trotzdem waren Ort und Umstände ihres Verschwindens bei allen drei Frauen sicherlich von Interesse. Drei Frauen, die offensichtlich entführt worden waren, ohne dass es Zeugen gab. Es waren keine Leichen aufgetaucht, es gab keine Kameraaufzeichnungen, keine DNA, kein Blut, keine anderen konkreten Hinweise, denen man hätte nachgehen können. In der Stadt Seattle hatten im Laufe der Jahre überdurchschnittlich viele Serienmörder ihr Unwesen getrieben. Wahrscheinlich hatte man deswegen ein und demselben Ermittlerteam gleich beide Fälle der verschwundenen Prostituierten übergeben.

Jemand klopfte an ihre Tür und Kins streckte den Kopf hindurch. »Was machst du da?«

Tracy erzählte ihm von der Erleuchtung, die ihr mitten in der Nacht gekommen war.

Kins wirkte nicht besonders beeindruckt. »Die Mühe hätte ich dir ersparen können. Streifenwagen vom North Precinct haben Coles Wagen heute früh gefunden. Die Kriminaltechnik ist gerade dorthin unterwegs.«

»Und wo ist dorthin?«

»Ein Parkplatz in Ravenna.«

»Hat jemand den Fund einer Leiche gemeldet?«

»Nein. Nur das Auto.«

Tracy heftete ihren letzten Klebezettel um, sodass er jetzt in der Gegend des Ravenna Parks hing, nördlich des University Districts und der Universität von Washington und weniger als zwei Meilen östlich des Green Lake. Dann schnappte sie sich ihre Handtasche und ihre Jacke und eilte aus dem Büro.

* * *

Während Kins den Dienstwagen aus dem Fahrzeugpool durch den Verkehr lenkte, gab Tracy eine neue Meldung an die Presseabteilung durch, in der sie die Bitte äußerte, dass sich jeder, der Cole oder ihr Auto im oder in der Nähe des Ravenna Parks gesehen hatte, bei der bereits bekannt gegebenen Telefonnummer meldete. Sie sprach dann mit dem Sergeant, der an diesem Wochenende für den Einsatz der Streifenwagen zuständig war, informierte ihn über die Veränderung in ihrem Fall und bat darum, dass uniformierte Beamte des North Precinct mit Coles Foto bewaffnet um den Ravenna Park herum von Tür zu Tür gingen und auch im Park selbst Leute befragten, um festzustellen, ob sich irgendjemand an die junge Frau erinnerte. Danach rief sie Scott Barnes an, der noch geschlafen hatte, und fragte ihn, ob Cole je im Ravenna Park ihre Laufrunde gedreht hatte. Er war sich nicht sicher, meinte aber, sie hätte diesen Park ihm gegenüber nie erwähnt.

Tracy beendete den Anruf und wandte sich an Kins. »Wissen wir, ob es auf dem Parkplatz beim Ravenna Park Überwachungskameras gibt?«

»Noch nicht. Was hat Barnes gesagt?«

»Er konnte nicht sagen, ob sie dort joggen ging. Cole hat ihn wohl gefragt, wo man sonst noch laufen könnte, außer am Green Lake und im Woodland Park, aber er hat es nicht so mit Sport und hat ihr geraten zu googeln. Was ist mit Coles Handy? Hast du schon vom Betreiber gehört?«

Kins hatte sich von Barnes Coles Handynummer geben lassen, beim Betreiber Verizon angerufen, erklärt, welche zwingenden Umstände vorlagen, und gebeten, das Handy aufzuspüren.

»Sie haben sich gestern spät noch gemeldet. Verizon sagt, das Handy ist seit Mittwochabend abgestellt.«

»Abgestellt? Wer in dem Alter schaltet denn je sein Handy aus?«

»Niemand. Jedenfalls nicht meine Jungs und auch keiner von ihren Freunden.«

Tracy dachte weiter darüber nach. »Sie hat doch beim Laufen bestimmt auch Musik gehört.«

»Meiner Meinung nach machen sie das in dem Alter alle.«

»Konnte Verizon das Handy nachverfolgen bis zu dem Zeitpunkt, an dem es abgestellt wurde?«

Kins nickte. »Mittwochnachmittag tauchte es in Green Lake und in Fremont auf, dann wieder im Stadtteil North Park im Norden. Da haben sie das Signal dann verloren.«

»In Green Lake wohnt sie, in Fremont arbeitet sie. Was wollte sie in North Park?«

»Keine Ahnung.«

»Wenn das Handy dort ausgeschaltet wurde, dann muss sie dort auch verschwunden sein.«

»Und wie ist ihr Auto dann nach Ravenna gekommen?« Kins Frage war mehr oder weniger rhetorisch gemeint. »Die Spedition hat uns die Aufzeichnungen vom Mittwochnachmittag gezeigt. Cole hat das Gebäude allein verlassen. Sie hatte Sportsachen an und trug eine Sporttasche. Sie fuhr um 15.56 Uhr vom Parkplatz. Es scheint ihr kein Wagen gefolgt zu sein.«

»In welche Richtung ist sie gefahren?«

»Nachdem sie den Parkplatz verlassen hatte, nach Norden.«

»Nicht nach Süden?«

»Nein.«

»North Park liegt im Norden.«

»Ich weiß. Ich habe Anderson und Cooper gebeten, die umliegenden Geschäfte und Straßen abzuklappern und nach irgendwelchen privaten Überwachungskameras zu suchen, die vielleicht auf die Straße gerichtet sind und ihr Auto eingefangen haben könnten.«

Kins fuhr auf den Parkplatz beim Ravenna Park und hielt neben dem grauen Van der Kriminaltechnik. Mehrere Detectives in Handschuhen waren dabei, einen blauen Prius mit kalifornischen Nummernschildern und dessen Umgebung abzusuchen. Tracy fiel auf, dass der Wagen in einer Parkbucht gleich am Rande des Parks stand, weit von der Straße entfernt. Sie sah sich nach einer ausgewiesenen Laufstrecke um. Eine junge Frau wie Cole hätte doch bestimmt möglichst nah am Beginn ihrer Laufstrecke geparkt, oder nicht?

Sie und Kins begrüßten Dale Pinkney, den Sergeant der Kriminaltechnik, der hier vor Ort das Sagen hatte. Pinkney erklärte, ein Mitarbeiter vom Parkservice der Stadt hätte den Wagen gemeldet, nachdem der mehrere Tage lang am selben Fleck gestanden hatte. Zum ersten Mal hatte er das Auto am Donnerstag wahrgenommen und gedacht, es wohne jemand darin. Als er dann nie jemanden in der Nähe des Wagens sah, hatte er sich entschieden, ihn zu melden. Er hatte nicht mitbekommen, dass das Fahrzeug in den Abendnachrichten gewesen war.

Das Auto sah nicht beschädigt aus und machte auf den ersten Blick auch keinen fahruntüchtigen Eindruck. Pinkney wollte ihn hier an Ort und Stelle schon einmal untersuchen und dann zum Komplex Park 90/5 schleppen lassen, wo sich die Fingerabdruckleute und andere Forensiker damit befassen sollten.

»Irgendetwas im Wageninnern?«, fragte Kins.

»Ein Handy, eine Sporttasche mit Inhalt und eine Tüte der Drogeriekette Bartell.«

»Ihr Handy ist im Auto?«, fragte Tracy.

Pinkney nickte.

»Dürfen wir es uns ansehen?«, bat Kins.

Sie gingen zum Auto, wo Pinkney Tracy und Kins mit blauen N-TEX-Handschuhen ausstattete, bevor er ihnen die Plastiktüte gab, in der sich das Handy befand. Tracy tippte durch das Plastik hindurch auf die Bildschirmknöpfe, aber das Display blieb dunkel. Als sie auf den seitlichen Einschaltknopf drückte, fuhr das Handy hoch, der Bildschirm erwies sich jedoch als passwortgeschützt.

»Aufgeladen«, sagte sie und zeigte Kins das Gerät.

Sie würde Andrej Vilkotski von der Technikereinheit bitten, Coles E-Mails, SMS und Telefonnachrichten aufzuspüren und jede Nummer zu prüfen, die angerufen oder von der aus Anrufe empfangen worden waren. Sie wollte auch Coles Fotos durchgehen und nach wiederholt auftauchenden Personen suchen, um die anschließend zu befragen. Vielleicht war ja ein Freund dabei oder einer, der es gern geworden wäre.

Kins beschäftigte sich inzwischen mit der Sporttasche und zog vorsichtig ein paar Kleidungsstücke heraus: Jeans, eine Bluse, einen Pullover. Wahrscheinlich das, was Cole am Mittwoch zur Arbeit getragen hatte, bevor sie sich zum Laufen umzog. Die Kleidung machte keinen zerrissenen oder beschmutzten Eindruck, und weder Kins noch Tracy konnten Blut entdecken.

Pinkney reichte Kins die Tüte aus dem Drogeriemarkt, die er erwähnt hatte. »Die lag hinter dem Rücksitz.«

»Ein Piratenoutfit.« Kins hielt eine durchsichtige Plastikverpackung hoch, in der sich ein breiter schwarzer Gürtel, ein graues Plastikschwert, eine Augenklappe und ein rotes Halstuch befanden.

»Ein weiterer Hinweis darauf, dass sie vorhatte, auf die Party zu gehen«, meinte Tracy.

Bei dem Outfit befand sich auch die Quittung für den Einkauf mit der Adresse der entsprechenden Bartell-Filiale und der genauen Uhrzeit, zu der er erfolgt war: 16.18 Uhr am Mittwochnachmittag.

»Wo ist denn die Twenty-Fourth Avenue Northeast?«, wollte Kins wissen.

Tracy gab die Adresse in ihr Handy ein. Sie befand sich im Stadtteil North Park.

»Dann wissen wir ja jetzt wohl, warum sie Richtung North Park fuhr«, sagte Kins.

Tracy schüttelte nachdenklich den Kopf. »Warum ist sie nicht einfach in eines der Geschäfte bei ihr um die Ecke gegangen? In Green Lake, wo sie wohnte, oder in Fremont? Warum den ganzen Weg nach North Park fahren?«

»Vielleicht gab es bei ihr in der Nähe keinen entsprechenden Laden oder der, den es gab, hatte keine Piratensachen.«

Tracy zückte Notizblock und Kuli und machte sich eine Notiz. Sie wollte bei Coles Handy, sobald Vilkotski es zugänglich gemacht hatte, die Anrufliste prüfen und nachsehen, ob Cole im Drogeriemarkt angerufen oder eine Suche hatte laufen lassen, bevor sie zum Laden in North Park fuhr. Ihrer Meinung nach hatte sich Cole nicht einfach auf gut Glück dorthin begeben, in der Hoffnung, der Laden hätte vorrätig, was sie brauchte. Immerhin hatte sie ja wohl vor der Party auch noch joggen wollen. Danach sah es zumindest aus. Das wiederum sprach eigentlich dagegen, dass sie nach dem Einkauf den ganzen Weg bis zurück nach Ravenna gefahren sein sollte, um hier zu laufen. »Warum ist sie nicht einfach am Green Lake oder im Woodland Park gelaufen? Warum ist sie hierhergekommen?«

»Vielleicht waren ihr Green Lake und Woodland Park inzwischen zu langweilig. Barnes sagte doch, dass sie nach anderen Laufstrecken gesucht hat. Ich frage mich eher, warum es für sie so wichtig war, diese Sachen zu kaufen. Vielleicht rechnete sie auf der Party mit einer bestimmten Person, die sie beeindrucken wollte.«

»Lass uns zu dem Laden fahren«, schlug Tracy vor. »Vielleicht erinnert sich dort jemand an sie. Vielleicht hat der Laden ja auch Videoaufzeichnungen.«

Kins bat Pinkney anzurufen, sobald etwas Wichtiges auftauchte. Treffer bei DNA-Proben oder Fingerabdrücken zu finden und zu identifizieren konnte Tage, manchmal sogar Wochen dauern, selbst wenn man es eilig hatte.

Zeit, die sie sich nicht leisten konnten. Nicht, wenn sie hofften, Cole lebend zu finden.

»Ich rufe Oz an«, entschied Tracy auf dem Weg zurück zum Wagen. »Er muss wissen, dass es brandeilig ist und er sich dahinterklemmen soll, damit das mit der DNA schneller geht als sonst.« Oz, nach dem Zauberer von Oz, war der Spitzname des Leiters des kriminaltechnischen Labors des Staates Washington, der eigentlich Michael Melton hieß. Allerdings nannte man den Mann nicht nur »Oz«, sondern manchmal auch »Grizzly Adams«, weil Melton mit seiner Frisur und seinem Bart an Dan Haggerty erinnerte, den Schauspieler aus der Serie *Adams Family.*

»Die sind total überlastet«, warnte Kins. »Ich warte in einem anderen Fall auch schon, und das wird wohl noch Wochen dauern.«

»Sie sind immer überlastet. Aber ich kenne Mikes Schwäche.«

Bei einer Entführung waren die ersten achtundvierzig Stunden entscheidend. Danach, so zeigte die Statistik, nahmen die Chancen, eine vermisste Person noch lebend zu finden, drastisch ab.

Über diese achtundvierzig Stunden waren Kins und Tracy schon hinaus.

* * *

Im Drogeriemarkt Bartell in North Park sprachen sie mit der Managerin, die sich nicht an Stephanie Cole erinnerte. Allerdings verfügte der Laden über in die Deckenvertäfelung eingelassene Überwachungskameras und die Managerin ging davon aus, dass sie die Daten von Mittwoch 16.18 Uhr noch gespeichert hatten. Sie folgten ihr in einen Lagerraum weiter hinten im Laden, wo sie die entsprechende Aufnahme aufrief.

»Da!« Tracy deutete auf den Bildschirm. »Das ist sie.«

Man sah Cole in ihren Sportsachen den Laden betreten und obwohl es ja nur Aufnahmen waren, bekam beim Anblick dieser lebendigen jungen Frau alles sofort etwas Persönlicheres, Dringlicheres. Außerdem gaben die Bilder Tracy Hoffnung, wobei sie sich allerdings wünschte, es möge keine falsche sein.

Cole ging nach hinten in den Laden, fand das Päckchen mit den Piratensachen und stand nach weniger als einer Minute vor der Kasse.

»Sie wusste, was sie wollte, sie hatte einen Plan«, meinte Tracy.

»Zeit hat sie auf jeden Fall nicht verschwendet«, sagte Kins.

»Für mich sieht es ganz danach aus, als hätte sie vorher angerufen.«

Tracy achtete auf andere Kunden im Laden, versuchte festzustellen, ob jemand Interesse an Cole zeigte. Das schien nicht der Fall zu sein. An der Kasse wurde Cole inzwischen von einer jungen Frau bedient. »Wer ist das?«, wollte Tracy wissen.

»Das ist Denise«, sagte die Managerin.

»Arbeitet sie heute?«

»Nein. Sie hat frei.«

Tracy notierte sich den vollen Namen der Kassiererin und die Managerin versprach, ihr deren Arbeitsplan zu besorgen. Der Austausch zwischen Cole und der jungen Frau war denkbar kurz und man sah Cole währenddessen einen Blick auf ihr Fitbit werfen.

»Die Zeit drängt, sie hat es eilig«, meinte Tracy.

Die Uhr unten auf dem Bildschirm zeigte an, dass Cole den Laden um 16.19 Uhr verlassen hatte. Wieder passten Kins und Tracy auf, ob ihr jemand gefolgt war.

Nein, da war niemand gewesen.

Die Managerin gab ein paar kurze Befehle ein und lud die Aufzeichnungen der Kameras auf dem Parkplatz hoch. Sie beobachteten Cole, wie sie den Laden verließ und rasch zu ihrem Auto ging, fast schon lief. Ja, sie hatte es auf jeden Fall eilig gehabt. Auch hier achtete Tracy auf Menschen und Autos in ihrer Nähe. Cole fuhr vom Parkplatz und ihr Wagen verschwand in den umliegenden Straßen.

»Wenn jemand ihr gefolgt ist, wäre das jetzt die Zeit«, murmelte Kins.

Sie behielten die Aufzeichnungen weiter genau im Auge, aber kein Auto bog aus einer Parklücke, um Cole zu folgen.

Nach ein paar weiteren Fragen an die Managerin gaben sie der Frau ihre Visitenkarten. Tracy bat, die Aufzeichnungen an die E-Mail-Adresse von Kins zu schicken, der sie an die Experten vom Park 90/5 weiterleiten würde.

»Und? Hast du irgendwelche Ideen?«, wollte Kins wissen, als Tracy und er wieder in ihrem Dienstwagen saßen.

»Eine. Sie hat die Utensilien um sechzehn Uhr achtzehn gekauft. Auf keinen Fall ist sie bei dem Verkehr um die Tageszeit noch zum Laufen nach Ravenna gefahren. Das hätte sie auch vorm Dunkelwerden kaum noch geschafft. Und Tageslicht scheint mir zentral, wenn man eine unbekannte Strecke laufen und danach noch auf eine Party will.«

»Vielleicht wusste sie nicht, dass es um halb fünf dunkel wird. Sie ist nicht von hier«, gab Kins zu bedenken. »Vielleicht dachte sie, sie hätte noch länger Zeit.«

»Vielleicht«, sagte Tracy, die das Argument nicht ganz überzeugte. »Oder sie ist nicht in Ravenna gelaufen.«

»Ihr Auto steht dort.«

»Ich weiß. Aber bisher gibt es noch keine Hinweise darauf, dass sie auch dort war.«

»Wir spekulieren. Vielleicht kann sich jemand in der Nähe von Ravenna an sie oder den Wagen erinnern.«

»Ich glaube, wir sollten nach Parks und Laufstrecken hier in der Gegend suchen.«

»Okay, aber lass uns vorher irgendwo was essen. Wir können unsere Notizen durchgehen, alles noch mal durchsprechen, prüfen, ob wir etwas vergessen haben. Dann können wir nach Laufstrecken suchen und bei Pinkney nachfragen, ob die Kriminaltechnik etwas herausgefunden hat oder ob bei der Telefonnummer irgendwelche Hinweise eingegangen sind.«

Tracy, die gar nicht mitbekommen hatte, wie spät es inzwischen geworden sein mochte, warf einen Blick auf ihre Uhr. Halb eins. Sie wollte noch mit Bill Miller reden, dem Streifenpolizisten, der am Abend von Elle Chins Verschwinden als erster Polizeibeamter im Haus der Chins eingetroffen war. Sie hatte sich am Abend zuvor bestätigen lassen, dass Miller immer noch im North Precinct arbeitete. Er war in der Nacht zuvor für die erste Wache eingeteilt gewesen, seine Schicht dürfte jetzt ungefähr zu Ende sein.

»Ruf ihn an«, sagte Kins, als Tracy ihm von Miller erzählte. »Vielleicht können wir zwei Fliegen mit einer Klappe schlagen.«

»Ich glaube, da solltest du dir ein anderes Idiom suchen.«

»Erst mal muss ich wohl meinen Wortschatz erweitern. Idiom?«

Kapitel 14

Tracy erreichte Bill Miller auf seinem Handy, gerade als der nach Schichtende das Revier verlassen wollte. Sie gedachte Miller auch deswegen noch einmal zu dem von ihm verfassten Bericht über jenen Abend zu befragen, weil sie das Gefühl hatte, er könnte den Bericht zugunsten seines Kollegen geschönt haben. Miller wollte gerade etwas essen und anschließend nach Hause fahren, um zu schlafen, war aber gern bereit, sich mit Tracy im IHOP-Restaurant an der Aurora Avenue zu treffen, das nicht weit vom North Precinct entfernt lag.

»Siehst du!«, freute sich Kins. »Zwei Fliegen mit einer Klappe.«

Miller war nicht schwer zu finden, und das nicht nur, weil er noch Uniform trug. Er war fast so breit wie die Nische, in der er saß, und wirkte wie Mitte dreißig, mit einem jungenhaften Gesicht, mächtigen Oberkörper und einem Bizeps, über den sich die Hemdsärmel spannten.

»Er sieht aus wie Li'l Abner«, kommentierte Kins leise, als sie sich der Nische näherten, und bezog sich damit auf den Helden eines fast schon historischen Comics.

»Mein Gott, du bist echt alt!«, seufzte Tracy.

»Zieh du mal drei Jungs groß«, verteidigte sich Kins. »Die saugen dir die Jugend aus dem Leibe, schneller als du ›Vasektomie‹ sagen kannst.«

Vor Miller stand ein halb leer gegessener Teller mit Steak und Eiern, daneben ein weiterer mit einem bislang noch unberührten Stapel Pfannkuchen.

Miller schien das viele Essen auf seinem Tisch ein wenig peinlich zu sein, als Tracy und Kins sich vorstellten. »Ich tanke mich vor dem Training mit Kohlehydraten auf«, bekannte er.

»Was stemmen Sie denn, Kleinwagen?«, fragte Kins lächelnd.

Miller lachte. »Ich trainiere für einen anstehenden Wettkampf. Das ist nicht einfach, wenn ich die erste Wache habe.« Seine Stimme war höher, als Tracy es bei der Statur des Mannes erwartet hätte. »Aber wenigstens kann ich so in die Sporthalle.«

»Was für ein Wettkampf?«, fragte Kins. Tracy ließ ihn machen. Wahrscheinlich war das hier so eine Art Ritual unter Männern, um sich kennenzulernen.

»Powerlifting. Ich habe an der Uni damit angefangen.«

»Haben Sie da auch Football gespielt?«, wollte Kins wissen. »Mit Ihnen im Team braucht man ja sonst kaum noch wen. Ich wäre liebend gern hinter Ihnen gelaufen.«

Miller schüttelte den Kopf. »Kein Football. Mein Dad ist Neurologe. Er wollte nicht, dass ich mit dem Kopf nach irgendwem schlage. Ich hatte ein Leichtathletik-Stipendium, Hammerwerfen, Diskus etc. Und Sie? Haben Sie an der Uni gespielt?«

»Vier Jahre, eins davon bei der NFL. Wünschte, ich hätte Ihren Dad als Berater gehabt. Dann wäre mir einiges klarer gewesen.«

»Gehirnerschütterungen?«

»Ein paar, aber aufgehört habe ich nach einer Hüftverletzung. Ich brauchte ein neues Gelenk, noch bevor ich vierzig war. Prima Sache, was? Meine Jungs lasse ich jedenfalls nicht Football spielen.«

Tracy und Kins bestellten bei der Kellnerin, die kam, um ihre Kaffeebecher zu füllen. Kins wählte ein Omelett, Tracy ein Plunderstück.

»Sie sind die Ermittlerin, die den Cowboy erwischt hat.« Miller sah Tracy an.

Dieser Verhaftung war innerhalb der Polizei und auch vonseiten der Medien viel Aufmerksamkeit geschenkt worden. Deshalb war Tracy nicht überrascht, dass Miller, der im North Precinct arbeitete, von dem Fall gehört hatte. »Stimmt«, sagte sie.

»Ich dachte doch, den Namen kennst du, als Sie anriefen. Und jetzt sind Sie bei den Cold Cases?« Das schien ihn zu überraschen.

»Ja, genau.«

»Sie sagten, es ginge um Elle Chin? Hat sich da etwas Neues ergeben?« Miller goss sich eine halbe Kanne Sirup über seine Pfannkuchen und säbelte mit der Gabel ein Stück von der Größe eines Tortenstücks aus dem Stapel.

»Ich schau mir lediglich alles noch einmal an.«

»Ich vermute, es geht um meinen Bericht über den Abend, an dem das kleine Mädchen verschwunden ist.« Miller kam gleich zur Sache.

»Lassen Sie mich zuerst fragen, wie gut Sie Bobby Chin kannten.«

Miller spülte seine Pfannkuchen mit einem Glas Milch hinunter. »Nicht besonders gut. Bobby und ich waren ungefähr ein Alter und er war auf der Akademie eine Klasse über mir, glaube ich. Aber wir waren nicht befreundet oder so.«

»Was für ein Typ war er?«

Miller zuckte die breiten Schultern. »Ein guter. Ich mochte ihn. Wie gesagt, wir haben nie was zusammen gemacht oder so. Er war verheiratet.« Miller verzog das Gesicht.

»Kannten Sie seine Frau?«

»Ich war ihr bis zu dem Abend nie begegnet, hatte aber von ihr gehört. Sämtliche Streifenbeamten im North Precinct wussten von ihr.«

»Bobby sprach über sie?«

»Nicht so, wie Sie denken.« Er schüttelte den Kopf. »Aber er kriegte Anrufe, wenn er auf Patrouille war, und sein Partner bekam dann schon mal was mit und hat das an ein paar von den anderen Typen weitergegeben. Sie wissen doch, wie das läuft. Auf einer Wache kann man keine Geheimnisse wahren.«

»Oh ja, das kenne ich.«

»Dann waren da die Berichte, dass Bobby sie schlagen würde, und die Anzeige wegen häuslicher Gewalt gegen ihn. Darüber nicht zu reden war auch nicht ganz leicht.«

Genau wie viele andere Organisationen war die Polizei so etwas wie ein Goldfischglas. Wenn man nicht wollte, dass alle mitbekamen, was im Privatleben gerade lief, dann hielt man den Mund. Oder drohte, den Partner notfalls zu erschießen. Letzteres hatte bei Tracy und Kins immer prima geklappt.

»Haben Sie geglaubt, was so geredet wurde?«, wollte Tracy wissen.

»Das mit der häuslichen Gewalt? Nein, habe ich nicht. Jedenfalls nicht anfangs. Ich dachte, sie denkt sich das aus. Die Scheidung lief wohl sehr hässlich, hatte ich gehört. Aber dann hat Bobby sich schuldig bekannt. Also wird es ja wohl doch gestimmt haben.«

»Haben Sie Bobby je nach dieser Anzeige gefragt?«

»Nein. Ich fand, das war seine Angelegenheit. Aber wie ich gehört habe, hat Bobby es zugegeben. Hat gesagt, er hätte sie geschlagen, glaube ich. Dafür gibt es keine Entschuldigung.«

»Ist Bobby Ihnen gewalttätig vorgekommen?«

»Nein.« Miller antwortete, ohne zu zögern. »Aber ich habe nicht mit ihm gearbeitet. Auf mich machte er einen ziemlich ausgeglichenen Eindruck, auch wenn er auf Heavy Metal stand. Hat seinen Partner in den Wahnsinn getrieben, die Musik.«

»Ich habe gehört, dass Bobby den Polizeidienst quittiert hat. Wissen Sie etwas darüber?«

»Kurz nachdem seine Tochter verschwunden ist. Er war beurlaubt«, bestätigte Miller. »Das muss schlimm für ihn gewesen sein – diese Unsicherheit, meine ich. Und seine Frau war ziemlich oft in den Nachrichten und hat gesagt, sie glaubt, Bobby hätte ihre Tochter entführt. Dafür hatte sie keine Beweise, was sie aber nicht daran gehindert hat, in den Medien mit diesen Anschuldigungen wie mit einem Knüppel auf ihn einzuprügeln, das ist mal sicher. Soweit ich verstanden habe, hat Bobby ins selbe Horn geblasen und behauptet, seine Frau und ihr Freund hätten seine Tochter entführt.«

Tracy wollte Miller zu seinem Bericht befragen. »Sie waren an diesem Abend als Erster beim Haus der Chins?«

»Ich bekam den Anruf, mich schleunigst dahin zu begeben und nachzusehen, ob die Frau und der Freund zu Hause sind oder nicht.«

»Wer hat das angeordnet?«

»Der diensthabende Sergeant.«

»Wissen Sie, wer ihn angerufen hatte?«

»Nein, das weiß ich nicht. Ich nehme an, Bobby, aber sicher bin ich da nicht.«

Tracy konnte sich gut vorstellen, welche vorgefassten Meinungen über Jewel Chin unter den Polizisten verbreitet gewesen waren und was Bobby dem diensthabenden Sergeant gesagt hatte, damit der einen Streifenwagen zu seinem Haus schickte.

»Hört sich so an, als hätten Sie von der Frau keine gute Meinung gehabt, als Sie an dem Abend zu ihr fuhren.«

»Ich bin mir nicht sicher, ob ich überhaupt eine Meinung hatte. Man kann aber wohl sagen, dass ich genug gehört hatte, um nicht zu wissen, was mich erwartete.«

Die Kellnerin brachte das Essen. Kins gab scharfe Sauce und Ketchup auf sein Omelett und die Bratkartoffeln.

»Und war die Frau zu Hause?«, fragte Tracy. Sie brach ein Stückchen von ihrem Blätterteig ab und steckte es sich in den Mund.

»War sie.« Miller nickte. »Zusammen mit dem Freund.«

»Erzählen Sie mir, was bei Ihrem Eintreffen geschah.« Tracy wusste, wie sehr es den meisten Polizisten widerstrebte, Berichte zu schreiben, und dass sie sie aus diesem Grund lieber kurz und knapp abfassten. Kurz und knapp auch deswegen, um dem Verteidiger in einem späteren Gerichtsverfahren nicht gleich zu viel Munition an die Hand zu geben. Millers Bericht stellte da keine Ausnahme dar. Tracy wollte etwas über seine Eindrücke erfahren, über die nackten Tatsachen und alles, was später durchgesickert war, hinaus.

»Ich glaube, ich habe die Ereignisse in meinem Bericht als seltsam bezeichnet.«

»In welchem Sinne seltsam?«

»Gut, ich war damals jünger, noch nicht verheiratet, und ich hatte auch keine Kinder, aber …«

»Aber…?« Tracy setzte ihren Kaffeebecher ab. Auch die Nachbarin, Evelyn Robertson, hatte ihren Bericht mit einem »Aber« beendet.

»Haben Sie Kinder?«, fragte Miller Tracy.

»Eine Tochter.«

Miller sah Kins an. Der lachte. »Scheiße, ich habe drei Jungen.«

»Würden Sie nicht auch meinen, dass sich eine Frau zuerst nach ihrem Kind erkundigt, wenn bei ihr zu Hause die Polizei auftaucht, um ihr mitzuteilen, dass ihre Tochter verschwunden ist?«

Tracy dachte nach. »Ja«, sagte sie dann. »Das wäre meine erste Frage.«

»Ich hatte mir auf der ganzen Fahrt den Kopf zerbrochen, wie ich es sagen soll. Ich hatte gehofft, ich wäre nicht der Erste vor Ort und jemand anderes hätte es ihr schon beigebracht. Und dann komme ich da an und erzähle ihr, was los ist, und sie fängt an, über Bobby herzuziehen. Sagt, das wäre doch alles nur große Scheiße und Chin hätte das Mädchen entführt und dass sie eine einstweilige Verfügung gegen ihn hat. Ich dachte: Moment mal! Wo kommt das denn jetzt her?«

»Hat sie sich irgendwann nach ihrer Tochter erkundigt?«

»Später, als die Detectives auftauchten. Während ich dort war, allein, hat sie nur geflucht und mir befohlen, ich soll über Funk auf der Wache Bescheid sagen, dass Bobby das Kind hat und man ihn verhaften muss. Der Freund hat sich dann auch noch auf mich gestürzt.«

»Wie lange hat es gedauert, bis die Detectives eintrafen?«

»Eine halbe Ewigkeit. Hat sich jedenfalls so angefühlt.«

»Erzählen Sie mir von dem Freund.«

Miller lächelte. »Ganz der Typ Bodybuilder, mit Sonnenbräune aus der Spraydose, Riesenbizeps und Wespentaille. Auf jeden Fall zu viele Steroide. Tut mir leid, ist ein altes Vorurteil von mir.«

»Was hatte er zu sagen?«

»Die meiste Zeit kam er nicht zu Wort, weil die Frau tobte. Niemand kam zu Wort. Sie konnte gar nicht aufhören zu lamentieren, wir müssten Bobby verhaften und in den Knast werfen, und wie er sie verprügelt hat und dann mit einer

Bewährungsstrafe davonkam, weil er einer von uns ist und wir ihn beschützen.«

»Haben Sie das?«

»Ich nicht. Ich hatte mit der Verhaftung nichts zu tun und als ich davon hörte, habe ich das, was Bobby getan hatte, nicht gebilligt. Mein Dad hat mich da besser erzogen, man schlägt keine Frau. Unter keinen Umständen. An dem Abend habe ich einfach nur meinen Job gemacht. Ich wusste ja gar nicht im Detail, was passiert war. Ich wusste nur, das kleine Mädchen war in einem Maislabyrinth verschwunden.«

»Hatten Sie den Eindruck, dass die Frau wusste, wo ihre Tochter war?«

»Der andere Cold Case Detective – wie hieß er noch?«

»Art Nunzio.«

»Richtig. Der hat mich das auch mal gefragt. Ich glaube, ich habe ihm geantwortet, ich hätte keine Ahnung, was ich damals gedacht habe. Ich weiß nicht, ob ich überhaupt einen Eindruck hatte. Ich weiß nur, dass ich dachte: Warum zum Teufel hört sie nicht endlich mit Bobby auf und erkundigt sich nach ihrer Tochter? Es kam mir so seltsam vor, dass sie nicht gefragt hat. Das habe ich so auch in meinem Bericht geschrieben.«

Die beiden ermittelnden Detectives hatten in ihren Berichten mehr oder weniger dasselbe festgestellt. Auch sie gaben an, Jewels Tirade habe kein Ende gefunden, selbst nachdem sie ihr gesagt hatten, Bobby hätte Elles Verschwinden gemeldet und sofort angeordnet, niemand dürfe den Parkplatz des Labyrinths verlassen. Zeugen hatten sein Verhalten als »verzweifelt« beschrieben, was Jewel Chin als reine Schauspielerei abgetan hatte. Ihrer Meinung nach hatte Bobby für die Polizei eine Show abgezogen und die wäre darauf hereingefallen.

Kins schob sich aus der Nische und steuerte die Toiletten an.

Miller fuhr fort. »Als die Detectives eintrafen und sie nach ihrem Abend befragten, also danach, wo sie und der Freund gewesen waren, flippte sie noch mehr aus. Sie fluchte immer schlimmer und meinte schließlich, sie würde kein Wort mehr sagen, bevor sie nicht mit ihrem Anwalt gesprochen hätte. Dann hat sie wirklich den Mund gehalten. Im Grunde hat sie gar nichts gesagt, außer dass es Bobby gewesen sei. Sie hat uns in keiner Weise geholfen. Nie, die ganze Zeit nicht, soweit ich mich erinnern kann.«

Die ursprünglich für den Fall zuständigen Detectives hatten zudem noch notiert, Jewel Chin habe sich um ihre eigene Haftbarkeit mehr Sorgen gemacht als um alles andere. Nachdem sie sich anfangs an die Presse gewandt hatte, um Bobby Chin öffentlich für das Verschwinden ihrer Tochter verantwortlich zu machen, war sie später in ein Hotelzimmer gezogen, um den Medien aus dem Weg zu gehen, und hatte sich auch geweigert, auf Fragen der Detectives zu antworten. In seinem ersten Bericht hatte einer der ermittelnden Beamten Überlegungen angestellt, denen zufolge Jewel, der Freund oder jemand anderes, den die beiden kannten oder den sie dafür bezahlt hatten, das Kind entführt hatte, wahrscheinlich, um Bobby Chin damit wehzutun. Diese Theorie wurde allerdings kaum von Beweisen untermauert.

»Was waren Ihre Eindrücke?«, wollte Tracy nun wissen. »Was haben Sie gedacht, aber nicht in Ihren Bericht geschrieben?«

»Die war schon eine Nummer, die Frau«, sagte Miller, ohne zu zögern. »Warum so jemand ein Kind bekommt, warum sie sich die Mühe überhaupt gemacht hat, kann ich echt nicht verstehen.« Er schüttelte den Kopf und schob einen halben Stapel Pfannkuchen beiseite, als sei ihm plötzlich der Appetit vergangen, was wahrscheinlich nicht oft vorkam, wenn man nach seiner Statur gehen konnte. »Aber wie ich schon sagte: Bobby war auch kein Heiliger.« Er schüttelte den Kopf. »Ich weiß nicht, was an dem Abend passiert ist. Ich weiß nicht, ob es die Mutter war und der Freund oder Bobby oder jemand anderes. Ich hoffe nur, um des kleinen Mädchens willen, dass sie irgendwo noch am Leben ist. Am Leben und in Sicherheit, und dass keiner der beiden je wieder Kontakt zu ihr hatte. Denn das ist meiner Meinung nach für die Kleine die einzige Hoffnung auf ein normales Leben.«

Ähnlich hatte es die Nachbarin, Evelyn Robertson, umschrieben – ohne es so genau zu sagen.

Kins kam zurück zur Nische, machte jedoch keine Anstalten, sich zu setzen. Er sah Tracy an. »Wir haben vielleicht einen Zeugen, der Stephanie Cole gesehen hat.«

»Wo?«

»In der Gegend von North Park.«

»Also in der Nähe der Bartell-Filiale.«

»Schon gut. Vielleicht hattest du recht und wir haben in der falschen Gegend gesucht.«

Kapitel 15

Kins fuhr nach North Park zu einem eingeschossigen Backsteinhaus gegenüber von einem Gebäude, das wohl die Grundschule des Stadtteils beherbergte. Tracy hatte vorgeschlagen, vorher noch ein bisschen herumzufahren, um ein Gefühl für die Gegend zu bekommen. In North Park schien der solide Mittelstand zu wohnen, in schlichten, einstöckigen Häusern mit hübschen, gepflegten Gärten. An diesem schon winterlich kühlen Samstag waren ziemlich viele Leute mit ihren Hunden unterwegs. Die meisten waren offenbar Rentner, gut verpackt in Daunenjacken, vielfach mit Schals, Handschuhen und Strickmützen. Der Stadtteil machte einen freundlichen Eindruck und viele der Spaziergänger lächelten, wenn sie aufeinandertrafen, und blieben auf dem Bürgersteig stehen, um sich zu unterhalten. Wenn Cole wirklich hier gesehen worden war, dann konnte das ein gutes Zeichen sein.

Kins parkte am Bordstein und sie stiegen die Stufen zu einem Backsteinbungalow mit großen Fenstern zu beiden Seiten der Haustür hinauf. Die Tür ging auf, noch ehe sie klopfen konnten, geöffnet von einem großen, grauhaarigen Mann, der ganz offensichtlich auf sie gewartet hatte. Neben ihm hüpfte mit munter wedelndem Schwanz ein Jack Russel Terrier auf und ab.

»Mr Bibby?«, fragte Kins.

»Sie müssen die Detectives sein.« Der Mann warf einen Blick hinunter zu seinem Hund. »Ist schon gut, Jackpott. Beruhige dich und lass die Leute rein. Er ist immer ganz aus dem Häuschen, wenn Besuch kommt«, fuhr er an Tracy und Kins gewandt fort. In diesem Moment kam eine Frau hinzu, begrüßte die beiden Detectives, bückte sich und hob den Hund hoch.

»Kommen Sie rein, damit ich die Tür zumachen kann, bevor er noch wegläuft«, bat der Mann. Tracy und Kins traten ins Haus und die Tür wurde geschlossen. »So schnell hatte ich Sie nicht erwartet«, sagte der Mann.

Während Kins sich und Tracy vorstellte und erklärte, sie seien gerade in der Nähe gewesen, als der Anruf einging, setzte die Frau den Hund wieder auf den Boden. Brian Bibby stellte seine Frau Lorraine vor. Tracy schätzte beide auf Mitte siebzig.

»Darf ich Ihnen etwas anbieten – Kaffee, Tee oder ein Glas Wasser?«, wollte Lorraine wissen. Kins und Tracy lehnten ab, Bibby bat um Kaffee.

Das Haus war wie der Garten schlicht gehalten, aber gut gepflegt, das Wohnzimmer holzgetäfelt, mit einem Hartholzfußboden, einem großen Teppich und einer Ledercouch unter dem Fenster, das einen Blick auf die Schule bot. Ein futuristisch anmutender Lesesessel aus Leder dagegen stand in einem solchen Winkel, dass man sowohl aus dem Fenster als auch auf den an der Wand angebrachten Flachbildschirmfernseher schauen konnte. Hinter dem Stuhl stand ein gut gefülltes Regal mit Büchern, auf den ersten Blick überwiegend Biografien, und ein paar Familienfotos. Die Bibbys schienen zwei erwachsene Kinder zu haben, einen Sohn und eine Tochter. Neben dem Regal blies der Einsatz im offenen Kamin Wärme in den Raum.

Bibby nahm ihnen die Mäntel ab und lud Tracy und Kins ein, auf der Couch Platz zu nehmen. Er selbst zog sich im Ledersessel ein Rückenkissen zurecht, bevor er sich setzte und erklärte, er habe sich bei seiner Arbeit als Mechaniker im Boeing-Werk in Everett den Rücken verletzt.

»Ich habe bis zur Rente durchgehalten«, sagte er. »Aber die kam trotzdem zu früh. Ich sitze nicht gern einfach so rum.«

»Womit verbringen Sie denn jetzt Ihre Zeit?«, fragte Kins.

»Wir haben im Jachthafen von Edmonds einen Boston Whaler liegen. Sobald die Lachse wandern, sind Lorraine und ich jeden Morgen da draußen, egal, wie es meinem Rücken geht. Ich räuchere den Lachs hinten im Garten in einem Räucherofen, dann wird er tiefgefroren und an die Nachbarn verschenkt. Wir selbst haben in der Garage auch eine ganze Gefriertruhe voll. Kann ich einen von Ihnen dafür interessieren?«

Wieder lehnten Tracy und Kins dankend ab.

Lorraine brachte Bibbys Kaffee. Er bedankte sich, nippte am Becher und stellte ihn auf einen Untersetzer auf dem Tisch neben der Stehlampe ab. Lorraine holte sich einen Klappstuhl und setzte sich neben ihren Mann.

»Mr Bibby ...«, fing Kins an.

»Bibby reicht völlig. Alle haben mich immer nur Bibby genannt.«

Das klang, als sei er stolz darauf.

»Sie glauben, Sie könnten Stephanie Cole gesehen haben?«, fragte Kins.

»Haben Sie ein Foto?«, fragte Bibby.

Kins lud das Foto hoch, das sie für die Presseerklärung verwendet hatten, und gab Lorraine sein Handy. Sie reichte es an ihren Mann weiter, ohne das Bild angesehen zu haben. Bibby dagegen musterte es genau. »Das ist die Joggerin?«, wollte er wissen.

»Warum fragen Sie?«

»Weil die junge Dame, die ich gesehen habe, im Park am Ende der Straße gelaufen ist.«

»Dort haben Sie sie gesehen?«

»Dort gehen Jackpott und ich spazieren, unsere übliche Strecke. Wir gehen die Straße hinunter bis zum Parkeingang und dann den Parkweg, bis der in einer Sackgasse endet. Dann machen wir kehrt und gehen wieder zurück.«

»Und das hier ist die Frau, die Sie gesehen haben?«

»Sieht auf jeden Fall so aus wie sie.« Bibby nickte. »Sie hatte sich einen Pferdeschwanz gebunden, deswegen kann ich nicht sagen, dass ich hundert Prozent sicher bin. Aber zu neunzig Prozent schon.« Auf dem Foto hing Cole das Haar offen bis auf die Schultern. »Wohnt sie hier in der Gegend? Ich hatte sie bisher noch nie hier gesehen, aber wenn sie im Park lief, ist sie vielleicht gerade hergezogen.«

»Wie kommen Sie darauf?«

»Weil der Park eigentlich für Jogger nichts ist. Es gibt nur diesen einen Weg, wie ich schon sagte, und der endet am Fuß der Schlucht in einer Sackgasse. Und er verläuft ziemlich steil. Ich kann mir nicht vorstellen, dass das beim Laufen gut für Knie und Rücken ist. Und man muss erst steil runter und dann dieselbe Strecke wieder hoch, was auch nicht so schön ist. Außerdem ist der Eingang zum Park nicht leicht zu finden, wenn man nicht hier wohnt und sich auskennt. Von daher dachte ich, sie ist vielleicht erst vor Kurzem in die Gegend gezogen und wusste es nicht besser.«

»Wann gehen Jackpott und Sie denn spazieren?«, fragte Kins.

»Hängt von der Jahreszeit ab. Wir gehen so los, dass wir noch bei Tageslicht zurück sind, also im Lauf des Nachmittags, damit sich Jackpott vor der Nacht noch einmal richtig austoben und ich meinen Rücken strecken kann.«

»Und wann sahen Sie die Joggerin?«, fragte Kins.

»Das war Mittwoch.« Bibby sah seine Frau an, als wollte er sich die Zeit bestätigen lassen. »Da haben Jackpott und ich das Haus so gegen Viertel vor vier verlassen.«

»Gehen Sie mit Ihrem Mann spazieren?«, erkundigte sich Tracy bei Lorraine.

»Manchmal, aber nicht immer. Ich arbeite noch, Teilzeit. Mittwoch war ich beim Spaziergang nicht dabei.«

»Wann haben Sie Stephanie Cole dann also gesehen?«, wollte Tracy von Bibby wissen.

»Ich hatte mir schon gedacht, dass Sie danach fragen würden, also habe ich mir auf dem Kalender angesehen, wann momentan die Sonne untergeht. Mittwoch war das um sechzehn Uhr achtundvierzig. Jackpott und ich sahen die Frau irgendwann zwischen sechzehn Uhr fünfunddreißig und sechzehn Uhr vierzig, da gingen wir den Weg schon wieder hinauf. Ich hatte Jackpott wieder an die Leine genommen, denn er war hinter einem Kaninchen oder Eichhörnchen oder sonst einem verdammten Tier her gewesen und im Zickzack durch das Unterholz getobt. Ich hatte ihn eben angeleint, als die junge Frau den Pfad hinuntergelaufen kam. Ich erinnere mich noch, dass ich dachte, es wird doch gleich dunkel und die Dame sollte sich lieber beeilen, wenn sie noch bei Tageslicht fertig sein will.«

»Was hatte sie an?«, fragte Kins.

»Sportsachen, wie Jogger sie tragen. Leggins, ein langärmliges Hemd, Turnschuhe. Sie hatte diese Stöpsel in den Ohren, um Musik zu hören. Die, die drahtlos funktionieren. Ich weiß nicht, wie die heißen.«

»Drahtlose Kopfhörer«, sagte Tracy.

»Hört sich gut an«, meinte Bibby. »Klingt logisch.«

»Trug sie ein Handy?«, fragte Tracy.

»In der Hand.«

»Sie sagen, Jackpott und Sie seien jeden Tag auf dieser Strecke unterwegs?«, fragte Kins.

»Manchmal gehen wir auch woanders hin, aber warum eigentlich, wo der Park doch gleich hier vor der Tür liegt? Ich bin ein bisschen ein Gewohnheitstier. Lorraine sieht das sicher genauso.«

»Haben Sie mit der Joggerin gesprochen?«

»Nein. Sie hat gelächelt und ich habe genickt und Jackpott aus dem Weg gezogen. Mehr nicht. Sie war ein zierliches Ding.« Er streckte die Hand aus, mit der Handfläche nach unten. »Noch nicht einmal so groß wie Lorraine, würde ich sagen.«

Auf Kins Nachfrage hin erklärte Lorraine, dass sie einen Meter fünfundsechzig groß sei. Für Cole war in den Unterlagen ein Meter zweiundsechzig angegeben.

»Glauben Sie, sie ist im Park verschwunden?«, fragte Lorraine besorgt.

»Das wissen wir nicht«, erklärte Kins. »Noch versuchen wir festzustellen, wo sie an dem Nachmittag war. Ich nehme an, Sie haben sie nicht wieder aus dem Park kommen sehen?«

»Nein.« Bibby schüttelte den Kopf. »Bis dahin dürften Jackpott und ich auch schon wieder zu Hause gewesen sein. Oder doch fast zu Hause.«

»Haben Sie gegen Ende Ihres Spaziergangs sonst noch jemanden gesehen? Irgendjemanden auf dem Weg oder jemanden, der aussah, als würde er vor dem Park warten?«

»Nein. Ich war mir ziemlich sicher, dass Jackpott und ich die Letzten im Park waren – bis wir ihr begegnet sind.«

»Und später, auf der Straße? Als Sie den Park verlassen hatten? Haben Sie da jemanden bemerkt?«

Er schüttelte den Kopf. »Tut mir leid.«

»Irgendjemanden in einem Auto?«

Bibby verneinte. »Mir ist kein Auto aufgefallen. Hier parken ja ständig Fahrzeuge am Bordstein, aber meistens während der Schulstunden. Sie sind dann in der Mehrzahl ab drei Uhr wieder weg.«

»Wann ist die Schule aus?«

»Um halb drei«, sagte Lorraine.

»Lorraine hat dort siebenunddreißig Jahre lang unterrichtet«, sagte Bibby. »Der kürzeste Arbeitsweg, den eine Lehrerin je hatte.«

»Und jetzt unterrichten Sie dort Teilzeit?«, wollte Tracy wissen.

»Ich unterrichte nicht mehr, helfe aber bei der Verwaltungsarbeit.«

»Wie haben Sie mitbekommen, dass eine junge Frau vermisst wird?«, fragte Kins Bibby.

»Die Nachrichten.« Bibby deutete auf den Fernseher. »Wie ich schon sagte, ich bin ein Gewohnheitstier. Wenn Jackpott und ich vom Spaziergang kommen, setzen wir uns hin, schalten King fünf, den Lokalsender, ein und ich trinke eine Tasse Kaffee. Ich habe gestern die Nachrichten gesehen und dort zeigten sie das Foto der Frau. Sie würde vermisst, hieß es. Da sagte ich zu Lorraine: ›Ich glaube, an der Frau bin ich Mittwoch im Park vorbeigegangen!‹«

Lorraine nickte.

»Ich hab noch gefragt: ›Wohnt sie hier in der Gegend?‹ Lorraine weiß so etwas oft besser als ich, weil neue Nachbarn ihre Kinder in der Schule anmelden. Wobei dieses Mädchen zu jung aussah, um schon Kinder zu haben. Könnte mit ihren Eltern hergezogen sein. Ist sie das?«

»Ist sie was?«

»Hierhergezogen«, sagte Bibby.

»Wir müssen uns erst noch ein Bild machen. Ihre Aussage hilft dabei, danke. Gibt es noch etwas, woran Sie sich erinnern?«

»Nein. Nichts. Ich hoffe aus ganzem Herzen, dass dieser jungen Frau nichts zugestoßen ist. Dies hier ist eine friedliche Gegend, mit guten Menschen. Wir kennen einander alle und kommen gut miteinander aus.«

Tracy wandte sich an Lorraine. »Wissen Sie, ob die Schule eine Überwachungskamera für den Parkplatz da hat?« Sie deutete aus dem Fenster.

»Nein. Letztes Jahr wurde hier eine Rollstuhlrampe gestohlen, über die man in ein provisorisches Klassenzimmer kam. Es wäre nett gewesen, wenn man die Diebe mit einer Kamera erwischt hätte.«

»Können Sie sich das vorstellen?«, fragte Bibby. »Eine Rampe!«

»Wir waren die zweite betroffene Schule«, fügte Lorraine hinzu. »Aber ohne Überwachungskameras können wir nicht viel machen und die kriegen wir nicht, solange die Wähler keiner Erhöhung der Schulabgaben zustimmen, durch die sämtliche Grundschulen Seattles angemessen mit Geldmitteln ausgestattet werden könnten.«

»Sie sagten, der Eingang zum Park ist nicht leicht zu finden?« Tracy richtete sich wieder an Bibby.

»Ich möchte demnächst mit Jackpott zu unserem Spaziergang aufbrechen. Wir können ruhig ein bisschen früher losgehen, wenn ich Ihnen den Eingang zeigen soll«, schlug Bibby vor.

»Das wäre sehr freundlich!«, sagte Kins.

Bibby stand auf, wobei er eine Grimasse schnitt. »Keine Ursache. Mein Rücken kann einen kleinen Spaziergang auf jeden Fall gut gebrauchen.«

* * *

Bibby holte sich seine Wintersachen und nahm Jackpott an die Leine, dann folgten Tracy und Kins den beiden hinaus auf die Straße. Kins ging neben Bibby und Jackpott, Tracy dahinter, wobei sie sich im Vorübergehen den Parkplatz der Schule und das Haus direkt neben dem Eingang zum Park ansah, zu dem Bibby sie nun führte. Trotz eines Hinweisschildes war der Eingang nicht gut zu erkennen, denn jemand hatte das Schild mit den Symbolen einiger städtischer Jugendbanden besprüht.

»Es gibt hier in der Gegend Gangs?«, fragte Tracy, als sie vor dem Parkeingang standen.

»Nur von Siebzigjährigen«, sagte Bibby.

So schwer, wie der Zugang zum Park zu entdecken war, konnte es doch auch für Cole nicht einfach gewesen sein, den Einstieg zu ihrer Laufstrecke zu finden. Tracy nahm sich vor, das zu prüfen.

Hat Cole jemanden nach dem Weg gefragt?

Gegenüber vom Parkeingang lag auf der anderen Straßenseite ein zweistöckiges Haus mit hohen Fenstern. Tracy hielt Ausschau nach Überwachungskameras über der Eingangstür und der seitlichen Schiebetür aus Glas, konnte aber keine entdecken. Sie würden sämtliche Hausbesitzer der Gegend mit Blick auf den Parkeingang befragen. Tracy machte sich eine entsprechende Notiz.

Ein Hinweisschild am Anfang des Weges war ohne Streckenkarte. Wenn Cole hier zum ersten Mal gelaufen war, hatte sie unter Umständen nicht geahnt, dass der Pfad in eine Schlucht führte, um dort in einer Sackgasse zu enden.

»Vor ein paar Jahren konnte man den Weg hier vor lauter Müll gar nicht mehr erkennen«, erklärte Bibby. »Hier lagen sogar alte Haushaltsgeräte und Reifen, einfach alles, was Sie sich vorstellen können. Einer der Nachbarn hat beim Kreis Gelder für Aufräumarbeiten beantragt und dann haben wir alle mit angepackt. Jetzt sieht es wesentlich besser aus.«

Tracy folgte Bibby und Kins den steilen Weg hinunter in eine mit Ahornbäumen und Farn bewachsene Schlucht. Genau wie Bibby fand auch sie die Vorstellung, hier wieder hochlaufen zu müssen, ziemlich abschreckend. Warum nur hatte sich Stephanie Cole für diese Strecke entschieden, wo es doch in der

Nähe ihrer Wohnung viel attraktivere Wege gab, die an einem wunderschönen See entlangführten oder sich durch einen von Seattles attraktivsten Parks schlängelten?

Nach einem Fußweg von etwa fünfzehn Minuten verlief der Pfad ebener und sie kamen an eine aus Holzpaletten gezimmerte Fußgängerbrücke, die über einen kleinen Bach führte. »Hier ist sie an mir vorbeigekommen«, sagte Bibby. »Ich hatte Jackpott, wie gesagt, gerade aus dem Unterholz gezerrt, am Halsband gepackt und angeleint, als sie angelaufen kam.«

Hier war kein Autoverkehr zu hören, nur der Wind, der in den Blättern des ruhigen kleinen Waldes raschelte. Trotzdem empfand Tracy kein Gefühl des Friedens. Es hatte schon etwas Unheimliches, dass es hier so unglaublich still war und kein Sonnenlicht durch das Blätterdach drang. Ihr Blick wanderte vom Pfad zu den Pflanzen im Unterholz, suchte nach zerbrochenen Zweigen, zerdrückten Blättern, Fußabdrücken im Boden, nach irgendetwas, das darauf hindeutete, dass hier der Körper einer jungen Frau über den Boden geschleift worden war. Sie suchte nach aufgerissener Erde oder aufgeworfenen Sandhäufchen.

Das dämmrige Winterlicht nahm mehr und mehr ab, wurde durch die Baumwipfel blockiert, obwohl viele der umstehenden Bäume bereits Laub abgeworfen hatten. Sie ging weiter den Pfad entlang, wobei Tracy ununterbrochen in alle Richtungen nach Farben im Gebüsch Ausschau hielt, die hier nicht hingehörten. Sie wollte am nächsten Morgen mit den Detectives der Kriminaltechnik und den Leichenspürhunden der Hundestaffel wiederkommen und plante außerdem, Kaylee Wright hinzuzuziehen. Als Spurenleserin war Wright in der Lage nachzustellen, was sich an einem Tatort abgespielt hatte, und das anhand von Fußabdrücken und Spuren in der Vegetation. Sollte es sich hier um einen Tatort handeln, dann brauchten sie Wright auf jeden Fall. Seit Coles Verschwinden war schon viel Zeit vergangen, noch dazu hatte es in der vergangenen Nacht stark geregnet. Tracy bezweifelte sehr, dass Such- und Rettungshunde hier eine Spur aufnehmen konnten, wollte sich diese Vermutung allerdings noch durch einen Anruf bei der Hundestaffel bestätigen lassen. Kaylee war so gut wie die Hunde, vielleicht sogar besser.

Der Weg endete unspektakulär, aber eindeutig, als dichtes Gestrüpp den Weg einen steilen Hügel hinauf säumte und auf halbem Weg mehrere auf metallene Ständer montierte Schilder klarstellten, dass man sich ab jetzt auf Privatgelände befand, dessen Betreten verboten war.

»Hier machen Jackpott und ich immer kehrt«, erklärte Bibby.

»Hilf mir mal!« Tracy streckte Kins die Hand hin und ließ sich beim Hochklettern bis zu den Schildern helfen, konnte aber von dort aus nicht über den Hügel hinwegsehen. »Was ist da oben?«, wollte sie von Bibby wissen.

»Hintergärten«, erklärte Bibby, während Tracy wieder hinunterkletterte. »Deswegen gibt es auch keinen durchgehenden Pfad, der als Schleife verlaufen würde. Ein Teil des Landes ist Privatbesitz.«

Tracy sah sich weiterhin die umstehende Vegetation an und bemerkte eine Lücke im dichten Unterholz, einen kleinen Wildpfad, der den Hügel hinaufführte.

»Wir haben bald kein Licht mehr«, sagte Kins.

Tracy sah auf die Uhr. Ungefähr um diese Zeit war Cole hier im Park gelaufen. Auch ihr hatte kaum noch Tageslicht zur Verfügung gestanden.

Sie begleiteten Bibby nach Hause zurück, hinterließen ihre Visitenkarten und deuteten an, sie würden wahrscheinlich noch weitere Fragen haben.

»Jederzeit«, sagte Bibby. »Der alte Jackpott und ich, wir sind hier. Ich hoffe wirklich, der Frau ist nichts zugestoßen.«

Wieder im Auto schlug Tracy vor, im North Precinct anzurufen und darum zu bitten, dass ein Beamter am Parkeingang postiert wurde für den Fall, dass jemand Kins und sie beim Betreten des Parks beobachtet hatte.

»Dann denkst du dasselbe wie ich? Dass Coles Leiche da unten liegen könnte?«, fragte Kins.

»Ich halte das leider für eine sehr realistische Möglichkeit.«

»Ich rufe die Kriminaltechnik an. Sagst du Kaylee Bescheid?« Tracy und Kins waren jahrelang Partner gewesen und wussten oft schon im Voraus, was der andere gleich tun oder sagen würde.

»Bin schon dabei.«

»Dann sollten wir mit den Leuten in den Häusern gegenüber vom Parkeingang sprechen und mit denen, deren Hintergärten an die Schlucht grenzen. Irgendwas stinkt doch an der Sache. Bibby hat sie hier gesehen, aber ihr Auto steht in Ravenna. Ich habe ein ganz schlechtes Gefühl.«

»Damit bist du nicht allein.« Tracy seufzte.

Kapitel 16

Bei ihren Besuchen in den Häusern, die dem Parkeingang gegenüberlagen, hatten Tracy und Kins wenig Glück, die Uhrzeit war denkbar schlecht gewählt, wenn man jemanden antreffen wollte. Berufstätige waren entweder noch bei der Arbeit oder steckten im Verkehr fest und Eltern, die sich um Haus und Kinder kümmerten, holten wahrscheinlich gerade den Nachwuchs vom Sport oder anderen außerschulischen Aktivitäten ab.

Trotzdem gingen Tracy und Kins von einem Haus zum anderen und notierten sich, wo niemand an die Tür gekommen war, um am nächsten Tag zwei andere Detectives schicken zu können. Die wenigen Bewohner, die sie antrafen, waren am Mittwoch entweder nicht zu Hause gewesen oder sie erinnerten sich nicht daran, Cole oder ihr Auto gesehen zu haben. Keins der Häuser verfügte über Überwachungskameras. Ein paar Leute gaben an, ihre Nachbarn würden regelmäßig spazieren gehen, einige mit ihren Hunden. Bibby wurde mehrfach erwähnt. Aber über den Mittwochnachmittag konnte niemand genauere Angaben machen. Niemand hatte aus Richtung Park irgendetwas gehört, keine Schreie, keine Hilferufe. Ein Hausbesitzer bestätigte Bibbys Aussage, die Nachbarn hier würden ein Auge auf ihre Gegend halten, weswegen Außenstehende oder ein fremdes Auto wahrscheinlich bemerkt worden wären. Kins rief Detective Sergeant Billy Williams an und bat ihn, Streifenbeamte aus dem North Precinct mit Coles Foto bewaffnet in North Park von Haus zu Haus und von Geschäft zu Geschäft zu schicken.

Als positiv ließ sich verbuchen, dass sie inzwischen zweifelsfrei wussten, wo sich Cole am Mittwochnachmittag bis ungefähr 16.45 Uhr aufgehalten hatte, auch wenn damit nicht geklärt war, wie ihr Auto auf einem Parkplatz in Ravenna landen konnte.

»Um fünfzehn Uhr fünfzig hatte sie Feierabend«, sagte Tracy, während Kins das Auto steuerte und sie beide nach erleuchteten Fenstern Ausschau hielten. »Wir wissen, dass sie die Firma sechs Minuten später verließ, nachdem sie sich umgezogen und Sportsachen angezogen hatte. Um sechzehn Uhr neunzehn hat sie die Bartell-Filiale verlassen und irgendwann zwischen sechzehn Uhr dreißig und sechzehn Uhr fünfundvierzig ist sie in der Schlucht an Bibby vorbeigelaufen. Es ist also unwahrscheinlich, dass sie nach ihrem Einkauf bei Bartell noch einen Umweg eingelegt hat.«

»Das sehe ich auch so.« Kins Blick huschte weiterhin über die Fassaden der umliegenden Häuser.

»Wir wissen jetzt, dass sie in diesem Park gelaufen ist, also keinen Grund hatte, nach Ravenna zu fahren. Sie hatte es außerdem ja auch eilig und wollte noch nach Hause fahren, duschen, sich ihr Kostüm anziehen und dann zur Halloween-Party gehen. Das scheint sie jedenfalls eindeutig vorgehabt zu haben.«

»So hat es zumindest den Anschein.«

»Der Mitbewohner sagt, sie ist nicht nach Hause gekommen«, fasste Tracy weiter zusammen. »Sie hat ihr Kostüm nicht angezogen. Damit ist Bibby die letzte Person, die sie gesehen hat, bevor sie verschwand.«

»Sieht so aus.« Kins hielt am Bordstein vor einem Haus, in dem Licht brannte, und sie stiegen aus.

»Also haben wir hier eine junge Frau«, fuhr Tracy fort, »die einfach so spurlos verschwunden zu sein scheint. Wir haben keine Zeugen, wir haben noch keine Hinweise, dass ein Verbrechen vorliegt, und wir haben keine Leiche.«

»Noch nicht«, meinte Kins. »Worauf willst du hinaus?«

»Ich denke gerade an zwei andere Fälle, an denen Nunzio saß und von denen ich dir erzählt habe.«

»Die beiden vermissten Prostituierten?«

Sie überquerten die Straße. »Sie sind auch einfach so verschwunden. Keine Zeugen. Keine Hinweise auf ein Verbrechen. Keine Leichen. Und nicht weit von hier.«

»Wir sollten uns auf Cole konzentrieren«, fand Kins. »Wenn uns das in die Richtung führt, an die du denkst, dann gehen wir dem nach. Im Moment ist Cole noch ein brandaktueller Fall, alles andere als kalt. Vielleicht haben wir ja Glück und lösen, wenn wir sie finden, auch noch die beiden anderen Fälle. Oder wir stellen fest, dass sie gar nichts miteinander zu tun haben.«

Als sie sich dem Haus näherten, fiel Kins über der Haustür eine auf die Straße gerichtete Kamera ins Auge. »Vielleicht haben wir Glück!« Er klopfte. Die Frau, die ihnen öffnete, war Mitte dreißig, hatte dunkelbraune Haare und stellte sich als Nancy Maxwell vor. Sie sagte, ihr Mann hätte die Kamera bei ihrem Einzug installiert, aber nur hier diese eine an der Vorderseite des Hauses. Hinten, wo der Garten zur Schlucht hinführte, gab es keine weitere.

Maxwell, deren Mann mit den beiden Söhnen beim Fußballtraining war, bat Tracy und Kins ins Haus und spielte ihnen auf dem Computer die Aufzeichnungen vom Mittwochnachmittag vor, und zwar für den Zeitraum zwischen 15.30 Uhr und 17.30 Uhr. Sie sahen weder einen blauen Prius noch Stephanie Cole, aber um 16.22 Uhr war jemand auf dem Bürgersteig am Haus vorbeigegangen.

»Wer ist das?«, wollte Tracy wissen.

»Das ist Evan Sprague.«

»Er wohnt hier?«

»Die Sprague-Brüder wohnen zwei Häuser weiter.«

»Geht er jeden Tag um diese Uhrzeit spazieren?«, fragte Kins.

»Nicht jeden Tag, nein, so würde ich das nicht sagen. Nicht wie Bibby. Aber ich habe ihn schon mehrfach gesehen.«

»Können wir das schneller laufen lassen?«, bat Kins. Sie sahen sich die nächsten beiden Stunden im Schnelldurchlauf an, ohne dass Evan Sprague auf dem Weg nach Hause noch einmal an der Kamera vorbeigekommen wäre. Kins fragte Maxwell, ob sie sich das erklären könnte.

»Ich bin mir ziemlich sicher, dass er einmal um den Block geht«, antwortete Maxwell. »Evan ist vom Kopf her ein bisschen langsam, gehandicapt sagt man wohl korrekterweise. Es fällt nicht allzu stark auf, aber … ich glaube, er geht immer denselben Weg, damit er sich nicht verläuft und seine Brüder nicht nach ihm suchen müssen.«

»Sie meinten, er wohnt zwei Häuser weiter? In welche Richtung?«, fragte Kins.

»Ich zeige es Ihnen.« Maxwell trat auf die vordere Veranda, die Schultern gegen die Kälte hochgezogen, und deutete die Straße hinunter. »Es ist das Haus, das ein bisschen verfallen aussieht. Es hat ihren Eltern gehört. Es sind wirklich nette Leute, aber ich glaube, für Reparaturen und Ähnliches ist nicht viel Geld da. Franklin arbeitet in einem Seniorenheim und Carrol in einer Home-Depot-Filiale.«

»Carrol ist ein Mann?«, fragte Kins. Maxwell nickte.

Drei Brüder, die zusammenwohnten. Irgendetwas kam Tracy daran seltsam vor. »Sind die Eltern tot?«

»Ja.« Maxwell nickte. »Sie waren schon tot, als wir hierherzogen.«

»Und die Brüder wohnen noch zusammen?«

»Alle drei.«

»Wie alt sind sie?«

»Ich würde mal sagen, Franklin dürfte so Ende vierzig, Anfang fünfzig sein. Er ist der Älteste. Dann kommt Carrol und dann Evan. Evan ist einige Jahre jünger als die beiden anderen.«

»War einer der drei je verheiratet?«, wollte Tracy wissen.

Maxwell zuckte die Achseln. »Ich gebe zu, ich fand es anfangs auch seltsam, aber es sind, wie gesagt, nette Nachbarn. Bleiben für sich. Unsere Jungs haben an Halloween bei ihnen geklingelt und Evan und Franklin haben ganze Tafeln Schokolade verteilt. Das war sehr großzügig von ihnen.«

»Arbeitet Evan?«, fragte Tracy.

»In der Nachbarschaft, mal hier, mal da. Zum Beispiel mäht er für mehrere Leute den Rasen. Ansonsten sorgt Franklin für ihn. Er geht sehr nett mit ihm um.«

»Gibt es noch andere Geschwister?«, fragte Tracy. »Außer den drei Brüdern?«

»Das weiß ich nicht. Ich weiß, wie sich das anhört, drei Brüder, die zusammenleben, und ich kann dem Ton Ihrer Fragen entnehmen, dass Sie das seltsam finden. Aber dass Schwestern zusammenwohnen, kommt andauernd vor und niemand denkt sich etwas dabei.«

Sie kopierten die Aufzeichnungen der Kamera, schickten die Kopie an Kins' E-Mail-Adresse und gingen zwei Häuser weiter. Inzwischen war die Sonne untergegangen und es war dunkel geworden, unterbrochen von den Lichtflecken der Straßenlaternen. Hinter den Häusern neigten sich große Bäume in der aufkommenden Brise und die Luft war schwer, als könnte es bald wieder regnen.

Das etwas heruntergekommene Haus stand auf einer kleinen Anhöhe in einem Vorgarten, der im Gegensatz zu denen der umliegenden Häuser fast nackt wirkte. Es gab weder Blumen noch Sträucher und die Rasenfläche war dicht mit Fingerhirse durchsetzt. Ein rissiger Betonpfad führte zu drei hölzernen Stufen und einer Veranda.

»Sieht aus wie das Haus von Norman Bates bei Universal Studios«, flüsterte Kins beim Näherkommen. »Wenn da jetzt eine alte Frau im Schaukelstuhl am Fenster sitzt, machst du die Befragung allein!«

»Was bist du doch für ein Baby!«

»Und das gebe ich auch gern zu. Ich habe Angst vorm Dunkeln, vor Horrorfilmen und Haien. Im Urlaub auf Hawaii schwimme ich nie im Meer, weil ich sicher bin, der Weiße Hai lauert gleich unter der Oberfläche.«

Tracy warf einen Blick um die Hausecke. Hinten erstreckte sich etwa zehn Meter weit eine Rasenfläche bis hin zur bewaldeten Schlucht, grob geschätzt etwa oberhalb der Stelle, wo der Pfad in einer Sackgasse endete, wobei man das in der Dunkelheit nicht mit Sicherheit sagen konnte. Sie erkannte keinen Zaun an der hinteren Grundstücksgrenze und auch nicht zwischen den angrenzenden drei Grundstücken. Der Rasen erstreckte sich ungehindert hinter den Häusern entlang, unterbrochen nur hier und da von einem Blumenbeet.

Tracy und Kins stiegen die Holztreppe hoch und fanden sich auf einer dunklen Veranda wieder. Unten im Haus waren die Vorhänge zugezogen. Sie konnten nicht in die Fenster sehen und Tracy war gerade zu der Erkenntnis gekommen, dass die Sprague-Brüder wohl nicht zu Hause waren, als Kins an die Tür klopfte. Das bewirkte ein dumpfes, fast hohles Geräusch. Prompt erwachte die Verandabeleuchtung flackernd zum Leben und die Haustür ging auf.

»Kann ich Ihnen helfen?« Die Frage kam von einem breitschultrigen Mann, der den Beschreibungen der Nachbarin zufolge vom Alter her der älteste Bruder sein konnte. Er hatte lange, schwarze, von der Stirn nach hinten gekämmte Haare mit ersten grauen Strähnen darin, die lockig fast bis hinunter zum Ausschnitt des weißen T-Shirts fielen. Er trug Jeans und keine Schuhe, obwohl es nach wie vor sehr kühl war.

»Franklin Sprague?«

»Wer möchte das wissen?«

Kins stellte sich und Tracy vor und sie ließen beide ihre Dienstmarken aufblitzen. »Es tut uns leid, Ihren Feierabend zu stören.«

»Das geht schon in Ordnung, ich habe nur ferngesehen. Ich dachte schon, Sie wären Vertreter oder irgendwelche religiösen Freaks. Man kann ja heutzutage nicht vorsichtig genug sein. Was kann ich für Sie tun?« Er verschränkte die fleischigen Arme. Eigentlich müsste er doch frieren, dachte Tracy, barfuß und im T-Shirt bei dieser Kälte, aber er bat sie nicht ins Haus.

»Wir fragen alle Nachbarn, ob sie eine junge Frau gesehen haben, die hier im Park am späten Mittwochnachmittag joggen ging.«

»Wird sie vermisst oder so?«, fragte Sprague.

»Ja, sie wird vermisst«, sagte Kins.

»Wann ist sie denn joggen gegangen?«

»Zwischen vier und halb fünf«, antwortete Kins.

Sprague schüttelte den Kopf. »Ich war noch bei der Arbeit und Mittwoch bin ich hinterher einkaufen gefahren. Ich kam erst nach Hause, als es schon richtig dunkel war.«

»Einer Ihrer Nachbarn erinnert sich daran, die Frau im Park gesehen zu haben.«

»Bibby?«

»Sie kennen ihn?«

»Ich weiß, dass er so gut wie jeden Tag im Park spazieren geht. Das weiß hier jeder. Haben Sie mit ihm gesprochen?«

»Er hat sich bei uns gemeldet und gesagt, dass er sie gesehen hat.«

»Dann wissen Sie ja, dass sie hier war.«

»Aber Sie haben sie nicht gesehen? Ihre beiden Brüder auch nicht?«, fragte Tracy.

»Hat Bibby Ihnen von meinen Brüdern erzählt?«

»Nein. Jemand anderes aus der Nachbarschaft.«

»Ich bin sicher, dass ich sie nicht gesehen habe. Und Carrol? Der dürfte Mittwoch um die Uhrzeit auch noch bei der Arbeit gewesen sein.« Er zuckte die Achseln. »Wie sieht das Mädchen denn aus? Haben Sie ein Bild?«

Kins zeigte das Foto auf seinem Diensthandy.

»Moment!« Sprague verschwand im Haus und zog die Tür fast bis zum Anschlag hinter sich zu.

Tracy sah Kins an, formte mit den Lippen die Worte »Norman Bates« und tat so, als würde sie ihn mit mehreren Messerstichen töten. Die Tür ging wieder auf und Sprague kam heraus, eine Lesebrille in der Hand.

»Ich sehe ohne Brille nicht mehr so gut«, erklärte er und setzte sich die Brille auf. »Zeigen Sie mir das Foto noch einmal.«

Er nahm Kins das Handy aus der Hand und betrachtete das Foto. »Eine hübsche junge Dame, aber nein, ich habe sie nicht gesehen.« Er gab das Handy zurück.

»Wo arbeiten Sie?«, fragte Tracy.

»In einem Seniorenheim.«

»Und was machen Sie dort?«

»Ich bin Gehirnchirurg«, sagte Sprague, ohne mit der Wimper zu zucken. Dann lächelte er. »Kleiner Spaß, Detective. Ich bin Ingenieur für Umweltdienstleistungen, was ein vornehmer Ausdruck für Hausmeister ist. Ich reinige Fußböden und Badezimmer, ziehe die Betten ab, wenn Leute sich nass gemacht haben oder von uns gegangen sind. Solche Sachen. Es ist nicht gerade glamourös, aber es ist ein Job. Ich bin schon seit Jahren dort. Ich kann Ihnen den Namen meines Vorgesetzten sagen, wenn Sie das möchten.«

Kins lächelte. »Sie sagten, Ihr zweiter Bruder hätte Mittwochnachmittag auch gearbeitet?«

»Carrol arbeitet bei Home Depot in Shoreline. Ich weiß nicht genau, wie sein Schichtplan diese Woche aussah, aber er war jedenfalls noch nicht hier, als ich Mittwochnachmittag nach Hause kam. Da hätte ich ihn nämlich gut gebrauchen können, um die ganzen Einkäufe aus dem Wagen ins Haus zu schleppen. Wahrscheinlich war er noch bei der Arbeit, aber ganz sicher kann ich das nicht sagen. Manchmal geht er nach Feierabend auch noch kurz in den Pub.«

»Und Ihr anderer Bruder?«, fragte Tracy.

»Evan? Evan dürfte zu Hause gewesen sein. Er arbeitet nicht. Dazu ist er nicht in der Lage.«

»Ist einer der Brüder gerade im Haus? Wir würden uns gern auch mit ihnen unterhalten.«

»Carrol ist nicht da. Entweder hat er Spätschicht oder er trinkt irgendwo noch ein Bier und isst etwas. Evan ist zu Hause, aber er ist krank. Hat sich eine böse Grippe eingefangen, mit hohem Fieber, und er hat sich fast den ganzen Abend übergeben. Im Moment schläft er. Ich hoffe, ich kriege es nicht auch noch.«

Tracy und Kins gaben Sprague ihre Visitenkarten. »Können Sie dafür sorgen, dass Ihre Brüder uns anrufen?«

»Könnte ich, aber ich muss Sie warnen. Die Chancen, dass Evan sich an etwas erinnert, sind wirklich gering. Er hat kein gutes Gedächtnis. Jedenfalls nicht bei länger zurückliegenden Sachen. Am besten kommen Sie noch einmal vorbei, wenn ich auch zu Hause bin, falls er eine Ihrer Fragen nicht richtig versteht.«

»Wann wäre denn ein guter Termin?«, fragte Kins.

»Eigentlich jeder Abend, wenn er nicht gerade krank ist. Ich frage aus reiner Neugier, Detectives: Ist das das Mädchen, dessen Bild neulich im Fernsehen gezeigt wurde?«

Kins nickte. »Ja.«

»Da hatte ich sie dann also schon einmal gesehen. Eine Schande, ein so junges Mädchen. Ich hoffe doch sehr, Sie finden sie und ihr ist nichts zugestoßen.«

Tracy und Kins bedankten sich bei ihm und traten von der Veranda. Hinter ihnen ging die Tür zu und das Haus lag wieder im Dunkeln.

»Mann, hatte ich die ganze Zeit ein Kribbeln auf der Haut!«, stöhnte Kins, als sie wieder bei ihrem Auto waren.

»Wir haben ja vorhin auch festgestellt, dass du nicht gerade der Heldentyp bist.« Tracy ging zur Beifahrerseite.

»Willst du etwa behaupten, du hättest keine Gänsehaut gekriegt?« Kins sah sie über das Autodach hinweg ungläubig an. »Die ganze Sache ist doch irgendwie unheimlich. Drei erwachsene Brüder leben zusammen in ihrem ehemaligen Elternhaus!«

»Du hast drei Söhne. Was wäre, wenn die zusammenwohnen würden?«

»Dann würde ich den Seuchenschutz alarmieren und die Bude ausräuchern lassen, bevor ich da zu Besuch gehe. Und hoffen, dass sie eines Tages heiraten und ausziehen. Zusammenwohnen, die drei? Das ist mir einfach zu schräg.«

Tracy rutschte auf den Beifahrersitz und schnallte sich an. »Wenn man sich die Immobilienpreise in Seattle ansieht, können die Spragues sich freuen, das Haus zu haben. Außerdem hatte die Nachbarin recht.«

»Womit?«

»Wenn es drei Schwestern wären, würde man sich nichts dabei denken.«

Kins lenkte den Wagen vom Bordstein auf die Straße. »Das wären dann alte Jungfern, oder? Drei Schwestern, die zusammenleben?«

»Im neunzehnten Jahrhundert, ja.«

»Und wie heißen dann drei Brüder, die zusammenleben?«

»Junggesellen, würde ich mal sagen.«

»Geil, Spitz und Steif.« Kins lachte.

»Hast du dir das gerade ausgedacht?«, fragte Tracy, die ihn nicht auch noch ermutigen wollte.

»Hab ich.« Er warf ihr einen kurzen Seitenblick zu. »Komm schon, das war witzig! Gib zu, dass es witzig war!«

»Steif?«

»Dadurch wird es doch erst witzig ... die ersten beiden, das ist offensichtlich ... vergiss es! Ein Typ hätte es verstanden und gelacht.«

»Bestimmt.« Tracy nickte. »Lass uns beim North Precinct vorbeifahren, nachfragen, was die in Bezug auf die Befragung der Leute in der Gegend hier auf die Beine stellen können und ob auch alle Coles Foto und die Infos über das Auto haben. Dann fahren wir zurück ins Justizzentrum und ich organisiere von dort aus für morgen ein Team der Kriminaltechnik und die Leichenspürhunde.«

»Darum kümmere ich mich«, widersprach Kins. »Du fährst nach Hause zu deiner Tochter. Es ist Samstagabend. Dan freut sich bestimmt, wenn du kommst.«

»Was ist mit Shannah?«

»Die ist mit Freundinnen aus. Wenn sie sich dabei ein paar Alkopops genehmigt, darf ich mich hinterher vielleicht noch freuen.«

Tracy verdrehte die Augen. »Okay, Steif.«

»Siehst du! Es war witzig«, freute sich Kins.

* * *

Dan begrüßte Tracy an der Tür mit einem spitzbübischen Grinsen im Gesicht, das ihr sofort verriet, dass irgendetwas im Busch war. »Komm!«, sagte er. »Das musst du dir ansehen!«

Im Wohnzimmer hockte Therese auf dem Boden. Neben dem Couchtisch stand Daniella und klammerte sich mit einer Hand an ihm fest, während sie die andere lachend und sabbernd nach der Rassel ausstreckte, die Therese ihr so hinhielt, dass sie sie nicht erreichen konnte. »Was macht ihr?«, wollte Tracy wissen.

»Ihre Tochter hat einen Meilenstein erreicht!«, sagte Therese.

Tracy trat ein paar Schritte vor und sank in die Knie. Sofort richtete sich Daniellas Aufmerksamkeit auf sie. »Nicht ablenken, Mrs O«, bat Therese und schüttelte die Rassel, bis sich Daniella wieder auf sie konzentrierte. »Alleine, alleine!«, lockte Therese melodisch, fast schon singend. »Alleine, alleine.«

Daniella klatschte mit der freien Hand auf den Couchtisch, ließ dann ganz los, tat einen wackeligen Schritt, dann einen zweiten, packte die Rassel und ließ sich gegen Therese fallen.

Tracy lachte, woraufhin Daniella breit grinsend die Arme hochriss. Tracy hob ihr Baby hoch und küsste es auf beide Wangen.

»Das wäre eigentlich erst in einem Monat dran«, erklärte Therese. »Dieses Baby hat starke Bauchmuskeln, so viel steht schon mal fest.«

»Da kommt sie nach ihrem Vater«, verkündete Dan.

»Von wegen!« Tracy, voll im Bann ihrer Tochter, gurrte und lächelte. »Das Kind ist durch und durch Crosswhite. Sarah war in ihrer Entwicklung auch immer weiter als der Durchschnitt.«

»Von wegen?«, fragte Dan. »Das ist dann doch ein bisschen hart, findest du nicht?«

»Das hat nichts mit deiner körperlichen Verfassung zu tun«, beschwichtigte Tracy.

»Und da sage ich doch gleich noch mal Autsch!«

Therese stand auf. »Tut mir leid, dass ich es als Erste erlebt habe, Mrs O, aber ich war selbst überrascht. Ich habe sie drei Sekunden lang allein gelassen, um mein Handy zu holen, und als ich wiederkam, hatte sie sich hochgezogen, machte zwei Schritte und fiel wieder hin.«

Tracy lächelte. Das war die Kehrseite der Medaille, wenn man arbeitete. Sie wusste, dass sie ein paar wichtige Etappen in Daniellas Entwicklung nicht als Erste erleben würde. »Ist schon okay, Therese. Ich bin froh, dass wir es eben alle gemeinsam sehen durften.«

»Da bin ich aber erleichtert. Ich dachte schon, Sie wären sauer auf mich. Wenn das so ist, gehe ich jetzt mit ein paar Freunden aus und die Kleine kann für euch zwei laufen. Im Ofen steht ein Stew.«

»Ach, deswegen riecht es so gut.«

»Ich habe das Gemüse genommen, das noch da war«, sagte Therese und verließ das Zimmer.

»Hunger?«, fragte Dan.

»Gleich. Ich möchte ein bisschen mit Daniella spielen und wahrscheinlich muss sie auch gestillt werden. Das hoffe ich wenigstens.«

»Ich habe auf Sie gewartet!«, rief Therese aus ihrem Zimmer.

Tracy lachte.

»Bald läuft sie hier überall herum«, freute sich Dan und streckte seiner Tochter den Finger hin.

»Und dabei ist sie doch jetzt schon kaum zu halten«, fand Tracy.

»Wie du selbst sagst, eindeutig eine Crosswhite. Wie war dein Tag?«

»Interessant.« Tracy berichtete Dan, was Kins und sie herausgefunden hatten. »Es ist ein Anfang, aber ... ich fürchte, morgen finden wir ihre Leiche irgendwo da in dem Park. Wir gehen mit der Kriminaltechnik und Leichenspürhunden hin, gleich morgen früh. Tut mir wirklich leid, dass ich das ganze Wochenende arbeite.«

»Was ist mit diesem Spaziergänger, dem mit dem Hund? Ist der in Ordnung oder könnte er ein Verdächtiger sein?«

»Erst mal ein Verdächtiger, wobei das unwahrscheinlich ist. Er ist verheiratet und so ungefähr jeder in der Gegend hat uns erzählt, dass er fast täglich um dieselbe Zeit mit seinem Hund spazieren geht. Wahrscheinlich war das wirklich ein zufälliges Aufeinandertreffen. Ich wüsste auch nicht, warum er uns so bereitwillig erzählen sollte, dass er sie im Park gesehen hat, wenn er in irgendeiner Weise schuldig ist.«

Tracy nahm Daniella in die Arme und stand auf, um ihre Tochter zur Couch zu tragen. Dort zog sie ihr Hemd hoch und stillte die Kleine, während sie sich weiterhin mit Dan unterhielt.

»Wie geht es dir bei all dem?«, wollte der wissen.

»Okay. Aber danke, dass du fragst. Es ist viel zu tun, ich glaube, das hilft. So habe ich gar keine Zeit, groß länger nachzudenken.«

»Und dieser Fall geht dir nicht zu sehr unter die Haut?«

»Sie werden mir immer unter die Haut gehen, meine Fälle, Dan. Das ist einfach die Realität.«

»Ja, aber wie geht es dir, wenn die Leichenspürhunde morgen eine Leiche finden?«

»Dann werde ich traurig sein«, sagte sie, ohne zu zögern. »Ich werde um die junge Frau und mit ihrer Familie trauern und ich werde umso entschlossener daran arbeiten, den Schweinehund zu finden, der das getan hat.«

Dan grinste.

»Was?«

»Durch und durch Crosswhite«, sagte er.

Tracy lächelte. »Wie nennt man drei Schwestern mittleren Alters, die zusammenleben?«

»Alte Jungfern?«

Sie verdrehte die Augen. »Und wie heißen drei Brüder mittleren Alters, die zusammenleben?«

»Das weiß ich nicht. Wie nennst du denn drei Brüder mittleren Alters, die zusammenleben?«

»Geil, Spitz und Dan«, verkündete Tracy.

»Geil, Spitz und Dan?« Er sah sie an, verwirrt, aber auch neugierig.

»Bei Kins hieß der dritte Steif und Kins fand, dadurch würde der Witz witzig.« Sie legte Daniella vorsichtig auf die Kissen. »Aber für Dan habe ich noch Hoffnung.«

Kapitel 17

Als Tracy am Sonntagmorgen zum Park kam, fand sie dort am Eingang den Van der Kriminaltechnik vor. Die Kollegen hatten am Anfang des Pfades schwarz-gelbes Tatortband zwischen zwei Bäume gespannt, um den Zugang zu versperren. Neben dem hölzernen Hinweisschild stand Kins und unterhielt sich mit Pinkney und einer Handvoll Detectives der Kriminaltechnik, die blaue N-Tex-Handschuhe, schwarze Kampfanzughosen und Jacken trugen, auf denen vorn »Polizei« und hinten »Tatortermittler« stand. Leichenspürhunde und ihre Hundeführer vom King County Sheriff's Office warteten im Hintergrund. Besonders diskret war das nicht, aber immerhin würde sie niemand mehr sehen können, sobald sie in der Schlucht arbeiteten. Schon jetzt standen Leute an den Fenstern und sahen zu, und einige neugierige Nachbarn hatten sich auf den Bürgersteig vorgewagt, wo sie sich mit einem uniformierten Beamten unterhielten und wahrscheinlich wissen wollten, ob all diese Aktivitäten mit dem Mädchen zu tun hatten, nach dem sie am Vortag an der Haustür befragt worden waren.

»Ich hatte mir das so vorgestellt, dass wir unten am Grund der Schlucht anfangen und uns den Weg bis zur Straße hocharbeiten«, wandte sich Kins an Tracy.

Tracy war einverstanden und so lieferte Kins Pinkney und den anderen Detectives der Kriminaltechnik eine kurze Beschreibung des Terrains, das sie erwartete, bevor er sie den Pfad hinunter bis zu dessen Ende führte. Die Temperaturanzeige in Tracys Subaru hatte an diesem Morgen neun Grad angezeigt, aber unten in der Schlucht, wo Bäume und Blätter das Sonnenlicht verdeckten, kam es ihr viel kälter vor. Sie setzte sich ihre Strickmütze auf und zog Handschuhe über.

Während die Hunde arbeiteten, erzählte Tracy Kins, was ihr Gespräch mit den Leuten von der Such- und Rettungshundestaffel erbracht hatte. »Der Detective Sergeant meinte auch, dass die Hunde wohl kaum eine Spur aufnehmen können, um sie dann zu verfolgen. Seit Cole das letzte Mal gesehen wurde, ist einfach zu viel Zeit vergangen und es hat zu stark geregnet.«

»Was ist mit Kaylee?«

»Sie ist gestern Abend gerade von einer Konferenz in Kalifornien zurückgekommen. Ich habe ihr gesagt, sie soll sich ausschlafen und erst einmal die Spurensicherung arbeiten lassen. Sie wird gegen Mittag hier sein, meinte sie.«

Die nächsten paar Stunden suchten die Hunde nach Spuren einer Leiche und Tracy hoffte sehr, dass sie mit ihren düsteren Vermutungen falschlag.

Kurz nachdem die Kriminaltechniker ihre Arbeit aufgenommen hatten, kam Pinkney mit ein paar verschlossenen, durchsichtigen Plastiktütchen in der Hand zu Kins und Tracy. »Wir haben Blut gefunden. Von einem Säugetier.«

»Ganz sicher?«, wollte Kins wissen.

»Ich habe einen Kastle-Meyer-Test gemacht. Wir werden gleich im Bus noch einen Präzipitintest machen, dann wissen wir, ob das Blut von einem Menschen oder einem Tier stammt. Aber wenn ihr mich fragt, würde ich wetten, es ist Menschenblut.«

»Warum?« Tracy wusste, dass hinter dieser Aussage mehr steckte als Pinkneys Vorliebe für Wetten.

»Weil wir auch das hier gefunden haben.«

In dem ersten der durchsichtigen Plastikbeutel befand sich ein weißer Ohrstöpsel, wie Cole ihn nach Aussage von Brian Bibby getragen hatte. Nahm man dazu noch das Blut … Tracy wurde es mulmig. In den anderen Tüten hatte die Spurensicherung Zigarettenkippen gesammelt. Eine sah frisch aus, ohne Erde daran. Die anderen wirkten älter, hatten stärker unter dem Einfluss der Elemente gelitten.

»Wo habt ihr den Ohrstöpsel gefunden?«

Pinkney drehte sich um und deutete auf mehrere rote Fähnchen. »In der Nähe der Stelle, an der wir das Blut fanden.«

»Und woher stammt die hier?« Tracy hielt die Tüte mit der Kippe hoch, die am frischsten aussah.

Pinkney deutete hinter sie, dorthin, wo der Pfad in einer Sackgasse endete. »Gleich da den Hügel hoch, neben dem Baumstumpf.« Tracy sah die Beweismittelflaggen über den Stumpf und das Blattwerk ragen. »Den Ohrstöpsel haben wir hier unten gefunden, im Gebüsch, wie gesagt, in der Nähe der Stelle, an der das Blut war.« Auch dort ragte ein Fähnchen aus dem Laub. »Wir suchen nach dem zweiten.«

Tracy wandte sich an Kins. Die frische Zigarettenkippe befand sich an einer ungewöhnlichen Stelle, nicht auf dem Pfad oder im Gebüsch, wohin sie vom Pfad aus geworfen worden sein könnte. Wahrscheinlich hatte sie jemand zurückgelassen, der hinter dem Stumpf gewartet hatte. Und das war das perfekte Versteck, wenn man den Pfad beobachten wollte.

Tracy sah über ihre Schulter hinweg auf den Weg, stellte sich vor, wie Cole dort hinunterlief, ans Ende kam, feststellte, dass es nicht mehr weiterging, sich vielleicht umsah, ob der Pfad nicht doch irgendwo weiterführte oder es einen anderen gab. Da das nicht der Fall war, hätte sie sich irgendwann umgedreht und sich, mit dem Rücken zum Hügel, dem abschreckenden und anstrengenden Rückweg bergauf gestellt. Und das wäre für jemanden, der hinter dem Baumstamm lauerte, der perfekte Zeitpunkt zum Zuschlagen gewesen. Das würde auch erklären, warum sich das Blut dort befand, wo man es gefunden hatte, und warum es an der Stelle aussah, als hätte die Vegetation Schaden genommen. Tracy kauerte sich hin und entdeckte auf den Blättern eines niedrigen Busches dunkle Punkte.

»Wie lange noch, bevor Kaylee herkommt?«, erkundigte sich Kins mit einem Blick auf seine Uhr.

»Ich rufe sie an und frage nach.«

Tracy stand auf und zückte ihr Handy. Während sie telefonierte, sah sie sich um, suchte immer noch nach Stellen, an denen die Erde aufgewühlt war, obwohl die Hunde die Schlucht ja durchstöbert, doch weder eine Spur noch eine Leiche gefunden hatten. Noch nicht.

Tracy und Kins würden bei Coles Familie anrufen und sich die Blutgruppe der jungen Frau nennen lassen. Wenn die zu dem auf den Büschen gefundenen Blut passte, würden sie eine DNA-Analyse veranlassen und die Ergebnisse mit der DNA vergleichen, die sie sich in Coles Wohnung von ihrer Zahnbürste oder einem Haarbüschel verschaffen konnten. Sie baten Pinkney, seinen Detectives zu sagen, sie sollten bitte den Bereich hinter dem Baumstumpf nicht mehr betreten und auch die mit Blut bespritzten Büsche nicht weiter untersuchen, bis Kaylee Wright Gelegenheit gehabt hatte, sich das gesamte Gelände anzusehen.

Wright würde in der Lage sein, ihnen zu sagen, was passiert war. Sie würde ihnen sagen können, ob hier eine Leiche weggeschleppt worden war und, wenn ja, in welche Richtung.

Die Hunde arbeiteten sich den Pfad hoch bis zum Einstieg. Anschließend würden sie die gesamte Fläche des viertausend Quadratmeter großen Grüngürtels durchsuchen. In der

Schlucht hatten sie keine sterblichen Überreste gefunden, was erst einmal eine gute Nachricht war. Vielleicht jedenfalls. Noch waren sie meilenweit davon entfernt, Cole lebend zu entdecken.

Wright traf kurz nach Mittag ein und sie sahen sie den Pfad herunterkommen, in Jeans, Wanderstiefeln und einer warmen Jacke. Sie hielt den Kopf gesenkt und ließ den Blick von einer Seite des Weges zur anderen wandern.

Wright war wie Tracy eine große Frau. Sie maß einen Meter achtzig und die dunklen Haare unter der blauen Mütze reichten ihr bis auf die Schultern. Sie hatte früher an der Uni Volleyball gespielt, danach Kriminalistik studiert, bei der Polizei von Seattle angefangen und es schließlich zum Detective in der Abteilung Spurensicherung gebracht. Dort, im Komplex Park 90/5, hatten Tracy und sie sich kennengelernt. Später schaffte es Tracy als erste Frau in die Abteilung für Gewaltverbrechen und aus Wright wurde die erste zertifizierte Spurenleserin des King County.

Wright hatte gelbe Fähnchen dabei und hielt von Zeit zu Zeit an, um eins davon in den Boden zu stecken. Sie hatte sich die Umhängetasche mit den blauen Karteikärtchen umgehängt, auf denen sie die Muster aller Schuhabdrücke aufzeichnete, die sie fand, wobei sie sich bei jedem Schuh die Größe und die Tiefe der Eindrücke notierte. Obwohl sie auch eine Kamera dabeihatte, verließ sie sich lieber auf ihre Augen. Wright war es gelungen, einige Opfer des Mörders vom Green River aufzuspüren. Sie arbeitete nach dem Prinzip, dass niemand einen Ort betreten oder verlassen kann, ohne dabei das Umfeld, in dem er sich bewegte, zu stören und Beweismittel mitzunehmen und zu hinterlassen. In einer Welt der sich ständig weiterentwickelnden DNA-Analysen und hochtechnisierten Forensik stellte Wright die Rückkehr zu einer vor zweihundert Jahren entwickelten Wissenschaft dar. Sie suchte nach Fußabdrücken, beiseitegeschobenen Steinen, zerbrochenen Zweigen und

Blättern von Pflanzen, Bäumen und Büschen, Veränderungen an der Vegetation, nach Blut, Haaren, Stofffasern und allen möglichen anderen Veränderungen eines Umfeldes, die die meisten Menschen, sogar manche Detectives, gar nicht mitbekommen würden. Sie konnte feststellen, wo jemand einen Ort betreten und wo er ihn verlassen hatte, wie viele Menschen anwesend gewesen waren, konnte ein grobes, vier bis sechs Stunden umfassendes Zeitfenster nennen, in dem sie sich dort befunden hatten, und eine ziemlich gute Einschätzung dessen, was sie dort getan hatten.

Wright behielt beim Näherkommen auch das Team der Kriminaltechnik vor Ort im Auge und warf einen Blick auf die Schuhe von Tracy und Kins. Schuhabdrücke waren für sie wie Fingerabdrücke. Sie würde sich den Schuhtyp und das Sohlenmuster von sämtlichen hier Anwesenden nennen lassen, um sie ausschließen zu können. Weder Tracy noch Kins nannten Wright Einzelheiten zur Ermittlung. Sie sollte unbefangen an ihre Suche herangehen, ohne von irgendjemandem beeinflusst worden zu sein. Unter anderem auch deswegen, weil sie so bei einem späteren Kreuzverhör durch einen geschickten, erfahrenen Strafverteidiger weniger angreifbar war.

Während Wright sich an die Arbeit machte, traten Tracy und Kins beiseite, um sich mit Pinkney zu unterhalten, der gerade einen Anruf beendet hatte.

»Wir sind mit der Wohnung fertig«, berichtete er. »Es gibt eine Menge Fingerabdrücke zu analysieren. Die Fingerabdrücke des Mitbewohners haben wir auch genommen, um sie ausschließen zu können.«

»Irgendetwas gefunden?«, wollte Kins wissen.

»Oberflächlich betrachtet waren keine Blutspuren auf dem Teppich, an den Wänden oder im Bad. Das werden wir natürlich noch prüfen und uns bestätigen lassen. Es gab auch keine sichtbaren Spuren eines Kampfes. Der Mitbewohner hatte keine Spuren wie blaue Flecke oder Kratzer, die darauf hinweisen würden, dass er in eine körperliche Auseinandersetzung verwickelt war.«

»Was ist mit dem Auto?«

»Da suchen wir noch nach Fingerabdrücken und DNA, aber ich kann euch jetzt schon sagen, dass jemand das Auto innen sauber gemacht hat.«

Tracy und Kins horchten auf.

»Und zwar gründlich. Die Türgriffe, das Lenkrad, Handbremse, alles, was jemand berührt haben könnte, sind mit einem Desinfektionstuch abgerieben worden. Wir haben Spuren von Isopropylalkohol und Benzalkoniumchlorid gefunden, wie bei einem Handreiniger.«

Tracy warf einen Blick zurück auf Wright und die Spurensicherung. »Sie sollen im Auto auf dem Boden nach Erde suchen. Wenn sie welche finden, vergleichen wir sie mit der Erde hinter dem Baumstumpf, wo die Zigarettenkippe gefunden wurde.«

»Das hatte ich mir schon notiert«, sagte Pinkney. »Andrej Vilkotski sitzt am Handy und am Laptop der Verschwundenen. Wahrscheinlich wird er sich bis spätestens morgen früh zu beiden Geräten Zutritt verschafft und den Inhalt heruntergeladen haben.«

Sie sprachen noch etwa zwanzig Minuten miteinander, dann schlug Tracy Kins vor, die Wartezeit für Besuche in den umliegenden Häusern zu nutzen, in denen sie am Vortag niemanden angetroffen hatten.

Sie kletterten hoch zum Parkeingang und waren beide etwas außer Atem, als sie oben ankamen, wo sie als Erstes einmal um den Block zur Straße an der Rückseite des Parks gingen. Dort klopften sie erneut bei Nancy Maxwell, die ihnen hoffentlich Zutritt zu ihrem Hintergarten gewähren würde. Leider reagierte niemand auf ihr Klopfen, also gingen sie einfach um das Haus herum in einen nicht eingezäunten Garten, dessen Rasenfläche sich grob geschätzt fünfzehn Meter weit bis zu einem abschüssigen Terrain erstreckte, das bereits Teil des in die Schlucht führenden Abhangs war. Tracy warf einen Blick nach rechts, zum rückwärtigen Garten der Spragues zwei Häuser weiter. Er schien direkt über der Stelle zu liegen, wo die Spurensicherung hinter einem Baumstumpf eine frische Zigarettenkippe gefunden hatte.

»Denkst du, was ich denke?«, wollte Tracy wissen.

»Er sagt, wir könnten jederzeit vorbeikommen«, meinte Kins.

»Wir müssen dafür sorgen, dass die Spurensicherung in all diesen Hintergärten nach Blutspuren sucht.«

»Auch das.«

Sie gingen die Straße hinunter und landeten vor dem Haus der Spragues, wo Tracy dreimal klopfte, ohne dass jemand reagiert hätte. Sie versuchte es noch einmal, auch diesmal vergebens.

»Einer dieser Brüder müsste doch aber eigentlich zu Hause sein«, meinte Tracy.

»Würde man glatt annehmen, wo er doch so krank war.«

Sie verließen die Veranda der Spragues und Kins rief beim North Precinct an, wobei er das Gespräch mit dem diensthabenden Sergeant auf Lautsprecher stellte, damit Tracy an der Unterhaltung teilnehmen konnte. Der Sergeant berichtete, seine Leute hätten inzwischen mit mehr als fünfundsiebzig Hausbesitzern und Geschäftsleuten in North Park gesprochen. Niemand erinnerte sich an Cole oder ihr Auto. Sie hatten sich in allen von Kameras überwachten Wohnhäusern die Aufzeichnungen des betreffenden Tages kopieren lassen und die Daten zur Analyse an die Techniker im Park 90/5 geschickt. Außerdem konnte er berichten, dass beim Hinweistelefon mehr als hundertfünfzig Anrufe eingegangen waren und er Beamte darauf angesetzt hatte, jedem einzelnen nachzugehen, wobei keiner zu besonders großen Hoffnungen Anlass zu bieten schien.

Kins bedankte sich und beendete das Telefonat. »Vielleicht kann uns Kaylee ja mehr verraten.«

Im Park stand Wright gerade neben Pinkney auf dem Pfad und die beiden unterhielten sich. »Ich will hier jetzt Schluss machen«, sagte Pinkney. »Da unten ist es bald so dunkel, dass wir nichts mehr sehen können, und das, was an Gelände noch aussteht, rechtfertigt den Einsatz von Generatoren nicht.«

»Und du? Hast du irgendetwas für uns?«, erkundigte sich Tracy bei Wright.

»Ich war gerade dabei, es Dale zu erklären.« Wright führte sie den Weg hinauf zu einer Reihe von gelben Fähnchen, die dort in einer relativ geraden Linie gesteckt eine Spur markierten.

»Dieser Weg wird benutzt. Von Menschen und auch von Hunden. Ich habe die Spuren markiert, die relativ frisch sind, also innerhalb der letzten paar Tage entstanden.« Sie kniete sich hin. »Die Abdrücke hier stammen von jemandem, der lief. Die Abdrücke bleiben den ganzen Weg hinunter gleich.«

»Was kannst du uns über diese Person sagen?«, fragte Tracy.

»Sie ist zierlich. Der Fuß ist schmal, was sich an der Breite des Fußballens und der Hacke ablesen lässt, und die Schrittlänge beträgt ungefähr vierzig bis dreiundvierzig Zentimeter. Bei einer solchen Schrittlänge handelt es sich meistens um eine Frau, wenn auch nicht immer. Die Intervalle der Schritte sind gleichbleibend, auch die Zielrichtung des Laufs, was darauf hindeutet, dass die Person mit einem bestimmten Ziel oder aus einem bestimmten Zweck unterwegs war.«

»Wie deutlich sind die Abdrücke?«, fragte Tracy.

»Einige sind besser als andere. Es hat ja neulich heftig geregnet, was nicht gerade hilft. Aber daran bin ich hier oben gewohnt und die Spuren reichen, um einen guten Abdruck nehmen zu können. Ich prüfe das im Labor noch nach, aber dieses Sohlenmuster kenne ich. Der Schuh ist einer der Marke New Balance. Da bin ich sicher.«

Tracy und Kins hatten in Coles Schrank mehrere Paar New-Balance-Laufschuhe gefunden.

»Noch etwas«, sagte Wright. »Wenn jemand auf einer ebenen Fläche läuft, drückt sich die Ferse stärker ein als die Spitze des Fußes. Oben am Weg sind die Abdrücke auch gleichbleibend so. Auf der Strecke den Hang hinunter wird der Abdruck des Ballens stärker.«

Wright führte sie ans Ende ihrer markierten Strecke. »Hier hat sie angehalten. Anders als bei den Abdrücken im Verlauf des Weges, die alle in dieselbe Richtung zeigen und bei denen die Intervalle gleichbleibend sind, könnt ihr hier sehen, dass die Abdrücke in verschiedene Richtungen weisen.«

Wright kauerte sich hin und zeigte ihnen, was sie meinte. »Die sich überlappenden Abdrücke und die eher zögernden Schritte zeigen an, dass sich die mentale Verfassung der Person geändert hat. Man sieht Unsicherheit. Wenn ich mir die Umgebung so anschaue, würde ich aus den Spuren schließen, dass die Person nicht mit dieser Sackgasse gerechnet hatte und hier anhielt, um sich umzusehen.«

»Um festzustellen, ob der Pfad weiterging oder es einen anderen Pfad gab?«, fragte Kins.

»Das wäre auf jeden Fall eine Arbeitshypothese«, sagte Wright. »Aber die Spuren deuten außerdem darauf hin, dass hier ein Kampf stattgefunden hat.«

»Wie kannst du das feststellen?«, wollte Tracy wissen.

»Erstens anhand der Anzahl und der unterschiedlichen Tiefe einzelner Abdrücke, und dann an Zerstörungen in der Umgebung.« Wright deutete auf zerbrochene Äste und Zweige im Unterholz.

»Wie viele verschiedene Eindrücke siehst du?«, fragte Tracy.

»Drei. Man sieht an mehreren Stellen Abrieb am Boden, aufgewühlte Erde und Steine und zertrampelte Vegetation. Mir sind außerdem Spuren eines Hundes aufgefallen, auf dem Weg hier und in der umliegenden Vegetation. Anhand der Verfärbungen an der Vegetation würde ich sagen, die Schäden entstanden vor drei oder vier Tagen, durch Bruch oder dadurch, dass auf den Pflanzen herumgetrampelt wurde. Ich habe ein paar Proben mitgenommen, um sie im Labor zu untersuchen. Und ich habe Blut gefunden.«

»Lassen wir das Blut als Hinweis mal kurz beiseite und gehen davon aus, dass es von einem Menschen stammt. Warum sagst du, der Zustand der Vegetation deute auf einen Kampf hin? Warum waren das nicht einfach nur Leute, die vom Weg abgekommen sind?«

»Menschen sind wie Tiere, sie nehmen den Weg des geringsten Widerstandes. Sie gehen normalerweise nicht ins Unterholz. Es sei denn, sie jagen etwas oder sie laufen vor etwas davon.«

Tracy dachte an Bibby und seine Bemerkung, er habe Jackpott ins Unterholz verfolgt, um ihn wieder an die Leine zu legen. Sie konnte sich das lebhaft vorstellen, wusste sie doch, wie Rex und Sherlock sich benahmen, wenn sie etwas in der Nase hatten.

»Leute folgen dem breiteren Weg, wie die Läuferin es tat, oder sie folgen kleineren Pfaden, wie das Wild sie hinterlässt«, fuhr Wright fort. »Und die Spuren deuten auch nicht darauf hin, dass hier jemand mit leichtem Schritt ging, wie Leute, die den Weg verlassen, um nach Pilzen oder Beeren zu suchen. Ab einem bestimmten Punkt sieht man auch, dass die Läuferin rückwärts ins Gebüsch geschleppt wurde. Man sieht die Spur, die die Hacken ihrer Laufschuhe im Boden hinterlassen haben.« Wright zeigte ihnen Beispiele dieser Spuren, die vom Weg hinein in die Vegetation führten.

»Wenn es eine Leiche gab und die hier nicht gefunden wird, was dann? Wurde sie fortgetragen?«, fragte Kins.

»Auch das wäre eine gute Arbeitshypothese.«

»Wie viele Leute?«, wollte Tracy wissen.

»Wie viele sie getragen haben? Nur einer, den Hinweisen nach zu urteilen. Hier, ich zeige euch, was meiner Meinung nach passiert ist.« Sie ging weiter, den schmalen Wildpfad hoch, wo sie ebenfalls rote und gelbe Fähnchen postiert hatte. »Die Fähnchen markieren den Bereich, in dem ich Stiefelabdrücke oder Teilabdrücke von Stiefeln oder Veränderungen der Vegetation gefunden habe. Jeder Abdruck im Boden zeigt in dieselbe Richtung.« Sie deutete den Hügel hinauf dorthin, wo sich die Hintergärten und Rückansichten der Häuser der an den Park angrenzenden Grundstücke befanden. »Hier ist eine Person den Hügel herabgekommen, und zwar mit einer bestimmten Intention.«

Wright kletterte den Hügel hinauf bis zum Baumstumpf, bei dem die Detectives der Spurensicherung die Zigarettenkippe gefunden hatten. »Jemand war hier.« Sie deutete auf zwei Schuhabdrücke, die sich als Halbmonde in der Erde abzeichneten, und weitere beschädigte Vegetation. »Sie waren nicht einfach zu finden, aber das ist die Spitze einer Art Wanderstiefel.« Sie wandte sich dem ansteigenden Hügel zu. »Die Person ist diesen Hügel hinuntergekommen und kauerte hier, mit dem Gewicht auf den Fußballen.« Sie zeigte es ihnen.

Tracy ging in die Hocke. Hier war man nicht mehr als drei Meter vom Ende des Pfads entfernt, konnte aber von dort aus nicht gesehen werden, schon gar nicht im Dämmerlicht. Sie blickte hoch zu Kins. »Hier kann man sich verstecken und den Hügel hinunterschauen.«

»Jemand lag hier auf der Lauer«, sagte Kins.

»Wer?« Tracy stand auf. »Wer wusste, dass Cole hier läuft?«

»Der Mitbewohner.« Kins wollte alle möglichen Ideen durchspielen. »Oder jemand, der ihr gefolgt ist. Bibby?«

»Wir haben uns die Aufzeichnungen angesehen. Niemand ist ihr von der Arbeit oder vom Drogeriemarkt aus gefolgt.«

Tracy sah Wright an, wusste sie doch, was diese alles aus Spuren herauslesen konnte. »Was kannst du uns zu der Person sagen, die diese Wanderstiefel getragen hat?«

»Der Stiefel ist vorn am Fußballen breit und auch hinten am Hacken. Und seine Länge entspricht ungefähr der Schuhgröße fünfundvierzig.«

»Ein großer Mensch also«, meinte Kins.

»Auch kleine Leute können große Füße haben«, gab Wright zu bedenken. »Und die Tiefe der Eindrücke kann variieren, abhängig von der Bodenbeschaffenheit, der Feuchtigkeit im Boden und anderen Dingen. Ich habe also zusätzlich nach hohen Spuren gesucht.«

»Hohe Spuren?«, fragte Kins.

»Große Männer gehen und bewegen sich anders als Männer, die klein oder zierlich gebaut sind. Seht euch das Gebüsch an, wo die Person gekauert hat. Ich habe in einiger Höhe oberhalb des Bodens zerbrochene Zweige gefunden, die sich wahrscheinlich in der Kleidung der Person verfangen hatten, als die sich durch das Gebüsch zwängte, um rasch nach unten zum Weg zu kommen. Hier hat sich jemand zielstrebig bewegt.«

Tracy dachte an den Mitbewohner, Scott Barnes. Sie hatte nicht darauf geachtet, was für Schuhe er bei seinem Hundespaziergang getragen hatte, aber er war kein großer Mann. Im Gegenteil, er war eher zierlich gebaut und nicht so groß wie Tracy. Sie schätzte ihn auf höchstens einen Meter neunundsiebzig und unter siebzig Kilo. Als Nächstes fielen ihr Franklin Sprague und Brian Bibby ein. Sprague war ein großer Mann. Bibby war lang, aber nicht stattlich. Außerdem hatte er einen schlimmen Rücken, was die Vorstellung, er könnte einen Hügel hinaufklettern, noch dazu mit einer Leiche, eher unwahrscheinlich machte.

Und er hatte den Hund.

»Wenn die Person, die hier auf der Lauer lag, herunterkam und Cole gepackt hat, wohin hat diese Person sie dann geschleppt?«, fragte Kins.

»Den Hügel hinauf«, erklärte Wright.

Sie ging ihnen voran weiter den Abhang hinauf, wo sie in der Erde und im Gestrüpp weitere Fähnchen als Markierungen angebracht hatte. »Die Stiefelabdrücke sind hier tiefer und ungleichmäßig, was auf eine Person hinweist, die sich vorsichtig bewegt und Mühe hat, die Balance zu wahren, während sie etwas Schweres die Anhöhe hinaufträgt.«

»Das ist ein ziemlich steiler Anstieg«, stellte Kins fest.

»Auf jeden Fall eine Herausforderung«, fand auch Wright. »Ein weiterer Grund zu der Annahme, dass es sich hier nicht um eine kleine Person handelt und außerdem um jemanden, der sich in einer einigermaßen guten körperlichen Verfassung befindet. Und gemäß der von mir entdeckten Blutspuren können wir annehmen, dass die Läuferin zu diesem Zeitpunkt vielleicht nicht mehr bei Bewusstsein war.« Cole hatte also eine tote Masse dargestellt, womit sie viel schwieriger zu balancieren und zu tragen war.

»Das würde erklären, warum kein Nachbar sie gehört hat«, sagte Tracy. »Hast du einen Stein entdecken können, an dem sich Blut und Haare befanden?«

»Nein. Wenn sie mit einem Stein niedergeschlagen wurde, hat die Person den mitgenommen.« Wright warf einen Blick die Anhöhe hinauf. »Die Abdrücke führen zu den Hintergärten dieser Häuser da. Dort verliere ich die Spur und ich werde sie wohl auch nicht wiederfinden. Jemand hat innerhalb der letzten beiden Tage hier Rasen gemäht, und zwar auf allen Grundstücken.«

Tracy erinnerte sich daran, dass laut Nancy Maxwell Evan Sprague in der Nachbarschaft kleine Jobs übernahm und unter anderem auch Rasen mähte.

»Der Rasen besteht außerdem zum großen Teil aus Fingerhirse. Da legen sich die Halme nicht so leicht um und werden auch nicht so schnell verletzt wie bei richtigem Rasen. Der Rasenmäher hat das Gras abgeschnitten und gemulcht. Ich werde weitersuchen müssen, ob ich noch Spuren finde, nachdem die Person die Rasenfläche verlassen hat. Blut zum Beispiel.«

Tracy hielt das für wenig wahrscheinlich. »Ich kann mir schlecht vorstellen, dass er mit der Leiche an den Fenstern all der Häuser vorbeiläuft und dann von der Straße aus zu sehen ist, wie er sie in ein Auto lädt.«

»Vielleicht hat die Person gewartet, bis es dunkel wurde«, sagte Kins.

»Möglich.« Tracy wollte diesen Gedanken noch ein wenig weiterverfolgen. »Aber wenn wir von dieser Hypothese ausgehen, dann müssen wir annehmen, dass Cole zu dem Zeitpunkt entweder noch lebte oder der Täter die Aufmerksamkeit von dieser Gegend weg und nach Ravenna hin lenken wollte. Oder auch beides. Was darauf hindeuten würde, dass der Täter hier in der Gegend wohnt, nicht wahr?«

»Möglicherweise«, meinte Kins.

»Wenn er hier nicht wohnt, dann hätte er die Leiche doch einfach liegen lassen, oder? Sie wegzuschaffen stellte ein großes Risiko dar, dafür hätte er einen ziemlich guten Grund haben müssen.«

»Und es hätte einiges an Arbeit, Planung und Anstrengung bedeutet. Für einen einzelnen Mann.«

»Auf jeden Fall.« Tracy nickte. »Trotzdem wäre es auch für eine Person allein zu schaffen gewesen.«

»Für eine Person oder drei«, sagte Kins.

»Einen Durchsuchungsbeschluss kriegen wir auf keinen Fall, dafür haben wir zu wenig in der Hand.« Tracy wusste, worauf Kins hinauswollte.

»Nein. Aber wir haben jetzt noch mehr Grund für eine Unterhaltung mit dem Bruder, der krank war. Wie hieß er noch gleich?«

»Evan.«

»Und mit dem dritten Bruder, wenn wir schon mal dabei sind.«

»Carrol.«

Sie packten zusammen und kehrten zum Parkeingang zurück, während die Sonne unterging. Wright plante, noch einmal wiederzukommen und sich den Ort genauer anzusehen, und Tracy und Kins wollten dafür sorgen, dass sie die Erlaubnis zum Betreten der Hintergärten bekamen. Sie konzentrierten sich im Moment mehr auf das, was sie noch nicht gefunden hatten, und nicht so sehr auf das, was sie bereits wussten. So bestand weiterhin ein wenn auch winziger Hoffnungsschimmer, dass Stephanie Cole immer noch lebte.

Kapitel 18

Franklin Sprague fuhr durch die kleine Stadt Cle Elum, in der es an diesem frühen Sonntagnachmittag sehr ruhig zuging, und von dort aus auf der Summit View Road weiter nach Norden. Erst ging es in die Berge hinauf, dann bog er nach rechts in eine Staubstraße ein, die in den Curry Canyon hinunterführte. Die wenigen Häuser in dieser abgelegenen Gegend waren von der Straße aus nicht zu sehen und im Winter, sobald Schnee lag, kam man hier so gut wie nicht mehr durch. Hatte die Schneedecke erst einmal eine bestimmte Höhe erreicht, dann wurde die Straße selbst für Fahrzeuge mit Allradantrieb so gut wie unpassierbar.

Franklin hielt vor einem Tor, das mit einem Vorhängeschloss gesichert war. Verrostete Schilder kündigten an, dass hier Privatbesitz begann: ZUTRITT VERBOTEN, stand da und WIDERRECHTLICHES BETRETEN WIRD ZUR ANZEIGE GEBRACHT.

Ja, ihr Vater hatte seine Privatsphäre zu sichern gewusst, nachdem er das Land hier oben vor etwa vierzig Jahren gekauft hatte. Er hatte behauptet, einen Ort zum Fischen und Jagen zu brauchen, an dem niemand ihn störte, und so hatte er die verfallene Hütte und das Pumpenhaus wieder hergerichtet und auch die Scheune, obwohl die Familie nie Tiere gehalten und keine Landwirtschaft betrieben hatte. Diese Scheune war für seine Söhne verbotene Zone gewesen, genau wie der Keller in ihrem Haus in Seattle. Im Sommer war ihr Vater oft hierhingefahren, vielfach auch allein. Wenn er die Familie mitnahm, war für Franklin und seine Brüder absolut klar gewesen, dass sie in der Scheune nichts zu suchen hatten und auch lieber keine Fragen stellten. Sie wussten, welche Prügel es setzte, wenn sie einfach nur neugierig waren.

»Geh und kümmere dich um das Schloss«, befahl Franklin jetzt seinem Bruder Carrol. »Hast du die Kombination noch im Kopf?«

»Ja.« Carrol öffnete die Tür des Vans und stieg aus.

»Rühr das Mädchen nicht an!«, sagte Franklin, der Evan im Rückspiegel beobachtete.

Evan ließ das Tarp wieder sinken, das sie über die auf dem Boden des Vans liegenden Frauen gebreitet hatten. Franklin hatte Evan vor der Abfahrt einen der beiden Rücksitze ausbauen lassen, damit sie ihre Fracht unterbringen konnten.

»Ich habe doch bloß geguckt«, grummelte Evan.

»Was hast du gesagt?« Franklin drehte sich um.

Evan zuckte zusammen. Seine Arme und sein Rücken wiesen immer noch blaue Flecken auf, Spuren der Schnalle des Gürtels, mit dem sein Bruder ihn verprügelt hatte. Auf dem Schoß hielt er ein paar Brettspiele wie Monopoly und einen Stapel Spielkarten.

»Werd du bloß nicht frech, Junge«, sagte Franklin, »oder du fängst dir noch eine Tracht Prügel ein. Ohne dich säßen wir gar nicht erst in dieser Scheiße. Irgendwie bleibt doch immer alles an mir hängen. Ständig kann ich hinter dir und Carrol den Dreck wegräumen und ich habe es langsam satt, in einer Tour für euch die Kastanien aus dem Feuer zu holen.«

»Ich wollte doch nur eine zum Spielen …«

Franklin hob warnend die Hand. »Wag bloß keine Widerworte!« Evan zuckte zurück. »Hast du verstanden? Irgendwann ziehe ich dir eins über, bis du nicht mehr gucken kannst, und dann lasse ich dich hier auf der Straße liegen, für die Wölfe und Kojoten. Hast du mich verstanden?«

Evan sah zu Boden.

»Und leg die verdammten Spiele weg. Du benimmst dich, als wärst du zwölf.«

Evan legte die Brettspiele auf den Boden, steckte die Spielkarten jedoch in seine Jackentasche.

Draußen klirrte die Kette, als Carrol sie durch die Maschen des Metallzauns zog. Dann ging laut quietschend das Tor auf. Die Scharniere mussten dringend geölt werden. Franklin fuhr den Wagen weit genug vor, damit Carrol das Tor hinter ihm schließen und mit Kette und Schloss sichern konnte, bevor er wieder auf den Beifahrersitz kletterte. So fuhren sie noch eine weitere Viertelmeile, wobei die Äste des dichten Gestrüpps und der Bäume dem Lack des Vans empfindlich zusetzten. Seit Franklin auf der Staubstraße Spuren eines Mountainbikes entdeckt hatte, waren sie nicht mehr hier oben gewesen. Es gefiel ihm nicht, wenn Leute zu dicht an ihr Gelände herankamen.

Jetzt ging es einen leichten Anstieg hinauf zu einem kreisrunden Parkplatz. Alles hier wirkte ziemlich heruntergekommen. Beim Haus musste die Holzverkleidung gestrichen werden und das Blechdach leckte, was bestimmt schon zu Schwamm im Gebälk geführt hatte. Sich um all das zu kümmern, dazu brauchte man Zeit und es kostete Geld. Franklin hatte weder das eine noch das andere. Er nahm sich vor, im Frühjahr mit Carrol und Evan herzukommen und wenigstens das Dach zu richten, denn das war vordringlich. Keiner der Brüder war zu gebrauchen, wenn es um solche Arbeiten ging. Überhaupt besaßen sie nicht einen Funken Arbeitsmoral und Evan konnte sich noch nicht einmal lange genug konzentrieren, um erfolgreich einen Nagel einzuschlagen.

Franklin fuhr den Van am Haus vorbei und hinter die Scheune. Carrol stieg aus, schloss das Vorhängeschloss auf und zog die Türen auf, die ursprünglich einmal dazu gedacht waren, hier mit einem Heuwagen einzufahren. Franklin setzte den Van rückwärts in die Scheune und stieg aus. Carrol schloss die Türen.

»Evan! Raus da!«, fuhr Franklin Evan an.

Nachdem Evan hinten aus dem Wagen geklettert war, löste Franklin die Planen, die über den drei Frauen lagen. Über der Läuferin, die Evan aus dem Park geholt hatte, und den beiden Prostituierten, die Carrol und er sich auf der Aurora Avenue gegriffen hatten.

Sie hatten alle drei gefesselt und geknebelt, wobei bei den beiden Prostituierten die Angst inzwischen wirkungsvoller war als Taue und Knebel. Sie wussten, wie rasch und wütend die Prügel ausfiel, wenn sie versuchten zu fliehen, zu schreien oder irgendwie Aufmerksamkeit auf sich zu lenken. An diesem Punkt war die junge Läuferin noch nicht angekommen.

»Evan und du, bringt sie nach hinten«, befahl Franklin Carrol. Den hinter einer Pferdebox hinten im rückwärtigen Teil der Scheune verborgenen Raum hatte Franklin zu Lebzeiten seines Vaters nie betreten. Ebenso wenig wie den Keller, den die Jungs für ihren Daddy unter ihrem Haus hatten graben müssen.

»Wir wollen sie alle hierlassen?« Carrol wirkte besorgt.

Bisher hatte Franklin noch keinen seiner Brüder in seine Pläne eingeweiht, weil er sich selbst noch nicht entschieden hatte. Eigentlich war nur eine Sache vollkommen klar: »Wir hatten ja wohl kaum eine Wahl, als sie herzuschaffen, oder? Wo die Polizei nach dem Mädchen sucht, das Evan sich direkt an unserer eigenen Hintertür geschnappt hat? Sie waren gestern schon in der Schlucht und heute auch, da ist es nur eine Frage der Zeit, bis sie ein Haus nach dem anderen durchsuchen.«

»Und … und … und was machen wir jetzt?«

»Sie hierlassen, bis ich die Situation besser einschätzen kann.«

Er hatte ja versucht, schlau an die ganze Situation heranzugehen. Nachdem er an jenem Abend in den Keller gegangen war und das Mädchen gefunden hatte, hatte er Carrol losgeschickt, das Auto wegbringen. Franklin hatte Carrol eine Strickmütze, Handschuhe und eine Schachtel mit Desinfektionstüchern mitgegeben, ihm eingeschärft, im Wagen bloß keine DNA oder Fingerabdrücke zu hinterlassen, und gehofft, wenn das Auto nicht mehr in North Park stand, würde die Polizei hier auch nicht suchen. Dass Bibby das Mädchen auf seinem täglichen Spaziergang gesehen haben könnte, damit hatte er nicht gerechnet. Dadurch hatte sich alles schlagartig geändert und die Detectives waren inzwischen überall im Park und in den umliegenden Häusern unterwegs, durchsuchten das Gelände und befragten die Nachbarn. Es war nur eine Frage der Zeit, bis sie sich auf Franklin konzentrieren würden, der zweimal dabei erwischt worden war, wie er verbotenerweise auf offener Straße mit einer Prostituierten ins Geschäft zu kommen versuchte. Und auf seine Brüder.

Erst einmal hatte er sich darum gekümmert, dass alles ganz normal wirkte. Evan und er hatten an Halloween Süßigkeiten verteilt, und zwar nicht die kleinen Schokoriegel, die man extra für diese Gelegenheit kaufen konnte. Er hatte die großen, die richtigen Schokoladentafeln besorgt, damit die Kinder in der Nachbarschaft sich an sie erinnerten. An Evan erinnerten. Er hatte dafür gesorgt, dass Evan die Rasenfläche mähte, ganz so, wie er es immer tat, und als die Detectives bei ihm auftauchten, hatte er sich rasch eine Geschichte ausgedacht und behauptet, Evan wäre krank. Mit dem Idioten musste er erst einmal üben, was er sagen sollte, dazu brauchte er Zeit. Für das Training mit Carrol im Übrigen auch, bevor der befragt wurde. Zudem mussten erst einmal Evans blaue Flecken verheilen.

»Ich habe genug Essen und Wasser mitgebracht, das sollte eine Weile reichen«, fuhr er jetzt fort. »Damit habe ich hoffentlich Zeit herauszufinden, in was für eine Scheiße uns Evan genau geritten hat. Evan, leg endlich die verdammten Spiele weg und hilf Carrol, die drei ins Hinterzimmer zu schleppen. Sieh zu, dass ihr sie anständig an die Pfähle kettet.«

Franklin selbst trug die Lebensmittel aus dem Wagen ins Haus. Hier im Canyon war die Temperatur erneut gesunken, er würde Carrol anweisen, den Frauen noch ein paar Decken zu geben, damit sie nicht erfrieren. Obwohl er das Problem damit ja vielleicht los wäre.

Im Haus roch es nach Feuchtigkeit, Hausschwamm und Leerstand. Er ließ die Tür trotz der Kälte offen, vielleicht kam man mit Lüften gegen die Muffigkeit an. Während er darüber nachdachte, was er als Nächstes tun sollte, machte er sich ein Sandwich und trank am Küchentisch ein Bier.

Die regelmäßigen Besuche bei seinem Mädchen würden ihm fehlen, wenn es hier oben war, aber Evan hatte ihm keine Wahl gelassen, indem er sich nicht nur diese Läuferin geschnappt, sondern die Frau anschließend auch noch in den Keller geschleppt hatte, sodass sie jetzt von den anderen wusste. Dadurch war das Problem um einiges schlimmer geworden. Hätte er das nicht getan, dann hätte sich Franklin vielleicht etwas ausdenken können, wie sie ohne großen Schaden aus der Sache herauskommen konnten. Er hätte das Mädchen einfach irgendwo freilassen und hoffen können, sie würde später nicht mehr wissen, was passiert war. Immerhin war der Schlag auf den Kopf, den sie erhalten hatte, so heftig gewesen, dass sie blutete.

Aber jetzt kannte sie den Keller und wusste das mit den anderen beiden Frauen. Die zum Keller führende Treppe verbarg sich hinter einer Tür, die ihr Daddy an der Rückseite der Speisekammer eingebaut hatte, und den Raum unter dem Fundament hatte er von seinen drei Jungs ausheben und mit Eisenbahnschwellen sowie in Zement eingelassenen dicken Vierkanthölzern verstärken lassen. Fast ein Jahr lang hatten sie daran geschuftet, hatten die Erde des Nachts mit einer Schubkarre hinausgeschafft und in die Schlucht am hinteren Grundstücksende gekippt. Sie hatten aufgehört zu graben, als der Raum grob einen Meter neunzig hoch und zehn Quadratmeter groß gewesen war. Ihr Daddy hatte ihnen erzählt, sie würden einen Weinkeller graben, aber Franklin hatte seinen Vater nie eine Flasche Wein kaufen sehen. Er war ein Freund von Jim Beam, immer schon gewesen, bis zu dem Tag, an dem er starb. Franklin hatte nicht gewusst, wozu sein Daddy den Keller benutzte. Damals noch nicht. Die Jungen durften ihn nicht betreten, ebenso wenig wie den Raum am hinteren Ende der Scheune, und ihr Vater hatte dafür gesorgt, dass sie die Gürtelschnalle so schnell nicht vergaßen, mit der er auf sie eingedroschen hatte, damit sie wussten, was ihnen im Fall von Ungehorsam blühte. Sie hatten sein Verbot nie übertreten, nicht einmal, nachdem man ihn ins Heim gebracht hatte, weil er an Alzheimer erkrankt war. Nicht bis zu dem Tag, an dem sie ihn beerdigt hatten.

Es war der perfekte Platz für die beiden Frauen gewesen. Franklin hatte alles genau geplant und gut durchdacht. Er musste vorsichtig sein, denn der Richter hatte nach seiner zweiten Verhaftung unmissverständlich klargestellt, dass er mit einer empfindlichen Haftstrafe zu rechnen hatte, sollte er noch einmal erwischt werden. Das hätte für ihn den Verlust seiner Arbeitsstelle bedeutet. Ähnliches galt für Carrol, der auch bereits einmal verhaftet worden war. Regelmäßige Besuche bei Prostituierten konnte sich ohnehin keiner der beiden leisten, dazu reichte das Geld nicht, das sie verdienten. Ihr Daddy dürfte ähnlich gedacht haben: Warum für etwas bezahlen, was man sich auch so nehmen kann? Prostituierte wurden außerdem von niemandem vermisst, sie waren … Wie zum Teufel nannte man das noch? Irgendetwas mit Fungus? Nein, Fungus bedeutete Pilz. Fungibel. Richtig: Prostituierte waren fungibel, austauschbar. Sie konnten ersetzt werden. Niemand interessierte sich für sie. Scheiße, der Mörder vom Green River war jahrzehntelang damit durchgekommen. Bislang hatte Franklin gedacht, er könnte die beiden einfach loswerden, wenn Carrol und er keine Lust mehr auf sie hatten, sie irgendwo hinschaffen, ganz weit weg. Ja, sie hatten sein Gesicht gesehen, aber sie wussten nicht, wo er wohnte. Sie hatten nichts gesehen außer dem Keller. Und bevor er sie freiließ, würde er dafür sorgen, dass sie Todesängste ausstanden. Er würde sie derart in Angst und Schrecken versetzen, dass sie sich nie ein Wort zu sagen trauten.

Aber auf so etwas wie jetzt war Franklin nicht vorbereitet gewesen. Er hatte nicht damit gerechnet, dass ihm sein Bruder, der Volltrottel, nicht gehorchte.

Natürlich gab es da immer auch die eine Möglichkeit. Wobei Carrol das nicht so sah und ihn ständig daran erinnerte.

»Wir … wir sind keine Mörder, Franklin!«

Noch nicht.

Franklin hatte seinen Teller gerade in die Spüle gestellt und die Bierflasche in den Mülleimer geworfen, als Carrol und Evan in die Küche kamen. »Was machen wir jetzt?«, wollte Carrol wissen.

»Jetzt?« Franklin nahm sich noch ein Bier aus dem Kühlschrank. »Jetzt holt ihr euch die Heckenscheren aus der Scheune und schneidet die Zweige zurück, die in die Straße wachsen, aber nicht zu stark. Nur so, dass sie beim Van den Lack nicht zerkratzen.«

»Und wa… wa… was machst du?« Carrol klang deutlich unzufrieden.

»Geht dich das irgendwas an?«

»I… i… ich frag ja nur.«

»Na, wenn du n… n… nur fragst, kann ich dir ja auch sagen, dass ich ein bisschen in der Scheune aktiv sein werde. Habe ich mir verdient, finde ich. Irgendwelche Einwände?« Weder Carrol noch Evan sagten ein Wort. »Gut so.«

* * *

Der, den sie Franklin nannten, hatte sich vor der auf einem winzigen Teppichstück hockenden Stephanie Cole aufgebaut und seine Gürtelschnalle geöffnet. Als Stephanie daraufhin so weit zurückgewichen war, wie es die Kette erlaubte, hatte er gelacht. Dann war er zu Angel Jackson gegangen, hatte deren Kette vom Pfosten gelöst und sie wie einen Hund an der Leine in den hinteren Teil des Raums geführt.

Stephanie hasste es, sich einzugestehen, wie groß ihre Angst war, konnte sich aber nichts vormachen: Sie hatte gebetet, dass er nicht sie nehmen würde, dass er sich eine der beiden anderen holen würde. Sie war erleichtert gewesen, als er sich Angel aussuchte. Trotzdem wusste sie, dass es lediglich eine Frage der Zeit war, denn sie ging davon aus, dass sie zu demselben Zweck hier war wie die beiden anderen Frauen auch.

Eine halbe Stunde, nachdem er gekommen war, kettete Franklin Angel wieder an den Pfosten und warf Stephanie einen durchdringenden, harten Blick zu, begleitet von einem Knurren. Dann ging er, ohne ein Wort zu sagen.

Vorhin, als man sie in den Van geladen hatte, und später auf der Fahrt hatte sich Stephanie angestrengt, irgendetwas mitzubekommen, einen Hinweis darauf zu erhalten, wo sie war und wohin die drei sie brachten. Aus den Gesprächen mit den anderen Frauen im Raum unter der Erde wusste sie, dass die drei Männer Brüder waren. Franklin hatte das Sagen und Evan war irgendwie ungehorsam gewesen, wobei Stephanie nicht ahnte, was er getan hatte. Voller Horror hatte sie mitansehen müssen, wie Franklin seinen Bruder mit der Gürtelschnalle verprügelte, bis sie fürchten musste, er würde ihn umbringen. Fast schon hatte sie Mitleid mit Evan bekommen, von dem sie inzwischen annahm, dass er ein wenig zurückgeblieben war. Aber nur fast. Meistens hatte sie einfach nur Angst. Wenn Franklin imstande war, einen Blutsverwandten derart zu verletzen, was könnte er da ... was hatte er Donna und Angel angetan?

Stephanie warf Angel Jackson durch das Zimmer hinweg einen Blick zu. »Alles in Ordnung?«

Angel hatte den Kopf gegen die Wand gelehnt und hielt die Augen geschlossen.

»Angel? Alles in Ordnung?«

»Lass sie in Ruhe«, sagte Donna Jones. »Sie träumt sich an einen anderen Ort.«

In dem zwischen den Brettern der Wand durchschimmernden Licht konnte Stephanie die beiden Frauen besser sehen als in dem dunklen Raum, in dem sie vorher angekettet gewesen waren. Angel hatte dunkle Haut, afroamerikanisch oder hispanisch. Donna war heller, mit hellbraunem Haar, und sie hatte alte Narben an den Innenseiten ihrer Arme. Heroin. War wieder in Mode gekommen.

Stephanie und Angel hatten sich im Keller miteinander unterhalten, während Donna meistens geschwiegen hatte. Von Angel wusste Stephanie, dass die Männer zuerst sie und ein paar Monate später Donna entführt hatten. Sie sagten, die Männer hätten sie beide in ein Motel gebracht und dort betäubt.

»Warum hat Franklin mich nicht angerührt?«, fragte Stephanie Donna. »Warum nur Angel?«

»Er hat dich und mich nicht angerührt, weil wir ihm nicht gehören«, erklärte Donna.

»Weil wir ihm nicht gehören?«

»Angel gehört Franklin. Ich gehöre Carrol. Ich nehme mal an, dich kriegt Evan.« Sie lächelte. »Sieh dich um, kleine Miss Sunshine. Sieh dir die Teppichstücke an, die flach gedrückten Pappkartons, die Ketten. Für die sind wir so was wie Hofhunde. Haustiere. Sie besitzen uns.«

Stephanie wischte sich Tränen aus dem Gesicht. »Stimmt etwas nicht mit Evan? Er kommt mir ein bisschen …«

»Zurückgeblieben vor?«, sagte Donna. »Die sind doch alle nicht ganz dicht. Wahrscheinlich Inzucht. Aber Evan …« Sie lachte. »Ich krieg doch mit, wie der dich ansieht. Als hätte er mit dir etwas ganz Besonderes vor.«

»Was denn?« Stephanie spürte, wie die Furcht in ihr hochkroch.

»Oh ja, Evan wird sich dich vorknöpfen. Franklin hat ihn erst mal zum Warten verdonnert, sozusagen auf Bewährung gesetzt, aber deine Zeit kommt noch, Süße. Er wird seinen Spaß mit dir haben. Was fragt er doch ständig? Ob du mit ihm spielen willst?« Donna schüttelte kichernd den Kopf. »Wenn ich du wäre, würde ich mir vor Angst in die Hose machen.«

»Lass sie in Ruhe«, sagte Angel, ohne den Kopf von der Wand zu nehmen oder die Augen zu öffnen.

»Du hast es doch auch gesehen«, stichelte Donna weiter, an Stephanie gewandt. »Wie er dich anschaut. Wie ein Kind die Geschenke unter dem Weihnachtsbaum, die er zu gern auspacken möchte. Er kann es kaum erwarten.«

Stephanie liefen die Tränen über die Wangen. Wie war sie bloß hier gelandet? Wie hatte ihr Leben eine solche Wendung nehmen können? Sie hätte zu Hause bleiben sollen. Sie hätte es nicht so eilig haben sollen, von ihren Eltern wegzukommen, aber sie hatte das ewige Nörgeln, die ewigen Streits einfach nicht mehr ertragen. Sie hatte gehofft, es würde sich nach der Scheidung alles bessern, dabei schien es immer noch schlimmer werden zu wollen. Streit über Geld, über die Kosten von

Stephanies Ausbildung, weswegen sie sich entschieden hatte, nicht aufs College zu gehen. Obwohl sie die Noten dafür hatte und auch den Ehrgeiz. Sie war es einfach so leid, als Zankapfel zwischen ihren beiden Eltern zu stehen. Sie hatte sich so nach einem Neuanfang gesehnt, war überzeugt gewesen, dass das Leben doch irgendwie besser sein müsste. Sie hatte ja nicht geahnt, wie sehr sie sich da getäuscht hatte.

»Warum machst du das? Muss das sein?«, fragte Angel und schlug nun doch die Augen auf.

Donna lehnte sich mit dem Kopf an die Wand. »Was soll ich denn sonst tun?«

Angel sah Stephanie an. »Du hörst mir jetzt mal gut zu. Wenn deine Zeit kommt, machst du einfach die Augen zu und stellst dir vor, du bist woanders. Du denkst an den Jungen in der Highschool, den du immer so gerngehabt hast. Du denkst an ihn und du lässt dich treiben, gehst woanders hin. Dann wird es nicht so schlimm sein.«

***

Als Franklin in die Küche zurückkam, saßen Carrol und Evan am Tisch und flüsterten miteinander wie zwei Schulmädchen. Jeder hatte ein Bier in der Hand. Carrol zupfte am Aufkleber seiner Flasche herum, ein nervöser Tick, ebenso wie sein Stottern. Evan starrte die Tischplatte an.

»Habt ihr die Zweige an der Straße beschnitten?«, fragte Franklin.

»Wir … wir … sind so weit gekommen, wie wir konnten.«

Was bedeutete, dass die faulen Scheißer einfach nicht mehr weitergemacht hatten. »Hör auf zu stottern!«

»Ich ver… ver… versuche es ja.«

Franklin nahm Evans Bierflasche vom Tisch und trank daraus. »Was habt ihr beiden Trottel denn zu flüstern?«

Evan sah Carrol an.

»Wolltest du etwas sagen?«, erkundigte sich Franklin bei Carrol. »Dann raus damit. Sag, was du sagen willst.«

»Ich und Evan, wir … wir … wir … wir finden nicht richtig, dass du mit deiner Frau zusammen sein darfst und wir nicht.«

Der Trottel stotterte auch noch, wenn er versuchte, den harten Burschen zu spielen. »Ja?« Franklin sah seinen jüngsten Bruder an. »Was meinst du, Evan?«

Evan sah von der Tischplatte auf. »Ich möchte mit ihr spielen.«

»Ich … ich … ich habe nichts falsch gemacht. Ich ha… ha… habe von Anfang an gemacht, was du gesagt hast. Habe gewartet, bis ich an der Reihe war, und … und … mein Mädchen auf die richtige Art gefunden. Ich wei… wei… weiß echt nicht, warum ich bestraft werde für etwas, was Evan getan hat.«

Franklin lachte. »Dann wirfst du Evan also den Wölfen zum Fraß vor? Wie fühlst du dich dabei, kleiner Bruder?«

»Was für Wölfe?«, wollte Evan wissen.

Franklin lachte. »Der, der dich gerade gefressen hat, und du hast es noch nicht einmal mitbekommen.« Er sah Carrol an. »Wer sollte auf Evan aufpassen, während ich Lebensmittel einkaufe?«

»Evan ist ein erwachsener Mann«, verteidigte sich Carrol.

»Ja!«, fand auch Evan. »Ich bin ein erwachsener Mann!«

»Nun, die Umstände, in denen wir uns momentan befinden, weisen aber deutlich auf das Gegenteil hin, nicht wahr?« Franklin sah Carrol an. »Du weißt, wie blöd er ist. Er könnte mit beiden Händen seinen Hintern nicht finden, selbst wenn er drauf säße.«

»Ich sitze nicht auf meinen Händen.«

»Ich … ich … ich war bei der Arbeit.«

»Wirklich? Wann hast du Feierabend?«

Carrol ließ den Blick sinken.

»Hältst du mich für genauso blöd, wie ihr beiden seid? Ich weiß, wann du Feierabend hast. Und wenn du nach Hause gekommen wärst, statt noch in die Kneipe zu gehen, dann würden wir jetzt nicht in der Scheiße sitzen, hab ich recht? Also habt ihr beide Schuld. Er, weil er etwas getan hat, und du, weil du es ihn hast machen lassen.« Franklin trank noch einen Schluck aus Evans Bierflasche. Dann sagte er: »Evan, hol den Van.« Er wandte sich an Carrol. »Hast du dein Handy?«

Carrols Blick huschte zwischen Evan und Franklin hin und her. »Ja.«

»Behalte es immer bei dir, ich muss dich erreichen können.«

»Ich … ich … ich verstehe nicht.«

»Du bleibst ein paar Tage hier, damit wir sicher sein können, dass nicht noch wieder etwas passiert.«

Carrol richtete sich auf und wirkte einen Moment lang munter, bis ihm einfiel: »Ich muss morgen zur Arbeit.«

»Du rufst an, meldest dich krank. So wie heute. Du hast deiner Chefin doch gesagt, du hättest die Grippe, oder?«

»Ja.«

»Ruf morgen da an. Sag, du fühlst dich immer noch nicht und du hustest und niest und willst die Kollegen nicht anstecken. Sie will bestimmt nicht, dass du kommst und dem ganzen Laden deine Grippe verpasst.«

»Und wohin willst du?«

»Evan und ich, wir fahren zurück nach Seattle. Ich möchte mit ihm zum Arzt, damit wir etwas Schriftliches darüber haben, dass er krank war. Und die Detectives wollen sich mit ihm unterhalten. Also muss ich ihn vorbereiten.«

Carrol grinste bis über beide Ohren.

»Wisch dir das Scheißgrinsen aus dem Gesicht! Das ist hier kein Vergnügungstrip. Hier oben gibt es jede Menge zu tun und mit dir wird die Polizei auch sprechen wollen.«

»M… m… mit mir? Wa… wa… warum denn das?«

Franklin zog ein Blatt Papier aus der Hosentasche. »Ich hab dir ein paar Sachen notiert, die du sagen sollst. Lies den Text durch und lerne ihn auswendig. In ein oder zwei Tagen habe ich hoffentlich eine bessere Vorstellung davon, ob wir uns Sorgen machen müssen. Dann sage ich dir Bescheid. Evan, hol den Van.«

»Ich will …«

Franklin legte die Hand auf die Gürtelschnalle und trat einen Schritt auf seinen jüngsten Bruder zu. Der schob seinen Stuhl zurück, sprang auf und eilte davon. Als er an Franklin vorbeikam, versetzte der ihm einen Schlag auf den Hinterkopf. Carrol sah grinsend zu. »Findest du hier irgendwas witzig?«, herrschte Franklin ihn an.

»N… n… nein.« Carrols Grinsen verblasste umgehend.

Franklin nahm die Bierflaschen seiner Brüder und goss, was noch darin verblieben war, in die Spüle. »Finger vom Alk und bleib sauber, hörst du? Ich rufe dich an und wenn ich das Gefühl habe, du hast getrunken, bin ich schneller hier, als du ahnst, und verpasse dir die schlimmste Tracht Prügel deines Lebens. Verstanden?«

»Alles klar.« Carrol nickte heftig. Franklin machte kehrt und ging Richtung Küchentür. »Franklin?«, rief Carrol ihm nach.

Franklin drehte sich um. »Was?«

»Was ist mit meiner Frau?«

Darüber dachte Franklin einen Moment lang nach. Wer wusste denn, was Carrol anstellen würde, wenn er ihm nicht die Chance gab, ein bisschen von der aufgestauten Spannung loszuwerden?

»Deine ist okay«, sagte er. »Wenn alle Arbeit getan ist. Und lass die Finger von meiner.«

»Mach ich.«

»Und die von Evan rührst du auch nicht an. Es gibt immer noch eine Chance, dass wir hier heil wieder rauskommen.« Obwohl Franklin im Moment wirklich nicht wusste, wie. »Vielleicht können wir alles Evan in die Schuhe schieben, wenn wir müssen, darauf plädieren, dass er zurückgeblieben ist und es nicht besser wusste, und uns der Gnade des Gerichts anheimgeben.«

»Du … du … du … meinst, das könnte gehen?«

Nein, eigentlich glaubte Franklin das nicht. Aber er hatte nicht vor, das einem stotternden Idioten zu verraten und damit alles nur noch schlimmer zu machen. »Lies dir dein Skript durch. Ich rufe an und gehe alles noch einmal mit dir durch. Im Moment muss ich erst einmal Evan vorbereiten.« Wobei Evan sich wohl kaum noch an etwas erinnern konnte. Dafür würde Franklin schon sorgen.

Kapitel 19

Am frühen Sonntagabend kehrten Tracy und Kins noch einmal zu den Häusern zurück, deren Hintergärten an die Schlucht grenzten. Wright und die Spurensicherung fuhren gerade ab. Beim Haus von Nancy Maxwell parkten zwei Autos in der Einfahrt und Nancy schien nicht überrascht, sie wiederzusehen. Diesmal stand ihr Ehemann neben ihr, als die beiden Detectives klopften. Er war groß, dabei eher schlank, und Tracy warf unwillkürlich einen Blick auf seine Hausschuhe. Besonders groß sahen die nicht aus, aber eigentlich konnte sie das gar nicht richtig beurteilen. Maxwell stellte ihren Mann vor, er hieß Paul.

»Ich habe gehört, dass Sie den Park abgesperrt haben.« Paul klang nicht so, als würde ihm das gefallen. »Darf ich fragen, was los ist? Hat es etwas mit dem verschwundenen Mädchen zu tun? Hier in der Gegend sind wir alle inzwischen ein bisschen beunruhigt.«

»Wie haben Sie gehört, dass der Park geschlossen ist?«, wollte Kins wissen.

»Ich habe mit unserem Nachbarn gesprochen, Brian Bibby. Er sagte, Sie beide hätten sich gestern mit ihm über eine junge Frau unterhalten, die er Mittwoch beim Joggen im Park gesehen hatte, das Mädchen, das in den Nachrichten war. Er sagt, er wäre heute Nachmittag mit Jackpott spazieren gegangen und der Park wäre geschlossen, der Zugang mit Absperrband der Polizei versperrt.«

»Wir haben zwei kleine Kinder«, warf Nancy ein. »Müssen wir uns Sorgen machen?«

»Wir versuchen immer noch, die junge Frau zu finden«, erklärte Kins in ruhigem Ton. »Und wir suchen nach Hinweisen, die bestätigen, dass sie hier war.«

»Dann haben Sie keine Leiche gefunden, richtig?«, fragte Paul.

»Zu Einzelheiten einer laufenden Ermittlung können wir leider nichts sagen.«

»Was zum Teufel soll das denn heißen? Dieser Park liegt praktisch in meinem Hintergarten. Wenn dort jemand ermordet wurde, habe ich ein Recht darauf, das zu wissen. Wie meine Frau schon sagte: Wir haben zwei kleine Kinder.«

»Wir haben keine Leiche gefunden.« Kins blieb weiterhin ruhig. »Wir wollten Ihnen einfach noch ein paar Fragen stellen.«

Scheinwerferlicht wurde sichtbar, gleich darauf bog ein Wagen um die Ecke und fuhr am Haus vorbei. Ein weißer Van.

»Das ist Franklin Sprague«, sagte Nancy, der aufgefallen war, dass Tracy das Auto beobachtete.

Getönte Fensterscheiben verhinderten, dass Tracy den Fahrer erkennen konnte, aber als der Wagen unter einer Straßenlaterne hindurchfuhr, meinte sie, auf dem Beifahrersitz jemanden sitzen zu sehen.

Der Wagen bog in die Einfahrt der Spragues.

»Haben Sie Mittwochabend jemand hinten in Ihrem Garten gesehen?«, fragte Kins.

»Oh Gott!«, sagte Nancy Maxwell.

»Sie glauben, jemand hat dieser jungen Frau etwas getan und war in unserem Garten?«, fragte Paul.

»Momentan ist sie nur vermisst und wir versuchen, sie zu finden. Haben Sie jemanden hinten in Ihrem Garten gesehen?«, wiederholte Kins.

»Nein«, sagte Paul. Nancy schüttelte den Kopf.

»Und haben Sie etwas gehört?«

»Nein«, sagte Nancy, die blass geworden war und aussah, als wäre ihr schlecht.

»Es sieht so aus, als wäre Ihr Rasen vor nicht allzu langer Zeit gemäht worden«, sagte Kins.

»Das habe ich Ihnen doch gesagt«, antwortete Nancy. »Evan Sprague mäht ihn jeden zweiten Donnerstag. So hat er einen Job und, glaube ich, etwas zu tun. Und da es hinten keine Zäune gibt, liegt es nahe, dass sich die Nachbarn die Kosten teilen.«

»Und diesen Donnerstag hat er auch gemäht?«, fragte Tracy.

»Ja.«

»War das der Tag, an dem er das gewöhnlich tut?«

»Donnerstag, ja. Er hält sich da an einen festen Plan. Franklin sagt, so ist es besser, weil sein Gedächtnis nicht so gut ist.«

»Wie gut kennen Sie Brian Bibby und seine Frau?«

»Wir sind befreundet, so auf nachbarschaftliche Art«, erklärte Paul Maxwell. »Lorraine hat früher in der Schule hier unterrichtet und Bibby hat bei Boeing gearbeitet, glaube ich. Jetzt sind sie beide in Rente. Sie angeln gern. Er jedenfalls, seine Frau geht nur ihm zuliebe mit, glaube ich. Sie haben in den Sommermonaten im Jachthafen von Edmond ein Boot liegen.«

»Sie sagen uns immer Bescheid, wenn sie die Stadt verlassen«, ergänzte Nancy Maxwell. »Sie haben ein Wohnmobil. Wenn sie fort sind, haben wir ein Auge auf ihr Haus.«

»Raucht Bibby?«, fragte Tracy.

»Das weiß ich nicht«, sagte Paul Maxwell.

»Und die Sprague-Brüder? Was können Sie uns über die erzählen?«

»Die bleiben lieber für sich«, erwiderte Paul. »Wir kennen sie nicht gut, aber sie sind freundlich.«

Tracy und Kins bedankten sich bei den Maxwells dafür, dass sie sich Zeit für sie genommen hatten, und versprachen, sie so weit wie möglich auf dem Laufenden zu halten.

Als sie zurück zur Straße liefen, schlug Kins vor, noch einmal bei Bibby vorbeizuschauen.

»Lass uns erst mit den Spragues reden«, meinte Tracy. »Ich bin mir ziemlich sicher, dass jemand auf dem Beifahrersitz saß, als der Van eben vorbeifuhr.« Kins war einverstanden und so gingen sie ein paar Häuser weiter, stiegen auf die Veranda der Spragues und klopften. Auch diesmal lag das Haus praktisch im Dunkeln, bis Franklin die Tür öffnete. Die Verandabeleuchtung erwachte erst kurz vorher zum Leben. »Detectives«, begrüßte Sprague sie. »Im Park war ja heute allerhand los, und als ich eben am Haus der Maxwells vorbeifuhr, sah ich Sie beide mit Nancy sprechen. Hat sich was Neues ergeben? Haben Sie das Mädchen gefunden?«

Tracy warf einen Blick auf Spragues Füße, aber leider trug er keine Schuhe und stand in Socken vor ihnen. Als sie aufsah, ruhte sein Blick auf ihr.

»Sind Ihre Brüder zu Hause?«, erkundigte sich Kins.

»Evan ist da. Carrol ist noch bei der Arbeit.«

»Im Home Depot in Shoreline?«, fragte Tracy.

»Genau. Ich habe ihm Ihre Karte gegeben. Hat er Sie noch nicht angerufen?«

»Nein«, sagte Kins.

Sprague schüttelte den Kopf. »Das tut mir leid. Sobald er nach Hause kommt, erinnere ich ihn noch einmal daran.«

»Und ist Evan heute in der Lage, mit uns zu sprechen?«, fragte Kins.

»Sicher. Er fühlt sich noch nicht ganz gut und ist blass, aber es geht ihm besser. Ich war heute mit ihm beim Arzt, weil ich sicher sein wollte, dass es keine bakterielle Infektion ist und er vielleicht doch Antibiotika braucht. Hatte ich gesagt, dass Evan ein wenig zurückgeblieben ist?«

»Ja, hatten Sie.«

»Dann hole ich ihn mal.«

Wieder bat Sprague sie weder ins Haus noch ließ er die Tür offen. Tracy hörte ihn auf der anderen Seite der Schwelle nach seinem Bruder rufen. »Evan? Komm mal kurz raus.«

Als die Tür wieder aufging, stand neben Franklin ein Mann, der so groß war wie er, wenn auch nicht ganz so stämmig. Tracy schätzte Franklin Sprague auf einhundert bis einhundertzehn Kilo, sicherlich kräftig genug, um eine junge Frau zu tragen. Evan war schmaler gebaut und wog Tracys Vermutung nach um die achtzig Kilo, wobei man da nicht sicher sein konnte, da er eine ausgebeulte Trainingshose und ein weites, graues Kapuzenshirt trug. Genau wie Franklin war er ohne Schuhe und nur in Socken an die Haustür gekommen und sein Gesicht wirkte im Verandalicht leicht grünlich.

»Diese Leute sind Detectives«, erklärte Franklin. »Sie wollen dir ein paar Fragen stellen. Über Mittwochabend.«

»Okay«, sagte Evan.

»Ich habe mir sagen lassen, dass Sie gern spazieren gehen«, begann Kins.

»Das mache ich, weil ich Bewegung brauche.« Er sprach langsam, aber die Worte waren klar verständlich.

»Wann gehen Sie denn normalerweise spazieren?«

»Wenn ich mit meinen Arbeiten im Haus fertig bin. Aber ich war krank, in den letzten Tagen bin ich nicht spazieren gegangen.«

»Sind Sie Mittwoch spazieren gegangen?«

Evan schien nachdenken zu müssen. »Ich bin mir nicht sicher. Ich erinnere mich nicht.«

»Was ist mit Donnerstag?«

»Das war Halloween, Evan«, sagte Franklin.

»Ich habe an Halloween Süßigkeiten verteilt. An die Kinder.« Tracy erinnerte sich daran, dass Nancy Maxwell erzählt hatte, Evan habe ihren Kindern große Tafeln Schokolade gegeben.

»Erinnern Sie sich, was Sie Mittwochnachmittag gemacht haben?«, fragte Kins.

Evan schüttelte den Kopf. »Nein, ich erinnere mich nicht.«

Franklin Sprague zuckte die Achseln und legte seinem Bruder die Hand auf die Schulter.

Kins zeigte Evan das Bild von Stephanie Cole. »Wir versuchen, diese junge Frau …«

»Ich habe sie nicht gesehen«, sagte Evan.

»Lass sie doch erst einmal die Fragen stellen, bevor du antwortest, Evan.« Franklin sah Tracy und Kins an und verdrehte die Augen.

»Sie trug Sportsachen, sie wollte joggen«, sagte Kins. »Haben Sie sie gesehen?«

Evan schüttelte den Kopf. »Ich erinnere mich nicht.«

»Sieh dir das Bild an, Evan«, mahnte Franklin.

Evan sah seinen Bruder an, dann das Foto. »Ich habe sie nicht gesehen«, wiederholte er.

»Gehen Sie manchmal im Park spazieren, Evan?«

»Wir gehen alle im Park spazieren«, antwortete Franklin. »Dazu ist er da.«

Tracy fand, diese Antwort sei ein wenig schnell gekommen. »Was ist mit Ihnen, Evan? Gehen Sie im Park spazieren?«

»Deswegen ist er da«, plapperte Evan seinem Bruder nach.

»Wissen Sie noch, wann Sie das letzte Mal im Park spazieren waren?«, fragte Tracy geduldig weiter.

Evan schüttelte den Kopf. »Nein.«

»Es war nicht vor Kurzem?«

»Ich weiß nicht …« Er sah Franklin an.

»Sein Erinnerungsvermögen ist wirklich sehr schwach, Detectives«, erklärte Franklin. »Das hatte ich Ihnen, glaube ich, schon gesagt. Ich muss ihn gewöhnlich an alles erinnern, was er tun soll, und es ihm aufschreiben.«

»Ich habe gehört, Sie mähen für die Nachbarn den Rasen?«, fragte Kins.

»Jeden zweiten Donnerstag.« Evan nickte.

»Haben Sie am vergangenen Donnerstag gemäht?«

Evan sah Franklin an. »Er möchte wissen, ob du die Rasenfläche vor ein paar Tagen gemäht hast.«

»Ja, ja. Ich habe gemäht. Aber diesen Donnerstag mähe ich nicht. Jeden zweiten.«

»Ich erinnere ihn jeweils am Donnerstagmorgen daran und wir tragen die Tage, an denen er mäht, im Kalender ein«, sagte Franklin. »Damit er es nicht vergisst.«

»Wenn Sie im Park spazieren gehen, welchen Eingang nehmen Sie da?«

Wieder warf Evan Franklin einen fragenden Blick zu. »Wie kommst du in den Park?«, formulierte Franklin die Frage um.

»Durch den Eingang«, sagte Evan, wobei er Tracy ansah.

»Nehmen Sie manchmal auch den kleinen Pfad von Ihrem Hintergarten aus?«, wollte Tracy wissen.

Wieder sah Evan Franklin an. »Da gibt es keinen Eingang«, sagte der. »Und der Hügel ist ziemlich steil.«

»Sie haben nie jemanden auf diese Art in den Park gehen sehen?«, versuchte es Tracy noch einmal.

»Den Abhang hinunter in die Schlucht?« Franklin schüttelte den Kopf. »Nein.«

»Darf ich fragen, zu welchem Arzt Sie Evan gebracht haben?«, fragte Tracy weiter.

»An den Namen erinnere ich mich nicht, ich war mit ihm in der Notaufnahme vom Northwest Hospital. Ein Arzt dort hat ihn sich angesehen und Blut abgenommen. Wir sollen morgen Nachricht bekommen, ob er Antibiotika nehmen muss.«

Sie unterhielten sich noch ein paar Minuten lang, dann bedankten Tracy und Kins sich bei den Brüdern und gingen. »Er weiß nicht mehr, ob er am Mittwoch im Park spazieren ging«, sagte Tracy auf dem Weg zum Auto. »Aber er weiß schon noch, dass er Donnerstag den Rasen gemäht und Süßigkeiten verteilt hat.«

Kins warf ihr einen Blick zu. »Franklin sagte, er muss ihn an die Termine zum Rasenmähen erinnern und sie auch in den Kalender eintragen, damit er sie nicht vergisst. Das hört sich an wie etwas Feststehendes. Und wegen Halloween war er bestimmt aufgeregt. Spazieren scheint nichts Feststehendes zu sein.«

»Ja, aber wir wissen, dass er unterwegs war.«

»Heißt aber noch nicht, dass er sich daran erinnert. Worauf willst du hinaus?«

»Mir ist es bloß komisch vorgekommen, mehr nicht. Und er ist groß, wie sein Bruder. Groß und stark genug, um die Leiche einer Frau diese Anhöhe hinaufzutragen.«

»Wie hätte er wissen sollen, dass sie im Park ist?«, fragte Kins.

»Er könnte sie auf seinem Spaziergang gesehen haben. Vom Timing her käme es hin, was die Uhrzeit auf den Aufzeichnungen der Maxwells betrifft. Er könnte gesehen haben, wie sie in den Park ging.«

»Und dann was? Dann ist er nach Hause gegangen und den Hügel hinuntergeklettert, um zu warten, bis sie dort unten ankommt? Er sieht mir nicht gerade aus wie ein Typ, der junge Frauen überfällt.«

»Es wäre möglich.«

»Kommt mir aber nicht wahrscheinlich vor.«

»Hast du Zigarettenrauch gerochen, als wir mit ihm sprachen?«

»Da bin ich mir nicht sicher. Du?«

»Mir kam es so vor. Möchtest du nach Shoreline fahren und mit Carrol reden?«

»Lass uns noch mal mit Bibby sprechen, wo wir schon hier sind«, schlug Kins vor. »Danach können wir noch kurz bei Coles Wohnung vorbeifahren und mit dem Mitbewohner reden.«

»Ich möchte auch bei der Notaufnahme des Northwest Hospitals vorbeischauen.«

»Glaubst du, er lügt?«, fragte Kins. »Warum sollte er so etwas sagen, wenn er gar nicht dort war?«

»Lass es uns trotzdem abhaken.«

Bibby erinnerte sich nicht daran, Evan am Mittwoch gesehen zu haben, meinte aber, er hätte ihn Dienstag spazieren gehen sehen. Er hatte während seines Spaziergangs mit Jackpott keine Rufe oder Ähnliches aus dem Park gehört und auch später auf dem Nachhauseweg nicht. Er erinnerte sich nicht daran, jemanden in einem der Hintergärten gesehen zu haben, wobei sein Haus an der Straßenecke lag und sein Garten, der seitlich mit einem Zaun gesichert war, nicht an die vier Grundstücke grenzte, die sich die große Rasenfläche teilten. Kins fragte nach seiner Schuhgröße und danach, welche Schuhe er auf seinen Spaziergängen trug, und erklärte, er brauche diese Angaben, damit die Spurensicherung entsprechende Abdrücke im Park ausschließen konnte.

Bibbys Schuhe befanden sich in einem Schuhregal neben der Haustür. »Meine Frau möchte nicht, dass ich ihr Dreck ins Haus schleppe«, erklärte er, als er Kins das Paar der Marke Hoka überreichte. »Mein Arzt empfahl diese Schuhe für alte, schon reichlich mitgenommene Männer wie mich. Sagt, sie wären das reine Wunder, weil man darin auch noch mit weit über fünfzig joggen kann. Wobei mir einfaches Gehen schon völlig reicht.«

Tracy und Kins notierten sich die Marke und die Größe, vierundvierzig, und Tracy fotografierte Schuhe und Sohle für Kaylee Wright. Die Sohlen sahen anders aus als das Waffelmuster, dessen Abdrücke Wright im Park gefunden hatte, aber die Schuhe waren dreckig und sahen so aus, als seien sie kürzlich erst getragen worden.

Von Bibby aus fuhren sie ins Northwest Hospital, wo sie sich mit Dr. Dan Waters unterhielten. Waters bestätigte den Besuch von Franklin und Evan Sprague am frühen Abend und erklärte, die beiden seien gekommen, weil Franklin befürchtete, Evan könne die Grippe haben und Medikamente benötigen. Mehr wollte er ohne richterliche Anordnung nicht sagen und berief sich auf die ärztliche Verschwiegenheitspflicht.

Vom Krankenhaus steuerten sie die Wohnung von Stephanie Cole an, wo Scott Barnes sie hereinließ und auch nichts dagegen hatte, ihnen seine Schuhe zu zeigen. Er besaß ein Paar Wanderschuhe der Marke Merrell, Größe einundvierzig eineinhalb. Die Sohlen schienen ein anderes Waffelmuster zu haben als das, das Kaylee Wright in der Schlucht gefunden hatte, aber Tracy fotografierte die Schuhe trotzdem. Barnes gab an, nicht gewusst zu haben, dass Cole nach North Park gefahren war, und es war ihm auch nicht bekannt, ob sie dort jemanden kannte oder einen anderen Grund für den Besuch dort gehabt haben könnte.

Bevor sie nach Hause fuhr, fragte Tracy noch beim Hinweistelefon nach und rief auch beim North Precinct an. Niemand hatte weitere Informationen oder irgendeinen Hinweis, der sie weitergebracht hätte.

Es war, als wäre Stephanie Cole einfach so verschwunden.

Kapitel 20

Franklin saß in der Küche und trank Bier. Er fühlte sich, als wäre er gerade um Haaresbreite einer Kugel entgangen, und war heilfroh, mit Evan in der Notaufnahme gewesen zu sein. Genauso froh war er darüber, dass er mit Evan auf der ganzen Rückfahrt von Cle Elum geübt hatte, was er auf die Fragen der Detectives antworten sollte. Zur Abwechslung einmal hatte der Trottel ihn nicht enttäuscht. Trotzdem war klar, dass die Detectives nicht lockerlassen würden. In dem Moment, als er die beiden bei den Maxwells auf der Veranda hatte stehen sehen, war ihm klar gewesen, dass sie auch noch zu ihnen kommen würden. Er hätte für das Training mit Evan gern mehr Zeit gehabt, aber die schien man ihm nicht zu gönnen. Wenigstens hatte er dafür sorgen können, dass Evan klar war, was er sagen durfte und was nicht. Eine gewisse Zeit lang konnte sich der Trottel Dinge durchaus merken, es durfte nur nicht zu lange sein. Für Brettspiele und Kartenspiele reichte sein Gedächtnis auf jeden Fall, aber bei allem, was mehr als eine Stunde zurücklag, fingen die Schwierigkeiten schon an.

Jetzt würden die Detectives ihre Aufmerksamkeit Carrol zuwenden und der würde prompt anfangen zu stottern und zu spucken wie ein Vulkan. Carrol konnte nicht lügen, und hinge sein Leben davon ab. Franklins einzige Hoffnung bestand darin, dass sich sein Bruder die Maxime ihres Daddys zu Herzen nahm und sich daran erinnerte, dass Angriff die beste Verteidigung war.

Er wählte die Nummer von Carrols Handy. Sein Bruder ging prompt an den Apparat. »Wi… wi… wie läuft es?«

»Gefällt es dir da oben?«

Carrol antwortete nicht.

»Hast du mein Mädchen angefasst?«

»Nein. Ich schwöre.«

»Das von Evan?«

»Nein. Ich meine, sie … sie … sie hat geheult und vielleicht habe ich sie geohrfeigt, damit sie die Schnauze hält, aber das war alles. Wa… wa… warum? Wa… wa… was ist los, Franklin?«

»Was los ist, ist, dass ich gesehen habe, wie sich diese beiden Detectives mit den Maxwells unterhielten, als wir auf dem Nachhauseweg bei denen am Haus vorbeifuhren. Und dann sind sie hierhergekommen und wollten mit Evan reden.«

»Scheiße.«

»Genau, Scheiße. Evan hat sich aber gut gemacht. Jemand hatte ihnen gesagt, dass er zu der Zeit spazieren war, als das Mädchen verschwand. Sie haben ihm alle möglichen Fragen gestellt. Wann er das letzte Mal spazieren war und ob er in den Park geht und so.«

»Wa… wa… was hat Evan gesagt?«

»Er hat genau das gesagt, was ich ihm befohlen hatte. Aber ich mache mir Sorgen, ob sie vielleicht Beweise dafür haben, dass er dort war.«

»A… a… aber die Frau ist nicht dort!«, sagte Carrol.

»Nein, die Frau ist nicht dort, aber die Polizei kann heutzutage eine Menge Zeugs herausfinden und beweisen. Sie können DNA von so gut wie allem nehmen, von Fingerabdrücken,

Haaren.« Franklin schoss ein übler Gedanke durch den Kopf. »Du hast das Auto doch sauber gemacht, wie ich gesagt habe?«

»Alles«, versicherte Carrol, weiterhin stotternd. »Und ich habe Handschuhe getragen und diese Skimütze, wie du gesagt hast.«

Franklin dachte nach.

»Fr... Franklin?«

»Halt den Mund und hör zu. Morgen früh rufst du als Erstes diesen weiblichen Detective an ...«

»Was soll ich ihr sagen?«

»Halt die Klappe und hör zu! Du rufst sie an, damit sie nicht hier oder im Home Depot vorbeikommt und nach dir sucht. Hast du dir das Skript angesehen, das ich dir gegeben habe?« Carrol schwieg, was bedeutete, dass er es sich noch nicht angesehen hatte. Dieses faule Miststück! »Hol es her und geh es durch, sofort. Wenn du so weit bist, ruf sie an und sag ihr, du darfst während der Arbeitszeit keine persönlichen Telefonate führen und musstest bis zu deiner Pause warten, um dich bei ihr melden zu können.«

»Okay.«

»Und um Himmels willen, stotter der bloß nicht die Ohren voll! Damit machst du dich nur verdächtig. Reiß dich zusammen.«

»Ich werde es versuchen.«

»Du solltest lieber mehr tun, als es bloß zu versuchen!«, warnte Franklin. »Sonst landest du ruckzuck in einer Zelle.«

»Was hast du vor, Franklin?«

Franklin griff nach den beiden Plastiktüten, die neben seinem Stuhl standen. In der einen befanden sich Evans Schuhe, in der anderen die Kleidungsstücke, die er am vergangenen Mittwoch getragen hatte. Die Detectives hatten Evan gefragt, ob er manchmal im Park spazieren ging, und

Franklin hatte die Frau dabei ertappt, wie sie auf seine und Evans Füße blickte. Also waren wahrscheinlich Spuren gefunden worden, Schuhabdrücke. Und um diese Jahreszeit, wo der Boden ständig feucht war, waren Schuhspuren ebenso gut wie Fingerabdrücke.

»Im Moment muss ich zusehen, dass ich ein paar Sachen loswerde«, sagte er zu Carrol. »Du übst. Wenn ich zurückkomme, rufe ich dich an und wir gehen alles zusammen durch, bis es sitzt.«

Franklin wusste, welche Frage ihm Carrol jetzt gern gestellt hätte, wäre er dazu nicht zu feige. Franklin hätte sie ihm allerdings auch gar nicht beantworten können, jedenfalls jetzt noch nicht. Aber wenn zu befürchten war, dass die Detectives mehr wussten, als sie durchblicken ließen, dann würde sich die Entscheidung nicht umgehen lassen. Dann musste er die Frauen in der Hütte loswerden und irgendwo in der Wildnis verscharren.

»Wir sind keine Mörder, Franklin«, sagte Carrol leise.

Vielleicht waren sie es noch nicht, aber die Fähigkeit, dazu zu werden, trugen sie in sich. Das wusste Franklin genau. Er hatte doch gesehen, was sein Daddy getan hatte und womit er durchgekommen war. Er hatte die Beweise gesehen.

Sie hatten es in sich zu töten.

Und noch eine ganze Menge mehr.

* * *

Stephanie stand auf. Ihre Kette war gerade einmal so lang, dass sie stehen und ein paar Dehnübungen machen konnte, also machte sie einen Ausfallschritt, bis sie die Dehnung in der Achillesferse und der Wade des hinteren Beins spürte. Das tat weh, fühlte sich aber gut an. Sie wechselte das Bein und dehnte die rechte Achillesferse und Wade.

»Was zum Teufel wird das denn?«, wollte Donna wissen.
»Ich mache Dehnübungen«, erklärte Stephanie.
»Das kann ich sehen. Warum machst du Dehnübungen?«
»Weil ich es satthabe, einfach nur zu sitzen, zu frieren und immer steifer zu werden.«

Sie zog erst ein Bein an die Brust, dann das andere. Himmel, das fühlte sich gut an!

»Setz dich bloß hin, bevor du dir noch wehtust«, spottete Donna.

»Du solltest mitmachen.«

»Was? Damit ich in Form bleibe? Wofür denn? Die bringen uns um. Deswegen haben sie uns hier in die Einöde verschleppt. Sie bringen uns um und verbuddeln uns oder lassen uns irgendwo draußen liegen, damit die Tiere uns fressen.«

Stephanie schüttelte den Kopf. Sie wollte das nicht hören. Für Hampelmänner reichte ihre Kette nicht, aber sie konnte auf der Stelle laufen. Das tat sie dann auch, wobei sie die Knie ordentlich hochnahm und sich weiterhin mit Donna unterhielt, bemüht, nicht allzu sehr außer Atem zu kommen. »Das ändert nichts an der Tatsache, dass wir tagelang hier rumsitzen müssen. Wenn du das magst, bitte. Mach einfach weiter.« Sie ließ sich auf den Boden fallen und brachte fünf Liegestütze zustande. Auch wenn sie sich schwach und dehydriert fühlte, zwang sie sich zum Weitermachen, ließ den Liegestützen fünf Liegestützsprünge folgen und lief dann weiter auf der Stelle. Fünf Durchgänge. Sie würde fünf Durchgänge machen und anschließend Yoga. Sie hatte zu Hause einen Yogakurs besucht und die meisten Übungen noch im Kopf. Wenn sie sich nicht mehr genau an alle Einzelheiten erinnerte, würde sie improvisieren. Nach dem Yoga wollte sie dreißig Minuten lang meditieren. Ohne ihr Handy konnte sie keiner der geführten Meditationen auf der Meditationsapp folgen, aber sie hatte das oft genug praktiziert, um zu wissen, wie man atmete und zählte, und mehr war im Grunde ja nicht dabei.

Als sie eine Kette klirren hörte, sah sie hinüber zu Angel Jackson, die aufgestanden war. Stephanie blieb stehen.

»Mach weiter«, bat Angel. »Zeig mir, was ich machen soll.«

Kapitel 21

Am Montag hatte Tracy gleich frühmorgens ihren regulären Termin bei Lisa Walsh und erzählte der Therapeutin, dass sie die Stelle bei den Cold Cases übernommen hatte.

»Haben Sie das getan, weil Sie selbst es wollten, oder um Ihrem Captain eins auszuwischen?« Walsh machte es sich auf ihrem Stuhl gemütlich. Das Zimmer fühlte sich warm und behaglich an.

»Sowohl als auch«, bekannte Tracy. »Ich möchte weiterhin arbeiten, ich liebe meinen Beruf. Ich wollte mich nicht von meinem Captain dazu bringen lassen, etwas aufzugeben, woran mir viel liegt und worin ich gut bin. Ausschlaggebend war allerdings eine Bemerkung meines Vorgängers in der Abteilung, die mir einfach nicht aus dem Kopf gegangen ist.«

»Und was hatte er gesagt?«

»Er hat mich darauf hingewiesen, dass die Opfer und ihre Familien keine Stimme haben. Ich kann ihnen eine geben. Ich kann ihre Stimme sein und vielleicht dafür sorgen, dass Opfern Gerechtigkeit widerfährt, die andere schon abgeschrieben haben.«

»Das ist sicher bewunderungswürdig.«

»Er fand auch, ich könnte den einen Aspekt, über den wir bei unserer letzten Sitzung sprachen und der meiner Meinung nach eigentlich gegen die Stelle sprach, auch positiv sehen.«

»Und das wäre?«

»Ich bin mit dem Herzen dabei. Um es mit seinen Worten auszudrücken: Es geht mir nicht am Arsch vorbei.« Tracy lächelte. »Er meinte, das unterscheide den guten Detective von einem, der lediglich tut, was von ihm verlangt wird.«

»Wie haben Sie das aufgefasst?«

Die Frage überraschte Tracy. »Ich habe es so aufgefasst, wie er es meinte.«

»Und das heißt?«

»Ich habe das so verstanden, dass es in Ordnung ist, mit den Opfern zu fühlen. Empathie für Menschen zu empfinden, die ich nicht kenne und nie kennenlernen werde. Es ist okay, mit ihnen und ihren Familien zu fühlen, weil mir etwas an ihnen liegt. Ich weiß, wie es ist, einen geliebten Menschen durch ein Gewaltverbrechen zu verlieren.«

»Ja, das wissen Sie. Aber Sie sehen doch auch, wie sich das negativ auf Sie auswirken könnte, nicht wahr? Wie es Sie belasten könnte.«

Wieder war sie von Walshs Frage überrascht. Ganz offensichtlich sorgte sich ihre Therapeutin um die emotionalen Spuren, die ihre Fälle bei Tracy hinterlassen könnten. Aber Tracy war auf diesen Einwand vorbereitet. »Ich glaube, das könnte der Fall sein, wenn ich zulasse, dass mich die Arbeit kontrolliert, dass ich von den Fällen besessen werde, an denen ich arbeite. Aber ich bin nicht mehr der Mensch, der ich früher war. Mein Leben hat sich verändert.«

»Wie war es denn, wieder arbeiten zu gehen und Ihre kleine Tochter bei der Nanny zurückzulassen?« Walsh wechselte das Thema.

»Mich von Daniella zu trennen ist nicht schön. Neulich habe ich ihre ersten Schritte verpasst, das war schon hart, obwohl es natürlich süß war, sie dann abends laufen zu sehen. Aber Dan hat den allerersten Schritt auch verpasst. Das gehört heute wohl zum Elternsein dazu. Ich arbeite außerdem zusätzlich zu meinen alten Fällen auch an einem aktiven Fall, habe also viel zu tun und …«

»Und?«

Aber Tracy war der rote Faden abhandengekommen, wie es ihr oft passierte, wenn sie an einem Fall arbeitete. Dann konnte sie körperlich anwesend sein, während ihr Unterbewusstsein die forensischen Erkenntnisse durchging oder irgendetwas, was ein Zeuge gesagt hatte, ihr plötzlich in einem ganz neuen Licht erschien. »Tut mir leid. Ich dachte nur gerade an einen meiner alten Fälle, an eine Mutter, deren fünfjährige Tochter verschwand.«

»Und woran genau mussten Sie da denken?«

»Ich hatte Ihnen ja schon erzählt, dass der Verlust meiner Schwester unsere Familie auseinandergerissen hat. Aber alles, was ich über diese Frau gelesen habe, über die Mutter des verschwundenen Kindes, hörte sich an, als wäre sie gar nicht richtig betroffen gewesen. Als hätte sie es wichtiger gefunden, dass die Polizei ihren geschiedenen Mann verhaftet, statt dass man ihre Tochter findet. Das ist doch seltsam, oder?«

»Dazu kann ich wirklich nichts sagen. Es ist möglich, dass die Frau ihre Gefühle unter Verschluss gehalten hat, statt sich ihnen zu stellen. Das ist nicht dasselbe wie keine Gefühle zu haben.«

Gut, das hatte Tracy in Bezug auf Sarahs Fall auch getan, aber doch lange nach dem Ereignis und nicht sofort wie Jewel Chin. »Ich fand den Bericht des Polizisten, der an dem Abend als Erster bei der Frau war und sie über das Verschwinden des kleinen Mädchens informieren musste, ziemlich schockierend.

Er sagte, er hätte den Eindruck bekommen, dass es Jewel Chin egal war. Er sagte nicht, sie hätte ihren Schmerz weggesperrt. Seiner Meinung nach musste da kein Schmerz unterdrückt werden, weil es keinen gab. Die Mutter war viel zu sehr damit beschäftigt, wütend auf ihren Mann zu sein. Und nun frage ich mich: Zeugt das von einem fundamentalen Charakterfehler?«

»Das kann ich nicht beurteilen, ohne mit ihr gesprochen zu haben. Möglich wäre es natürlich. Kehren wir lieber zu Ihnen zurück.«

»Ein Charakterfehler – oder sie weiß etwas, was wir anderen nicht wissen. Sie weiß, dass ihre Tochter eigentlich gar nicht verschwunden ist.«

»Ich finde, wir sollten für heute Schluss machen«, schlug Walsh vor.

Tracy warf einen Blick auf die Uhr an der Wand. »Ach ja?«

»Ich finde nicht, dass unser Gespräch noch produktiv ist«, erklärte Walsh. »Sie befinden sich auf dem Kriegspfad, wie ich es einmal formulieren möchte, stehen mitten in einer Schlacht. Ihr Denken ist ausschließlich auf eine Sache gerichtet und alles, was Sie beim Kämpfen stören könnte, wird beiseitegeschoben.«

»Das tut mir leid. Ich wollte wirklich nicht … ist das nun schlecht? Was glauben Sie?«

Walsh legte ihren Notizblock beiseite. »Es gibt Menschen, die Erstaunliches leisten, weil sie die Fähigkeit besitzen, sich ganz intensiv auf eine einzige Sache zu konzentrieren, Tracy. So können sie gnadenlos lange und hart arbeiten, mit wenig Schlaf und Nahrung auskommen und Ablenkung von außen ausblenden. Da Vinci sagt man diese Fähigkeit nach, ebenso wie Edison, Alexander Bell, selbst Bill Gates.«

»Da befinde ich mich ja in guter Gesellschaft«, fand Tracy, doch Walsh lächelte nicht.

»Haben Sie die Dokumentation ›Free Solo‹ gesehen?«, wollte sie wissen.

»Nein.« Tracy schüttelte den Kopf.

»Da geht es um einen jungen Mann, einen Kletterer, der unbedingt ganz allein, ohne Seil und Hilfsmittel, auf den El Capitan im Yosemite Park klettern will, etwas, was niemand je zuvor getan hat. Er konzentriert sich so ausschließlich auf diese eine Sache, bereitete sich so gründlich vor, dass er schließlich fast jede Bewegung des fast dreistündigen Probeaufstiegs aus dem Gedächtnis hersagen kann. Aber bei einem Scan seines Gehirns wird festgestellt, dass der Teil, der Gefahren und Furcht erkennt, praktisch ausgeschaltet war. Als registriere er die Möglichkeit zu versagen gar nicht, als sei ihm nicht bewusst, dass er abstürzen und sterben könnte. Dabei kannte er viele Kletterer, denen genau das passiert war.«

»Warum erzählen Sie mir das jetzt?«

»Weil ich möchte, dass Sie vorsichtig sind, Tracy. Die Männer, die ich eben aufzählte, da Vinci und die anderen, die kennen wir, weil sie überlebt haben und erreichen konnten, was sie sich in den Kopf gesetzt hatten. Die vielen anderen, die ausgerutscht und gestürzt sind, kennen wir nicht. Jeder der Männer, die ich eben nannte, kletterte an einer ähnlich gefährlichen Wand. Jeder von ihnen hätte ebenso abstürzen und sterben können und ihre Namen wären uns heute unbekannt.«

Kapitel 22

Als Tracy die Praxis von Lisa Walsh verließ, hätte sie nicht genau sagen können, was ihr bei dieser Sitzung klar geworden war. Walsh schien angedeutet zu haben, dass Tracy ihrer Meinung nach auf einen Absturz zusteuerte – jedenfalls interpretierte Tracy das so. Allerdings hatte sie keine Zeit, sich weiter mit dieser Frage zu befassen, denn sie hatte für diesen Morgen ein Gespräch mit Elle Chins ehemaliger Lehrerin vereinbart und hoffte, dabei mehr über die Eltern der Kleinen zu erfahren. Danach musste sie so schnell wie möglich zurück ins Büro, damit Kins und sie besprechen konnten, welche Schritte im Fall Stephanie Cole als Nächstes anstanden. Die Uhr tickte und mit jeder Minute wurde die Chance kleiner, Cole lebend zu finden.

Die Vorschule im Stadtteil Green Lake, die Elle Chin besucht hatte, war in einer Kirche untergebracht. Da Tracy früh eingetroffen war, hatte sie noch Zeit, im Auto einen Blick in die Ermittlungsakte zum Tod von Jewel Chins Freund Graham zu werfen, die ihr an diesem Morgen aus dem North Precinct zugegangen war. Sie lud den Bericht hoch und las ihn sich auf ihrem Handy durch. Die ermittelnden Beamten waren zu dem Schluss gekommen, dass Jacobson durch einen Kopfschuss aus nächster Nähe ums Leben gekommen war, den er sich selbst zugefügt hatte, und zwar mit einer wenige Jahre zuvor auf

Craigslist erstandenen Neun-Millimeter-Glock. Jewel Chin hatte ausgesagt, sie habe seine Leiche entdeckt, als sie nach dem Besuch einer Bar in Green Lake nach Hause zurückgekehrt war. Ihr Alibi war bestätigt worden. Die Autopsie hatte festgestellt, dass Jacobson betrunken gewesen war. Außerdem hatten sich mehrere bekannte Steroide in seinem Blut befunden, unter anderem Prednison und Methylprednisolon, beides in Zusammenhang mit Alkohol dazu geeignet, eine Depression auszulösen. Niemand hatte gefragt, wo Bobby Chin an diesem Abend gewesen war.

Die Polizei hatte keinen Abschiedsbrief gefunden, dafür auf seinem Handy aber Dutzende von SMS an Jewel Chin und deren spärliche, kurze Antworten. In einer davon hatte sie Jacobson mitgeteilt, dass es ihrer Meinung nach das Beste sei, wenn er auszöge. Der Bericht des Detectives, der am Abend von Jacobsons Tod als Erster im Haus gewesen war, ähnelte auf unheimliche Weise Bill Millers Schilderung des Abends nach Elle Chins Verschwinden. Jewel Chin, hatte der Detective geschrieben, schien von Jacobsons Selbstmord relativ unberührt und hatte sich im Wesentlichen Sorgen wegen der Verschmutzung ihres Hauses gemacht und befürchtet, der Selbstmord könne sich negativ auf dessen Verkauf auswirken. Sie hatte sich sogar erkundigt, ob sie verpflichtet sei, potenzielle Käufer über den Selbstmord zu informieren.

Kurz zusammengefasst: Art Nunzio wäre wohl zu dem Schluss gekommen, dass der Selbstmord ihres Freundes Jewel Chin am Arsch vorbeigegangen war. Tracy fragte sich ernsthaft, ob es nicht wirklich einen fundamentalen, nie diagnostizierten Fehler im Charakter der Frau gab.

Inzwischen war es Zeit für ihren Termin. In den Kirchenräumen begegnete sie zahlreichen jungen Müttern, die gerade ihre Kinder ablieferten, und stellte sich vor, Daniella und sie würden auch dazugehören. Noch schmückten

Halloween-Motive in Schwarz und Orange die Fenster der Klassenzimmer, liebevoll, wenn auch krakelig gezeichnete Bilder von Hexen, Geistern und Kürbissen. Hinter einem Empfangstresen in der Eingangshalle stand eine Frau, die in einem Aktenschrank mit drei Schubladen nach Unterlagen suchte. Sie sah auf, als Tracy auf den Tresen zukam.

»Sind Sie Detective Crosswhite?«

»Genau.«

»Lynne Bettencourt.« Die Frau streckte ihr über den Tresen hinweg die Hand hin. »Wir hatten telefoniert.«

Die Leiterin der Vorschule wirkte jünger, als Tracy erwartet hatte. Von ihrem Telefonat her wusste sie, dass Bettencourt seit acht Jahren an dieser Schule unterrichtete und in dem Jahr, als Elle Chin verschwand, deren Lehrerin gewesen war. Aus diesem Grund wollte sich Tracy gern mit ihr persönlich unterhalten.

»Ich suche gerade noch nach Elle Chins Akte«, gestand die Lehrerin. »Das hätte ich natürlich vorher machen sollen, aber eine von unseren Lehrkräften ist krank und so haben wir alle ein bisschen mehr um die Ohren als sonst.«

»Lassen Sie sich ruhig Zeit«, sagte Tracy begütigend, obwohl sie eigentlich so schnell wie möglich zur Besprechung mit Kins ins Büro wollte.

Bettencourt öffnete und schloss mehrere Schubladen. »Eigentlich haben wir fast alles auf Computer, aber diese Akte hatte ich für das Scheidungs- und Sorgerechtsverfahren ausgedruckt und eine Kopie behalten. Hier ist sie.« Endlich hatte sie die richtige Schublade gefunden und zog einen etwa vier Zentimeter dicken Ordner heraus. »Kommen Sie doch bitte mit nach hinten.«

Sie führte Tracy in ein Büro mit Oberlichtern und Fenstern mit Blick auf die Klettergerüste und Gummimatten eines zurzeit leeren Spielplatzes. Die Schulleiterin setzte sich hinter einen Schreibtisch und schob den beweglichen Arm des

Computerbildschirms so zur Seite, dass Tracy und sie einander sehen konnten.

Als beide saßen und Bettencourt alles zu ihrer Zufriedenheit zurechtgerückt hatte, fragte Tracy: »Wann genau waren Sie Elle Chins Lehrerin?«

»In dem Jahr, in dem sie verschwand. Vor fünf Jahren. Wie Sie sich sicher denken können, war es für alle hier in der Schule eine Tragödie. So etwas vergisst man nie. Sie war ein süßes kleines Mädchen und sehr intelligent.«

Tracy deutete auf die Akte, die Bettencourt auf den Schreibtisch gelegt hatte. »Sie sagten, Sie hätten diese Akte für das Scheidungs- und Sorgerechtsverfahren ausgedruckt?«

Bettencourt schlug die Akte auf, blätterte in den Seiten. »Sie hatten zur Erstellung des Elternplans einen Kinderpsychologen hinzugezogen, der sich mit Elle getroffen hat.«

»Hat er auch mit Ihnen gesprochen?«

Bettencourt nickte und schloss die Augen, was eine Angewohnheit zu sein schien. »Ja.«

»Bevor wir dazu kommen, wüsste ich gern, wie gut Sie die Eltern kannten.«

Bettencourt zuckte die Achseln und deutete ein Kopfschütteln an. »Nicht besonders gut. Wir sehen es gern, wenn sich die Eltern aktiv für die Erziehung ihrer Kinder interessieren, aber Vorschrift ist ein solches Engagement nicht.«

»Beteiligte sich keiner der beiden?«

»Ich würde sagen, sie beteiligten sich sporadisch. Auf keinen Fall regelmäßig.«

»Welcher Elternteil beteiligte sich stärker?«

»Meistens der Vater.« Bettencourt zögerte, als wolle sie noch etwas sagen, schwieg dann aber doch.

»Sie sehen aus, als wollten Sie noch etwas sagen«, drängte Tracy sanft.

Bettencourt zögerte. »Solche Urteile sind meistens unfair.«

»Wie lautete Ihr Urteil denn?« Bettencourt zögerte weiterhin, schien sich ihre Worte genau überlegen zu wollen. Tracy versuchte, ihr die Besorgnis zu nehmen. »Ich versuche nur, mehr über die Eltern zu erfahren.«

»Die Mutter schien mit anderen Dingen beschäftigt.«

»Sport und Gymnastik?« Tracy erinnerte sich an den Eindruck, den die Nachbarin, Evelyn Robertson, von Jewel Chin gehabt hatte.

Bettencourt lächelte, blieb jedoch weiterhin nachdenklich. »Genau.«

»Haben Sie sie und Bobby Chin ermutigt, sich stärker einzubringen?«

»Wir ermutigen alle Eltern, mit unterschiedlichem Erfolg. Ich sagte eben, es wäre oft unfair, hier ein Urteil zu fällen, weil manche Eltern schlicht keine Wahl haben. Sie müssen arbeiten. Anders kämen sie gar nicht über die Runden.«

»Arbeitete Jewel Chin?«

»Da bin ich mir nicht sicher. Der Vater der Kleinen war Polizist, das weiß ich. Die Kinder waren immer ganz begeistert, wenn er in Uniform kam.« Bettencourt lächelte.

»Dann würden Sie sagen, dass sich Bobby Chin stärker eingebracht hat?«

Bettencourt wirkte beunruhigt, als sie jetzt einen Seufzer ausstieß. »Wie ich schon sagte, er hat viel gearbeitet. Es gab Tage, an denen er an der Reihe war, Elle abzuholen, und nicht von der Arbeit wegkam. Dann hat er meistens seine Schwester geschickt. Auch schon mal seinen Vater oder seine Mutter, aber weniger häufig.«

»Nicht seine Frau?«

Bettencourt schüttelte den Kopf. »Die Schwester und die Großeltern standen auf der Liste der Personen, die Elle abholen durften.«

»Standen auch Familienmitglieder der Frau auf dieser Liste?«

Bettencourt sah in der Akte nach. »Nein.«

»Stehen die Namen der Großeltern und der Schwester in dieser Akte?«

»Ja, auch deren Telefonnummern.«

»Wie lange haben Sie Elle unterrichtet, bevor sie verschwand?«

»Ungefähr dreizehn Monate lang, von September bis zum folgenden Oktober.« Bettencourt sah aus, als kämen ihr gleich die Tränen.

»Alles in Ordnung?«, erkundigte sich Tracy besorgt, woraufhin die Schulleiterin sich aus der Schachtel auf ihrem Schreibtisch ein Papiertaschentuch zupfte, um sich die Augenwinkel trocken zu tupfen.

»Lassen Sie sich ruhig Zeit«, sagte Tracy.

»Es war ein ziemlich großer Schock für alle hier an der Schule. So etwas war vorher noch nie passiert und ist seitdem auch nie wieder geschehen.« Sie stieß vernehmlich die Luft aus.

»Ich ersehe aus Ihrer Reaktion, dass Sie Elle nahestanden.«

Wieder konnte man Bettencourt ausatmen hören. »Man muss diese Kinder einfach lieben, es geht gar nichts anders. Sie sind so unschuldig. Sie kommen hier an, mit großen, leuchtenden Augen, ganz versessen aufs Lernen. Unser Job ist es, ihren Enthusiasmus und ihre Wissbegier zu fördern. Dabei entstehen Bindungen. Das fehlt mir jetzt, wo ich nicht mehr unterrichte, am meisten.«

Die Schulleiterin schien ein wirklich guter Mensch zu sein.

»Erzählen Sie mir von Elle. Sind Ihnen Veränderungen in ihrem Verhalten aufgefallen?«

»Sie meinen wegen der Scheidung?«

»Ja.«

»Wir haben viele Kinder aus geschiedenen Ehen. Kinder können ganz unterschiedlich hart betroffen sein, das kommt auf die Art der Scheidung an.«

»Was war mit Elle?«

»Geben Sie mir eine Minute«, bat Bettencourt. Sie suchte im Ordner nach einem bestimmten Papier und las es sich durch.

»Was ist das?«, wollte Tracy wissen.

»Das ist ein Bericht, den ich für den Kinderpsychologen geschrieben habe, der den Erziehungsplan ausarbeiten sollte.«

»Was steht darin?«

»Ich hatte im Verlauf des Schuljahrs Veränderungen in Elles Verhalten bemerkt. Allerdings sind solche Veränderungen im Zuge einer Scheidung nicht ungewöhnlich, das müssen Sie dabei berücksichtigen. Viele Kinder werden trotzig und aufmüpfig, besonders, wenn sie noch so klein sind wie Elle. Sie besitzen dann einfach noch nicht die emotionale Reife, um zu begreifen, was geschieht. Sie fühlen sich frustriert und sind gestresst.«

»Wie hat sich Elle verändert?«

»Es gab Wutanfälle, Auseinandersetzungen mit anderen Kindern, und sie war oft traurig. Vor allem war sie wütend. Ihr Vater fehlte ihr sehr.«

»Das hat Sie Ihnen gesagt?«

»Ja. Sie hat es auch in einigen ihrer Bilder ausgedrückt.« Bettencourt reichte Tracy die unbeholfene Zeichnung von einem Kind an der Hand eines Erwachsenen. Sofort musste Tracy an die Aussage des Zeugen denken, er habe Elle an der Hand einer Frau das Maislabyrinth verlassen sehen.

»Hat sie irgendetwas über ihre Mutter gesagt?«

»Nicht direkt.«

»Indirekt?«

»Elle erzählte, ihr Daddy würde immer zu spät kommen und ihre Mommy würde ihren Daddy nicht mehr lieben. Ihre

Mommy hätte jetzt einen Freund, der ihr neuer Daddy werden würde. Solche Dinge setzen sich meist dann im Kopf eines Kindes fest, wenn ein Elternteil schlecht über den anderen spricht.«

»Dann hatte die Mutter Ihrer Meinung nach in ihrer Art, mit der Situation umzugehen, nicht als Erstes Elles Wohl im Sinn?«

»Fragen Sie mich nach meinem Urteil?«

»Ja. Basierend auf allem, was Sie über die Familie und Elle wussten.«

»Ich habe wirklich kein Recht dazu, zu urteilen. Ich habe nicht in diesem Haus gelebt …«

»Das ist mir klar.«

»Meiner Meinung nach hat keiner der beiden Eltern im Verlauf der Scheidung Elles Wohl an die erste Stelle gesetzt«, sagte Bettencourt. »Das ist meine persönliche Meinung, meine Einschätzung. Der Ehemann war ausgezogen und es gab Anschuldigungen wegen häuslicher Gewalt, weswegen sein Umgang mit Elle zeitlich begrenzt war. Dann zog kurz nach dem Auszug des Vaters der Freund der Mutter ein.«

»Woher wissen Sie das?«

»Das hat mir die Schwester des Vaters erzählt, als sie Elle einmal abholen kam. Ich hatte sie um ein Gespräch gebeten, weil Elle Probleme hatte, die Situation zu verstehen. Also zu verstehen, warum ihr Daddy ausgezogen war und Mommys Freund jetzt bei ihnen wohnte.«

»Hat Elle sich über diesen Freund geäußert? Oder gab es in ihrem Verhalten etwas, das Sie befürchten ließ, sie werde sexuell missbraucht?«

Bettencourt dachte nach. Dann schlug sie die Akte auf und gab Tracy eine weitere Kinderzeichnung. Sie zeigte ein kleines Mädchen, das dicke, blaue Tränen weinte, die bis auf den

Boden fielen. Neben dem Mädchen stand ein Mann mit einem wütenden Gesicht. Tracy sah die Schulleiterin fragend an.

»Elle erklärte mir dazu, das kleine Mädchen sei traurig, weil der Mann sie geohrfeigt hatte. Davon habe ich der Schwester bei unserem Gespräch erzählt.«

»Ich nehme an, Sie haben das Bild im Zivilverfahren um das Sorgerecht vorgelegt?«

»Elle zeichnete das Bild, als der Psychologe den Erziehungsplan bereits erstellt hatte. Aber ich habe es den zuständigen Stellen vorgelegt und auch das Jugendamt benachrichtigt.«

»Was ist dabei herausgekommen?«

»Nichts. Die Mutter sagte, Elle hätte sich mir gegenüber vertan. Ihr hätte sie nämlich erzählt, der Strichmann sei ihr Vater und sie hätte das Bild gemalt, nachdem der Vater wütend geworden war und die Mutter geschlagen hatte.«

»Haben Sie Elle noch einmal nach dem Bild gefragt?«

»Nein. Sie war verschwunden.«

Tracy stellte Bettencourt noch weitere Fragen und bat um eine Kopie der Schulakte. Dann stand sie auf, um zu gehen.

»Detective?«

Tracy drehte sich noch einmal um. »Ist noch etwas?« Bettencourt wirkte sehr besorgt.

»Sie haben mich eben nach meiner Einschätzung gefragt.«

»Ja.«

»Ich glaube, dass weder die Lebenssituation der Mutter noch die des Vaters ein gesundes Umfeld für das Mädchen darstellte.«

»Ich verstehe.« Tracy nickte.

Die Antwort schien Bettencourt nicht zu überzeugen. »Lassen Sie es mich anders ausdrücken. Ich sehe eine Menge Kinder, bei denen die Situation zu Hause schwierig ist, und meistens hat ein Elternteil daran größere Schuld als der andere. Da wird der Ehepartner oder die Partnerin beschimpft und bekommt die Schuld an allem, was passiert. Der andere Elternteil wird dann zum Beschützer der Kinder und schluckt den eigenen Schmerz oder Stolz hinunter, um die Interessen der Kinder an die erste Stelle zu setzen.«

»Aber das war hier nicht der Fall.«

Bettencourt schüttelte den Kopf. »Leider nicht.«

KAPITEL 23

Tracy hatte sich mit Kins im Arbeitsbereich des A-Teams verabredet. Faz und Del waren wieder mal wegen der Schießerei am Pioneer Square unterwegs und führten Zeugenbefragungen durch, während Fernandez immer noch in einem Mordprozess vor dem King County Superior Court neben dem Ankläger saß.

»Die Spurensicherung hat sich gemeldet, Pinkney hat angerufen«, sagte Kins zur Begrüßung. »Der Präzipitintest hat ergeben, dass das im Park gefundene Blut von einem Menschen stammt. Daraufhin habe ich bei Coles Mutter angerufen und die Blutgruppe ihrer Tochter erfragt. Kein besonders angenehmes Telefonat, wie du dir lebhaft denken kannst. Sie hat Blutgruppe A positiv, was mit dem gefundenen Blut übereinstimmt. Es gibt Haare aus der Bürste in Coles Badezimmer, aber ich habe im Labor Bescheid gesagt, dass sie sich erst einmal auf die Zigarettenkippen konzentrieren sollen. Ausgehend vom gefundenen Ohrstöpsel und der Blutgruppe können wir meiner Meinung nach erst einmal davon ausgehen, dass es Coles Blut ist.« Kins reichte Tracy ein paar bedruckte Seiten. »Andrej Vilkotski von der Technikereinheit lässt grüßen und versichert uns seiner ewigen Liebe, weil wir ihm mal wieder das Wochenende ruiniert haben.«

Bei dem Ausdruck handelte es sich um die Aufstellung von Coles Telefonkontakten und eine Übersicht über ihre Aktivitäten am Laptop.

»Irgendetwas Interessantes?«, wollte Tracy wissen.

»Während der Arbeitszeit keine Telefonate oder SMS. Ansonsten hat sie, wenn man nach den Vorwahlnummern geht, sehr oft mit Teilnehmern im San Gabriel Valley kommuniziert.«

Tracy sah sich an, zu welcher Uhrzeit am Mittwoch Gespräche geführt worden waren: zwischen zehn und Viertel nach zehn, zwölf bis dreizehn Uhr und vierzehn Uhr bis vierzehn Uhr fünfzehn. »Sie hat in den Arbeitspausen telefoniert.«

»Scheint so. Die Fotos geben nichts her«, sagte Kins. Sie hatten auf immer wiederkehrende Bilder eines Mannes gehofft, des Freundes vielleicht, von dem niemand etwas wusste. »Sieh dir das letzte Bild kurz mal an.«

Das Foto zeigte das »Müllabladen verboten«-Schild am Parkeingang in North Park mit dem Spender für Hundekacktüten darunter.

»Jetzt wissen wir, dass sie Humor hatte!«, meinte Kins.

»Und sich nicht bedroht fühlte«, ergänzte Tracy.

»Eine Neunzehnjährige, die sich an die Vorschriften ihres Arbeitgebers hält und während der Arbeitszeit keine SMS verschickt – das klingt nicht gerade nach jemandem, der einfach so zwei Tage hintereinander den Job schwänzt und damit eine Kündigung riskiert, oder?«, überlegte Kins. »Ihre letzte SMS ging an Ame Diaz, um fünfzehn Uhr fünfundfünfzig, kurz bevor sie die Spedition verließ. Darin sagte sie, sie ginge noch laufen und würde hoffen, es rechtzeitig zur Party zu schaffen.«

Kins gab Tracy mit einer Geste zu verstehen, sie solle die Seite umdrehen. »Dienstagabend hat sie bei einem Kostümladen in North Park angerufen. Ich habe da nachgefragt, ob sich jemand an eine Frau erinnert, die sich zwei Tage vor Halloween telefonisch nach einem Piratenkostüm erkundigt hat.«

»Und? Hattest du Glück?«

»Nee, nicht am Telefon. Die Lady sagte, Halloween wäre der reine Wahnsinn. Ich habe Billy gebeten, zwei Beamte in dem Laden vorbeizuschicken und nachzufragen, ob sich jemand erinnert. Was ich allerdings bezweifle. Ich glaube nicht, dass sie dort war.«

»Warum?«

»Weil ich die Frau gefragt habe, was so ein Piratenkostüm kostet. Irgendetwas zwischen fünfzig und fünfundsiebzig Dollar, meinte sie, weil doch Halloween war.«

»Autsch!« Das würde erklären, warum Cole in einen Billigladen gegangen war und sich Rock und Bluse selbst zurechtgeschneidert und sich die passenden Accessoires lieber für neun Dollar neunundneunzig im Drogeriemarkt gekauft hatte.

»Sie hat nach Bartell-Filialen gesucht, genau wie du gedacht hast«, fuhr Kins fort. »Dann hat sie sich deren Lage auf der Karten-App angeschaut und auch mehrere Parks.«

»Also wollte sie von Anfang an nach North Park.«

»Wahrscheinlich eher aus einer Notlage heraus, wie du dir ja auch schon gedacht hattest. Der Park in Ravenna war nicht auf der Karte markiert, was darauf hindeutet, dass sie nicht vorhatte, dorthin zu fahren. Oder sie kannte die Strecke.«

Tracy legte die Blätter ab. »Und was nun?«

»Die Eltern haben sich heute Morgen gemeldet und wollten wissen, was der Stand der Dinge ist. Ich wollte sie gerade zurückrufen. Möchtest du das übernehmen?«

»Auf keinen Fall.«

Kins lächelte. »Ich dachte, ich kann ja mal fragen.« Er hängte sich ans Telefon und gab sich alle Mühe, die Familie zu beruhigen.

Währenddessen erstellte Tracy eine Liste der Verdächtigen mit sämtlichen bestätigten Indizien. Dazu gehörten Brian

Bibby, Scott Barnes, Franklin Sprague, Evan Sprague und Carrol Sprague und zur Sicherheit auch noch ein »unbekannter Psychopath«. Neben jedem Namen notierte sie, welche Fakten die betreffende Person entlasteten, wie Brian Bibbys kaputter Rücken und die Wanderschuhe, für die er sich entschieden hatte. Bei Scott Barnes waren es ebenfalls seine Schuhe und seine Körpergröße. Franklin Sprague und Carrol Sprague kamen als Verdächtige eher nicht infrage, weil beide am Mittwochnachmittag gearbeitet hatten. Sie hatten sich vom Altenheim bestätigen lassen, dass Franklin dort beschäftigt war und wie lange schon, waren aber bisher noch nicht in der Lage gewesen, die richtige Person bei Home Depot zu kontaktieren, die ihnen Carrol Spragues Anstellung dort bestätigen konnte. Zum Home Depot zu fahren stand auf Tracys Liste der zu erledigenden Dinge.

Beim Zusammenstellen ihrer Liste fiel ihr auf, dass sie vergessen hatte, Franklin und Evan nach den Schuhen zu fragen, die sie bei ihren Spaziergängen im Park trugen. Sie würde das nachholen und ihre Bitte damit begründen, dass die Spurensicherung die Sohlenprofile brauchte, um sie ausschließen zu können.

Sie ging die Liste der Verdächtigen noch einmal durch und malte um Evan Spragues Namen einen Kreis. Ihrer Meinung nach hatte Franklin Sprague mit der Entschuldigung, sein Bruder habe nun einmal ein schlechtes Gedächtnis, zu schnell interveniert, als es darum ging, ob Evan sich an den Mittwochnachmittag erinnerte, ebenso wie bei Fragen nach seiner angeblichen Krankheit. Am Donnerstag war er ja noch gesund genug gewesen, um Rasen zu mähen und am Abend zur Feier von Halloween Süßigkeiten zu verteilen.

Also notierte Tracy neben Evans Namen: *Wann hat er die Grippe bekommen?*

Zu ihrer Liste der als Nächstes zu erledigenden Dinge gehörte, noch einmal zur Spedition in Fremont und auch zum Drogeriemarkt zu fahren. Vielleicht konnten sie ja bei der Schlüsselfrage, wer gewusst haben könnte, dass Cole an diesem Nachmittag joggen wollte, ein Stück weiterkommen. Sie war in einem Park gelaufen, in den sich selten einmal ein Jogger verirrte. Von daher war es unwahrscheinlich, dass jemand dort einfach auf gut Glück gelauert hatte. Wobei derjenige, der sie überfallen hatte, höchstwahrscheinlich wusste, dass der Pfad in einer Sackgasse endete und der Baumstumpf ein perfektes Versteck bot. Zu dieser Kenntnis der Umgebung passte auch, dass jemand Cole – lebend oder als Leiche – und das Auto aus der Nachbarschaft entfernt hatte. Tracy machte sich eine Notiz, dass sie andere Detectives mit Hintergrundrecherchen betrauen wollte, besonders zu den jüngeren Männern der Nachbarschaft. Sie sollten herausfinden, ob jemand ein Vorstrafenregister hatte, besonders in Bezug auf Gewalt gegen junge Frauen.

Nachdem sie sich noch einige andere Punkte notiert hatte, setzte sich Tracy an den Schreibtisch von Faz und rief vom Telefon dort beim Washington State Patrol Crime Lab an, wo sie eine Nachricht für Michael Melton hinterließ mit der Bitte, sich so schnell wie möglich bei ihr zu melden. Sie wollte sicherstellen, dass Melton der Analyse der auf der Zigarettenkippe gefundenen DNA Vorrang gab. Gewaltverbrechen hatten immer Vorrang und Mord stand ganz oben auf der Dringlichkeitsliste, aber leider war das Labor chronisch überlastet. Tracy wollte Melton unbedingt mitteilen, dass es um eine verschwundene junge Frau ging und jede Minute zählte. Melton war Vater von sechs Töchtern. Es konnte nicht schaden, hier die Empathiekarte auszuspielen.

Tracy hatte gerade das Home Depot in Shoreline anrufen wollen, um mit Carrol Sprague zu sprechen, als Johnny

Nolasco in den Arbeitsbereich kam und sie mit fragendem Blick musterte.

»Was machen Sie hier?«, wollte er wissen.

Tracy legte den Hörer ab. »Ich arbeite mit Kins an einem Fall.«

Kins drehte sich um, sagte aber nichts, weil er noch telefonierte.

Nolasco hatte die Ärmel hochgekrempelt und hielt einen Stapel Papier in der Hand. »Was ist mit Ihren Cold Cases?«

»An denen arbeite ich auch.«

»Warum sind Sie nicht zu mir gekommen, wenn Sie Hilfe brauchten?«, herrschte Nolasco Kins an, sobald der sein Gespräch beendet hatte.

»Ich habe das mit Billy abgeklärt«, rechtfertigte sich Kins.

»Warum?«

»Diese Sache kam vor ein paar Tagen von der Vermisstenstelle. Fernandez ist noch bei Gericht und Faz und Del haben die Schießerei am Pioneer Square. Tracy war gerade hier, als der Fall reinkam, und da habe ich Billy gefragt, ob ich ein bisschen Hilfe bekommen kann.«

»Warum arbeiten wir an einem Vermisstenfall?«

»Der Umstände dieses Falles wegen.«

»Als da wären?«

Kins gab ihm eine kurze Zusammenfassung.

Nolasco warf einen Blick auf den an der Wand hängenden Kalender. »Wie weit sind Sie gekommen?«

Kins erklärte, welche Fortschritte sie bisher gemacht hatten.

Nolasco wandte sich an Tracy. »Und was machen Sie?«

»Im Moment stelle ich eine Liste der Verdächtigen zusammen, basierend auf Befragungen, bekannten Beweismitteln und überprüften entlastenden Hinweisen. Ich bin außerdem für die Koordination mit Kaylee Wright und dem kriminaltechnischen Labor zuständig.«

»Wieso müssen Sie sich mit dem Labor koordinieren?«

»Wir haben im Park Zigarettenstummel gefunden. Wright glaubt, einer von ihnen stammt von jemandem, der dem Mädchen auflauerte. Wir hoffen, es kann DNA entdeckt werden. Außerdem wurde Blut gefunden.«

»Wer wusste, dass sie in diesem Park läuft?«

»Das versuchen wir herauszufinden«, sagte Tracy.

»Und an welchen Cold Cases arbeiten Sie?«

Tracy erzählte von den beiden vermissten Prostituierten und Elle Chin.

»Nunzio hat sich auf Fälle sexueller Gewalt konzentriert, bei denen DNA vorlag und die Chance bestand, sie aufzuklären. Gibt es bei einem dieser Fälle DNA, mit der Sie arbeiten könnten?«

»Noch nicht«, sagte Tracy, die wusste, dass die Frage rhetorisch gemeint war.

»Klingt für mich ganz so, als hätten Sie an der falschen Ecke angesetzt. Sie sind sich doch wohl der Tatsache bewusst, dass Nunzio im letzten Jahr einen Durchbruch verzeichnen und zwanzig Fälle abschließen konnte?«

»Das wurde in der Presseerklärung unmissverständlich klargestellt«, erwiderte Tracy. »Woher die Pressestelle wohl all die Einzelheiten kannte?«

Nolasco grinste. »Wir feiern Erfolge. Wir messen uns aber auch an ihnen.«

»Daran werde ich denken, wenn ich diese Fälle aufkläre.« Tracys Handy klingelte. Froh, eine Ausrede zu haben, um dem Gespräch mit Nolasco zu entkommen, stand sie auf, drehte sich ein wenig zur Seite und warf einen Blick auf die Anruferkennung. Es war eine ihr unbekannte Nummer mit der Vorwahl 206. »Detective Crosswhite«, meldete sie sich und verließ den Arbeitsbereich.

»Detective?« Eine Männerstimme, die ziemlich hoch klang. »Ich bin Carrol Sprague. Ich glaube, Sie haben mit meinem Bruder Franklin gesprochen und gebeten, dass ich Sie anrufe.«

»Vielen Dank, dass Sie sich bei mir melden, Mr Sprague.«

»Ich bin heute bei der Arbeit, da sind persönliche Anrufe nur in der Pause gestattet und ich bekomme nicht viel freie Zeit.« Die Stimme klang seltsam affektiert, wobei Tracy nicht genau hätte sagen können, warum sie das so empfand. Sie stellte Carrol die Fragen, die sie auch Franklin und allen Nachbarn gestellt hatte: Wo er am Mittwochnachmittag gegen Sonnenuntergang gewesen war und ob er Stephanie Cole gesehen hatte.

Carrol bestätigte die Aussage seines Bruders, der zufolge er an dem Tag gearbeitet hatte, und sagte, er sei hinterher noch auf ein Bier in eine Bar namens Pacific Pub auf der Aurora Avenue gegangen. »Also habe ich kaum etwas sehen oder hören können.«

»Haben Sie das Bier mit jemandem von der Arbeit getrunken?«

»Nein.«

»Haben Sie in der Bar irgendjemanden getroffen?«

»Nein. Aber man kennt mich dort, Sie können die Kellnerin fragen.«

Das würde Tracy ganz bestimmt tun. Sie erkundigte sich bei Sprague, ob er manchmal im Park hinter ihrem Haus spazieren ging.

»An Tagen, an denen ich arbeite, habe ich dazu wenig Gelegenheit, und ehrlich gesagt bin ich auch kein großer Spaziergänger.«

»Was ist mit Ihren Brüdern?«

»Evan hat für so etwas mehr Zeit. Ich nehme an, Sie wissen von Franklin, dass Evan etwas zurückgeblieben ist?«

»Ja, das hat er erwähnt.«

»Er hat mehr Zeit.«

Irgendwie war da ein seltsamer Unterton in dieser Unterhaltung, fand Tracy. Es hörte sich so an, als spräche Carrol eine Oktave höher als sonst gewöhnlich. Und er sprach jedes Wort betont deutlich aus. »Wie geht es ihm?«, erkundigte sie sich.

Pause. »Evan? Prima.«

»Hat er seine Grippe gut überstanden?«

»Oh … ach … ja. Das … das … das war nichts. Er ist so ge… ge…sund wie ein Pferd.« Eine weitere Pause.

»Und geht er dann auch wieder spazieren?«, legte Tracy rasch nach.

Keine Antwort.

»Mr Sprague?«

Die Pause wurde bedeutungsschwanger, und als Sprague erneut etwas sagte, geschah das langsam und deutlich, als suche er jedes Wort sorgfältig aus. »Es tut mir leid, Detective, ich glaube, wir waren da eben eine Sekunde lang unterbrochen. Ich habe Ihre Frage nicht gehört.«

»Ich wollte nur wissen, ob Evan seine regulären Spaziergänge wieder aufgenommen hat.«

»Das kann ich Ihnen wirklich nicht sagen, Detective. Wie schon gesagt, ich bin nachmittags selten zu Hause. Ich … ich … ich komme immer erst spät, kann al… als… also nicht sagen, was Evan getan hat.«

Das hörte sich nach einer rasch ausgedachten Ausrede an und noch nicht einmal nach einer besonders guten. Tracy fragte sich auch, woher das Stottern kam und ob Carrols seltsam anmutende hohe Stimme mit diesem Sprachfehler zu tun haben könnte.

»Ich muss jetzt zurück an die Arbeit«, meinte Carrol.

Tracy bedankte sich bei ihm und legte auf. Als sie zum Arbeitsbereich des A-Teams zurückkehrte, war Nolasco glücklicherweise verschwunden.

»Das war Carrol Sprague«, sagte sie zu Kins.

»Was hat er gesagt?«

»Er sagte, Evan hätte sich von seiner Grippe erholt und wäre gesund wie ein Pferd.«

Kins kniff die Augen zusammen. »Und ich dachte, das wäre eine besonders schwere Grippe gewesen, wo sie doch sogar mit ihm in der Notaufnahme waren.«

Tracy nickte. »Genau. Das dachte ich auch.«

Kapitel 24

Tracy und Kins fuhren zum Home Depot in Shoreline. Tracy war sich ziemlich sicher, dass Carrol Sprague gelogen hatte, was den Gesundheitszustand seines Bruders betraf. Jetzt wollte sie herausfinden, ob er in Bezug auf seine Arbeitszeiten ebenfalls gelogen hatte.

Während der Fahrt rief Mike Melton an. Tracy stellte den Anruf auf Lautsprecher, damit sich Kins an der Unterhaltung beteiligen konnte.

»Tracy Crosswhite!«, meldete sich Melton. »Ich dachte, du bist zu Hause bei deinem Baby und nicht auf Verbrecherjagd. Und jetzt möchtest du mich sprechen? Welchem Umstand verdanke ich denn das Vergnügen? Geht es etwa um deine Sprachnachricht, ich sollte deine DNA-Analyse auf meiner Warteliste ganz nach oben schieben? Und übrigens: Musstest du mir unter die Nase reiben, dass das Opfer eine junge Frau ist? Als würde ich mir um meine Mädchen nicht schon genügend Sorgen machen.«

»Das tut mir leid.« Tracy lächelte. »Ich wollte doch nur, dass du weißt, womit wir es zu tun haben.«

»Schon klar. Deswegen habe ich auch alle und jeden gebeten, sich hier ein Bein auszureißen, und sämtliche Gefallen eingefordert, die Leute mir schuldig waren.«

»Du bist der Beste, Mike!«

»Das bekomme ich öfter zu hören.«

»Kins und ich führen dich zum Essen aus.«

»Du nennst uns einfach deinen Lieblingsimbisswagen«, warf Kins ein.

»Nicht für mich, ich bin auf Diät«, verkündete Melton.

»Was?«, rief Kins. »Das ist Blasphemie!«

»Meine Tochter, die Ernährungswissenschaftlerin, sagt, mein hoher Blutdruck hängt mit meiner Ernährung zusammen, und hat mich auf irgend so eine Diät gesetzt. Ich kann mir den verdammten Namen nicht merken, hab aber noch nie so viel Gemüse gegessen.«

»Den Preis muss man dann wohl zahlen, wenn man kluge Töchter großzieht, die einen mögen«, sagte Tracy.

»Jaja. Ich rufe euch an, sobald ich etwas habe. In der Zwischenzeit stellt euch vor, wie ich an einer Karotte knabbere. Noch dazu mit Genuss!«

Tracy hatte den Anruf kaum beendet, als ihr Handy erneut klingelte. Die Anruferkennung meldete Kaylee Wright, deswegen stellte Tracy auch diesen Anruf gleich auf Lautsprecher.

»Ich hatte recht, was die Schuhe betrifft«, meldete sich Wright. »Die Laufschuhe sind New Balance 880v10, ein relativ neuer Schuh, der im Laden hundertdreißig Dollar kostet.«

»Woraus wir dann wohl schließen können, dass eine junge Frau, die in einer Spedition am Empfang arbeitet und gerade Kaution und eine Monatsmiete im Voraus für ihre Wohnung zahlen musste, es mit dem Laufen sehr ernst nimmt.«

»Auf jeden Fall nimmt der Schuh es sehr ernst«, erwiderte Wright trocken.

»Was ist mit dem Stiefelabdruck, den du gefunden hast?«

»Der stammt von einem Wanderstiefel der Firma Merrell, einem Männerschuh, Yokota zwei. Ein Wanderschuh der mittleren Preisklasse, wasserabweisend. Die Sohle ist so abgelaufen, dass man auf häufiges Tragen schließen kann, und zwar von jemandem, der beim Gehen proniert.«

»Bitte hilf den Ungebildeten«, bat Kins. »Pronieren, geht man da auf der Innenseite des Fußes oder auf der Außenseite?«

»Außenseite.«

»Kann ein gewöhnlicher Detective beurteilen, ob jemand proniert und nicht ... beim Laufen das Gewicht stärker auf die Innenseite des Fußes verlagert?«, fragte Kins.

»Das Wort dafür ist supinieren, und nein, ich glaube nicht, dass du das könntest. Es sei denn, es wäre wirklich sehr ausgeprägt.«

»Aber wenn wir einen Verdächtigen haben und einen Gerichtsbeschluss, der die Herausgabe seiner Schuhe verlangt, dann könntest du einen Vergleich anstellen?«, fragte Kins weiter.

»Wenn es dieselbe Schuhmarke ist, ja. Die Art, in der eine Sohle abgelaufen ist, ist wie ein Fingerabdruck«, erklärte Wright. »Vorausgesetzt, die Größe ist dieselbe.«

* * *

Beim Home Depot in Shoreline fragten sich Tracy und Kins zum Büro der Managerin Helen Knežević durch. Die Frau wirkte reichlich gefordert, wie sie da hinter ihrem rein funktionalen, mit unglaublichen Papiermengen überladenen Schreibtisch saß, auf ihren Computerbildschirm starrte und noch nicht einmal aufsah, als Kins an die offene Tür klopfte. »Ja, bitte, was ist?«

»Ms Knežević?«, fragte Kins.

Die Managerin sah nun doch auf, nahm eine Brille vom Papierstapel rechts neben sich und setzte sie auf. »Kann ich Ihnen helfen?« Ihr Englisch hatte einen osteuropäischen Akzent.

Kins stellte sich und seine Kollegin vor. »Wir haben ein paar Fragen zu einem Ihrer Angestellten.«

»Zu welchem denn?«, erkundigte sich Knežević vorsichtig.

»Carrol Sprague.«

Knežević bat sie ins Büro und deutete auf die beiden Stühle vor ihrem Schreibtisch. Sie wirkte besorgt. »Was möchten Sie denn wissen? Persönliche Informationen darf ich nicht weitergeben, das verstieße gegen die Firmenpolitik.«

»Wir wollen nur eine Auskunft darüber, an welchen Tagen er in der vergangenen Woche gearbeitet hat«, sagte Kins.

»Darf ich fragen, worum es geht?«

»Mr Sprague könnte in einem Fall, in dem wir ermitteln, ein wichtiger Zeuge sein. Wir möchten uns nur seine Arbeitszeiten bestätigen lassen und die Tage, an denen er hier war. Dabei interessieren uns besonders Mittwoch, Donnerstag und Freitag der vergangenen Woche«, erklärte Kins.

Tracy wusste, worum es Kins ging: Er wollte vor dem Gespräch mit Sprague so viele Informationen wie möglich sammeln, einen ordentlichen Strick drehen, an dem Carrol sich dann aufhängen konnte.

»Mehr nicht?«

»Erst einmal nicht.«

Knežević setzte sich auf, nahm die Brille ab, starrte mit gerunzelter Stirn auf ihren Bildschirm, tippte etwas ein und bediente die Maus. »Am Mittwoch, den dreißigsten Oktober, hat er von neun bis sechzehn Uhr dreißig gearbeitet.«

Das stimmte mit den Aussagen von Carrol und Franklin Sprague überein.

Wieder ein Blick aus zusammengekniffenen Augen, wieder wurde die Maus bewegt. »Donnerstag und Freitag arbeitete er dieselbe Schicht, also wieder bis sechzehn Uhr dreißig.«

Tracy sah Kins an, der mit den Schultern zuckte. »Dann hat er sich nicht krankgemeldet?«, fragte sie.

»Letzte Woche? Nein. Gestern und heute hätte er arbeiten sollen, hat sich aber krankgemeldet.«

»Moment! Er arbeitet heute nicht?«

»Nein. Er rief an und sagte, er hätte die Grippe und würde lieber nicht kommen, um niemanden anzustecken.«

Also hatte Carrol Tracy angelogen, als er sagte, er riefe von der Arbeit aus an, während einer seiner Pausen.

»Ist ein Angestellter, der sich krankmeldet, verpflichtet, sich ein ärztliches Attest oder etwas in der Art zu besorgen?«

»Nein. Unsere Beschäftigten bekommen keine bezahlten Krankentage. Es gibt pro Monat sechs Krankenstunden, acht, wenn sie in Vollzeit beschäftigt sind. Wenn sie länger krank sind, ist das ein Punkt gegen sie.«

»Dann hat sich Mr Sprague jetzt einen solchen Punkt eingehandelt?«

»Nein. Er hatte genügend Krankenstunden angesammelt.«

»Wird er oft krank?«, wollte Tracy wissen.

Wieder bewegte Knežević die Maus und starrte mit zusammengekniffenen Augen auf den Bildschirm. »Nein«, erklärte sie nach einigen Minuten. »Das war in diesem Jahr das erste Mal. Er ist ein guter Mitarbeiter und bekommt gute Beurteilungen.«

Tracy und Kins bedankten sich bei Knežević und gingen.

Auf dem Parkplatz sagte Tracy: »Carrol hat gelogen.«

»Was den heutigen Tag betrifft, ja. Aber Mittwoch war er bei der Arbeit, also nicht im Park.«

»Nein, aber sein Bruder Evan könnte dort gewesen sein und Franklin und Carrol könnten ihn decken.«

»Du glaubst, Franklin und Carrol waren gestern und heute damit beschäftigt, eine Leiche wegzuschaffen?«

»Ich glaube, wir sollten im Altenheim anrufen, ob Franklin gestern und heute dort erschienen ist.« Tracy rief die Personaldirektorin des Heims an und erfuhr, dass Franklin am Sonntag freigehabt hatte, heute jedoch zum Dienst eingeteilt war, und zwar laut Dienstplan von neun bis halb sechs.

Sie bedankte sich bei der Frau, beendete den Anruf und gab die Information an Kins weiter. »Ungefähr um diese Zeit macht Evan doch immer seinen Spaziergang«, sagte sie nach einem Blick auf die Uhr. »Versuchen wir, ihn draußen zu erwischen, ohne seine Brüder. Vielleicht erinnert er sich ja doch an mehr, als Franklin behauptet.«

KAPITEL 25

Tracy und Kins wussten, dass die Nachbarn in North Park nervös waren. Von daher parkte Kins ihren Dienstwagen so, dass er nicht auffiel, sie Evans Straße aber trotzdem im Blick hatten.

Sie warteten. Um 15.57 Uhr meinte Tracy: »Wenn wir ihn innerhalb der nächsten fünfzehn Minuten nicht zu Gesicht bekommen, gehen wir zu ihrem Haus.«

Zehn Minuten später setzte Kins sich auf. »Da ist er.«

Evan Sprague ging auf dem Bürgersteig in Richtung Parkeingang, warm verpackt in eine rostfarbene Carhartt-Jacke und eine schwarze Strickmütze, beide Hände in die Jackentaschen geschoben. Sein Atem schwebte in kleinen, stoßweise auftretenden Wolken vor ihm her. Außer ihm schien niemand unterwegs zu sein, die Kälte hatte wohl alle in ihre Häuser verbannt. Am Parkeingang angekommen, blieb Evan stehen, als überlege er, den Weg in die Schlucht einzuschlagen.

»Was macht er da?«, fragte Kins.

»Keine Ahnung.«

»Laut Aussage der Nachbarin dreht er eine Runde um den Block. Deswegen ist er am Mittwoch nicht noch einmal an ihrer Kamera vorbeigekommen.«

»Vielleicht irrt sie sich«, sagte Tracy.

»Oder vielleicht denkt er darüber nach …«

Gleich darauf ging Evan weiter, am Ausgangspunkt des Weges durch den Park vorbei.

»Seltsam«, meinte Kins. »Komm!«

Sie stiegen aus dem Wagen, überquerten die Straße und waren hinter Evan, bevor er das Ende des Blocks erreicht hatte. Er drehte sich um, als er sie näher kommen hörte.

»Evan!«, rief Kins. »Wie geht es Ihnen?«

Evan hielt an und warf ihnen einen ausdruckslosen Blick zu, als würde er sie nicht erkennen oder sich nicht an sie erinnern. Was durchaus möglich war, wenn Franklins Aussage über sein Gedächtnis stimmte.

»Wir sind die Polizisten, die gestern bei Ihnen zu Hause mit Ihnen gesprochen haben«, erklärte Kins.

Tracy hätte ihn treten können. Das wäre die perfekte Gelegenheit gewesen, festzustellen, ob Evan wirklich so vergesslich war, wie sein Bruder behauptete. »Wie geht es Ihnen?«, erkundigte sie sich nun auch.

Evan antwortete nicht.

»Ist Ihr Bruder Carrol krank?«

»Carrol?«

»Ist er zu Hause, krank?«, fragte Tracy.

»Carrol arbeitet.«

»Arbeitet er heute?«

»Ich erinnere mich nicht.«

»Wir wollten gerade in den Park«, sagte Kins. »Wollen Sie im Park spazieren gehen?«

Evan antwortete nicht. Er wirkte verwirrt.

»Gehen Sie jeden Tag um diese Uhrzeit spazieren?«, versuchte es Tracy.

»Ich muss nach Hause.« Evan wurde schneller.

»Wir begleiten Sie«, sagte Tracy. Sie mussten sich beeilen, um mit Evan Schritt zu halten.

Der machte nicht den Eindruck, als sei ihm die Begleitung recht, protestierte aber auch nicht und lief nicht weg. Inzwischen ging Kins neben ihm und Tracy hinter den beiden.

»Wir wissen, dass Sie Mittwoch um diese Zeit spazieren waren, Evan«, sagte Kins.

»Ich erinnere mich nicht«, wiederholte Evan.

»Ihre Nachbarn haben eine Videokamera. Die hat Sie gefilmt, als Sie dort am Haus vorbeigingen.«

»Bibby?«

»Nein, die Maxwells. Sie sind an deren Haus vorbeigegangen, genau wie heute auch. Sie sind diese Straße hinuntergegangen, am Eingang zum Park vorbei. Das war der Tag, an dem die junge Frau, Stephanie Cole, im Park gelaufen ist.« Kins lud das Bild von Cole auf seinem Handy hoch und zeigte es Evan. »Das ist sie.«

Evan warf einen flüchtigen Blick auf das Foto, sagte jedoch nichts. Sein Gesichtsausdruck wirkte nun besorgt.

Kins lud ein weiteres Foto hoch. »Und dies ist ihr Auto. Schauen Sie bitte ein bisschen genauer hin, Evan. Es ist sehr wichtig, dass wir das Mädchen finden, bevor ihm etwas zustößt.«

Evan warf einen raschen Blick auf das Foto. »Ich habe keine Autos gesehen. Ich bin nur spazieren gegangen.«

Kins und Tracy wechselten einen kurzen Blick. Also erinnerte sich Evan durchaus daran, an besagtem Tag spazieren gegangen zu sein.

»Und was ist mit der jungen Frau, Evan? Haben Sie sie gesehen?«, fragte Tracy.

»Ich habe sie nicht gesehen.«

»Wir wissen, dass sie an dem Tag im Park gelaufen ist, Evan.«

Wieder antwortete Evan nicht.

»Haben Sie das Mädchen gesehen, Evan?«

»Ich war krank«, sagte Evan plötzlich. »Ich hatte die Grippe.«

»Nicht Mittwoch«, sagte Kins. »Sie sind Mittwoch spazieren gegangen und Sie haben am Donnerstag Rasen gemäht. Sie waren nicht krank.«

»Hatte sie sich verfahren, Evan? Hat sie angehalten und nach dem Weg gefragt?« Tracy versuchte es mit einem anderen Ansatz.

Evan hielt sich mit beiden Händen den Kopf fest. »Ich … ich … ich erinnere mich nicht.«

»Evan, wir müssen dieses Mädchen finden. Sie wollen doch bestimmt nicht, dass ihr etwas zustößt. Es ist wichtig, dass wir sie finden.«

»Ich muss nach Hause.«

Tracy schlug eine andere Gangart ein. »War Carrol gestern zu Hause? War er krank?«

»Carrol arbeitet im Home Depot.«

»Ist er krank geworden?« Diesmal versuchte es Kins. »War er gestern zu Hause? Am Sonntag?«

»Carrol arbeitet im Home Depot. Franklin arbeitet in einem Altenheim. Ich arbeite nicht.«

»War Carrol heute und gestern krank zu Hause, Evan?«, versuchte es Tracy noch einmal.

»Ich musste zum Arzt«, sagte Evan, zunehmend erregt. »Ich musste zum Arzt.«

»Evan?« Er blieb stehen und sah Tracy an. »Es ist alles in Ordnung.« Er schien auf der Hut, konnte jeden Moment weglaufen. »Hätten Sie vielleicht eine Zigarette für mich?«

Evan klopfte reflexartig an die Brusttasche seiner Jacke, um dann den Kopf zu schütteln. »Ich muss nach Hause. Ich sollte nicht mit Ihnen reden. Ich muss gehen. Ich muss nach Hause.« Er wurde immer schneller, bis er fast schon lief, und wandte sich am Ende des Blocks nach rechts.

»Er raucht«, stellte Tracy fest, während Kins und sie zusahen, wie Evan um die Ecke verschwand.

»Aber nur, weil er seine Jackentasche berührt hat, unterschreibt dir noch kein Richter einen Durchsuchungsbeschluss.«

»Nein, das allein reicht natürlich nicht. Aber wir wissen ja auch, dass Carrol in Bezug auf seine Arbeitszeiten gelogen hat.«

»Nicht was den Mittwoch betrifft.«

»Wir wissen, dass jemand, der stark genug ist, eine dreiundsechzig Kilo schwere bewusstlose oder tote Frau einen Abhang hinaufzutragen, in der Schlucht auf der Lauer lag, und das Grundstück der Spragues grenzt an die Schlucht.«

»Franklin und Carrol haben beide Mittwoch gearbeitet und Mittwoch ist der entscheidende Tag. Außerdem grenzen auch die Grundstücke dreier weiterer Häuser an die Schlucht.«

Sie machten sich auf den Weg zurück zum Auto. »Lass es uns trotzdem versuchen«, schlug Tracy vor. »Lass uns versuchen, Cerrabone mit an Bord zu holen.«

* * *

Sie erwischten Rick Cerrabone in seinem Büro, wo er sich gerade auf einen Prozess vorbereitete. Als leitender Staatsanwalt im Most Dangerous Offender Project, dem Projekt zur Verfolgung besonders schwerer Straftaten, bereitete sich Cerrabone eigentlich immer auf einen Prozess vor, und sein Büro im Gerichtsgebäude des King County sah meistens so aus, als hätte gerade eine Bombe eingeschlagen. Cerrabone, durch und durch Old School, hatte den Einsatz von Laptops und anderen technischen Spielereien zwar widerwillig akzeptiert, unterhielt jedoch immer noch unzählige schwarze Ordner, die sich in seinem Umfeld stapelten. Sie lagen auf seinem Schreibtisch und in den Regalen entlang der Bürowände, wo sie sich den Platz mit Kartons voller Beweismitteln, Transkripten, Fotos und anderen Materialien teilten.

Aus beruflicher Höflichkeit und weil er die beiden schätzte, mit denen zusammen er im Laufe der Jahre schon so einige Fälle bearbeitet hatte, bat Cerrabone Tracy und Kins in sein Büro, erklärte aber gleich, er habe nicht viel Zeit. Es könne gut sein, dass man ihn von einer Minute auf die andere in den Gerichtssaal rief, um in seinem laufenden Strafverfahren einen Deal auszuhandeln.

Er deutete auf die beiden Stühle vor seinem Schreibtisch, die Tracy und Kins erst einmal leer räumen mussten, bevor sie sich setzen konnten. Auf einigen der vom Boden bis zur Decke reichenden Bücherregale standen reihenweise dicke juristische Wälzer nebeneinander, die inzwischen allerdings als reine Dekoration gelten konnten, war doch jeder einzelne der darin behandelten Fälle schon vor geraumer Zeit online gestellt worden. Zwischen den Büchern fanden sich gerahmte Fotos von Cerrabone mit seiner Frau und Bilder ihrer drei Kinder – zwei erwachsene Söhne und eine Tochter, die Tochter in Gewand und Hut einer Hochschulabsolventin.

»Ist das vom College?«, erkundigte sich Tracy ungläubig.

Cerrabone drehte sich zum Bild um. »Medizinische Hochschule, Johns Hopkins.«

»Hillary ist mit dem Medizinstudium durch? Sie war doch gerade noch ein kleines Mädchen!«

»Und ich war einmal jung und hatte Haare«, sagte Cerrabone. »Erinnern Sie mich bloß nicht daran.«

Im Grunde hatte Cerrabone nie jung ausgesehen, mit seinem Hundeblick, den ewigen schwarzen Rändern unter den Augen, dem Fünf-Uhr-Schatten und der bleichen Haut, die um Sonnenlicht bettelte. Als Tracy ihn zum ersten Mal sah, hatte sie unwillkürlich an Joe Torre gedacht, einen ehemaligen

Manager der Yankees. Vor Gericht hatte er oft etwas von dem unbeholfenen Ermittler aus der Fernsehserie *Columbo,* eine Show, auf die viele Geschworene hereinfielen, die dann nach Abschluss des Prozesses oft gestanden, Cerrabone hätte ihnen leidgetan, weil er so überarbeitet gewirkt hatte.

»Kein Wunder, dass Sie noch nicht in Rente sind!«, meinte Kins.

»Für die da muss ich nicht arbeiten, sie hat uns keinen einzigen Cent gekostet«, erklärte Cerrabone. »Stipendien sowohl für das Grundstudium als auch für das Aufbaustudium, und wo die nicht reichten, hat sie mit einem Studiendarlehen aufgestockt.«

»Ob sie wohl mal mit meinen Söhnen redet?«, erkundigte sich Kins sehnsüchtig. »Ich habe drei Jungs auf dem College und die Studiengebühren bringen mich um. Einer liegt mir ab Juni endlich nicht mehr auf der Tasche, und wenn er noch ein Aufbaustudium anhängen will, muss er das selber regeln.«

»Was kann ich für Sie tun?« Cerrabone hatte die Krawatte abgelegt und die Ärmel seines weißen Hemdes hochgekrempelt.

Kins fasste ihre Suche nach Stephanie Cole zusammen. Der Staatsanwalt hatte von dem Fall gehört, war aber natürlich nicht mit sämtlichen Einzelheiten der Ermittlung vertraut.

»Sie glauben, einer der drei Brüder hat etwas mit dem Verschwinden dieses Mädchens zu tun?« Cerrabone kam gleich zur Sache.

»Wir wissen, dass der ältere Bruder uns angelogen hat, als er sagte, sein Bruder Carrol wäre bei der Arbeit. Und er hat gelogen, als er behauptete, Evan wäre krank.«

»Welche Beweise haben Sie dafür, dass das gelogen war?«

»Wir haben uns bestätigen lassen, dass Carrol sich gestern und heute bei seinem Arbeitgeber krankgemeldet hat. Und als wir Carrol nach Evan fragten, wusste er nichts von der Krankheit seines Bruders.«

»Und Sie glauben, weil Carrol nicht zur Arbeit ging, hätte er etwas mit dem Verschwinden des Mädchens zu tun?« Der Staatsanwalt klang skeptisch.

»Diese Möglichkeit besteht unserer Meinung nach in erheblichem Maße«, sagte Tracy.

»Aber Mittwoch und Donnerstag hat er gearbeitet?«

»Ja.«

»Und Evan raucht, weil er sich auf die Brusttasche seiner Jacke geklopft hat?«

»Genau.« Tracy nickte.

»Wie viele Zigarettenkippen hat die Spurensicherung im Bachbett dieses Parks gefunden?«

»Drei oder vier. Aber nur eine hinter dem Baumstumpf, hinter dem laut Kaylee Wright jemand Cole aufgelauert hat. Der rückwärtige Garten der Spragues grenzt an einen Pfad, der zu diesem Baumstumpf führt. Wenn wir einen Durchsuchungsbeschluss bekommen und feststellen können, welche Zigarettenmarke Evan raucht …«

»Auf der Grundlage dessen, was Sie mir eben erzählt haben, werden Sie keinen Beschluss bekommen«, stellte Cerrabone unumwunden klar. »Sie haben sich bestätigen lassen, dass Evan in der Notaufnahme war …«

»Da war er erst, nachdem uns Franklin erzählte hatte, er wäre krank.«

Cerrabone zuckte die Achseln. »Spielt keine Rolle. Und was die Sache mit den Arbeitszeiten betrifft, über die Carrol und Franklin gelogen haben, dafür könnte es eine Reihe von Gründen geben. Entscheidend ist, dass beide am Mittwoch, als das Mädchen verschwand, arbeiteten.«

»Die Person, die hinter dem Baumstumpf lauerte, hat Cole den Abhang hinaufgetragen, Rick. Er hat sie nicht in der Schlucht liegen lassen. Und jemand hat ihr Auto weggefahren. Wahrscheinlich dieselbe Person, oder jemand mit Interesse an einer Verschleierung der Sache, wie zum Beispiel ein Bruder des eigentlichen Täters. Beides deutet auf eine Person oder mehrere Personen hin, die nicht wollten, dass wir dort in der Gegend suchen. Das wiederum deutet auf jemanden hin, der dort wohnt.«

»Oder jemand war in der Schlucht, sah Cole kommen, versteckte sich, griff sie an und schaffte ihre Leiche danach mit ihrem Auto irgendwo anders hin, damit die Spurensicherung keine Hinweise finden kann.« Cerrabone streckte die Hände vor, mit den Handflächen nach oben. »Oder der Täter hat Coles Leiche deswegen in ihrem Auto weggeschafft, weil es einfach bequemer war und er so seinen eigenen Wagen nicht kontaminierte. Falls er denn einen hatte. Danach hat er zugesehen, dass er das Auto loswurde.«

»Wie viele derart schlaue Verbrecher laufen einem denn so über den Weg?«, wollte Tracy wissen.

»Nicht viele«, gestand Cerrabone ein. »Meistens sind nur die Psychopathen so clever.«

»Die ungefähr vier Prozent der Bevölkerung ausmachen.«

»Wovon wir immer einen Gutteil abzubekommen scheinen. Sie erwähnten vorhin, dass nicht weit von North Park auch zwei Prostituierte verschwunden sind?«

Tracy bedauerte inzwischen, die beiden Cold Cases erwähnt zu haben. »Das hier war ein Gelegenheitsverbrechen, Rick. Die Person, die Cole auf dem Gewissen hat, hat am Ende des Weges auf sie gewartet.«

»Das nehmen Sie an, Tracy. Reine Spekulation. Sie wissen es nicht.«

»Laut Kaylee ist es genau so passiert«, widersprach Tracy.

»Sie haben keine Beweise dafür, dass es …« Er warf einen Blick auf seine hastig gekritzelten Notizen. »… Evan oder einer seiner Brüder war, und solche Beweise müssen Sie schon bringen, wenn Sie einen Durchsuchungsbeschluss für deren Haus haben wollen.«

»Wir wissen, dass Evan an dem Tag am Park vorbeigegangen ist.«

»Das ist nicht genug.«

»Die Frau könnte noch leben, Rick«, drängte Tracy.

Cerrabone schüttelte den Kopf und deutete auf das Bild seiner Tochter in Umhang und Doktorhut. »Glauben Sie denn, ich wüsste nicht, was auf dem Spiel steht? Tun Sie mir das nicht an. Sie wollten wissen, wie sich ein Richter höchstwahrscheinlich entscheiden würde, und ich habe Ihnen meine ehrliche Meinung gesagt.«

»Ja, aber …«

»Sie sind zu mir gekommen, um sich Rat zu holen. Und ich sage Ihnen, dass wohl kaum ein Richter auf Grundlage dessen, was Sie mir eben erzählt haben, einen Durchsuchungsbeschluss unterzeichnen wird. Sollten Sie da anderer Meinung sein als ich, dann versuchen Sie es doch einfach.«

* * *

Tracy und Kins verließen das Gerichtsgebäude und machten sich in stürmischem, kaltem Wetter auf den Weg zurück zum Justizzentrum. Ohne Cerrabones Unterstützung stand es schlecht um ihre Chancen auf einen Durchsuchungsbeschluss, was ihnen durchaus bewusst war. Im Arbeitsbereich des A-Teams saßen Faz und Del an ihren Schreibtischen, während der von Maria Fernandez weiterhin verwaist blieb.

»Starsky und Hutch!«, freute sich Faz bei ihrem Auftauchen und drehte sich so, dass er sie ansehen konnte. »Auferstanden von den Toten!«

»Das wollen wir lieber nicht hoffen.« Tracy seufzte. »Obwohl es ganz danach aussieht.«

»Ich dachte, du arbeitest jetzt bei Cold Cases«, sagte Del.

»Das denkt Nolasco auch«, meinte Tracy.

»Hier ist jemand aber ganz schlecht gelaunt!«, fand Del.

»Lass gut sein«, bat Kins. »Wir kriegen Cerrabone nicht dazu, uns bei einem Durchsuchungsbeschluss zu helfen.«

»Schreibt den doch selbst und reicht ihn zur Unterschrift ein«, riet Del, als wäre das keine große Sache. »Spart Zeit und die meisten Typen bei der Staatsanwaltschaft haben einfach keinen Mumm in den Knochen, wobei das bei Cerrabone ja normalerweise anders ist. Geht es um das verschwundene Mädchen oben im Norden?«

»Wir haben Zeugen, die nachweislich lügen«, erklärte Kins. »Drei Brüder, die zusammen in einem Haus ganz in der Nähe der Stelle wohnen, an der das Mädchen verschwunden ist. Tracy glaubt, sie könnten einander decken.«

»Na dann, viel Glück«, sagte Faz. »Wir stecken bis über beide Ohren in dieser Schießerei am Pioneer Square. Bring du mal einen geistig verwirrten Landstreicher zu einer Aussage, mit der man auch nur halbwegs etwas anfangen kann.«

»Die Welt hat sich von oben nach unten gekehrt«, meinte Del. »Und wir stehen alle kopf.«

»Geh nach Hause«, wandte sich Kins an Tracy. »Ich bereite den Durchsuchungsbeschluss vor, bringe ihn zum Richter und erzähle dir hinterher, wie nett er zu mir war, als er ihn abgelehnt hat.«

»Nee, ich bleibe hier und helfe«, widersprach Tracy.

»Hau ab!«, insistierte Kins. »Wenn ich nach Hause komme, hocke ich allein da und kann die Reste von gestern essen. Shannah hat heute ihren Buchclub, den sie eigentlich gleich in Weinclub umtaufen könnten. Die Hälfte der Bücher hat sie nicht mal gelesen.«

»Klingt, als fühltest du dich einsam«, sagte Tracy.

Kins zuckte die Achseln. »Es ist anders, wenn die Kids ausgezogen sind.«

»Wem sagst du das?«, meldete sich Faz. »Vera und ich haben uns angeschaut wie zwei Fremde, als Antonio ausgezogen ist.«

»Shannah und ich sind inzwischen immer dienstags fest miteinander verabredet«, sagte Kins zu Tracy. »Im Frühling und Sommer spielen wir Golf. Jetzt, um diese Jahreszeit, gehen wir essen und hinterher ins Kino oder in eine Show. Wir wechseln uns damit ab, wer den Film aussuchen und wer hinterher jammern darf. Geh nach Hause, Tracy. Geh zu Dan und deinem kleinen Mädchen.«

»Sie hat neulich ihre ersten Schritte gemacht!«, verkündete Tracy. »Dabei war das eigentlich noch gar nicht an der Reihe.«

»Ganz schön aufgeweckt, die Kleine«, sagte Faz.

»Dann sollten wir sie von dir lieber fernhalten«, fand Del.

Tracy wollte gerade gehen, als Maria Fernandez in Begleitung von Nolasco in den Arbeitsbereich kam. Der Captain trug seine Jacke über dem Arm, seine Autoschlüssel baumelten ihm am Zeigefinger. Bei Tracys Anblick verkündete er sofort: »Marias Fall ist gerade beendet worden.«

»Wie ist es ausgegangen?«, wollte Faz wissen. »Hast du eine Verurteilung gekriegt?«

»Er hat sich schuldig bekannt«, sagte Fernandez. »Vorsätzlicher Mord. Lebenslang Gefängnis.«

»Das ist gut!«, fand Del.

»Arbeiten Sie immer noch an der Sache mit dem vermissten Mädchen?«, wollte Nolasco von Kins wissen, wobei er Tracy diesmal geflissentlich übersah.

»Tracy und ich waren gerade dabei, die Grundlagen für einen Durchsuchungsbeschluss zusammenzustellen.«

»Maria steht wieder zur Verfügung. Informieren Sie sie über den Stand der Dinge.«

»Tracy ist bereits über alles informiert«, wandte Kins ein.

»Tracy hat mit den Cold Cases genug zu tun«, konterte Nolasco.

»Tracy steht hier neben euch«, meldete sich Tracy, woraufhin alle sie ansahen. »Wenn Sie mir etwas zu sagen haben, Captain, dann sagen Sie es mir direkt.«

Nolasco grinste verächtlich. »Maria arbeitet jetzt im A-Team. Ich möchte, dass Kins sie umfassend über den Fall Cole informiert. Haben wir da ein Problem?«

Tracy schüttelte den Kopf. Das war jetzt ihr Fall. Sie wollte ihn nicht aufgeben, mochte sich aber auch nicht vor den anderen Detectives mit Nolasco streiten. »Nicht mit Maria.«

»Ich sagte ja schon, dass Nunzio Ihnen keinen Gefallen getan hat. Das sind ziemlich große Fußstapfen, in die Sie da treten. Ich an Ihrer Stelle würde mal damit anfangen, sie auszufüllen.«

»Ich würde gern mit Ihnen sprechen. Unter vier Augen.«

Nolasco schüttelte den Kopf. »Geht jetzt nicht, ich bin schon auf dem Weg nach draußen.« Er sah sich noch einmal im Arbeitsbereich um und verschwand.

Fernandez verzog das Gesicht. »Tut mir leid, Tracy. Ich wusste nicht, dass du mit Kins an dieser Sache arbeitest. Ich habe Nolasco erzählt, dass sich der Angeklagte in meinem Fall schuldig bekannt hat, und er meinte, ich solle zu Kins gehen und mir erklären lassen, womit er gerade befasst ist.«

»Lass dir da bloß keine grauen Haare wachsen«, sagte Tracy, die innerlich vor Wut schäumte, weil Nolasco für ein Gespräch unter vier Augen zu feige war. »Ich wollte sowieso nach Hause.«

Kapitel 26

Als Evan das Garagentor aufgehen hörte, sah er vom Fernseher auf. Franklin war zu Hause und Evan hatte das Gefühl, er müsste sich gleich übergeben. Ihm war übel, seit die beiden Detectives am Nachmittag plötzlich auf dem Bürgersteig hinter ihm aufgetaucht waren, und jetzt wurde es noch schlimmer.

Franklin hatte ihm befohlen, auf keinen Fall an die Haustür zu gehen, wenn jemand klopfte. Er sollte sich verstecken, falls die Detectives noch einmal auftauchten, und Franklin auf dessen Handy anrufen. Evan war nicht ungehorsam gewesen. Er hatte die Tür nicht aufgemacht. Die Detectives hatten auch nicht geklopft. Sie waren einfach auf der Straße hinter ihm gewesen. Sie hatten ihn überrascht. Er wusste, er durfte nicht mit ihnen sprechen, aber sie hatten ihm immer wieder Fragen gestellt. Sie hatten ihn verwirrt.

Franklin würde auf jeden Fall glauben, dass Evan zu viel gesagt hatte, und Evan gar nicht die Möglichkeit geben zu erklären, was passiert war. Er würde sofort wieder anfangen zu brüllen. Und er würde Evan verprügeln, wie er es immer tat. So, wie sein Daddy ihn verprügelt hatte.

»Halt die Klappe«, hatte Franklin ihm befohlen. »Halt einfach die Klappe. Du bringst uns sonst alle in Teufels Küche.«

Evan wollte nicht mit dem Gürtel verprügelt werden. Nicht schon wieder. Seine Arme und Beine taten immer noch weh, die blauen Flecken, die die Schnalle hinterlassen hatte, waren inzwischen lila und gelb geworden. Franklin hatte ihn gezwungen, beim Besuch in der Notaufnahme Trainingssachen anzuziehen, aber der Arzt hatte Evans T-Shirt hochgehoben, um seine Lunge abzuhorchen, und beim Anblick der blauen Flecken das Gesicht verzogen. Er hatte von Evan wissen wollen, wie das passiert war.

»Er ist gestolpert und in die Schlucht hinter unserem Haus gefallen«, hatte Franklin gesagt. »Es war ein übler Sturz, da unten liegen viele Steine.«

Der Arzt hatte Evan gefragt, ob das wirklich so passiert war, und Evan hatte wiederholt, was Franklin gesagt hatte, um nicht schon wieder geschlagen zu werden.

Er wollte nicht gleich noch einmal verprügelt werden.

Autoschlüssel landeten auf dem Tisch. Franklin war in Cle Elum gewesen, um Carrol abzuholen, der jetzt gleich nach ihm ins Zimmer kam.

»Wer hat hier sauber gemacht?« Franklins Blick glitt über die Sofas und den Couchtisch. Evan hatte alles weggeräumt, was darauf gelegen hatte. Er hatte sogar Staub gesaugt, um Franklin in gute Stimmung zu versetzen.

»Ich«, sagte Evan, den Blick stur auf den Fernseher gerichtet.

»Ja? Was ist denn los, ist die Hölle zugefroren?«

»Was?« Evan warf seinem Bruder einen raschen Blick zu.

Franklin sah sich erneut im Zimmer um. »Warum hast du sauber gemacht?«

»Weil du es mir gesagt hast.«

»Das sage ich dir jeden Tag. Heißt noch lange nicht, dass du es dann auch machst.« Evan spürte den misstrauischen Blick seines Bruders auf sich ruhen und versuchte, Franklin nicht anzusehen. »Wie lange siehst du schon fern?«, fragte der jetzt.

»Ich weiß nicht.«

»Hast du die Küche sauber gemacht, wie ich es dir gesagt habe?«

»Ja.«

Franklin verschwand in der Küche. Evan hörte, wie der Kühlschrank aufging und wieder geschlossen wurde, dann kehrte Franklin mit einer Flasche Bier in der Hand zurück. Evan wusste auch ohne hinzusehen, dass sein Bruder ihn anstarrte, während er die Flasche an den Mund setzte. »Nicht blitzblank, aber sauber.«

Evan konzentrierte sich voll auf den Fernseher, hatte mehr und mehr das Gefühl, sich gleich übergeben zu müssen.

»Was ist los mit dir?«

Evan schüttelte den Kopf. »Nichts.«

»Komm mir nicht mit so was! Ich sehe dir doch genau an, dass dir was zu schaffen macht. Du hast das vordere Zimmer geputzt und die Küche …« Franklin sah sich noch einmal um. »Lüg mich gefälligst nicht an.« Er setzte sich in seinen Lehnsessel, dorthin, wo früher immer ihr Daddy gesessen hatte. »Was siehst du gerade?«

»Die Big Bang Theory.«

»Das sind alles Wiederholungen, wie oft soll ich dir das noch sagen? Und du kapierst doch die Hälfte der Witze sowieso nicht.«

»Ich mag Penny.«

»Ja, die ist schon eine heiße Nummer.« Franklin nippte an seinem Bier. »War irgendjemand hier?«

»Nein«, antwortete Evan hastig, den Blick weiterhin auf den Fernseher gerichtet. Unter seinen Achselhöhlen rann ihm der Schweiß die Seiten hinunter. Sein Magen fühlte sich total verknotet an – ganz bestimmt musste er sich gleich übergeben.

»Was ist mit diesen Detectives?«

Evan schüttelte den Kopf. »Sie sind nicht an die Tür gekommen.«

Er wartete angespannt. Als Franklin ihm keine weiteren Fragen stellte, stieß er die Luft aus, die er, ohne es zu wollen, angehalten hatte, und beruhigte sich langsam. Etwa eine Minute lang sahen sie friedlich zusammen fern. Dann fragte Franklin: »Warst du heute spazieren?«

»Hm«, sagte Evan.

»Junge! Sieh mich an, wenn du mit mir redest!«

Evan sah seinen älteren Bruder an.

»Bist du spazieren gegangen?«

»Ich bin spazieren gegangen.« Evan hatte Mühe, nicht an seinen Worten zu ersticken.

»Bist du stehen geblieben und hast mit jemandem gesprochen?«

Evan spürte, wie ihm der Adamsapfel im Hals stecken blieb. »Nein.«

»Was ist mit Bibby? Hast du dich auf deinem Spaziergang mit Bibby unterhalten?«

»Ich habe Bibby nicht gesehen«, sagte Evan.

Franklin trank einen Schluck Bier. »Vielleicht ist das Stück Scheiße ja endlich verreckt, zusammen mit seinem verdammten Köter.«

Evan lächelte. »Ich mag Jackpott. Ich mag Mrs Bibby.«

»Ja, weil sie dir Brownies backt. Sprich bloß mit keinem der beiden, hast du mich verstanden? Das sind neugierige Wichtigtuer. Ich will nicht, dass sie irgendwas von uns mitkriegen.«

»Ich habe nicht mit Bibby gesprochen.«

Franklin starrte ihn an. »Das hast du schon gesagt.«

»Hatte ich vergessen.«

Franklin deutete mit seiner Bierflasche Richtung Fernseher. »Weil du mit deinem Pimmel denkst! Du denkst an das Mädchen, nicht?« Franklin lächelte.

»Manchmal.«

»Bestimmt tust du das. Ich habe Ende der Woche frei. Da dachte ich, wir fahren lieber mal hoch zur Hütte und sehen nach den Mädchen. Machen einen Ausflug, nur wir beide.«

Evan strahlte. »Und was ist mit Carrol?«

»Scheiß auf den. Der war doch gerade oben und noch dazu ganz allein. Er kann hierbleiben und aufs Haus aufpassen. Vielleicht nehme ich mir ja dein Mädchen mal eine Runde lang vor, reite sie für dich ein.«

Evan fühlte Panik in sich aufsteigen. Das Mädchen gehörte ihm, er wollte mit ihm spielen. »Das tust du nicht, hast du gesagt.«

»Vielleicht habe ich es mir anders überlegt.«

»Du hast dein eigenes Mädchen.«

Franklin trank lachend sein Bier aus und hielt Evan die leere Flasche hin. »Steh auf und bring das in den Müll.«

Evan stand von der Couch auf und ging zum Ledersessel hinüber. Sobald er nahe genug herangekommen war, packte ihn Franklin beim Handgelenk. »Hat Carrol dir erzählt, dass er mein Mädchen angefasst hat?«

»Ich habe nicht mit Carrol gesprochen.«

»Dann deckst du ihn nicht?«

»Er hat mir nichts erzählt.«

Franklin ließ Evans Handgelenk los. »Wegen irgendwas lügst du doch«, sagte er. »Ich merke das. Und ich kriege raus, was es ist.«

Evan musste dringend auf die Toilette, sonst machte er sich noch in die Hose. »Ich muss pinkeln.«

»Dann geh schon. Kannst dich auch gleich nützlich machen: Bring mir auf dem Rückweg ein Bier mit.«

* * *

Stephanie ging langsam an der Wand entlang, so weit, wie es ihr die am Pfosten befestigte Kette erlaubte.

»Und was wird das jetzt wieder?«, wollte Donna wissen. »Noch mehr Gymnastik?«

»Ich suche nach einem Stück Holz.«

»Willst du Feuer machen? Zwei Stöckchen aneinanderreiben wie eine gute kleine Pfadfinderin?«

»Ich suche nach irgendetwas, woraus ich eine Waffe machen kann.« Stephanie hielt den Stein hoch, den sie mühsam aus dem Boden gegraben hatte. »Bei einem Holzstück kann ich hiermit vielleicht das eine Ende anspitzen.«

»Und dann was?«

»Dann warte ich, bis er mir die Kette abnimmt, ersteche ihn, nehme ihm die Schlüssel ab und schließe eure Ketten auf.«

»Einfach so? Hast du je einen Mann erstochen?«

»Nein. Du?«

Donna nickte. »So ähnlich. Ich habe mal einen Kunden in den Oberschenkel gestochen, weil er abhauen wollte, ohne zu bezahlen.«

»Und? Was ist danach passiert?«

»Er hat bezahlt. Worauf ich hinauswill, kleine Pfadfinderin: Ein Messer zu haben reicht nicht. Du musst auch bereit sein, es ohne zu zögern einzusetzen. Denn wenn du zögerst, packt er das Messer und sticht damit auf *dich* ein. Und auf uns beide vielleicht auch gleich noch.«

Daran hatte Stephanie nicht gedacht. »Du hast gesagt, sie bringen uns um und lassen unsere Leichen draußen liegen, damit wilde Tiere sie holen.«

»Genau. Deswegen sind wir hier. Du hast alles durcheinandergebracht, das Spiel ist für die jetzt total anders. Du hast doch gehört, wie Franklin gesagt hat, Evan hätte dich nicht überfallen dürfen. Er hat dich eine Cheerleaderin genannt.«

»Und?«

»Und Angel und ich sind keine Cheerleaderinnen, falls dir das bisher entgangen sein sollte. Weißt du, wie viele von uns verschwinden oder zusammengeschlagen werden? Und weißt du, was die Polizei in solchen Fällen unternimmt?«

»Nein.«

»Nichts. Absolut gar nichts. Aber nach einer Cheerleaderin suchen sie. Du hast eine Mommy und einen Daddy, die wahrscheinlich ordentlich Druck machen, weil sie dich wiederhaben wollen. Deswegen sind wir hier. Deswegen werden sie uns töten. Deinetwegen.«

Stephanie sah hinüber zu Angel, die wortlos nickte. »Dann darf ich wohl nicht zögern?«, fragte sie dann. »Wenn ich die Chance zum Zustechen bekomme.«

»Du sorgst dafür, dass wir alle umgebracht werden«, warnte Donna.

»Aber sie bringen uns doch sowieso um, sagst du. Wo ist da der Unterschied?«

Angel lachte. »Da hat unsere kleine Miss Sunshine ja irgendwie recht, oder?«

KAPITEL 27

Am Dienstagmorgen haderte Tracy immer noch heftig mit der Art, wie Nolasco sie vor den Leuten zurechtgewiesen hatte, die einmal ihr Team gewesen waren, und mit seiner feigen Weigerung, ein Gespräch mit ihr zu führen. Sowohl Maria Fernandez als auch Kins hatten sie auf ihrem Handy angerufen, nachdem sie das Büro verlassen hatte, aber Tracy hatte ihre Anrufe an den Anrufbeantworter weiterleiten lassen. Natürlich gab sie den beiden nicht die Schuld an dem, was geschehen war, traute sich aber selbst nicht ganz über den Weg und wollte in ihrer Wut nicht irgendwas sagen, was sie später bereuen würde.

Sie hatte einen ruhigen Abend zu Hause verbracht und auf Dans Nachfrage, ob alles in Ordnung sei, erklärt, sie genieße die Zeit mit ihrer Familie.

Jetzt versuchte sie noch von zu Hause aus jemanden unter den Handynummern zu erreichen, die Bobby Chins Eltern in den Unterlagen der Schule hinterlassen hatten. Keine der Nummern war noch in Gebrauch, also widmete sie sich als Nächstes Chins Verbindungsbrüdern bei der Phi Delta Phi. Von ihnen hoffte sie zu erfahren, ob Chin in Bezug auf Gewalt gegen Frauen eine Vorgeschichte gehabt hatte.

Einer von ihnen, Peter Gillespie, arbeitete als Regisseur und Produzent beim Fernsehsender Root Sports, der in Eastgate beheimatet war, und zwar in einem Gebäude gleich hinter dem Freeway 190. Gillespie wunderte sich über Tracys Anruf, erklärte sich aber bereit, sich noch an diesem Morgen mit ihr zu treffen. Bevor sie losfuhr, sah sie sich seine Facebook-Seite und die professionelle Selbstdarstellung bei LinkedIn an. Gillespie war beliebt, er hatte mehr als fünfzehnhundert Facebook-Freunde, und seine Bilder auf dieser Seite reichten bis in die Collegejahre zurück, darunter auch Fotos, die ihn zusammen mit seinem Verbindungsbruder Bobby Chin zeigten. Den Bildern nach zu urteilen waren die zwei auf dem College eng befreundet gewesen, von daher hätte Tracy eigentlich auch Bilder der beiden aus der Zeit nach dem Abschluss erwartet, fand aber auffallend wenige. Gillespie hatte Fotos von Partys gepostet, die im Anschluss an Footballspiele der University of Washington stattgefunden hatten, von Bootsfahrten auf dem Lake Washington, vom fünfjährigen Jubiläum seines College-Abschlusses, von seiner Hochzeit und von sich und seiner Frau mit zwei Kindern. Tracy ging diese Aufnahmen rasch durch, konnte jedoch keine entdecken, auf denen auch Bobby Chin zu sehen war.

Sie fuhr zum Sender, meldete sich beim Empfang und konnte sich schon wenige Minuten später einem schwer gebauten Mann in Anzughose und Hemd vorstellen. Gillespie sah aus, als hätte er seit dem Studium mindestens zehn Kilo zugenommen. Er führte sie in einen Konferenzraum im ersten Stock des Hauses.

»Ich habe ungefähr zwanzig Minuten Zeit«, erklärte er gleich. »Aber wenn Sie noch weitere Fragen haben, beantworte ich die gern auch am Telefon. Also, was ist mit Bobby?«

Tracy erklärte ihre Arbeit bei den Cold Cases, woraufhin Gillespie dieselbe Frage stellte wie bisher noch jeder, den sie in dieser Sache befragt hatte.

»Gibt es neue Entwicklungen?«

»Nein, ich schaue mir das Ganze einfach noch einmal neu an. Wie gut kannten Sie Bobby Chin?«

»Wir waren auf dem College in derselben Verbindung, noch dazu im selben Jahrgang, man kann wohl sagen, dass wir uns ziemlich nahestanden. Wir haben damals eine Menge zusammen unternommen.«

»Und jetzt ist das nicht mehr so?«

»Es ist kompliziert.«

»Haben Sie sich gestritten?«

»Nein, wir sind immer noch Freunde.« Gillespie runzelte die Stirn, als hätte er Mühe, die Beziehung zu definieren. »Wir sind lediglich mal eine Zeit lang ziemlich auseinandergedriftet. Bobby hatte gleich nach dem College einen Job bei der Polizei hier in Seattle angetreten, was alle seine Bekannten sehr überrascht hat. Danach war er einfach nicht mehr oft greifbar.«

»Was hat Sie an seiner Entscheidung überrascht?«, fragte Tracy und hoffte, Gillespie würde sagen, Chin sei auf dem College eher der wilde Typ gewesen.

»Ich hatte einfach keine Ahnung, dass er so etwas vorhatte. Er hat Computerwissenschaften studiert – was sie an der Uni STEM nennen: Science, Technology, Engineering and Math, also Wissenschaft, Technologie, Ingenieurwissenschaften und Mathe. Er war echt schlau. Klasse im Umgang mit Computern. Ich habe immer gedacht, er strebt einen Job in dieser Richtung an.«

»Und so waren Sie überrascht, als er sich für die Polizei entschied.«

»Und wie! Ich habe ihn gefragt und er sagte, er wolle in die Forensik und dachte, da würde es helfen, wenn er erst einmal als Streifenpolizist ein Gefühl für die Arbeit bekommt. Seine Eltern waren allerdings ziemlich sauer.«

»Woher wissen Sie das?«

»Bobby hat es mir erzählt. Seine Eltern sind sehr traditionelle Chinesen und Bobby und seine Schwester die erste Generation der Familie, die hier geboren wurde. Seine Eltern wollten, dass er etwas mit Computern macht, etwas im Technologiebereich. Einen Polizeibeamten wollten sie jedenfalls nicht, das war für sie so ungefähr das Letzte. So hat es mir Bobby jedenfalls geschildert.«

»Kennen Sie seine Eltern oder seine Schwester?«

»Die Eltern habe ich bei unserer Abschlussfeier kurz kennengelernt. Die Schwester habe ich öfter getroffen, sie studierte auch an unserer Uni. Ich erinnere mich allerdings nicht mehr an ihren Namen.«

»Gloria.«

»Genau. Sie war an der Uni zwei Jahre hinter Bobby und mir. Die beiden schienen sich sehr nahezustehen. Aber so genau weiß ich das eigentlich gar nicht.«

»Sie sagten, Bobby und Sie seien auseinandergedriftet? Wann ist das passiert?«

»Ungefähr zu der Zeit, als Bobby anfing, mit Jewel zu gehen.«

»Dann kennen Sie seine geschiedene Frau?«

Gillespie schüttelte den Kopf. »Das wäre zu viel gesagt. Nein, ich kannte sie eigentlich nicht. Ich kenne auch niemanden, der sie wirklich kannte.«

»Sie haben nichts zusammen unternommen?«

»Wir haben es versucht. Wobei ich wohl eher sagen sollte, *ich* habe es versucht. Sie ist ein paarmal mit Bobby auf Partys nach Footballspielen gekommen, aber man bekam deutlich mit, dass das nicht ihr Ding war. Bobby ließ sich noch eine Weile ohne sie blicken, aber später auch nicht mehr. Ein paar von uns haben sich von Zeit zu Zeit noch mal bei ihm gemeldet, aber er arbeitete Vollzeit und dann war da Jewel … und irgendwann gibt man eben auf, nicht wahr?«

»Wann haben Sie ihn zuletzt gesehen?«

»In letzter Zeit? Inzwischen treffen wir uns ein- oder zweimal im Monat. Er arbeitet in einer Firma hier in Bellevue.«

»Wann hat die Beziehung wieder angefangen?«

»Bald nachdem er Jewel verlassen hatte. Ich habe ihn in einem Restaurant in Bellevue getroffen. Jetzt ist er wieder verheiratet und hat einen kleinen Sohn.«

»Haben Sie gefragt, was passiert ist, dass Sie sich so lange nicht gesehen hatten?«

»Ich wusste, warum.«

»Und warum war das so?«

»Jewel mochte Bobbys College-Freunde nicht. Sie fand uns unreif, kindisch.«

»Hat Bobby Ihnen das erzählt?«

»Musste er nicht. Das hat Jewel einem ziemlich deutlich vermittelt.«

»Hat Bobby mit Ihnen über Jewel gesprochen?«

»Er sagte, er wäre froh, aus der Beziehung raus zu sein, und bedauere nur, nicht schon früher kapiert zu haben, was los war. Dass er seine Tochter sonst vielleicht hätte retten können.«

»Was hätte er schon früher kapieren wollen?«

»Dass Jewel geisteskrank war.«

»Wer hat Ihnen erzählt, dass Jewel psychisch krank war?«

»Bobby.«

»Haben Bobby und Sie über das Verschwinden seiner Tochter gesprochen?«

»Nicht oft«, sagte Gillespie. »Bobby redet nicht gern darüber. Er glaubt, Jewel und ihr Freund hätten das Kind entführt, man werde es ihnen aber nie nachweisen können. Sie wissen, dass der Freund sich erschossen hat?«

»Ja.« Tracy nickte.

»Bobby glaubt, dass Jewel auch damit etwas zu tun hatte.«

»Hat er auch gesagt, warum?«

»Seiner Meinung nach hat Jewel den Freund nur benutzt, um Bobby eifersüchtig zu machen. Nachdem die Scheidung durch und Elle verschwunden war, wollte sie ihn abservieren und durch jemanden mit Geld ersetzen, aber der Freund wusste, was mit dem Kind passiert war. Also saß sie mit ihm fest.«

»Und Bobby glaubt, Jewel hätte ihn ermorden lassen, damit er sie nicht verrät?«

Gillespie zuckte die Achseln. »In die Details ist er nicht gegangen. Hat nur gesagt, er glaubt, dass sie wohl etwas damit zu tun hatte.«

»Konkrete Indizien hat er Ihnen aber nie genannt, oder?«

»Nein! Himmel! Wirklich nicht. Wahrscheinlich musste er nur mal Dampf ablassen.«

»Haben Sie Bobby je gewalttätig erlebt?«

Über diese Frage dachte Gillespie kurz nach, um dann den Kopf zu schütteln. »Nein. Nein, eigentlich nicht. Wir sind alle mal ein bisschen laut geworden, wenn wir getrunken hatten, wie das in Studentenverbindungen so läuft, aber nie gewalttätig.«

»Hatte er auf dem College Beziehungen?«

»Bobby? Aber ja! Er ist ein gut aussehender Typ. Er hatte eine Menge Freundinnen.«

»Gab es mit denen irgendwelche Probleme mit Gewalt?«

»Nein. Nichts, von dem ich wüsste.«

»Wissen Sie, wie er Jewel kennengelernt hat?«

»Ich glaube, er hat mir erzählt, sie hätten sich in einer Bar getroffen, aber zitieren Sie mich da jetzt nicht. Sie haben sechs Monate später geheiratet.«

Gillespie schwieg, auch wenn es so aussah, als hätte er gern weitergeredet. »Ist da noch etwas?«, fragte Tracy.

Er zuckte die Achseln und verzog das Gesicht. »Es gingen Gerüchte um, Jewel sei schwanger gewesen, Bobby hätte deswegen so schnell geheiratet. Ich weiß es nicht. Ich habe ihn nie danach gefragt, es geht mich ja auch nichts an. Aber Bobbys

Familie hatte Geld und gerüchteweise war Jewel auf genau so etwas aus. Ich möchte Ihnen nicht zu nahe treten, aber reich wird man im Polizeidienst nun gerade nicht.«

»Das kann man so sagen.« Tracy lächelte.

»Bobby spricht nicht darüber und ich frage ihn nicht. Ich bin nur froh, meinen Freund wiederzuhaben, verstehen Sie?«

Ja, das verstand Tracy, aber sie fragte sich, ob Bobby Chin vielleicht angefangen hatte, einen Groll gegen Jewel Chin zu hegen. Weil ihn inzwischen das Gefühl plagte, mit der Schwangerschaft hereingelegt worden zu sein. Weil er ihr ewiges Keifen und die Klagen über sein niedriges Gehalt nicht mehr ertragen hatte, die Beschwerden über seine Arbeitszeiten und seine Freunde. Vielleicht hatte er auch schon die Frau kennengelernt, mit der er jetzt verheiratet war, und hatte seine Ehe hinter sich lassen wollen. Tracy fragte sich, ob Bobby Chin vielleicht alles zu viel geworden war. Ob er ausgerastet war, seine Tochter ein Kollateralschaden.

Andererseits war Jewel Chin ja womöglich wirklich psychisch krank.

Es gab eine Möglichkeit, das herauszufinden.

Kapitel 28

Auf dem Weg von Gillespies Büro nach draußen rief Tracy Bobby Chin an, erreichte ihn an seinem Arbeitsplatz in Bellevue und verabredete sich mit ihm. Wahrscheinlich hatte Gillespie sofort nach ihrem Besuch, wenn nicht sogar schon vorher, zum Hörer gegriffen und seinen Freund vorgewarnt, was erklären mochte, warum Chin so gutwillig zu einem kurzfristig angesetzten Treffen bereit war. Neugier motiviert ungeheuer und als ehemaliger Polizist würde Chin annehmen, dass sich im Fall seiner Tochter etwas getan hatte, und sich nun fragen, warum Tracy sich bei seinen Freunden nach ihm erkundigte. Chin leitete jetzt den Sicherheitsbereich einer Computerfirma in chinesischem Besitz. Er war ungefähr sechs Monate nach dem Verschwinden seiner Tochter aus dem Polizeidienst ausgeschieden. Nach ihrer Unterhaltung mit Bill Miller und auch aufgrund eigener Erfahrungen nahm Tracy an, dass er den Dienst quittiert hatte, weil sich die Ermittlungen nach Elles Verschwinden auf ihn als Verdächtigen konzentriert hatten, was für einen Polizisten sehr unangenehm ist.

Im Bellevue City Center, einem Hochhaus mit blauer Glasfassade, parkte Tracy in der Tiefgarage und meldete sich beim Wachmann am Empfang. Anschließend durfte sie zusehen, wie alle möglichen Mitarbeiter der hier beheimateten Firmen, die alle so aussahen, als hätten sie das College gerade hinter sich, munter durch die Drehkreuze der Sicherheitsüberwachung spazierten, ihre Schlüssel wie Anhänger um den Hals gehängt.

Bobby Chin begrüßte sie in maßgeschneidertem Anzug und Krawatte. Die Kleidung überraschte Tracy, und zwar nicht nur die Tatsache, dass er einen Anzug trug, wo man sich ansonsten im pazifischen Nordwesten doch eher locker gab. Der Anzug schien aus hochwertigem Stoff geschneidert, mit anderen Worten: teuer. Dabei hatte sie mit der schmucklosen Uniform eines Wachdienstes gerechnet, wie sie der Mann hinter dem Empfangstresen trug. Sie stellte sich vor, bekam von Chin einen an einem Schlüsselanhänger baumelnden Besucherausweis der Firma Xia Tech ausgehändigt, und er führte sie durch das Drehkreuz zu einem gläsernen Fahrstuhl. Die Fahrt nach oben war wunderbar, hatten sie vom Fahrstuhl aus doch einen atemberaubenden Blick gen Westen über das spiegelglatte, graue Wasser des Lake Washington bis hinüber zu den Hochhäusern von Seattles Innenstadt, wobei die schneebedeckten Berge der Olympic Mountains als Hintergrundkulisse dienten.

»Was für eine Firma ist Xia Tech?«, erkundigte sich Tracy, während sie nach oben fuhren.

»Eine Technologiefirma in chinesischem Besitz. Wir machen unsere Geschäfte im Wesentlichen im Bereich von Internet-Übersetzungen.« Chin klang ganz so, als beantworte er die Frage nicht zum ersten Mal. »Den Firmenzweig in Seattle hat Xia Tech vor vier Jahren eröffnet. Hier konzentrieren wir uns auf künstliche Intelligenz und Cloud-Anwendungen.«

Tracy war sich sicher, dass die Nähe zu Microsoft und Amazon bei der Wahl dieses Standortes eine große Rolle gespielt hatte.

Im vierzigsten Stock stiegen sie aus dem Fahrstuhl und Tracy folgte Chin glitzernd weiße Flure entlang zu einer Bürotür, an der sein Name stand. »Nicht schlecht!«, lobte sie, als sie ein

Büro mit einer ebenso fantastischen Aussicht betraten, wie ihr eben im Fahrstuhl geboten worden war.

Chin lächelte. »Sie scheinen überrascht zu sein.«

Er war ein gut aussehender Mann, der das an den Schläfen bereits leicht ergrauende Haar kurz trug und dessen markante Kinnpartie den passenden Rahmen für ein strahlendes Lächeln abgab. Der Anzug passte ihm nicht nur, er stand ihm auch. Manche Männer schienen dazu geboren, Anzüge zu tragen, und Chin war einer von ihnen.

»Als Sie vorhin am Telefon ›Sicherheitsdienst‹ sagten, rechnete ich wohl automatisch mit einem Wachmann.«

Chin hatte sich an seinen Schreibtisch gesetzt, mit dem Rücken zur unbezahlbaren Aussicht, und Tracy machte es sich ihm gegenüber auf einem Besucherstuhl bequem.

»In gewissem Sinn bin ich das auch«, erklärte Chin. »Ich bin für den Schutz der Firmeninteressen zuständig und beaufsichtige ein Team aus Ingenieuren, die versuchen, vorherzusehen, wo und wann wir für Hacker angreifbar werden, und solche Angriffe abzuwehren, bevor sie erfolgreich sein können. Die Ideen, die die Firma entwickelt, sind eine Menge Geld wert.«

»Wie kommt man von der Polizei zum Internet und zur Cloudsicherheit?« Tracy meinte die Antwort zu kennen, wollte sie aber von Chin selbst hören.

»Ich habe an der University of Washington Computerwissenschaften studiert. Auf Wunsch meiner Eltern, ich selbst hatte mich immer schon für die Polizeiarbeit interessiert. Mein Ziel war es, in die Forensik hineinzuwachsen und irgendwann bei den Leuten von Park 90/5 zu arbeiten. So weit ist es dann ja nicht gekommen.«

Das Telefon auf Chins Schreibtisch läutete. »Tut mir leid«, entschuldigte er sich. »Ich gehe kurz ran und stelle es danach aus.«

Tracy bekam mit, dass sich Chin mit seiner Frau unterhielt, und nutzte die Zeit, um sich im Büro umzusehen. In einem Regal links neben dem Schreibtisch stand für alle gut sichtbar ein gerahmtes Hochzeitsfoto von Chin und einer weißen Frau sowie ein Selfie, das ihn mit derselben Frau und einem Neugeborenen im Krankenhaus zeigte, wohl am Tag der Geburt aufgenommen. Ein drittes Foto, eins, das Tracy auch aus der Fallakte der Cold Cases kannte, zeigte ein kleines chinesisches Mädchen in einem farbenfrohen Schmetterlingskostüm, ein strahlendes Lächeln im Gesicht. Die Kleine hielt die Flügelspitzen so, dass man sämtliche Farben darin bewundern konnte. Elle Chin.

Tracy spürte eine Welle der Melancholie über sich hinweggehen.

»Ja, das mache ich«, versprach Chin gerade. »Hör mal, ich muss Schluss machen, ich bin in einer Besprechung. Ich hab dich auch lieb.«

Er legte auf und drückte auf einen Knopf, um weitere Anrufe zu unterdrücken. »Tut mir wirklich leid.«

»Kein Problem. Ich kenne solche Telefonate mit meinem Mann und unserer Nanny!«, sagte Tracy, um auf das eigentliche Thema zu kommen.

»Wie viele Kinder haben Sie?«, wollte Chin wissen.

»Eine Tochter. Zehn Monate alt. Wie alt ist Ihr ... Sohn?«

»Er ist jetzt zwei. Ich muss die Fotos unbedingt mal auf den neuesten Stand bringen.« Sein Lächeln verblasste. »Zumindest ein paar von ihnen.« Er streckte die Hand aus und nahm das gerahmte Foto von Elle aus dem Regal. »Das ist Elle. Ich habe das Foto an dem Abend gemacht, an dem sie verschwand.«

»Es tut mir sehr leid, was damals passiert ist.«

»Mir auch.« Es war Chin anzuhören, wie sehr ihn die Sache mitnahm. Seine Tochter war jetzt seit fünf Jahren verschwunden, aber Tracy wusste, dass er sich immer an diesen einen Tag erinnern, immer an ihn denken würde. Und wenn nach all der

Zeit eine Ermittlerin in seinem Büro auftauchte, um darüber zu reden, wurden die grauenhaften Umstände des Verlustes wieder sehr real und schmerzten.

Chin lehnte sich zurück. »Peter Gillespie hat angerufen und erzählt, Sie hätten mit ihm gesprochen. Sie hätten ihm eine Menge Fragen über mich gestellt, sagte er.«

»Würden Sie das nicht tun?« Tracy gab die Frage zurück.

»Würde ich wohl.« Chin nickte.

»Ich habe die Abteilung Cold Cases von Detective Nunzio übernommen.«

»Das hatte ich mir schon gedacht. Ist er in Rente gegangen?«

»Ja.«

»Wie schön für ihn.«

»Ich schaue mir den Fall Ihrer Tochter noch einmal neu an.«

»Wunderbar. Gibt es einen Grund dafür? Sind neue Hinweise aufgetaucht, gibt es neue Informationen? Oder glauben Sie einfach, dass der Mann der verrückten Frau auf jeden Fall der Schuldige ist?«

»Sind Sie es denn?«

Er lächelte, wenn auch ohne Humor. »Der Mann der verrückten Frau? Ja, der war ich. Der Mann, der seine Tochter getötet hat? Nein. Ganz bestimmt nicht.« Er seufzte. »Wenn es keine neue Entwicklung gegeben hat, warum sind Sie dann hier, Detective?« Das klang nicht gerade begeistert und Tracy tat das, was sie in einem solchen Fall immer tat: Sie benutzte diese Unzufriedenheit.

»Regt es Sie auf, darüber zu reden?«

Chin lachte kurz und zynisch. »Natürlich regt es mich auf. Dieser Tag ... diese Tage ... waren die schlimmsten meines Lebens. Ich habe stundenlang, tagelang, wochenlang nach Elle gesucht. Ich habe nie akzeptiert, dass sie nicht mehr da sein soll. Deswegen steht auch ihr Bild hier. Ich sehe sie tagtäglich so, wie ich mich an sie erinnere. Aber …« Er riss sich sichtlich zusammen und holte tief Luft. »Ich musste weiterleben, Detective. Was blieb mir übrig?« Er sah kurz hinüber zu den Fotos im Regal.

Nein, man kann es sich nicht aussuchen, dachte Tracy, ohne es laut zu sagen. »Sie haben wieder geheiratet?«

Chin nickte. »Und wir haben einen kleinen Jungen. Und ich vermisse meine Tochter jeden Tag. Womit kann ich Ihnen sonst noch helfen? Wollen Sie mich fragen, wie blöd man sein muss, um mit einer Fünfjährigen in einem Maislabyrinth Verstecken zu spielen? Das wurde ich bereits gefragt. Ich habe diese Frage bestimmt hundert Mal beantwortet.«

Da Chin das schmerzliche Thema selbst zur Sprache gebracht hatte, war es wohl besser, das Pflaster mit einem Ruck abzureißen. »Und? Was ist die Antwort? Warum haben Sie es ihr erlaubt?«

»Weil ich nicht klar dachte. Ich hatte da schon eine ganze Weile nicht mehr klar gedacht. Jewel hat mich total durcheinandergebracht, mein Kopf war alles andere als klar. Ich weiß, das ist für alle anderen nicht leicht nachzuvollziehen, und ich kann es auch nur schwer erklären, aber es ist wahr. Ich habe nicht wie ein Vater gedacht. Ich habe wie ein total wütender Ehemann gedacht, der versucht, sich bei seiner fünfjährigen Tochter einzuschmeicheln, die er am Mittwochabend und jedes zweite Wochenende sehen darf.« Chin legte die Unterarme auf die Schreibunterlage. »Meine Zeit mit Elle war aufgrund bestimmter Umstände begrenzt.«

»Die Anzeige wegen häuslicher Gewalt?«

»Ich bin nicht stolz darauf, Detective. Es ist passiert. Nicht gerade das, wovon man träumt, dass die eigenen Kollegen einen zu Hause aufsuchen und zum Gehen auffordern. Dass sie einen in Handschellen abführen, wie bei mir das letzte Mal. So bin ich nicht, so war ich auch nicht.«

»Warum haben Sie es denn dann getan?« Tracy wusste, dass viele Männer ihr Verhalten dadurch entschuldigten, dass sie andere dafür verantwortlich machten.

»Wie ich schon sagte, ich war nicht mehr ganz richtig im Kopf, war nicht mehr in der Lage, klar zu denken. Jewel hat mir einen Köder hingeworfen und den habe ich geschluckt. Aber ich tat es und ich stehe dazu. Es war falsch und ich habe es bedauert. Gleich nachdem ich sie geohrfeigt hatte, habe ich es bedauert. Und ich wusste, sie würde das einsetzen, um mir zu schaden.«

»Es hat Ihnen nicht leidgetan, sie geschlagen zu haben?«

Chin seufzte. »Natürlich tut es mir leid, sie geschlagen zu haben.« Er setzte sich zurück. »Meine Ex-Frau war krank, Detective, und ich habe dafür bezahlt.«

»In welcher Hinsicht war sie krank?«

»Das steht in den Berichten, Detective.«

»Ich habe erst vor zwei Tagen bei den Cold Cases angefangen und konnte noch nicht die gesamte Akte lesen.« Tracy schützte Unwissen vor. Natürlich war sie die ganze Akte durchgegangen, wobei sie sich allerdings an keinen Bericht erinnerte, der Jewel als psychisch krank geschildert hätte.

Chin lächelte. »Das möchte ich dann doch bezweifeln. Sie sind seit mehr als zehn Jahren als Mordermittlerin tätig und haben die höchste Aufklärungsrate sämtlicher Detectives. Sie wurden zweimal mit der Tapferkeitsmedaille ausgezeichnet. Beeindruckend.«

»Sie haben sich erkundigt.«

»So wie Sie sich über mich«, sagte Chin. »Ich habe immer noch Freunde im North Precinct.

»Bill Miller?«

»Nein. Obwohl ich weiß, wer er ist. Sie waren ziemlich berühmt, als Sie den Cowboy erwischt haben, also erzählen Sie mir nicht, Sie hätten die Akte nicht gelesen. Ich bin mir sicher,

Sie haben jedes einzelne Wort gelesen. Und außer mit Pete auch noch mit anderen gesprochen. Mit meiner Ex vielleicht. Sie versuchen herauszufinden, was für ein Typ ich bin. Ob mir zuzutrauen ist, dass ich wütend genug werde, um meine eigene Tochter umzubringen.«

»Erzählen Sie mir von jenem Abend«, bat Tracy.

Chin nahm sich einen Moment Zeit, vielleicht um zu überlegen, wo er am besten anfangen sollte. Dann holte er tief Luft. »Wie ich schon sagte, meine Zeit mit Elle war extrem begrenzt und meine Frau tat alles in ihrer Macht Stehende, um das bisschen Zeit auch noch zu unterminieren. Also fing ich an, Elle zu verwöhnen, wenn ich sie hatte. Ich wollte nur, dass sie glücklich war, Detective. Ich fühlte mich so unendlich schuldig, weil ich sie in diesem Haus zurückgelassen hatte, bei Jewel und diesem Freund. Ich habe dieses kleine Mädchen geliebt und sie liebte mich.« Chin standen Tränen in den Augen. »Elle wollte Verstecken spielen. Anfangs sagte ich Nein, aber sie fing an zu weinen und sagte, Jewel und Graham, Jewels Freund, würden ihr erlauben zu spielen. Dann setzte sie sich auf den Boden, in den Dreck. Ich wollte nicht, dass sie weint. Ich wollte einfach nur, dass sie glücklich war. Also habe ich ihr erlaubt, sich zu verstecken. Weit kann sie ja nicht kommen, habe ich gedacht.« Er schüttelte den Kopf. »Dann ging das Licht aus. Es wurde stockduster.«

Tracy ließ ihm eine Sekunde Zeit, bevor sie das Thema wechselte. »Erzählen Sie mir von der Krankheit Ihrer Frau.«

Chin atmete lautstark aus. »Eine Diagnose hat es nie gegeben, okay? Auch keinen Gerichtsbeschluss. So weit sind wir nicht gekommen. Borderline-Persönlichkeitsstörung ist der Begriff, der während meiner eigenen Therapie nach dem Verschwinden meiner Tochter aufkam, um das Verhalten meiner Frau zu beschreiben. Daraus ergaben sich Empfehlungen, wie ich damit umgehen könnte.«

»Was für ein Verhalten im Besonderen?«

»Meine Ex hat mich von meinen Freunden getrennt und versucht, mich meiner Familie zu entfremden. Sie hat mich isoliert. Das war mir zu der Zeit nicht bewusst, aber jetzt, im Rückblick, ist ganz klar, dass sie genau das getan hat. Sie mochte meine Freunde aus dem Studium nicht, weil sie sie kindisch fand, und meine alten Schulfreunde mochte sie nicht, weil die verwöhnt wären und sich in ihren Privilegien sonnten. Meine Eltern mochte sie nicht, weil die zu kritisch waren. Dann hat sie angefangen, Elle als Druckmittel einzusetzen, um zu kriegen, was sie wollte. Mich, Elle, den neuen Freund, sie hat uns alle benutzt, bis wir für sie nicht mehr von Vorteil waren oder, in meinem Fall, bis ich endlich eingesehen hatte, wie ungesund unsere Beziehung war, und sie verlassen habe. Da ist sie dann zum Angriff übergegangen.«

»Wie hat sie das getan?«

»Sie hatte diesen Freund schon, als wir uns trennten, er war ihr Personal Trainer. Ich glaube, sie hat sich im Prinzip einen Dreck aus ihm gemacht, um ehrlich zu sein, aber er war prima gebaut und sah gut aus, perfekt für sie, um mich eifersüchtig zu machen. Es sollte mir unter die Haut gehen.«

»Und ging es Ihnen unter die Haut?«

»Nein.« Er schüttelte nachdrücklich den Kopf. »Wie ich schon sagte, ich wusste, was sie da tat, und ich dachte, vielleicht lässt sie mich in Ruhe, wenn sie jemand anderen hat, den sie quälen kann. Ich habe mich einfach nur auf den Tag gefreut, wo ich nichts mehr mit ihr zu tun haben würde.«

»Aber dieser Tag wäre ja nie gekommen, solange Sie beide Elle hatten.«

»Ich weiß. Und an einem Punkt dachte ich, der einzige Weg da raus wäre, mich endgültig zu verabschieden. So weit hatte sie mich. Ich habe ernsthaft darüber nachgedacht.«

»Was hat Sie abgehalten?«

»Die Erkenntnis, dass ich Elle damit Jewel überlassen und zu einem Leben in der Hölle verdammen würde. Das konnte ich meiner Tochter nicht antun.«

Aber könnte ihn dieser Gedanke dazu gebracht haben, Elle umzubringen? Das fragte sich Tracy schon. Chin war seinen eigenen Angaben zufolge damals im Kopf nicht mehr ganz bei sich gewesen.

»Ich würde Sie gern etwas fragen. Warum hätte Jewel den Freund benutzen sollen, um Elle zu entführen? Das will mir nicht einleuchten. Wenn sie so kalkulierend ist, wie Sie sie schildern, dann muss ihr doch bewusst gewesen sein, dass sie damit unrettbar an diesen Mann gekettet ist.«

»Es sei denn, sie bringt ihn dazu, sich zu erschießen …« Chin zuckte die Achseln. »Oder sie manipuliert jemanden, das für sie zu tun! Ich kann mir lebhaft vorstellen, welche Kopfspielchen sie mit ihm gespielt hat, weil sie die nämlich auch mit mir gespielt hat. Es heißt, er sei depressiv gewesen, weil er Steroide genommen hat, aber ich weiß, was los war. Die Depressionen kamen von Jewel.«

»Es gab einen Zeugen, der Elles Verschwinden beobachtet hat.«

»Jimmy Ingram.« Chin nickte.

»Er sagte, er hätte Ihnen gesagt, das Licht würde um zehn Uhr ausgehen, aber Sie hätten darauf bestanden, trotzdem ins Labyrinth zu gehen. Warum?«

»Wie ich schon sagte, ich wollte meiner Tochter etwas bieten, sie sollte es schön haben, glücklich sein. Ich hatte mich beim Abholen verspätet, weil ich auf der Arbeit aufgehalten worden war. Ich hatte noch Berichte schreiben müssen. Jewel weigerte sich, Elle an den Abenden, an denen ich sie abholte, etwas zu essen zu geben.« Er schüttelte den Kopf. »Welche Frau lässt denn ihr Kind hungern, nur um gegen ihren Mann punkten zu können?« Als Tracy dazu nichts sagte, fuhr Chin fort und erzählte von ihrer Ankunft im Maislabyrinth, wo Elle erst einmal zur Toilette musste und dann Hunger gehabt hatte. »Als wir gegessen hatten, wollten sie das Labyrinth gerade schließen. Ich sagte dem Typen an der Kasse, wir würden nur ein paar Minuten drinbleiben.«

»Ich habe mich genau erkundigt, weil ich neugierig war, und er sagte, es hätte nicht so ausgesehen, als würde sich das Mädchen gegen die Frau wehren, mit der zusammen sie das Gelände verließ. Sie hätte nicht geschrien und auch nicht versucht zu entkommen.«

»Ich weiß. Darüber habe ich auch nachgedacht.«

»Den Detectives gegenüber sagten Sie, es müsse Jewel gewesen sein, mit ihrem Freund.«

»Ich weiß.«

»Glauben Sie das immer noch?«

»Ich weiß es nicht. Was ich glaube, spielt doch sowieso keine Rolle.«

Tracy wechselte das Thema. »Jewel Chin behauptet, sie hätte Sie verlassen und nicht umgekehrt. Sie seien von ihr besessen gewesen.«

»Ja, das hat sie behauptet.« Chin lächelte, als Tracy ihm einen verwunderten Blick zuwarf. »Aber so ist es nicht gewesen. Ich habe sie verlassen und sie ist losgerannt und hat sich einen Anwalt gesucht und die Scheidung eingereicht, damit es so aussieht, als wäre es ihre Idee gewesen. Mir war es im Grunde egal, aber damals konnte ich mir auch noch nicht einmal im Ansatz vorstellen, welcher Sturm sich da zusammenbraute. Jewel hat mich gehasst dafür, dass ich sie verlassen habe, Detective. Sie hasste mich, weil ich nicht die Karriere anstrebte, von der sie eigentlich ausgegangen war, und weil meine Eltern mich nicht mehr finanziell unterstützten, nachdem ich zur Polizei gegangen war und Jewel geheiratet hatte. Meine Ex hat Elle benutzt, um mir wehzutun. Sie hat die Anzeige wegen häuslicher Gewalt benutzt, um meine Position vor dem Jugendrichter und bei der Scheidung zu schwächen. Sie war sehr, sehr berechnend.«

»Sie glauben, das hatte sie von Anfang an geplant?«

»Diesen Teil schon, das weiß ich. Vergessen Sie nicht, Detective, dass ich gearbeitet habe und Jewel nicht. Sie hatte den ganzen Tag Zeit, sich solchen Scheiß auszudenken. Wie sie mir wehtun, mich herabsetzen kann, mich vielleicht sogar in den Selbstmord treiben. Wie es der Freund dann ja getan hat. Und ich auch fast. Am Ende musste ich gehen und alles, was ich Ihnen sagen kann, ist: Dieses Haus zu verlassen war das Schwerste, was ich je getan hatte. Weil ich wusste, ich lasse Elle in der Fürsorge ihrer dysfunktionalen Mutter zurück.«

»Warum haben Sie es denn dann getan, Bobby? Wenn Sie sich so sicher waren, warum überließen Sie Ihre Tochter einer so kranken Person?«

Chin schüttelte den Kopf, rang mit seinen Gefühlen. »Ich habe immer gedacht, ich würde Elle bekommen. Ich dachte, ein Richter, ein Verfahrenspfleger, irgendwer müsste doch sehen, was ich erkannt hatte.« Er zuckte die Achseln. »Aber weit gefehlt. Ich hatte Jewel unterschätzt. Und ich habe teuer dafür bezahlt.«

Tracy beschloss die Frage zu stellen, die im Bericht angedeutet worden war. »Jetzt, wo Elle nicht mehr da ist, müssen Sie sich nicht mehr mit Jewel befassen.«

Chin schloss die Augen und schüttelte den Kopf. »Ich habe Jewel wegen Elle geheiratet, Detective. Ich habe Verantwortung für mein Kind übernommen. Meine Eltern, meine Schwester, meine Freunde, sie alle waren total dagegen, dass ich Jewel heiratete. Sie haben gesehen, was ich nicht sehen wollte. Aber ich hatte doch die Verantwortung für Elle.«

Chin klang sehr ehrlich und offen und das, was er da vorbrachte, war ein starkes Argument. »Ich habe versucht, Ihre

Eltern und Ihre Schwester zu erreichen«, sagte Tracy. »Aber die Handynummern, die ich habe, sind nicht mehr in Gebrauch.«

»Meine Eltern und meine Schwester können Ihnen nichts sagen, Detective.«

»Wo sind sie?«

»In China. Meine Schwester hat an der Uni einen Studenten kennengelernt, einen chinesischen Staatsbürger. Sie leben außerhalb von Chengdu. Meine Eltern sind mit ihnen zurückgegangen. Sie haben meinetwegen genug durchmachen müssen. Ich möchte Sie bitten, sie in Ruhe zu lassen.« Chin stand auf. »Wenn es nichts anderes gibt, keine neuen Hinweise, würde ich jetzt gern wieder arbeiten.«

Das klang allerdings mehr nach: »Möchte ich jetzt gern mit meinem Leben weitermachen.«

* * *

Tracy kam am frühen Nachmittag zurück ins Polizeipräsidium, wo sie sich einen Becher Kaffee holte und sich an den Schreibtisch in Nunzios Büro setzte. Sie hätte zu gern Nolasco aufgesucht und zur Rede gestellt, dachte aber immer noch über ihre Unterhaltung mit Bobby Chin nach. Wenn er versicherte, er habe die Verantwortung für seine Tochter übernommen, klang das schlüssig, andererseits war sein Verhalten damals nicht gerade hilfreich gewesen. Seine Frau habe ihn verrückt machen wollen, hatte er gesagt. Und wenn er nun wirklich verrückt geworden war, das seelische Gleichgewicht verloren hatte? Er hatte daran gedacht, sich umzubringen – hatte er möglicherweise auch einen anderen Ausweg aus der Situation gesehen?

Unter normalen Umständen hätte Tracy das auf keinen Fall für möglich gehalten, aber Chin hatte selbst gesagt, die Umstände wären nicht normal gewesen, und das schien ja auch zu stimmen, jedenfalls seiner Schilderung nach. Leider bekam

Tracy langsam das Gefühl, sie würde nie herausbekommen, was wirklich geschehen war.

Ihr Computer meldete mit leisem Klingeln eine eingehende E-Mail von Kins, der mit seinem Versuch, einen Durchsuchungsbeschluss zu erwirken, keinen Erfolg gehabt hatte. Der Richter hatte entschieden wie von Cerrabone vorhergesagt: Ihre Beweise reichten seiner Meinung nach nicht, um eine Durchsuchung des Hauses der Brüder Sprague zu rechtfertigen.

Tracy fand die E-Mail frustrierend. Das ging ihr allerdings oft so mit Entscheidungen des Gerichts, wo man sich um die Rechte der Täter mehr Sorgen zu machen schien als um die der Opfer. Sie war inzwischen überzeugt davon, dass die Brüder hinter Coles Verschwinden steckten. Es gab einfach zu viele Zufälle, zu viele Halbwahrheiten und handfeste Lügen. Aber so gern sie auch weiter an dem Fall gearbeitet hätte, es ging einfach nicht.

Nolasco war da sehr deutlich gewesen.

Sie warf einen Blick auf die Akten der beiden vermissten Prostituierten, die auf ihrem Schreibtisch lagen. Angel Jackson und Donna Jones, beide verschwunden, als sie auf der Aurora Avenue North gearbeitet hatten. Gar nicht so weit von der Stelle entfernt, an der Stephanie Cole zum letzten Mal gesehen wurde. Die Umstände waren ähnlich und auch hier war in beiden Fällen nie eine Leiche gefunden worden. Wieder reiner Zufall?

Als sie Kins gegenüber die beiden Frauen erwähnt hatte, hatte der vorgeschlagen, erst einmal den Fall Cole zu bearbeiten und die Ermittlungen dann, wenn er sie zu den beiden Prostituierten führte, auf deren Fälle auszuweiten. Tracy lächelte.

Das ging doch sicher auch umgekehrt.

Wenn sie an den Fällen der beiden Prostituierten arbeitete und diese Arbeit sie zu Stephanie Cole führte, dann könnte Nolasco ihr daraus wohl kaum einen Strick drehen, oder?

Sie zog ihre Tastatur heran und machte sich an die Arbeit. Mithilfe des Katasteramts vom King County stellte sie fest, dass Ed und Carol Lynn Sprague das Haus in North Park 1957 gekauft hatten. Sie sah nach, ob Ed Sprague vielleicht auch noch anderen Grundbesitz gehabt hatte, irgendetwas in einer entlegenen Gegend, wo seine Söhne ihr Entführungsopfer hätten hinbringen können, um es entweder am Leben zu erhalten oder die Leiche zu entsorgen. Auf den Namen Ed Sprague war kein weiterer Grundbesitz eingetragen.

Einer Todesanzeige im *Seattle Post-Intelligencer* zufolge war Ed zehn Jahre zuvor an Krebs gestorben. Er hatte als Mechaniker bei Boeing gearbeitet. Boeing? Tracy horchte auf. Auch Brian Bibby war Mechaniker bei Boeing gewesen, wahrscheinlich sogar teilweise zur gleichen Zeit wie Ed. Die beiden Männer waren in etwa im selben Alter. Das bedeutete natürlich nicht gleich, dass sie sich gut gekannt hatten, denn Boeing beschäftigte Tausende von Mechanikern, aber man sollte dem wenigstens mal nachgehen. Sie notierte sich, dass sie Bibby danach fragen sollte.

Ed hatte seine Frau Carol Lynn hinterlassen und seine drei Söhne Franklin, Carrol und Evan. In der Todesanzeige wurde unter den Trauernden allerdings noch ein weiteres Kind erwähnt: Lindsay.

Tracy lehnte sich zurück, spürte ein Kribbeln. Es kam ihr vor, als sei dies der Moment, wie er bei jeder Ermittlung kommt, wenn man nach dem Auftauchen eines zentralen Indizes kurz vor einem Durchbruch steht. Eine Tochter hatte bisher niemand erwähnt.

Sie sah sich an, wie alt die Kinder gewesen waren, als Ed starb. Lindsay war zehn Jahre jünger als Evan, also musste

Carol Lynn bei ihrer Geburt ungefähr Mitte vierzig gewesen sein. Es war nicht unmöglich, in diesem Alter noch ein Kind zu bekommen, wie Tracy sehr wohl wusste. Aber zehn Jahre Pause zwischen zwei Kindern? Das kam ihr ziemlich lang vor. Eine unerwartete Schwangerschaft? Vielleicht. Oder hatten Ed und Carol Lindsay adoptiert, damit Lynn die Tochter bekam, die sie immer schon hatte haben wollen? Aber auch da war unklar, warum sie so lange gewartet hatten.

Tracy fragte sich, wo Lindsay jetzt war.

Sie rief die staatliche Stelle für Kinder, Jugendliche und Familien in Olympia an. Sensible Informationen wie die Namen der biologischen Eltern würde sie dort nicht bekommen, sollte Lindsay wirklich adoptiert worden sein, doch ein paar grundlegende Fragen würden sich schon klären lassen. Fünfzehn Minuten und zwei Telefonate später legte sie den Hörer auf und hatte ihre Vermutung bestätigt bekommen. Carol Lynn war nicht schwanger gewesen und die Spragues hatten Lindsay auch nicht adoptiert. Das Mädchen war mit zwölf Jahren über das Pflegekinderprogramm zu den Spragues gekommen und hatte bis zu ihrem achtzehnten Geburtstag in der Familie gelebt. Danach war sie volljährig gewesen und hatte das staatliche Betreuungssystem verlassen. Tracy hatte sich ihren Geburtsnamen besorgen können: Lindsay Josephine Sheppard.

Sie dachte an die Schule, nur einen Block vom Haus der Spragues entfernt, und Brian Bibbys launige Bemerkung, seine Frau dürfte wohl den kürzesten Arbeitsweg gehabt haben, der je einem Lehrer vergönnt war. Die Kinder der Nachbarschaft hatten mit ihrem Schulweg ebensolches Glück gehabt. Sie notierte sich die Frage, ob die Kinder der Spragues die North Park Elementary School besucht hatten und, wenn ja, ob die Schule noch weitere Informationen über die vier hatte, besonders über Lindsay.

Danach wandte sie sich einem weiteren Aspekt zu und überprüfte, ob einer der drei Brüder vorbestraft war. Wieder landete sie einen Treffer: Franklin Sprague war zweimal verurteilt worden, weil er eine Prostituierte angesprochen hatte. »Bingo!« War das möglicherweise die Verbindung zu Angel Jackson und Donna Jones? Franklin war beide Male unweit der Stelle verhaftet worden, an der später die beiden Prostituierten verschwanden. Weiter ging es also mit den Zufällen.

Sie las schneller. Bei seiner ersten Verhaftung war Franklin Sprague an eine verdeckt ermittelnde Polizistin herangetreten. Bei der zweiten Verhaftung hatten in der Gegend arbeitende Detectives gesehen, wie er aus seinem Van heraus mit einer ihnen bekannten Prostituierten verhandelte. Tracy suchte sich im Computer die entsprechenden Unterlagen heraus. Beim ersten Mal war Franklin wegen eines Vergehens angeklagt worden, hatte tausend Dollar Strafe gezahlt und neunzig Tage Haft auf Bewährung bekommen, mit der Auflage, zweihundertfünfzig Sozialstunden abzuleisten. Sechs Monate später, nach seiner zweiten Verhaftung, hatte er hundertzwanzig Tage im Kreisgefängnis eingesessen.

Auch bei Carrol Sprague wurde Tracy fündig – Zufall Nummer drei. Carrol war ebenfalls beim Ansprechen einer Prostituierten verhaftet worden, ebenfalls auf der Aurora Avenue und unweit der Gegend, wo später Angel Jackson und Donna Jones verschwunden waren.

Die Suche nach Evan Spragues Namen ergab keinen Treffer.

Tracys Diensthandy klingelte und da die Anruferkennung ihr Mike Melton vom Kriminallabor nannte, nahm sie den Anruf entgegen.

»Hatte Probleme, dich aufzuspüren«, meldete sich Melton. »Ich habe so oft deine alte Festnetznummer angerufen, dass es mir schon zur lieben Gewohnheit wurde.«

»Bitte sag, du hast was für mich!«, bat Tracy. »Ich kann ein bisschen Oz-Magie dringend gebrauchen.«

»Ein paar von den Zigarettenstummeln waren nicht mehr so, dass DNA entdeckt werden konnte, dazu waren sie zu lange den Elementen ausgesetzt. Aber von drei Kippen haben wir DNA nehmen können.«

»Von welchen?«

»Von der Kippe hinter dem Baumstumpf am Ende des Pfads und von zweien, die nah beim Pfadanfang lagen.«

Tracy ballte unwillkürlich die rechte Hand zur Faust. »Immer die gleiche DNA oder unterschiedliche?«

»Unterschiedliche. Und leider kein Treffer in der Datenbank des FBI.«

»Echt kein Treffer?«

»Leider nicht.«

Die Datenbank registrierte nur DNA-Profile von Personen, die wegen eines *Verbrechens* verurteilt worden waren. Bei bloßen *Vergehen* machte der Staat Washington die Abgabe einer DNA-Probe den Angeklagten nicht zur Auflage. Von daher befand sich die DNA von Franklin und Carrol wahrscheinlich nicht im Datenbestand, weil beide nur eines Vergehens wegen angeklagt gewesen waren. Eine Prostituierte anzusprechen zählte nicht als Verbrechen.

Tracy dachte nach. »Wenn ich dir eine DNA-Probe besorge, könntest du die doch mit der DNA von den Zigarettenstummeln vergleichen und feststellen, ob sie übereinstimmen, oder?«

»Du weißt, dass wir das können.«

»Und du könntest feststellen, ob die Probe von einem Verwandten der Person stammt, die die Kippe weggeworfen hat?«

Die Stadt Seattle war vor nicht allzu langer Zeit groß in den Medien gewesen, weil man hier anhand von bei einem Mordopfer gefundener DNA einen Mann hatte verhaften können, weil die DNA eines Verwandten, seines Bruders nämlich, sich in der Datenbank des FBI befunden hatte. Dieser Bruder war ein verurteilter Verbrecher gewesen. Ein ähnlicher Fall in Kalifornien hatte zu erheblichen Kontroversen geführt, als ein Mann als Golden State Killer identifiziert werden konnte, weil ein entfernter Verwandter von ihm seine DNA einer Genealogie-Datenbank zur Verfügung gestellt hatte. Bei dem Verhafteten in Kalifornien hatte es sich um einen ehemaligen Polizisten gehandelt, der mehrere Frauen vergewaltigt und ermordet hatte.

»Verwandtschafts-DNA? Du weißt, dass wir das können.«

»Danke, Mike. Ich melde mich wieder.« Sie wollte den Anruf schon beenden, als ihr noch etwas einfiel. »Mike?«

»Ich bin immer noch hier.«

»Wenn irgendwer fragt, sag, ich hätte dich gebeten, die DNA für zwei alte Fälle durchlaufen zu lassen, an denen ich arbeite. Angel Jackson und Donna Jones.« Sie nannte die Aktenzeichen.

»Moment, ich schreibe das auf. Okay, erledigt!«

»Danke, Mike.«

»Wie geht es deiner Kleinen?«

»Die wächst schnell.«

»Du hast ja keine Ahnung, in welchem Tempo die Jahre vergehen.«

Als Nächstes rief Tracy bei Kins an und verabredete sich mit ihm beim Starbucks weiter unten in der Straße, da sie weder am Telefon noch im Arbeitsbereich des A-Teams mit ihm reden mochte.

Als Kins eintraf, berichtete Tracy ihm von den Ergebnissen aus dem Kriminallabor, fasste zusammen, was sie selbst über die Vorstrafen von Franklin und Carrol Sprague sowie über das Pflegekind Lindsay Sheppard herausgefunden hatte.

Kins runzelte die Stirn. »Selbst wenn du sie findest, ihre DNA bringt uns nicht weiter, wenn sie keine Blutsverwandte ist.«

»Das weiß ich. Ich habe eine andere Idee.«

»Und möchtest du sie mir verraten?«

»Nein.«

»Dachte ich mir schon. Halt mich einfach auf dem Laufenden.« Kins klang entmutigt.

»Was ist?«

»Nolasco drängt, wir sollen uns anderen Fällen zuwenden.«

Tracy nickte. »Ich leite Mikes Ergebnisse an dich weiter und informiere dich über alles.«

Sie warf einen Blick auf die Uhr auf ihrem Handy. Halb vier. Franklin hatte gesagt, Carrol ginge nach der Arbeit gern mal in eine Bar. Vielleicht war ja auch das nur eine Lüge gewesen. Wobei es eine Möglichkeit gab, das herauszufinden.

Carrol kannte sie nicht, er hatte sie noch nie gesehen.

Kapitel 29

Tracy besorgte sich ein Auto aus dem Wagenpool, fuhr zum Home Depot in Shoreline und dort an den Reihen parkender Autos vorbei, die sie sich auf Marken, Modelle und Kennzeichen hin ansah. Noch vom Büro aus hatte sie die Führerscheinstelle angerufen und sich eine Kopie von Carrol Spragues Führerschein besorgt, mit seinem Foto. Er hatte vor Kurzem die Zulassungsgebühr für einen grünen Kia Rio Baujahr 2017 bezahlt, und genau diesen Wagen fand sie an der Ostseite des Gebäudes, ganz in der Nähe des Ausgangs der Gartenabteilung. Sie fuhr drei Reihen weiter, hielt so, dass sie Auto und Ausgang im Blick hatte, und legte sich eine vergrößerte Kopie von Carrol Spragues Führerscheinfoto auf das Armaturenbrett.

Carrol Sprague war siebenundvierzig Jahre alt, einen Meter achtzig groß und wog hundertdrei Kilo. Er trug eine Brille und hatte schütteres Haar, von dem eigentlich nur noch oben auf dem Kopf ein paar Büschel verblieben waren. Dem Foto nach zu urteilen ähnelte er vom Körperbau her weder Franklin noch Evan, Haare und Haut waren heller als bei seinen Brüdern. Er war auch nicht so groß und schwer gebaut wie die beiden, während die Gesichtszüge doch einige Gemeinsamkeiten aufwiesen.

Regentropfen spritzten gegen die Windschutzscheibe und verdichteten sich zu einem gleichmäßigen Nebel. Tracy schaltete von Zeit zu Zeit die Scheibenwischer ein, während sie wartete und fand, die Tropfen sähen fast schon nach Eis aus. Es war Schnee angekündigt.

Um 16.40 Uhr setzte sie sich auf. Ein Mann war aus der Gartenabteilung gekommen und ging auf den Kia Rio zu. Von Weitem konnte sie sein Gesicht nicht genau erkennen, weil es dazu bereits zu dunkel geworden war. Der Regen half auch nicht gerade, und der Mann trug eine schwarz-grüne Goretex-Jacke, deren große Kapuze Kopf und Gesicht schützte. Er zückte einen Autoschlüssel, drückte auf die Fernbedienung und das Licht im Kia ging an, bevor er die Tür öffnete.

Carrol Sprague.

Sprague setzte rückwärts aus seiner Parklücke. Tracy schaltete den Motor ein, ließ die Scheinwerfer aus und fuhr an, wobei sie ausreichend Platz zwischen sich und dem Kia ließ. Sprague schlängelte sich zwischen den Reihen parkender Fahrzeuge hindurch zur 244th Street Southwest, bog gleich darauf nach links ab und fuhr die Aurora Avenue North entlang, die auch unter dem Namen Pacific Highway bekannt war. Auf der Straße musste Tracy natürlich mit eingeschaltetem Licht fahren, aber sie hielt auf der vierspurigen Straße mehrere Wagenlängen Abstand zum Kia, wobei sie darauf achtete, dass sie dicht genug an ihm dranblieb, um es gemeinsam mit ihm über die Ampeln zu schaffen und mitzuhalten, sollte Sprague plötzlich abbiegen.

So ging es mehrere Meilen weit, an einstöckigen Fast-Food-Läden, Motels, Hotels und Travel Lodges vorbei sowie an einigen Ladengeschäften. Tracy dachte an Angel Jackson und Donna Jones und wie einfach es für Sprague gewesen wäre, nach der Arbeit hier entlangzufahren und sich eine Prostituierte zu schnappen, ohne das geringste Aufsehen zu erregen.

Jetzt bog Sprague in eine Ladenzeile ab, wo es außer den Behandlungsräumen eines Chiropraktikers und einem Laden mit Videospielen unter anderem auch eine Bar gab, den Pacific

Pub. Tracy folgte ihm, fuhr an ihm vorbei und beobachtete im Rückspiegel, wie Sprague den Kia parkte und ausstieg, wobei er sich wieder die Jackenkapuze über den Kopf zog, bevor er die Bar betrat.

Gewohnheitstier.

Tracy schlüpfte in ihren Regenmantel, zog ihre Bluse aus der Jeans, um ein bisschen weniger gut gekleidet zu erscheinen, stieg aus dem Auto und hastete unter den Vorbau, der die Eingänge zu den Geschäften vor dem Regen schützte.

Glastür und Fenster des Pubs waren schwarz gefärbt, sodass sie nicht sehen konnte, wo Carrol Sprague saß. Also betrat sie auf gut Glück einen Raum, der von runden, über dem Tresen hängenden Lampen beleuchtet wurde. Es gab an den Wänden Sitznischen mit Bänken und mehrere einzeln stehende Tische mit Stühlen. In einer Nische dicht beim Tresen zog sich Carrol Sprague gerade die Jacke aus und hängte sie an einen Haken, bevor er in die Bank rutschte.

Tracy wählte eine Nische, von der aus sie Spragues Kopf sehen konnte. Gleich darüber hing ein Fernseher von der Decke, auf dem ein Footballspiel übertragen wurde. An Spragues Tisch stand mittlerweile eine Kellnerin mit einer laminierten Speisekarte, die sie ihm aber gar nicht vorlegte. Die beiden redeten miteinander, anscheinend kannten sie sich. Wahrscheinlich war dies die Bar, in der Carrol laut Aussage seines Bruders nach der Arbeit öfter ein Bier trank.

Nach ein paar Minuten wechselte die Kellnerin hinüber zu Tracy, hieß sie willkommen und reichte ihr die Speisekarte.

»Kann ich Ihnen etwas zu trinken bringen?«

»Vielleicht. Ich bin mit jemandem verabredet. Lassen Sie die Karte doch einfach hier, dann kann ich beim Warten schon mal einen Blick drauf werfen.«

Die Kellnerin legte die Karte ab, verschwand und tauchte kurz darauf wieder bei Sprague auf, um ihm ein Longneck Bud

Light zu bringen. Wieder blieb sie kurz stehen, um sich mit ihm zu unterhalten. Seine Freundin? Die Frau kam wieder zu Tracy herüber, die meinte, sie wolle für die Wartezeit erst einmal ein Budweiser bestellen.

»Flasche oder vom Fass?«

»Flasche ist in Ordnung.«

Tracy ließ Sprague nicht aus den Augen, was allerdings für alle anderen Anwesenden in der Bar so aussah, als verfolge sie das Footballspiel auf dem hochgehängten Fernseher. Die Kellnerin brachte ihr Bier und lieferte zwanzig Minuten später ein Körbchen mit Essen, offenbar einen Hamburger mit Pommes, sowie ein zweites Bier an Spragues Tisch. Die erste Flasche nahm sie nicht mit.

Danach kam sie wieder an Tracys Nische. »Warten Sie immer noch?«, erkundigte sie sich.

»Ich warte immer noch«, sagte Tracy.

»Kann ich Ihnen noch ein Bier bringen?«

»Nein danke, im Moment nicht.«

»Melden Sie sich einfach, wenn Sie etwas brauchen.«

»Wird gemacht.«

Weitere zehn Minuten vergingen, dann klingelten die Glöckchen über der Tür der Bar und Tracy nahm aus den Augenwinkeln wahr, wie ein Mann den Raum betrat. Als er zu Carrol Spragues Tisch hinüberging, sah Tracy genauer hin.

Franklin Sprague.

»Mist!«, flüsterte sie leise.

* * *

Carrol Sprague hatte gerade einen großen Bissen Hamburger im Mund und sah nur kurz auf, als sein Bruder ihm gegenüber auf die zweite Sitzbank der Nische rutschte. Mit vollem Mund murmelte er eine Begrüßung.

Franklin reagierte nicht.

»Was ist?« Carrol wischte sich Hände und Mund an einer Serviette ab, die er anschließend auf den Tisch legte. Franklin hatte seinen Bruder kurz nach dessen Dienstschluss angerufen und gesagt, es gäbe etwas zu besprechen, er wolle sich mit ihm im Pacific Pub treffen. Der Anruf hatte Carrol nervös gemacht. Das Einzige, was noch schlimmer war als ein wütender Franklin, war einer, der sagte, er müsse mit einem reden, und nicht verriet, worüber. Er schaffte es dann immer, dass man sich vorkam wie bei einem Verhör. Als würde er einem Fragen stellen, auf die er die Antworten schon wusste, und es ihm in Wirklichkeit nur darauf ankam festzustellen, ob man log oder mit irgendetwas davonzukommen versuchte.

Die Kellnerin tauchte auf und brachte Franklin eine Flasche Longneck Bud. »Danke, Janice«, sagte Franklin.

»Darf es was zu essen sein?«

»Heute nicht, ich habe auf der Arbeit gegessen.«

Sie riss die Rechnung vom Block, schob sie unter das Körbchen und ging.

Franklin sah ihr nach. »Sie wäre gar nicht mal schlecht, wenn sie am Hintern zehn, fünfzehn Kilo abnehmen würde.«

»Ach, mir gefällt ein kleines Polster eigentlich gut.« Carrol versuchte, einen leichten Ton beizubehalten. Er nippte an seinem Bier.

Franklin konzentrierte sich wieder auf seinen Bruder. »Hast du mit Evan gesprochen?«

»Evan?« Carrol schüttelte den Kopf. »Wann?«

»Was soll das heißen, wann? Irgendwann. Hast du gestern Abend mit Evan gesprochen, nachdem wir nach Hause gekommen sind?«

Carrol wusste wirklich nicht, worum es hier ging. Er hatte sich am vergangenen Abend, nachdem Franklin und er wieder zu Hause gewesen waren, kurz mit Evan unterhalten. Allerdings über nichts Weltbewegendes. »Eigentlich nicht.« Das schien ihm die sicherste Antwort zu sein.

»Wie kam er dir vor?«

Carrol zuckte die Achseln. »Völlig okay. Wie immer. So viel haben wir dann auch nicht geredet. Warum?«

»Ist dir aufgefallen, dass er das vordere Zimmer und die Küche sauber gemacht hatte?«

Carrol nippte an seinem Bier. »Hattest du ihm nicht gesagt, er soll das machen?«

»Ja, habe ich, aber das hatte ich ihm auch schon tausendmal vorher gesagt. Wann hat er das letzte Mal daran gedacht, es auch wirklich zu tun? Scheiße, er erinnert sich doch nicht mal daran, dass er den Müll rausbringen soll, wenn er den Beutel schon in der Hand hat.«

»Das stimmt.« Carrol nahm noch einen Schluck aus der Flasche. »Was hat er gesagt, als du ihn gefragt hast?«

»Er meinte, er hätte es gemacht, weil ich es ihm gesagt hätte.«

»Na, da hast du es ja.«

»Was habe ich?«

»Deine Antwort.«

Franklin trank einen Schluck Bier. »Wenn das meine Antwort wäre, wäre ich dann hier?«

Carrol antwortete nicht. Die Frage war wahrscheinlich ohnehin rein rhetorisch gemeint, da aß er lieber sicherheitshalber schweigend ein paar Pommes.

»Er war nervös«, sagte Franklin.

»In deiner Nähe ist er immer nervös, Franklin. Er hat Angst vor dir.«

»Kann sein. Aber gestern hatte ich das Gefühl, er verbirgt irgendwas und ich soll das auf keinen Fall mitbekommen.«

»Was denn?«

»Wenn ich das wüsste, müsste er es nicht verbergen, oder?«

»Hast du ihn gefragt?«

»Natürlich habe ich ihn gefragt. Er ist mir total ausgewichen. Hat jeden Blickkontakt vermieden. Ich dachte, vielleicht hat er ja zu dir irgendwas gesagt.«

Carrol schüttelte den Kopf. Einen Moment lang saßen die beiden schweigend da und tranken ihr Bier. »Was meinst du, was könnte es gewesen sein?«, erkundigte sich Carrol schließlich.

»Ich weiß es nicht. Aber ich möchte, dass du dich mit ihm unterhältst, wenn du nach Hause kommst. Versuch, was aus ihm rauszukriegen. Nüchtern, hörst du? Nicht betrunken.«

»Okay. Klar, kann ich machen.«

»Die Sache läuft aus dem Ruder«, sagte Franklin.

»Welche Sache?«

»Welche Sache?« Franklin senkte die Stimme. »Worüber rede ich hier die ganze Zeit, zum Teufel noch mal? Die Mädchen! Seit Evan sich diese junge Joggerin geschnappt hat … Die Polizei war überall in der Gegend, hat Leute befragt, wollte wissen, wer eine Überwachungskamera hat. Ich sprach mit den Maxwells und die sagten, die Polizei hat sie um die Aufzeichnungen ihrer Kameras vom Mittwoch gebeten, und rate mal, wer drauf war?«

»Bibby.«

Franklin schüttelte den Kopf und verdrehte die Augen. »Evan. Er ist letzten Mittwoch bei seinem Spaziergang am Haus der Maxwells vorbeigegangen. Kurz bevor das Mädchen in den Park ging.«

Carrol legte die Pommes hin, die er gerade hatte essen wollen. Ihm war der Appetit vergangen. »Scheiße.«

»Du sagst es: Scheiße.«

Carrol trank hastig einen Schluck Bier und wünschte, es wäre Whiskey. Aber wenn er sich jetzt einen bestellte, zog ihm Franklin höchstwahrscheinlich die Bierflasche über den Kopf. »Du … du … du meinst, die Polizei hat noch was gefunden?«

»Ja, sie haben noch was gefunden. Bibby hat das Mädchen im Park gesehen. Deswegen waren sie ja überhaupt dort und haben alles abgesucht. Jetzt wissen sie, dass Evan genau um die Zeit spazieren ging, als die Frau verschwand. Sie müssen lediglich die einzelnen Puzzleteile zusammensetzen.«

»Ha... ha... hast du Evans Schuhe und Klamotten weggeworfen?«

Franklin nickte. »Was ist mit Fingerabdrücken? Könnten sie im Auto deine Fingerabdrücke gefunden haben?«

Carrol spürte, wie ihm langsam heiß wurde. »Ich ... ich ... ich glaube nicht. Ich ... ich ... ich habe die ganze Zeit die Handschuhe und die Mütze getragen, wie du gesagt hast. Und ... und ... und ich habe das Auto mit den Tüchern ausgewischt, die du mir mitgegeben hattest. Draußen und drinnen. Ich habe genau gemacht, was du mir gesagt hast.«

Franklin trank sein Bier aus und stellte die Flasche auf den Tisch. »Ich glaube, wir müssen den Stecker ziehen, bevor alles total aus dem Ruder läuft.«

»Den Stecker ziehen?«

»Die Frauen loswerden.«

»Sie gehen lassen?«

Franklin redete weiter, als hätte er seinen Bruder gar nicht gehört. »Evan und ich machen morgen einen Ausflug zur Hütte.«

»Und was ist mit mir?«

»Du bleibst hier.«

»Warum?«

»Weil du dich nicht ständig auf der Arbeit krankmelden kannst, darum. Das sieht sonst langsam verdächtig aus. Und noch mehr verdächtig können wir nicht gebrauchen.«

»Was wollt ihr da oben machen?«

»Ich weiß es nicht.« Franklin drehte sich um, sah kurz zur Tür und wandte sich wieder Carrol zu. »Wenn irgendwer vorbeikommt, wie diese beiden Detectives, dann sag denen, ich bin mit Evan in Eastern Washington. Sag ihnen, wir besuchen Onkel Henry, schauen nach, wie es dem so geht, gehen ein bisschen auf die Vogeljagd. Ich rufe Henry an und sag ihm Bescheid, für den Fall, dass sich jemand so stark für uns interessiert, dass sie deiner Aussage nachgehen. Er leidet an Demenz, viel kann er sich sowieso nicht merken.«

»Okay.« Carrol trank noch einen Schluck Bier und warf einen kurzen, sehnsüchtigen Blick Richtung Tresen, bevor er sich wieder auf seinen Bruder konzentrierte. »Was hast du dort oben vor, Franklin?«

»Ich sagte doch schon, ich weiß es nicht.«

Carrol wurde es eng um die Brust. In der Bar war es ungemütlich warm geworden. »Wir sind keine Mörder, Franklin.«

Franklin schüttelte den Kopf. »Was hast du denn gedacht, du Trottel, wie es ausgeht?« Er zog fragend die Brauen hoch. »Hast du gedacht, wir lassen die Frauen frei und sie ziehen fröhlich ihrer Wege? Verraten niemandem auch nur ein Wort?«

»Ich … ich … ich … Das hast du so gesagt.«

»Ich … ich … ich …«, spottete Franklin. »So weit hast du nicht gedacht, was? Ich hab das nur gesagt, damit du verdammt noch mal den Mund hältst.«

»Ich … ich … ich habe einfach gedacht, wir behalten sie. Für immer. Dass sie uns irgendwann mal mögen und unsere Frauen sein könnten.« Die Worte stolperten unbeholfen aus Carrols Mund.

Franklin schüttelte den Kopf. »Was ist bloß nach mir aus dem Genpool dieser Familie geworden?«

»Wir sind keine Mörder, Franklin.«

Franklin schüttelte den Kopf. »Du ahnst nicht mal die Hälfte von dem, was wir sind.«

***

Tracy fluchte leise, rutschte tiefer in die Nische hinein und hielt den Kopf schief, damit man ihr Gesicht nicht sehen konnte. Carrol Sprague wusste nicht, wie sie aussah, Franklin Sprague dagegen schon. Ziemlich gut sogar. Dass sie lediglich eine von drei Frauen im Raum war, half nicht gerade. Auch nicht, dass es sich hier um die Art Kneipe zu handeln schien, in der eine Frau durch ihre bloße Anwesenheit Aufsehen erregte. Kurz dachte sie daran, einfach zu gehen, aber Franklin hatte sich Carrol gegenüber hingesetzt, also mit dem Gesicht zu ihr. Er würde sie auf jeden Fall sehen. Und außerdem ergab sich hier gerade eine Gelegenheit, etwas in Erfahrung zu bringen, wie sie sich Tracy vielleicht nie wieder bieten würde.

Jedenfalls nicht mehr rechtzeitig.

Also beschloss sie zu warten.

Die Kellnerin brachte Franklin seine Longneck-Flasche Budweiser.

Weitere fünfzehn Minuten vergingen, in denen sich die Brüder leise unterhielten. Was immer sie besprechen mochten, Carrol schien es den Appetit verdorben zu haben. Endlich standen die beiden auf und schnappten sich ihre Jacken. Tracy senkte hastig den Kopf und wandte sich ab, als suche sie auf der Bank neben sich nach ihrer Handtasche. Sie hörte die beiden Männer an ihrem Tisch vorbeischlurfen, ohne stehen zu bleiben, dann klingelten die Glöckchen über der Tür. Sie sah auf, als die Spragues gerade gingen und die Kellnerin kam, um deren Tisch abzuräumen.

»Miss«, rief Tracy. Die Kellnerin drehte sich um, stellte die Bierflaschen ab, die sie gerade einsammeln wollte, und kam an Tracys Nische. »Ich glaube, ich warte nicht mehr länger. Können Sie mir die Rechnung bringen?«

»Klar.« Die Kellnerin warf einen Blick auf ihren Block, riss Tracys Rechnung ab und reichte sie ihr.

Tracy gab ihr einen Zwanzigdollarschein.

»Moment, ich hole Ihr Wechselgeld«, sagte die Kellnerin.

Tracy erkundigte sich nach der Toilette, obwohl sie längst mitbekommen hatte, wo die war, und wurde auf ein Schild über dem Zugang zu einem schmalen Flur hingewiesen, auf dem »Toiletten« stand. Der Weg dorthin führte an der Nische vorbei, in der die Spragues gesessen hatten. »Na, die hätte ich wohl auch selbst finden können!«, meinte Tracy gut gelaunt.

Während die Kellnerin zum Tresen ging, um Wechselgeld zu holen, nahm Tracy ihre Handtasche von der Sitzbank und machte sich, ihre Bierflasche in der Hand, auf den Weg Richtung Toiletten. Beim Tisch der Spragues blieb sie stehen, als wolle sie noch einen Blick auf das Footballspiel werfen, stellte ihre Bierflasche auf den Tisch und nahm zwei andere mit, von jeder Tischseite eine. Die steckte sie zusammen mit den zerknüllten Servietten aus Carrol Spragues Esskörbchen in ihre Handtasche und ging weiter den Flur hinunter zu den Toiletten.

* * *

Carrol war seinem Bruder nach draußen gefolgt, bevor ihm einfiel, dass er noch gar nicht bezahlt hatte. »Mist! Ich habe vergessen zu zahlen!«

Franklin schüttelte den Kopf. »Du bist ein Trottel. Geh zurück und erledige das, wir sehen uns dann zu Hause.«

Carrol drückte die Glastür auf und trat wieder in die Bar, setzte die Kapuze ab und schüttelte Wassertropfen von den Schultern. Das Gespräch mit Franklin hatte ihn so durcheinandergebracht, dass er sich nicht mehr daran erinnerte, wie viel er schuldig war. Er eilte zur Nische, suchte nach seinem Zettel, konnte ihn jedoch nicht finden und wollte gerade zum Tresen gehen und nach Janice Ausschau halten, als ihm auffiel, dass nur noch zwei Bierflaschen auf dem Tisch standen. Eine Flasche Bud Light und eine Flasche Budweiser, die Flasche Budweiser noch halb voll. Sein Bier nicht auszutrinken, sah Franklin gar nicht ähnlich, wobei ihm ja momentan auch allerhand durch den Kopf ging. Na, bleibt eben mehr für mich, dachte Carrol.

Er hatte die Flasche schon am Mund und wollte sie austrinken, als er einen seltsamen Geschmack wahrnahm. Hastig setzte er das Bier wieder ab und dachte nach, versuchte herauszufinden, was das sein könnte. In diesem Moment kam eine Frau aus dem zu den Toiletten führenden Flur, zögerte kurz, als sie ihn am Tisch stehen sah, lächelte freundlich und ging an ihm vorbei zur Tür. Er hatte sie noch nie zuvor hier gesehen, an eine Frau wie diese würde er sich auf jeden Fall erinnern. »Ein heißes Geschoss«, wie Franklin gesagt hätte, groß, blond, gut aussehend.

»Miss!«, rief Janice hinter ihr her, aber die Frau ging einfach weiter. Janice kam hinter dem Tresen hervor, sie hatte Geld in der Hand.

»Stimmt etwas nicht?«, erkundigte sich Carrol.

»Sie hat ihr Wechselgeld vergessen.«

»Vielleicht wollte sie dir ein Trinkgeld geben.«

»Es ist Wechselgeld für einen Zwanziger und sie hatte nur ein Bier.«

Carrol lächelte. »Bleibt mehr für dich, was? Ich habe vergessen zu zahlen.«

»Ich weiß. Ich dachte, die Frau hätte dich abgelenkt und du gibst mir das Geld beim nächsten Mal.«

»Ich habe sie hier noch nie gesehen«, meinte Carrol.

»Sie hat auf jemanden gewartet. Ich glaube, sie wurde versetzt.«

Carrol zog ungläubig die Brauen hoch. »Echt jetzt? Wer versetzt denn so eine Frau?«

»Keine Ahnung.« Janice zuckte die Achseln. »Sie hat nur ein Bier bestellt und gesagt, sie wartet auf jemanden.«

»Nur ein Bier?«, fragte Carrol, warf einen Blick hinüber zu dem Tisch, an dem er gesessen hatte, und beantwortete seine eigene Frage danach, wer so eine Frau versetzen würde.

»Niemand«, sagte er laut.

»Was meinst du damit?«, erkundigte sich Janice.

Er sah sie an. »Hast du von meinem Tisch schon was weggeräumt?«

»Noch nicht. Warum?«

Carrol wurde plötzlich wieder heiß.

»Carrol? Alles in Ordnung?«

»Ja.« Jetzt wusste Carrol, was er eben geschmeckt hatte. Lippenstift. »A… a… a… alles in Ordnung.«

* * *

Als er nach Hause kam, war Franklin schon da und bombardierte Evan, der blass und verängstigt wirkte, mit Fragen.

»Ich weiß doch, dass irgendwas los ist, Evan. Du bist seit gestern Abend völlig durch den Wind.«

»Niemand ist an die Tür gekommen, Franklin.«

»Franklin?«, meldete sich Carrol.

»Siehst du nicht, dass ich beschäftigt bin?«, zischte sein Bruder ihn an.

»Es ist wichtig.«

»Das hier auch.«

»Wie … wie … wie sah die Frau von den beiden Detectives aus?« Mit dieser Frage war er sich Franklins Aufmerksamkeit gewiss, das wusste Carrol genau.

»Wieso?« Franklin drehte sich zu ihm um.«

»Bl… bl… blonde Haare? Fast so groß wie ich? Gut aussehend?«

»Wo hast du sie gesehen?«

Carrol war inzwischen richtig schlecht. Er ließ sich auf einen Stuhl fallen. »In … in … in …« Er brachte einfach kein Wort heraus.

»Was?«, fragte Franklin.

»In … in … in der Bar heute Abend.«

»Sie war bestimmt nicht in der Bar.«

Während Carrol langsam dämmerte, was da eben passiert war, wurde sein Stottern immer schlimmer. Er schaffte es einfach nicht, seine Geschichte zu erzählen.

Franklin setzte sich auf. »Mach langsam und sag, was los ist.«

Stotternd und zitternd erzählte Carrol, was sich nach seiner Rückkehr in die Bar zugetragen hatte. »Es war Lippenstift«, erklärte er zum Schluss.

»Woher willst du wissen, wie Lippenstift schmeckt?«

»Ich weiß es einfach«, sagte Carrol.

»Du bist sicher?«

»Ich bin sicher.«

Franklin fuhr sich mit der Hand über das Gesicht, schaute einen Moment lang weg, tigerte dann im Zimmer auf und ab. Als er sich wieder seinen Brüdern zuwandte, lächelte er, was Carrol zu Tode erschreckte. Nach einem kurzen Seitenblick auf Evan, der genauso entsetzt wirkte, wagte er zu fragen: »Alles in Ordnung?«

»Sie hat die Flaschen wegen der DNA mitgenommen«, sagte Franklin.

»Scheiße!«, stöhnte Carrol.

»Das ist gut!« Franklin lachte. »Sie wird die DNA von den Flaschen durch den Computer jagen und feststellen, dass sie nicht mit der im Park gefundenen übereinstimmt. Damit sind wir aus dem Schneider.«

»Was ist mit dem Auto? Was, wenn sie im Auto etwas gefunden haben?«

»Du hast Handschuhe und Strickmütze getragen?«

»Ja, aber wenn ich im Auto ein Haar verloren habe oder Hautpartikel oder so etwas?«

»Mann, du hast doch gar kein Haar, das dir ausfallen kann. Und du hast alles abgewischt?«

»So gut ich konnte.«

»Dann musst du dir keine Sorgen machen. Jedenfalls noch nicht.«

Carrol war immer noch sehr mulmig. »Was ist mit Evan? Wenn sie am Tatort DNA gefunden haben, war die vielleicht von Evan.«

»Was für DNA?« Franklin sah Evan an. »Hast du irgendetwas getrunken und die Flasche weggeworfen, bevor du dir das Mädchen geschnappt hast?«

Evan schüttelte den Kopf.

»Hat sie dir Haare ausgerissen oder die Klamotten zerfetzt, die du getragen hast?«

Wieder schüttelte Evan den Kopf.

Franklin lächelte. »Evan hat sie gar nicht auf dem Zettel«, sagte er zu Carrol. »Der hat von uns allen das beste Alibi. Er ist ein Idiot. Sie denkt an dich und mich. Wir haben beide Mittwoch gearbeitet. Unsere Arbeitgeber können das bestätigen. Wenn ihr das bisher nicht gereicht hat, dann reicht jetzt die DNA.«

»Dann sind wir aus dem Schneider?« Carrol mochte es kaum glauben.

»Sieht so aus.« Franklin wandte sich an Evan. »Sieht so aus, als würdest du dein Mädchen doch noch ausprobieren dürfen.«

Kapitel 30

Früh am folgenden Morgen lieferte Tracy die beiden Bierflaschen und die Servietten im Washington State Crime Lab am Airport Way ab. Mike Melton begrüßte sie herzlich. Die beiden kannten sich gut, sie hatten nicht nur schon bei vielen Fällen zusammengearbeitet, sondern sammelten außerdem noch ehrenamtlich Spenden für die Organisation »Victim Support Services«, die im Staat Washington Opfern von Gewaltverbrechen und deren Familien half. Melton trat bei der jährlichen Benefizveranstaltung der Organisation mit der Band *The Fourensics* auf, in der er Gitarre spielte und sang, und Tracy hatte ein Golfturnier ins Leben gerufen, bei dem zu Ehren des im Dienst ums Leben gekommenen Detectives Scott Tompkins Spenden gesammelt wurden, die ebenfalls der Opferhilfe zugutekamen.

Als Erstes zeigte Tracy Melton Fotos von Daniella, die ein Lächeln auf das bärtige Gesicht des großen Mannes zauberten. Melton schmolz sichtlich dahin, wie er es zweifellos auch bei seinen eigenen Kindern und Enkelkindern tat.

»Ich beneide dich nicht und deinen Mann schon gar nicht«, erklärte Melton. »Töchter großzuziehen ist hart, besonders für den Vater. Ständig macht man sich Sorgen um ihre Sicherheit und hofft, es bricht ihnen nicht irgendwann irgendein Junge das Herz. Da warten noch reichlich schlaflose Nächte auf euch.«

»Die gibt es jetzt schon«, gab Tracy zu. »Aber du scheinst es ja ganz gut überstanden zu haben.«

»Der Job hier macht die Sache nicht einfacher, doch wem sage ich das?« Er warf einen Blick auf das, was Tracy mitgebracht hatte. »Soll ich raten? Deiner Meinung nach haben diese Bierflaschen und die Servietten etwas mit der DNA auf den Zigarettenkippen im Fall des verschwundenen Mädchens zu tun.«

»Richtig!«

»Und du brauchst das so schnell wie möglich?«

»Du durchschaust mich doch immer wieder. Aber tu mir einen Gefallen ...«

»Schon verstanden. Es soll unter den Namen und Aktenzeichen laufen, die du mir gestern gegeben hast?«

Sie lächelte. Mike Melton sagen zu wollen, wie er seine Arbeit zu tun hatte, war ungefähr so, als wollte man Bill Gates den Umgang mit einem PC erklären.

»Ich mach noch mal Druck bei den Jungs im Labor«, versprach Melton. »Ich behaupte einfach, du hast allen zu Weihnachten eine Rolex versprochen.«

Tracy lachte. »Sie werden sich wahrscheinlich mit Casios zufriedengeben müssen.«

Auf dem Weg nach draußen meldete sich Tracy bei Kins, den sie am Abend zuvor nicht hatte stören wollen, weil Kins und seine Frau dienstags ihr feststehendes Date hatten und ausgingen. So erfuhr Kins erst jetzt, was sie getan und was sie aus der Bar mitgebracht hatte.

»Carrol hatte keine Ahnung, wer ich bin«, sagte sie. »Mike bittet die Leute im Labor, sich mit der Analyse zu beeilen und die DNA dann mit der zu vergleichen, die die Spurensicherung in der Schlucht gefunden hat.«

»Verwandtschafts-DNA«, sagte Kins.

»Wenn wir recht haben, wäre damit klar, dass Evan im Park war, wahrscheinlich hinter dem Baumstumpf. Sobald ich etwas von Melton gehört habe, melde ich mich bei dir. Ach ja, die Analysen im Labor laufen unter den Namen und den Aktenzeichen für Angel Jackson und Donna Jones.«

»Unter wessen Namen?«

»Das sind die beiden Prostituierten, die von der Aurora Avenue verschwanden.«

Kins antwortete nicht sofort. Er hatte verstanden, warum Tracy die alten Fälle benutzte, um im Rahmen der Suche nach Stephanie Cole DNA analysieren zu lassen. »Kommst du gleich ins Büro?«, fragte er.

»Da ist noch ein Hinweis, dem ich gern nachgehen möchte.«

»In Bezug auf diese Cold Cases?« Kins schien zu ahnen, dass es auch diesmal um Stephanie Cole ging.

»Ich sag dir Bescheid«, versprach Tracy.

* * *

Nach ihrem Telefonat machte sich Tracy wieder einmal auf den Weg nach North Park. Da Schulunterricht war, parkten Autos an der Straße vor Bibbys Haus und Kinder rannten lärmend über den Schulhof. Weil keiner der Spragues ihr Auto bemerken oder mitbekommen sollte, dass sie noch einmal bei den Bibbys vorbeischaute, stellte sie ihren Wagen um die Ecke ab und ging zu Fuß zurück.

Bibby öffnete ihr nach dem dritten Klopfen. Sofort spürte sie die warme Luft, die der Kamineinsatz zirkulieren ließ. Die Stereoanlage spielte klassische Musik. »Detective?« Bibby wirkte erstaunt. »Wo ist denn Ihr Partner?«

»Der geht gerade einem Hinweis in einer anderen Sache nach. Ich bin eigentlich hier, weil ich mich kurz mit Ihrer Frau unterhalten wollte. Ist sie zu Hause?«

»Lorraine? Sicher. Kommen Sie doch rein.«

Tracy trat ins Haus und Bibby schloss hinter ihr die Tür. »Haben Sie inzwischen mehr über das verschwundene Mädchen herausfinden können?«

»Wir ermitteln weiterhin. Ich hätte auch noch eine Frage an Sie.«

»Schießen Sie los.«

»Rauchen Sie?«

Bibby warf einen verstohlenen Blick hinter sich, wie ein Schuljunge, der Angst hat, gleich von seinen Eltern auf frischer Tat ertappt zu werden. »Eine Zigarette am Tag«, gestand er mit gesenkter Stimme. »Wenn Jackpott und ich unseren Spaziergang machen. Verpetzen Sie mich bitte nicht bei Lorraine, wobei ich fürchte, sie weiß es. Ich würde es ihr trotzdem nur ungern direkt unter die Nase reiben. Meine einzige schlechte Angewohnheit.«

»Welche Sorte?«

»Marlboro. Warum?«

»Wir haben in der Schlucht einige Kippen gefunden und vielleicht muss ich die von Ihnen stammenden ausschließen können.« Tracy langte in ihrer Tasche nach dem DNA-Test.

»Das lässt sich ganz einfach klären. Ich werfe meine Kippen nicht im Park weg. Eine Menge Leute haben sich große Mühe gegeben, dort sauber zu machen. Ich rauche meine Zigarette auf dem Rückweg, auf dem Weg nach oben, und werfe die Kippe in die Mülltonne vorm Park. Lorraine?« Bibby drehte sich um und wollte den Flur hinunter ins Wohnzimmer gehen.

»Einen Moment noch«, bat Tracy. »Ich wüsste gern, ob Sie Ed Sprague kannten.«

»Den Vater der Jungs? Sicher. Ich kannte Ed. Nicht gut, aber schon vom Sehen her, als Nachbarn. Er ist aber tot.«

»Das weiß ich mittlerweile. Ich habe außerdem erfahren, dass er als Mechaniker bei Boeing gearbeitet hat.«

»Das stimmt.« Bibby nickte. »Haben Sie etwas dagegen, wenn wir uns setzen? Ich habe es gestern ein wenig übertrieben, das nimmt mir mein Rücken heute übel.«

Inzwischen war Lorraine Bibby in den Flur getreten und zögerte kurz, als sie Tracy sah.

»Die Ermittlerin möchte dir ein paar Fragen stellen«, erklärte ihr Mann.

»Mir?« Lorraine klang überrascht.

Im Wohnzimmer setzte sich Bibby in seinen Sessel, Tracy auf die Couch, möglichst nahe beim Kamin, und Lorraine entschied sich für das andere Ende der Couch.

»Ich fragte Ihren Mann gerade, ob Ed Sprague und er sich von der Arbeit her kannten.«

»Nein.« Bibby schüttelte den Kopf. »Bei Boeing arbeiten eine Menge Mechaniker, Detective. So zwischen fünfzehn- und zwanzigtausend, wobei Sie mich da nicht auf eine genaue Zahl festnageln dürfen.«

»Ich wusste, dass es viele sind«, sagte Tracy. »Sie sind also nicht zusammen zur Arbeit gefahren oder so?«

»Es wurde in sehr vielen verschiedenen Schichten gearbeitet«, erklärte Bibby. »Nein, wir sind nicht zusammen zur Arbeit gefahren. Ich kannte Ed und bin ihm manchmal im Werk über den Weg gelaufen, aber befreundet waren wir nicht.«

»Wie war er denn so?«, fragte Tracy. »Soweit Sie das mitbekommen haben.«

»Ruhig.« Bibby sah seine Frau an. »Blieb lieber für sich, war nicht sehr mitteilsam. Nicht jeder hat ja Interesse daran, sich mit den Nachbarn anzufreunden. Vielleicht hat Lorraine ja eine andere Meinung zu Ed?« Bibby klang nicht richtig herablassend, sein Ton jedoch hatte eine gewisse Schärfe.

Lorraine runzelte die Stirn und sah ihren Mann kurz an, bevor sie sich auf Tracy konzentrierte. »Ich möchte nicht schlecht über die Toten reden. Und Carol Lynn war eine sehr liebe Frau. Sehr zurückhaltend, aber lieb.«

»Und Ed Sprague? Ist Ihnen an dem irgendetwas aufgestoßen?« Tracy ließ nicht locker.

Lorraine schien ihren Mann mit Blicken durchbohren zu wollen. Sie sah aus, als hätte sie in eine saure Zitrone gebissen. »Das ist jetzt mehr als dreißig Jahre her und damals war vieles anders als heute.« Mehr schien sie nicht sagen zu wollen, kämpfte aber immer noch mit den sauren Zitronen.

»Was war anders?«, drängte Tracy sanft.

»Die Jungen kamen mit blauen Flecken und Schürfwunden zur Schule«, erklärte Bibby.

»Und Sie glauben, Ed Sprague hätte seine Söhne geschlagen?« Tracy sah Lorraine an.

»Ich weiß es nicht«, gestand Lorraine ein, die sich über die Einmischung ihres Mannes nicht zu freuen schien. »Und es spielt ja auch wirklich keine Rolle mehr.«

»Haben Sie die Jungen gefragt? Ich meine damals, als sie noch zur Schule gingen. Haben Sie sie gefragt?«

»Verschiedene Lehrer haben bei verschiedenen Anlässen nachgefragt. Die Antwort der Jungen war immer dieselbe: Sie hatten sich gerauft oder im Garten Football gespielt. Es gab immer … Wir haben sie sogar getrennt befragt, aber sie sagten immer dasselbe.«

»Jungs fassen einander nun mal beim Spielen nicht mit Samthandschuhen an«, warf Bibby ein. »Das gehört dazu, wenn man ein Junge ist. Meine Brüder und ich haben uns als Kinder und Jugendliche gebalgt, was das Zeug hielt.«

»Dann glauben Sie nicht, dass Ed Sprague seine Söhne verprügelt hat?«

Bibby runzelte die Stirn. »Man verstand damals unter Disziplin etwas anderes als heute. Mein Vater hat mich und meine Brüder geschlagen, mehr als einmal, das kann ich Ihnen gern sagen. Meistens hatten wir es verdient und wir haben es uns hinterher zweimal überlegt, ob wir bestimmte Sachen noch einmal machten und Prügel riskieren wollten. Aber Lorraine hat recht. Die Zeiten haben sich geändert.«

»Hat je irgendwer die Zwischenfälle gemeldet?«, erkundigte sich Tracy bei Lorraine.

»Nicht, dass ich wüsste. Das Gesetz erlaubt den Eltern ja körperliche Strafen, aber … mir kam es exzessiv vor«, sagte Lorraine.

Tracy wechselte das Thema. »Wie waren die Jungen in der Schule?«

»Ungefähr so, wie sie jetzt auch sind. Gute Schüler waren sie alle nicht. Franklin war der älteste und der größte. Ein natürlicher Anführer, aber auch ein bisschen ein Tyrann, ein Schläger. Wir hatten einige Probleme miteinander und es gab ein paar Schlägereien. Carrol stotterte und war übergewichtig. Wenn er gehänselt wurde, hat Franklin sich eingemischt. Carrol orientierte sich meistens an Franklin.«

»Ist Evan auch auf diese Schule gegangen?«

»Ja, aber lange nach seinen Brüdern, und er war im Förderprogramm. Er war ein süßer Junge, lieb, aber auch er orientierte sich an Franklin. Wenn ich zurückblicke, kommt es mir vor, als wäre Franklin immer in der Nähe gewesen, um ihn zu beschützen.«

»Hatten die Brüder Angst vor Franklin?«, fragte Tracy.

»Einige Lehrer hatten diesen Eindruck.«

»Und Sie?«

»Eigentlich nicht. Sie würden doch auch nicht alle immer noch zusammenleben, wenn das der Fall wäre, oder? Mein Eindruck ist, dass Franklin sich um sie kümmert, besonders um Evan.«

»Und keiner von ihnen hat je geheiratet.«

»Nein. Sie haben immer in diesem Haus gelebt, soweit ich das mitbekommen habe.«

»Kannten Sie das Mädchen, das als Pflegekind in der Familie gelebt hat?«

»Lindsay?« Lorraine klang überrascht. »Sie war nur ein paar Jahre dort. Vier oder fünf, glaube ich.« Sie sah Bibby an.

»Ich habe mich wirklich nicht um die Leute gekümmert«, antwortete ihr Mann. »Ich erinnere mich kaum noch an das Mädchen.«

»Sie war viel jünger als Franklin und Carrol«, erklärte Lorraine. »Sogar jünger als Evan. Ich habe mich oft gefragt, ob sie sie deswegen aufgenommen haben. Damit Evan jemand im Haus hatte, der ihm vom Alter her ein bisschen näherstand.«

»Haben Sie die Spragues je gefragt, warum sie sie aufgenommen haben?«

»Nein. Ich glaube, ich bin immer davon ausgegangen, dass Carol Lynn eine Tochter wollte, stattdessen drei Jungen bekam und sich nach Evans Geburt dagegen entschieden hatte, noch mehr Kinder zu bekommen.«

»Wie war Lindsay so?«

»Ich habe sie nicht so mitbekommen wie die Jungen. Ich glaube, sie kam, als sie schon in der siebten Klasse war. Sie war ruhig, wirkte oft mürrisch, verschlossen. Auch mit ihr gab es ein paar Zwischenfälle.«

»Hatte sie blaue Flecken?«

»Nicht, dass ich mich erinnere.«

»Hat irgendjemand je herausgefunden, weshalb sie mürrisch war?«

Lorraine schüttelte den Kopf. »Die Kinder, die im Pflegekinderprogramm betreut werden, haben oft große Probleme. Ich habe Ed und Carol Lynne immer für das bewundert, was sie taten oder doch zumindest zu tun versuchten.«

»Wissen Sie, ob Lindsay je geheiratet hat?«

»Nein, das weiß ich nicht«, sagte Lorraine. »Soweit ich mich erinnere, ist sie fort, sobald sie achtzehn geworden war. Ich glaube, sie hat noch nicht einmal die Highschool abgeschlossen. Wir haben sie nie wiedergesehen.«

»Nie?«, fragte Tracy.

»Kein einziges Mal«, sagte Lorraine und Bibby nickte zustimmend.

»Haben Sie Carol Lynne je nach ihr gefragt?«

»Einmal«, sagte Lorraine. »Im Vorübergehen. Ich fragte sie, was eigentlich aus Lindsay geworden wäre.«

»Was hat sie gesagt?«

»War sie nicht in einen anderen Staat gezogen?« erkundigte sich Lorraine bei ihrem Mann.

»Das hatte ich auch so verstanden«, sagte Bibby.

»Carol Lynne schien traurig darüber, aber sie hat nicht viel gesagt«, fuhr Lorraine fort. »Einmal erwähnte sie allerdings, dass Lindsay mit vielen Problemen zu ihnen gekommen sei, die sich, als sie dann ein Teenager war, noch verstärkt hätten.«

»Das ist ein schwieriges Alter«, warf Bibby ein.

Tracy stellte noch ein paar Fragen, dankte den Bibbys und verließ das Haus.

Zurück im Polizeipräsidium verschanzte sie sich in ihrem Büro und ging den Bericht der Pflegekinderstelle in Olympia durch. Nach Lindsays Unterbringung bei den Spragues kam sie in den Unterlagen der Behörde kaum noch vor. Es hatte wohl noch ein oder zwei Besuche gegeben, aber die Berichte darüber halfen ihr nicht weiter.

Als Nächstes ließ sie die Namen Lindsay Sprague und Lindsay Sheppard durch die bundesstaatlichen und nationalen Datenbanken laufen und suchte nach einem Führerschein, einer Sozialversicherung, Steuerunterlagen oder einer Heiratsurkunde. Ein paar mögliche Treffer tauchten auf, die sich aber aufgrund der Geburtsdaten und Herkunftsorte der gefundenen Personen als Fehltreffer entpuppten. Sie durchsuchte die Sterberegister, hatte aber auch hier keinen Erfolg.

Danach ließ sie beide Namen durch vier nationale polizeiliche Datenbanken laufen, National Crime Information Center (NCIC), Combined DNA Index System (CODIS), Integrated Automated Fingerprint Identification System (IAFIS) und Violent Crime Apprehension Program (ViCAP), und suchte auch in der Datenbank für vermisste Personen des Staates Washington. Nirgendwo erzielte sie einen Treffer und nach jeder vergeblichen Suche fühlte sie sich stärker beunruhigt.

Tracy wusste, dass viele Städte und Kreise eine Zeit lang die Toten, die niemand identifizieren konnte, begraben hatten, ohne für spätere Analysen DNA-Proben zu entnehmen. Und selbst wenn solche Proben genommen worden waren, landeten die nicht immer auch in den nationalen oder bundesstaatlichen Datenbanken. Bei der Suche nach ihrer Schwester hatte Tracy außerdem gelernt, dass in den Asservatenkammern von Gerichtsmedizinern im Land mehr als 40 000 sterbliche Überreste lagerten, die man mit konventionellen Methoden nicht hatte identifizieren können. Sie waren unter anderem für den Fall zurückbehalten worden, dass doch noch einmal ein DNA-Abgleich vorgenommen werden konnte, wenn die Familien DNA zur Verfügung stellten. Eine Menge Variablen, aber keine davon ließ sich bei Lindsay Sheppard anwenden, da sie keine Blutsverwandte der Spragues war.

Tracy suchte auch nach Gerichtsverfahren, in die Lindsay verwickelt gewesen sein könnte, und zwar mithilfe elektronischer Systeme wie PACER, dem öffentlichen Zugang zu Gerichtsunterlagen, Westlaw und LexisNexis. Sie erzielte weder bei den zivilrechtlichen noch bei den strafrechtlichen Daten einen Treffer und auch nicht bei den Daten, die Insolvenzverfahren betrafen.

Lindsay Sheppard war achtzehn geworden und einfach vom Erdboden verschwunden.

Genau wie Sarah.

Genau wie Stephanie Cole. Zunehmende Anspannung in ihren Schultern ließ Tracy aufstehen und sich dehnen. Das half wenig, denn auf einmal kam es ihr so vor, als würde ihr Herz im Hundertmeilentempo schlagen. Sie schwitzte, bekam schlecht Luft. Diese Symptome kannte sie leider gut.

Kämpfen oder flüchten.

Sie atmete ein paarmal tief durch, doch das leere Gefühl im Kopf und der Schwindel blieben. Deswegen setzte sie sich erst einmal, senkte den Kopf auf die Knie und fürchtete, jeden Moment ohnmächtig zu werden.

Nach einigen Minuten ging ihr Atem wieder halbwegs normal, sie fühlte sich aber weiterhin schwach. Könnte es sein, dass sie zuckerkrank war? Oder blutarm? Sie hatte von Frauen gehört, die nach der Geburt mit so etwas zu kämpfen hatten. Sie fragte sich auch, ob ihre Suche nach Lindsay in ihrem Unterbewusstsein Erinnerungen an die schrecklichen Tage nach Sarahs Verschwinden ausgelöst haben könnte. Genau, was Dan befürchtet hatte. Auch Lisa Walsh hielt eine solche Reaktion für möglich.

Sie musste dringend an etwas anderes denken als an Lindsay Sheppard. Sie nahm sich die Akte Chin vor, las einige Seiten darin noch einmal durch, erledigte ein paar Telefonate und schaffte es schließlich, Jewel Chin aufzuspüren.

Dann schnappte sie sich ihre Handtasche und eilte aus dem Büro.

Kapitel 31

Tracy rief bei der Maklerfirma an, in der Jewel Chin arbeitete, und ließ sich Chins Handynummer geben. Chin hörte sich nicht gerade begeistert an, als Tracy anrief, und erklärte gleich, dass sie eigentlich überhaupt keine Zeit habe. Sie bereite ein Haus vor, das am kommenden Wochenende für Besichtigungen offen stehen sollte, und sei danach mit ihrem Personal Trainer verabredet. Tracy fragte sich unwillkürlich, ob dieser Trainer wohl ihr neuer Freund war, und sagte, sie würde trotzdem gern vorbeikommen und sich mit Chin in dem Haus in Queen Anne treffen, das für Besichtigungen hergerichtet werden musste.

»Brauche ich einen Anwalt?«, erkundigte sich Chin.

»Ich möchte Ihnen lediglich ein paar Fragen zu dem Abend damals stellen, weil ich mir den Fall noch einmal anschaue.«

»Warum?«

Tracy war es langsam müde, diese Frage immer wieder zu beantworten. »Ich verfolge einen neuen Ansatz.«

»Geht es bei diesem neuen Ansatz auch um Elles Vater?«

Da Tracy das Gefühl hatte, ihre Antwort auf diese Frage könnte entscheidenden Einfluss auf Chins Bereitschaft zu einem Treffen haben, sagte sie: »Ja.«

Woraufhin sich Chin widerwillig zu einem Gespräch bereit erklärte.

Also parkte Tracy nicht lange danach auf der gegenüberliegenden Straßenseite eines Backsteinhauses im Tudorstil, vor dem gerade ein Umzugswagen stand. Möbelpacker trugen Stapel zusammengefalteter Steppdecken zurück zum Wagen, die wahrscheinlich während des Transportes zum Schutz der Möbel gedient hatten, mit denen die Immobilie für die bevorstehenden Besichtigungen ausstaffiert werden sollte. Tracy schätzte das Haus auf mindestens zweihundertfünfzig Quadratmeter, das Grundstück dazu auf eintausend. Wahrscheinlich stand es für so um die zwei Millionen Dollar zum Verkauf.

Sie stieg die Treppe zur offen stehenden Haustür hoch, wo sie klopfte, bevor sie über die Türschwelle auf den frisch renovierten Hartholzfußboden trat. Im Haus war es kalt und roch nach frischer Farbe. Wahrscheinlich standen deswegen sämtliche Türen und Fenster offen. Dem Geruch nach zu urteilen würde man den Rest der Woche brauchen, bis das Haus gut gelüftet war. Das vordere Zimmer präsentierte sich ganz in Weiß, mit weißen Wänden und zwei weißen Sofas, die einander gegenüber vor einem Kamin standen, dessen Sims ein kunstvolles Arrangement aus Seidenblumen schmückte. Die Blumen passten von den Farben her perfekt zu dem abstrakten Gemälde über dem Kamin. Verdeckte LED-Lampen mit Niedrigwattbirnen sorgten für ein warmes, weiches Licht.

Für ihr Haus konnte sich Tracy beim besten Willen weder Seidenblumen noch weiße Sofas vorstellen. Nicht bei den unglaublich haarenden Hunden und ihrem Kater Roger, alle drei die reinsten Elefanten im Porzellanladen.

»Es tut mir leid, aber das Haus kann erst ab morgen besichtigt werden«, erklärte Jewel Chin, die gerade das Wohnzimmer betrat.

Sie wirkte ebenso perfekt zurechtgemacht wie das Zimmer, in ihrer weißen Jeans, den sechs Zentimeter hohen Absätzen und der dunkelblauen Bluse, die so tief ausgeschnitten war, dass man mehrere Goldkettchen sehen konnte. Eine nicht gerade billig aussehende Armbanduhr und passender Schmuck zierten Handgelenke und Finger. Tracy fragte sich unwillkürlich, ob Jewel Chin neben diesem Haus auch noch gleich sich selbst zur Schau stellte. Aus der Akte ging hervor, dass sie nicht wieder geheiratet hatte. Sie war jetzt Anfang dreißig und an den Augenwinkeln zeigten sich trotz des gekonnt aufgetragenen Make-ups die ersten Fältchen. »Sorgenfalten« hatte Tracys Mutter die genannt und behauptet, man könne sie zählen wie die Altersringe eines umgestürzten Baumes.

»Mit welchem Preis ist das Haus gelistet?«, wollte Tracy wissen.

»Eins Komma zwei fünf, aber es wird wahrscheinlich mehr bringen.«

»Zu viel für meine Verhältnisse.«

»Dies hier ist eine der besten Wohngegenden von Seattle, mit ausgezeichneten Schulen.«

»Meine kleine Tochter ist erst zehn Monate alt. Da haben wir also noch Zeit.«

»Das Interbay-Golfzentrum ist ganz in der Nähe. Spielen Sie Golf?«

»Schlecht.«

»Man ist von hier aus schnell in der Innenstadt von Seattle mit ihren Läden und Restaurants«, fuhr Chin fort, als zitiere sie aus der Verkaufsbroschüre. »Was machen Sie beruflich?«

Die Frage überraschte Tracy. Sie hatte gedacht, Chin wüsste, wer sie war, und hätte nur zum Aufwärmen ein wenig Small Talk machen wollen. Sie hatten sich am Telefon auf diese Uhrzeit geeinigt. »Ich bin Detective und arbeite bei der Polizei von Seattle.«

Chins Lächeln gefror. »Sie sind die Polizistin?«

»Ich bin die Ermittlerin, die mit Ihnen telefoniert hat.« Tracy nickte.

»Ich habe wohl jemanden erwartet, der ein wenig … ich weiß auch nicht. Jemanden, der nicht so elegant ist.«

»Das nehme ich als Kompliment.«

»Nehmen Sie es, wie Sie wollen. Wie ich schon sagte, ich habe nicht viel Zeit.« Chin machte ganz und gar nicht den Eindruck, als würde die Aussicht auf ein Gespräch mit einer Polizeibeamtin ihr Kopfschmerzen bereiten. »Sie erwähnten neue Entwicklungen? Wollen Sie mir sagen, dass Sie Elles Leiche gefunden haben und Beweise dafür, dass Bobby sie umgebracht hat?« Chin sagte das ohne irgendein Gefühl, ebenso gut hätte es um die beste Platzierung der Sofas im Raum gehen können. Genau wie damals bei Miller schien es ihr im Wesentlichen darum zu gehen, ihren Ex-Ehemann anzuschwärzen. In dieser Frage hatte sie sich eindeutig nicht weiterentwickelt.

»Nein.« Tracy schüttelte den Kopf. »Darum geht es nicht.«

»Warum sind Sie denn dann hier?«

Einladend klang das nicht. Jewel deutete auf den modernen Esstisch im Raum und die beiden Frauen setzten sich einander gegenüber. Tracy erklärte wieder einmal, dass sie gerade die Abteilung Cold Cases übernommen hatte und sich einige Fälle noch einmal ansah, darunter auch den von Elle.

»Sie haben neue Indizien?«, fragte Chin. »Am Telefon sagten Sie vorhin, Sie würden sich auch meinen Ex noch einmal genau ansehen.«

Tracy nickte. »Einzelheiten kann ich noch nicht verraten, aber ich habe mit ihm gesprochen.«

Die Antwort ließ Chin einen Moment innehalten. Danach setzte Paranoia ein. »Hat er behauptet, ich hätte Elle umgebracht und die Leiche irgendwo vergraben? Oder sie auf dem Schwarzmarkt verkauft? Vielleicht hat er Ihnen ja auch erzählt, ich wäre verrückt? Borderline-Persönlichkeitsstörung? Narzissmus? Die Schuldigen bezichtigen die Unschuldigen, das ist doch immer so!«

Tracy stellte diese kleine Perle der Weisheit nicht infrage, die in diesem Fall leider auf beide Eheleute zutraf. Aber sie konnte sehen, wie Jewel Chin immer mehr in Rage geriet, und fürchtete, die Frau würde das Gespräch abbrechen, wenn sie nicht rasch eine gemeinsame Basis fanden. Nach allem, was man ihr erzählt hatte, war Jewel Chin ein Raubtier, das sich die Schwächen anderer zunutze machte, also musste Tracy ihr zeigen, wo sie selbst verwundbar war. Das war in diesem Fall nicht schwer.

»Ich habe zu Hause eine zehn Monate alte Tochter«, sagte sie. »Ich weiß, wie verzweifelt ich wäre, wenn ihr etwas zustieße. Das Band zwischen Müttern und Töchtern ist etwas ganz Spezielles, Väter verstehen das nicht. Sie können es nicht verstehen. Aber damit sage ich Ihnen sicherlich nichts Neues.«

Jewel Chin musterte sie misstrauisch, schien ihr nicht glauben zu wollen. Tracy hatte im Laufe der Jahre genügend Leute befragt, um verlässlich einschätzen zu können, was der Frau gerade durch den Kopf ging. Jewel unterstellte generell aller Welt, es auf sie abgesehen zu haben. Das hatte auch schon damals für die ältere Nachbarin Evelyn Robertson gegolten und es gab wahrscheinlich keine Situation, in der sie nicht auf der Hut gewesen wäre.

»Dann wissen Sie genau, wie es mir geht!«, sagte Chin schließlich.

»Das tue ich«, versicherte Tracy. »Absolut. Ich würde gern Ihre Geschichte hören, auch wenn es für Sie schwer sein muss, noch einmal an diese Tage zurückzudenken.«

»Sehr schwer!«, versicherte Jewel, die so aussah, als müsste sie gleich weinen. Allerdings stand ihr nicht eine Träne in den Augen.

»Erzählen Sie mir von dem Abend, an dem Ihre Tochter verschwand«, bat Tracy. »Wenn Ihnen das möglich ist. Schildern Sie ihn mir aus Ihrer Perspektive.«

Chin drehte sich ein wenig zur Seite, um die Beine übereinanderschlagen zu können. »Ich wünschte, das könnte ich. Ich wünschte, ich hätte härter darum gekämpft, Bobby von ihr fernzuhalten. Jetzt bedauere ich das. Ich kann Ihnen nicht schildern, was geschah. Sie war bei Bobby.«

Tracy stellte Jewel erst einmal viele Fragen, auf die sie die Antworten bereits kannte, damit Jewel weiterredete und sich angewöhnte, auf Tracys Fragen zu antworten.

»Er war Polizist«, sagte Jewel irgendwann. »Deswegen haben eure Leute ihn nicht so unter die Lupe genommen, wie sie es hätten tun müssen.«

»Wie meinen Sie das?«

»Ich meine, es hätte doch jedem klar sein müssen, dass Bobby Elle entführt hat. Elle war mit ihm zusammen und dann war sie plötzlich weg. Und er entschuldigt das damit, dass sie Verstecken gespielt haben?« Sie verzog das Gesicht, als fände sie diese Geschichte nun wirklich unglaublich. »Elle war fünf. Welcher Vater spielt mit seiner Fünfjährigen in einem Maislabyrinth Verstecken? Welcher Vater, sagen Sie es mir!«

Tracy nickte weise, als wären Chin und sie zwei trauernde Schwestern.

»Ihm wurde ja noch nicht einmal grob fahrlässige Gefährdung vorgeworfen! Obwohl ich den Staatsanwalt monatelang gedrängt habe, ihn wegen *irgendetwas* anzuklagen.«

Bis jetzt verhielt sich Jewel Chin ganz so wie von Bill Miller in seinem Bericht und von Bobby Chin bei seinem Gespräch mit Tracy beschrieben.

»Wo waren Sie an jenem Abend?«

Jewel verdrehte die Augen. »Im Ernst? Noch mal? Sind Sie deswegen hier? Ich habe den anderen Detectives gesagt, wo ich war. Fragen Sie doch die. Ansonsten können Sie sich gern mit meinem Anwalt unterhalten.«

»Ich wollte Sie wirklich nicht aufregen«, entschuldigte sich Tracy. »Ich möchte mich nur auf den aktuellen Stand bringen, um weiterzukommen. Die Detectives, die Sie damals befragten, sind inzwischen in Rente, deswegen ist der Fall bei den Cold Cases gelandet. Ich habe es so verstanden, dass Sie damals zu Hause waren.«

Jewel richtete sich auf. »Es tut mir leid, aber Sie sind erst seit zehn Monaten Mutter. Ich war es fünf Jahre lang.«

Tracy verstand nicht, wie dieser Kommentar gemeint sein sollte, also ignorierte sie ihn und suchte weiterhin nach einer gemeinsamen Basis. »Ich bin ebenfalls geschieden.«

»Dann wissen Sie ja, wie das ist. Schön auf jeden Fall nicht. Ich musste dreimal die Polizei rufen, weil Bobby mich geschlagen hatte. Beim dritten Mal hatte ich genug und willigte ein, ihn wegen häuslicher Gewalt anzuzeigen.«

Sie hörte sich an, als liefe die Scheidung noch. »Warum hat er Sie geschlagen?«

»Weil ich ihm gesagt habe, dass ich mit ihm durch bin und ihn aus dem Haus haben möchte. Zurückweisung kann er nicht ertragen. Noch nie hatte eine Frau Bobby Chin zurückgewiesen, ich war die erste. Er hatte auf dem College jede Menge Freundinnen, die ihn wohl glühend verehrt haben. Na, ich war jedenfalls keine von denen und ich hatte nicht vor, mir seinen Scheiß gefallen zu lassen.«

Tracy kam wieder auf Elles Verschwinden zu sprechen und fragte Jewel, was sie an diesem Abend getan hatte und mit wem sie zusammen gewesen war. Sie suchte nach Widersprüchen in ihren Aussagen.

»Aber machen Sie sich nicht die Mühe, nach ihm zu suchen«, sagte Jewel, als die Sprache auf Graham Jacobson kam. »Der Idiot hat sich erschossen.«

Das klang nicht so, als hätte es ihr das Herz gebrochen. »Es tut mir sehr leid, das zu hören«, sagte Tracy.

»Das dann auch noch, nach allem, was ich durchgemacht hatte!« Jewel schüttelte den Kopf. »Ich musste da ausziehen. Auf keinen Fall hätte ich weiter in dem Haus wohnen können, nach allem, was passiert war. Egal, wie viele Farbschichten aufgetragen worden wären.«

»Ich dachte, das Haus hätte verkauft werden sollen. Als Teil der Scheidungsvereinbarungen.«

»Bevor das passierte, hatte ich überlegt, es zu kaufen.«

Jewel hätte Bobby auszahlen müssen, um weiter in dem Haus wohnen zu können, das wusste Tracy aus den Unterlagen des Scheidungsgerichts. Es steckte wenig Eigenkapital in der Immobilie, Jewel hätte es sich gar nicht leisten können, dort weiterhin zu wohnen.

»Wie dem auch sei, Graham hatte den Detectives gesagt, dass wir die ganze Zeit zusammen waren, bis auf die paar Minuten, in denen er das Essen abgeholt hat, das wir bestellt hatten. Die Aussage von dem Zeugen können Sie also vergessen.«

»Welche Aussage?«, fragte Tracy, obwohl sie schon ahnte, was gemeint war.

»Die von dem Jungen, Elle wäre mit einem Mann und einer asiatischen Frau mitgegangen.«

Jimmy Ingram hatte das Wort »asiatisch« nie benutzt.

»Ich bin zu Hause geblieben und habe ferngesehen. Ich kann Ihnen sogar genau sagen, was, ich habe es aufgeschrieben.«

»Wann haben Sie das getan?«

»Irgendwann, nachdem ich von der Aussage dieses Zeugen erfahren hatte. Mein Anwalt hatte mir dazu geraten, für den Fall, dass ich mich je einem Kreuzverhör stellen müsste. Konnte doch gut sein, dass Bobby den Typen bezahlt hat, damit der sagt, er hätte Graham und mich gesehen.«

»Haben die Detectives Sie um die Liste der Sendungen gebeten, die Sie gesehen haben?« Tracy hatte in der Akte keine solche Liste gefunden.

»Nein. Aber ich hatte nicht vor zuzulassen, dass Bobby wie eine Dampfwalze über mich wegrollt.«

Die Frau war echt unglaublich.

Tracy fragte weiter, wie Chin zum ersten Mal von Elles Verschwinden gehört hatte. Die Antwort stimmte mit dem überein, was Bill Miller in seinem Bericht geschrieben hatte. »Ich habe ihm gesagt, dass Bobby etwas damit zu tun hat, aber er stand nur da und hat mich angestarrt.«

»Was hätte er Ihrer Meinung nach denn tun sollen?«

»Seinen Job! Die Person verhaften, die bei meiner Tochter war, als die verschwand. Ich dachte, er ruft das Einsatzkommando an oder so. Irgendetwas. Vielleicht hätten die Elle ja gefunden, wenn er sie gerufen hätte.«

»Halten Sie Ihren Ex für fähig, Ihrer Tochter etwas angetan zu haben?«

Jewel grinste verächtlich. »Fähig? Er hat mich geschlagen und das Gericht hat ihn mit einem Klaps auf die Finger und Anti-Aggressionstraining gehen lassen. Man hätte ihm nicht mehr erlauben dürfen, mit Elle allein zu sein. Mein Anwalt hat das beantragt, auf meine Initiative hin, aber ich habe verloren. Der Richter war ein Mann. Ein ehemaliger Staatsanwalt. Ich bin mir ziemlich sicher, dass eine Richterin, eine Frau, besser verstanden hätte, was Sache war.«

»Besser verstanden?«

»Das ist doch wohl offensichtlich, oder? Jemand, der so schnell wütend wird? Jemand anderen so schnell verletzt? Bobby ist kein kleiner Mann. Er hätte Elle schlagen und ihr damit das Genick brechen können.«

»Haben Sie je gesehen, dass Ihr Ex-Mann Ihre Tochter schlug?«, fragte Tracy.

»Nein. Aber mich hat er ja auch nicht geschlagen … bis er es dann plötzlich doch getan hat. Also war er eindeutig dazu in der Lage.«

Was Tracy auffiel, war die Art, wie Jewel Chin sich sowohl als Heldin wie auch als Märtyrerin hinstellte. Es ging bei allem, was sie sagte, um sie. Darum, was sie getan oder aber erlitten hatte. Sie wollte sich Tracy gegenüber als kompetente, fähige Frau darstellen, die alles im Griff hatte und der von den Gerichten übel mitgespielt worden war, aber gleichzeitig auch als arme, hilflose Mutter, deren Ehemann sie misshandelt hatte. Tracy nahm sich vor herauszufinden, ob Graham Johnson eine Lebensversicherung gehabt hatte und, wenn ja, zu wessen Gunsten. Was dies betraf, war sie bereit, dieser Frau so gut wie alles zu unterstellen.

»Haben Sie Geschwister?«, erkundigte sie sich.

Jewel verdrehte die Augen. »Einen Bruder. Er lebt in Boston und hat selbst drei Kinder. Die Detectives haben ihn überprüft, er hat Elle nicht entführt. Er war an dem Abend in Boston. Abgesehen davon ist seine Frau weiß und keine Asiatin.«

Da war es wieder.

»Wer hat Ihnen gesagt, der Zeuge hätte eine Asiatin gesehen?«

»Ich weiß es nicht. Wahrscheinlich wohl einer der Detectives. Sie sollten mit Bobby reden. Seine Mutter und seine Schwester sind beide Asiatinnen. Gloria, die Schwester, so eine kleine graue Maus, die kaum mal den Mund aufkriegt. Bobby hat sie immer geschickt, Elle von der Schule abzuholen, an den Tagen, an denen sie bei ihm war, damit ich nicht mitbekam, wenn er es wieder mal nicht schaffte. Aber ich wusste Bescheid, ich habe in der Schule nachgefragt und mir notiert, wie oft das vorkam.«

»Sie glauben, Gloria hat Elle entführt?«

Jewel zuckte die Achseln. »Ich weiß nicht mehr, was ich glauben soll. Wohl eher nicht, nein.« Sie erhob sich abrupt. »Wenn das alles wäre, Detective? Ich muss zum Sport.«

»Natürlich.« Tracy stand auf und ging zur Tür. »Das Haus sieht wunderschön aus. Ich wünschte, ich könnte es kaufen.«

»Beschaffen Sie sich das Geld. Ich könnte als Ihre Agentin auftreten und Ihnen einen guten Deal verschaffen.«

Das glaube ich gern, dachte Tracy. Sie war sich sicher, dass Jewel Chin in der Lage war, alles Mögliche zu organisieren.

Kapitel 32

Kurz nach fünf fand sich Tracy in der Praxis von Lisa Walsh ein, die ihr kurzfristig einen Termin hatte einräumen können. Tracy wollte ihre Therapeutin nach dem Anfall fragen, den sie an ihrem Schreibtisch gehabt hatte, und vor allem erfahren, ob sie sich irgendwelche Sorgen machen musste.

Anfangs hatte sie befürchtet, einen leichten Herzinfarkt oder Schlaganfall erlitten zu haben oder anämisch zu sein, aber sie spürte außer einer gewissen Erschöpfung keine Nachwirkungen. Kein Taubheitsgefühl in der Brust oder im linken Arm und sie konnte auch wieder ganz normal atmen. Sie hatte keine Hausärztin, die sie befragen konnte, und für einen Besuch beim Gynäkologen schienen ihr die Symptome nicht passend. Also hatte sie Lisa Walsh angerufen, denn so ungern sie es sich eingestand, war sie doch ziemlich sicher, dass ihre Beschwerden eher mentale als körperliche Ursachen hatten.

Ob sie wohl an derselben Wand hing wie der Kletterer, von dem Walsh erzählt hatte? War sie vielleicht gerade abgestürzt?

Sie bedankte sich bei Walsh für die Möglichkeit eines so kurzfristig angesetzten Termins.

Die Therapeutin lächelte. »Ich freue mich, dass es geklappt hat. Erzählen Sie, was los ist.«

Tracy setzte sich wie üblich auf die Couch. »Das kann ich so genau gar nicht sagen«, gestand sie. »Ich arbeite momentan viel, denn die Fälle, von denen ich Ihnen erzählt habe, nehmen mich sehr in Anspruch. Heute nun habe ich erfahren, dass drei Brüder, die in meiner Ermittlung eine wichtige Rolle spielen, eine Pflegeschwester hatten, und bin diesem Hinweis nachgegangen.« Tracy erzählte von ihrer Unterhaltung mit Lorraine Bibby, ihrer Rückkehr ins Büro und der anschließenden Suche nach Lindsay, die in dem Anfall kulminiert war.

»Ich bin schlau genug, um die Ähnlichkeiten zu sehen: ein junges Mädchen, das mit achtzehn Jahren spurlos verschwindet, und meine Schwester, die im selben Alter verschwunden ist. Aber ich hatte schon vergleichbare Fälle, ohne solche körperlichen Symptome zu erleben. Und jetzt fühle ich mich auch gut. Müde, weil der Tag lang war, aber gut.«

»Beschreiben Sie mir die Symptome ganz genau«, bat Walsh.

Das tat Tracy, um sich anschließend besorgt zu erkundigen: »Sollte ich lieber zum Krankenhaus fahren, in die Notaufnahme?«

»Es hört sich an, als hätten Sie eine Panikattacke gehabt, Tracy.«

»Eine Panikattacke?« Der Begriff war Tracy nicht vertraut. »Was meinen Sie damit?«

»Eine plötzliche Episode intensiver Furcht, die körperliche Reaktionen auslöst.«

»Ich war in meinem Büro. Es gab nichts, wovor ich mich hätte fürchten müssen.«

»Genau.«

»Sie meinen, ich habe mir etwas eingebildet, vor dem ich mich dann fürchtete?«

»Nein. Was Sie erlebten, war real. Die körperlichen Symptome waren real. Wenn Panikattacken passieren, glaubt man oft, die Kontrolle zu verlieren, einen Herzinfarkt zu erleiden, sogar zu sterben.«

»Genau so habe ich mich gefühlt.«

»Viele Menschen haben in ihrem Leben nur ein oder zwei solcher Attacken und dann verschwindet das Phänomen. Meistens, wenn eine stressige Situation ein Ende gefunden hat.«

»Stress löst die Attacken aus?«

»Stress *kann* sie auslösen.«

Was Walsh sagte, hörte sich logisch an, aber ... »Was kann ich da machen? So wie ich arbeite, arbeiten Detectives nun mal.«

»Sie können lernen, damit umzugehen. Es gibt auch Medikamente.«

»Ich mag keine Medikamente.«

»Nichts, was abhängig macht, und auch nicht für immer. Nur damit Sie diese Zeit durchstehen. Wenn Sie es brauchen.«

»Was ich nicht verstehe: Warum passiert das jetzt? Warum an diesem Punkt in meinem Leben? Ich hatte solche Attacken nicht, als Sarah verschwand, und das war die stressigste Zeit, wenn ich zurückblicke.«

Walsh nickte. »Aber so, wie Sie es mir erzählt haben, waren Sie nach dem Verschwinden Ihrer Schwester darauf konzentriert, die Familie zusammenzuhalten und für Ihre Eltern stark zu sein. Später dann lag Ihr Schwerpunkt auf der Suche nach Ihrer Schwester.«

»Das stimmt.«

»Die Suche nach Ihrer Schwester hat Sie viele Jahre lang voll in Beschlag genommen, wie Sie mir sagten. Ich glaube, Sie sprachen in dem Zusammenhang von Besessenheit.«

»Ja, es war wirklich zu einer Obsession geworden.«

»Aber das ist jetzt vorbei. Sie haben herausgefunden, was mit Ihrer Schwester passiert ist.«

»Ich wusste, dass sie tot ist«, beteuerte Tracy. »Ich wusste immer, dass Sarah tot ist. Klar ist da diese schwache, aberwitzige

Hoffnung, man könnte sich irren, und man denkt unwillkürlich an die wenigen Fälle, wo die Frau entkommen konnte und wieder nach Hause zurückkehrt, aber ich wusste ja, wie selten das wirklich geschieht.«

Tracy musste an Lindsay Sheppard denken. Auch sie war höchstwahrscheinlich tot. Im Pflegekindersystem betreut, weil es in ihrer Familie Drogenabhängigkeit gegeben hatte, war Sheppard extrem gefährdet gewesen. Ihre Chancen waren schon vor ihrem Einzug bei den Spragues nicht gut gewesen. Stephanie Cole dürfte wahrscheinlich ebenfalls nicht mehr am Leben sein.

Tracy verfolgte also Geister. Sie hatte sich wieder einmal mit Toten umgeben.

»Was ist jetzt anders, Tracy?«, wollte Walsh wissen.

»Anders? Sie meinen Dan und Daniella?«

»Sie haben einen guten Mann kennengelernt und sich verliebt. Sie haben geheiratet. Eine Tochter bekommen. Sind Mutter geworden.«

»Damit wollen Sie sagen, dass ich etwas zu verlieren habe.«

»Haben Sie Angst, Dan oder Ihrer Tochter könnte etwas zustoßen?«

Tracy dachte über diese Frage nach. »Ja. Aber das ist doch normal, oder?«

»Was wäre das Schlimmste, was Ihnen jetzt widerfahren könnte?«

»Meine Tochter zu verlieren.« Die Antwort kam ohne Zögern.

Walsh nickte.

»Hatte ich deswegen die Panikattacke?«

»Warum haben Sie sich ausgerechnet diesen alten Fall herausgesucht, um ihn zu bearbeiten? Den mit dem verschwundenen kleinen Mädchen?«

Tracy dachte an ihre Unterhaltung mit Art Nunzio in dem Büro, das jetzt ihres war. »Weil jemand für dieses Mädchen sprechen muss. Jemand muss ihre Stimme sein.«

»Jemand, dem es nicht am Arsch vorbeigeht. Ich glaube, so haben Sie es formuliert.«

Wieder musste Tracy an Nunzio denken. Sie lächelte. »So bin ich nun mal. Ich kann nichts dagegen tun.«

»Und Sie können nicht verhindern, dass Sie sich um geliebte Menschen sorgen«, fuhr Walsh fort. »Was ist nun schlecht daran, wenn einem etwas an anderen Menschen liegt?«

»Nichts?«

»Nichts. Genau.« Walsh lächelte. »Eine Mutter sorgt sich instinktiv um ihre Tochter, eine Frau um ihren Mann, das liegt in der Natur der Sache. Ihrer Arbeit wegen bekommen Sie leider oft mit, welche schrecklichen Dinge jungen Mädchen und Frauen zustoßen können. Sie müssen lernen, die beiden Bereiche Beruf und Privatleben zu trennen.«

»Ich dachte, das hätte ich getan.«

»Sie haben mir erzählt, Sie seien Detective geworden, um Ihre Schwester zu finden. Sie haben Ihre Schwester zu Ihrem Beruf gemacht, wobei das eine ganz eng mit dem anderen zusammenhing. Die Dinge, die Sie in Ihrem Beruf sehen und erleben, müssen nicht zwangsläufig auch denen passieren, die Sie lieben. Statistisch gesehen ist das sogar höchst unwahrscheinlich. Der Blitz schlägt selten zweimal ins selbe Haus ein. Eigentlich so gut wie nie.« Walsh lächelte. »Statt sich also zu fragen, ob Sie Ihren Job weiterhin machen können, sollten Sie sich fragen, ob Sie ihn weiterhin machen wollen.«

* * *

An diesem Abend war Tracy vor Dan zu Hause. Sie wollte ein schönes Essen kochen und sich dabei entspannen oder es doch wenigstens versuchen. Von unterwegs aus hatte sie Therese angerufen und sie gebeten, die Hähnchenbrüste aus dem Gefrierfach zu nehmen, in der Mikrowelle aufzutauen und schon einmal im Reiskocher Reis aufzusetzen, denn sie wollte Dan eins seiner Lieblingsgerichte kochen, Hühnchen Masala.

Zu Hause wartete alles so auf sie, wie sie es sich erbeten hatte, nur Daniella nicht, die unruhig war und nicht hingelegt oder ignoriert werden wollte. Therese bot an, noch zu bleiben, aber da sie gerade an drei Tagen hintereinander Überstunden gemacht hatte und eigentlich zu ihrem Malkurs wollte, schickte Tracy sie weg.

Als Dan nach Hause kam, hatte Tracy auf dem Küchentresen Petersilie, Pilze und Knoblauch bereitgelegt, und die Hähnchenbrüste warteten in der Pfanne, aber weiter war sie noch nicht gekommen. Sie ging gerade mit Daniella auf dem Arm auf und ab.

»Sie ist unruhig«, begrüßte sie Dan. »Vielleicht bekommt sie ja einen Zahn.«

»Soll ich sie nehmen?«

»Und sie hat Hunger.«

»Ich kann ihr ein Fläschchen geben. Was kochst du?«

»Im Moment gar nicht. Es sollte Hühnchen Masala werden, aber ich bin noch nicht weit gekommen. Dabei wollte ich dich überraschen.« Sie seufzte. »Überraschung!«

Dan lächelte. »Mein Appetit ist geweckt. Hühnchen Masala klingt zu gut, um einfach die Flinte ins Korn zu werfen. Ich übernehme.«

Tracys Lächeln verblasste, als Dan in die Küche ging, um an ihrer Stelle zu schnippeln und zu vierteilen. »Alles ist jetzt anders, oder?«, sagte sie kläglich.

»Auf jeden Fall!« Dan hackte die Petersilie.

»Besser?«

Das Messer erstarrte mitten in der Luft, als Dan seine Frau ansah. »Was ist los? Was beschäftigt dich?«

Sie berichtete von der Panikattacke in ihrem Büro und vom Besuch bei Lisa Walsh.

»Und jetzt? Alles in Ordnung? Kann ich irgendetwas tun?«

Tracy schüttelte den Kopf. »Mir geht es wieder gut. Wirklich. Nur hat mir Lisa vor Augen geführt, dass Daniella unser beider Leben bereits sehr verändert hat.«

Dan nickte lächelnd, wirkte jedoch gleichzeitig verunsichert. »Aber ...?«

»Kein Aber ... nur ... anders«, sagte Tracy. »Eine Familie.«

Er warf einen Blick auf das Hühnchen. »Hör mal, wenn wir schon ehrlich sind: Ich hatte kein Mittagessen und habe vor einer halben Stunde an meinem Schreibtisch ein Sandwich gegessen. Eigentlich wollte ich dir vorschlagen, dass wir uns nur eine Kleinigkeit machen und uns dann an den Kamin setzen und lesen.«

Tracy lachte. »Und warum hast du das nicht einfach so gesagt?«

»Weil ich gesehen habe, dass du dir Mühe gegeben hast und dieses Essen für dich wichtig ist. Also wollte ich den Mund halten oder mir eben alternativ Hühnchen Masala in den Rachen stopfen. Hast du denn Hunger?«

»Keinen besonders großen.«

»Warum lassen wir das Hühnchen dann nicht für morgen – es sei denn, du willst, dass mir der Hosenknopf abspringt.«

In diesem Moment ging die Hintertür auf. Therese kam herein und ließ ihre Schlüssel mit leisem Klirren auf den Tresen fallen.

»Wieso sind Sie schon wieder hier?«, fragte Tracy. »Ist heute nicht Ihr Malkurs?«

»Schon. Bis es anfing zu schneien.«

Tracy und Dan sahen aus den Fenstern. Draußen fielen dicke Schneeflocken sanft zu Boden.

»Es schneit noch nicht besonders stark, soll wohl aber noch mehr werden. Der Lehrer hat eine SMS rumgeschickt.« Therese warf einen Blick auf die Vorbereitungen in der Küche. »Sie hatten einen Abend zu zweit geplant, nicht? Ich schnapp mir nur kurz was zu essen und gehe in mein Zimmer. Dann sind Sie ungestört.«

»Viel ungestörte Zeit haben wir nicht mehr zu erwarten«, sagte Tracy. »Jedenfalls nicht die nächsten achtzehn Jahre.«

»Wem sagen Sie das? Sie haben nur dieses eine Kind, meine Eltern hatten sieben. Ich habe mir praktisch mein Leben lang das Zimmer mit zwei Schwestern geteilt.«

»Ich kann mir absolut nicht vorstellen, wie Ihre Mom das geschafft hat!«, gestand Tracy.

»Allein jedenfalls nicht, das kann ich Ihnen sagen.«

»Wie meinen Sie das?«

»Wir haben aufeinander aufgepasst, meine Geschwister und ich. Die ältesten haben geholfen, die jüngsten großzuziehen.« Therese dachte kurz nach. »Das war für uns ganz normal, ehrlich. Besonders für uns Schwestern. Meine Brüder waren ein fauler Haufen, aber … Haben Sie mal an eine Schwester für Daniella gedacht?«

Tracy lachte. »Für noch ein Baby werde ich langsam zu alt.«

»Sie könnten adoptieren. Daniella ist ein geselliges Kind, das merke ich jetzt schon. Sie und eine Schwester wären ein Herz und eine Seele. Wie meine Schwestern und ich. Meistens jedenfalls. Wir wussten alles voneinander. Wir reden immer noch ständig miteinander.«

Bei Tracy und Sarah war es auch so gewesen. Sie hatten Dinge voneinander gewusst, die sie ihren Eltern nie erzählt hatten. Das fehlte Tracy. Diese Art von Intimität vermisste sie immer noch.

Und an dieser Stelle ging ihr ein Licht auf.

»Tracy?«, erkundigte sich Dan besorgt. »Alles in Ordnung?«

»Ja.« Tracy nickte. Sie hatte nicht geprüft, ob Lindsay Sheppard Geschwister hatte. Blutsverwandte. Vielleicht sogar eine Schwester.

Kapitel 33

Am nächsten Morgen war Tracy schon früh in ihrem Büro, nahm sich die Akte von Lindsay Sheppard vor und rief in Olympia an. Nach einer halben Stunde stand fest, dass Lindsay Josephine Sheppard in der Tat zwei ältere Geschwister gehabt hatte, einen Bruder und eine Schwester. Thomas Harden Sheppard, inzwischen verstorben, und Aileen Laura Sheppard. Alle drei Kinder waren aus der Obhut ihrer Eltern genommen worden, nachdem es diverse Vorfälle von häuslicher Gewalt und Drogenmissbrauch sowie entsprechende Verurteilungen gegeben hatte. Lindsay, die Jüngste, hatte die besten Aussichten auf eine Pflegefamilie gehabt. Thomas war damals sechzehn gewesen, Aileen fünfzehn.

Tracy ließ die Namen wie vorher den von Lindsay durch diverse bundesstaatliche und nationale Datenbanken laufen und fand heraus, dass Thomas Sheppard mehrere Gefängnisstrafen wegen Drogenhandels abgesessen hatte, wobei es im Wesentlichen um Meth gegangen war, und später Opfer eines Mordes im Drogenmilieu geworden war. Auch Aileen hatte wegen diverser Verstöße gegen das Betäubungsmittelgesetz im Gefängnis gesessen und bei ihrer Entlassung als Bewährungsauflage die erfolgreiche Teilnahme an einem Rehabilitationsprogramm verordnet bekommen. Aus den Unterlagen des Bundesstaates ging hervor, dass Aileen geheiratet hatte, und ihr Bewährungshelfer nannte als ihre letzte bekannte Adresse das Städtchen Union Gap, unweit von Yakima im östlichen Teil des Staates Washington.

Tracy besorgte sich die Telefonnummer des Hauses in Union Gap, rief dort an, gab sich als Anwältin aus und vergewisserte sich, dass Aileen zu Hause war. Danach setzte sie sich sofort in ihr Auto. Manche Dinge ließen sich in einem persönlichen Gespräch besser klären als am Telefon. Fragen zum Aufenthaltsort einer Schwester zum Beispiel, vor allem dann, wenn diese Schwester vielleicht nicht mehr am Leben war. Es hatte noch in der Nacht aufgehört zu schneien und in Redmond war nicht viel Schnee liegen geblieben. Anders am Snoqualmie Pass und in den Städtchen des östlichen Washington, wo sich eine dichtere Schicht angesammelt hatte. Am Himmel hingen schwere Wolken, ein dunkler Vorhang, der auf weiteren Schneefall im Verlauf des Tages hindeutete. Laut Tracys Wetter-App hatte sie spätestens im Verlauf des Nachmittags damit zu rechnen.

Knapp zweieinhalb Stunden nachdem sie Seattle verlassen hatte, hielt Tracy vor einem Haus, das aussah wie ein Modulbauhaus. Es lag in einem kleinen Garten mit einem braunen Lattenzaun. Haus und Garten sahen gepflegt aus, die Sträucher im jetzt verschneiten Garten waren ordentlich zurückgeschnitten. In der Einfahrt stand ein Auto, das, dem Schnee auf Kühlerhaube und Dach und dem nicht verfestigten Schnee ringsum nach zu urteilen, seit Beginn des abendlichen Schneefalls nicht bewegt worden war.

Tracy stieg aus dem Auto, das sie sich im Wagenpool besorgt hatte, und ging auf das Haus zu. Ihre Stiefel hinterließen einen deutlichen Abdruck im frischen Schnee und sie spürte die Kälte trotz ihrer Jeans, des Flanellhemdes und der schwarzen Daunenjacke.

Sie klopfte an die Haustür und hoffte auf das Beste.

Die Frau, die an die Tür kam, war Aileen. Aileen Rodriguez, wie in ihrem Führerschein stand: Sie hatte bei der Hochzeit den Namen ihres Mannes angenommen. Sie war dreiunddreißig Jahre alt, an diesem Morgen barfuß, in einer schwarzen Stretchhose und einem langärmligen, weißen Hemd, wirkte kräftig, aber nicht dick.

»Aileen Rodriguez?«, fragte Tracy.

»Ja.«

Tracy zeigte Dienstmarke und Ausweis und stellte sich vor. »Könnten wir uns kurz unterhalten?«

»Sie sind den ganzen Weg von Seattle hierhergekommen?«

»Ja.«

»Warum haben Sie nicht angerufen?«

»Das Thema, um das es geht, bespricht man besser persönlich.«

Aileen kniff die Augen zusammen, interessiert. »Und was für ein Thema wäre das?«

»Ihre Schwester Lindsay Sheppard.«

»Da kann ich Ihnen nicht helfen.« Sie machte Anstalten, die Tür zu schließen.

»Ich bin den ganzen Weg von Seattle hergefahren«, sagte Tracy rasch. »Und ich werde auch nicht viel von Ihrer Zeit in Anspruch nehmen.«

Aileen, die gegen ihren Willen neugierig wirkte, schien sich Tracys Antwort durch den Kopf gehen zu lassen. Schließlich trat sie beiseite. »Sie können reinkommen, aber das ändert nichts an meiner Antwort. Ich habe meine Schwester seit Jahren nicht gesehen.«

Tracy entdeckte hinter der Tür eine Fußmatte und trat sich den Schnee von den Füßen. »Soll ich die Schuhe lieber ausziehen?«

»Das ist nicht nötig.«

Sie gingen ins Wohnzimmer, wo Tracy um ein Glas Wasser bat. »Es war eine lange Fahrt.«

»Setzen Sie sich.« Aileen deutete mit dem Kinn auf eine Couch unter dem Fenster und verschwand, wahrscheinlich in der Küche. Tracy hatte keinen Durst, wollte jedoch gern ein paar Minuten allein sein, um sich unauffällig umzusehen. Das Haus wirkte von innen ebenso gepflegt wie von außen, die Möbel ein wenig veraltet, aber gut in Schuss. In den Regalen standen Familienfotos, die meisten einheitlich gerahmt. Aileen hatte einen Latino geheiratet und war inzwischen Mutter zweier Teenager. Hinter einem der Familienfotos, halb verborgen, stand das Bild, das Tracy zu finden gehofft hatte.

Aileen kehrte mit zwei Gläsern Wasser zurück und reichte eins davon weiter. Tracy trank einen kleinen Schluck und setzte sich auf die Couch. Aileen entschied sich für einen Ledersessel, rückte sich das Kissen darin im Rücken zurecht und zog einen nackten Fuß unter sich. Sie stellte ihr Glas auf den Couchtisch zwischen Couch und Sessel und wartete.

»Wie ich schon sagte, versuche ich Lindsay zu finden«, setzte Tracy an.

»Dafür ist es ein bisschen zu spät«, meinte Aileen.

»Und warum?«

»Weil sie seit mehr als zehn Jahren verschwunden ist, so in etwa.«

»Lebt sie noch?«

»Das weiß ich nicht.«

»Wann haben Sie sie zuletzt gesehen?«

»Das könnte ich nicht genau sagen. Ich nehme an damals, als uns das Jugendamt voneinander trennte.«

Das Foto in dem Rahmen hinter den anderen sprach eine andere Sprache, aber noch mochte Tracy Aileen nicht zur Rede stellen. Es würde sie nur verärgern. »Dann wissen Sie nicht, wo sie jetzt wohnen könnte?«

Aileen schüttelte den Kopf. »Das weiß niemand.«

»Sie sind Ihre ältere Schwester?«

»Und wenn schon.« Das klang trotzig.

»Sie sagten, das Jugendamt hätte Sie getrennt?«

Aileen nickte. »Damals hat man im Pflegekindersystem nicht dafür gesorgt, dass Geschwister zusammenbleiben können. Tom, unser Bruder, war sechzehn und drogenabhängig. Er hatte keine Chance. Hat viel Zeit im Jugendknast verbracht, später folgten mehrere Gefängnisstrafen. Er wurde bei einem Drogendeal erschossen. Ich war fünfzehn, also standen meine Chancen auf eine Pflegefamilie auch nicht besonders gut. Lindsay war zwölf. Warum suchen Sie nach ihr?«

»In der Nähe des Hauses, in dem die Spragues wohnen, verschwand ein Mädchen …«

»Wie alt?«, unterbrach Aileen, ohne wissen zu wollen, wer die Spragues waren. Interessant.

»Neunzehn.«

Aileen kaute an ihrer Unterlippe.

»Kennen Sie die Spragues?«

»Nein. Wer ist das?«

Die Frage klang wenig überzeugend, trotzdem spielte Tracy mit. »Lindsays Pflegefamilie. Die Eltern sind tot, aber die drei Brüder leben noch zusammen im Haus der Eltern.«

»Sie glauben, einer von ihnen hat das Mädchen entführt?«

»Wie kommen Sie darauf?«

»Warum wären Sie sonst hier?«

»Ich versuche herauszufinden, was passiert ist. Einer der Nachbarn der Spragues sagte, Lindsay sei dort ausgezogen, als sie achtzehn und damit volljährig wurde, und niemand, selbst die Spragues nicht, hätten je wieder von ihr gehört.«

»Ich auch nicht«, versicherte Aileen.

Tracy fiel auf, dass sie dabei kaum Gefühle zeigte. »Ich hoffe, sie lebt noch und ich kann sie finden. Vielleicht kann sie sich an irgendetwas erinnern, das mir helfen könnte, die vermisste junge Frau zu finden.«

»Und jetzt dachten Sie, ich weiß vielleicht, wo sie ist.«

Tracy griff in ihre Handtasche und holte das Foto heraus, das sie sonst in der Brieftasche bei sich trug. »Das ist meine Schwester. Sie verschwand, als sie achtzehn war. Ich war zweiundzwanzig. Ich habe zwanzig Jahre lang nach ihr gesucht, dann wurde ihre Leiche gefunden. Dieses Foto hatte ich immer bei mir.«

Aileen senkte den Kopf und Tracy konnte sehen, wie sich ihre Brust hob und senkte. »Es tut mir leid, Detective. Ich wünschte, ich könnte helfen, aber ich habe meine Schwester seit Jahren nicht gesehen und auch nichts von ihr gehört.«

Langsam war es an der Zeit, Druck zu machen. »Sie haben nie nach ihr gesucht?«

Aileen ließ ein unfrohes Lachen hören. »Ich hatte meine eigenen Probleme, Detective.«

»Drogen?«

»Ja. Wenn Sie es genau wissen wollen, ich bin drogenabhängig. Sie haben mir statt Gefängnis eine Entziehungskur angeboten, das Angebot habe ich angenommen.«

»In Yakima?«

»Genau. Dort lernte ich meinen Mann kennen, auch er ist ein ehemaliger Drogenabhängiger. Wir beide haben seit elf Jahren, vier Monaten und zwölf Tagen nichts mehr genommen. Wir ziehen unsere beiden Kinder in einem drogenfreien Haushalt groß. Wenn die beiden mit der Schule fertig sind, werden sie in unseren Familien die Ersten sein, die aufs College gehen.«

»Mein Glückwunsch. Das ist etwas, worauf Sie stolz sein können.«

»Sie können es sich nicht vorstellen.«

»Doch, ich glaube schon. Als meine Schwester verschwand, hat sich mein Vater aus lauter Verzweiflung das Leben genommen. Meine Mutter hat sich nie wieder davon erholt. Ein Psychopath hatte meine Schwester umgebracht und ich habe jahrelang nach der Person gesucht, die meine Familie zerstört hatte. Ich habe erst mit über vierzig geheiratet. Jetzt sind mein Mann und ich Eltern einer zehn Monate alten Tochter. Ich weiß also, wie schwierig es ist, Familientragödien hinter sich zu lassen. Irgendwie hatte ich gehofft, Sie hätten nach Ihrer Schwester gesucht und Glück gehabt. Oder Sie hätten Informationen, die mir weiterhelfen könnten.«

Aileen antwortete nicht sofort. Sie wirkte sehr ernst und nachdenklich. »Es tut mir leid«, sagte sie nach einer Weile. »Ich wünschte, ich könnte helfen.«

»Das wünschte ich auch. Ich bin in großer Sorge um dieses verschwundene Mädchen und hatte gehofft, Ihre Schwester würde sich an irgendetwas erinnern, das uns helfen könnte.«

»Wie lange ist sie schon vermisst?«

»Zu lange. Die Chancen, dass sie noch lebt, werden mit jeder Stunde geringer, fürchte ich.« Tracy zog eine Visitenkarte aus ihrer Jackentasche und als Rodriguez nicht danach griff, legte sie sie auf den Couchtisch, sodass die Frau sie nicht übersehen konnte.

»Danke, dass Sie sich Zeit für mich genommen haben.«

* * *

Kinsington Rowe schlüpfte aus seiner Jacke und hängte sie an einen Haken neben seinem Schreibtisch.

»Kins?« Maria Fernandez war aufgestanden und kam zu ihm herüber.

»Ja?«

»Hör mal, bevor Del und Faz kommen, wollte ich dir noch sagen, wie leid es mir tut, dass Nolasco Tracy von diesem Fall abgezogen hat. Ich weiß, ihr beide habt lange Zeit zusammengearbeitet, und ich habe ganz sicher nicht vor, sie zu ersetzen.«

Kins lächelte. »Das ist nicht deine Schuld. Die Sache zwischen Nolasco und Tracy ist uralt. Sie geht noch auf Tracys Zeit auf der Akademie zurück.«

»Hat sie ihn wirklich in die Eier getreten und ihm die Nase gebrochen?«

Die Geschichte hatte im Haus die Runde gemacht und selbst jetzt noch, nach Jahren, wussten alle hier, insbesondere die Frauen, grob über den Vorfall Bescheid. »Ja, das hat sie wirklich getan. Dann ist sie hin und hat seinen Rekord auf dem Schießstand gebrochen. Und nicht nur knapp. Tracys Rekord steht heute noch.«

Fernandez nickte. »Viele von uns versuchen, es ihr nachzumachen.«

»Nicht einfach. Sie ist schon eine Kanone.«

»Und eine verdammt harte Nuss, wenn es drauf ankommt«, sagte Fernandez.

»Das kannst du laut sagen.« Das Telefon auf Kins Schreibtisch klingelte.

»Dann ist zwischen uns alles in Ordnung?«, wollte Fernandez wissen.

»Auf jeden Fall.« Kins nahm den Hörer ab. »Detective Rowe.«

»Kins, hier ist Mike Melton. Tracy hat gesagt, ich soll dich anrufen, sobald wir die DNA von den Servietten und Bierflaschen haben.«

»Scheiße, Mike, das war jetzt aber echt prompt! Wen hast du bestochen oder als Geisel genommen, damit das so schnell über die Bühne ging?«

»Überhaupt niemanden. Wenn Tracy Crosswhite sagt, man soll springen, dann wollen hier im Büro alle nur wissen, wie hoch. Du kennst sie doch.«

Kins lachte. »Und was hast du?«

»Zwei verschiedene DNA, aber verwandt. Brüder.«

»Du sprichst von den Bierflaschen?«

»Ja.«

Das war gut, Kins freute sich. So war die Korrektheit von Meltons DNA-Analyse unwiderlegbar nachgewiesen, denn sie wussten ja, dass Carrol aus der einen und Franklin aus der anderen Flasche getrunken hatte. »Hast du sie mit der jeweiligen DNA von den Zigarettenstummeln verglichen?«

»Haben wir. Die DNA auf den beiden Flaschen und den Servietten stimmt mit keiner der Proben von den Kippen überein, aber es gibt eine Verwandtschaftsbeziehung.«

»Bei welchem Zigarettenstummel?«

»Bei dem, der hinter dem Baumstumpf gefunden wurde.«

Kins spürte, wie sein Puls schneller ging. »Welcher Verwandtschaftsgrad?«

»Geschwister. Brüder.«

Kinns reckte die rechte Faust. »Danke, Mike! Wann kannst du die Ergebnisse rüberschicken?«

»Einen vorläufigen Bericht kriegst du innerhalb der nächsten Stunde.«

»Ich brauche nur so viel, dass es für einen Durchsuchungsbeschluss reicht.«

»Ich bin dran«, versprach Melton.

Kins legte auf, wechselte einen Faststoß mit Fernandez und fasste die eben geführte Unterhaltung für sie zusammen. »Ich setze mich an den Durchsuchungsbeschluss für das Haus der Spragues. Du klemmst dich hinter die Spurensicherung. Besorg auch Hunde. Das Grundstück ist ziemlich groß und ich will auch die anderen Hintergärten absuchen.«

Kapitel 34

Tracy fuhr um den Block und parkte so, dass sie das Eckgrundstück der Familie Rodriguez und die Zufahrt zum Freeway im Blick hatte. Dann wartete sie. Keine zehn Minuten nachdem sie das Haus verlassen hatte, ging dort die Tür auf und Aileen kam herausgeeilt, eine offene Daunenjacke über der Stretchhose, die Winterstiefel nicht zugeschnürt. Vorsichtig, um nicht auszurutschen, aber weiterhin zielstrebig ging sie zum Wagen, der in der Einfahrt stand, befreite ihn vom Schnee, fuhr rückwärts auf die Straße und bog an der nächsten Kreuzung rechts ab.

Tracy wartete kurz, bevor sie Aileen folgte, die die Auffahrt zur parallel zum Yakima River verlaufenden Interstate 82 und Richtung Nordosten fuhr. Tracy blieb drei Fahrzeuge hinter ihr. So ging es ein paar Meilen, bis Aileen eine Ausfahrt nahm, die sie in großem Bogen zur East Yakima Avenue führte, einer größeren Durchgangsstraße mit Restaurants, Hotels und Fast-Food-Lokalen.

Dort fuhr sie auf den Parkplatz eines Reifenhändlers. Tracy entschied sich für den Parkplatz eines Hotels auf der gegenüberliegenden Straßenseite und beobachtete, wie Rodriguez durch die Glastür in den Laden ging.

Tracy sah auf die Uhr.

Knapp fünf Minuten nachdem Aileen im Laden verschwunden war, kam sie in Begleitung einer blonden Frau wieder heraus, die dem Foto im Wohnzimmer der Familie Rodriguez auffallend glich. Genau wie Aileen war sie kräftig, ohne dick zu sein, und die beiden ähnelten einander auch von den Gesichtszügen her. Sie standen knapp eine Minute vor dem Laden und unterhielten sich, dann umarmten sie einander, bevor Aileen wieder in ihr Auto stieg und davonfuhr.

Die Blonde ging wieder in den Laden.

Tracy ließ ihren Sitz zurückfahren, machte es sich gemütlich und richtete sich auf eine lange Wartezeit ein.

* * *

»Evan?«, brüllte Franklin Sprague die Treppe hinauf. »Beweg deinen Arsch hier runter oder du bleibst zu Hause! Evan!«

»Ich komme.« Die Arme voller Brettspiele stolperte Evan die Treppe herunter.

»Was zum Teufel wird das denn?« Franklins Blick fiel auf Evans Schuhe. »In Tennisschuhen kannst du nicht fahren. Es hat letzte Nacht geschneit. Und wenn es hier schneit, schneit es bei der Hütte auf jeden Fall.«

»Ich kann meine Stiefel nicht finden. Sie stehen nicht in meinem Schrank.«

»Borg dir die von Carrol, er braucht sie nicht. Und du darfst drei Spiele mitnehmen. Das reicht. Mehr nicht.«

Evan stapfte die Treppe wieder hinauf.

Franklin ging in die Küche, wo Carrol schmollend vor einer Schale Frosted Flakes saß. »Du weißt, was du zu tun hast, wenn die Polizei vorbeikommt?«

»Warum sollten sie vorbeikommen? Du hast doch gesagt, mit der DNA sind wir entlastet.«

»Hör sich einer den Jungen an! Dreisilbige Wörter! Was hast du gemacht? Im Wörterbuch gelesen?«

»Ich ... ich ... ich ...«

»Du ... du ... du bist ein Esel, daran ändert sich auch nichts, wenn du mal ein paar große Wörter auswendig lernst. Beantworte einfach nur meine Frage. Bist du vorbereitet?«

»Ja.«

»Lass hören.«

Carrol stotterte, aber nicht zu schlimm. »Wenn ... Falls sie vorbeikommen, sage ich, Evan und du, ihr seid nicht zu Hause. Ich sa... sa... sage, ihr seid nach Eastern Washington gefahren, um zu jagen, und ich weiß nicht genau, wo oder wa... wa... wann ihr wieder zurückkommt.«

»Und wenn sie einen Durchsuchungsbeschluss für das Haus haben?«

»Warum sollten sie einen Beschluss haben?«

»Ich bereite mich auf jede Eventualität vor.« Franklin zählte die Silben des Substantivs an den Fingern ab. »Das ist mal ein langes Wort, das du dir wirklich merken solltest. Lohnt sich. Also? Was machst du?«

»Ich lasse sie das Haus durchsuchen, als wäre das kei... kei... keine große Sache.«

»Und wenn sie fragen, warum du Sonntag und Montag nicht bei der Arbeit warst?«

Carrol stotterte weiterhin. »Ich sage, ich hätte mich krankgemeldet, aber dass ich i... i... in Wirklichkeit nach Vancouver gefahren bin, um Elche zu jagen. Ich bin allein gefahren und habe niemanden gesehen. Ich habe bis in die Dämmerung hinein gejagt, bin nach Hause gefahren und dann am Montag noch einmal hin.«

»Und was noch?«

Carrol sah ihn verwirrt an. »Und was sagst du, wenn sie fragen, warum ich ihnen erzählt habe, du wärst krank?«, drängte Franklin.

»Ach ja.«

»Ach ja!«, äffte Franklin ihn nach. »Du hast das Wichtigste vergessen.«

»Ich … ich … ich sage, ich hätte dir nicht gesagt, dass ich jagen gehe. Zu dir habe ich gesagt, ich wäre krank und würde mich nicht gut fühlen.«

»Warum?«

»Weil du sonst wütend geworden wärst. Weil du derjenige bist, der hier im Haus immer alle Arbeit macht und alle Lebensmittel einkauft.«

»Und wenn sie dich bitten, mich auf meinem Handy anzurufen?«

»I… ich … ich sage, in der Jagdhütte gibt es keinen Empfang, aber sie können gern die Nummer haben und es selbst versuchen.«

»Bist du sicher, dass du das alles im Kopf behältst?«

»Ich habe es im Kopf.«

»Wenn du das vergeigst, landen wir beide im Knast.«

»Was wirst du mit den Mädchen machen?«

»Das habe ich noch nicht entschieden. Ich lasse es auf mich zukommen. Warte erst mal ab, ob die Detectives hier auftauchen und das Haus durchsuchen.«

»Und wenn sie es tun?«, fragte Carrol.

»Na, dann habe ich keine große Wahl mehr, oder, Bruderherz? Mein Leben wäre sehr viel einfacher, wenn ich dich und Evan umbringen und eure blöden Ärsche da oben verbuddeln würde.«

***

Stephanie und Angel hatten ihr dreißigminütiges Training absolviert und dann noch eine halbe Stunde Yoga und zwanzig Minuten Meditation drangehängt. Das Training fiel Stephanie zunehmend schwer, sie spürte den Mangel an Wasser und Nahrung. Die Männer hatten ihnen nicht viel dagelassen, noch dazu im Wesentlichen Junkfood. Angel und Donna erzählten, im Keller sei das anders gewesen, da wären sie mit Essen relativ gut versorgt worden. Carrol hatte einmal durchblicken lassen, Franklin und er hätten ihre Frauen gern mit ein bisschen mehr Fleisch auf den Rippen.

»Es ist ein weiterer Hinweis darauf, dass sie uns umbringen werden«, erklärte Donna düster. »Es ist ihnen inzwischen egal.«

Stephanie langte unter das Heu, das die Männer zurückgelassen hatten, und holte das zehn Zentimeter lange Stück Holz hervor, das sie aus einem der Bretter der Scheunenwand hatte brechen können. Vor die beschädigte Stelle hatte sie Heu geschoben, damit es nicht so auffiel. Sie nahm ihren Stein und machte sich daran, das Holz damit zu bearbeiten.

»Du träumst, Mädchen«, sagte Donna. »Mit dem Ding könntest du niemanden erstechen. Du kriegst es nicht scharf genug.«

Wahrscheinlich hatte sie recht, dachte Stephanie. Das Holz schien nicht spitzer werden zu wollen, weswegen sie abwechselnd auch ihre Kette bearbeitete und mit dem Stein auf eins der Glieder einhämmerte, das dabei auf einem anderen Stein lag. Vielleicht ließ sich die Kette so weit schwächen, dass sie brach. Auch damit ging es nur langsam voran, vielleicht ja zu langsam. Die Männer hatten sie allein hier zurückgelassen, aber für wie lange? Und selbst wenn es ihr gelang, ein Glied ihrer Kette zu brechen, wohin sollte sie gehen? Resolut schüttelte Stephanie die Tränen weg, die ihr in die Augen gestiegen waren. Immer ein Schritt nach dem anderen. Solange sie auf ein Ziel hinarbeitete, erschien ihr die Situation nicht völlig hoffnungslos.

»Lass sie in Ruhe«, befahl Angel.

»Es ist doch reine Zeitverschwendung«, widersprach Donna.

»Für dich, für sie nicht. Lass sie in Ruhe.«

Stephanie fuhr mit dem Stein über die Kanten des Holzstücks. Zuerst einmal musste sie die Fußfesseln los sein. Wenn die Männer kamen und ihre Fesseln lösten, dann würde sie das Holz einsetzen.

* * *

Kurz nach Mittag trat die Frau, die Aileen Rodriguez umarmt hatte, aus der Glastür und ging zu einem etwas älteren Subaru, der neben dem Gebäude aus Beton und Ziegeln stand, in dem der Reifenhandel untergebracht war. Sie fuhr den Wagen rückwärts aus der Parklücke und wandte sich an der East Yakima Avenue nach rechts. Tracy fuhr ihr nach. Die Straße war vierspurig und hatte einen zusätzlichen Fahrstreifen in der Mitte, der wechselweise für die Linksabbieger aus beiden Richtungen vorgesehen war. Tracy blieb mehrere Wagenlängen hinter der blonden Frau und hielt sich auf der äußersten rechten Spur. So würde sie es auf jeden Fall schaffen, wenn die Frau unvermutet nach rechts abbog. Zum Linksabbiegen würde sie mehr Zeit brauchen, damit blieb auch Tracy mehr Zeit, sie nicht aus den Augen zu verlieren.

Die Frau bog nach links auf den Parkplatz eines Ladens der Subway-Kette. Tracy fuhr daran vorbei, immer mit einem Auge auf dem Rückspiegel und den Seitenspiegeln, damit sie es mitbekam, falls die Frau den Parkplatz nur zum Wenden nutzte und zurückfuhr. Das tat sie nicht, sondern stellte ihren Wagen auf dem Parkplatz ab und betrat das Restaurant. Tracy legte einen U-Turn hin und stellte ihr Auto so ab, dass sie durch die Fenster in den Laden schauen konnte.

Sie wollte erst einmal sicher sein, dass die Frau nicht nur eine Bestellung abholte, bevor sie ihr nachging. Die Frau steuerte den Tresen an und bewegte sich an der Auslage entlang, erklärte der Bedienung wohl, welche Beilagen und Soßen sie zu ihrem Sandwich haben wollte. Schließlich bezahlte sie und trug Sandwich sowie ein Getränk zu einem Tisch im hinteren Bereich des Ladens. Dort saß sie allein, mit dem Rücken zum Eingang.

Tracy wartete ab, ob sich irgendjemand zu ihr setzen würde. Als niemand kam, stieg sie aus dem Auto und ging durch den beißend scharfen Wind. Im Laden blieb sie knapp hinter der rechten Schulter der Frau stehen, als sie die Visitenkarte entdeckte, die auf dem Tisch lag.

»Hallo, Detective«, sagte die Frau.

Tracy ging um den kleinen schmalen Tisch herum. »Darf ich mich setzen?«

Lindsay Sheppard deutete mit dem Kinn auf den freien Stuhl ihr gegenüber.

Tracy setzte sich. Von Nahem sahen sich Lindsay und ihre Schwester wirklich sehr ähnlich, wobei Aileen mehr Falten hatte. »Sie wussten, dass ich auf Sie gewartet habe?«

»Aileen hat Ihren Wagen vor ihrem Haus gesehen. Ich habe Sie von unserem Parkplatz aus auf der anderen Straßenseite entdeckt. Wir hatten beide jahrelang Zeit zu lernen, wie man Leute beobachtet.«

Das wollte Tracy sich merken. »Warum haben Sie nicht einfach die Nummer auf meiner Karte angerufen?«

»Meinem Mann gehört der Laden. Es ist das Unternehmen seiner Familie. Ich wollte nicht, dass Sie da reinkommen und mich mit meinem alten Namen ansprechen.«

»Er weiß nichts von Ihrer Vergangenheit?«

»Nein. Und es wäre mir auch lieber, es bliebe so. Ich dachte, Sie würden mir schon folgen, wo immer ich hinfahre.« Ohne von ihrem Sandwich abgebissen zu haben, legte sie es vor sich auf den Tisch. »Woher wussten Sie, dass ich noch lebe? Ich habe doch wirklich alles getan, was nötig war, um Lindsay Sheppard auszuradieren.«

»Ihre Schwester konnten Sie nicht ausradieren.«

Lindsay runzelte die Stirn. »Aileen sagt, sie hätte Ihnen erzählt, dass sie mich vor Jahrzehnten das letzte Mal gesehen hat.«

»Ja, das hat sie gesagt. Aber ich habe in ihrem Haus ein Foto von Ihnen entdeckt. Es steht im Regal, hinter den anderen.«

Lindsay nickte. »Das kenne ich.«

»Ich habe auf gut Glück darauf getippt, dass Sie das sind. Und dass Ihre Schwester, wenn Sie noch leben, auch wissen würde, wo man Sie finden kann.«

Sheppard sackte ein wenig in sich zusammen. »Wie kamen Sie darauf?«

»Sie ist Ihre ältere Schwester.«

Lindsays Augen wurden schmal. »Aileen sagte, Sie hätten auch eine Schwester. Sie hätten ihr ein Foto gezeigt und gesagt, Ihre Schwester wäre ermordet worden.«

»Das stimmt. Sie wurde ermordet. Das eine Mal, wo ich es nicht geschafft habe, auf sie aufzupassen, und sie wurde umgebracht. Mein ganzes Erwachsenenleben habe ich in diesem Bewusstsein verbracht. So wird es immer für mich sein.«

Lindsay griff ihren Becher mit Limonade, trank ein paar Schlucke mit dem Strohhalm und stellte ihn wieder ab. »Aileen sagt, Sie suchen nach einem Mädchen. Und Sie glauben, dass die Sprague-Brüder etwas mit ihrem Verschwinden zu tun haben.«

»Ich hoffe immer noch, sie lebend zu finden.«

»Erzählen Sie mir, was passiert ist.«

Tracy informierte sie über alles, was sie bisher herausgefunden hatten. »Nach meinem letzten Telefonat mit meinem Partner bin ich der Meinung, dass Evan die junge Frau überfallen hat. Und Carrol hat ihr Auto zum Ravenna Park geschafft, um unsere Ermittlungen in die Irre zu leiten. Vielleicht hat er auch ihre Leiche weggeschafft, aber noch hoffe ich, es gibt keine Leiche.«

»Sie sagen, Sie glauben, dass Evan das Mädchen überfallen hat?« Das schien sich die junge Frau nicht richtig vorstellen zu können, man sah und hörte es ihr an.

»Franklin und Carrol waren nachweislich bei der Arbeit. Und die DNA an dem Zigarettenstummel spricht eine eindeutige Sprache, genau wie das Video, auf dem Evan beim Spaziergang Richtung Park zu sehen ist, genau zu der Zeit, als die junge Frau verschwand.«

»Seit Eds Tod dürfte Franklin in dem Haus derjenige sein, der alles regelt«, sagte Lindsay. »Er ist der Älteste, der Größte, und er ist gemein, wie sein Vater.« Sie holte tief Luft. »Carrol war immer fett und es mangelte ihm an Selbstbewusstsein. Außerdem stotterte er, besonders, wenn er nervös war. Franklin hat ihn beschützt, hat aber auch auf ihn eingedroschen, sowohl körperlich als auch verbal. Das hat er ebenso mit Evan gemacht. Er hat ihn immer als Trottel und Idioten bezeichnet. Aber Evan …« Sie schüttelte den Kopf. »Er war so ein süßer Kerl, als ich dort wohnte, Detective. Er würde niemandem etwas antun. Er war mein Rettungsanker. Wir haben zusammen Karten gespielt und Brettspiele. Das war das Einzige, woran ich mich klammern konnte, um nicht den Verstand zu verlieren.«

»Könnte Evan auf Franklins Befehl hin gehandelt haben?«

»Das wäre möglich, ja. Er hat Angst vor Franklin … und er ist ein wenig zurückgeblieben. In der Schule war er im Förderprogramm. Irgendwie hat er bei seiner Geburt nicht genügend Sauerstoff bekommen. Aber dumm ist er nicht!«, fügte sie hastig hinzu. »Sie haben ihn einfach immer nur so behandelt. Sie haben sich nie die Zeit genommen, ihn richtig kennenzulernen, und nach einer Weile hat er dann selbst geglaubt, dass er dumm ist.«

»Was ist geschehen, Lindsay? Warum haben Sie solche Anstrengungen unternommen, nicht gefunden zu werden?«

»Ich kenne diesen Namen nicht mehr, Detective. Es ist jetzt Jahre her, dass ich ihn gehört habe. Ich würde es vorziehen, wenn Sie ihn nicht benutzen.«

»Wie nennen Sie sich denn jetzt?«

»Jessica. Jessica Whitley. Whitley heiße ich seit meiner Heirat.«

»Erzählen Sie mir, was damals geschah, Jessica.«

»Ich rede nicht gern darüber. Ich habe die Vergangenheit hinter mir gelassen. Etwas anderes blieb mir eigentlich auch gar nicht übrig. Eins kann ich Ihnen aber verraten, was dieses Mädchen betrifft. Wenn Sie wirklich der Meinung sind, sie könnte noch am Leben sein …«

»Ja, das glaube ich.«

»Warum, glauben Sie, haben die Spragues mich aufgenommen?« Die Frage klang wie eine Herausforderung.

»Ich dachte, die Mutter, Carol Lynn, sehnte sich nach drei Jungen vielleicht nach einer Tochter, mochte es aber aufgrund von Evans Behinderung nicht mit einer Schwangerschaft versuchen.«

Lindsay lächelte ein etwas trauriges Lächeln. »Carol Lynn hatte in dem Haus nichts zu sagen und sie sehnte sich auch nicht nach einer Tochter. Ich glaube, sie wusste, was mit einer Tochter passieren würde.« Jessica rannen Tränen aus den Augenwinkeln. Sie tupfte sie mit einer zusammengeknüllten Serviette ab. »Sie wusste, was in dem Keller vor sich ging.«

Tracy wurde schlecht. Sie konnte sich denken, was sie als Nächstes zu hören bekommen würde. »Wie schlimm war es?«, fragte sie leise.

»So schlimm, wie Sie es sich vorstellen können«, sagte Lindsay. »Und dann hoch zehn.«

Kapitel 35

Kins stand auf, als Richter Ken Schwartz den Gerichtssaal betrat. Der Richter trug ein weißes Hemd und einen Schlips, aber keine Robe. Er war Mitte fünfzig, ins Richteramt aufgestiegen, nachdem er fünfundzwanzig Jahre lang im Büro der Staatsanwaltschaft gearbeitet hatte, und sah so aus, als hätte ihm jedes dieser Jahre seinen Preis abverlangt. Der Richter war vollschlank, besonders um Bauch und Hüften, und fast kahl, mit einzelnen Haarbüscheln, die kein Kamm zu bändigen vermochte. Kins hatte nie ein Verfahren unter Vorsitz von Schwartz mitgemacht, wusste aber von Faz, dass er penibel genau auf den korrekten Ablauf der Beweisvorlage achtete und bei ihm alles streng nach Vorschrift laufen musste. Faz hatte den Mann als Pedanten geschildert, der übermäßigen Wert auf Einzelheiten legte, so sehr, dass es fast schon neurotisch anmutete. Das drückte sich besonders in seinen direkten Befragungen und Kreuzverhören aus, die oft Stunden dauerten.

»Der Mann ist so langweilig, da schläft selbst die Butter ein«, hatte Faz zusammengefasst – was auch immer das heißen mochte.

»Detective Rowe«, sagte Schwartz, woraufhin Kins vortrat. »Sie beantragen einen Durchsuchungsbefehl für ein Haus, in dem drei Brüder leben, ist das korrekt?«

Genau so stand es in den Papieren, die Kins vorgelegt hatte.

»Ja, das ist korrekt.«

»Ich hatte nicht viel Zeit, mich mit dem Antrag zu befassen, Sie müssen also ein bisschen Geduld haben. Der Antrag basiert primär auf DNA, die auf zwei Bierflaschen aus einer Bar gefunden wurde und die auf eine verwandtschaftliche Beziehung zwischen den Besuchern der Bar, die aus diesen Flaschen getrunken hatten, und einer Person hindeuten, die ihre DNA auf einem Zigarettenstummel in einem Park hinterließ, in dem ein junges Mädchen verschwunden ist.«

»Primär, ja.«

»Wie haben Sie sich diese Bierflaschen beschaffen können?«

Kins erklärte es ihm.

Schwartz stieß vernehmlich die Luft aus, als hinterfrage er die Legalität von Tracys Vorgehen. »Welche Beweise gibt es dafür, dass in dem Park ein Verbrechen begangen wurde?«, fragte er als Nächstes.

Am liebsten hätte Kins laut geschrien. Er riss sich zusammen, deutete auf die von ihm eingereichten Papiere und ging die Beweise einen nach dem anderen durch. »Die Spurensicherung hatte die Zigarettenstummel gefunden«, fasste er anschließend zusammen.

»Das habe ich verstanden. Die Leichenspürhunde fanden keine Leiche?«

»Nein, aber die Detectives der Spurensicherung fanden Blut und eine Spurenleserin kann bezeugen, dass hinter einem Baumstumpf eine Person auf der Lauer lag und später die Frau aus dem Park trug.«

»Die Spurenleserin«, sagte Schwartz mit dem Hauch eines Lächelns auf den Lippen.

»Fährtensucherin, wenn Ihnen das lieber ist.«

»Mir sind harte Beweise lieber als Spekulationen.«

»Es ist keine …« Kins stoppte sich gerade noch rechtzeitig, wollte er sich doch ganz sicherlich nicht vom Richter in eine Debatte über die wissenschaftliche Stichhaltigkeit von Kaylee Wrights Analysen verwickeln lassen. »Die Kriminaltechnik hat einen Ohrstöpsel gefunden, und ein Augenzeuge, der die Frau im Park sah, sagte aus, sie sei mit Ohrstöpseln in den Ohren an ihm vorbeigelaufen.«

»Und nun nehmen Sie an, dass die Person, die den Schlussfolgerungen von Detective Wright zufolge hinter dem Baumstumpf auf der Lauer lag, in die Schlucht hinunterstieg, die junge Frau verletzte, um sie dann den Hügel hinaufzutragen, und zwar in das Haus, das Sie durchsuchen wollen?«

Kins biss sich auf die Zunge. »Ja, Euer Ehren.«

»Kann Detective Wright sicher sein, dass diese Person jemanden getragen hat?«

»Die Schuhabdrücke deuteten darauf hin.«

»Detective Wright erwähnt einen betonten Ballenabdruck. Könnte der nicht auch entstanden sein, als eine Person den Hügel hinaufkletterte und sich einfach um einen sicheren Stand bemühte? Ohne dabei jemanden zu tragen?«

Kins hatte Mühe, die Fassung zu wahren. »Schäden an Pflanzen und am Unterholz sowie das gefundene Blut weisen darauf hin, dass zwischen der Joggerin und jemandem, der viel größer war als sie, ein Kampf stattgefunden hat. Wir glauben, dass die Person hinter dem Baumstumpf die Joggerin überraschte, sie niederschlug und ins Gebüsch zog. Anschließend trug diese Person die Frau den Abhang hinauf. Der Zigarettenstummel beweist, dass die Person hinter dem Baumstumpf Evan Sprague war, und der rückwärtige Garten der Spragues grenzt direkt an den Park. Wir glauben, dass einer der andern Brüder das Auto des Opfers weggefahren hat, um vom Park und der ganzen Gegend abzulenken.«

»Sie haben ihn befragt?«

»Wen? Den älteren Bruder?«

»Den Bruder, von dem Sie annehmen, dass er den Wagen bewegt hat.«

»Detective Crosswhite hat ihn am Telefon befragt und wir haben mit seiner Vorgesetzten gesprochen.«

»Was hatte er zu sagen?«

»Detective Crosswhite entschied sich dafür, ihn am Telefon nicht unter Druck zu setzen. Sie fand es sinnvoller, ihn persönlich zu befragen, um auch seine körperlichen Reaktionen mitbekommen und einordnen zu können.«

»Und Evan ... so heißt der Bruder, der Ihrer Meinung nach das Mädchen aus dem Park geschleppt hat?«

»Wir haben mit ihm gesprochen, aber in Anwesenheit des ältesten Bruders, der unserer Meinung nach Evans Aussage beeinflusst hat. Evan ist ein wenig zurückgeblieben«, fügte Kins rasch noch hinzu. »Sein Bruder hat viele Fragen an seiner Stelle beantwortet. Wir haben Bilder aus einer Überwachungskamera aus der Nachbarschaft, die Evan auf dem Weg Richtung Park zeigen, kurz bevor auch das junge Mädchen den Park betrat. Wir wissen, wann sie dort war. Er behauptet, nicht zu wissen, ob er an dem Tag einen Spaziergang gemacht hat, aber auch bei dieser Frage hat der ältere Bruder das Gespräch erheblich beeinflusst.«

»Wonach würden Sie in dem Haus suchen?«

Nach der Leiche des Mädchens!, hätte Kins am liebsten gerufen, verkniff es sich aber. »Nach weiteren Beweisen dafür, dass Evan am Tatort war. Schuhe zum Beispiel oder Kleidung von Evan, auf der wir Blutspuren finden könnten. Möglicherweise Gegenstände, die der jungen Frau gehören. Die Spurensicherung hat, wie gesagt, einen Ohrstöpsel gefunden. Der andere könnte dort im Haus sein.«

»Warum Leichenspürhunde?«

Weil wir die so gernhaben! Konnte es wirklich sein, dass er diese Unterhaltung führen musste? Kins mochte es kaum fassen. »Letztendlich suchen wir nach einer Leiche, Richter Schwartz. Rein statistisch gesehen gibt es kaum Chancen, dass die junge Frau noch lebt.« Und diese geringe Chance wurde von Minute zu Minute kleiner.

Schwartz verzog das Gesicht, kratzte sich an der Kopfhaut, zerzauste die unordentlichen Haarbüschel noch ein wenig mehr. Kein Wunder, dass der Mann fast kahl war, mit seiner Macke hatte er die Haare auf seinem Kopf praktisch vertrieben. »Ich genehmige die Durchsuchung«, erklärte er plötzlich, ohne es weiter auszuführen. Er kritzelte seinen Namen unter die Papiere und reichte sie hastig an Kins, als fürchte er, seine Meinung gleich wieder ändern zu können.

»Danke, Euer Ehren.« Kins nahm die Papiere und wandte sich zum Gehen. Er wollte fort sein, bevor Schwartz es sich anders überlegte.

»Detective?«

Mist! Kins schloss ergeben die Augen und drehte sich um.

»Ich hoffe, Sie finden die junge Frau lebend.«

»Das hoffe ich auch«, bekräftigte Kins. Allerdings glaubte er nicht daran, als er jetzt den Gerichtssaal verließ.

* * *

Franklin befürchtete, der Van könnte die verschneite Staubstraße nicht bewältigen. Im Winter türmte sich der Schnee hier bis zu zwei Meter hoch und es kam kein Schneepflug zum Räumen, da in den Wintermonaten niemand so weit draußen wohnte. Allein deswegen durften die drei Frauen nicht länger hierbleiben. Er könnte nicht herkommen, um sie mit Essen zu versorgen, und er könnte sie auch nicht an die Pfosten gekettet sich selbst überlassen. Er würde sie entweder mit nach Seattle nehmen oder loswerden müssen.

Franklin hatte wirklich versucht, sämtliche Eventualitäten zu berücksichtigen, wusste jedoch, dass die Polizei nicht aufgeben und weiterhin nach der Joggerin suchen würde. Diese Polizistin war so weit gegangen, sich ihre DNA zu besorgen. Das zeigte doch, in welchem Maße seine Brüder und er zu den Hauptverdächtigen zählten. Er gab nur ungern eine so schöne, sichere Sache auf, aber nach Hause konnte er die Frauen nicht bringen. Jetzt jedenfalls nicht und vielleicht niemals mehr.

Blieb eigentlich nur eine Alternative.

Wir sind keine Mörder, Franklin, hatte Carrol gesagt.

Nein, noch waren sie es nicht. Aber sie hatten denselben Weg eingeschlagen wie ihr Daddy und Franklin ging inzwischen davon aus, dass es ihnen im Blut lag, in den Genen steckte. Wahrscheinlich taten die Spragues, was sie taten, um zu überleben. Und sie würden auch dies hier überleben, dafür würde Franklin schon sorgen. Er würde sich um alles kümmern, wie er es immer schon getan hatte. Und wahrscheinlich auch weiterhin tun würde. Er würde sich um seine Brüder kümmern.

Bei der Hütte angekommen stellte er den Van ab und packte Evan beim Arm, bevor der aus dem Auto springen konnte. »Ich muss den Generator im Pumpenhaus anwerfen, damit wir Wasser und Strom haben. Du legst jetzt die verdammten Spiele hin, holst die Kanister mit dem Diesel hinten aus dem Auto und bringst sie mir ins Pumpenhaus.«

Evan gehorchte wortlos. Der Generator sorgte für Strom und damit für Heizung sowie Licht und die Pumpe für die Wasserversorgung. Franklin schüttete Diesel in den Generator und warf ihn an. Das Licht in der Garage schaltete sich ein.

»Lass uns nachsehen, ob das mit dem Wasser funktioniert. Dann kannst du hingehen und spielen.«

Er drehte den Hahn auf, den sein Daddy installiert hatte, und wartete einen Herzschlag lang ab, ob Wasser lief. Nichts geschah. Das konnte eine Reihe von Ursachen haben, keine davon unkompliziert.

»Scheiße!« Franklin hatte wirklich keine Lust darauf, hier in der Kälte herumzustehen, um herauszufinden, was das Problem sein mochte und wie es sich lösen ließ. Aber wenn er das nicht tat, gab es kein Wasser.

Er drehte sich zu Evan um, der so nervös war wie eine Katze auf dem heißen Blechdach. Eigentlich könnte er ihn gleich losschicken, damit er mit seinem Mädchen spielen konnte. Hier war er ihm ohnehin keine Hilfe, schon gar nicht, wenn er in Gedanken ganz woanders war. Allerdings würde er ihn erst noch ein bisschen zappeln lassen, weil … einfach weil er das konnte. »Wir müssen noch Feuerholz für den Ofen spalten, damit wir es im Haus warm haben, bis das hier geregelt ist. Drei Kisten dürften reichen.«

Evan sah aus, als hätte ihn jemand geohrfeigt. »Du hast gesagt, wenn der Generator an ist, darf ich spielen.«

»Vielleicht habe ich es mir anders überlegt.«

Evan machte ein Gesicht, als würde er gleich anfangen zu weinen.

Franklin lachte. »Hol mir die Werkzeugkiste aus dem Van. Und dann sieh zu, dass du mir aus den Augen kommst, bevor ich es mir anders überlege.«

Sollte sich der Kleine ein bisschen amüsieren. Die junge Frau würde sowieso nicht mit ihnen zurückfahren.

* * *

Stephanie und die beiden anderen hatten Motorengeräusche gehört. Angestrengte Geräusche, als hätte ein Auto Probleme, sich durch den Schnee zu wühlen. Jemand war eingetroffen.

Wahrscheinlich einer der Männer oder gleich alle drei. Stephanie blieb keine Zeit mehr.

Sie holte das Stück Holz aus dem Versteck, schob es sich hinten im Kreuz unter den Bund ihrer Jogginghose und sorgte dafür, dass das Hemd darüberfiel. War das Holz scharf genug, um Schaden anzurichten? Sie wusste es nicht, weigerte sich jedoch, die Hoffnung aufzugeben.

Jetzt hörte man Schritte vor der Tür. Es kam jemand. Donna und Angel hielten die Köpfe gesenkt, während dieser Jemand am Schloss herumfummelte und kurz darauf der Riegel zurückgeschoben wurde. Die Tür ging auf. Licht drang durch die Öffnung und Stephanie erkannte die Silhouette einer der Männer. Dann ging auch im Raum ein Licht an. Oben an einem der Dachbalken hing eine Glühbirne, die nun ihren schwachen Glanz verbreitete.

Evan.

Stephanie spürte, wie ihr Herz raste. Das war es dann also. Das war es, wovor Donna sie die ganze Zeit gewarnt hatte.

Evan kam zu ihr herüber, ein breites Grinsen im Gesicht. Sie schüttelte hektisch den Kopf, drängte sich dichter an die Wand. »Nein!«, flüsterte sie. »Bitte nicht.«

Evan setzte sich im Schneidersitz vor sie auf den Boden und sah sie mit traurigem Blick an. »Du möchtest nicht spielen?«

Stephanie legte die Hand ins Kreuz, tastete nach dem Holzstück. Aber zuerst musste sie ihn dazu bringen, ihre Fußfesseln zu lösen. Sie war ganz durcheinander im Kopf, es ging alles viel zu schnell. »Bitte, nein!«, flehte sie. »Lass mich laufen. Ich sage auch nichts, das schwöre ich. Lass mich einfach gehen.«

»Das hier sind meine Lieblingsspiele«, sagte er und legte die Brettspiele, die er mitgebracht hatte, vor sich auf den Boden. »Du darfst dir eins aussuchen. Oder wir spielen Karten. Lindsay hat es mir beigebracht. Sie hat mir Mau-Mau und Schwimmen beigebracht. Und Crazy Eight.«

Verunsichert sah Stephanie die anderen Frauen an. Evan schien wirklich eins dieser Spiele spielen zu wollen.

»Ich würde mit dir spielen«, sagte Angel. »Und zwar das Spiel, das am längsten dauert.«

* * *

Tracy hörte zu, schweigend, intensiv. Sie unterbrach nicht, stellte keine Fragen und bat an keiner Stelle um Klarstellung. Sie ließ Jessica reden und es wurde rasch deutlich, dass Jessica Lindsay in eine Schatulle gepackt hatte wie Tracy damals Sarah. Sie hatte sie weggepackt und die Schatulle verschlossen, damit Jessica überleben, damit Jessica sich weiterentwickeln und auf die eine oder andere Art leben konnte. Jetzt hatte Jessica Lindsay herausgelassen, um ihre Geschichte zu erzählen. Sie erzählte sie Tracy, als sei das alles jemand anderem widerfahren, als erzähle sie einen Film nach. Dabei erleichterte sie ihre Seele in einer Art und Weise, wie sie es Tracys Meinung nach noch nie zuvor getan hatte, wahrscheinlich noch nicht einmal ihrer Schwester gegenüber. Tracy wusste aus eigener Erfahrung, dass es für Jessica »einfacher« war, wenn man das Wort in diesem Zusammenhang überhaupt benutzen wollte, diese Geschichte jemandem zu erzählen, den Lindsay nicht kannte und der sie nicht kannte. Jemand, der wusste, dass Lindsay das, was sie getan hatte, tat, um zu überleben. Der sie nicht verurteilen würde. Sie erzählte ohne Tränen in den Augen, ohne Ausdruck in der Stimme, schilderte im Detail die schrecklichen Dinge, die Ed Sprague ihr angetan hatte.

Und diese Dinge waren grauenhaft. Hoch zehn.

Obwohl Tracy sich sehr zusammenriss, auf jeden Fall im Hier und Jetzt bleiben wollte, damit ihr Bewusstsein nicht in die Mine zurückkehrte, in der Edward House ihre Schwester so viele Monate lang gefangen gehalten hatte, gelang es ihr nicht ganz. Erst als sie die Fesseln gesehen hatte und die Taschenbücher und das dreckige Bett, hatte sie begriffen, welches Grauen ihre Schwester erlitten hatte.

Und es war Grauen gewesen. Hoch zehn.

Und genau wie bei ihrer Schwester gab es nichts, was Tracy gegen das Schlimme tun konnte, das Lindsay widerfahren war. Sie konnte die Vergangenheit nicht ändern. Lindsay war aus einem Zuhause bei drogenabhängigen Eltern kommend direkt in den tiefsten Tiefen der Hölle gelandet. Daran ließ sich nichts mehr ändern. Aber vielleicht konnte Tracy verhindern, dass Stephanie Cole ein ähnliches Schicksal widerfuhr. Wenn es nicht schon zu spät war.

»Als ich auf der Highschool war, fing Ed an, mich von Zeit zu Zeit im Keller einzusperren. Evan schlich sich zu mir herunter, mit Brettspielen und Kartenspielen. Niemand sonst wusste davon. Carol Lynn hatte ihm die Spiele gekauft, aber niemand spielte je mit ihm oder brachte ihm Spiele bei. Ich habe ihm gezeigt, wie einige von ihnen gehen. Anfangs, weil ich ihn gernhatte, weil er so lieb und so einfach war, in einem Haus, in dem es so etwas sonst nicht gab. Wir haben stundenlang zusammen gespielt, bis seine Mutter oder sein Vater nach ihm riefen und er nach oben musste.«

»Die Mutter wusste, was im Keller passierte«, stellte Tracy fest.

Lindsay nickte. »Ja, sie wusste es. Ed hat sie auch geschlagen. Sie hatte genauso viel Angst vor ihm wie ich. Er hat ihr gedroht und er hat mir gedroht. Er hat gesagt, wenn ich irgendetwas verrate, wird er schon dafür sorgen, dass es für mich ganz schlecht ausgeht und für Carol Lynn und Evan. Er hat gesagt, er würde mich umbringen und im Keller vergraben, bei den anderen.«

»Es gab andere?« Tracy wurde zunehmend schlecht – gleichzeitig wurde sie immer wütender.

»Das hat Ed behauptet. Er sagte, es wären Frauen gewesen, an denen niemandem gelegen hatte, nach denen niemand gesucht hatte. Frauen, die einfach verschwinden konnten, ohne dass es jemanden interessierte, ohne dass sich jemand um sie sorgte. Wenn man nach mir fragte, sagte er, würde er einfach behaupten, ich sei abgehauen. Niemand würde meine Leiche je finden und es wäre ja auch allen egal, niemand würde nach mir suchen. Ich wäre dann einfach nicht mehr da.«

Sie lächelte, zum ersten Mal. »Da kam mir der Gedanke, wegzulaufen. Einfach zu verduften. Ich dachte, wenn mir das gelingt, dann sucht niemand nach mir. Und Ed würde vielleicht so tun, als wäre ich gestorben.«

»Wie konnten Sie sich von den Fesseln befreien?«

Ihr Lächeln verblasste. »Ich wollte Evan nicht ausnutzen, so wie alle anderen in dieser Familie es taten. Sie ließen ihn das Haus putzen und alle möglichen Aufgaben erledigen, nicht nur für sie, auch in der Nachbarschaft, gegen Geld. Was er bei den Nachbarn verdiente, haben sie sich selbst unter den Nagel gerissen. Nein, ich wollte den Jungen nicht ausnutzen, gleichzeitig wusste ich aber, dass er meine einzige Chance war. Im Gegensatz zu den anderen hatte Evan ein Gewissen und eine Seele.« Sie saugte am Strohhalm. »Es hat Monate gedauert, bis ich ihn überzeugen konnte, mir die Fußfesseln abzunehmen. Er hatte schreckliche Angst vor Ed und auch vor Franklin. Franklin hatte angefangen, seine Position im Haus aufzubauen. Er war so groß wie Ed und genauso stark, wenn nicht sogar stärker. Ed hatte aufgehört, Franklin zu schlagen. Er hätte es nicht weiterhin tun können.«

»Wie konnten Sie Evan schließlich dazu bringen, Ihnen die Fesseln abzunehmen?«

»Ich habe ein Spiel erfunden. Ich habe es mir ausgedacht und dann konnte ich Evan davon überzeugen, dass es dieses Spiel wirklich gibt, dass man es kaufen kann. Dabei bin ich von meiner eigenen Geschichte ausgegangen und erzählte ihm, in dem Spiel gäbe es ein düsteres Schloss mit einem Verlies, in dem ein böser König eine Prinzessin gefangen hielte. Der König besaß zwei feuerspeiende Drachen, die das Schloss bewachten, und er hatte einen Sohn, den Prinzen, der gütig und sanft und voller Mitgefühl für die im Dorf unter dem Schloss lebenden Menschen war. Besonders viel Mitgefühl hatte er für die Prinzessin, für Jessica. Ich sagte, der Prinz wolle der Prinzessin helfen, weil er sie liebte, fürchtete aber den König und dessen zwei Drachen.«

»Brillant!« Lindsay hatte sich als intelligent und einfallsreich erwiesen, fand Tracy. Was hätte sie unter anderen Umständen im Leben nicht alles erreichen können.

»Evan wurde immer ganz aufgeregt, wenn ich ihm die Geschichte erzählte«, fuhr Jessica fort. Sie lächelte. »Ich sagte, er dürfe niemandem von diesem Spiel erzählen. Carol Lynn nicht und schon gar nicht seinem Daddy und seinen beiden Brüdern. Die würden nur sagen, für solchen Blödsinn dürfe man kein Geld ausgeben, und sie würden Evan nie erlauben, das Spiel zu kaufen. Ich sagte, wenn er den anderen etwas davon verriete, würde ich sofort aufhören, ihm von dem Spiel zu erzählen. Es vergingen Wochen. Ich konnte sehen, wie sein Verlangen nach dem Spiel immer stärker wurde und seine Angst in den Hintergrund trat. Als er mich fragte, wie wir uns dieses Spiel besorgen könnten, sagte ich, ich wüsste schon, wo man es bekommt, aber wir bräuchten Geld. Wenn er einen Teil des Geldes versteckte, das er bei den Nachbarn verdiente, dann könnten wir vielleicht genug zusammenbekommen, um es uns zu kaufen. Er erzählte mir jede Woche, wie viel Geld er versteckt hatte. Nach mehreren Monaten hatte er sechzig Dollar beisammen und ich sagte, das wäre jetzt genug, aber es gäbe noch ein weiteres Problem. Aus seiner Familie würde ihn nie jemand dorthin fahren, wo man es kaufen konnte. Ich stellte es so dar, als wäre das ein unüberwindbares Problem, versicherte ihm aber gleichzeitig, ich würde mir schon etwas einfallen lassen, damit wir an das Spiel herankämen. Jeden Tag fragte er mich, ob mir schon etwas eingefallen wäre, und ich sagte immer wieder: Nein, leider nicht, und er wurde immer aufgeregter und verzweifelter. Schließlich sagte ich, ich hätte einen Plan. Ich sagte, ich könnte mich aus dem Haus schleichen und das Spiel kaufen, während sein Vater und die Brüder arbeiteten. Ich würde es in den Keller schmuggeln und dort verstecken und außer ihm und mir würde nie jemand wissen, dass wir es haben.«

»Und Evan nahm Ihnen die Fußfesseln ab«, sagte Tracy.

»Und ließ die Speisekammertür unverschlossen.«

»Die Speisekammertür?«

»Die Speisekammer hat eine Wand, die eigentlich eine Tür ist. Tarnung. Ed hat die Jungs den Keller ausgraben und die Wände und die Decke verstärken lassen. Dort hielten sie mich gefangen. Dort waren laut Ed die anderen Frauen begraben.«

»Was war mit der Mutter? Hat sie auch gearbeitet?«

Lindsay schüttelte den Kopf. »Ich glaube, sie war in vielem wie Evan. Vielleicht ein bisschen langsam. Ich habe sie aber nicht geliebt. Ich habe sie gehasst dafür, dass sie nicht verhindert hat, was mit mir passierte, dass sie es nicht gestoppt hat. Als ich an diesem Tag die Treppe hinaufging und durch die Tür kam, stand Carol Lynn am Herd und kochte Kaffee. Als sie mich sah, ließ sie den Topf fallen. Sie stand einfach nur da und starrte mich an. Als wäre ich ein Gespenst, oder als hätte sie gewusst, dass dieser Tag unweigerlich kommen musste. Ich glaube, sie dachte, ich würde ihr wehtun, aber ich wollte einfach nur weg, bevor Ed mich umbringt.«

»Was hat sie gemacht?«

»Sie hat den Topf aufgehoben und wieder auf den Herd gestellt.« Lindsay zuckte die Achseln. »Ich bin durch die Hintertür geschlüpft, zur Hauptstraße gerannt und habe den ersten Bus genommen, der vorbeikam. Ich war achtzehn, ich war volljährig. Ich habe in Olympia angerufen und gesagt, dass ich meinen Bruder und meine Schwester finden will. Nach einer Weile erfuhr ich dann, dass mein Bruder getötet worden war, aber sie gaben mir den Namen der Familie, die meine Schwester aufgenommen hatte. Ich habe die Leute gefunden, aber sie sagten mir, sie hätten jahrelang nichts von Aileen gehört, sie wäre drogenabhängig und sie hätten sie in eine Entzugsklinik in Eastern Washington gebracht. Dort hätte sie einen jungen Mann kennengelernt und seitdem hätten sie nichts mehr von ihr gehört. Es dauerte, sie zu finden, aber wenn man verzweifelt ist, bleibt einem keine Wahl. Irgendwann schaffte ich es bis zu dieser Klinik in Yakima und fand heraus, dass Aileen einen Mann geheiratet hatte, der zusammen mit ihr auf Entzug gewesen war. Sie nannten mir seinen Namen.«

Sie holte tief Luft und fuhr fort: »Nachdem ich sie gefunden hatte, beschlossen wir gemeinsam, dass ich Eds Spiel spielen und Lindsay Sheppard sterben lassen sollte. Ich hatte immer noch Angst vor Ed, Angst, er würde nach mir suchen, aber mit jedem Tag, der verging, fürchtete ich mich weniger. Jahre später wurde ich neugierig, suchte online nach seinem Namen und fand einen Nachruf. Da konnte ich nach Jahren das erste Mal wieder tief durchatmen.

Ich hatte ein schlechtes Gewissen wegen Evan, er tat mir so leid. Ich hoffte, Carol Lynn würde vielleicht nichts sagen, aber eigentlich war klar, dass Evan an dem Abend von Ed windelweich geprügelt worden ist. Carol Lynn wahrscheinlich auch.«

»Was Ihnen widerfahren ist, tut mir sehr leid«, sagte Tracy. »Ich weiß, das zu hören bedeutet nach all den Jahren nicht viel, aber ich möchte es trotzdem sagen. Mir hat es damals, als meine

Schwester verschwand, nicht viel bedeutet, wenn Leute mir ihr Bedauern versicherten.«

Lindsay nickte. »Ich habe schon vor Jahren aufgehört, anderen und auch mir selbst die Schuld zu geben, Detective. Ed war ein Psychopath, ganz schlicht und einfach.«

Erstaunlich, dachte Tracy, *dass diese junge Frau durch die Hölle gehen konnte, ohne heute jemandem die Schuld dafür zu geben.* »Ich hoffe immer noch, dass wir auch Stephanie Cole lebend finden«, sagte sie.

»Der Apfel fällt nicht weit vom Stamm, Detective. Es ist durchaus möglich, dass Franklin und Carrol sie am Leben erhalten aus demselben Grund, aus dem Ed mich am Leben erhielt.« Sie schüttelte den Kopf und schloss die Augen. »Vielleicht aber auch nicht.«

»Wie meinen Sie das?«

»Es gibt Gräber da unten im Keller und auch in der Hütte in den Bergen.«

Hütte in den Bergen? Das traf Tracy unvorbereitet. Sie hatte nach Immobilien von Ed Sprague gesucht und außer dem Haus in Seattle nichts gefunden. »Was für eine Hütte?«

»Sie hatten eine Hütte in der Nähe von Cle Elum. Im Canyon.«

»Ich habe die Grundbücher durchgesehen und nach Ed Sprague gesucht.«

»Die Hütte läuft nicht auf seinen Namen. Sie hat seiner Frau gehört. Carol Lynn. Ihrer Familie.«

Es konnte doch sein, dass Carrol an den beiden Tagen, an denen er nicht bei der Arbeit erschienen war, in diese Hütte gefahren war. Vielleicht hatte er Stephanie Cole dorthin gebracht. Ein einsamer Ort. Zum ersten Mal seit Tagen verspürte Tracy echte Hoffnung, Stephanie Cole könnte noch am Leben sein. »Wissen Sie, wo die Hütte liegt?«

»Ich kann Ihnen eine Karte zeichnen.« Sie schwieg kurz, bevor sie fortfuhr: »Ich bedaure nur eins: dass ich nie etwas gesagt habe. Ich hatte Angst, dass Ed mich dann aufspüren könnte. Vielleicht hätte ich eine der anderen retten können. Mit diesem Gedanken lebe ich jeden Tag.«

Tracy hatte es im Laufe ihres Berufslebens mehr als einmal mit jungen Frauen zu tun gehabt, die gefangen gehalten worden waren. Die meisten hatten es nicht überlebt. Viele nahmen die Bedürfnisse und das Begehren desjenigen, der sie gefangen hielt, irgendwann einfach hin, manche sympathisierten sogar mit ihm. »Stockholm-Syndrom« nannte man das. Dass Lindsay Sheppard, gerade einmal vierzehn Jahre alt, als der Missbrauch begann, und nicht älter als achtzehn, als sie floh, sich nie unterworfen und nach allem, was sie hatte durchmachen müssen, den Mut und die Stärke zur Flucht aufgebracht hatte, sagte einiges über die innere Stärke der jungen Frau aus.

»Was gab Ihnen den Mut dazu, Jessica?«

»Zu fliehen?« Lindsay schloss die Augen und senkte den Kopf. Sie weinte. Tracy reichte ihr schweigend eine weitere Serviette, damit sie auch diese Tränen abtupfen konnte. »Ich wollte nicht zulassen, dass meiner Tochter widerfährt, was mir widerfahren war. Ich habe es für sie getan. Für sie bin ich geflohen und für sie habe ich mich versteckt.«

Die Erkenntnis traf Tracy mit der Wucht eines Schlaghammers. Sie begriff, woher Lindsay die Kraft für ihr Tun genommen hatte. »Sie waren schwanger.«

»Ich habe eine Tochter – und jetzt auch einen Sohn. Wir leben hier in Yakima. Meine Tochter hat ein gutes Leben. Ich auch. Sie weiß nichts von all dem, was ich Ihnen erzählt habe. Ich werde es ihr nie sagen. Sie ist nicht in Liebe gezeugt worden, aber ich tue mein Bestes, sie mit Liebe großzuziehen.«

»Deswegen sind Sie geflüchtet und deswegen mussten Sie Ihre Schwester finden.«

»Ich wusste, wenn die Leute mich für tot hielten, war das besser, als auch nur einen Tag länger als nötig in diesem Haus zu bleiben. Ich würde nicht zulassen, dass sie meiner Tochter antun, was sie mir angetan hatten.«

Sie. Nicht er. Da war etwas – die Art, wie Lindsay das sagte …

»Ist Ed der Vater?«, wollte Tracy wissen. Immerhin könnten es ja auch Carrol oder Franklin gewesen sein.

»Zwei Leute hätten infrage kommen können«, sagte Lindsay. »Aber Bibby hat immer ein Kondom getragen. Immer.«

Kapitel 36

Kins warf einen Blick in das unordentliche Wohnzimmer, in dem Carrol Sprague saß und verloren wirkte. Die Hände waren ihm mit Handschellen auf den Rücken gefesselt und seine Knie vibrierten wie bei einem Mann auf Speed. Kins hatte Carrol in Haft genommen und Faz und Del zum Altenheim geschickt, um Franklin verhaften zu lassen und ihn zum Verhör ins Polizeipräsidium zu bringen. Er wollte Franklin von seinen beiden Brüdern trennen. Nur fanden sie Franklin nicht auf der Arbeit, es war sein regulärer freier Tag. Und Evan war nicht zu Hause.

Unter heftigem Stottern hatte Carrol erklärt, Franklin und Evan würden irgendwo in Eastern Washington jagen und wären nicht erreichbar. Anrufe bei Franklins Handy gingen sofort an die Voicemail.

»Waren Sie selbst auch schon einmal jagen?«, erkundigte sich Kins bei Carrol.

Carrol nickte. »Unser Va…Va…Vater hat es uns beigebracht.«

»Wo?«

»Überall.«

»Aber Sie erinnern sich nicht, wo genau die beiden jagen wollten?«

Carrol schüttelte den Kopf.

»Wo sind die Waffen, mit denen Sie jagen, Carrol? Hier im Haus?«

»Nein«, sagte Carrol und schüttelte den Kopf. »Wir … wir … wir …«

»Wir was?«, fragte Kins. »Wo sind die Waffen?«

Carrol schüttelte den Kopf. »Ich … ich … ich weiß es nicht.«

Carrol log. Anders als Franklin bekam er das mit dem Pokergesicht nicht hin und sein Stottern wurde immer schlimmer, im Gleichtakt mit den zunehmenden Kniebewegungen, die so schlimm waren, dass Kins fast Mitleid bekommen hätte.

Fast.

Im Moment sagte Carrol gar nichts mehr.

Detective Sergeant Dale Pinkney und sein Team sahen sich mit einem Haus voller Zeitungen und Zeitschriften konfrontiert, Jahrzehnte zurückreichende Stapel, die es schwierig machten, sich in den Fluren zu bewegen. Pinkney hatte angedeutet, dieses Haus zu durchsuchen könnte Tage dauern.

Im ersten Stock hatte Kins eine verschlossene Tür entdeckt und Carrol gebeten, sie zu öffnen. Carrol hatte behauptet, nur Franklin besäße einen Schlüssel zu diesem Raum, der das Schlafzimmer seiner Eltern gewesen sei. Woraufhin Kins das Schloss hatte aufbrechen lassen, unsicher, was er dort vorfinden würde, voller Hoffnung, es möge Stephanie Cole sein.

Das Schlafzimmer zeigte sich überraschend gepflegt und ordentlich, wenn auch nicht sauber. Auf den Bettrahmen, der Kommode und dem verzierten Rand des Spiegels lag eine zentimeterdicke Staubschicht. Im Schrank drängte sich angestaubte Kleidung und auf dem Schrankboden standen Männer- und Frauenschuhe. Es war eine Art makabrer Schrein.

Kins fand weder Stephanie Cole noch Hinweise darauf, dass sie hier gefangen gehalten worden war.

Er ging wieder nach unten und setzte sich Carrol gegenüber in einen Polstersessel. Er legte sein Handy auf den Tisch zwischen ihnen beiden und drückte auf Aufnahme. Über seine Rechte hatte er Carrol bereits aufgeklärt. »Sie wissen also nicht, wo Ihre Brüder sind?«, fragte er.

Carrol schüttelte den Kopf und senkte den Blick. Seine Knie stampften wie Maschinenkolben. Heftig stotternd wiederholte er, was er schon ein paar Mal gesagt hatte. »Sie sind in Eastern Washington jagen.«

»Warum sind Sie nicht mitgefahren?«

»Ich … ich … ich musste arbeiten. Ich … ich … ich hatte zu viele Krankentage.«

»Liegt das daran, dass Sie sich Sonntag und Montag krankgemeldet hatten?«, fragte Kins.

Carrol antwortete nicht.

»Franklin erzählte uns, Sie würden arbeiten. Ihre Chefin sagte, Sie hätten sich krankgemeldet. Warum?«

Carrol antwortete nicht.

»Wir finden Ihre Brüder, Carrol. Sie können uns genauso gut gleich sagen, wo sie sind.«

»Ich … ich … ich weiß es nicht.« Es fiel ihm immer schwerer, die Worte herauszubekommen.

»Erzählen Sie mir, was Sie über Stephanie Cole wissen.«

Die Knie zappelten wie wahnsinnig. »Ich weiß gar nichts.«

»Carrol, ich versuche, Ihnen zu helfen. Wir haben die DNA von Ihnen und Ihrem Bruder. Von den Bierflaschen, aus denen Sie in der Bar am Aurora Strip getrunken haben.«

»Dann wissen Sie, dass wir es nicht getan haben.«

»Was nicht getan haben?«, hakte Kins nach.

»Nichts«, sagte Carrol kaum hörbar.

»Das Mädchen aus dem Park entführt? Wir wissen, dass Sie das Mädchen nicht aus dem Park entführt haben.«

»Wir waren bei der Arbeit.«

»Das haben wir auch nachgeprüft. Aber wir haben die DNA auf den Bierflaschen mit der DNA auf einem Zigarettenstummel verglichen, den wir in der Schlucht hinter einem Baumstamm fanden. Und jetzt raten Sie mal, was wir herausgefunden haben.«

Carrol schüttelte den Kopf. »Wir haben es nicht getan.«

»Die beiden Leute, die aus den Flaschen getrunken hatten, sind miteinander verwandt und auch mit der Person, die diese Zigarette geraucht hat. Sie sind Geschwister. Brüder.«

Carol sah so blass aus, dass er fast weiß wirkte.

»Wir wissen, dass Evan hinter dem Baumstumpf auf Stephanie Cole gewartet hat, und wir wissen, dass er sie entführt hat. Haben Sie oder Franklin das Auto der Frau weggefahren, um Evan zu schützen?«

»Ich war angeln.« Carrol beeilte sich, die Worte hervorzustoßen. »Ich ging Fli… Fli… Fliegenfischen an der North Fork des Stillaguamish.«

»Wen hatten Sie dabei?«, fragte Kins.

Carrol schüttelte den Kopf, erstickte fast an den Worten, die er hervorbringen musste. »Niemanden. Ich bin allein los. Ich habe niemanden gesehen.«

»Warum hat Ihr Bruder uns erzählt, Sie wären krank?«

Sprague sah aus wie ein Mann kurz vor dem Ertrinken. Kins wartete. Er hatte Zeit. Die Kriminaltechnik würde den ganzen Tag über hier sein, höchstwahrscheinlich auch noch länger.

»Weil ich es ihm … ihm … ihm nicht gesagt habe. Ich sagte, ich wäre krank.«

»Warum?«

»Weil Fr… Fr… Franklin wütend wird. Er … er … sagt, er ist der Einzige, der hier im Haus was macht und a… a… alle Lebensmittel einkauft.«

»Haben Sie Angst vor Franklin?«

»Nein.«

»Aber Sie mochten es ihm nicht sagen?«

Carrol senkte den Kopf wie ein Schuljunge, der bei einer Lüge erwischt worden ist. Er sah aus, als hätte er sich heillos verstrickt. »Ich … ich … ich weiß nicht.«

»Ich sage Ihnen jetzt mal, was ich nachweisen werde, Carrol. Ich werde nachweisen, dass Evan Stephanie Cole entführt und hierher, in sein Zuhause gebracht hat. Wir werden auf jeden Fall DNA finden. Sie oder Franklin haben Stephanies Auto weggefahren und auf dem Parkplatz in Ravenna abgestellt. Ein Ermittlerteam untersucht es gerade. Sie werden Fingerabdrücke und Haare finden und mit den wissenschaftlichen Mitteln, die uns inzwischen zur Verfügung stehen, werden wir diese DNA zu Ihnen oder Franklin zurückverfolgen. Es ist nur eine Frage der Zeit, Carrol. Ich weiß, Sie glauben, Sie helfen Ihren Brüdern. Jeder möchte doch seiner Familie helfen, das ist eine ehrenwerte Sache. Aber hier geht es um ein junges Mädchen, das verschwunden ist, und es ist meine Aufgabe, sie zu finden. Sie hat auch Familie – eine Familie, die sich große Sorgen um sie macht.«

Kins legte eine Pause ein, um das alles sacken zu lassen.

»Erzählen Sie mir, was passiert ist, und ich werde mein Bestes tun, um Ihnen zu helfen«, fuhr er schließlich fort. »Ich werde versuchen, die Staatsanwaltschaft dazu zu bringen, Ihnen einen Deal vorzuschlagen. Aber wenn Sie weiterhin lügen, dann kann ich nichts machen, dann müssen Sie sehen, wie Sie klarkommen.«

Carrol sah aus, als wollte er etwas sagen, fing an zu stottern, verschluckte sich an seinen Worten. »Ich … ich … ich war angeln«, wiederholte er schließlich.

»Detective?« Kaylee Wright stand in der Tür. »Haben Sie kurz Zeit?«

Kins sah Carrol an. »Ich werde mich jetzt eine Minute mit meiner Kollegin unterhalten, Carrol. Während ich weg bin, möchte ich, dass Sie über das, was ich gesagt habe, nachdenken. Ich möchte, dass Sie darüber nachdenken, dass ich Ihnen helfen kann. Wenn ich zurückkomme, erwarte ich eine Antwort. Eine dritte Chance werde ich Ihnen nicht geben.«

Kins traf sich mit Wright auf der vorderen Veranda. Das ganze Spektakel der Durchsuchungsaktion hatte die Nachbarn aus ihren Häusern gelockt. Da die Temperaturen noch weiter gefallen waren, trugen alle Wintersachen, und sie wussten, dass nach einer jungen Frau gesucht wurde, denn die Polizei war ja in der Gegend von Tür zu Tür gegangen. Mitanzusehen, wie die Polizei sich das Haus eines Nachbarn vornahm – Detectives in Handschuhen und Überziehern für die Schuhe, ein Van der Kriminaltechnik am Straßenrand, Detectives mit Hunden –, ließ alles viel zu real werden.

»Wir haben die Schuhe nicht gefunden«, berichtete Wright. »Nicht die, die im Park getragen wurden, aber …« Ein trockenes Lächeln lag auf ihren Lippen. »Die Schuhgröße der anderen Schuhe in Evans Zimmer passt zu der Größe der Abdrücke, die ich hinter dem Baumstumpf und in der Schlucht fand. Und die Art, in der sie abgelaufen sind, deutet auf Pronieren.«

Kins nickte. Das war etwas, auf jeden Fall. Nur meinte er jetzt schon hören zu können, wie sich ein geschickter Verteidiger erkundigte, welcher Prozentsatz der Bevölkerung denn insgesamt zum Pronieren neige. »Ich hätte lieber den Schuh.«

Pinkney kam zu ihnen auf die Veranda. »Wir haben Zigaretten gefunden«, sagte er. »Ziemlich viele. Im ganzen Haus verteilt. Einschließlich der Schlafzimmer.«

»Passen irgendwelche zu der Sorte, die wir hinter dem Baumstumpf gefunden haben?«

»Kein Zweifel. Marlboro.«

Kins sah Kaylee an. Mit der DNA vom Zigarettenstummel würden sie nachweisen können, dass Evan an dem Ort gewesen war, wo Cole verschwunden war. Seine Schuhe, mit einem eindeutigen Sohlenmuster, würden die Annahme stützen, dass er sich versteckt und auf der Lauer gelegen hatte.

»Was noch?«

Pinkney verzog angewidert das Gesicht. »Ein ganzes Warenlager Pornografie, manche Hefte sind jahrzehntealt. Die volle Bandbreite, vom soften Porno bis zu richtig hässlichem Zeug, Bondage, Sadismus. Unbeschriftete Videos, ganze Kartons voll. Ich habe so das Gefühl, da sind Albträume drauf. Außerdem gibt es mehrere Computer. Wir werden uns die Festplatten ansehen müssen, das könnte Wochen dauern.«

»Dann lass uns anfangen. Ich kann den Durchsuchungsbeschluss den Gegebenheiten anpassen.«

Kins Handy klingelte und da die Anruferkennung Tracy nannte, trat er beiseite, um den Anruf entgegenzunehmen. »Tracy? Wir sind jetzt im Haus. Carrol ist hier, aber Franklin und Evan nicht, und Franklin ist nicht bei der Arbeit. Es ist sein freier Tag.«

»Kins …«

»Carrol sagt, Franklin hat Evan zum Jagen in East Washington mitgenommen, und weiß angeblich nicht, wo sie sind.«

»Kins!«, wiederholte Tracy laut und entschieden, sodass klar war, sie hatte ihm etwas zu sagen, und das musste sofort sein.

»Schieß los.«

»Hast du die Hunde dabei?«

»Sie sind draußen und suchen den Garten ab.«

»Bring sie rein. Nehmt sie mit in den Keller.«

»Es gibt keinen …«

»Geh in die Küche.«

»Wo bist du? Es hört sich so an, als würdest du fahren.«

»Ich bin auf der I-90, kurz vor Cle Elum.«

»Warum?«

»Ich habe die Schwester gefunden.«

»Wo?«

»Ich erzähl dir später mehr. Es gibt noch ein zweites Haus, eine Hütte in der Nähe von Cle Elum. Da fahre ich jetzt hin. Aber weswegen ich anrufe: Du musst in die Küche gehen und etwas nachprüfen, was Lindsay mir erzählt hat.«

»Moment.« Mit dem Handy am Ohr ging Kins ins Haus, wo es in allen Räumen und Fluren von Detectives der Kriminaltechnik und den weißen Säcken wimmelte, in denen sie konfiszierte Beweismittel sammelten. Kins umrundete die Säcke, und seine Schuhe in den halbhohen blauen Plastiküberzügen wischten über den Hartholzfußboden. »Okay«, sagte er, als er die Küche erreicht hatte. »Ich bin jetzt da.«

»Geh zur Speisekammer rechts neben der Hintertür.«

»Wonach suche ich?«

»Eine verborgene Tür hinten in der Speisekammer. Da müsstest du in der oberen rechten Ecke einen Riegel finden und einen weiteren rechts unten.«

Kins schaltete die Taschenlampe seines Handys ein, da das Licht in der Speisekammer nur schwach war, und stellte Tracys Anruf auf Lautsprecher. »Ich sehe die Riegel.« Sein Magen schlug Purzelbäume. Was erwartete ihn als Nächstes?

»Entriegele sie und öffne die Tür. Dahinter müsste eine Schnur hängen, an der man zieht, um Licht anzumachen. Du findest eine Treppe.«

»Wohin führt die?«

»Du bist da in einem Haus des Schreckens, Kins. Ich kann dir nicht genau sagen, was dich da unten erwartet. Schick die Leichenspürhunde runter.«

Kins schob die Riegel zurück und öffnete die Tür, die mit dem unteren Rand über den billigen Linoleumboden schleifte, was einen weißen Streifen hinterließ. Um sie weit genug öffnen zu können, musste er stapelweise Dosen und einen Sack Reis zur Seite räumen. Er schob die Hand durch die Öffnung, spürte an der Handrückseite die Kordel, packte zu und zog. Eine nackte Glühlampe, deren Fassung jemand an einem der Fußbodenbalken befestigt hatte, ging an und beleuchtete eine Holztreppe.

»Du glaubst, Cole ist da unten?« Kins spürte am ganzen Körper ein Kribbeln.

»Ich weiß es nicht. Das musst du mir sagen.«

Kins hielt sein Handy hoch, um es heller zu haben, während er vorsichtig und auf jeder Stufe seinen Stand prüfend die Treppe hinunterging. Unten hing an einem Balken in der Mitte des unterirdischen Raums eine weitere Glühbirne, die ein dumpfes Licht verbreitete, nachdem Kins an der Kordel gezogen hatte. Er sah sich um. Der Raum war vielleicht zehn Quadratmeter groß und befand sich gute zwei Meter unter der Erdoberfläche. Eisenbahnschwellen bildeten die Wände, hölzerne Pfosten stützten die Balken des darüberliegenden Fußbodens und waren im Boden verankert. An den Pfosten hingen Ketten und Fesseln. In der einen Ecke stand ein kleiner Tisch, darüber hing Werkzeug. In der anderen Ecke lag eine Matratze, an deren Fußende ein dreckiger Eimer stand.

»Ach du Scheiße!«, fluchte Kins leise.

»Ist sie dort? Kins?«

»Was?«

»Ist Cole dort?«

»Oberhalb der Erde nicht.« Kins zog seinen Hemdkragen über Mund und Nase. »Hier unten stinkt es bestialisch.«

»Sieht der Boden frisch aufgegraben aus?«

Kins ließ das Licht seiner Handytaschenlampe über den Boden huschen. »Auf den ersten Blick nicht.«

»Ich glaube, Franklin und Evan sind in der Hütte, Kins. Hoffentlich zusammen mit einer immer noch lebenden Stephanie Cole. Du musst Brian Bibby finden.«

»Bibby? Wieso?«

»Geh die Straße runter. Klopf bei Bibby an die Haustür und sag mir, ob er zu Hause ist. Wenn ja, verhafte ihn. Er hatte bei all dem seine Finger im Spiel.«

Kapitel 37

Die Fahrt von Yakima nach Cle Elum dauerte eine Stunde. Kaum war Tracy auf der Interstate 190, da fing es westlich von Ellensburg auch schon an zu schneien. Der Schneefall nahm zu, je weiter sie sich Cle Elum näherte, und kam nun teilweise wirbelnd und in Böen. Sie hatte sich von Lindsay so viele Informationen über die Hütte verschafft, wie die junge Frau noch im Kopf hatte, und sogar kurz daran gedacht, Lindsay mitzunehmen, sich dann aber gegen eine solche Bitte entschieden. Das mochte sie der Frau nicht antun, nach allem, was sie erlitten und wundersamerweise überlebt hatte. Wie es war, an den Ort seiner schlimmsten Albträume zurückzukehren, wusste Tracy nur zu gut.

Von unterwegs aus rief sie bei der Polizei von Cle Elum an und sprach mit dem Polizeichef Pete Peterson. Der kannte die Hütte im Curry Canyon, sagte aber, er hätte das Tor vor der Zugangsstraße seit Jahren nicht mehr in geöffnetem Zustand erlebt. Er hatte den Eindruck gehabt, das Anwesen sei verwaist, und sogar schon mal daran gedacht, sich beim Grundbuchamt den Namen des Besitzers heraussuchen zu lassen.

»Die Straßen dort werden im Winter nicht geräumt«, hatte er außerdem noch erklärt. »Dafür fehlt uns das Geld, und da um diese Jahreszeit niemand hinausfährt, könnte man eine solche Ausgabe auch gar nicht rechtfertigen.«

»Kommen Sie bis zur Hütte durch?«, fragte Tracy.

»Es schneit kübelweise«, stellte Peterson fest. »Aber wir haben einen Wagen mit Allradantrieb, der jetzt im Winter vorn mit einem kleinen Schneepflug ausgerüstet ist. Damit sollten wir dort hinkommen.«

Tracy kannte Cle Elum von Wochenendbesuchen mit Dan, die allerdings immer im Sommer stattgefunden hatten. Die 120 Jahre alte ehemalige Bergwerksstadt mit ihren nicht einmal tausend Wohnhäusern auf einer Fläche von zweieinhalb Quadratkilometern war Tracy im Sommer immer sehr ruhig und friedlich erschienen und würde es jetzt im Winter, wo weniger Touristen kamen, erst recht sein. Ein Bauunternehmer hatte außerhalb der Stadt in den Bergen die Feriensiedlung Suncadia Resort gebaut, wo man fliegenfischen und Golf spielen konnte, was Touristen in die Gegend brachte.

Tracy folgte den Anweisungen ihres Navis zur Polizeiwache in der West Second Street, einem einstöckigen, mit Schindeln verkleidetem Gebäude inmitten hoher Kiefern, auf deren Ästen dick der Schnee lastete. Tracy fühlte sich sofort an die Polizeiwache in Cedar Grove erinnert.

Sie war gerade in den Parkplatz eingebogen, als ihr Handy klingelte: Kins.

»Bibby ist nicht zu Hause«, meldete er sich. »Seiner Frau hat er erzählt, er würde mit Jackpott zum Jachthafen nach Edmonds fahren, um dort am Boot zu arbeiten, und wäre erst spät wieder zu Hause. Sie hat mir die Nummer von ihrem Liegeplatz genannt und ich habe die Polizei in Edmonds gebeten, hinzufahren und nachzusehen. Bibbys Auto steht nicht auf dem Parkplatz der Anlage und er ist auch nicht an Bord. Was zum Henker ist eigentlich los?«

Tracy fasste rasch zusammen, was sie von Lindsay erfahren hatte. Für Details war keine Zeit. »Ich habe von unterwegs aus bei Boeing angerufen. Bibby ist wirklich, wie er uns erzählt hat, seines kaputten Rückens wegen in Rente gegangen. Er wäre aber nur wenige Monate später sowieso aus Altersgründen pensioniert worden.«

»Und Ed Sprague und er waren … was? Freunde?«

»Ich weiß nicht, wie man solche Leute nennt.«

»Dieses Haus … steckt voller echter Scheiße, Tracy. Pornografie ohne Ende, und als wir die Hunde mit in den Raum unter dem Haus genommen haben, sind sie durchgedreht. Ich habe Kelly Rosa dazugeholt.« Rosa war die forensische Anthropologin des King County. »Das wird nicht schön werden.«

»Ich glaube, ich weiß, wo Bibby ist. Und wenn ich da nicht auch bald hinkomme, wird man noch mehr Gräber ausheben müssen.«

»Mach mir jetzt bloß keinen auf Heldin, Tracy! Denk nicht mal dran, da allein hinzufahren. Du hast eine Tochter. Carrol sagt, seine Brüder sind jagen. Das kommt mir zwar unwahrscheinlich vor, aber laut Carrol waren sie als Kinder andauernd mit ihrem Vater jagen und besitzen Gewehre und Pistolen. Ich habe ihn nach diesen Waffen gefragt, und er wollte mir schon sagen, wo sie sind, hat dann aber doch lieber die Klappe gehalten. Wahrscheinlich sind sie auf diesem anderen Grundstück, wo du jetzt hinfährst. Und das heißt, Franklin kommt an die Waffen ran. Hol dir Verstärkung.«

»Bin dir um Meilen voraus, Partner. Ich fahre mit der örtlichen Polizei an meiner Seite.« Tracy hatte nicht im Geringsten die Absicht, sich als Heldin aufzuspielen.

Sie beendete den Anruf, verstaute ihr Handy in der Hosentasche und überprüfte ihre Glock. Sie schob zwei zusätzliche Magazine in ihre Jackentasche und stieg aus dem Wagen, wo sie in dreißig Zentimetern Schnee landete. Es schneite weiterhin in dicken Flocken, die sofort auf ihrem Wagendach liegen blieben.

Peterson kam ihr in voller Uniform in der Eingangshalle des Gebäudes entgegen. Er war ein großer, dünner Mann mit einer Pistole an der Hüfte und einem Gewehr in der Hand. Bei ihm war ein jüngerer Kollege, den Peterson als Mack Herr vorstellte und der ebenso wie sein Chef mit einer Pistole an der Hüfte und einem Gewehr in der Hand ausgerüstet war. Peterson hatte volles, rotes, mit ein paar grauen Strähnen durchsetztes Haar und Falten um die Augen, die auf ein paar Jahre auf dem Buckel schließen ließen, während Herr aussah wie Anfang zwanzig. Tracy klärte die beiden rasch und vollständig über die Situation auf. Sie versicherte Peterson, dass Gefahr im Verzug bestand, da das Leben der jungen Frau unmittelbar gefährdet war, und man von daher nicht auf einen Durchsuchungsbefehl warten konnte.

»Für mich klingt das voll in Ordnung«, sagte Peterson. »Wir können uns später immer noch einen besorgen, um dann eine Durchsuchung des gesamten Besitzes vorzunehmen. Dann lassen Sie uns losfahren.«

Tracy ließ nicht durchblicken, dass Stephanie Cole bereits tot sein könnte, und Peterson fragte nicht danach. Er machte ganz den Eindruck eines Mannes, der bereit ist, sich einer Konfrontation zu stellen. Herr dagegen wirkte nervös.

Sie kletterten in die Kabine eines Pick-ups mit Allradantrieb, auf dessen vordere Stoßstange ein Schneeschieber montiert war. Peterson saß am Steuer und fuhr an der Kreuzung West Second Street, North Stafford Avenue nach Osten, durch die Stadt hindurch bis zur Summit View Road. In der Stadt war der Schnee geräumt worden, nicht aber auf der Summit View.

Peterson deutete auf relativ frische Reifenspuren vor ihnen, die sich rasch mit Schnee füllten. »Damit wäre das, was Sie vermuten, wohl bestätigt.« Ohne langsamer zu werden, steuerte er den Pick-up geschickt um einige haarige Kurven. Tracy, die in der Mitte zwischen den beiden Männern saß, wurde bei jeder Unebenheit in der Straße hoch oder zur Seite geworfen und versuchte vergeblich, sich mit einer Hand am Armaturenbrett abzustützen. Angst hatte sie keine, sie war schon oft bei Schnee auf Straßen wie dieser gefahren und konnte sehen, dass es auch für Peterson nicht das erste Rodeo war. Er folgte den Reifenspuren den Hügel hinauf und wieder hinunter, um eine Kurve nach der nächsten, ohne den Schieber einsetzen zu müssen. Noch reichten die profiltiefen Reifen des Pick-ups, die sich mit unverminderter Geschwindigkeit durch den Schnee wühlten.

Die Spur des Fahrzeugs, das vor ihnen gefahren war, führte zu einem Metalltor vor einer zugeschneiten Zufahrtsstraße, die nicht viel breiter als der Pick-up war. Herr rutschte vom Beifahrersitz, griff sich von der Ladefläche des Fahrzeugs einen Bolzenschneider und bückte sich am Tor nach der Kette, die es zuhielt, um sie durchzutrennen. Er stutzte kurz, zog die Kette vom Zaun und hielt sie so, dass die anderen sie sehen konnten.

Sie war bereits durchtrennt worden.

Tracy kroch ein ungutes Gefühl in den Nacken. Franklin wusste bestimmt, wie man das Schloss am Tor zu einem Besitz, der sich seit Jahrzehnten in der Familie befand, auch ohne Gewalt öffnete.

* * *

Franklin wühlte mit gesenktem Kopf mit beiden Händen in einem Loch, das er im Pumpenhaus gegraben hatte. Nachdem er sich eine halbe Stunde lang den Arsch abgefroren hatte, schien er dem Problem inzwischen auf die Schliche gekommen zu sein. Dabei waren ihm die Finger vor Kälte ganz taub geworden und er musste sie immer öfter anhauchen, um ein Minimum an

Beweglichkeit beizubehalten. Aber jetzt war es fast so weit und er hatte den Fehler so gut wie behoben. Wenigstens vorübergehend. Auf lange Sicht würde er in die Stadt fahren und eine neue Pumpe kaufen müssen. Eben hörte er hinter sich Evans schlurfende Schritte.

»Bist du schon fertig?«, erkundigte er sich, ohne sich umzusehen. »Das ging aber fix. Reich mir mal den Neuner-Schlüssel.« Er streckte die Hand nach hinten aus.

»Dein Vater hat es immer gehasst, wenn die Pumpe ausfiel. In dem einen Winter sind uns im ganzen Haus die verdammten Leitungen geplatzt.«

Franklin erkannte die Stimme. Er hatte sie im Laufe seines Lebens öfter gehört, als ihm lieb gewesen war.

Bibby.

Er hasste den Mann, hatte ihn schon als Junge gehasst. Es war ihm so vorgekommen, als wäre Bibby immer da gewesen, im Keller des Hauses und im Raum hinten in der Scheune.

Franklin richtete sich auf und drehte sich um. »Was willst du hier?«

Beleuchtet vom fallenden Schnee stand Bibby in der offenen Tür. Aber wie ein Engel sah er nicht aus, im Gegenteil. Er sah aus wie das Stück Scheiße, das er schon immer gewesen war.

»Ich freue mich auch, dich zu sehen, Franklin.«

Bibby trug Wintersachen – Carhartt-Hose, dicke Daunenjacke, Stiefel und eine Mütze mit Ohrenklappen. Jackpott stand neben ihm, hüpfte und wedelte, was das Zeug hielt, mit dem ganzen Körper, als stünde der Boden unter Strom. Sein Herrchen hielt ein Gewehr in der Hand, eins, das Franklin auf Anhieb wiedererkannte.

»Was machst du mit dem Hirschtöter meines Vaters?«

»Du bist ein Gewohnheitstier, genau wie dein Dad. Ich wusste, dass ich dich hier finde, und ich wusste, dass das Schloss am Gewehrschrank immer noch dasselbe ist.«

»Was zum Teufel machst du hier, Bibby?«, fragte Franklin erneut. Er hatte keine Angst mehr vor dem Mann. Das Alter hatte so eine Art, Unterschiede auszugleichen.

»Ich suche nach dem Mädchen, Franklin. Ich weiß, dass du sie hier hast, weil du zu schlau warst, sie in dem Haus zu lassen, das die Polizei gerade durchsucht. Du warst immer schon ein ganz Schlauer.«

Franklin legte die Rohrzange nicht aus der Hand, rieb sie mit einem Putzlumpen sauber. Die Polizei durchsuchte sein Haus. »Von welchem Mädchen sprichst du?«

Bibby lachte. »Du weißt genau, von welchem Mädchen.«

Franklin antwortete nicht. Seine Miene war reglos, verriet nichts. »Die Polizei ist bei mir zu Hause?«

Bibby lächelte. »Und du weißt, was sie unter dem Boden im Keller finden werden. Sie haben diese Hunde mitgebracht. Hunde, die Tote riechen können.«

Genau aus diesem Grund war Franklin nie aus dem Haus ausgezogen. Er hätte es gern getan, oh, wie oft wäre er gern ausgezogen, aber er konnte es ja schlecht an jemanden verkaufen. Nicht mit den »Hobbys« von Bibby und seinem Vater, die unter dem Kellerboden begraben lagen. Was hätte er sagen sollen? Dass er nichts davon gewusst hatte? Damit wäre er nie und nimmer durchgekommen und damit würde er auch jetzt nicht durchkommen. Natürlich würde man glauben, dass er etwas damit zu tun hatte. Er und seine Brüder. Sein Vater hatte dafür gesorgt, dass keiner von ihnen aus der Scheiße kam. Er hatte sie gründlich erledigt. Franklin würde in dem Haus leben müssen, bis er starb und es ihm scheißegal sein konnte. So weit hatte ihr Vater sie gebracht.

»Bist du auch unserem Hobby nachgegangen?«, fragte Bibby.

»Ich bin nicht mein Dad. Und ich bin ganz sicher kein Stück Scheiße wie du. Wir haben keine Mädchen im Haus.«

»Nicht mehr, das stimmt.« Bibby lächelte.

»Ich sagte doch schon, ich weiß nicht, wovon du redest. Und nun verpiss dich.«

»Ich glaube, du weißt genau, wovon ich rede. Und ich werde dich hier an Ort und Stelle erschießen. Das Mädchen finde ich dann schon allein. Evan ist bei ihr? Den bringe ich auch um.« Bibby senkte das Gewehr, schob sich den Ladestock unter den Arm. »Vielleicht finden sie dich ja nach der Schneeschmelze«, fuhr er fort. »Aber das glaube ich nicht, es war ja seit Jahren niemand mehr hier. Du wirst hier im Pumpenhaus fein verrotten. Wobei ich mir vorstellen könnte, dass die Tiere bald nichts mehr von dir übrig lassen werden.«

»Und falls wir das Mädchen nun hätten, Bibby, was ginge es dich an?«

Bibby starrte ihn an. »Du bist entweder ein richtig guter Pokerspieler oder du hast wirklich keine Ahnung, wie deine Brüder. Was darf es in diesem Fall sein?«

Franklin antwortete nicht. Er wusste wirklich nicht, was Bibby meinte. Wenn er jetzt schwieg, konnte er sich auch nicht verraten, wie sehr er im Dunkeln tappte. Bibby war immer schon ein Großmaul gewesen. Irgendwann würde er mit der Sprache herausrücken.

Bibby lächelte. »Er hat es dir nicht erzählt, oder?«

»Wer?«

»Der Idiot. Dein Bruder.«

»Nenn ihn nicht so, du gehörst nicht zur Familie.«

»Zu deiner nicht, Gott sei Dank. Hat Evan dir nichts erzählt?«

»Was hat Evan mir nicht erzählt?«

Bibby lachte. »Ich glaub's ja nicht. Er wollte sie für sich, genau wie damals diese Schwester von euch.«

Franklin verstand immer noch nicht, was Bibby mit der jungen Frau zu tun hatte. Konnte es sein, dass er sie für sich wollte? »Ich weiß immer noch nicht, worum es dir geht. Wenn du also nichts dagegen hast ...« Franklin trat einen Schritt vor, die Rohrzange in der Hand.

Bibby feuerte eine Salve in die Erde, verfehlte nur knapp Franklins Stiefelspitze. Jackpott machte einen Satz in die Luft und rannte aus dem Pumpenhaus. »Doch, ich habe etwas dagegen.« Franklin blieb stehen. »Das Mädchen, Franklin. Wo ist die Kleine? Hast du sie in den Raum hinten in der Scheune gebracht?«

Franklin starrte ihn an. Langsam dämmerte ihm, was Bibby mit der entführten Frau zu tun hatte. Scheiße! Wie hatte ihm das entgehen können? Seine Wut auf das, was Evan getan hatte, sein Zorn, weil sein Bruder ihm nicht gehorcht hatte, hatte ihm Sand in die Augen gestreut und seinen gesunden Menschenverstand getrübt. Evan würde keiner Fliege etwas tun, hatte es einfach nicht in sich, jemanden zu schlagen. Er hätte dieses Mädchen nie niedergeschlagen.

»Du warst an dem Tag im Park«, sagte er. »Du bist mit Jackpott spazieren gegangen.«

»Und der alte Jackpott ist ein Mädchenmagnet. Alle Welt weiß, dass Jackpott und ich jeden Tag zur ungefähr gleichen Zeit im Park sind. Ich habe mir gedacht, sobald das mit der Frau bekannt wird, denken alle sofort an den alten Bibby und seinen täglichen Spaziergang, und ich habe die Bullen an mir kleben wie die Fliegen am Pferdemist. Da dachte ich mir, Angriff ist die beste Verteidigung und ich melde selber, dass ich sie gesehen habe. Und das war's dann.«

»Aber du hast sie nicht bloß gesehen, richtig? Du hast mehr getan.«

»Das Mädel kam den Weg runtergerannt, nur halb bekleidet und nicht zu übersehen.« Bibby leckte sich die Lippen. »Ich hatte sie vorher noch nie gesehen. Und ich sehe schon zu, dass ich alle in der Gegend kenne. Die Gelegenheit war einfach zu gut, um sie ungenutzt verstreichen zu lassen. Wie in den guten alten Zeiten. Ist schon ein paar Jahre her, aber die Triebe verschwinden nun mal nicht, nicht mal bei solch einem alten Knochen wie mir.«

»Du hast ihr einen Schlag auf den Kopf versetzt, mit einem Stein oder so. Ich hätte wissen müssen, dass Evan so etwas nie getan hätte.«

»Sie ist direkt an mir vorbeigelaufen, hat mir zugelächelt und genickt. Sie hatte keine Ahnung, dass sie in eine Sackgasse rannte.«

* * *

Bibby sah, wie die junge Frau langsamer wurde und schließlich stehen blieb. Sie starrte auf die Metallschranke über dem Weg und die roten und gelben Schilder, die ihr das Weitergehen untersagten, weil an dieser Stelle Privatbesitz begann. Jetzt lief sie auf der Stelle, sah sich um, versuchte festzustellen, ob der Pfad nach rechts oder links weiterging. Nein, das tat er nicht.

Es war an der Zeit, Jackpott seine Magie wirken zu lassen. Er ließ den Hund von der Leine und schickte ihn den Pfad hinunter. Jackpott rannte sofort auf das Mädchen zu, das sich bückte und den Ohrstöpsel aus dem einen Ohr nahm.

»Hallo«, sagte sie und streichelte den kleinen Kerl. »Wo kommst du denn her?«

Jetzt trat Bibby aus dem Gebüsch, rief nach seinem Hund und eilte ebenfalls den Weg hinunter. »Jackpott! Sofort hierher! Pfui, böser Hund. Es tut mir wirklich leid, junge Dame. Er hat sich von der Leine gerissen, er konnte einer hübschen Frau noch nie widerstehen.«

»Kein Problem.« Sie trat einen Schritt zurück, schuf Abstand. »Ich bin mit Hunden aufgewachsen. Sie wissen nicht zufällig, ob der Weg irgendwo weitergeht?«

»*Ich fürchte, nein. Dies ist eine Sackgasse.*«
»*Das hatte ich schon befürchtet.*« *Sie lächelte besorgt.* »*Dann sollte ich wohl lieber sehen, dass ich weiterkomme, sonst muss ich noch im Dunkeln laufen.*«
»*Ach nein, das müssen Sie bestimmt nicht*«, *beschwichtigte Bibby.* »*Wir lassen uns stattdessen was anderes einfallen, nicht wahr?*« *Er zog die Hand mit dem Stein darin aus der Tasche.*

* * *

»Frauen haben Jackpott noch nie widerstehen können«, sagte Bibby.
»Warum hast du sie nicht einfach umgebracht, als du die Gelegenheit dazu hattest?«, wollte Franklin wissen.
»Hätte ich ja getan, wenn sich dein Idiot von einem Bruder nicht eingemischt hätte.«
»Du sollst ihn nicht so nennen, ich habe dich gewarnt!«

* * *

Bibby schleifte die junge Frau ins Gebüsch. Ein frisches Kondom hatte er immer in der Brieftasche, DNA würde er keine zurücklassen. Hatte er damals nicht getan, würde er niemals tun.
Endlich bot sich ihm wieder die Chance auf eine, die so hübsch war und so jung. Tot war sie nicht. Noch nicht. Aber das würde kein Problem werden. Und falls später einer der Nachbarn zur Sprache brachte, er wäre doch immer um diese Tageszeit mit Jackpott unterwegs, hatte er das perfekte Alibi: Wer glaubt denn schon, dass ein fünfundsiebzigjähriger Rentner mit Rückenproblemen eine fitte junge Joggerin vergewaltigen und töten kann? Wenn die Polizei kam und fragte, was sie ja wahrscheinlich tun würde, würde er einfach behaupten, er hätte sie im Park gesehen. Sie wären aneinander vorbeigelaufen und mehr nicht. Wer würde dem widersprechen?

Wie Ed Sprague es immer so treffend formuliert hatte: Die Toten sehen nichts und sie sagen auch nichts.

Er hatte bereits Gürtel und Hosenknöpfe geöffnet, als am Ende des Pfades etwas im Gebüsch raschelte. Seltsam. Hier unten wehte kein Wind und Jackpott konnte es auch nicht sein, der war neben ihm. Er kniff die Augen zusammen, konnte aber im immer schwächer werdenden Licht niemanden ausmachen. Anders Jackpott, dessen Augen besser waren als jede Nachtsichtbrille und dessen Nase der eines Menschen haushoch überlegen war. Er rannte schon den Hügel hinauf, noch bevor Bibby über dem Gebüsch Zigarettenrauch hatte aufsteigen sehen. Jetzt konnte er auch Kleidung ausmachen, Farben, die nicht in die Natur gehörten.

Bibby hätte dem Mann da oben fast etwas zugerufen, beschloss dann jedoch, ihn in Ruhe zu lassen.

* * *

»Evan hatte sich auf dem Hügel versteckt. Dachte er wenigstens – Jackpott hat ihn gleich erschnüffelt. Weißt du, was dein Bruder gesagt hat?«

Franklin schüttelte den Kopf. Er konnte es sich vorstellen.

»Hey, Bibby.« Bibby lächelte. »Einfach so, ›Hey, Bibby‹. Dann sagte er: ›Was machst du da?‹ Entweder hatte er nichts gesehen oder er hatte es schon wieder vergessen. Früher mal hätte ich ihn verprügelt und nach Hause geschickt mit dem strikten Befehl, ja das Maul zu halten. Aber ich bin nicht mehr jung.«

»Nein, bist du nicht.«

»Ich dachte, jetzt aber schlau und vorsichtig sein, sonst sitzt du dick in der Tinte, Bibby. Also erzählte ich Evan, ich hätte das Mädchen so vorgefunden, bewusstlos. Wahrscheinlich hätte es sich den Kopf aufgeschlagen. Er wollte wissen, was ich nun vorhätte. Ich sagte, eigentlich hätte ich die Polizei rufen wollen, aber das wäre ja jetzt keine so gute Idee mehr, weil die ihn sofort verdächtigen würde, die Frau zusammengeschlagen zu haben. Da war mir nämlich schon klar, dass der Idiot alle möglichen Spuren hinterlassen hatte, die die Polizei zu ihm und dir und Carrol führen müsste. Die Maxwells haben doch vorn diese Kamera, die hatte bestimmt aufgezeichnet, dass Evan zur selben Zeit durch die Gegend lief wie ein junges Mädchen auf dem Weg in den Park. Und ich wusste, auf dem Hügel würden sie die Abdrücke seiner Stiefel finden. Dass er auch noch DNA zurückgelassen hatte, war mir gar nicht klar.«

»DNA?«

»Der Zigarettenstummel. Das habe ich den Fragen der Polizei entnommen. Er hat da oben in den Büschen eine Kippe hinterlassen. Ich sagte zu Evan: ›Wir können nicht die Polizei anrufen. Wir wissen nicht, wer sie verletzt hat oder vielleicht sogar getötet.‹ Ich sagte, die Polizei würde denken, er hätte das getan, und sie würden ihn in den Knast stecken.«

Franklin biss die Kiefer aufeinander und ballte die freie Hand zur Faust.

»Das hat ihm ordentlich Angst eingejagt«, fuhr Bibby fort. »Ich dachte, er fängt gleich an zu heulen. Ich habe ihm gesagt, ich würde ihm helfen. Er müsste das Mädchen verstecken, er müsste sie hoch zu eurem Haus tragen und im Keller verstecken. Er zögerte noch, bis ich sagte: ›Ich wette, sie spielt Spiele mit dir wie Lindsay, weil du sie gerettet hast.‹« Bibby lachte. »Da hat er doch wirklich gelächelt. Dein Bruder war mein perfektes Alibi. Himmel, ich war mir fast sicher, dass er nicht mehr genau wissen würde, was passiert war, sobald er sie erst mal oben in eurem Haus hatte. Und dann, das war mir klar, hattest du den schwarzen Peter. Selbst wenn Evan noch gewusst hätte, was hier in der Schlucht passiert war, wem hättest du das denn melden sollen? Bei all den Problemen, die dir dein Vater unten im Keller hinterlassen hat und um die du dir Sorgen machen musst?«

»Wenn du so schlau bist, Bibby, und ich jetzt den schwarzen Peter habe, warum bist du dann hier hochgekommen?«

»Weil die Polizei immer wieder bei mir aufkreuzte und Fragen stellte. Meine Stiefelabdrücke waren schließlich auch in der Schlucht. Und die Pfotenabdrücke von Jackpott. Dafür hatte ich mir eine Geschichte einfallen lassen. Aber dann kamen sie plötzlich mit Fragen an Lorraine.«

»Lorraine? Was wollten sie von Lorraine?«

»Sie haben sie nach Lindsay ausgefragt.«

»Lindsay?«

»Genau.«

»Lindsay ist tot.«

»Das nimmt man an. Wir haben nie herausfinden können, ob sie nun wirklich tot ist oder noch lebt. Sicher sind wir da nicht. Und wenn sie sie finden, dann habe ich ebenso große Probleme wie du.«

»Das ist Unsinn, Bibby. Und Lindsay ist tot. Wurde schon seit Jahren nicht mehr gesehen.«

»Vielleicht ja, vielleicht nein. Ich mag keine unklaren Sachen. Das habe ich von deinem Daddy gelernt.«

Franklin warf einen Blick auf das Gewehr, fragte sich, ob er es irgendwie in seine Gewalt bringen könnte. »Lindsay ist tot und was Evan sagt, davon glaubt doch niemand auch nur ein Wort, Bibby. Selbst wenn er sich erinnern könnte, was nicht der Fall ist. Und ich kann den Mund nicht aufmachen, wie du so treffend zusammengefasst hast. Also geh wieder, lass uns allein und ich kümmere mich um den Rest. Was meinst du denn, warum ich hier bin?«

»Ja, du könntest dazu in der Lage sein. Aber ich habe mir gedacht, dass Evan Carrol gesagt haben könnte, was passiert ist, wenn der es nicht sowieso schon wusste. Carrol war noch nie ein guter Lügner, bei all dem Stottern und Spucken. Und jetzt sitzt er bei euch zu Hause mit einem Haufen Detectives, das gefällt mir gar nicht.«

»Evan hat Carrol nichts erzählt und mir auch nicht. Das dürfte doch inzwischen klar sein. Ich kümmere mich um das Mädchen, Bibby.«

»Dann ist sie also noch am Leben.« Bibby warf einen Blick zur Tür hinaus, hinüber zur Scheune.

»Sie lebt.« Franklin nickte. »Aber ich habe sie hier hochgebracht, um sie loszuwerden. Lass mich das machen. Wie du schon sagtest, mein Daddy hat mir einen Haufen Scheiße hinterlassen. Ich kann wohl kaum zur Polizei rennen.«

»Da war noch etwas, das dein Daddy gern gesagt hat.«

»Was denn?«

»Die Toten sehen nichts. Und sie können auch nichts sagen.«

Bibby zog den Abzug und feuerte.

Kapitel 38

Herr zog das Tor auf und Peterson fuhr hindurch und wartete, bis sein Kollege wieder in die Fahrerkabine geklettert war. Sobald der junge Polizist die Wagentür öffnete, spürte Tracy den kalten Luftzug. Schneeflocken fielen auf seinen Sitz, als er sich seitlich am Pick-up den Schnee von den Stiefeln trat.

In diesem Moment durchbrach in der Ferne ein Gewehrschuss die Stille der verschneiten Landschaft. Tracy sah Peterson an, der das Geräusch ebenfalls erkannt hatte. »Los!«, sagte er.

Peterson fuhr an, noch bevor Herr seine Tür richtig schließen konnte, die daraufhin um ein Haar mit einem Baumstamm kollidiert wäre. Er fuhr so schnell es die Straßenverhältnisse erlaubten, wobei es half, dass die Reifen des Fahrzeugs vor ihnen den Schnee zusammengepresst hatten, sodass die des Pick-ups leichter greifen konnten. Problematischer waren die Sichtverhältnisse, denn ein starker Wind schüttelte Neuschnee von den Bäumen, der im Verbund mit den vom Himmel fallenden Flocken für einen fast undurchsichtigen Schleier sorgte. So waren sie ein paar Minuten unterwegs, als ein zweiter Gewehrschuss durch die weiße Stille hallte.

* * *

Obwohl die Männer Angel, Donna und ihr Decken dagelassen hatten, hockte Stephanie Cole zitternd auf dem Boden. Evan hatte ihr seine Jacke angeboten, die sie abgelehnt hatte, weil sie sie gar nicht überziehen konnte, solange sie mit den Händen an den Pfosten gebunden war. Sie hatte Evan gebeten, ihr diese Fesseln abzunehmen, aber Evan hatte gesagt, das dürfe er nicht, Franklin hätte es ihm verboten. »Er verprügelt mich, wenn ich das mache.«

Er hatte ihr das Kartenspiel »Kings in the Corner« beigebracht und sie hatten es bereits zweimal gespielt. Außerdem hatte er ein paar Brettspiele dabei, ältere wie Monopoly und etwas, das »Schlangen und Leitern« hieß. Stephanie glaubte inzwischen, dass es Evan gewesen war, der sie aus der Schlucht in den Keller des Hauses gebracht hatte. Deswegen hatte Franklin sich so aufgeregt, deswegen hatte er Evan geschlagen. Sie hatte allerdings Schwierigkeiten, sich vorzustellen, dass Evan sie auch niedergeschlagen oder versucht haben könnte, sie zu vergewaltigen. Er zeigte sich überhaupt nicht an Sex interessiert und vermittelte ihr auch nicht, dass er vorhatte, ihr etwas anzutun. Er wollte nur mit ihr spielen.

»Magst du Brettspiele?«, fragte sie mit Blick auf den hinter ihm liegenden Stapel.

»Wir können hiernach Monopoly spielen«, schlug Evan vor und legte eine schwarze Sechs an die Kartenreihe zwischen ihnen. »Du bist dran.«

Stephanie musterte die Karten in ihrer Hand, legte eine rote Fünf an die schwarze Sechs, holte sich aus einer anderen Reihe eine schwarze Vier und legte das Pik Ass bei einer dritten Reihe an.

»Ich hasse Asse!«, sagte Evan und schaukelte mit dem Oberkörper vor und zurück. »Mit denen kann man überhaupt nichts machen.«

»Wer hat dir alle diese Spiele beigebracht?«, erkundigte sich Stephanie.

»Lindsay.« Er betrachtete die Karten in seiner Hand und holte sich eine vom Stapel in der Mitte dazu. »Nimm sie auf!«, sang er dazu. »Da-da-da, nimm sie auf.«

»Wer ist Lindsay?«

»Meine Schwester. Wir haben die ganze Zeit gespielt.«

»Sie hat es dir beigebracht?«

»Jawohl.«

»Wo ist deine Schwester jetzt?«

»Weg.«

»Weg wohin?«

Evan spielte eine Karte aus und zuckte die Achseln. »Du bist dran.«

Während Stephanie noch überlegte, hörte sie aus einiger Entfernung etwas, das wie die Fehlzündung eines Autos klang. Sie sah Evan an, dem das Geräusch wohl nicht aufgefallen war. Anders Donna und Angel, die beide in die Richtung starrten, aus der es gekommen war.

»Du bist dran«, sagte Evan noch einmal.

Sie legte eine rote Zwei ab und warf einen nervösen Blick in die Richtung, aus der der Knall gekommen war.

»Du bist noch nicht fertig«, mahnte Evan. »Lindsay habe ich auch immer geholfen.«

Stephanie war noch mit ihren Karten beschäftigt, als es erneut knallte. Diesmal war kein Irrtum möglich, es handelte sich um einen Schuss, die beiden anderen Frauen hatten ihn auch gehört. Zwei Gewehrschüsse. Mit zitternder Hand schob Stephanie das schwarze Ass beiseite und legte eine Reihe aus Sieben, Acht und Neun, abwechselnd in Schwarz und Rot. Dann legte sie einen König in die Ecke. Ihre letzte Karte.

»Du hast gewonnen!« Evan strahlte sie an.

Stephanie war schlecht, gleichzeitig hatte sie das deutliche Gefühl, dass Eile geboten war. »Wohnt deine Schwester in der Nähe?« Er sollte einfach nur weiterreden, damit sie so viel wie möglich herausfand und ihn vielleicht sogar dazu brachte, ihr zu vertrauen. So zu vertrauen, dass er ihr die Fesseln abnahm.

Evan sammelte die Karten zusammen. »Das weiß ich nicht«, sagte er.

»Siehst du sie denn nie?«

Er schüttelte wortlos den Kopf und drehte sich zu den Brettspielen um.

»Evan …«, sagte Stephanie.

»Lass uns Monopoly spielen.«

»Evan …«

Er sah die anderen beiden Frauen an. »Wollt ihr mitspielen?«

»Ich möchte mitspielen.«

Die Stimme kam von der Tür hinter ihnen, eine Männerstimme. Stephanie drehte sich um und musste aufsehen zu einem Mann in Winterkleidung und einer Mütze mit Ohrenklappen, der mit einem Gewehr in der Hand in der Tür stand. Er kam ihr irgendwie bekannt vor. Deutlicher erinnerte sie sich an den Jack Russel Terrier neben ihm, der heftig nicht nur mit seinem Schwanz, sondern gleich mit dem ganzen Körper wedelte.

»Hallo, Bibby«, sagte Evan. »Hallo, Jackpott.«

»Jackpott«, murmelte Stephanie leise. Ihr Blick ging zwischen Mann und Hund hin und her. Der Mann lächelte ihr zu, so wie er ihr auch auf dem Pfad im Park zugelächelt hatte. Schauer liefen ihr über den Rücken, als sie sich daran erinnerte, wie er einen Stein hoch über seinen Kopf gehoben hatte.

Bibby machte eine Handbewegung. »Geh schon«, sagte er zu seinem Hund.

Sofort rannte Jackpott zu Evan, der ihn streichelte. »Was machst du hier?«

»Franklin hat mich in die Hütte eingeladen. Hat er es dir nicht erzählt?«, fragte Bibby.

Evan schüttelte den Kopf. Er wirkte verwirrt. »Franklin mag dich nicht. Er sagt, du steckst deine Nase in alles rein.«

»Hat er das gesagt? Nun, ich mag Franklin. Wer ist deine Freundin?«

»Das ist Stephanie«, erklärte Evan. »Sie ist meine neue Schwester.«

»Ach ja? Und woher ist sie gekommen?«

Evan verzog das Gesicht. »Das weiß ich nicht mehr.«

»Du erinnerst dich nicht?«, fragte Bibby. Er sah Stephanie an. »Aber du erinnerst dich, nicht wahr, junge Dame? Ich sehe es an deinen Augen.«

Stephanie antwortete nicht, aber sie legte die Hand in ihren Rücken, spürte das Holz.

»Wir wollen Monopoly spielen«, sagte Evan.

»Das wird warten müssen, Evan. Franklin hat mich gebeten, dich zu holen. Hinter dem Haus müssen ein paar Arbeiten erledigt werden, er spaltet dort Holz. Wenn du nicht mit mir kommst, holt er dich, hat er gesagt. Und davon wärst du bestimmt nicht begeistert.«

Evan stieß lautstark die Luft aus und stand auf. »Okay.«

»Evan?«, sagte Stephanie, deren Blick zwischen den beiden Männern hin und her ging. »Ich glaube, du solltest nicht gehen.«

»Und warum mischst du dich in Dinge ein, die dich nichts angehen?«, fragte Bibby. »Komm schon, Evan.«

»Evan«, drängte Stephanie. »Ich möchte Monopoly spielen. Komm, lass uns spielen.«

Evan schüttelte den Kopf. »Ich muss machen, was Franklin sagt.«

»Evan!«, rief sie, aber da war er schon durch die Tür.

Bibby lächelte ihr zu. »Ich komme wieder. Vielleicht können wir dann unsere eigenen Spiele spielen.«

Kapitel 39

Um die letzte Steigung zu schaffen, musste Peterson den Motor des Pick-ups noch einmal aufheulen lassen und Tracy spürte, wie die Reifen durchdrehten und das Rückteil des Wagens ins Schlenkern geriet. Dann griffen die Reifen wieder, der Pick-up tat einen Satz nach vorn und sie konnten weiterfahren, bis Peterson hinter einem Jeep Cherokee und einem weißen Van hielt, die beide in einer kreisförmigen Einfahrt standen. Dichtes Schneetreiben behinderte nach wie vor die Sicht. Die drei kletterten aus der Fahrerkabine und hielten sich bereit, Peterson und Herr mit ihren Gewehren an der Seite, Tracy mit gezogener Glock. Sie bewegten sich vorsichtig, behielten die Fenster des Hauses, das Scheunentor und die Baumlinie im Auge.

So gingen sie an der Seite des Hauses entlang zu einem kleinen Schuppen.

»Pumpenhaus«, sagte Peterson leise.

Dort führte ein blutroter Streifen im Schnee von der Tür weg, als wäre jemand über den Boden gezogen worden. Tracy sah in Herrs Augen Furcht aufkommen, wahrscheinlich war das hier seine Feuertaufe. Auch sie hatte die beiden Gewehrschüsse noch gut in Erinnerung, als sie, die Pistole ausgestreckt vor sich haltend, der Blutspur um eine Ecke folgte. Auf halbem Weg zwischen Pumpenhaus und Haus lag mit dem Gesicht nach unten eine reglose Gestalt auf dem schneebedeckten Boden, vom Schnee schon halb zugeweht. Nein, hier war niemand über den Boden geschleift worden. Tracy erkannte jetzt Eindrücke in der Schneedecke, wo sich Ellbogen, Knie und Stiefelspitzen des Mannes, der jetzt hier lag, in den Schnee gebohrt hatten. Er war auf dem Bauch hierhergekrochen. Die drei Polizisten näherten sich vorsichtig.

Tracy ließ sich neben dem Mann auf ein Knie sinken und drehte ihn um. Franklin Sprague.

Bibby war schneller gewesen als sie und knüpfte nun, wie sie befürchtet hatte, lose Enden zusammen.

Franklins Augen waren geschlossen, sein Gesicht aschfahl. Tracy tastete an seinem Hals nach einem Puls, fand keinen, behielt die ganze Zeit den Kopf oben, suchte mit den Augen die Umgebung ab, behielt besonders die Baumlinie und die in einiger Entfernung stehende Scheune im Blick. Peterson verhielt sich ähnlich wachsam. Auch er hatte seine Waffe erhoben und schwenkte sie von rechts nach links.

»Geh zurück zum Wagen«, sagte Peterson zu Herr. »Ruf auf der Wache an. Die sollen alle zur Verfügung stehenden Kräfte hier hochschicken. Sie sollen auch über Funk beim Sheriff von Kittitas County anrufen und denen sagen, sie müssen Leute schicken.«

Herr machte sich auf den Weg zurück zum Wagen und Tracy sah Peterson an. »Der Mann hier ist mit einem Gewehr erschossen worden. Vielleicht hocken wir gerade auf dem Präsentierteller.«

»Das hatte ich eben auch gedacht. Machen wir, dass wir weiterkommen.«

Tracy stand auf und die beiden bewegten sich langsam auf die Scheune zu, zeigten einander verschiedene Fußabdrücke im

Schnee, dazu Pfotenabdrücke, die von Jackpott stammen durften. Tracy sah Peterson an, der ihr mit einem Nicken bestätigte, dass er die Spuren ebenfalls gesehen hatte.

Weiter ging es. Sie bewegten sich leise, aber zielstrebig. Sie durften jetzt keine Zeit verlieren.

Direkt bei der alten verwitterten Scheune gab es kaum Möglichkeiten, Deckung zu suchen. Peterson stellte sich seitlich ans Scheunentor und drückte mit dem Gewehrlauf dagegen. Das Tor öffnete sich nach innen. Drinnen war es dunkel, an Licht gab es nur das, was durch die Spalten zwischen den Brettern der Wände und durch einige Löcher im Holz fiel.

Eine große Schleiereule schwang sich kreischend von einem der oberen Balken. Aufgeschreckt konnte sich Tracy gerade noch rechtzeitig ducken, während die Eule direkt über ihren Kopf hinweg aus dem Scheunentor flog. Peterson atmete hörbar aus.

»Evan?« Das war eine Frauenstimme. »Evan, komm zurück.«

Langsam gingen sie der Stimme nach zu einer Pferdebox am hinteren Ende des großen Raumes. Dort stand eine Tür ein wenig offen, die aussah, als sei sie erst nachträglich eingebaut worden, lange nachdem man die eigentliche Scheune errichtet hatte. Tracy langte nach dem Türgriff, zog die Tür weiter auf und wartete einen Herzschlag ab. Als alles ruhig blieb und niemand mit einem Gewehr auf sie schoss, traten Peterson und sie mit gezogenen Waffen ein, wobei Tracy nach links und Peterson nach rechts sicherte.

Mit Handfesseln an drei hölzerne Pfosten in der Mitte des rechteckigen Raumes gebunden saßen in Pferdedecken eingehüllt drei Frauen. Diejenige, die am nächsten zur Tür saß, erkannte Tracy sofort. Stephanie Cole. Bei den beiden anderen musste sie sich erst die beiden Cold Cases der zwei verschwundenen Prostituierten ins Gedächtnis rufen. Donna Jones und Angel Jackson, beide sehr viel dünner als auf den Fotos in der jeweiligen Akte, schmerzhaft dünn. Trotz der Erleichterung in ihren Gesichtern war den Frauen anzusehen, dass sie eine grauenhafte Zeit durchgemacht haben mussten.

»Er hat Evan mitgenommen«, rief Cole. »Er hat gesagt, Franklin braucht ihn.«

»Wer?«, fragte Tracy.

»Evan hat ihn Bibby genannt.«

»Welche Richtung haben sie eingeschlagen?«

Cole deutete auf eine offene Tür auf der anderen Seite des Raumes. »Sie sind dort raus, vor ein paar Minuten erst. Der Mann hat ein Gewehr.«

»Bleiben Sie hier bei den Frauen«, sagte Peterson.

»Nein.« Tracy schüttelte den Kopf. »Sie bleiben. Für den Fall, dass der Mann zurückkommt.«

»Nehmen Sie mein Gewehr«, drängte Peterson.

»Das brauche ich nicht.« Sie konnte mit ihrer Pistole auf zehn Meter Entfernung eine Kugel durch eine Flaschenöffnung jagen.

Sie lief los, durch die rückwärtige Tür, folgte den Spuren. Zwei Paar Fußabdrücke. Weit konnten sie in diesem tiefen Schnee noch nicht gekommen sein. Sie bewegte sich zwischen den Bäumen hindurch, hoffte, noch rechtzeitig zu kommen, nicht gleich den nächsten Schuss hören zu müssen. Nach ein paar Minuten schwitzte sie bereits und war leicht außer Atem, gleichzeitig aber froh darüber, dass sie sich in der Zeit, in der sie nicht gearbeitet hatte, fit gehalten hatte. Bald taten ihr in der Kälte die Hände weh. Sie blieb stehen, lauschte, hörte die Geräusche des eigenen Atems.

Und Stimmen. Schwache Stimmen.

Sie drückte sich von dem Baum ab, hinter dem sie gestanden hatte, und folgte dem Pfad mit den Spuren bis zu einer Biegung. Der Schnee fiel womöglich noch dichter und es war sehr schwer, etwas zu sehen. Eine unheimliche Stille lag über allem. Sie warf einen Blick um die Biegung und erkannte weiter vorn zwei Männer im Schneegestöber. Sie gingen etwa fünfundzwanzig Meter entfernt, hatten im Schnee einen regelrechten Trampelpfad geschaffen. Bibby und Evan Sprague. Evan ging vorn, Bibby hinter ihm, ein Gewehr in der Hand. Gedämpft waren Stimmen zu hören, aber der Wind und der wirbelnde Schnee verhinderten, dass Tracy der Unterhaltung folgen konnte.

»Warum sollte Franklin hier draußen sein?«, wollte Evan wissen, während er durch den Schnee stapfte. »Hier haben wir unseren Holzstapel doch gar nicht.«

»Das kann ich dir nicht sagen«, antwortete Bibby, der bereits schwer atmete. Er wollte den Idioten so weit weg vom Haus locken wie möglich. Hier draußen würden sich die Kojoten seine Leiche holen, vielleicht sogar die grauen Wölfe, von denen es hieß, sie seien in die Gegend zurückgekommen. »Er hat mir nur gesagt, dass ich dich hier rausbringen soll.«

»Aber es gibt keine Spur. Er müsste doch eine Spur hinterlassen haben.«

Vielleicht ist er ja gar kein solcher Idiot, dachte Bibby. »Manchmal geht in dem dicken Schädel von dir ein Licht an, Evan, was? Und du bist gar nicht so unterbelichtet, wie alle glauben.«

»Ich verstehe dich nicht, Bibby. Franklin? Franklin!« Evan rief mehrmals nach seinem Bruder.

Und Bibby konnte nicht mehr, ihm war die Luft ausgegangen. Sie waren allerdings seiner Meinung nach inzwischen auch weit genug vom Haus entfernt. »Okay, Evan, ich glaube, hier sind wir richtig.«

Evan drehte sich um. »Ich glaube nicht … wieso richtest du das Gewehr auf mich, Bibby? Daddy hat uns immer gesagt:

›Bis wir schießen wollen, muss die Mündung zum Boden hin zeigen.‹«

»Siehst du, da machst du es schon wieder, du erinnerst dich. Dein Gedächtnis kommt und geht, habe ich recht?«

»Wahrscheinlich.«

»Und das ist das Problem. Du erinnerst dich nicht, was auf dem Pfad passiert ist. Mit dem Mädchen. Aber vielleicht kommt die Erinnerung eines Tages wieder zurück.«

Evan verzog angestrengt das Gesicht. »Ich verstehe dich nicht, Bibby.«

»Das ist jetzt auch nicht mehr wichtig.« Bibby richtete das Gewehr auf Evans Brust.

* * *

Tracy schlüpfte hinter eine Kiefer, behielt beide Männer weiterhin im Auge, schlich sich näher, bis auf fünfzehn Meter heran. Bei diesem Wind und Schneetreiben vertraute sie ihrer Zielsicherheit auf diese Entfernung noch nicht. Nicht, solange ihr Körper zitterte und ihre Hände kalt und taub waren. Sie hätte Petersons Gewehr nehmen sollen. Ihre Arroganz! Hoffentlich führte die jetzt nicht dazu, dass Evan und sie erschossen wurden.

Sie hauchte ihre Finger an, ließ die Pistole immer wieder von einer Hand in die andere wandern. Dann schlich sie weiter voran, bewegte sich zwischen den Bäumen, näherte sich von der Seite, um, wenn sie denn schießen musste, einen guten Schusswinkel zu haben. Sie wollte auf keinen Fall hinter Bibby stehen und, sollte sie ihn verfehlen, Evan treffen.

Evans Gesicht spiegelte gerade tiefe Verwirrung. Bibby zielte mit dem Gewehr auf ihn. Tracy bewegte sich lautlos vor zum nächsten Baum, schlich langsam durch den unberührten Schnee. Zehn Meter.

Sie stand nun hinter einem Baumstamm und lehnte sich dahinter hervor, die Pistole auf Bibby gerichtet, aber Evan hatte sie bemerkt und sah zu ihr herüber. Bibby folgte seinem Blick, entdeckte Tracy und schoss sofort. Tracy zog sich hinter den Baumstamm zurück, hörte, wie die Kugel den Baum streifte und ein Stück Rinde absplitterte. »Lauf, Evan!«, rief sie.

Als sie um den Stamm herum nach vorn spähte, war Evan nach rechts gestolpert, während Bibby sich nach links bewegt hatte, um Deckung hinter einem Baumstamm zu suchen. Er zielte mit dem Gewehr in die Richtung, die Evan eingeschlagen hatte. Tracy feuerte zwei Schüsse ab, traf den Baumstamm und zwang Bibby, den Gewehrlauf zurückzuziehen.

»Es ist vorbei, Bibby«, rief Tracy, sobald sie Evan nicht mehr sehen konnte, weil der hinter der Baumlinie verschwunden war. »Es ist vorbei. Wir wissen alles über Sie und Ed Sprague. Wir wissen, was Sie getan haben. Es sind Leichenspürhunde in dem Raum unter dem Haus. Wir werden sie auch hierherbringen und noch mehr Leichen finden.«

»Ich weiß nicht, wovon Sie reden«, antwortete Bibby.

»Wir wissen, dass Sie Franklin getötet haben, Bibby. Und Cole erinnert sich an Sie, erinnert sich daran, Sie auf dem Pfad in der Schlucht gesehen zu haben.« Das behauptete sie einfach, damit Bibby seine Lage als noch hoffnungsloser empfand. »Sie haben sie niedergeschlagen. Jetzt reicht es.«

Keine Antwort.

»Hinten in der Scheune sind Polizisten. Die haben die Schüsse eben gehört und werden bald hier sein. Sie haben nur eine Chance, wenn Sie das Gewehr niederlegen, Bibby.«

Keine Antwort.

»Bibby, tun Sie das Ihrer Frau und Ihrer Familie nicht an. Kommen Sie einfach raus.«

Ein Gewehrschuss brach die Stille, aber diesmal traf keine Kugel den Baum, hinter dem Tracy stand, splitterte kein Holz vom Stamm. Tracy wartete kurz und beugte sich dann vor. Das Gewehr war Bibby aus der Hand gefallen. Einen Moment später kippte sein Körper zur Seite und fiel in den Schnee.

»Feigling!« Tracy verließ ihre Deckung. »Ein Feigling im Leben und einer im Tod.« Sie hoffte, dass er in derselben Hölle schmoren würde, die er so vielen Frauen auf Erden bereitet hatte.

Kapitel 40

Minuten nachdem Bibbys Gewehr den letzten Schuss abgegeben hatte, hörte Tracy, wie hinter ihr jemand schwer atmend durch den Schnee stapfte. Sie hatte gerade mit ihrem Handy Fotos gemacht und sah nun auf. Pete Peterson kam den Pfad entlang, den Evan bei seiner Flucht getrampelt hatte, entdeckte Bibby im Schnee und sah Tracy fragend an.

»Er hat sich erschossen«, erklärte Tracy.

»Okay«, sagte Peterson nach kurzer Pause. »Ich gebe den Sanitätern Bescheid, dass noch eine Leiche zu bergen ist. Wer ist es denn?«

»Ein Nachbar der Spragues aus Seattle, aber das ist lange noch nicht alles. Ich nehme an, Evan hat es zurück zur Scheune geschafft?«

Peterson nickte. »Der junge Mann? Er kniete bei der Leiche im Schnee. Ich habe Herr angewiesen, ihm Handschellen anzulegen und bei ihm zu bleiben. Ich brauche Kopien der Fotos, die Sie gemacht haben, und einen Bericht.«

»Was Sie brauchen werden, sobald der Schnee geschmolzen ist, ist ein Team der Kriminaltechnik mit Leichenspürhunden, um nach weiteren Toten zu suchen.«

Petersons Augen wurden schmal.

»Es könnten mehrere sein«, erklärte Tracy. »In der Zwischenzeit sollten Sie vielleicht nach den Namen von verschwundenen Mädchen hier aus der Gegend suchen. Obwohl ich glaube, es werden eher Frauen aus Seattle sein.«

Peterson fluchte. »Was zum Teufel war das hier?«

»Mein Partner ist in Seattle in ein Haus des Schreckens geraten. Die reinste Hölle. Das Haus gehört den Spragues, die auch die Hütte hier besitzen. Der Vater war ein Psychopath. Bibby hier ebenfalls. Zwei vom selben Kaliber. Vielleicht stachelte einer den anderen an und sie unterstützten einander in ihrem krankhaften Verhalten. Sie haben Frauen aufgelauert. Etliche dieser Frauen werden sie hier gefangen gehalten haben.«

Tracy hauchte ihre Finger an. »Passt Herr auf die Mädchen auf?«

»Wir haben sie mit dem Bolzenschneider von den Fesseln befreit. Sie haben Thermodecken bekommen und essen Energieriegel. Wir bringen sie zur Behandlung ins Krankenhaus von Ellensburg. Ich nehme an, dass sie unter anderem stark dehydriert sind.«

»Das dürfte das geringste ihrer Probleme sein«, meinte Tracy. »Wir sollten zurückgehen. Sie können das Team zur Beweisaufnahme hierherführen.«

Sie folgten dem Trampelpfad zurück zur Hütte. Die drei Frauen standen in Thermodecken gehüllt in der Scheune, wirkten verunsichert und schienen nicht richtig zu wissen, was sie tun sollten. Draußen kniete Evan wie ein reuiger Büßer im Schnee über der mit einem blauen Tarp zugedeckten Leiche seines Bruders. Er hielt den Kopf gesenkt, die Hände waren ihm mit Handschellen hinter dem Rücken zusammengebunden. Tracy sah nach den drei Frauen, die allerdings sehr wenig sagten und aussahen, als würden sie unter Schock stehen. Sie versicherte ihnen, ein Krankenwagen und medizinisches Personal seien auf dem Weg und sie selbst würde später im Krankenhaus vorbeischauen, Fragen stellen und ihre Aussagen aufnehmen.

»Kann ich meine Eltern anrufen und ihnen sagen, dass es mir gut geht?«, bat Stephanie Cole.

»Natürlich.« Tracy reichte der jungen Frau ihr Handy.

Cole nahm es, bedankte sich, gab aber nicht sofort eine Nummer ein, sondern sah stattdessen zu Evan hinüber. »Ist er ein bisschen zurückgeblieben?«, wollte sie wissen.

Tracy nickte.

»Hat er mich aus der Schlucht in das Haus getragen? Sein Bruder hat das behauptet. Er hat ihn deswegen geschlagen.«

»Ich glaube ja, er war es«, bestätigte Tracy.

»Er hat mich aber nie angerührt. Er hat mir nie etwas angetan.«

»Um Einzelheiten kümmern wir uns später.«

»Was wird jetzt mit ihm?« Cole klang ehrlich besorgt.

»Das kann ich Ihnen nicht sagen, ich weiß es nicht.«

»Er wollte nur spielen. Er sagte, seine Schwester hätte ihm die Spiele beigebracht.«

Tracy nickte. »Rufen Sie Ihre Eltern an. Ich wette, die sind vor Sorgen ganz außer sich.«

»Ich hätte nie gehen dürfen«, stellte Cole fest. »Ich will einfach nur nach Hause.«

Tracy dachte, dass Cole großes Glück hatte, diese Worte sagen zu können und sie auch zu meinen. Für viele Menschen war zu Hause kein Ort des Glücks und der Liebe, oft weit davon entfernt.

Sie ging dorthin, wo Evan kniete. Er mochte zurückgeblieben sein, dachte sie, aber dumm war er nicht. Das hatte Lindsay Sheppard gesagt. Niemand hatte sich je die Zeit genommen, ihm etwas beizubringen.

Sie legte ihm die Hand auf die Schulter und Evan sah sie an. Dicke Tränen liefen ihm über die Wangen. »Alles in Ordnung, Evan?«, fragte Tracy.

»Bibby hat ihn erschossen. Bibby hat ihn umgebracht.«
»Ich fürchte, ja.«
»Franklin hat Bibby gehasst. Bibby war gemein.«
»Ich weiß«, sagte Tracy. »Hast du Bibby gesehen? In der Schlucht, als du Stephanie gefunden hast?« Sie deutete auf Cole, sodass Evan wusste, von wem sie sprach. Evan senkte den Kopf, sah sie nicht an. »Es ist okay, Evan. Du bekommst keinen Ärger, wenn du es mir erzählst.«

»Ich mochte sie, sie hat mich an Lindsay erinnert.«
»Hattest du dich hinter dem Baumstumpf versteckt?«
»Ich wollte sie nur fragen, ob sie vielleicht mit mir spielt.«
»Hast du gesehen, was passiert ist?«
»Ich erinnere mich nicht.«
»Das ist in Ordnung«, versicherte Tracy.

Sie hätte ihm gern erzählt, dass Lindsay noch lebte, denn in seinem tiefen Kummer konnte er eine gute Nachricht bestimmt gebrauchen, aber das stand ihr nicht zu. Sie konnte nicht einfach so voraussetzen, dass es Lindsay recht war, wenn Evan wusste, dass es sie noch gab. Lindsay hatte in diesem Haus des Schreckens leben müssen. Vielleicht wollte sie nie wieder an diese Zeit erinnert werden.

»Du hast ihr das Leben gerettet. Du hast Stephanie das Leben gerettet. Zwei Mal.«

»Bibby war schlecht. Das hat Franklin gesagt.«
»Wir sollten dir eine Decke besorgen, bevor du erfrierst.«
Evan ließ sich von Tracy aufhelfen. »Franklin hat sich um mich gekümmert. Wer wird sich denn jetzt um mich kümmern?«

Tracy schwieg, denn sie mochte den Mann nicht anlügen. Man hatte ihn fast sein ganzes Leben lang misshandelt und angelogen.

Sie sah hinüber zur Scheune, wo Stephanie Cole, Donna Jones und Angel Jackson standen und zu ihnen herübersahen. Sie lebten noch, sagte sie sich. Sie lebten alle drei noch. Das war etwas, worauf sie stolz sein konnte, aber in diesem Moment konnte sie sich nicht richtig darüber freuen. Sie wusste, dass es vor diesen Frauen andere gegeben hatte, die nicht mehr lebten und deren Leichen sie in den kommenden Monaten finden würden.

Kapitel 41

Später am Abend traf sich Tracy mit Kins in der Innenstadt. Sie hatten sich in der Polar Bar verabredet, denn ihnen war beiden nicht danach, nach Hause zu gehen. Tracy hatte Dan angerufen und Bescheid gesagt, dass es später werden würde. Sie hatte kurz zusammengefasst, was passiert war, ohne allerdings in die Details zu gehen.

»Ist mit dir alles in Ordnung?« Mehr hatte er nicht gefragt.

»Ich freue mich darauf, nach Hause zu kommen«, hatte sie geantwortet. »Aber erst muss ich noch mit Kins sprechen.«

Das A-Team traf sich manchmal nach der Arbeit in einer Bar. Der perfekte Ort, um einfach nur so zusammen zu sein, sich gegenseitig bezüglich ihres Privatlebens auf den neuesten Stand zu bringen und über Gott und die Welt zu reden, nur nicht über die Arbeit. Ein Ort, um die Batterien aufzuladen. Das Arctic Club Hotel war Teil von Seattles Geschichte. Hotel und Bar waren damals zu Zeiten des Goldrauschs zweite Heimat und Club gewesen für die Männer, die mit Geld in den Taschen und vielen Geschichten aus dem Yukon zurückkamen. Dort hatten sie auf weichen Ledersesseln gesessen, umgeben vom weißen Marmor Alaskas, prächtigen Kronleuchtern und Samtvorhängen.

Die Polar Bar hatte sich am Alaska-Thema orientiert und bot einen Tresen aus Mahagoni auf blauem Glas, das aussah wie Gletschereis.

Kins hatte die Bar vorgeschlagen und Tracy hatte sofort verstanden, warum. Er brauchte irgendetwas, das sich grundsätzlich vom Haus der Spragues unterschied, er musste, und sei es auch nur für ein, zwei Stunden, an einem Ort sein, der Luxus und Opulenz ausstrahlte. Als Tracy kam, saß er mit dem Rücken zu den holzvertäfelten Wänden auf einem Barhocker am Ende des Tresens.

»Ist der Platz hier besetzt?«, fragte Tracy und deutete auf den Barhocker neben ihm.

Kins lächelte. Er hielt ein Glas umklammert, in dem sich wahrscheinlich Johnnie Walker Black befand. »Crosswhite, willst du mich anbaggern? Ich bin ein verheirateter Mann.«

Leise lachend kletterte Tracy auf den Hocker neben ihm. So spät am Abend war es ruhig hier in der Bar. Als der Barkeeper sie fragend ansah, sagte sie: »Das Gleiche wie er, einen doppelten.« Sie wandte sich an Kins. »Hast du zu Hause angerufen?«

»Ich habe Shannah gesagt, dass es spät wird. Und du?«

»Jawohl.«

»Du hast Glück«, sagte Kins.

»Wieso?«

»Du hast ein Kind, zu dem du nach Hause kommen kannst.«

»Dir fehlen die Jungs«, stellte Tracy fest.

»Jeden Tag. Jeden Abend, wenn ich nach Hause komme. Ich frage mich immer wieder, wohin die Zeit bloß verschwunden ist. Versteh mich nicht falsch, ich liebe meine Zeit mit Shannah, aber die Jahre mit den Jungs …« Er schüttelte leise lachend den Kopf. »Sosehr sie mich auch manchmal geärgert haben und bei allem Unfug, den sie angestellt haben, das waren die besten

Jahre meines Lebens.« Er dachte kurz nach. »Es waren nicht die großen Sportereignisse, an die ich mich so gern erinnere.«

»Was dann?«

»Weihnachtsmorgen, Geburtstage, besondere Anlässe – die ruhigen Stunden, wenn ihre Augen leuchteten und sie dachten, alles wäre möglich. Magisch. Wunderschön.«

»Du hast ihnen diese Momente geschenkt, Kins. Du und Shannah, ihr habt ihnen diese Momente geschenkt. Du warst ihnen ein guter Vater. Das bist du immer noch.« Sie dachte an Nunzio. »Und weißt du auch, warum?«

Kins sah sie an.

»Weil es dir nicht am Arsch vorbeigeht.«

Kins lachte leise.

Bei all der Dunkelheit, dem Bösen, dem Grauen, das sie so oft erlebten, war es wichtig, sich in Erinnerung zu rufen, dass es in der Welt immer noch schöne Dinge gab. Dass es immer noch Güte gab, Freude, Licht.

Wie Shannah und Kins Jungen.

Wie Dan und Daniella.

Der Barkeeper stellte Tracys Drink auf einen Untersetzer und Kins bestellte mit einer Geste ein weiteres Glas für sich. Der Whiskey war sanft und wärmte Tracy von innen.

»War Kelly schon in dem Haus?«, fragte sie. Die forensische Anthropologin Kelly Rosa hatte damals Sarahs sterbliche Überreste exhumiert und identifiziert. Sie würde die Leichen ausgraben, die im Keller der Spragues lagen. Noch wusste man nicht, wie viele es waren.

»Wir fangen morgen früh an«, sagte Kins, »Um feststellen zu können, wie viele Leichen dort insgesamt liegen, werden wir wohl das ganze Haus abreißen müssen. Es ist ein Friedhof.«

»Ich glaube, die Hütte ist auch einer.« Tracy erzählte Kins, was draußen im Canyon passiert war, berichtete von Franklin, Bibby und Evan. »Sie lebt, Kins. Wir haben Stephanie Cole lebend gefunden und auch die beiden anderen Frauen, Donna Jones und Angel Jackson. Cole darf nach Hause zu ihrer Familie. Das ist doch etwas, Kins. Darauf können wir stolz sein.«

Als der Barkeeper Kins das zweite Glas brachte, hob er es hoch und Tracy tat es ihm nach. Keiner von beiden sprach einen Toast aus. Es wollte ihnen kein angemessener einfallen. Es gab keine Worte, die dies alles in eine Perspektive zu rücken vermochten, keine Perlen der Weisheit, keinen Witz, über den man hätte schmunzeln können.

Kapitel 42

Die Wochen vergingen und immer mehr Leichen wurden entdeckt. Als Kelly Rosa mit dem Haus fertig war, hatte sie sieben im Keller begrabene Frauenleichen finden können, von denen die älteste ihrer Schätzung nach jahrzehntelang dort gelegen hatte. Es würden Monate vergehen, bis man all diese jungen Frauen identifiziert hatte, an die sich wohl nur noch die Menschen erinnerten, die sie am meisten geliebt hatten. Wenn der Frühling kam und den Canyon auftaute, würden sie weitere Leichen finden, da war sich Tracy sicher. Mit dieser Suche mussten sie jedoch erst einmal warten. Sieben Leichen. Drei Frauen, die noch lebten. Ein aktiver Fall und, wie es schien, neun Cold Cases, die man abschließen konnte. Neun Grabsteine, die Tracy aus Nunzios Regalen entfernen durfte. Im Frühling würde sie weitere entfernen, das war ihr leider nur allzu bewusst.

Sie waren noch einmal in North Park gewesen und hatten die Nachbarn der Spragues befragt. Niemand wusste etwas von dem, was in diesem Haus vor sich gegangen war. Selbst Lorraine wirkte schockiert. Bibby hätte ihr immer erzählt, er würde mit Ed jagen gehen, wenn er das Haus verließ, erzählte sie Tracy. Sie hatte nie den Verdacht gehegt, da könne es auch um mehr gehen. Entweder sagte sie die Wahrheit oder sie redete sich ein, was sie glauben wollte.

Marcella Weber, seit Kurzem Polizeichefin von Seattle, brachte rasch eine Presseerklärung über die solide Polizeiarbeit heraus, die Tracy in ihrer ersten Woche im neuen Job geleistet hatte, und hielt außerdem fest, dass man im Frühjahr mit der Aufklärung weiterer Fälle rechnen durfte. Tracy, hieß es in der Erklärung, stehe für Interviews zur Verfügung. Und eines Morgens rief Weber Tracy zu sich ins Büro, um ihr mitzuteilen, dass sie zum dritten Mal die Tapferkeitsmedaille verliehen bekommen würde, die höchste Auszeichnung, die die Abteilung zu vergeben hatte. Tracy, die auf Orden eigentlich gar keinen großen Wert legte, erklärte, sie fühle sich geehrt. »Ich nehme die Medaille allerdings nur an, wenn auch Kins sie verliehen bekommt.« Kins wirkte nach wie vor depressiv und es wäre für ihn die perfekte Medizin, wenn seine drei Söhne erleben könnten, wie ihr Vater geehrt wurde.

Weber stimmte dem Vorschlag zu.

Die Medaillen wurden während einer Zeremonie im Ausbildungszentrum des Staates Washington in Burien vorgenommen. In Bezug auf die Planung der Veranstaltung hatte Tracy eine weitere Bitte an Weber herangetragen, und auch hier war die Polizeichefin sofort einverstanden gewesen.

Jetzt standen Tracy und Kins in ihren blauen Paradeuniformen auf der Bühne, während sich unten der Zuschauersaal mit ihren Kollegen, Freunden, Familien und mit Medienvertretern füllte. Weber stand am Vortragspult und richtete einführende Worte an die versammelte Menge.

»Die Tapferkeitsmedaille wird immer dann verliehen, wenn sich eine Polizeibeamtin oder ein Polizeibeamter im Dienst trotz Risiko für die eigene Sicherheit besonders tapfer verhalten und ihren beziehungsweise seinen Dienst über die Grenzen der Pflichterfüllung hinaus mutig versehen hat. Heute ehren wir die Detectives Tracy Crosswhite und Kinsington Rowe aus der Abteilung für Gewaltverbrechen für die Aufklärung von mindestens zwei bislang ungeklärten Fällen und weiteren Fällen, deren Aufklärung noch von den Ergebnissen der forensischen Untersuchungen abhängt. Wir ehren sie weiterhin für die Aufklärung eines aktiven Falles. Aufgrund des Heldenmutes der Kollegen und Kolleginnen und ihrer unermüdlichen investigativen Arbeit konnten Familien wieder vereint werden und andere werden endlich Gelegenheit erhalten, mit einem Verlust abzuschließen.

Detective Crosswhite hat darum gebeten, dass ihnen die Medaillen von ihrem Captain Johnny Nolasco übergeben werden.«

Nolasco, ebenfalls in Paradeuniform und weißen Handschuhen, erhob sich von seinem Platz und rückte seine Mütze zurecht. Kins warf Tracy einen Seitenblick zu. »Crosswhite!«, murmelte er leise. »Was bist du doch für ein rachsüchtiges Biest! Wenn ich hier oben vor Lachen sterbe, nehme ich dich mit.«

Tracy gab sich Mühe, nicht zu grinsen. Das wollte sie sich für später aufsparen.

Nolasco ging zu dem mit einem blauen Tuch verkleideten Tisch, auf dem zwei schwarze Holzkistchen warteten. Er öffnete das erste, nahm die Medaille heraus und begab sich steifen Schrittes dorthin, wo Kins wartete und erfolglos versuchte, sich ein Lächeln zu verkneifen.

»Officer Rowe«, verkündete Nolasco, »die Polizei von Seattle verleiht Ihnen für weit über den Rahmen der Pflichterfüllung hinausgehende Tapferkeit die Tapferkeitsmedaille.« Er schob Kins das blaue Band mit dem goldenen Rand über den Kopf, rückte die Medaille zurecht und schüttelte ihm die Hand. »Herzlichen Glückwunsch.«

»Danke, Captain«, sagte Kins.

Nolasco trat zurück, hob den Arm, beugte ihn am Ellbogen und ehrte Kins mit einem steifen Salut. Kins erwiderte die

Geste, die beide Männer mehrere Sekunden lang beibehielten, während rings um sie herum die Kameras surrten und klickten.

Dann ging Nolasco zurück zum Tisch, öffnete die zweite Schatulle und entnahm auch ihr die Medaille, bevor er auf dem Absatz kehrtmachte und steifen Schrittes zu Tracy hinüberging. Auch wenn er sich wirklich alle Mühe gab, sich nichts anmerken zu lassen, als sie sich nun Auge in Auge gegenüberstanden, wusste Tracy, dass es den Captain schier umbrachte, ihr diese Medaille umhängen zu müssen. Weber, die nichts von den Animositäten zwischen den beiden wusste, hatte Tracy erzählt, Nolasco habe überrascht reagiert, als sie Tracys Bitte an ihn weitergegeben hatte. Es schien ihn sehr zu verwundern, dass Tracy ausdrücklich darum gebeten hatte, von ihm ausgezeichnet zu werden.

Überrascht? Auf jeden Fall!

»Detective Crosswhite«, sagte Nolasco nun, »die Polizei von Seattle verleiht Ihnen für weit über den Rahmen der Pflichterfüllung hinausgehende Tapferkeit die Tapferkeitsmedaille.« Er trat vor, legte Tracy das Band um den Hals und sah ihr in die Augen. Sie lächelte.

Nolasco lächelte nicht. Er trat zurück und schüttelte ihr die Hand. »Herzlichen Glückwunsch.«

»Danke, Captain.« Tracy behielt den Blickkontakt bei.

Es gab eine kurze Pause, als könne Nolasco es kaum über sich bringen, jetzt auch noch vor ihr zu salutieren. Dann ging ein Ruck durch ihn hindurch und er erstarrte im Salut. Tracy tat es ihm nach und behielt die Geste bei, während auch diesmal allenthalben Kameras surrten und klickten. Nolasco und sie sahen sich unverwandt an. Tracy weigerte sich, als Erste den Blickkontakt zu beenden.

Nach mehreren Sekunden ließ Nolasco den Arm sinken.

Auf die feierliche Zeremonie folgte ein Empfang. Tracy suchte erst einmal nach Dan, Daniella und Therese und hätte gern ihre kleine Tochter auf den Arm genommen, aber da war ihr Daniellas Patentante Vera, die Frau von Faz, zuvorgekommen. Man sah Vera an, dass sie nicht vorhatte, die Kleine so schnell wieder herzugeben.

Dan küsste seine Frau und gratulierte ihr.

»Sie sahen prima aus da oben in Ihrer blauen Uniform«, lobte Therese. »Ladys in Uniform, das hat doch was, oder, Mr O?«

Dan lächelte. »Und ob.«

Therese senkte die Stimme. »Ich möchte ja niemandem zu nahe treten, aber ich glaube, vor Ihnen hat Ihr Captain ein bisschen länger salutiert als bei dem anderen Typen.«

Tracy lächelte. »Da könnten Sie recht haben.« Sie warf Dan, der genau wusste, was sie getan hatte, einen Blick zu.

Er schüttelte lächelnd den Kopf. »Durch und durch Crosswhite. Was soll ich bloß mit dir machen?«

Sie lächelte. »Da fällt uns schon was ein.«

»Hey, Professor!« Faz schlenderte herbei, einen voll beladenen Teller in der einen Hand, mit der anderen zeigte er ihr fröhlich den Stinkefinger.

»Vic!«, protestierte Vera.

»Was? Das ist ein italienischer Salut. So zeigt man seinen Respekt.«

Vera verdrehte die Augen. Tracy und die anderen lachten. Faz beugte sich vor und senkte die Stimme. »Auf meiner Kamera befinden sich etwa tausend Fotos von eben, der Ausdruck auf Nolascos Gesicht dürfte umfassend dokumentiert sein. Er sah aus, als würde er an einer sauren Zitrone lutschen, während ihm die Unterhose in die Poritze kriecht, weil er einen Tanga anhat.«

Tracy lachte. »So genau wollte ich es gar nicht wissen, Faz!«

Sie bahnte sich einen Weg durch die Menge hinüber zu Kins und seiner Familie, wo sie Shannah und die Jungs begrüßte, die alle drei ihrem Vater sehr ähnelten. Danach nahm Kins sie am Ellbogen und sie traten ein paar Schritte beiseite. »Hast du gehört, dass Kucek Ende des Jahres in Rente geht?«, wollte Kins wissen.

»Nein.« Tracy schüttelte den Kopf.

»Fernandez hat sich bereit erklärt, seinen Platz im B-Team zu übernehmen. Sieht so aus, als würde ich meine Partnerin wiederkriegen.«

Tracy lächelte, wobei sie sich aber gar nicht sicher war, ob sie überhaupt zurückgehen wollte. Für den Moment schien ihr das jedenfalls gar nicht wünschenswert. Die Autonomie, die sie bei den Cold Cases genoss, hatte sie bei der Bearbeitung aktueller Fälle nie gehabt. Es war ja wirklich so, wie Nunzio gesagt hatte, als er ihr seinen Job schmackhaft zu machen versuchte: Sie konnte ihre Arbeitszeiten in hohem Maße selbst bestimmen, was ihr mehr Zeit für die Familie ließ. Dafür sprach einiges. Natürlich war sie nicht naiv, denn Nunzio hatte sie ja gewarnt, sich nicht zu sehr von einem Hochgefühl mitreißen zu lassen, um später umso mehr unter den Tiefs zu leiden, aber im Moment genoss sie zweifellos ihr Hoch.

Sie würde noch einmal zu Lisa Walsh gehen. Wahrscheinlich mehr als einmal, immer dann, wenn die Fälle sie zu sehr heruntergzogen und sie daran erinnert werden musste, was sie zu Hause erwartete. Dan und Daniella. Auch sie hatte Glück gehabt, genau wie Stephanie Cole. Sie konnte sich nicht vorstellen, dass es eine Zeit geben könnte, wo sie nicht gern nach Hause zu ihrer Familie ging.

Kapitel 43

Eine Woche später war Tracy auf der Interstate 90 gen Osten unterwegs, neben sich Evan, der einen Stapel Brettspiele auf dem Schoß hielt.

Nachdem Carrol Sprague vom Tod seines Bruders Franklin erfahren hatte, hatte er umgehend und umfassend sein Herz erleichtert und Tracy und Kins im Laufe mehrerer Verhöre versichert, es sei Franklins Idee gewesen, die Prostituierten zu entführen und gefangen zu halten. Das mochte tatsächlich so gewesen sein, nur hatte Carrol bereitwillig mitgemacht und Donna Jones schilderte Tracy im Detail, wie er sie in den Monaten ihrer Gefangenschaft misshandelt hatte. Als Carrol dem Haftrichter vorgeführt wurde, lehnte der eine Freilassung auf Kaution ab, und zwar aufgrund der besonderen Heimtücke der ihm zur Last gelegten Verbrechen und nicht etwa, weil Fluchtgefahr bestanden hätte.

Rick Cerrabone erzählte Tracy und Kins, der für Carrol bestellte Pflichtverteidiger habe sich nach einem Deal erkundigt, bei dem Carrol sich schuldig bekennen und danach für Jahrzehnte ins Gefängnis wandern würde, aus dem er vielleicht sein Leben lang nicht mehr herauskam. Tracy war erleichtert. Ein solcher Deal würde es Lindsay Sheppard ersparen, vor

Gericht über die Geschehnisse im Haus des Schreckens aussagen zu müssen.

Lindsay und Tracy hatten sich noch ein paarmal getroffen, fast immer im Beisein von Aileen als moralischem Beistand. Bei jedem Treffen hatte Lindsay weitere Details über die anderen Frauen beisteuern können, die Ed Sprague im Keller seines Hauses und in der Umgebung der Hütte im Canyon vergraben hatte. Allerdings wusste sie nicht allzu viel und das meiste davon war ungenau. Ed Sprague war tot und Brian Bibby hatte Selbstmord begangen, weswegen es niemanden gab, den man anklagen, niemanden, den man verurteilen konnte. Nichts, um den Familien der ermordeten Frauen das Gefühl zu vermitteln, der Gerechtigkeit sei Genüge getan worden. Es gab keine Beweise dafür, dass Lorraine Bibby mehr gewusst hatte, als sie zugab, und Tracy bezweifelte inzwischen, dass sie viel mitbekommen hatte. Das einzige Verbrechen der alten Frau bestand wahrscheinlich in ihrer Weigerung, sich eingehender mit den grauenhaften Dingen zu befassen, an denen ihr Mann beteiligt gewesen war und von denen sie bestimmt einiges zumindest vermutet hatte. Sie würde deswegen den Rest ihres Lebens in ihrer eigenen Hölle verbringen müssen.

Aber für die Familien der betroffenen Frauen war ein Abschluss wichtig, und was die Familien betraf, bei denen das möglich war, würde Tracy für einen solchen Abschluss sorgen können.

Während eines ihrer Gespräche fragte Tracy Lindsay, ob es ihr sehr schwerfallen würde, ihre Geschichte zu erzählen. Eigentlich bestand keine zwingende Notwendigkeit dazu, da Ed Sprague und Brian Bibby beide tot waren. Lindsay dachte eine ganze Weile über diese Frage nach, um dann zu erklären, sowohl sie als auch ihre Schwester hätten es als »erlösend« empfunden, reden zu können. »Endlich hatte ich die Chance, meine Geschichte zu erzählen, statt sie zu verbergen.«

Die beiden Schwestern waren in psychologischer Behandlung, um einen besseren Umgang mit ihrer Wut und ihrem Schmerz zu erlernen. Beide hatten ihren Ehemännern erzählt, was passiert war, aber Lindsay hatte beschlossen, es ihrer Tochter nie zu sagen. Sie wollte sie nicht mit diesem Wissen belasten. Ihre Tochter war in Liebe geboren, auch wenn sie nicht in Liebe empfangen worden war, und sie wurde in Liebe großgezogen. Das war genug.

Lindsay hatte während eines der Gespräche wissen wollen, was aus Evan werden würde und ob er auch ins Gefängnis müsste. Tracy konnte berichten, dass Stephanie Cole vor dem Staatsanwalt ausgesagt hatte, Evan hätte ihr nie etwas angetan und weder sie noch die anderen beiden Frauen angefasst. Sie hatte auch ausgesagt, dass Evan ihr an dem Abend in der Schlucht wahrscheinlich das Leben gerettet hatte. Es lagen keine Beweise dafür vor, dass er irgendwelche anderen Verbrechen begangen hatte.

»Was wird aus ihm?«, fragte Lindsay.

»Man wird ihn in eine staatliche Einrichtung geben«, meinte Tracy.

Lindsay zuckte zusammen.

»Das ist nicht wie in *Einer flog über das Kuckucksnest*«, versicherte Tracy. »Diese Einrichtungen werden mittlerweile sehr viel stärker kontrolliert. Evan wird arbeiten und Dinge lernen können, wozu er bisher keine Chance hatte.«

Lindsay lächelte, wenn auch mit Tränen in den Augen. »Darf ich ihn besuchen?«

»Natürlich«, sagte Tracy. »Sobald Sie so weit sind.«

Jetzt hielt sie nach anderthalb Stunden Fahrt in Union Gap vor einem einstöckigen Haus auf einem Eckgrundstück mit einem braunen Lattenzaun.

Sobald Tracy und Evan aus dem Wagen stiegen, ging im Haus die Tür auf. Lindsay kam ihnen über den Gartenpfad entgegen, während der Rest der Familie, ihr Mann, die Tochter, der Sohn, Schwester und Schwager mit ihren Kindern und die Großeltern in der Tür stehen blieben und zusahen.

Evan sah sie näher kommen und zögerte, aber nur einen Moment lang. Dann lächelte er. »Hallo, Lindsay«, begrüßte er sie, als hätten sie sich gerade erst gesehen und nicht zuletzt vor so vielen Jahren.

»Hallo, Evan«, erwiderte Lindsay seinen Gruß.

»Ich habe Spiele dabei«, sagte er.

Lindsay nickte und Tränen rannen ihr über die Wangen. »Das sehe ich. Möchtest du spielen?«

KAPITEL 44

Tracy behielt einen festen Termin bei Lisa Walsh am Montagmorgen bei. Es war eine Gelegenheit, sich auf die Arbeit einzustellen und sich für die Woche fit zu machen. Sie genoss diese Sitzungen inzwischen, obwohl es ja manchmal schwierige Themen waren, um die es ging und an denen sie arbeiteten.

Sie hatte beschlossen, ihre alte Position im A-Team noch nicht wieder zu übernehmen. Bevor sie die Stelle ablehnte, hatte sie um ein Gespräch mit Marcella Weber gebeten und ihr erklärt, sie würde gern eine Weile an den Cold Cases arbeiten und es begrüßen, wenn diesem Bereich in der Abteilung ein größerer Stellenwert zukäme und man ihr einen weiteren engagierten Detective zur Seite stellte, um die Arbeitslast zu verteilen. Sie bat außerdem um eine Anweisung an die Kriminaltechnik, Tracys Cold Cases im Bedarfsfall zur Priorität zu machen.

Weber hatte für all diese Vorschläge ein offenes Ohr gezeigt.

Tracy hatte noch um ein weiteres Zugeständnis gebeten. »Ich möchte auch weiterhin hin und wieder einen aktiven Fall bearbeiten können, sollte das A-Team meine Hilfe brauchen. Und wenn ich bei den Cold Cases ausgebrannt bin, möchte ich ins A-Team zurückkehren, wenn das möglich ist, ohne jemanden zu verdrängen.«

Weber, eine kampferprobte Afroamerikanerin aus Baltimore, hatte genickt. »Die Detectives aus Ihrem Team haben jedenfalls klargestellt, dass sie Sie haben wollen.«

»Das weiß ich«, sagte Tracy.

Nur galt das jetzt auch für die Familien all der anderen Cold Cases. Nachdem es sich herumgesprochen hatte, dass Tracy zwei dieser Fälle aufklären konnte und aufgrund der Entdeckungen in Seattle und im Curry Canyon wohl noch weitere aufgeklärt werden würden, stand in ihrem Büro das Telefon nicht mehr still und Angehörige weiterer Opfer baten sie händeringend, sich ihre Fälle als Nächstes vorzunehmen. Das waren Gespräche, die Tracy immer wieder zu Herzen gingen.

An diesem Montag kehrte sie nach ihrem Besuch bei Walsh ins Polizeipräsidium zurück, holte sich einen Becher Kräutertee und ging in ihr Büro. Dort herrschte das reinste Chaos, Ordner, wohin man auch blickte. Sobald Kelly Rosa ein weiteres Opfer identifiziert hatte, informierte Tracy die Familie und schloss die Akte. Es war ein aufwendiger Prozess, aber sie wollte ihn weiterhin selbst in der Hand behalten. Diese Familien sollten nicht einfach nur einen Anruf erhalten. Wenn möglich, überbrachte Tracy die Nachricht persönlich. Bei Familien in anderen Bundesstaaten rief sie selbst an und half mit, die behördlichen Wege für eine ordentliche Bestattung zu ebnen. Mitarbeiter des Victim Support Service kümmerten sich ebenfalls um die Familien und sorgten dafür, dass sie mit Achtung und Respekt behandelt wurden.

Die meisten Familien brachten bei solchen Gesprächen neben Wut und Schmerz auch Erleichterung zum Ausdruck. Sie waren glücklich darüber, endlich zu wissen, was ihrem Kind oder ihrer Schwester widerfahren war, und froh, nicht länger in dieser Ungewissheit leben zu müssen. Sie fragten nicht groß nach Details, die wollten sie nicht wissen. Eine Mutter hatte es so formuliert: »Es reicht, dass wir sie jetzt begraben können und dass wir wissen, sie ist an einem besseren Ort. Vergeltung bringt keinen Abschluss, Seelenfrieden schon.«

Auch das war Tracy bewusst.

An diesem Morgen hatte sie sich fest vorgenommen, in ihrem Büro aufzuräumen, und so fing sie tapfer mit den schwarzen Ordnern an. Die Fälle, die sie gelöst hatte, bereitete sie zur Überführung ins Archiv vor. Die noch offen markierte sie mit einem blauen Sticker und räumte sie ins Regal zurück. Dabei stieß sie auf Elle Chins Ordner, der noch offen auf ihrem Schreibtisch lag. Das stimmte sie nachdenklich.

Sie hatte keine neuen Hinweise entdecken können und befürchtete inzwischen, dies könnte einer der Fälle werden, vor denen Nunzio sie gewarnt hatte, Fälle, die ungelöst blieben und mit denen sie einfach leben musste. Sie konnte nicht alle retten.

Sie setzte sich auf ihren Schreibtischstuhl und las sich die Notizen durch, die sie bei ihren Befragungen gemacht hatte. Einige hatte sie noch nicht abtippen können, sie war einfach noch nicht dazu gekommen. So fand sie ihre Notizen über die Unterhaltung mit der Nachbarin der Chins, Evelyn Robertson. Sie wusste immer noch, wie die ältere Frau bei diesem Gespräch ausgesehen hatte. Besonders an den nachdenklichen Ausdruck in ihrem Gesicht erinnerte sie sich noch gut, als Robertson nämlich gesagt hatte, vielleicht wäre es nicht unbedingt schlecht, wenn man Elle Chin nicht fand.

»So traurig, dass sie das kleine Mädchen nie gefunden haben, aber...«

Tracy wartete. »Aber...?«

Robertson schüttelte den Kopf. »Nichts«, sagte sie. »Es ist einfach nur traurig.«

Bill Miller hatte seinen eigenen traurigen Kommentar zur Situation abgegeben. »*Ich hoffe nur, um des Mädchens willen, dass sie irgendwo noch am Leben ist. Am Leben und in Sicherheit, und dass keiner der beiden je wieder Kontakt zu ihr hat. Denn das ist meiner Meinung nach für die Kleine die einzige Hoffnung auf ein normales Leben.*«

Sie dachte an ihre Befragung von Jimmy Ingram und den kurzen Blick, den er auf die Kleine geworfen hatte, als die das Labyrinth verließ. Sie hatte nicht geweint oder sich gewehrt. Sie war friedlich an der Hand der Frau gelaufen. Tracy lehnte sich zurück. Ingram hatte nie erwähnt, bei der Frau hätte es sich um eine Asiatin gehandelt. Aber Jewel Chin hatte wiederholt das Wort »Asiatin« benutzt.

Bobby Chin hatte ausgesagt, er hätte Elles Flügel auf dem Boden gefunden. Er hatte erklärt, Elle sei ungeheuer stolz auf diese Flügel gewesen, so sehr, dass er sie nicht hatte dazu bringen können, einen Mantel anzuziehen. Hätte sie sie denn freiwillig, ohne Protest, zurückgelassen?

Laut Ingram hatte das Mädchen, das er gesehen hatte, einen Mantel getragen. Tracy hatte daraus geschlossen, dass es nicht Elle gewesen war, es sei denn … Wenn Ingram nun alles ganz richtig gesehen hatte? Was, wenn es wirklich Elle gewesen war? Was bedeutete das in Bezug auf die Frau, die sie an der Hand gehalten hatte? Mit der sie so bereitwillig mitgegangen war?

»Jemand, den Elle kannte. Jemand, dem sie vertraute. Jemand, den Elle liebte«, sagte Tracy laut. Aber wenn dies der Fall war, dann hätte der Entführer jemand sein müssen, der sich mit Elles Situation auskannte und Elle mitnahm, weil er glaubte, wie Robertson und Miller, die Kleine wäre ohne ihre beiden Eltern besser dran.

Tracy erinnerte sich an das Gespräch mit Elles Vorschullehrerin, Lynn Bettencourt. Sie hatte dasselbe gedacht und Bettencourt hatte Elle während der Woche jeden Tag gesehen.

»Detective?«

Tracy drehte sich noch einmal um. »Ist noch etwas?« Bettencourt wirkte sehr besorgt.

»Sie haben mich eben nach meiner Einschätzung gefragt.«

»Ja.«

»Ich glaube, dass weder die Lebenssituation der Mutter noch die des Vaters ein gesundes Umfeld für das Mädchen darstellte.«

»Ich verstehe.« Tracy nickte.

Die Antwort schien Bettencourt nicht zu überzeugen. »Lassen Sie es mich anders ausdrücken. Ich sehe eine Menge Kinder, bei denen die Situation zu Hause schwierig ist, und meistens hat ein Elternteil daran größere Schuld als der andere. Da wird der Ehepartner oder die Partnerin beschimpft und bekommt die Schuld an allem, was passiert. Der andere Elternteil wird dann zum Beschützer der Kinder und schluckt den eigenen Schmerz oder Stolz hinunter, um die Interessen der Kinder an die erste Stelle zu setzen.«

»Aber das war hier nicht der Fall.«

Bettencourt schüttelte den Kopf. »Leider nicht.«

Tracy dachte erneut an Jewel Chin, an die Befragung im Esszimmer des Hauses, das sie für eine Besichtigung hergerichtet hatte. Die Frau war eindeutig nicht jedermanns Sache, aber sie war Tracy nicht krank oder gemein genug vorgekommen, um aus Rache an ihrem geschiedenen Mann der eigenen Tochter etwas anzutun. Für Bobby Chin galt das ebenso, auch er würde Elle nichts getan haben, nur um Jewel zu verletzen. Aber Jewel hatte einen Hinweis mehrmals genannt, von dem sonst nie die Rede gewesen war. Ihrer Meinung nach war die Frau, an deren Hand Elle das Labyrinth verlassen hatte, eine Asiatin gewesen. War das ein Versprecher gewesen oder wusste Jewel, wer Elle entführt hatte? Oder hatte sie zumindest einen Verdacht? Aber wenn das der Fall war und sie wirklich wusste oder stark vermutete, wer es gewesen war, warum hatte sie das nicht damals schon den ermittelnden Detectives mitgeteilt? Warum hatte sie Tracy nichts gesagt?

Tracy dachte an Evan Sprague. Niemand, nicht einmal seine Mutter, hatte zu seinem Besten gehandelt. Ohne seine Familie war er besser dran. Er war besser dran mit Lindsay – kein Elternteil, eher wie eine Schwester, die bereit gewesen war, das Richtige zu tun und in Evans Interesse zu handeln.

Tracy würde nie vergessen, was Lindsay zu ihr gesagt hatte, nämlich was die junge Frau dazu gebracht hatte, wegzulaufen: *»Ich wusste, wenn die Leute mich für tot hielten, war das besser, als auch nur einen Tag länger in diesem Haus zu sein.«*

Und an dieser Stelle fügte sich alles zusammen. Nicht mit einem Blitzschlag, aber schon mit etwas wie einem elektrischen Schlag, bei dem Tracy sich aufrichtete und noch einmal ihre Notizen durchging, sich noch einmal ins Gedächtnis rief, was die einzelnen Personen ausgesagt hatten. Wer hatte mitbekommen und beurteilen können, welchen Schaden Elle davontrug, wie sehr das kleine Mädchen litt? Wer außer den Eltern hatte während der Scheidung Zeit mit Elle verbracht? Wem hatte Elle vertraut, wen hatte sie genügend geliebt, um für ihn oder sie auf ihre Flügel zu verzichten?

Sie schlug den Ordner auf, den sie bei Lynn Bettencourt kopiert hatte und der unter anderem die Namen der Leute enthielt, die berechtigt gewesen waren, Elle von der Schule abzuholen. Dann lehnte sie sich zurück und fragte sich, wie das ihr und Nunzio und zuallererst den Detectives, die den Fall ursprünglich bearbeiteten, hatte entgehen können. War es so schwer gewesen, es sich auch nur vorzustellen? War es nicht auszudenken, dass eine Schwester ihrem Bruder solchen Kummer bereitete?

Was, wenn dieser Kummer sich nicht umgehen ließ? Wenn er notwendig war, um ein unschuldiges Kind zu retten?

Und vielleicht auch den Bruder, der die Kontrolle über sich verloren hatte?

Eine Schwester. Eine Asiatin. Gloria Chin.

Epilog

Chengdu, China

Müde nach einem langen Flug mit Zwischenlandung in Beijing verließ Tracy den Flughafen von Chengdu. Dass sie in Beijing bei der Zollabfertigung gründlichst durchsucht worden war und fast ihren Anschlussflug verpasst hätte, half ihr auch nicht gerade, sich zu entspannen. Sie wusste wenig über die Stadt, in der sie gelandet war, im Grunde nur, dass Chengdu mit seinen vierzehn Millionen Einwohnern zu den größten Städten des Landes gehörte. Berühmt war die Stadt allerdings nicht seiner menschlichen Bevölkerung wegen, sondern wegen der riesigen Pandas, die in der Chengdu Research Base of Giant Panda Breeding lebten und jedes Jahr Millionen Touristen anzogen.

Sie hatte für diesen einen Tag einen Fahrer und Fremdenführer engagiert, und so erwartete sie am Flughafen ein Chinese Mitte dreißig, der ein Schild mit ihrem Namen hoch über das Gedränge der Leute hielt, die hinter der Sperre beim Gepäcklaufband warteten. Tracy reiste mit Handgepäck, sie hatte nicht vor, lange im Land zu bleiben. Ihr Visum hatte sie sich mit viel Schweiß und Unterstützung auf relativ hoher Regierungsebene ergattert, allerdings aus eigener Tasche bezahlt, genau wie den Flug. Sie war nicht in offizieller Polizeimission unterwegs.

Der Fahrer begrüßte sie und Tracy war froh, ihn gut Englisch sprechen zu hören, wenn auch mit starkem Akzent.

»Wie war Ihr Flug?«, erkundigte er sich.

»Lang!«, seufzte Tracy.

»China ist ein großes Land. Wie Ihr eigenes Land ja auch.«

»Wie heißen Sie?«

»Bruce Wayne.«

»Sie heißen Bruce Wayne?« Tracy mochte es nicht glauben. »Wie aus den Batman-Filmen?«

Er lächelte. »Ja. Das ist mein englischer Name. Bruce Wayne. Ich bin Batman.« Jetzt klang er genau wie Batman im Film.

Tracy lachte. »Okay, Bruce, Sie gehen voran.«

Bruce führte sie zu einem schwarzen Nissan, der in der Parkgarage auf sie wartete, und verstaute Tracys Tasche auf dem Rücksitz. Ihre Handtasche behielt sie bei sich. »Wollen Sie ins Hotel, sich frisch machen, oder möchten Sie die Pandas sehen?«, fragte Bruce.

»Ich möchte zu dieser Adresse.« Sie reichte Bruce einen Zettel, den sie aus einer dünnen Akte zog, die ein von ihr ohne Wissen der Polizeidirektion angeheuerter und aus eigenen Mitteln bezahlter Privatermittler in Chengdu für sie zusammengestellt hatte. »Können Sie mich dorthin bringen?«

»Ja, natürlich, wir nehmen die Suchfunktion!« Er gab die Adresse in sein Handy ein. »Kein Problem. Wir finden. Sie sind geschäftlich hier oder zum Vergnügen?«

»Vergnügen«, sagte sie lächelnd, ohne das weiter auszuführen. »Wie lange dauert die Fahrt zu dieser Adresse?«

»Ungefähr fünfundvierzig Minuten. Ich bin ein schneller Fahrer. Wie Batmobil.«

Tracy warf einen Blick auf die Uhr. »Schnell ist nicht wichtig. Ich würde gern lebend ankommen.«

Während der Fahrt unterhielten sie sich über China und Bruce erklärte einiges, an dem sie vorbeifuhren. Der Freeway, den sie entlangfuhren, war an beiden Seiten von hohen Apartmentkomplexen gesäumt, von denen es Dutzende zu geben schien, alle gleich groß und aufgereiht wie Dominosteine.

»Ich habe noch nie so viele Apartmenthäuser auf einem Haufen gesehen«, sagte Tracy.

»Die Regierung baut sie«, erklärte Bruce. »Das gehört zu der Initiative, Leute vom Land in die Stadt zu holen. Die Regierung hilft den Bauern, ihr Land aufzugeben.« Tracy hatte gelesen, dass die chinesische Regierung in der Landwirtschaft von kleinen bäuerlichen Einheiten zu großen industriellen Anlagen kommen wollte.

»Gehören die Wohnungen den Bauern?«, fragte sie.

»Das Land gehört der Regierung. Sie lässt darauf die Wohnungen bauen und verpachtet sie über einen Zeitraum von siebzig Jahren.«

»Was ist nach diesen siebzig Jahren?«

»Das hat die Regierung uns nicht gesagt.«

»Das würde in den Vereinigten Staaten nicht hinhauen.«

»Hinhauen?«

»Die Leute würden sich nicht damit einverstanden erklären. Wenn wir etwas kaufen, dann besitzen wir das, solange wir wollen, bis wir sterben oder beschließen, es zu verkaufen.«

»Sie wissen, was ist Problem in den Vereinigten Staaten?« Die Frage klang eher rhetorisch.

Tracy war neugierig. »Nein. Was ist das Problem, Bruce?«

»Sie haben zu viel Auswahl.«

»Haben wir das?«

»Hier sagt uns die Regierung, was wir tun, und es wird getan.«

Tracy nickte wortlos, in diese Debatte mochte sie nicht einsteigen. Wusste sie denn, ob der Wagen nicht mit Kameras und Mikrofonen überwacht wurde? Der Privatermittler hatte ihr gern geholfen, jedoch keinen Wert darauf gelegt, in China mit ihr zusammen gesehen zu werden. Sie warf einen Blick auf ihre Uhr, die sie bereits auf die hiesige Uhrzeit umgestellt hatte.
»Um welche Uhrzeit kommen die Kinder aus der Schule?«
»Hängt von der Schule ab, vom Alter des Schülers. Ich würde sagen zwischen drei und halb vier.«
Tracy sah noch einmal auf die Uhr. Sie würde ein paar Minuten warten müssen.

Nach vierzig Minuten verließ Bruce Wayne den Freeway und sie fuhren auf normalen Straßen an Wohnhäusern und Einkaufszentren vorbei. Die meisten Geschäfte standen leer, wie auch die meisten der Apartmenthäuser. Nach einer Weile kamen sie in eine Gegend mit einzeln stehenden, zweistöckigen Häusern, die einen eher ländlichen Eindruck machte. Es gab Rasenflächen und viele Bäume und hinter den Häusern vereinzelt Felder, auf denen gerade Laub verbrannt wurde, was noch zur ohnehin starken Luftverschmutzung beitrug.

»Ich kenne diese Gegend«, sagte Bruce. »Viel Geld hier.«
»Das sind Wohnhäuser?«, fragte Tracy.
»Villen.«
Bruce fuhr noch langsamer, bog auf Anweisung seines Navis nach links und nach rechts ab, bis er vor einem dreistöckigen verputzten Haus mit rotem Ziegeldach und kreisförmiger Auffahrt hielt. »Dies ist eine Villa. Bruce Wayne irrt nie. Dies ein Freund von Ihnen?«
»Ja.« Tracy betrachtete das Haus, das für sie irgendwie unvollständig wirkte. Das obere Stockwerk schien offen zu sein, ohne Fenster und Türen. Dort hingen Wäschestücke auf einer von einem Ende des Gebäudes zum anderen gespannten

Leine. »Aber sie erwarten mich nicht. Meine Ankunft soll eine Überraschung sein. Parken Sie bitte weiter die Straße hinunter.«

Bruce wirkte verwirrt oder besorgt, aber Tracy gab ihm keine weiteren Erklärungen. »Wird das eine Observierung?«, fragte er. »Hawaii Fünf-Null?«

»Keine Observierung, Bruce, wir warten nur.« Da sie ihn stundenweise bezahlte, ging sie davon aus, dass er tun würde, was sie ihm sagte. Sie fuhren ein Stück weiter die Straße hinunter und warteten. Der Privatermittler hatte bestätigt, dass Gloria Liu, wie sie seit ihrer Heirat hieß, eine Tochter hatte. Zehn Jahre alt.

Nach fünfzehn Minuten kamen Schulkinder den Bürgersteig entlang in ihre Richtung, alle in einer hellgrünen Uniform mit roten Halstüchern und mit einheitlichen grauen Rucksäcken über der Schulter. Immer wieder lösten sich einzelne Schüler aus der Horde und steuerten eins der umstehenden Häuser an. Ein Mädchen, das vom Aussehen her im richtigen Alter sein dürfte, lief die runde Auffahrt des Hauses hinauf, das Bruce und Tracy beobachteten.

Tracy machte Anstalten, aus dem Auto zu steigen.

»Soll ich kommen? Als Dolmetscher?«, erkundigte sich Bruce.

»Das wird nicht nötig sein, sie sprechen Englisch. Warten Sie bitte hier auf mich.«

»Observierung!« Bruce lächelte.

Tracy ging die Auffahrt hinauf zur Haustür, an der sie keinen Spion entdecken konnte, was ihr in diesem Fall wahrscheinlich entgegenkam. Sie klopfte und wenig später wurde ihr die Tür von einer Chinesin geöffnet, die dem Aussehen nach ebenfalls das richtige Alter haben dürfte. Sie trug Jeans, einen blauen Kaschmirpullover und flache Schuhe und sie brauchte nicht lange, um Tracys Größe, die blonden Haare und blauen Augen zu registrieren. Ihre Augen wurden groß.

»Gloria Chin?«, fragte Tracy.

Die Frau antwortete ihr kopfschüttelnd auf Chinesisch und machte Anstalten, die Tür zu schließen.

»Bobby Chins Schwester?« Tracy hielt ein Foto hoch, das sie im Internet gefunden hatte und das Bobby und Gloria an einem Strand zeigte. Die Ähnlichkeit der Geschwister war frappierend.

Die Frau seufzte und ihre Schultern sackten nach vorn. »Wer sind Sie?«

»Mein Name ist Tracy Crosswhite. Ich bin Ermittlerin aus Seattle.«

»Privatermittlerin?« Gloria stieß vernehmlich die Luft aus. »Hat *sie* Sie angeheuert?«

»Jewel Chin? Nein. Auch Bobby nicht. Ich bin Polizeibeamtin, aber aus eigenem Antrieb hier, nicht in offiziellem Auftrag.«

»Das verstehe ich nicht.«

»Es ist auch kompliziert. Aber ich bin nicht hier, um Ihnen oder Elle Kummer zu bereiten.« Das meinte sie auch so. Sie war mit einem einzigen Vorsatz nach Chengdu gekommen: herauszufinden, was in Elles bestem Interesse war. Im Laufe ihrer Karriere bei der Polizei von Seattle hatte Tracy verschiedene Stationen durchlaufen und unter anderem auch ein Jahr bei der Einheit gegen häusliche Gewalt Dienst getan. Dort hatte sie grausame Fälle erlebt, die Familien auseinandergerissen hatten und bei denen Kindern vielfach Schaden zugefügt worden war. Mit einem Fall von internationaler Kindesentführung hatte sie es dort nicht zu tun gehabt, aber sie wusste von solchen Vorfällen und auch, dass manche dieser Fälle nach der Haager Konvention für internationale Kindesentführung geregelt wurden.

»Darf ich hereinkommen?«, bat sie.

Gloria Liu machte ihr Platz und Tracy betrat ein sehr ordentliches, einfach eingerichtetes Haus. Im Eingangsbereich standen auf einem Tisch mit schwarzer Marmorplatte mehrere gerahmte Fotografien, darunter auch Fotos von Gloria mit ihrem Mann und ihrer Nichte.

Gloria führte Tracy in die Küche, wo ein junges Mädchen am Küchentisch saß, Kekse aß und dazu ein Glas Milch trank. Sie sah Tracy an, als sei diese ein Kalb mit zwei Köpfen, und hörte mit vollem Mund auf zu kauen.

»Wir bekommen hier nicht oft blonde Menschen zu sehen«, erklärte Gloria und legte den Arm um Elle Chin.

»Du musst Elle sein«, sagte Tracy und lächelte, um dem Mädchen die Nervosität zu nehmen. Elle, weiterhin sichtlich verunsichert, nickte.

»Schön, dich kennenzulernen.« Tracy streckte ihr die Hand hin.

Elle sah ihre Tante an und nahm Tracys Hand erst, als Gloria nickte. »Wer sind Sie?«, wollte sie wissen.

»Ich bin eine Freundin.« Sie wusste, das Mädchen überlegte fieberhaft, in welcher Beziehung sie zu ihr stehen mochte, und sorgte sich darum, was dieser Besuch bedeuten konnte. »Ich kenne deinen Vater in Seattle.«

Gloria sagte etwas auf Chinesisch, worauf Elle ihren Rucksack nahm und nach einem letzten vorsichtigen Blick auf Tracy den Raum verließ.

»Weiß Bobby es?«, wollte Tracy wissen.

»Zuerst nicht, jetzt weiß er es. Wie Sie schon sagten: Es ist kompliziert.« Gloria ließ sich auf einen Barhocker am Küchentresen fallen. »Sie fragen sich, wie eine Schwester ihrem Bruder so wehtun, ihm solchen Kummer bereiten kann.«

Ja, das hatte sich Tracy gefragt. Aber nachdem sie Zeit gehabt hatte, alles genau zu durchdenken, hegte sie inzwischen den Verdacht, dass Elle nicht entführt worden war, um Schmerz zu bereiten, sondern um ihn zu lindern.«»Ich nehme an, Sie haben es getan, weil Sie ihn lieben und weil Sie Ihre Nichte lieben.«

»Wenn der Schmerz einen Zweck hat, ist er nicht grausam«, sagte Gloria leise.

»Ein chinesisches Sprichwort?«

Gloria lächelte. »Fernsehsendung. Eine Doku über Löwenbabys, die ich einmal gesehen habe, als ich noch in den Vereinigten Staaten lebte. Die Mutter lässt notfalls eins der Babys sterben, damit die anderen leben und stark werden können.« Sie seufzte. »Meine Eltern sind traditionell orientiert. Sie wollten nicht, dass Bobby Jewel heiratet. Sie mochten sie nicht. Ich mochte sie nicht. Jewel wurde schwanger. Wir haben alle gedacht, dass sie meinen Bruder damit in die Falle gelockt hat, dass sie es auf den Wohlstand meiner Familie abgesehen hatte.« Sie seufzte. »Das klingt jetzt bestimmt stark nach einer Rechtfertigung.«

»Nein.« Tracy schüttelte den Kopf.

»Vielleicht klingt es auch nur nach einer Schwester, die sich um ihren Bruder sorgt. Aber Bobby ist in der ganzen Sache nicht ohne Schuld. Er war ein Sturkopf, hat oft gegen die Wünsche meiner Eltern rebelliert und getan, was er wollte. Wenn es nach meinem Vater gegangen wäre, wäre mein Bruder in die Computerwirtschaft gegangen, aber Bobby hat sich nach seinem Abschluss am College für die Polizei entschieden. Kennen Sie ihn von dort?«

»In gewissem Sinne ja.«

»Als Bobby und Jewel Elle bekamen, haben meine Eltern versucht, Jewel zu akzeptieren. Um ihres Sohnes und der Enkelin willen, denn von der waren sie begeistert. Sie haben Elle angebetet. Aber Jewel war schwierig und wurde mit jedem Jahr schwieriger, immer weniger stabil. Sie entfremdete meinen Bruder von seinen Freunden und versuchte auch, ihn von der

Familie zu trennen. Wenn sie nicht bekam, was sie wollte, hat sie Elle von meinen Eltern ferngehalten. Sie hat das Mädchen als Druckmittel eingesetzt. Bobby hat Elle, wann immer er konnte, heimlich zu Besuch bei meinen Eltern gebracht.« Gloria schüttelte den Kopf.

»Dann erzählte uns Bobby, er würde sich scheiden lassen«, fuhr sie fort. »Er vertraute uns an, zu was für einer Person Jewel geworden war. Er sagte, er mache sich Sorgen um Elle, weil sie in einem so vergifteten Umfeld aufwuchs. Da wusste ich bereits, dass das Haus, in dem sie lebte, kein Zuhause für ein kleines Mädchen war.«

»Sie haben sie von der Schule abgeholt.«

»Viele Male, wenn Bobby es nicht schaffte. Jewel mochte er dann nicht anrufen und er zog es auch vor, nicht meine Eltern zu benachrichtigen. Ich habe Elle unglaublich gern abgeholt und Zeit mit ihr verbracht.«

»Wann entstand in Ihnen der Plan, sie zu entführen?«

»Als Elle anfing, mir Dinge zu erzählen – über dieses Haus. Über ihre Mutter. Und Bobby. Wir wussten, dass Bobby Jewel gegenüber gewalttätig geworden war. So war er nicht erzogen worden. Wir fürchteten uns vor dem, was aus ihm und Jewel werden könnte, wenn sein Zorn eskalierte.« Gloria machte eine Pause, um sich aus dem Küchenschrank ein Glas zu holen und sich Wasser einzuschenken. Sie hob das Glas fragend in Tracys Richtung, aber Tracy schüttelte den Kopf.

Gloria setzte sich wieder, trank ein paar Schluck Wasser und fuhr fort: »Jewel hatte schon vor der Scheidung einen Freund. Dieser Freund ist dann bei ihr eingezogen.« Sie trank noch einen Schluck Wasser. »Elle fing an, mir Sachen zu erzählen – dass er sie sich auf den Schoß setzte und sie schaukelte, als säße sie auf einem Pferd. Wenn sie sagte, er solle damit aufhören, tat er es nicht.«

»Sie fürchteten, er hätte sie missbraucht.«

Gloria nickte. »Und ich weiß, das klingt jetzt wieder nach Rechtfertigung, aber … ich glaube, was Elle mir erzählt hat.« Sie trank noch ein paar Schlucke, um sich zu sammeln. »Die Anzeige wegen häuslicher Gewalt hat Schande über meine Eltern und meine Familie gebracht. Ich machte mir Sorgen darum, welche Auswirkungen all dieser Streit auf Elle haben könnte, ich sorgte mich wegen des Freundes und wegen dem, was er tat und noch tun würde. Ich sorgte mich über den nicht wiedergutzumachenden Schaden bei Elle und darum, was Bobby tun würde, wenn er es herausfand. Er würde den Mann umbringen. Er würde ihn erschießen, da war ich mir sicher. Elle aus dieser Situation herauszuholen war die einzige Möglichkeit, sie zu retten und gleichzeitig meinen Bruder zu retten.« Gloria nippte an ihrem Wasser. »Wenn ich Elle von der Schule abholte, war sie oft wütend und frech und hat sich aufgeführt. Ich habe sie dann beruhigt und sie gefragt, warum sie so wütend ist.« Gloria sah Tracy an.

»Was hat sie gesagt?«

»Sie wollte nicht nach Hause«, antwortete Gloria.

Tracy dachte an Lindsay Sheppard. *Ich wäre besser dran, wenn mich die Leute für tot hielten, als noch einen Tag länger in diesem Haus zu leben.* Sie dachte an Stephanie Cole und ihre Sehnsucht danach, nach Hause zurückzukehren. Wie unendlich traurig, wenn ein kleines Mädchen, gerade einmal fünf Jahre alt, nicht nach Hause gehen will.

»Sie hat gefragt, ob sie bei mir und Onkel Bo wohnen kann«, fuhr Gloria fort. »Wenn Bobby kam, um sie abzuholen, hat sie gebettelt, ich solle sie doch bitte, bitte bei mir behalten. ›Ich will hier wohnen, Tante, warum kann ich nicht bei dir wohnen?‹, hat sie immer wieder gefragt. Es hat mir das Herz gebrochen. Hat Bobby das Herz gebrochen.«

»Haben Sie noch andere Kinder?«, fragte Tracy.

Gloria schüttelte den Kopf. »Mein Mann und ich haben es versucht, aber ich war nicht in der Lage zu empfangen. Es sah so aus, als würde Elle für meine Eltern das einzige Enkelkind bleiben.« Sie holte tief Luft und atmete aus. Und Tracy erkannte die jahrelangen Qualen, die auf ihr lasteten. »Mein Mann und ich bereiteten uns darauf vor, das Land zu verlassen. Er hatte einen Job in Chengdu, hatte Familie hier, und meine Eltern entschieden sich, mitzukommen. Wir haben darüber gesprochen, zu Bobby und Jewel zu gehen und anzubieten, Elle zu uns zu nehmen, aber wir wussten, Jewel wäre damit nie einverstanden gewesen. Sie würde nicht sehen, welche Vorteile das für Elle hätte, sie würde darin nur einen Sieg für Bobby sehen.«

»Und wenn Sie fragten, ob Sie Elle haben dürften, wären Sie natürlich die Hauptverdächtigen, wenn sie verschwände.«

»Ja. Bo und ich entschieden uns, keinem der beiden Elternteile etwas zu verraten. Sie müssen mir glauben, wenn ich Ihnen das jetzt so sage. Wir beschlossen, auf jeden Fall zu warten, bis wir es Bobby sagten, weil wir nicht wollten, dass die Polizei denkt, er hätte irgendetwas damit zu tun, und ihn verhaftet. Er hatte wirklich nichts damit zu tun.« Glorias Augen weiteten sich vor Angst.

»Ich glaube Ihnen«, versicherte Tracy.

»Ich wusste, was das mit ihm machen würde, aber ich wusste auch, es war der richtige Schritt. Er musste den Schmerz des Verlustes ertragen, um zu verstehen, was im besten Interesse seiner Tochter lag. Um das Richtige zu tun. Es ging nicht darum, Jewel zu bestrafen. Es ging darum, Elle zu retten.«

Tracy dachte an ihre Befragung von Bobby Chin in dessen Büro, an die Tränen, die er vergossen hatte, und das Zögern in seiner Stimme. Er hatte ihr das nicht vorgespielt. Das war der Schmerz, das waren die Schuldgefühle eines Vaters gewesen, der wusste, er war in Teilen selbst für den Verlust seiner

Tochter verantwortlich und hatte es nicht verdient, sein Kind großzuziehen.

Gloria zog ein Papiertaschentuch aus einer Schachtel auf dem Tresen und tupfte sich die Augen trocken. »Ich wusste, wie sehr ich meinem Bruder wehtat, aber ich konnte Elle nicht in diesem Haus lassen, nicht bei Jewel und nicht bei diesem Freund. Ich wusste, je länger Elle dortblieb, desto größeren Schaden würde sie davontragen. Ich habe das, was ich getan habe, aus Liebe getan. Ich liebe Bobby und ich liebe Elle. Ich habe es getan, um sie beide zu schützen.«

»Das bezweifele ich nicht«, sagte Tracy. »Wann haben Sie es Bobby schließlich gesagt?«

»Wir baten ihn, zum sechzigsten Geburtstag meines Vaters nach Chengdu zu kommen. Da haben wir uns dann mit ihm zusammengesetzt und ihm erklärt, dass Elle auch hier ist. Hier bei uns.«

»Wie hat er reagiert?«

»Der Schmerz einer Trennung ist nichts im Vergleich zur Freude beim Wiedersehen.«

»Das klingt jetzt aber nicht nach dem Naturkanal.«

»Charles Dickens. Ich habe an der Universität Englisch studiert.« Gloria lächelte. »Bobby hat geweint. Er hat sich auf den Boden geworfen und geweint wie ein Baby. Er weinte, weil ihm klar wurde, dass er seine Tochter im Stich gelassen, dass er ihr gegenüber versagt hatte. Er war von Schuldgefühlen zerrissen, gleichzeitig aber überglücklich, weil Elle lebte und in Sicherheit war. Er hat nicht nach einer Erklärung verlangt. Er wusste, warum wir es getan hatten, und er wusste, dass er Elle nicht mit nach Hause nehmen konnte und sich auch nie so verhalten darf, als wäre sie noch am Leben, weil Jewel dann alles daransetzen würde, ihm Elle wegzunehmen. Nur, um ihm eins auszuwischen. Mit Bos Hilfe bekam Bobby einen guten Job bei einer chinesischen Firma, die gerade in Seattle ein Büro eröffnet hatte. So hat er einen Grund, hierherzureisen und sie zu besuchen.«

Tracy war noch nie in einer Situation wie dieser gewesen, hatte aber vor ihrer Abreise gründlich recherchiert. So war ihr klar, dass es für sie keinerlei rechtliche Handhabe gab, hier irgendetwas durchzusetzen. China hatte das Haager Abkommen über die zivilrechtlichen Aspekte internationaler Kindesentführung nicht unterzeichnet und es gab auch keine Hinweise darauf, dass solch eine Unterschrift in nächster Zeit geplant war. Zwischen den Vereinigten Staaten und China bestanden weder internationale noch bilaterale Vereinbarungen in Bezug auf elterliche Kindesentziehung und es war höchst unwahrscheinlich, dass der Beschluss eines ausländischen Gerichts in China anerkannt werden würde, besonders wenn es in diesem Beschluss um ein Sorgerechtsverfahren im Ausland ging. Das chinesische Recht sah als Voraussetzung für die Durchsetzung eines ausländischen Gerichtsbeschlusses die Existenz eines Vertrages oder einer Übereinkunft vor, die de facto einem Vergleich nahekam, doch zwischen den Vereinigten Staaten und China gab es weder das eine noch das andere. Darüber hinaus verlangte die Haager Konvention bei Anhörungen zu elterlicher Kindesentziehung rasches Handeln, und zwar innerhalb von sechs Wochen nach einer Entführung. Bei einem mehr als ein Jahr nach der Entführung angestrebten Verfahren nach dem Haager Abkommen würde man berücksichtigen müssen, dass sich das Kind in der neuen Umgebung eingelebt hatte, und es war höchst unwahrscheinlich, dass ein Gericht so ein Kind zurückschickte.

Außerdem ging Tracy davon aus, dass Elle sofort verschwinden würde, wenn Jewel herausfand, wo sie war, und irgendwelche Anstrengungen unternahm, sie zurückzuholen. In China lebten mehr als eine Milliarde Menschen. Was sollte im Übrigen gut daran sein, ein kleines Mädchen seiner sicheren

Umgebung zu entreißen? Einer liebevollen Umgebung, einem Ort, den es voller Vertrauen sein Zuhause nennen konnte? Um es zu einer dysfunktionalen Mutter und einem dysfunktionalen Erziehungsplan zurückzubringen? Für Tracy war klar: Elle zurückzuschicken würde ihr weiteren Schaden zufügen. Selbst wenn die Haager Konvention hier anwendbar wäre, wurde in den dort genannten Vereinbarungen doch betont, dass die Interessen des Kindes an erster Stelle standen, und es würde kein Rückstellungsbeschluss durchgesetzt werden, wenn das große Risiko bestand, dass dem Kind durch eine Rückführung körperlicher oder seelischer Schaden drohte oder eine solche Rückführung das Kind anderweitig in eine unerträgliche Lage bringen könnte.

»Was haben Sie Elle erzählt?«, wollte Tracy wissen.

»Anfangs haben wir gesagt, ihr Vater und ihre Mutter seien einverstanden, dass sie bis zum Ende des Scheidungsverfahrens hier bei uns und ihren Großeltern lebt. Als ich ihr dann sagte, sie brauche nie wieder nach Hause zu gehen, hat sie vor Glück geweint.«

»Wenn sie älter ist, wird sie weitere Fragen haben.«

»Die hat sie jetzt schon. Sicher kommt irgendwann der Punkt, an dem Elle selbst entscheiden muss.«

»Bittet sie darum, ihre Mutter besuchen oder mit ihr sprechen zu dürfen?«

»Anfangs tat sie das, ja. Meistens aber hat sie nach ihrem Daddy gefragt. Sie erkundigt sich nur selten nach Jewel und sagt tatsächlich nie, dass sie zurückgehen will.«

Tracy fragte sich, ob Jewel Chin wusste oder doch zumindest den Verdacht hegte, dass Elle von Gloria entführt worden war. Hatte sie deswegen in dem Gespräch mit Tracy dreimal erwähnt, Elles Entführerin sei Asiatin gewesen? Hatte sie ansonsten geschwiegen, weil sie inzwischen begriffen hatte, dass es so für ihre Tochter am besten war? Oder hatte sie von Anfang an eigentlich gar nicht Mutter sein wollen, und die neu gewonnene Freiheit, die Rückkehr zu ihrem eigentlichen Lebensstil, wog schwerer als alles, was sie ihrem geschiedenen Mann zufügen konnte? Reichte es ihr zu wissen, dass auch Bobby Elle nicht hatte behalten dürfen? Tracy hoffte sehr, dass Jewel eingesehen hatte, was gut für ihre Tochter war.

»Wie nennt Elle Sie?«, fragte Tracy.

»Lola. Sie nennt meinen Mann Onkel Bo.«

»Und sie ist glücklich?«

»Sehen sie selbst.« Sie bedeutete Tracy, einen Blick in das andere Zimmer zu werfen, wo Elle saß und fernsah. Wieder in der Küche erkundigte sich Gloria leise: »Warum sind Sie den ganzen weiten Weg hierhergekommen?«

Sie fürchtete nach wie vor, Tracy könnte gar nicht so verständnisvoll sein, wie sie sich gab, und eigentlich vorhaben, Elle mitzunehmen. Um sie zu beruhigen, führte Tracy aus, was sie sich über die Haager Konvention angelesen hatte, wobei sie vermutete, dass sich Gloria in dieser Frage bestens auskannte. »Ich habe vor Kurzem in der Abteilung für ungeklärte Fälle angefangen«, erklärte sie weiter. »Elles Akte fiel mir ins Auge, weil der Fall mir so unglaublich tragisch erschien, auf so vielen verschiedenen Ebenen. Ich habe eine Therapeutin.« Sie schwieg kurz, dachte nach. »Ich verlor meine Schwester, als sie achtzehn war und ich zweiundzwanzig. Ich hätte auf sie aufpassen sollen, aber ich habe versagt. Sie ist nie wieder nach Hause gekommen.«

»Das tut mir leid«, sagte Gloria.

»Meine Therapeutin glaubt, deswegen sei es meine Obsession, junge Frauen zu retten.« Tracy zuckte lächelnd die Achseln. »Da wird sie wohl recht haben. Es gibt bestimmt schlimmere Obsessionen. Als ich mir sicher war, was mit Elle passiert war und wo sie sich aufhielt, musste ich wohl einfach nur nachsehen kommen, ob sie auch wirklich in Sicherheit ist.«

Gloria wartete einen Moment, bevor sie fragte: »Und? Was haben Sie herausgefunden?«

»Ich glaube, Elle wird mir helfen zu verstehen, dass ich nicht jede junge Frau retten kann und dass ich es in ein paar Fällen auch gar nicht zu tun brauche. Ihre Tante und ihr Onkel haben Elle bereits gerettet.«

Tränen liefen Gloria über die Wangen. »Werden Sie es Jewel sagen?«

»Nein. Ich glaube, das zu tun, ohne dass Jewel irgendeine Möglichkeit hätte, zu reagieren, wäre ihr und auch Elle gegenüber grausam. Und ein Teil von mir glaubt sogar, dass Jewel es bereits weiß, es nur nicht offen zugeben kann, weil sie damit gleichzeitig einräumen müsste, dass Bobby gewonnen hat. Auf diese Weise hat keiner der beiden gewonnen.« Tracy dachte an ihr Gespräch mit Elles Mutter und an die Berichte in der Akte, wonach Jewel nach der Entführung in ein Hotel gezogen war und sich geweigert hatte, bei den Ermittlungen zu helfen. Wenn man ihr jetzt von Elle erzählte, würde sie sich gezwungen sehen, ihre Tochter zu benutzen, um alte Wunden wieder aufzureißen, da war sich Tracy ganz sicher. Sie würde erneut Bobby die Schuld geben, behaupten, er hätte die Entführung geplant, und Elle unter Umständen zum Opfer eines internationalen Tauziehens machen, das das Kind unweigerlich zerreißen würde, diesmal vielleicht in einem nicht wiedergutzumachenden Maße. »Kennen Sie das Gleichnis von König Salomon?«

Gloria schüttelte den Kopf. »Nein.«

»Es steht in der Bibel. Zwei Frauen behaupteten, die Mutter eines Kindes zu sein. Um festzustellen, wer die wahre Mutter ist, schlägt Salomon vor, das Baby in zwei Stücke zu teilen. Eine der Frauen stimmt zu, aber die wahre Mutter bittet darum, das Kind unverletzt der anderen Frau zu geben.«

Gloria nickte, sie hatte verstanden.

»Ich glaube, Sie und Ihr Mann gehen mit der Situation völlig korrekt um«, fuhr Tracy fort. »Ich glaube, der Mensch, der das Recht hat zu entscheiden, was für Elle das Beste ist, wird sie selbst sein, wenn es dann so weit ist. Bis dahin bleibt die Akte offen und der Fall ungelöst.«

Gloria tupfte sich noch einmal die Augen ab. »Ich bewundere Sie dafür, dass Sie den ganzen weiten Weg auf sich genommen haben, nur um herauszufinden, ob es Elle gut geht.«

»Mein Mann hat sich nicht so diplomatisch ausgedrückt, als ich sagte, ich müsste kurz mal nach Chengdu.«

»Ist er mit Ihnen hier?«

»Er ist zu Hause, bei unserer Tochter.«

Gloria lächelte. »Dann wissen Sie, warum ich es getan habe.«

»Ja, das weiß ich.«

»Wie alt ist Ihre Tochter?«

»Ungefähr ein Jahr. Ich bin erst einen Tag hier und sie fehlt mir jetzt schon.«

»Dann würde ich behaupten, Ihre Tochter hat großes Glück, eine Mutter zu haben, die sie so sehr liebt. Sie wird zu einer wunderbaren Frau heranwachsen.«

Tracy lächelte. »Und ich würde mal sagen, Elle hat Glück, eine Tante und einen Onkel zu haben, die sie so sehr lieben, und dass auch sie jetzt die Chance hat, zu einer wunderbaren jungen Frau heranzuwachsen. Ich hoffe, es wird alles gut, für Sie alle.«

Sie nahm ihre Handtasche und wollte gehen.

»Könnten Sie zum Essen bleiben?«, fragte Gloria. »Mein Mann wird bald nach Hause kommen und meine Eltern auch. Und ich bin sicher, Elle würde gern mal wieder mit jemandem Englisch sprechen.«

Tracy lächelte. »Dazu hätte ich Lust«, sagte sie. »Sehr sogar. Ich gebe nur schnell Bruce Wayne Bescheid, dass es bei mir noch zwei Stunden dauert.«

»Bruce Wayne? Sie meinen wie Batman?«

»Er scheint das so zu sehen. Wobei ich wirklich kein Recht habe, ihm zu stecken, dass er so gar kein Batman ist.«

Sie stand auf und ging nach draußen, mit dem Gefühl, ein schweres Gewicht sei ihr von den Schultern genommen. Sie konnte sie nicht alle retten.

Vielleicht musste sie das ja auch gar nicht.

Immerhin war es nicht falsch, es zu versuchen.

DANKSAGUNG

Große Teile dieses Romans schrieb ich in häuslicher Quarantäne während der Corona-Pandemie. Ich habe in der Zeit jeden Morgen online nachgesehen, wie viele Menschen in meinem Heimatstaat Washington sich neu infiziert hatten, wie viele gestorben waren. Die ersten Wochen waren für uns besonders schlimm, weil mein Sohn gerade in Südostasien auf Reisen war und der Ausbruch in unserem Staat in einem Pflegeheim passierte, das nur ein paar Meilen von unserem Haus entfernt liegt. Wie viele andere habe auch ich die Pandemie anfangs mit der Grippe gleichgestellt. Das war ein Irrtum. Wir konnten meinen Sohn über Australien nach Hause holen. Meine Tochter kam aus dem College zurück, die Welt machte dicht und wir saßen über viele Monate hinweg fest. Ich habe gelernt, per Zoom an Buchclubtreffen teilzunehmen, mich per Zoom beim Sport anleiten zu lassen und viele Videoauftritte zu absolvieren. Ich hatte viel Zeit zum Nachdenken und so wurde mir bewusst, dass ich zu einer Generation gehöre, die, anders als andere Generationen in diesem Land, nie schwere Zeiten hat mitmachen müssen. Ich habe weder den Ersten noch den Zweiten Weltkrieg miterlebt, auch nicht die große Depression, und bin zu jung, um die Auswirkungen, die die Kriege in Korea und

Vietnam auf die damalige Jugend des Landes hatten, wirklich zu verstehen.

Eines Tages unterhielt ich mich mit einem älteren Freund, den ich angerufen hatte, weil ich wissen wollte, wie es ihm ging. Ich sagte ihm, wie sehr mir die jungen Leute leidtäten, die sich mit einer so großen Unterbrechung ihres Lebens abfinden müssten, sprach von meinen Nichten und Neffen, denen es nicht vergönnt war, ihre Abschlüsse an der Schule oder am College gebührend zu feiern. Einer meiner Neffen hatte bei der Abschlussfeier seiner Schule die Rede halten sollen, was er nun nicht tun konnte. Es hatte für ihn auch keinen Abschlussball gegeben, er konnte das Ende seiner Schulzeit nicht mit den Freunden feiern, mit denen zusammen er vier Jahre zuvor auf die Highschool gekommen war. Ich erwähnte auch meinen Sohn, der wieder zu Hause wohnte, statt sich mit seinen Freunden auf den Weg ins berufliche Leben zu machen.

»Das sind jetzt gerade mal ein paar Monate«, sagte mein Freund daraufhin. »Denk an die, die ein Jahr lang in Vietnam waren, denk an die Menschen in Europa während des Zweiten Weltkriegs. Die haben eine ganze Dekade lang gelitten.«

Natürlich hatte er recht. Die richtige Perspektive kommt jedoch oft erst im Alter.

Ich erwähne das, weil viele der Autoren, mit denen ich mich in letzter Zeit unterhalten habe, wissen wollten, ob Covid-19 in einem meiner Romane eine Rolle spielen würde. Ich habe mich dagegen entschieden. Während der Zeit der häuslichen Quarantäne erreichten mich unzählige E-Mails von Leserinnen und Lesern, die sich bei mir bedankten, weil ihnen meine Bücher die Möglichkeit boten, der Enge ihrer Häuser zu entkommen, all den Schwierigkeiten, mit denen sie zu kämpfen hatten, und auch der Einsamkeit. Erste Pflicht und Aufgabe eines Romans ist es meiner Meinung nach, den Leser oder die Leserin bei sich zu Hause zu unterhalten, in der Bequemlichkeit ihres oder seines Heims. Ein Roman soll die Fantasie anregen. Er soll Spannung erzeugen, Freude aufkommen lassen oder auch Trauer, vielleicht so stark, dass man weinen muss. Die wirklich guten Romane bringen uns dazu, über unser eigenes Leben und die Erfahrungen nachzudenken, die wir gemacht haben, uns an die guten Zeiten zu erinnern und an die, die nicht so gut waren.

Also werden Sie in diesem Roman keine Referenzen zu Covid-19 finden. Ob ich die Pandemie in anderen Romanen zur Sprache bringen werde, hängt jeweils vom Thema ab. Wie auch bei der Pandemie selbst wird die Zeit es uns verraten. Bis dahin hoffe ich, dass Sie alle überleben und die Pandemie Sie und Ihre Lieben nicht allzu schmerzhaft getroffen hat. Und ich hoffe, dass das Leben wieder zur Normalität zurückkehrt und wir uns alle wiedersehen und bei Lesungen und Veranstaltungen und in den Buchläden beisammen sein können.

So wie alle Romane der Tracy-Crosswhite-Reihe hätte ich auch diesen ohne die Hilfe von Jennifer Southworth, Seattle Police Department, Abteilung für Gewaltverbrechen, nicht schreiben können. Jennifer war mir von Anfang an von unschätzbarem Wert, indem sie mir hilft, interessante Ideen zu entwickeln, und mir die tägliche Polizeiroutine genauso näherbringt wie die besonderen Aufgaben, die bei der Verfolgung eines Straftäters anfallen können.

Mein Dank geht auch an Kathy Decker, die früher die Such- und Rettungsstaffel des King County Sheriff's Office koordiniert hat und eine bekannte Spurenleserin ist. Kathy hat mich schon bei einigen Romanen unterstützt, also habe ich das große Glück, an ihrem unglaublichen Wissensschatz teilhaben zu dürfen. Netterweise nahm sie sich bei diesem Buch die Zeit, sich die Textstellen anzusehen, bei denen es ums Spurenlesen geht, um mir bei diesem Thema zu helfen.

Sollte es in Bezug auf die Polizeiarbeit in diesem Buch Fehler geben, so gehen sie ganz allein auf meine Kappe. Manchmal habe ich der Spannung zuliebe Arbeitsabläufe abgekürzt, so zum Beispiel die Zeit, die es braucht, um eine DNA-Analyse vorzunehmen.

Danke an Meg Ruley, Rebecca Scherer und das Team bei der Agentur Rotrosen. Sie sind Literaturagenten der Spitzenklasse, die überall auf der Welt meine Arbeit unterstützen und mit denen ich mich schon in New York, Seattle, Paris und Oslo amüsieren durfte. Ein italienisches Literaturfestival sollte meiner Meinung nach als Nächstes auf der Liste stehen, wenn diese Pandemie das Land meiner Vorfahren endlich aus ihren Krallen lässt. Danke für eure brillanten Verhandlungen bei Verträgen, danke, dass ich bei euch so gut in Bezug auf meine Karriere beraten werde, dass ihr mich durch Hollywood führt, meine Backlist im Auge behaltet und dafür, dass ihr so gütige, wundervolle Menschen seid.

Danke an Thomas & Mercer, Amazon Publishing. Dies ist inzwischen das zwölfte Buch, das ich für sie geschrieben habe, und jedes einzelne ist Dank des Lektorats und guter Vorschläge besser geworden. Sie verkaufen mich und meine Romane überall auf der Welt und ich durfte die Teams in Großbritannien, Irland, Frankreich, Deutschland, Italien und Spanien kennenlernen, hart arbeitende Menschen, denen ihr Job offensichtlich sehr viel Spaß macht. Besonders gut bewerben und verkaufen sie dabei meine Bücher, wofür ich ihnen wirklich sehr dankbar bin. Sie haben sich in dieser Zeit der häuslichen Quarantäne und Kontaktbeschränkungen Mittel und Wege einfallen lassen, wie ich trotzdem mit meinen Leserinnen und Lesern in Verbindung bleiben kann, und zwar unter anderem durch witzige Videos, die meine Familie und ich mit großem Vergnügen gedreht haben.

Danke an Sarah Shaw, Autorenbetreuung, die es immer wieder so wunderbar schafft, meine Meilensteine zu feiern. Danke an Sean Baker, Produktionsleitung, Laura Benett,

Herstellung, und Oisin O'Malley, künstlerische Leitung. Ich weiß, ich wiederhole mich da, möchte aber trotzdem betonen, wie sehr mir sämtliche Cover und Titel meiner Romane gefallen. Es überrascht mich immer wieder, wie gut ihr euch um mich kümmert. Danke an Denelle Catlett, Amazon Publishing PR, für all die Arbeit, die sie in die Werbung für meine Romane steckt. Denelle ist immer erreichbar, wenn ich mich mit einer Frage oder Bitte an sie wende. Sie wirbt aktiv für mich, unterstützt mich darin, Wohltätigkeitsorganisationen zu helfen, und sorgt dafür, dass meine Reisen problemlos vonstattengehen. Danke ans Marketing-Team, Lindsay Bragg, Lyla Pigoni und Erin Calligan Mooney, für all ihre hoch motivierte Arbeit und die vielen neuen Ideen zum Aufbau meiner Autorenplattform. Ich hoffe, sie hören nie auf, mich zu fragen, denn sie machen jede neue Idee zu einer wunderbaren Erfahrung. Danke an den Verleger Mikyla Bruder, den Associate Publisher Hai-Yen Mura und Jeffe Belle, Vizepräsident Amazon Publishing, dafür, dass sie ein Team geschaffen haben, das sich mit Hingabe seinen Jobs widmet, und mir erlauben, Teil davon zu sein.

Im vergangenen Jahr, als meine Verkaufszahlen bei Amazon die fünf Millionen überschritten, haben sie eine Party für mich organisiert und ich hatte Gelegenheit, ihnen persönlich zu sagen, wie sehr ich alles zu schätzen weiß, was sie für mich tun. Ich bin aus ganzem Herzen dankbar und immer wieder überrascht und erfreut darüber, wie schnell wir noch eine weitere Millionen Leser erreicht haben.

Bei Thomas & Mercer gilt mein besonderer Dank Gracie Doyle. Gracie hilft mir bei der Suche nach neuen Ideen und neuen Wegen, Geschichten zu erzählen. Sie drängt mich dazu, Geschichten in einer Tiefe auszuloten, an die ich vorher nicht gedacht hatte. Wir sind immer gern zusammen auf Veranstaltungen und ich hoffe, das wird bald wieder möglich sein.

Dank an meine Lektorin Charlotte Herscher. All meine Bücher bei Amazon Publishing sind von Charlotte lektoriert worden, die Krimis mit Schwerpunkt auf Polizeiarbeit, die Justizthriller, die Spionagethriller und die anderen Romane, und es erstaunt mich immer wieder, wie schnell sie sich in eine Geschichte hineindenkt und mir hilft, sie so gut zu machen, wie sie nur sein kann. Danke an meinen Korrektor Scott Calamar, den ich dringend brauche. Da Grammatik noch nie meine starke Seite war, hat er mit meinen Büchern meistens allerhand zu tun.

Danke an Tami Taylor, die meine Webseite betreut, meine Newsletter schreibt und ein paar der Cover für die fremdsprachigen Ausgaben meiner Bücher entwirft. Danke an Pam Binder und die Pacific Northwest Writers Association für ihre Unterstützung.

Danke an euch alle, ihr unermüdlichen Leser, dafür, dass ihr meine Romane entdeckt, und für eure unglaubliche Unterstützung überall auf der Welt. Es ist ein Geschenk, von meinen Lesern zu hören, und ich genieße jede E-Mail.

Danke an meine Mutter und meinen Vater für eine wunderbare Kindheit und dafür, dass ihr mich gelehrt habt, nach den Sternen zu greifen und mich dann auf den Hosenboden zu setzen und zu arbeiten, um sie zu erreichen. Ich kann mir keine besseren Vorbilder denken.

Danke an meine Frau Christina für all ihre Liebe und Unterstützung und an meine Kinder Joe und Catherine, die angefangen haben, meine Bücher zu lesen, was mich mit großem Stolz erfüllt.

Ohne euch könnte ich dies alles nicht schaffen und würde es auch nicht tun wollen.